Alan Dean Foster

Der Geist des Speers

ERSTER ROMAN
DER KATECHISTEN-TRILOGIE

Deutsche Erstausgabe

WILHELM HEYNE VERLAG
MÜNCHEN

HEYNE SCIENCE FICTION & FANTASY
Band 06/9162

Titel der Originalausgabe
CARNIVORES OF LIGHT AND DARKNESS
Übersetzung aus dem amerikanischen Englisch
von Siglinde Müller
Das Umschlagbild malte Keith Parkinson
www.keithparkinson.com

Umwelthinweis:
Dieses Buch wurde auf chlor- und
säurefreiem Papier gedruckt.

Deutsche Erstausgabe 11/2001
Redaktion: Joern Rauser

Originalausgabe bei Warner Books,
A Time Warner Company, New York
Dieses Werk wurde vermittelt durch die literarische Agentur
Paul & Peter Fritz AG, Zürich

http://www.heyne.de
Printed in Germany 2001
Umschlaggestaltung: Nele Schütz Design, München
Satz: Schaber Satz- und Datentechnik, Wels
Druck und Bindung: Ebner Ulm

ISBN 3-453-19623-6

HEYNE BÜCHER

Fantasy

Herausgegeben von Friedel Wahren

Ein vollständiges Verzeichnis aller im
HEYNE VERLAG erschienenen Romane
von ALAN DEAN FOSTER finden Sie am Schluss des Bandes.

Für Absalom …
der es kaum erwarten konnte,
lesen zu lernen.

Cape Cross, Skelettküste, Namibia
November 1993

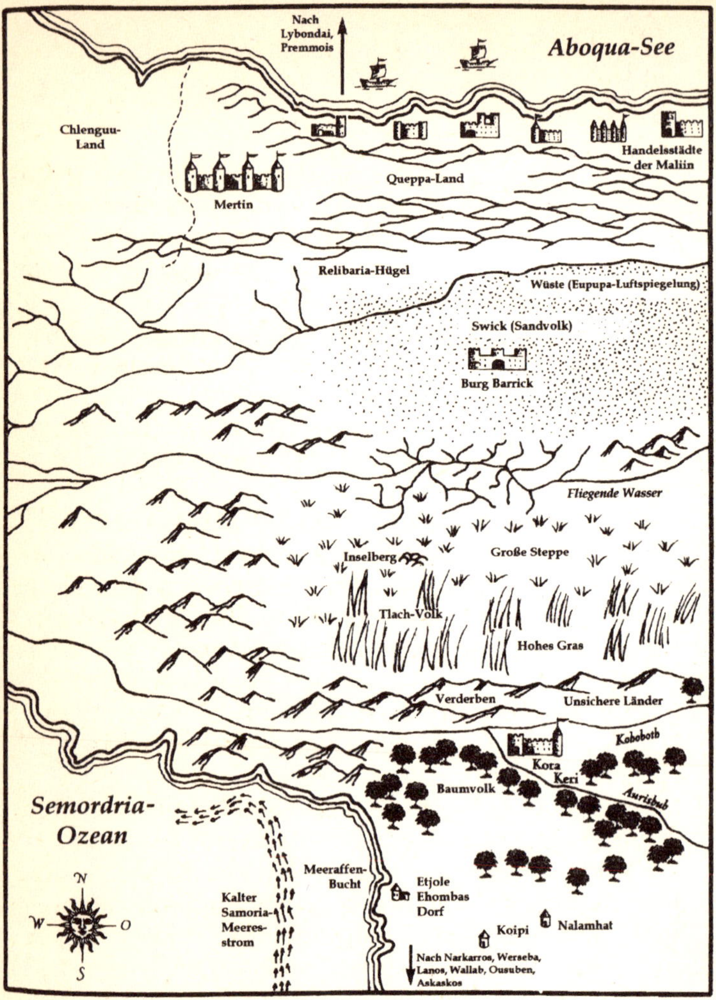
Nach
Lybondai,
Premmois
Aboqua-See
Chlenguu-
Land
Handelsstädte
der Maliin
Queppa-Land
Mertin
Relibaria-Hügel
Wüste (Eupupa-Luftspiegelung)
Swick (Sandvolk)
Burg Barrick
Fliegende Wasser
Inselberg
Große Steppe
Tlach-Volk
Hohes Gras
Verderben
Unsichere Länder
Kobobotb
Kora
Keri
Baumvolk
Aurisbub
Semordria-
Ozean
Meeraffen-
Bucht
Etjole
Ehombas
Dorf
Kalter
Samoria-
Meeres-
strom
Koipi
Nalamhat
N
W
O
S
Nach Narkarros, Werseba,
Lanos, Wallab, Ousuben,
Askaskos

1

Es geschah am Morgen nach dem sinnlichen zweiten Vollmond von Telengarra, dem Vorboten des Frühlingsregens. Da kam der kleine Colai ins Dorf gerannt und rief laut aus, dass tote Menschen an den Strand gespült worden seien. Nicht einfach irgendwelche Leichen, sondern Menschen von seltsamem Aussehen, zudem sonderbar gekleidet, deren bleiche Gesichter bar jeglicher ritueller Narben und manche sogar angeblich mit Haaren bewachsen waren.

Die meisten Bewohner schliefen noch, als der Junge völlig außer sich kreischend um die Häuser lief. Zuerst dachte seine Mutter, es handele sich um einen Streich. Sie packte und schüttelte ihn, ärgerlich darüber, dass er mit seinem dummen Scherz die morgendliche Stille störte. Dann sah sie, dass er so etwas wie ein Sandkorn ins Auge bekommen hatte, und sie hörte auf, ihn zu schütteln. Zusammen eilten sie zum Haus des Häuptlings.

Asab hatte sich gerade vom Lager erhoben, als die beiden eintrafen. Hastig warf er sich den feinen Musahaut-Mantel mit den breiten dunkelblauen Streifen über die Schultern und rückte den pompösen, tiefroten und strahlend gelben, wogenden Federschmuck auf dem Kopf zurecht. Er schien darüber ungehalten, dass er – so ganz anders als sonst – vor dem ersten Hahnenschrei aus dem Schlaf gerissen worden war. Da zu hastig aufgesetzt, drohte nun der Federschmuck ständig vom Kopf zu kippen.

»Ich habe sie gesehen, ich habe sie gesehen!« Neben

Asab bildete sich langsam eine Menschentraube um Colai und seine Mutter, und der Junge berichtete atemlos von seiner Entdeckung.

»Nun, mein Kind«, begann der Häuptling feierlich, »was hast du gesehen?« Die Männer und auch ein paar Frauen drängten sich näher heran. Sie rieben sich den Schlaf aus den Augen, während sie gleichzeitig den sauren morgendlichen Geschmack des letzten Traumes hinunterzuschlucken versuchten.

»Tote Menschen, Häuptling Asab! Viele! Sie sehen ganz anders aus als wir.« Der Junge bekam kaum noch Luft, als er sich umdrehte und den Arm ausstreckte. »Am Strand. Oberhalb der Stelle, wo die Miesmuscheln und Tyrex-Muscheln wachsen!«

Verschlafene Gesichter, die die Geschichte nicht so recht glauben wollten, wandten sich dem groß gewachsenen, schlaksigen Oberhaupt des Dorfes zu. Asab grübelte ein wenig über die aufgeregten Worte des Kindes nach, dann blickte er stirnrunzelnd hinunter zu dem ängstlichen, keuchenden Jungen.

»Wir werden hingehen und nachsehen. Und ich hoffe für dich, mein Junge, dass es dort im Sand noch etwas anderes zu sehen gibt als Muschelschalen und Meersalat!«

Der Strand war zwar bis auf einige Grasbüschel und widerspenstiges Gestrüpp nur spärlich bewachsen, doch Holz lag genug herum. Gewaltige Baumstämme, vom kalten Samoria-Meeresstrom an Land geworfen, verschandelten den Sandstrand und lagen zwischen den Felsnasen gefangen, wo sie die heftigen Stürme hingeschleudert hatten. Zwischen den astlosen, weit gereisten Holzriesen fand man ab und zu gebleichte Knochen und Überreste von mehr oder weniger großen gestrandeten Meeresgeschöpfen, wie etwa von Walen und Schlangen, Vögeln und Fledermäusen, Fischen und Steinfressern. Aus diesem reichlich angespülten Unrat gewannen die Dorfbewohner nützliches Material für ihre Häuser und Ställe.

»Da!« Colai deutete mit dem Finger darauf. Doch die Geste wäre gar nicht nötig gewesen, denn alle sahen die hungrigen kleinen Drachen, die über der Stelle kreisten.

Mindestens ein Dutzend dieser kleinen schwarzen Aasfresser schwirrte dort herum. Vier oder fünf saßen mit angelegten Flügeln im Sand und stocherten mit den Schnäbeln in unförmigen Klumpen, die sich bei näherer Betrachtung als etwa zehn menschliche Gestalten herausstellen sollten. Mit lautem Gejohle und wedelnden Speeren vertrieben die Dorfbewohner die Aasfresser. Zischend taten diese ihren Unwillen kund, aber dennoch erhoben sich die kleinen Rabendrachen mit ihren widerlichen, hautdünnen Flügeln in die klaren Lüfte. Für den Augenblick gaben sie sich damit zufrieden, langsam am Himmel zu kreisen. Sie würden eben warten.

Es stellte sich heraus, dass Colai alles andere als übertrieben hatte. Diese Menschen waren mehr als nur fremdartig. Genauso wie der Junge behauptet hatte, wuchs einigen von ihnen verfilztes Haar aus dem Gesicht, meist schwarz oder braun, aber manchmal auch gelb wie das Gold, das Morixis der Händler aus den fernen Bergen im Süden oft mitbrachte. Dicke Schichten von Kleidern umhüllten die Gestalten, die Stoffe leuchteten in den schrillsten Farben, und manche fühlten sich so fein und weich an wie die Tränen eines kleinen Mädchens.

Zusätzlich zu dieser geradezu barbarischen Vielfalt an Farben trugen viele von ihnen Harnische aus schwerem, gehärtetem Leder; Asab und auch die anderen Dorfkrieger hatten so etwas noch nie gesehen. Bilder von kämpfenden Männern, seltsamen Tieren und Gebäuden waren in Brustharnische und Beinschützer geprägt. Bei dem schweren Gewicht am Körper grenzte es an ein Wunder, dass so viele von ihnen überhaupt an Land geschwemmt worden waren.

Asab und zwei seiner besten Krieger knieten sich neben einem der Männer nieder. Abgesehen von einer Ausnahme waren alle Gestrandeten kleiner und stämmiger als die Dorfbewohner. Keine einzige Frau fand sich darunter.

»Seht nur.« Tucarak fuhr mit dem Finger über die Wange des toten Mannes. Sie fühlte sich kalt an von der Feuchtigkeit des Meeres, aber auch der Tod hatte sich bereits darin ausgebreitet. »Wie glatt die Haut ist. Wie unberührt.« Mit der anderen Hand verfolgte er die geschwungene Narbe auf seiner eigenen Wange, ein Zeichen der Manneskraft.

»Und wie blass«, fügte Houlamu missbilligend hinzu und stand auf. »Wer sind diese Männer, und woher kommen sie?« Er hob den Blick und sah aufs Meer hinaus. Nichts war zu sehen außer dem dunklen, kalten Wasser, nicht einmal eine einzige Wolke. Nur die Wellen drängten unaufhörlich ans Ufer, und das erstaunlich gleichmäßige tiefe Blau des Morgenhimmels leuchtete über ihnen.

»Sie sind tot, und ich bin sicher, sie wären nicht damit einverstanden, wenn wir sie einfach so liegen ließen.« Damit schritt Asab feierlich zur Bergung der Habseligkeiten der Verstorbenen. Er begann bei der merkwürdigen Kleidung und untersuchte eifrig jede Ausbuchtung und jede Tasche nach Gegenständen – und mochten sie noch so fremd und exotisch aussehen –, die sich für das Dorf auf irgendeine Weise einmal als nützlich erweisen könnten.

»Können wir sie ohne Gefahr essen, was glaubt ihr?« Tucarak hielt ein mit Blut und Salzwasser durchtränktes Hemd gegen die Sonne. »Sie sehen aus wie Menschen. Also schmecken sie bestimmt auch so.«

»Das gewiss«, stimmte Asab zu. »Aber wir werden vorsichtshalber zuerst die alte Fhastal von einem Bein kosten lassen. Sie isst alles.« Der Häuptling lachte leise in sich hinein. »Wenn sie überlebt, wissen wir, dass wir diese Männer bedenkenlos essen können.«

Houlamu bekundete seine Abneigung gegen die angekündigte Mahlzeit. »Ihr könnt sie essen, wenn ihr wollt. Ich esse nur, was ich kenne. Oder besser gesagt, *wen* ich kenne.« Unsanft stieß er mit dem stumpfen Ende seines Speers einen der schlaffen Körper zur Seite.

»Dies ist ein noch plumperer Stamm als die Koipi oder die Nalamhat.« Während Houlamu sprach, zerrte Tucarak verzweifelt an der ungewöhnlichen Fußbekleidung einer Leiche. Der Schuh war natürlich viel zu groß und zu schwer, als dass ihn ein Naumkib hätte tragen können, doch wenn man ihn in Stücke schnitt, konnte man daraus möglicherweise mehrere Paare nützlicher Sandalen herstellen. »Vielleicht schmecken sie ja besser als unsere Nachbarn.«

Während der Häuptling und seine Krieger noch darüber stritten, ob die verstorbenen Besucher für den Kochtopf taugten, wanderten andere Mitglieder des Stammes am Strand auf und ab, um vielleicht noch weitere Leichen zu finden. Unter den Suchenden befand sich auch ein besonders groß gewachsener Krieger – selbst für einen Naumkib groß –, dessen düstere Miene stets Gegenstand nicht böse gemeinter Spötteleien seiner Stammesbrüder war. Als Antwort auf die häufigen Scherze, die meist auf seine Kosten gingen, lächelte Etjole nur nachsichtig und nickte. Er wollte seinen Jagdgefährten den Spaß nicht verderben, auch wenn immer nur er zur Zielscheibe ihres Spottes wurde.

»Helft... mir...«

Die Worte waren kaum zu verstehen, und einen Augenblick lang dachte Etjole Ehomba, es handle sich dabei um eine verzerrte Brandungsmelodie, die wie verblasener Meeresschaum an seine arglosen Ohren getragen worden war. Er hielt nur kurz inne und setzte den Gang dann fort, überzeugt, dass er es sich nur eingebildet hatte.

»Bitte... zu welchem Gott auch immer ihr betet... helft mir...«

Kein Schaum und auch kein Wind, sondern die letzten Worte eines Menschen – wie er selbst einer war. Ehomba blieb stehen und blickte mit den erfahrenen Augen eines Fährtensuchers am Ufer entlang, er suchte Felsen und Sand nach einem Lebenszeichen ab. Schließlich fand er es auch – oder besser gesagt das, was davon übrig war.

Der Mann musste jünger als Ehomba sein, er war kräftig gebaut und in Kleider gehüllt, die die der anderen Gestrandeten noch um ein Vielfaches an Kostbarkeit und Schönheit übertrafen. Sein edler Lederharnisch reichte bis zu den Oberarmen und Oberschenkeln, doch selbst das hatte dem Mann nichts genützt. Eine große Wunde klaffte in seinem Leib, rotes Fleisch und weiße Knochen kamen zum Vorschein. Ehomba fragte sich, wie der Mann nur mit einer derartigen Verwundung so lange hatte überleben können. Die Wunde war an den Rändern stark eingerissen, ein eindeutiger Hinweis auf einen Biss. Was immer es gewesen sein mochte, es hatte den dicken, zähen Harnisch mühelos durchgebissen. Ein großer Hai konnte einem Menschen solch eine Wunde zufügen, das wusste Etjole. Es gab viele Haie in der Bucht vor dem Dorf. Ja, es musste ein Hai gewesen sein – vielleicht aber auch etwas anderes.

Das Haar des Mannes war glatt und golden und reichte ihm bis zur Schulter. Ganz anders als die dicken Zöpfe, die Ehomba zusammengebunden im Nacken trug. Er staunte über die dünnen Strähnen. Nach vorne gebeugt wischte er schleimige Algen und Sand aus dem blassen Gesicht. Bei der sanften Berührung öffneten sich die Augen des anderen. Sie schimmerten wässrig blau und hatten sich noch nicht völlig getrübt. Sofort richteten sie sich auf Etjole.

»Wer… wer bist du…?«

»Ich bin Etjole Ehomba vom Stamm der Naumkib. Du und deine Gefährten, ihr seid vor unserem Dorf an Land gespült worden. Die anderen sind alle tot.« Sein Blick schweifte zu der tiefen Wunde im Körper des jüngeren Mannes. »Auch du wirst sterben. Ich verstehe zwar ein wenig von der Heilkunst, aber nicht genug, um dir zu helfen. Nicht einmal die alten, weisen Frauen aus dem Dorf könnten helfen, nach dem, was ich hier sehe. Es ist zu spät.«

Der Fremde reagierte völlig anders, als Ehomba es erwartet hatte. Die Augen des Mannes wurden plötzlich erschreckend groß. Er streckte die Hand aus, klammerte sich an Etjoles Wollhemd und hob den zerstörten, blutenden Oberkörper aus dem Sand, bis sein Gesicht nur noch eine handbreit von dem seines Helfers entfernt war. In Anbetracht der schweren Verletzung, die er erlitten hatte, erschien die Willensleistung, die erforderlich war, um diesen Kraftakt zu meistern, mehr als bewundernswert.

Die Augen starr auf Ehomba gerichtet, hauchte er mit einem seltsam holprigen Akzent: »Du musst sie retten!«

»Sie retten? Wen?« Ehomba zeigte sich nun vollkommen verwirrt.

»Sie! Die Hellseherin Themaryl aus Laconda!« Bemerkenswert, mit welch ungeahnten, kaum vorstellbaren Kräften dieser Mann seinen Helfer nun an der Vorderseite des Hemdes packte und schüttelte.

»Ich weiß nicht, wovon du sprichst«, antwortete der Hirte freundlich.

Erschöpft von dieser letzten körperlichen Anstrengung, fiel der schwer verwundete Fremde zurück in den Sand. Er atmete nun langsamer, und Ehomba fühlte bereits den Tod, der sich leise über die Brandung anschlich. Wie so oft hatte sich der Tod diesen Annäherungsweg ausgesucht: über seine Freundin – die See.

»Ich bin Tarin Beckwith, musst du wissen, Sohn des Bewaryn Beckwith, Graf von Nord-Laconda. Die Hellseherin Themaryl war meine Gräfin – oder besser gesagt: meine zukünftige Gräfin. Bis sie verschleppt wurde von dieser... dieser gemeinen Eiterbeule, die wie ein Mensch aufrecht geht und sich Hymneth der Besessene nennt. Viele...« Er hustete schwer, und Blut quoll zwischen seinen Lippen hervor wie aus einer übervollen Tasse. »Viele der Söhne und Herren aus den Adelshäusern der Grafschaft Laconda schworen feierlich, so lange nicht zu ruhen, bis sie wieder bei uns – und ihr Entführer bestraft sei. So viel ich weiß, sind wir, ich und meine Männer, die Einzigen, die dem Schiff dieses Ungeheuers so weit folgen konnten.« Er hielt inne, keuchte leise und betete insgeheim für genügend Atem, um fortfahren zu können.

»Es gab heute Morgen eine Seeschlacht. Meine Männer kämpften tapfer. Aber Hymneth steht im Bunde mit den bösen Mächten des Jenseits. Er tollt mit ihnen herum, macht sich ein Vergnügen aus ihrer Gesellschaft und ruft sie herbei, um sein jämmerliches Dasein zu verteidigen. Gegen solche Schlechtigkeit und Verderbtheit können sich auch die tapfersten Männer nicht mehr wehren.« Noch einmal richteten sich die wässerig blauen Augen – das Leben schwand langsam daraus – auf Ehombas Gesicht. »Ich übertrage nun dir diese Aufgabe, wer auch immer du bist. Wenn meine Seele fortgegangen ist, musst du die unschuldige Themaryl retten und sie zurückbringen nach Laconda zu ihrem Volk. Mit ihrer Entführung ist auch die Herzlichkeit aus diesem Land verschwunden – und aus allen, die dort leben. Ich, Tarin Beckwith, betraue dich mit dieser Angelegenheit.«

Ehomba schüttelte langsam den Kopf und blickte auf den Fremden hinunter. »Ich bin nur ein einfacher Viehhirte und Fischer, Tarin Beckwith.« Er zeigte mit der Spitze seines Speeres über das Land. »Und dies ist das Land des armen Mannes; es gibt nur wenige Menschen und Naturschätze hier. Dies ist kein Ort, an dem man ein Heer bilden könnte. Ich wüsste nicht einmal, wo ich mit der Suche beginnen sollte.«

Beckwith erhob sich mit einem zweiten gewaltigen Kraftakt abermals aus dem Sand, er drehte den Oberkörper und streckte die Hand aus. Das Sonnenlicht glitzerte auf seinen frei liegenden Gedärmen. »Du musst nach Nordwesten, übers Meer. Dort! Da Hymneth, dieser Verderbte, die Einzigen, die ihm zu folgen vermochten, besiegt hat, wird er sich nun sicher fühlen und nach Hause zurückkehren. Man hat mir gesagt, dass er in dem sagenumwobenen Land Ehl-Larimar lebt, welches weit westlich von Laconda liegt. Such ihn dort oder finde einen anderen, der es tut.« Noch einmal klammerten sich verkrampfte Hände an Ehombas einfache Gewänder. »Du musst es tun, oder die unschuldige Themaryl wird für immer verloren sein!«

»Du erwartest zu viel von mir, Fremder Beckwith. Ich habe eine Familie und Vieh, beides muss ich hüten und beschützen und...«

Ehomba hielt mitten im Satz inne. Tarin Beckwith aus Laconda war erlöst von seiner Last, die Lebenskraft war erschöpft und der Geist schließlich aus seinem Körper gewichen. Vorsichtig aber doch bestimmt löste Ehomba die gefühllosen Finger von seinem Hemd und legte den zerstörten Körper zurück in den kühlen Sand. Nun lag er da, die blauen Augen starrten leer in den Himmel, während sich der Viehhirte erhob.

Es wäre eine besondere Ehre, so wusste Ehomba, ein Kotelett aus dem Bauch eines so tapferen und pflichtbewussten Mannes zu verzehren. Wenn die Zeit kam für die Verteilung des Essens, wollte er bei Asab mit Nachdruck darum bitten.

Was die Aufgabe betraf, die ihm der Tote übertragen hatte, waren ihm natürlich die Hände gebunden. Ehomba hatte die Wahrheit gesagt. Da gab es seine Familie und die Herde und die Verpflichtungen im Dorf, die wahrgenommen werden mussten. Was gingen ihn die Probleme und Widerwärtigkeiten an, mit denen ein weit entferntes Volk zu kämpfen hatte – oder die Entführung einer wildfremden Frau?

Suarb und Deloog kamen zu ihm herübergelaufen, zwei junge Männer, die noch nicht in den Kreis der Älteren aufgenommen worden waren. Sie nickten ihm ehrerbietig zu, als sie sich neben die nun bewegungslose Gestalt zu seinen Füßen knieten. Aufregung schwang in ihren Stimmen mit und ihre Augen leuchteten in freudiger Erwartung auf die Entdeckung des Neuen.

»Etjole, du hast den Mann gefunden. Warum nimmst du nichts von seinen Sachen.« Suarb beäugte Ehomba unsicher, während Deloog gierig auf den kunstvoll geprägten Lederharnisch starrte.

»Ich bin nicht neugierig darauf. Sie gehören euch, wenn ihr wollt.«

Überwältigt von ihrem Glück befreiten die beiden jungen Männer den leblosen Körper von den für sie nützlichen Dingen. Während Deloog an einem Hosenbein zerrte, beobachtete er den größeren und älteren Etjole aus dem Augenwinkel.

»Das sind wertvolle Sachen, Etjole. Warum willst du sie nicht?«

»Ich habe etwas anderes bekommen, Deloog. Etwas, um das ich nicht gebeten habe und das ich auch gar nicht will, und nun weiß ich nicht, was ich damit tun soll.«

Die beiden Jugendlichen tauschten fragende Blicke aus. Ehomba war dafür bekannt, dass er oft lange Zeit nur dasaß und schwieg, auch wenn er kein Vieh hütete. Er galt als seltsam, dieser Etjole Ehomba, war aber immer freundlich und hilfsbereit. Die Jungen und Mädchen des Dorfes und auch viele ihrer Eltern hielten ihn für merkwürdig, doch in seiner ihm eigenen ruhigen Art auch wieder angenehm.

Deshalb machten sich die zwei jungen Männer hinter seinem Rücken auch nicht lustig über ihn, als er wegging und den Strand hinauf zu den Felsen wanderte. Außerdem waren sie noch immer fieberhaft mit ihrer Beute beschäftigt.

Ehomba stapfte zu den Steinen und fand ein ebenes, trockenes Fleckchen, wo er sich niederließ. Den Speer lehnte er in die rechte Armbeuge und das Kinn stützte er auf die verschränkten Arme. Kleine Wellen brachen sich am kühlen, grauen Stein. Weiter oben an der Küste spielten Robben und Meeraffen in der Brandung, von Zeit zu Zeit kamen sie zurück an den von der Sonne aufgewärmten Sandstrand, um sich zu trocknen. Die Meeraffen knackten Muscheln und Abalonen, um sie mit den Robben zu teilen, die keine Hände besaßen, mit denen sie sich der Steine hätten bedienen können.

Irgendwo dort draußen gab es ein Land, so weit entfernt, dass Ehomba noch nie davon gehört hatte, exotisch und fremd. Ein Ort mit Namen Laconda und ein weiterer namens Ehl-Larimar. Eine Frau war gegen ihren Willen von hier nach da verschleppt worden. Eine Frau, für die viele Männer sterben würden.

Nun ja, Ehomba hatte bereits eine Frau, für die es sich zu sterben lohnte, und zwei Kinder, die stark und gesund heranwuchsen. Auch Rinder und einige Schafe nannte er sein Eigen und seine Zeitgenossen zollten ihm Respekt. Wer war er, dass er durch die halbe Welt reisen sollte oder noch weiter, für Menschen, die er nicht kannte und die über seine Ungebildetheit und die einfachen Kleider vielleicht sogar lachen würden, wenn sie ihn sahen?

Allerdings hatte ein mutiger und adliger Mann, der im Sterben lag, ihm diese Pflicht auferlegt. Wie sonst auch hatten der Anblick des Meeres und der Wellen eine beruhigende Wirkung auf Etjole. Doch die Gedanken kreisten wild in seinem Kopf.

Der halbe Tag war bereits vergangen, als er schließlich aufstand und den Weg zurück ins Dorf einschlug. Die Leichen hatte man vom Strand fortgeschafft, nur die dunklen Blutflecken zeigten noch, wo sie gelegen hatten. Mit dem Eintreffen der Flut würde das Meer den Sand reinigen, so wie das Wasser alles reinigte, was es berührte.

Am Abend veranstalteten die Dorfbewohner ein feierliches Festmahl zu Ehren der Fremden, die an der Küste nahe dem Dorf gestorben waren. Man kochte gemeinsam und alle stimmten darin überein, dass es ein reiches Land sein musste, aus dem die Fremden stammten, denn ihr Fleisch war zart und unverdorben. Während Ehomba von Tarin Beckwith aß, dachte er so lange über die letzten Worte des bedauernswerten Mannes nach, bis die Umsitzenden die tiefen Sorgenfalten nicht mehr übersehen konnten. Etjole wollte ihnen jedoch mit dieser traurigen Geschichte den Abend nicht verderben, also entschuldigte er sich bei seiner Frau und den Freunden und suchte die alte Fhastal auf.

Sie saß alleine an der großen Feuerstelle, mit untergeschlagenen Beinen lehnte sie an einem alten Baum, während sie unter nicht unerheblichen Schwierigkeiten auf den Überresten einer Wade herumkaute. Ihr Haar war so weiß wie Salz, sie hatte es zu dicken Zöpfen geflochten, die ihr über den Rücken hingen, und sie hatte sich für diesen Abend mit ihren besten Perlen und langen, bunten Lederbändern herausgeputzt. Sie sah mit dem guten Auge zu Etjole auf und lächelte verschlagen. Das andere Auge, schon in jungen Jahren erblindet, schimmerte milchig. In Anbetracht ihrer wenigen noch verbliebenen Zähne, war es kein Wunder, dass sie das Fleisch zäh fand.

»Etjole! Komm, setz dich zu einer alten Frau, damit die jungen Frauen morgen wieder etwas zu tratschen haben!« Ihr Grinsen erstarb, als sie sah, dass Ehombas Gesichtsausdruck noch ernster wirkte als sonst. »Du hast Sorgen, mein Junge. Sie verdunkeln dein Gesicht wie der Rauch des Feuers.«

Etjole kreuzte die Beine und setzte sich zu ihr. Sie bot ihm Fleisch, gegrillte Kürbisse und Brot an, doch er lehnte ab. »Ich brauche deine Weisheit und deinen Rat, Fhastal, nicht dein Essen.«

Sie nickte verständnisvoll und stocherte nach einem Knorpel, der sich in ihren wenigen Zähnen verfangen hatte, während sie dem Hirten zuhörte, wie er von seiner Unterhaltung mit dem sterbenden Fremden am Strand erzählte. Als er fertig war, saß sie lange in schweigsamer Nachdenklichkeit da.

»Der Fremde hat seine Bürde dir aufgelastet, als er im Sterben lag?« Als Ehomba nickte, antwortete sie mit einem kurzen Brummen. »Dann hast du keine Wahl.« Geistesabwesend fingerte sie in den leicht bräunlichen Kürbisscheiben in ihrer Schüssel herum. »Bist du ein Mann, der nach seinen Überzeugungen lebt, oder nicht?«

»Du weißt, dass ich das bin, alte Frau.«

»Ja, das weiß ich. Wir wissen beide, was das heißt. Du musst das Werk dieses Mannes zu Ende führen. Jemand, der in den Armen eines anderen stirbt, ist nicht länger ein Fremder. Ob es dir gefällt oder nicht, er hat dich an sich gebunden, und damit auch seinen Auftrag.«

Etjole, der Fhastal gegenübersaß, seufzte tief. »Auch ich habe das Geschehene so gedeutet und schon befürchtet, dass du es ebenso siehst. Aber was soll ich tun? Ich bin allein. Dieser Tarin Beckwith hatte viele Krieger an seiner Seite und nicht einmal sie konnten ihn retten oder ihm zum Erfolg verhelfen.«

Fhastal setzte sich aufrecht hin. »Sie waren keine Naumkib. Sie kamen von außerhalb der sicheren Welt.«

Ehomba schien nicht überzeugt. »Aber es waren dennoch Menschen. Und ich bin auch nichts anderes.«

»Nein, das stimmt nicht.« Eine knorrige Faust von der Farbe alten Leders versetzte ihm ein paar leichte Hiebe in den Oberarm. »Du bist Etjole Ehomba, Viehhirte, Fischer, Vater, Krieger und Fährtensucher. Der beste Fährtensucher im ganzen Dorf. Du kannst doch die unsichtbaren Fährten genauso gut lesen wie die sichtbaren, oder?«

»Da gehört nicht viel dazu. Tucarak kann es und Jeloba auch.«

»Aber nicht so gut wie du, Junge. Du weißt, dass du es tun musst.«

»Ja. Weil dieser Tarin Beckwith, den ich nicht einmal kenne, es mir aufgetragen hat, als er im Sterben lag. Das ist nicht gerecht, Fhastal.«

Sie schnaubte und ihre Nase zuckte dabei. »Das ist das Schicksal niemals. Wenn du willst, werde ich es Mirhanja erklären.«

»Nein.« Er streckte die Beine aus, um aufzustehen. »Ich bin ihr Mann und es ist meine Pflicht, es ihr selbst zu sagen. Aber verstehen wird sie es nicht.«

»Mirhanja ist eine gute Frau. Du musst ihr mehr zutrauen. Sie hat gewiss Verständnis für Ehre und Verpflichtung.« Die alte Frau stopfte sich eine Scheibe vom gegrillten Kürbis in den Mund. »Wie alt ist dein Junge?«

»Daki wird nächsten Monat vierzehn.«

Fhastal nickte anerkennend. »Alt genug, um nun an deiner Stelle eine Zeit lang nach der Herde zu sehen. Es wird Zeit, dass er etwas Sinnvolles tut. Das kleine Mädchen wird es nicht so leicht nehmen, aber ihre Tränen werden trocknen.« Sie fasste sich an den Hals und löste einen der vielen bunten Fetische aus dem Bündel, das an ihr hing. Es war eine schöne kleine Frau, geschnitzt aus dem glänzend grauen Horn eines Stelegath. Als Etjole sich nach vorn beugte, ließ Fhastal die Schnur los, an der die Figur über seinem Kopf pendelte.

»So! Jetzt kann ich mit dir gehen. Ich habe die Unsicheren Länder in meinen Träumen schon gesehen, aber nun kann ich mit dir reisen, um sie persönlich in Augenschein zu nehmen.«

Etjole betrachtete liebevoll lächelnd die Figurine, die an der Schnur aus Sisalgarn baumelte. »Du meinst, dieses Abbild kann mit mir gehen.«

»Nein, du schöner Mann!« Fhastal kicherte fröhlich. »Das Abbild sitzt hier, du sprichst schon die ganze Zeit mit ihm. Es ist das Abbild, über das sich die Dorfkinder lustig machen und hinter dem sie Namen herrufen.« Sie zeigte auf die Halskette. »Das ist mein wirkliches Ich.«

Für einen winzigen Augenblick glaubte Ehomba, etwas in ihrem blinden Auge zu sehen. Etwas Loderndes und Lebendiges. Doch es war nur eine Täuschung, hervorgerufen durch das schwache Licht, das vom Lagerfeuer noch verzerrt wurde.

»Ich werde sie wie einen Glücksbringer tragen«, versicherte er ihr, weil er ihre Gefühle nicht verletzen wollte. Fhastal meinte es gut, aber schließlich war sie auch ein wenig verrückt. »Damit sie mir Glück bringt.«

»Wenn du sie an einer anderen Stelle deines Körpers tragen würdest, würde sie *mir* Glück bringen.« Sie lachte wieder ihr verrücktes Lachen. »Ich wünsche dir alles Gute, Etjole.« Sie machte eine verscheuchende Bewegung in seine Richtung – wie eine Mutterhenne, die ihre Küken fortscheucht. »Also dann geh jetzt zu deiner Frau, damit du noch einmal bei ihr liegen kannst, bevor du gehst. Verabschiede dich von den Kindern. Und vergiss nicht, noch einmal bei Likulu vorbeizuschauen. Sie und die anderen Frauen werden einige kleine Dinge für dich zusammentragen, die du auf deiner Reise gut gebrauchen kannst. Komm morgen zum Steinblitz – und ich werde dich auf den Weg bringen. Mehr kann ich nicht für dich tun.«

Ehomba richtete sich auf. »Danke, Fhastal. Mit etwas Glück werde ich diese Frau vielleicht zu ihrem Volk zurückbringen können und in einem oder zwei Monaten wieder zu Hause sein.«

Er glaubte selbst nicht, was er da sagte, doch das war nicht so wichtig. Fhastal glaubte es auch nicht. Ohne darüber zu reden beschlossen beide, sich diesem Trugbild hinzugeben.

II

Mirhanja nahm es schwer, so wie Etjole es schon vermutet hatte. Er versuchte, ihr alles langsam und vorsichtig zu erklären, er führte auch die Unterhaltung mit Fhastal an, die ihn in seinem Vorhaben bestärkt hatte. Immer wieder legte er ihr die Gründe dar, weshalb er gehen musste.

»Wenn ich es nicht tue, bin ich nicht mehr der Mann, den du geheiratet hast.«

Sie lag neben ihm und schlug ihm plötzlich mit voller Wucht auf die Brust, ein Hieb, der der Verzweiflung und dem Ärger entsprang. »Besser ein halber, lebender Mann ohne Überzeugung als ein ganzer toter! Ich will nicht, dass du gehst!« Sie drückte sich an ihn, ihr Oberschenkel lag über seinem flachen Bauch. Sie war beinahe so groß wie er, doch das war nichts Besonderes. Die Frauen vom Stamm der Naumkib waren berühmt für ihre statuenhafte Schlankheit und Größe.

»Ich muss. Wer die von einem Sterbenden auferlegte Pflicht verrät, wird vor dem Himmel für immer in Ungnade fallen.«

»Aber du willst doch gar nicht gehen.« Sie küsste ihn grimmig auf den Hals.

»Nein«, gestand er, als er sich ihr im Bett zuwandte, »das will ich nicht.«

»Tucarak würde nicht gehen. Nicht einmal Asab.«

»Das weiß ich nicht – und du auch nicht. Aber du kennst mich doch.«

»Ja, das ist es ja! Warum musst du immer so gut sein? Du willst eine Frau retten, die du noch niemals zuvor getroffen hast, von einem Stamm, den du nicht kennst, aus einem Land, das niemand jemals gesehen hat, für einen Mann, den du auf dem Sterbebett kennen gelernt hast. Ich weiß, wie weit die Pflichten eines Kriegers gehen, aber kannst du sie nicht einmal vernachlässigen, für mich?«

»Du bist so wunderbar.« Leicht wie eine Sommerbrise streichelten seine Fingerspitzen über ihre Stirn und das Haar. Er versuchte die Locken zu glätten und auch ihre Ängste. Doch trotz seiner Bemühungen sprangen sie immer wieder zurück, genau wie die Locken.

»Und du bist ein Narr!« Sie legte sanft die Finger auf seine Unterlippe. »Und damit bin auch ich gestraft, denn das macht mich zur Frau eines Narren.«

»Tja, Frau Närrin, dann passen wir ja gut zusammen.«

»Versprich mir nur Eines.« Sie sah ihm mit feuchten Augen ins Gesicht. »Versprich mir, dass du nicht lange wegbleiben wirst.«

»Nicht länger als notwendig – Frau.«

»Und dass du auf deiner Reise, wenn in fernen Ländern die Nächte kalt und einsam sind, nicht bei schönen Frauen liegen wirst; du sollst daran denken, dass ich hier auf dich warte.«

Er lächelte – und die Liebe, die er für sie empfand, floss aus ihm heraus wie Wasser aus einer Zisterne. »Es gibt keine lebende Frau, die es auch nur mit der Erinnerung an dich aufnehmen könnte, Mirhanja.« Dann bedeckte er sie und fühlte die Wärme in ihren Bewegungen. Sie seufzte und Ehomba fragte sich, wann er wohl das nächste Mal etwas von ihr spüren würde.

Früh am nächsten Morgen stand Daki mit feierlicher Miene da, beinahe erwachsen, aber Nelecha wollte die Lederbänder, die von Ehombas Wollkilt hingen, nicht loslassen. Für ein so schmächtiges kleines Mädchen besaß sie erstaunlich viel Kraft, und diese verwendete sie nun aufs Weinen: »Nein, nein!« Immer wieder – bis ihre Augen rot waren von den vielen Tränen und ihre Stimme heiser. Schließlich ließ sie sich, zuerst nur zögernd, bar jeder Hoffnung von ihrer Mutter in die Arme schließen.

Etjole und Mirhanja hatten in der vorigen Nacht schon auf ihre eigene Art Abschied voneinander genommen. Einige von Ehombas engsten Freunden unter den Männern aus dem Dorf waren gekommen, um ihm eine gute Reise zu wünschen. Er sagte ihnen nicht, dass er Fhastal noch träfe, sonst hätten sie ihn ausgelacht. Es gab also nichts zu lachen. Nur feste Händedrücke und wohlwollendes Winken begleiteten ihn, als er sich schließlich umdrehte und seinen Marsch auf dem Küstenweg antrat. Die Freunde verstanden, warum er ging, doch Ehomba wusste auch, dass einige, ungeachtet der Tradition, sein Tun missbilligten.

»Asab hätte bei dir bestimmt eine Ausnahme gemacht. Als Häuptling kann er das«, hatte Houlamu noch gesagt, bevor Ehomba aufgebrochen war.

»Ja, aber *ich* kann bei mir keine Ausnahme machen; ich bin es, mit dem ich den Rest meines Lebens verbringen muss«, hatte der Hirte erwidert.

»Das Leben in den Unsicheren Ländern kann ziemlich kurz sein«, hatten einige Freunde gemurmelt.

»Ich werde meine Wege sorgfältig wählen«, hatte er ihnen daraufhin versichert.

»In den Unsicheren Ländern? Wo Menschen von der Unwirklichkeit verschluckt werden, von Dingen, die es gar nicht geben dürfte?« Tucarak war voller Zweifel gewesen, seine Stimme hatte beinahe gehässig geklungen. »Niemand kehrt von dort zurück. Niemand geht dorthin.«

»Wie kannst du dann behaupten, dass niemand von dort zurückkommt?« Ehomba hatte seine Freunde eindringlich befragt, doch so sehr sie es auch versucht hatten, sie hatten sich beim besten Willen nicht entsinnen können, dass einer von ihnen jemals so töricht gewesen war, solch eine Reise zu unternehmen. Nicht seit Menschengedenken.

Als er die Felsen erreichte, bei denen der Weg zur Robben- und Meeraffenbucht abzweigte, blieb er stehen und hob eine Hand voll verwaschener, daumengroßer Kieselsteine auf. Die Meeraffen waren dankbar für den Halt, den der steinige Strand ihren Händen bot, und ihre Freunde, die Robben, fanden sich damit ab. Vorsichtig füllte Ehomba eine Hand voll Steine in einen kleinen Beutel und steckte diesen in seine Kilttasche, die er zuknöpfte. Wenn ihn weit fort von Zuhause einmal das Heimweh plagen sollte, konnte er die Steinchen herausnehmen und sie würden ihn an das Dorf, die Freunde und an seine Familie erinnern. Nur wenige seiner Stammesgefährten hätten das verstanden. Bereits belastet mit zusammengerolltem Bettzeug und Lederrucksack, wäre kein anderer auf den Unsinn gekommen, eine Hand voller Kiesel vom Strand dazuzupacken.

Etjole blickte zurück. Das Dorf befand sich schon außer Sichtweite, doch den Rauch aus den einzelnen Kaminen, der in den klaren Himmel aufstieg, konnte er noch sehen. Der Anblick seiner Heimat: nur noch Rauch. Was hielt wohl der Dunst, der vor ihm lag, für ihn bereit? Etjole ging schneller.

Niemand wusste, wann der Blitz zu Stein geworden war und sich am Ufer in der kleinen Bucht niedergelassen hatte, doch an der Form gab es keinen Zweifel – und auch nicht an der Gänsehaut und dem Kribbeln, das jeder verspürte, der daran vorüberging. Durch seine Form war dieser Stein zum bevorzugten Spielplatz der Dorfkinder geworden, an diesem Tag jedoch rannte noch keines auf der gepeinigten versteinerten Gestalt auf und ab. Es war noch zu früh für solche Erkundungsspiele.

Wie versprochen wartete Fhastal vor der unnatürlichen natürlichen Brücke. »Guten Morgen, mein Schöner.« Ihr Blick wanderte vom Rucksack über das gute Hemd zum neuen Kilt, von der Halskette aus bunten, handbemalten und -gebohrten Perlen, die an einem Lederriemen um Etjoles Hals hingen, zum verlängerten Speer, den er als Wanderstock benutzte. In Lederscheiden auf dem Rücken gekreuzt, trug Ehomba noch zwei zusätzliche Waffen: ein Kurzschwert, gefertigt aus dem gereinigten Kieferknochen eines Wales, das an beiden Seiten sorgfältig mit den zolllangen, rasiermesserscharfen Zähnen eines großen weißen Hais versehen war, und dann noch ein etwas kürzeres Schwert, das der Dorfschmied Otjihanja aus einem von den hunderten von Nickeleisenklumpen geschmiedet hatte, die vor Urzeiten vom Himmel gefallen waren und nun die Ebene im Südosten des Dorfes verschandelten. »Fertig, um die Suche zu beginnen, wie ich sehe.«

»Mir bleibt nichts anderes übrig. Der Auftrag verpflichtet mich.« Trotz seiner Entschlossenheit dachte Ehomba immer wieder darüber nach. Die Worte des sterbenden Beckwith schwanden zunehmend aus seinem Gedächtnis.

Doch so sehr sich der Hirte auch darum bemühte, das Gesicht des Fremden verblasste nicht.

Fhastal grinste wissend und zeigte dabei die erschreckend geringe Anzahl ihrer Zähne. »Du *musst* das nicht tun, Etjole. Keiner im Dorf wird schlecht von dir denken, wenn du deine Meinung änderst.«

»Ich werde es tun«, antwortete er knapp und sah an ihr vorbei. Hinter ihr lag die unfruchtbare Nordküste und weiter dahinter der Fluss Kohoboth, der das südliche Ende der Unsicheren Länder markierte. »Der Krieger Tarin Beckwith sagte, dass die Dame Themaryl über das große Meer in ein Land weit im Nordwesten verschleppt wurde. Wie soll ich das Meer überqueren?«

»Du musst dich immer Richtung Norden halten«, riet ihm die alte Frau. »Finde deinen Weg durch die Unsicheren Länder, bis du an einen Ort kommst, an dem Handwerker große Schiffe bauen; auf einem davon wirst du den Semordria-Ozean überqueren können.«

Er sah zu ihr hinunter. »Gibt es ein solches Land wirklich?«

»In meiner Jugend habe ich Geschichten von einem Königreich gehört. Ein Ort, an dem Menschen leben, die ein anderes Wissen besitzen als wir. Nicht unbedingt ein größeres Wissen, nur ein anderes. Sehr wahrscheinlich wirst du dort ein Schiff finden. Wenn nicht ...«, sie zuckte die Schultern, »kannst du guten Gewissens nach Hause zurückkehren, denn du hast dein Bestes versucht.«

»Ja, so soll es sein«, stimmte er zu, froh über diese Sichtweise. »Die Pflicht wartet. Ich muss jetzt gehen.«

Eine knorrige Hand packte ihn am Handgelenk. Überraschend viel Kraft steckte in diesem verwelkten Arm. Das gute Auge starrte ihn an, während das andere nach innen zu blicken schien.

»Du musst zu uns zurückkehren, Etjole Ehomba. Unter den Naumkib bist du der Größte. Und ich mache mich jetzt nicht lustig über deine Körpergröße.«

»Ich werde zurückkommen, Fhastal. Ich habe eine Familie und eine Herde, um die ich mich kümmern muss.« Er beugte sich hinunter, um ihr einen Kuss auf die alte, pergamentene Wange zu drücken, doch erschrocken fuhr er zusammen, als sie blitzschnell das Gesicht so herumdrehte, dass ihre Lippen genau auf die seinen trafen. Ihre Zunge tauchte in Ehombas Mund wie eine nasse Schlange und er glaubte, aller Atem würde aus ihm herausgesogen. So schnell wie sie vorgestoßen war, zog sie sich auch wieder zurück.

»Schau nicht so überrascht, mein schöner Großer.« Das Lächeln auf ihrem Gesicht ließ sie vierzig Jahre jünger wirken. »Ich bin alt, nicht tot. Und jetzt geh schon! Erfülle deine Pflicht so gut du kannst. Möge der Geist des Tarin Beckwith sich höchst glücklich schätzen, in deinen Armen von dieser Welt gegangen zu sein, und nicht in denen eines anderen.«

Er ließ sie zurück und winkte ihr vom höchsten Punkt der Felsen inmitten der Geisterbäume noch einmal zu, während sich die Meeraffen auf dem Kiesstrand unter ihm um die Meeresfrüchte stritten. Er wartete, bis Fhastal sich umdrehte, um den langen Weg zum Dorf zurückzuhinken. Bestimmt wäre es reizvoll gewesen, so dachte Etjole insgeheim, Fhastal in ihrer Jugend gekannt zu haben.

Er sollte jedoch seine Gedanken besser auf die vor ihm liegende Reise richten, ermahnte er sich selbst. Beherzt wandte er sich ab von den Felsen, vom Dorf und von dem einzigen Leben, das er bisher gekannt hatte, und richtete den Blick und die Füße auf den Weg, der vor ihm lag. Er durchquerte die geschützte Bucht, in der bellende Robben und schnatternde Meeraffen auf den glitzernden Kieselsteinen oberhalb der starken Brandung herumtobten. Einer der Meeraffen warf eine leere Austernschale nach ihm, sie landete knapp vor seinen Füßen. Seltsame Geschöpfe, diese Meeraffen. Sie konnten einerseits verspielt, andererseits aber auch sehr grob sein, das hing ganz von ihrer augenblicklichen Laune ab. Den Menschen schienen sie darin nicht ganz unähnlich.

Jenseits des Dorfes erstreckte sich die unermessliche Weite der einsamen Küstenlandschaft. Ehombas Stamm bewohnte die nördlichste Siedlung, die in der Karte eingetragen war. Eine Reise in den Süden hätte sich auf vertrautem Gebiet abgespielt. Obwohl Wallab und Askaskos in beträchtlicher Entfernung im Süden an der Küste lagen, kannten sich die Menschen von hier und dort und trieben regelmäßigen Handel miteinander. Noch weiter südlich von diesen Dörfern lag die große Handelsstadt Narkarros und dahinter gab es noch die Dörfer Werseba, Lanos und Ousuben. Je weiter man nach Süden ging, desto fruchtbarer wurde das Land und desto fetter die Weiden. Aber irgendjemand musste schließlich am Rande der bekannten Welt leben, das hatte ihm sein Vater mehr als ein Mal gesagt. Und die Wahl war vor langer Zeit auf die Naumkib gefallen.

Nördlich des Dorfes wich das Gras einer Sand- und Felsenlandschaft, in deren kahlen Grenzgebieten sich nur die zähesten Pflanzen halten konnten. Nur wenige Tiere lebten hier, und die wenigen, die es gab, waren aufgrund der unfreundlichen Umgebung boshaft und ständig übel gelaunt. Ehomba wartete nicht auf etwas Besonderes, er war auf alles gefasst. Einem gerechten Kampf stand er stets offen gegenüber.

Am Abend braute sich über dem Meer ein Sturm zusammen, rücksichtslos und unfreundlich. Er blies die Nacht und den ganzen nächsten Tag hindurch und zwang Etjole, mit einem Schal vor dem Gesicht zu wandern und die Augen ständig schützend zusammenzukneifen. Die rauen, dem Wind ausgelieferten Sandkörner nahmen sein Gesicht unter Beschuss und ließen die Arme wund werden. Aber Ehomba war nicht so leicht zu besiegen und schon gar nicht vom Wetter.

»Geh zurück aufs offene Meer!«, schrie er den Windstößen mehr als einmal entgegen und dabei hob er drohend die Arme und gestikulierte mit dem Speer wild in Richtung Meer. Zur Linken forderte ihn der große, flache grünschwarze Semordria-Ozean heraus, weit und kalt. »Lass mich in Ruhe! Ich bin nur ein Mensch, der seine Reise gerade eben angetreten hat; das ist nicht gerecht!«

Die Wellen rollten brüllend an die Küste, aber nicht einmal die Seevögel und Weichtiere antworteten darauf. Als Etjole schließlich am nächsten Morgen aus seiner behelfsmäßigen Unterkunft aus Decken und Treibholz hinauslugte, hatte sich der Wind gelegt. Aufgegeben, stellte der Hirte zufrieden fest. Allerdings hatte ein Vetter mit sanfterem Gebaren nun seine Stelle eingenommen.

Wäre er im Landesinnern gewandert, hätte ihm der dichte Nebel, von dem er sich nun eingehüllt fand, viele Probleme bereitet. Solange er jedoch der Küstenlinie folgte, käme er nicht vom Weg ab, nicht einmal im dicksten Nebel, denn das Echo der Brandung führte ihn. Solange er es auf der linken Seite hörte, manchmal auch aus einiger Entfernung, würde es ihn geradewegs nach Norden führen.

Mit Holzsplittern und Spänen aus Treibholz, die unter einer Sandschicht trocken geblieben waren, und mithilfe seines Schwertes aus Himmelsmetall, das er an einem geeigneten Stein rieb, entzündete er ein Feuer. Vom Nebel eingehüllt, blieb der nächste Morgen kalt. Das Frühstück bestand aus Tee und getrocknetem Fleisch, der Tee wärmte Ehomba und das zähe Fleisch sorgte dafür, dass sich sein Mund auch ohne Unterhaltung bewegte. In die Decke gerollt, auf einer Insel aus Leben und Wärme im grauen Nebel, schlürfte er den Tee und kaute langsam auf den getrockneten Fleischstreifen herum. Der Rauch des Feuers und der Dampf aus der Tasse kämpften im dichten Nebel um Anerkennung. In dieser vom Dunst verhüllten Stille konnte Ehomba neben dem leisen Knistern des verlöschenden Feuers nur noch das Geräusch der unsichtbaren Wellen hören, die am nebelverhangenen Strand an Land rollten.

Fertig mit der bescheidenen aber dennoch ausreichenden Mahlzeit, rollte Etjole seine Decke zusammen und band sie oben auf dem Rucksack fest. Es war unnötig, die Asche zu zerstreuen oder die Glut mit Wasser zu löschen – es gab hier nichts, was verbrennen konnte. Ohne Busch bestand keinerlei Gefahr eines Buschfeuers und ohne Wald konnte es keinen Waldbrand geben. Ehomba orientierte sich weiter am Lärm der Brandung und nahm den Marsch nach Norden wieder auf.

Er wusste nicht, wie weit sich der undurchdringliche Meeresnebel erstreckte. Niemand wusste das. So lange sich die Naumkib erinnern konnten, hatte ihr Dorf als die nördlichste Siedlung der südlichen Völker gegolten. Der fortwährende Nebel hielt sie von einer Ausbreitung nach Norden ab und hinderte vermutlich auch die Menschen im Norden daran, nach Süden zu ziehen. Etjole wusste, dass er sich nah an das Meeresrauschen halten musste. Verlor er es, würde er für immer im Nebel herumwandern müssen – oder zumindest so lange, bis seine Vorräte zu Ende gingen.

Mit entschiedenem Gesichtsausdruck beschleunigte er den Gang. Der feuchte Nebel klammerte sich an ihn, als wollte er ihn zurückhalten, doch Ehomba drängte unaufhörlich vorwärts und trieb den Nebel mit seiner Entschlossenheit auseinander. Nach Norden musste er gehen – und nichts würde ihn davon abhalten, an sein Ziel zu gelangen.

III

Das Land wurde nicht gerade grüner, je weiter Etjole nach Norden kam, aber man sah deutlich, dass die Erde sich darum bemühte. Vereinzelt wuchs nun ein wenig Gestrüpp und endlich zeigten sich grüne Stellen mit verschiedenen niedrigen Pflanzen, wobei sich das Grün unter dem Schutz von überhängenden Baumästen zusammendrängte. Einige Pflanzen kannte Etjole, wie etwa die Steinnusspalme und die salzaufnehmende Kasuarina-Pinie, andere jedoch waren ihm neu. Ein Baum fiel ihm besonders auf: Er besaß lange, ausgreifende Äste und es wuchsen längliche Nüsse, geschwungen wie die Augenbrauen einer Kurtisane, und gleichzeitig große purpurrote Früchte darauf. Raupen mit Flügeln knabberten an den runden Blättern, während flügellose Schmetterlinge über die Zweige krochen – auf der Suche nach Blüten oder verfaulten Früchten, die sie aussaugen konnten.

In einer Baumgruppe – er hielt dort an, um aus einem kleinen sauberen Wasserbecken zu trinken – erschien plötzlich eine Schar Affen über ihm. Sie marschierten in einer Reihe über den Ast, in strengem Gleichschritt folgten sie ihrem Anführer. Dieser trug einen Kopfschmuck aus den leeren Schalen eines Kürbisses. Halsketten aus Nüssen und Muscheln tanzten auf seiner haarigen Brust. Wie bei den Affen üblich, trugen alle Waffen. Einige hielten kleine Bögen und Pfeile in den Händen, die anderen hatten sich mit winzigen Speeren bewaffnet, die sie aus Hartholzstöcken zurechtgeschnitzt hatten. In der ganzen Truppe befanden sich keine Weibchen oder Junge. Diese, so wusste Ehomba, warteten in einem sorgfältig ausgewählten Unterschlupf in den Baumwipfeln auf die Rückkehr der Männchen.

»Halt!«, hörte Ehomba den Anführer plötzlich ausrufen. Sofort nahmen die Affen Kampfstellung ein. Während Ehomba vom Rand des Beckens zurücktrat und sich das Wasser von den Händen schüttelte, achtete er sorgsam darauf, nicht in die Nähe seiner eigenen Waffen zu fassen. Ein Dutzend winziger Pfeile war bereits auf ihn gerichtet.

Mithilfe der langen Arme und dem Greifschwanz hangelte sich der Anführer der Affen durch die wirren Äste herunter, bis er dem Viehhirten gegenüberstand. Ehomba nahm höflichkeitshalber Platz, dadurch verringerte sich seine stattliche Größe und er konnte dem etwa einen Meter großen Affen in die Augen blicken. Mit klimpernden Halsketten, den zugespitzten Stock in der Hand, näherte sich der Anführer vorsichtig und streckte die schlaffe Hand aus, so wie es die Art der vornehmen Affen war.

»Ich heiße Gomo.«

Der Viehhirte nahm die starken, geschmeidigen Finger in die seinen. »Etjole Ehomba vom Stamm der Naumkib.«

»Ich kenne diesen Menschenstamm nicht.« Über ihnen entspannten sich die anderen Affen sichtlich. Sie hielten die Waffen weiterhin im Anschlag, verteilten sich jedoch auf den Ästen des Baumes. Einige von ihnen nahmen die feuchten, schmackhaften Blätter des Baumes als kleinen Imbiss ein, während andere sich damit beschäftigten, die purpurroten Früchte einzusammeln, um sie dann in die groben Säcke zu stecken, die sie über den schmalen Schultern trugen. Die übrigen vergnügten sich damit, sich selbst oder den Nachbarn zu lausen.

Ehomba zeigte nach Süden. »Ich bin die Küste heraufgekommen, um den Auftrag eines Mannes auszuführen, der in meinen Armen starb.«

Gomo kratzte sich heftig in der Gegend des Steißbeins. »Aha! Dein Weg ist also vorgegeben.«

Der Hirte nickte. »Und was führt meine kleinen Brüder an diesen Ort? Die Freigebigkeit dieses Baumes?«

Der Anführer der Affen schüttelte den Kopf. »Nein, eine andere Freigebigkeit, so hoffe ich. Wir suchen nach Hilfe.« Gomo streckte sich, um hinter den Menschen sehen zu können und entdeckte den seltsam angespitzten Speer und andere ungewöhnliche Waffen, die dort auf dem Boden lagen. »Du bist ein Krieger?«

»Ein Viehhirte. Aber alle Männer in meinem Dorf sind auch Krieger. Man weiß nie, wann Angreifer aus dem Landesinnern auftauchen, die auf leichte Beute hoffen.« Er lächelte listig. »Aber die finden sie bei den Naumkib nicht.«

»Ich verstehe, du sprichst von menschlichen Angreifern«, antwortete Gomo weise. »Dieses Problem hat das Baumvolk nicht. Bei uns gibt es nur wenig, was die Menschen gebrauchen könnten.«

»Schwierig, in den Baumwipfeln eine Herde durchzubringen«, stimmte Ehomba zu. »Selbst ein kleiner Ochse oder ein Lamm würde sich schwer tun, in den Ästen zu weiden.«

»Ho, ho, ho!« Gomo krümmte sich und schlug sich vor Lachen auf den Bauch. Als die anderen Affen das Gelächter von unten hörten, stimmten sie mit ein, ihr heiseres Geschnatter übertönte für eine Weile jedes andere Geräusch in den Bäumen.

Als sich Gomo schließlich beruhigt und aufgerichtet hatte, wurde seine Miene wieder ernst. »Ein halber Krieger wäre uns eine größere Hilfe als gar keiner.« Der Affe musterte den Menschen von oben bis unten eingehend. »Und du bist so groß, du könntest beinahe zwei Krieger abgeben, nicht nur einen halben. Du könnest uns helfen.«

Ehomba sah hinter sich und warf zum Zeichen einen Blick nach Norden. »Ich habe dir gesagt, wohin ich muss und warum. Meine Familie wartet auf meine Rückkehr. Ich habe keine Zeit für Abstecher oder Ausflüge.«

Der Affe näherte sich, ein scharfer Geruch hüllte ihn ein wie ein weiter Mantel. »Du folgst der Küste? Nördlich von hier werden die Bäume weniger und das Land trostlos. Doch im Landesinnern kommt man rasch in grünere Gefilde, besonders entlang der Ufer des Aurisbub. Dieser wiederum fließt in den großen Fluss Kohoboth. Flussaufwärts von diesem Zusammenfluss liegt die Menschenstadt Kora Keri, wo einer wie du Rast, Essen und Unterkunft findet und Auskünfte über die Länder weiter im Norden, die für mich und mein Volk vollkommen im Dunkeln liegen.« Er lehnte sich zurück, die Hand lag auf dem Speerstock und der lange Schwanz wackelte hinter ihm hin und her. »Wenn du das alles aber schon weißt, vergeude ich meine Zeit, dir davon zu erzählen.«

»Nein, das ist neu für mich.« Man tat am besten daran, so wusste Ehomba, zu einem Affen ehrlich zu sein. Im Gegensatz zu ihren menschlichen Brüdern waren sie meist schlau und nur selten führten sie einen absichtlich in die Irre.

»Unsere Heimat liegt im Wald am Ufer des Aurisbub. Wenn du uns hilfst«, so fuhr Gomo fort, »werde ich dich persönlich nach Kora Keri geleiten. Natürlich könntest du weiter deinen Weg entlang der Küste gehen, doch du kommst viel schneller voran, wenn du die Route im Inland nimmst; Trinkwasser ist in Hülle und Fülle vorhanden, du musst es also nicht auf dem Rücken herumtragen; es gibt alle erdenklichen Nahrungsmittel und eine Stadt in nächster Nähe.«

»Du hast Recht – das werde ich tun.«

»Wir werden dich nicht länger als ein oder zwei Nächte aufhalten.«

»Du meinst, einen Tag oder zwei.«

»Nein.« Gomo brütete über schweren Problemen. »Unsere Quälgeister schlagen in der Nacht zu, wenn wir am schwächsten sind.«

Der Viehhirte seufzte. »Was habt ihr für Schwierigkeiten, Gomo, dass ihr den Dienst eines Kriegers in Anspruch nehmen müsst?«

Gelehrte, klare Augen sahen zu ihm auf. »Wir werden geplagt, Mensch, von einem Schwarm Slelvs.«

Ehomba nickte verständnisvoll. »Ich habe sie schon gesehen, doch unsere Herden belästigen sie nicht.«

»Nein. Das tun sie niemals. Die Menschen und deren Waffen und kriegerisches Gebaren scheuen sie, aber vor dem Baumvolk haben sie keine Furcht.« Die Bitterkeit in seinen Worten war deutlich zu hören. »Sie greifen uns in der Nacht an und stehlen unser Essen. Schon mehrere Male haben sie versucht, eines unserer Jungen zu verschleppen. Die Weibchen sind völlig verzweifelt und wir alle sind erschöpft, weil uns der Schlaf fehlt. Früher oder später werden uns die Slelvs zermürben und dann wird es eine Tragödie geben, nicht mehr nur Unannehmlichkeiten.« Zu stolz, um etwas zu bitten, senkte Gomo die Stimme.

»Wir können dir kein Gold oder Silber geben, Ehomba. Das ist Menschenkram, wir können nichts damit anfangen. Ich kann dir nur meine Ortskenntnis anbieten und die Dankbarkeit des Baumvolkes. Ich würde es auch verstehen, wenn deine Verpflichtung so wichtig ist, dass du deinen vorbestimmten Weg nicht einmal für einen kleinen Umweg verlassen könntest.«

Ehomba dachte über die Bitte nach und der Affe starrte ihn währenddessen mit feierlicher Miene an. Nach einer Weile erhob sich Ehomba, gestützt auf seinen Speer. Erschrocken sprangen die Affen oben in den Bäumen auf, darauf gefasst, sofort zu den Waffen zu greifen. Der Anführer beeilte sich, sie zu beruhigen.

»Ruhe! Der Mensch hat etwas zu sagen!«

Der schlaksige Viehhirte warf den Kopf zurück und blickte angestrengt hinauf zu den schmächtigen Gestalten in den Ästen. »Nichts ist vorbestimmt. Ich werde euch helfen... wenn ich kann.«

Seine Antwort löste einen noch größeren Tumult aus als zuvor. Die Affen hüpften ausgelassen von Ast zu Ast, warfen Blätter in die Luft und schlugen Purzelbäume auf den schmalen Zweigen, ohne dass auch nur einer abstürzte. Als sie sich allmählich beruhigten, gesellte sich Gomo wieder zu seinem Volk, er sprang auf einen Ast und schwang sich von dort mühelos hinauf in die Wipfel.

»Hier entlang, mein Freund Ehomba.« Auf einem Ast sitzend zeigte er mit dem Speerstock nach Nordosten. »Es ist nicht weit bis zum Aurisbub und wir müssen uns beeilen. Um nach Hilfe zu suchen, mussten wir die Weibchen und Jungen in der Obhut von Jugendlichen und Greisen lassen. Sie warten auf uns und werden sich schon Sorgen machen.«

Ehomba nickte und folgte Gomo am Boden, von Zeit zu Zeit warf er einen Blick hinauf ins Geäst, um die Richtung zu korrigieren. »Erwartet nicht von mir, dass ich mich durch die Bäume schwinge. Ich bin kein Affe.«

»Nein«, stimmte Gomo traurig zu. »Deine Art hat diese Fähigkeit verloren und damit auch die Freiheit. Wir bedauern den Stamm der Menschen.«

Der Bewuchs wurde immer dichter, je weiter sie ins Landesinnere vordrangen und die Affen waren mancherorts gezwungen herunterzukommen und aufrecht auf der Erde weiterzugehen. Außerhalb der Bäume konnten sie sich am schlechtesten verteidigen und entsprechend aufmerksam streiften sie durch die Landschaft. Auf diesen Strecken ließen sie das für die Affen bezeichnende übermütige Benehmen sein und drängten sich näher um den großen, bewaffneten Menschen.

Einmal sahen sie einen umherstreifenden Leoparden: ein Weibchen mit leuchtend gelben Punkten auf dem schwarzen Körper. Sie warf der Gruppe nur einen flüchtigen Blick zu. Mehr Sorgen mussten sie sich um die Herde haariger Elefanten machen, die nahe an ihnen vorbeistapfte. Obwohl viele Jungtiere in der Herde mitliefen, waren die Elefanten – denen in den wollenen Mänteln ziemlich heiß sein musste – nur darauf bedacht, den Fluss zu erreichen, um ihren Durst zu stillen. Zwei Mütter trompeteten den Affen mit erhobenen Rüsseln und Stoßzähnen etwas zu, setzten dann jedoch den Weg unbeirrt fort. Die Affengruppe hielt an, um der Elefantenherde den Vortritt zu lassen. Sie hätten das Nachsehen, würden sie sich den wandernden Ungetümen mitten in der Nacht in den Weg stellen.

Die Affen teilten ihre spärlichen Vorräte mit dem Menschen in ihrer Mitte und er nahm die Nüsse, Beeren und Früchte mehr aus Höflichkeit als aus Notwendigkeit an. Es konnte bestimmt nicht schaden, die eigenen Vorräte zu schonen. Man wusste nie, wann sich die Zukunft wieder weniger großzügig zeigte.

Schließlich tauchte vor ihnen eine hohe Baumreihe auf, die sich ununterbrochen von Süden nach Norden erstreckte. Vögel, kleine Drachen und piepsende Pipperils flogen in Schwärmen darüber hinweg, während Nagetiere am Boden die Grasflächen in langen, geraden Reihen mähten. Im Gegensatz zur unfruchtbaren, kargen Küste, war dies eine Gegend des Überflusses.

»Dort drüben fließt der Aurisbub«, erklärte Gomo und seine Herde brach in einen Freudentanz aus. »Wir befinden uns ein wenig südlich von dem Punkt, an dem wir eigentlich sein sollten. Wenn wir auf den

Fluss treffen, wenden wir uns nach Norden und schon bald werden wir wieder im Schoß unserer Familie angelangt sein.«

»Ich wünschte, ich könnte das auch sagen.« Mirhanjas Wärme gehörte schon einer zu weit zurückliegenden Vergangenheit an.

»Ich bin kein Seher, Ehomba, deshalb kann ich auch das Ende deiner Reise nicht voraussagen. Wenn du jedoch am Aurisbub entlang zum Kohoboth und dann nach Kora Keri gehst, weiß ich bestimmt, dass du die Stadt eher erreichen wirst.« Er legte einen langen, schlaksigen Arm um die Oberschenkel des Menschen. »Komm jetzt. Nicht mehr weit und wir erreichen freundliche Gesichter an einem einladenden Ort.«

Die geradezu explosionsartige Freude, mit der die heimkehrende Gruppe begrüßt wurde, war allein schon ein Erlebnis. Weibchen und Kinder kletterten und purzelten zuhauf aus den Bäumen, die nahe am Fluss wuchsen, und veranstalteten einen Lärm, den man gehört haben musste, um es zu glauben. Die akrobatischen Leistungen, die der Hirte zuvor schon bei den Affen bestaunt hatte, waren nichts im Vergleich zu dem Zirkus, der nun folgte. Dieses freudige Spiel der Wiedervereinigung entsprang einer ungehemmten Ausgelassenheit, wie sie nur die Affen an den Tag legten.

Als die Familien wieder zueinander gefunden hatten und Jugendliche und Alte von ihrer Pflicht als Beschützer befreit worden waren, stellte Gomo Etjole den Mitgliedern seiner Familie vor. Für den Rest des Tages bis hinein in den Abend sah sich Ehomba gezwungen, die Aufmerksamkeit zweier unglaublich ausdauernder und verspielter Kinder zu erdulden. Sie kletterten an ihm herum, obwohl ihre Eltern sie ständig ermahnten damit aufzuhören und wegzugehen. Für die jungen Äffchen stellte er anscheinend so etwas wie ein wunderbares, wanderndes und sprechendes Leibesertüchtigungsgerät dar, das in den Dschungel gekommen war, nur um sie zu unterhalten. Auf Gomos Drängen hin zerrte Ehomba sie abwechselnd von Kopf und Schultern, wenn ihre Streiche zu toll wurden. Doch er konnte sich nicht oft dazu überwinden. Es waren so kleine, arglose, braune Bündel purer und unverfälschter Freude. Den Gedanken, dass etwas unversucht blieb, um sie vor dem Futtertrog der plündernden Slelvs zu retten, konnte er kaum ertragen.

Im schwachen Mondlicht saß Ehomba auf dem krummen Ast eines Orangenhülsenbaums und sah hinaus auf den silbern glänzenden Fluss, während er Gomo zuhörte, der neben ihm Platz genommen hatte. Um ihn herum bereiteten sich die Affenfamilien auf die Nacht vor: die Weibchen drückten ihre Säuglinge fest an die Brust, die größeren Kinder legten sich aufeinander und die schläfrigen Männchen taten ihr Bestes, um wach zu bleiben und aufzupassen. Zusammen mit der Schönheit und der Ruhe der Landschaft hätte dies ein vollkommenes Bild des ländlichen Friedens abgegeben. Doch stattdessen spannte eine unausgesprochene Bedrohung die Luft fast bis zum Zerreißen.

»Sie kommen immer von dort.« Gomo streckte den Arm aus. »Von der anderen Seite des Flusses. Sie leben wahrscheinlich dort in den hohen Bäumen.«

»Zumindest kann man sie kommen sehen.« Die Jahre, die Ehomba tagaus tagein mit der Bewachung der Herden zugebracht hatte, hatten sein nächtliches Sehvermögen so weit geschärft, dass er sehr viel mehr wahrnahm als der durchschnittliche Mensch. Irgendetwas flatterte den Fluss hinauf und Etjole duckte sich, dann richtete er sich wieder auf: Es war nur ein Perffus, der geräuschlos über die Wasseroberfläche glitt, um nach Fischen zu suchen. Das Flugtier folgte dem Flusslauf, als plötzlich der rechte Flügel, der an der Spitze mit Haken versehen war, ins Wasser tauchte und zuckte; es hatte einen Fisch, der unmittelbar unter der Oberfläche schwamm, hinter den Kiemen aufgespießt. Schnell steckte der Perffus die Beute in den Schnabel und mit ein paar kräftigen Flügelschlägen richtete er sich wieder gerade und gewann an Höhe. Das Letzte, was Ehomba von den beiden sah, war der silbern blitzende, unglückliche Fisch, als Raubtier und Beute in den Bäumen am anderen Flussufer verschwanden.

Doch das Rascheln am gegenüberliegenden Ufer hörte damit noch nicht auf. Es verstärkte sich sogar noch, und schließlich tauchte eine dunkle Masse aus der Baumwand auf. Je näher sie kam, desto größer wurde sie, schließlich lösten sich die einzelnen Gestalten daraus.

Gomo schlug Alarm. Noch im Halbschlaf wurden verängstigte Weibchen mit ihren Jungen in die höchsten Baumwipfel gebracht, wo ihnen die Äste ein wenig Schutz boten. Bewaffnete Männchen gingen mit ihnen, um sie zu beschützen, während sich eine Streitmacht aus den besten Kämpfern um den Anführer scharte. Sie wollten die Angreifer abwehren, noch bevor diese die schwächsten Mitglieder der Herde quälen konnten. Bei dem verzweifelten Geschrei und aufgeregten Geschnatter tat bestimmt kein einziges Tier am Fluss ein Auge zu.

Ehomba packte seinen Speer und kauerte sich neben Gomo. Die Luft war wegen des strengen Geruchs der Affen zum Schneiden dick, doch er bemerkte es kaum. Als Hirte hatte er einen Großteil seines Lebens unter Tieren verbracht – ihr Geruch machte ihm nichts mehr aus.

»Das sind sie«, murmelte Gomo überflüssigerweise und deutete mit seinem Speerstock auf die Angreifer. »Warum lassen sie uns nicht einfach in Ruhe?«

»Ihr seid einfache Beute für sie.« Ehomba schien mit

dem Baum eins zu werden, er bewegte sich kaum. »Ich habe bereits einige Fehler in eurer Verteidigung entdeckt.«

Der Anführer der Affen zog die Augenbrauen hoch. Ein niederrangigeres Wesen hätte diese Bemerkung des Menschen vielleicht schon als Beleidigung empfunden, doch der verzweifelte Gomo konnte sich den Luxus des Gekränktseins nicht leisten. »So? Welche denn?«

»Keine Zeit. Später.«

Ohne Mondlicht war es unmöglich, die Anzahl der angreifenden Slelvs festzustellen. Es waren mehr als eine Hand voll und weniger als eine Horde. Innerhalb kürzester Zeit hatten sie die diesseitigen Bäume erreicht und flogen im Sturzflug auf die Affenherde herunter, um den unbewaffneten Weibchen die Jungen zu entreißen. Die Affen schrien zu ihrer Verteidigung, schlugen mit Speerstöcken nach den Nachtfliegern und schossen mit gefiederten Pfeilen auf die dunklen Gestalten, die zwischen den Ästen umherflitzten. Bei dem schlechten Licht war es so gut wie unmöglich, ordentlich zu zielen.

Ehomba kämpfte mit den Affen und brüllte den Kampfschrei seines Dorfes heraus, als er mit seinem wesentlich längeren Speer auf die Gegner einstieß, auch wenn er sich dabei fragte, was er hier eigentlich tat. Dann übertönte ein schriller, durchdringender Schrei das Kampfgetöse und Etjole wusste sofort, warum. Ein Säugling, so klein, dass er in seine Handfläche gepasst hätte, war von einem attackierenden Slelv aus den Armen der Mutter gerissen worden. Die Mitleid erregenden, elenden, hoffnungslosen Schreie des Kleinen wurden jedoch bald wieder überstimmt vom neuen Kampfgeschrei.

Der Hirte war nicht so wendig wie seine Gefährten, doch seine Größe ließ einige der Angreifer innehalten.

Es dauerte einige Augenblicke, bis sie begriffen, dass er kein Affe war, und in dieser Zeit verwundete Etjole einen Slelv und bohrte den Speer durch einen anderen. Dieser taumelte einige Schritte nach vorn, griff sich an die tödlichen Verletzungen und ging zu Boden.

Dann war es plötzlich vorbei. Die Slelvs flogen zischend und schnatternd zurück zum anderen Ufer und ließen die Affenherde zurück, die daraufhin ihre Verluste zählte. Diese umfassten den Säugling, dessen Entführung Ehomba beobachtet hatte, und ein altes Weibchen, das sich nicht selbst aus den Fängen zweier Raubtiere hatte befreien können.

Ein erschöpfter Gomo gesellte sich zu seinem menschlichen Freund. »Zwei sind verloren. Ohne dich, mein Freund, hätten wir noch mehr Verluste hinnehmen müssen.« Er ließ sich müde auf einen Ast fallen. »Aber es wird noch ärger werden. Bestimmt kehren sie morgen zurück.«

»Warum geht ihr nicht einfach von hier weg?«, fragte Ehomba. »Zieht an einen anderen Ort am Fluss.«

Der Anführer warf ihm einen scheelen Blick zu. »Glaubst du, das hätten wir noch nicht versucht? Die Slelvs spüren uns nach und folgen unserem Weg. Um uns endgültig von ihnen zu befreien, müssten wir den Aurisbub verlassen. Diese Entscheidung ist nicht leicht zu treffen. Das hier ist ein guter Ort, es gibt reichlich zu essen und keine anderen Herden, mit denen wir um die Vorherrschaft kämpfen müssten.«

Ehomba nickte langsam. »Das verstehe ich.«

»Ja. Die Lebensbedingungen hier sind gut. Das Wasser ist sauber und wir haben genügend zu essen. Es wäre geradezu ein Paradies für uns, wenn nur die Slelvs nicht wären.«

Der Viehhirte kreuzte die Arme vor der Brust und lehnte sich zurück an einen Baumstamm. »Ich bewundere jeden, der willens ist aufzustehen und für seine gewählte Heimat zu kämpfen. Sag mir, Gomo, waren die Slelvs schon vor euch da?«

Der Affenanführer sah ihn scharf an. »Auf welcher Seite stehst du, Mensch?«

»Auf der Seite derer, die nicht die Kinder aus den Armen ihrer Mütter stehlen.« Gomo entspannte sich sichtlich. »Doch im Laufe meines Lebens habe ich die Erfahrung gemacht, dass bei derartigen Auseinandersetzungen die Wahrheit nur selten so offensichtlich und einfach ist, wie es die Gegner einem Dritten glauben machen wollen.«

»Wir haben dir unsere Unterstützung angeboten als Lohn für deine Hilfe bei der Bekämpfung der Slelvs. Beleidigen lassen kann ich mich auch umsonst.«

»Sei nicht so empfindlich, Gomo.« Ehomba stieß ihn mit dem stumpfen Ende des Speeres freundschaftlich in die Seite. »Ich bin auf deiner Seite. Aber schon als Kind hat man mich gelehrt, immer beide Seiten eines Steins zu untersuchen, bevor man ihn aufhebt. Man weiß nie, ob auf der anderen Seite nicht vielleicht ein Skorpion sitzt.« Er richtete sich auf. »Wollen wir diese Slelvs doch einmal näher betrachten.«

Sofort hatte Gomo seinen Ärger über den großen Freund wieder vergessen. »Du hast eine Idee?«

»Vielleicht«, antwortete Ehomba unverbindlich. »Zuerst muss ich sehen, mit was ich es zu tun habe.«

Der Slelv, den er mit dem Speer erlegt hatte, lag noch dort, wo er gestorben war, ausgestreckt auf dem Grasboden, einen zerbrochenen Flügel unter dem Körper begraben. Mit einer Flügelspanne von insgesamt etwa zwei Metern handelte es sich um ein eindrucksvolles Wesen. Der menschenähnliche Körper steckte in einem feinen graubeigen Fell und war nicht größer als ein kleiner Affe. Zwei etwa fünfzehn Zentimeter lange Fühler ragten aus der mit Flaum bewachsenen Stirn. Die Nasenlöcher wirkten verhältnismäßig groß, die Ohren spitz und fledermausartig und die übergroßen Augen geschlossen. Der hölzerne Speer lag noch dort, wo der Slelv ihn fallen gelassen hatte. Ehomba hob die Waffe auf. Sie schien bestens geeignet für ein fliegendes Wesen mit nur wenig Auftriebskraft und war aus viel leichterem Holz hergestellt als die Speere der Affen. Doch die Spitze schien scharf wie eine Nähnadel.

Etjolc bückte sich und hob den leblosen Körper mit einer Hand auf. Er wog überraschend wenig, viel weniger als ein Affe von vergleichbarer Größe. Die Slelvs schienen viel schlanker gebaut zu sein, vielleicht waren auch die Knochen hohl, vermutete Ehomba. Den Mund spickten nadelartige Zähne, die mindestens genauso scharf waren wie die Spitzen der Holzspeere, die krallenartigen Nägel an Händen und Füßen krümmten sich, um besser greifen und halten zu können.

»Was denkst du?« Hinter Gomo drängten sich einige Männchen näher heran, um den beiden zuzuhören. Ein paar von ihnen bluteten aus hässlichen Bisswunden und Kratzern. Einer trug einen dicken Rindenverband am Oberarm, vermutlich hatte sich ein feindlicher Speer in das magere Fleisch gebohrt.

Ehomba starrte über den Fluss auf die Bäume, zwischen denen die Eindringlinge verschwunden waren. Er legte den Kopf leicht zurück und betrachtete den Himmel. Obwohl sie nicht wussten, was er vorhatte, äfften die Tiere jede seiner Bewegungen nach. Vielleicht dachten sie, dass sie durch die Nachahmung leichter verstünden. Der Affe sieht, der Affe versteht, dachte Ehomba.

»Ihr müsst von dieser Plage befreit werden, oder ihr werdet gezwungen sein, dieses Land sehr bald zu verlassen. Greifen die Slelvs nur bei Neumond an?«

Gomo nickte langsam. »Meistens. Manchmal kommen sie allerdings auch, wenn eine ganz schmale Sichel am Himmel zu sehen ist. Es kommt darauf an...«, er schluckte die aufkommende Trauer hinunter, »... wie gierig sie gerade sind.«

»Hungrig und gierig«, fügte ein anderes Mitglied der Affenherde hinzu. Seine Gefährten um ihn herum brachten ihre Wut und Enttäuschung ebenfalls zum Ausdruck.

»Ich verstehe.« Der Mensch in ihrer Mitte wandte sich vom Fluss ab und sah nun die Affen an. »Dann werden sie morgen Nacht wiederkommen.«

»Aller Wahrscheinlichkeit nach.« Gomo versetzte dem schlaffen Körper des toten Slelvs einen heftigen Stoß in die Seite. »Zu dieser Zeit des Monats greifen sie besonders gern an.«

»Dann müssen wir uns darauf vorbereiten. Wir werden allerdings einiges dazu brauchen.«

»Du hast wirklich einen Plan?« Die Augen des Anführers leuchteten vor Eifer.

Ehomba nickte. »Ich glaube. Es kann jedenfalls nicht schaden, dies zu versuchen. Wenn es auch zu sonst nichts führen wird, so wird es sie doch überraschen.«

Gomo legte eine langfingrige Hand auf den Arm des Hirten. »Sag uns, was wir tun sollen.«

IV

Nachdem sie sich um die Aufstellung einer Nachtwache gekümmert hatten, fielen Gomo und die anderen Mitglieder der Herde in einen unruhigen Schlaf und ließen Ehomba über seinen Plan nachdenken. Wenn er gelang, würde er die Herde höchstwahrscheinlich für immer vor den Raubzügen der Slelvs bewahren. Wenn nicht, würde Etjole etwas anderes versuchen. Die Unterbrechung der Reise kam ihm zwar sehr ungelegen, doch er hatte sein Wort gegeben, dass er versuchen würde zu helfen. Und er hatte Gomo bei einer anderen Sache die Wahrheit gesagt.

Er hatte etwas gegen Völker, die anderen die Kinder stahlen.

Am darauf folgenden Morgen befolgten die Affen seine Anweisungen geradezu übereifrig, sie rannten hin und her und führten seine Befehle aus, noch bevor er fertig erklären konnte, was er von ihnen wollte. Als die Absicht hinter Ehombas Anweisungen deutlich wurde, huschte immer öfter ein Lächeln über Gomos Gesicht.

»Ich glaube, ich weiß, was du vorhast, Mensch. Du willst die Slelvs in der Nacht sichtbar machen, sodass wir unsere Bögen und Pfeile besser einsetzen können.«

»Nein.« Während er sprach, beobachtete Ehomba die Affen, die umhereilten, um seine Anweisungen auszuführen. »Nein, das habe ich keineswegs vor.«

Der Affenanführer, der gedacht hatte, er hätte alles durchschaut, wirkte für einen Augenblick etwas verzagt. »Dann muss ich zugeben, dass ich gar nichts verstehe.«

»Du wirst es verstehen.« Ehomba erhob die Stimme und rief zwei übereifrigen jungen Männchen zu: »Nein, nicht dorthin! Höher hinauf! Ja, das ist besser.« Er wandte sich wieder Gomo zu. »Das heißt, du wirst es verstehen, wenn es gelingt.«

Ehombas Weigerung, sein Vorhaben näher zu erklären, machte den Anführer nachdenklich, doch er wollte abwarten.

Obwohl dies kaum noch möglich schien, brachte die neue Nacht eine noch dunklere Schwärze als die vorhergegangene mit sich. In dem toten Baum, den sie als vorderste Front ausgesucht hatten, kauerte sich Gomo neben Ehomba. Zusammen beobachteten sie die Baumreihe, die sich wie eine Menge blätterumrankter Schanzpfähle auf dem gegenüberliegenden Ufer des Aurisbub erhob.

»Diese Nacht ist ganz nach dem Geschmack der Slelvs«, flüsterte der Affenanführer. »Es würde mich überraschen, wenn sie sich nicht zu einem neuerlichen Überfall entschließen würden.« Mit trauriger Stimme fuhr er fort: »Besonders nach dem Erfolg der letzten Nacht.«

»Wenn mein Plan gelingt, dann wird es ihr letzter Erfolg gewesen sein.« Ehomba war inzwischen fest davon überzeugt.

»Ich bete, dass es so ist. Ich bin es leid, Mütter trösten zu müssen, denen die Slelvs die Kinder geraubt haben.«

»Wir werden bald wissen, ob du das jemals wieder tun musst.« Ehomba hob einen Arm und zeigte in die Luft.

Die dunkle Masse brodelte erneut aus den fernen Baumwipfeln und formte einen unheilvollen Schatten am nächtlichen Himmel, der die Sterne verdeckte. Dem gespannten Ehomba erschien der Schatten noch größer als in der Nacht zuvor. Sein Verdacht wurde von Gomo nur noch bestätigt.

»Heute Nacht sind es mehr. Außer dem, den du getötet hast, haben wir noch einige andere umgebracht. Sie sind an so schwere Verluste nicht gewöhnt. Ich glaube, wir haben sie wütend gemacht.« Gomo beendete den Satz mit einer triumphierenden Geste, die jeder Primat als unanständig bezeichnen würde.

»Vermutlich habt ihr das«, stimmte Ehomba zu. »Aber sie wissen nun auch, dass ich hier bin.«

Gomo sah auf zu dem Menschen, der ruhig neben ihm auf dem Ast saß. »Du bist nicht beunruhigt? Du hast keine Angst?«

»Natürlich bin ich beunruhigt. Ich bin immer unruhig, wenn ich weiß, dass man mir nach dem Leben trachtet. Aber ich habe keine Angst. Wenn ein kleiner Junge zum ersten Mal nachts das Vieh hütet und einen Drachen in der Ferne brüllen hört, dann verliert er entweder seine Angst für immer oder er wird niemals wieder hinausgeschickt, um das Vieh zu hüten.« Etjole lächelte den Affen in der Dunkelheit an. »Ich bin ein guter Hirte.«

Der Anführer lächelte weise. »Ich hoffe, du stellst dich als ein ebenso guter Leichenbestatter heraus.« Eine Hand legte sich sanft auf Ehombas Knie. »Für einen Menschen besitzt du ziemlich viel Edelmut, man könnte dich fast zu den Affen zählen.«

»Sie kommen.« Ehombas Muskeln spannten sich. »Macht euch bereit.«

»Jeder weiß, was er zu tun hat. Du hast sie gründlich eingewiesen. Meine Affen werden dich nicht enttäuschen.« Nach dieser letzten ruhigen Zusicherung verfiel Gomo in tiefes Schweigen.

Es stellte sich heraus, dass tatsächlich mehr Slelvs geflogen kamen als in der Nacht zuvor. Mit heftigen Flügelschlägen überquerten sie zielstrebig den Fluss, was auf eine gewisse Aufregung – aber auch auf Wut – hindeutete. Einen Menschen inmitten der Affen anzutreffen, musste eine ziemliche Überraschung für sie gewesen sein. Jemanden vorzufinden, der für seine Primatengenossen kämpfte, hatte sie mit Sicherheit wütend gemacht.

Und so flogen sie über den Fluss und schwangen bedrohlich ihre kleinen Speerchen und Messerchen. Diese Nacht würden sie sich nicht mit einer Entführung zufrieden geben, es musste Mord sein. Ihr geballtes Auftreten ließ vermuten, dass sie den Affen eine Lektion erteilen wollten: Widerstand war zwecklos und Tod würde mit noch mehr Tod beglichen werden.

Ehomba sprang von dem Ast auf, auf dem er gerade noch gesessen hatte und fuchtelte mit dem Speer über dem Kopf herum. Er winkte mit der freien Hand und rief. »Hier! Wir sind hier drüben!«

Fließend änderten die Slelvs im Flug die Richtung und steuerten auf den abgestorbenen Baum zu, die Speere im Anschlag bereit zum Werfen. Das schrille Gekreische der Angreifer wurde lauter, bis es das Rauschen des Flusses und der Bäume übertönte.

Gomo rührte sich nicht von der Stelle oder besser gesagt: vom Ast. Er schien völlig ruhig zu sein, einige der anderen bewaffneten Herdenmitglieder warfen verstohlene, nervöse Blicke zu Ehomba. Was würde geschehen, wenn sein Plan nicht gelang?, so fragten sie sich. Schließlich handelte es sich um einen Menschenplan und nicht um einen Affenplan; jeder wusste, dass das Baumvolk viel schlauer und gerissener war als die Bodenbewohner. Dennoch nahm kein einziger Reißaus. Die Angst vor dem, was Gomo ihnen antäte, wenn sie das wagten, war größer als die Angst vor den Slelvs.

Ehomba wartete sehr, sehr lange, so lange bis die Slelvs ihnen praktisch Auge in Auge gegenüberstanden. Dann schwang er den Speer im weiten Bogen über dem Kopf, um die ersten Angreifer wegzufegen, und er schrie aus vollem Hals: »Jetzt!« Blitzschnell kletterte er den Baumstamm hinunter, so schnell ihn seine ungeschickten Menschenarme und -beine trugen.

Der Abstieg wirkte nicht annähernd so geschmeidig wie der seiner Gefährten, doch Ehomba erreichte die Erde, noch bevor die Affen am Boden die Deckel der Feuerkürbisse öffneten und die flammenden Behälter in den toten, durch einen Blitz ausgchöhlten Baum warfen. Die Affen hatten den ganzen Tag damit zugebracht, den hohlen Stamm mit so viel losen, brennbaren Stoffen wie möglich zu füllen, trockenen Blättern, Zweigen, Baumharz und allem anderen, was schnell und heiß brannte. Sie hatten ihre Sache gut gemacht. Der tote Baumstamm verwandelte sich in Sekundenschnelle in eine riesige Fackel, er explodierte förmlich zum Himmel. Rötlich gelbe Feuerzungen loderten auf und erleuchteten die Nacht stellenweise heller, als das Licht des Morgens es vermochte.

In den umliegenden Ästen und auf der Erde bereiteten sich die Mitglieder der Herde mit grimmigen Gesichtern auf den Kampf vor. Ihre tränenden Augen hatten Mühe, sich an die plötzliche Helligkeit zu gewöhnen. Behielt der Mensch jedoch Recht, dann hatten die Slelvs – die als Nachtschwärmer galten – noch viel größere Schwierigkeiten mit der unerwarteten, blitzartigen Lichtflut. Sollte sich seine Mutmaßung bewahrheiten, dann würden die Angreifer, die den überraschenden Flammen am nächsten kamen, entweder für kurze Zeit oder sogar für immer erblinden. Doch das was nun geschah, hätte sich selbst der gewissenhafte Viehhirte niemals träumen lassen.

Gomo gestikulierte wie wild mit seinem Speerstock herum. »Sieh hin! Sie werden nicht blind.«

»Nein.« Ehomba stand neben dem Anführer der Herde und beobachtete das Baumfackellicht im Nachthimmel. »Nein, das hier ist noch schlimmer für sie.«

Die Affen warteten darauf, dass der Kampf begann. Sie warteten und starrten verblüfft hinauf.

Wie die Motten fühlten sich die nachtschwärmerischen Slelvs unweigerlich zu den aufsteigenden Flammen hingezogen. Gebannt zuckten sie auf und ab und um den lodernden Baum herum. Schließlich kam einer der Slelvs der Feuersbrunst zu nahe – und wurde verschluckt. Einer nach dem anderen übergab sich somit selbst dem Feuer, ein Flügel nach dem anderen und viele Körper gingen in Flammen auf, wann immer sie der gefährlichen, heißen Zone zu nahe kamen. Statt verzweifelt ums Überleben zu kämpfen, hatten die Affen nun Zeit zu Jubeln, wild umherzuspringen und Purzelbäume zu schlagen, während sie schadenfroh zusahen, wie ihre Feinde sich selbst vernichteten – in zahllosen glühenden Feuerexplosionen. Einigen Slelvs gelang es zwar, der Verlockung der Riesenfackel zu widerstehen, doch erblindeten sie trotzdem, so wie es Ehomba vorhergesehen hatte. Benommen flatterten sie zum Fluss und prallten auf dem Weg dorthin gegen Bäume und Äste, sie betäubten sich selbst und wurden so zur einfachen Beute der grollenden, rachsüchtigen Affen.

Nach einer Stunde war alles vorüber. Am Ende krochen die Affenweibchen mit den Jungen aus den Verstecken, in die man sie zu ihrer Sicherheit geschickt hatte, und bejubelten die letzten Kämpfe des Gemetzels, das für die Affen so erfolgreich ausging. Ehomba nahm nicht teil an diesem traurigen Ende des Blutbades, er zog sich lieber zurück und überließ es den Affen, sich an denen zu rächen, die ihnen so lange die Kinder gestohlen hatten. Am Ende würde nicht einer der Slelvs, die über den Fluss gekommen waren, die Rache überleben.

Durch einen flüchtigen Blick aus den Augenwinkeln wurde Ehomba auf etwas anderes aufmerksam. Keiner aus der Affenherde sah es, da alle noch zu sehr mit dem Niedermetzeln der Slelvs beschäftigt waren. Ehomba wusste jedoch genau, um was es sich handelte. Ein kalter Schauder lief ihm über den Rücken und er legte die Hand auf das Heft des Schwerts aus Himmelsmetall, das griffbereit am Rücken wartete.

Die Gestalt, die aussah wie eine aufgeblähte Träne, wirkte wie ein schwarzer Punkt am lichterloh brennenden Himmel. Zwei leuchtend rote Augen der puren Niederträchtigkeit starrten auf Ehomba herunter, der Mund, zu einem Schlitz zusammengepresst, erinnerte an einen blutenden Schnitt auf ebenholzfarbener Haut. Als sich die Lippen öffneten, blutete die reine Bosheit heraus. Ehomba sah zu, wie die Gestalt im Sturzflug herunterstieß und einen Bissen von dem Flammenlicht nahm. Nicht vom Feuer, nein, nur vom Licht. Langsam zog er das Eisenschwert aus der Scheide, er gab sein Bestes, nur um die Aufmerksamkeit des verschwommenen Wesens auf sich zu lenken.

Dann drehte sich das Wesen um die eigene Achse und flog davon. Vielleicht war das Licht des Feuers zu stark gewesen, so dachte Etjole, oder es hatte ihm nicht gemundet. Auf jeden Fall war es nicht die Helligkeit des Feuers, auf die es das Biest abgesehen hatte, sondern das Licht des Triumphes, das die siegreichen Affen ausstrahlten. Das war es, was diese Wesen mit echtem Entzücken verzehrten. Sobald Ehomba sicher sein konnte, dass die Gestalt verschwunden war, ließ er das Schwert wieder in die Scheide zurückgleiten.

Etwas berührte ihn. Er fuhr herum und sah Gomo vor sich stehen. Der Affenanführer schreckte zurück, weil der große Mensch so heftig reagierte. »Was ist los, Freund Ehomba? Du hattest gerade so einen seltsamen Ausdruck im Gesicht. Ich habe dich noch niemals so angespannt gesehen, so starr.«

Der Viehhirte deutete zum Feuer. »Ich habe etwas gesehen – dort in den Bäumen.«

Gomo beugte sich nach rechts und spähte an Etjole vorbei. »Ich habe auch in diese Richtung geschaut, aber nichts gesehen.«

»Sie sind nicht einfach zu entdecken, für Menschen genauso wie für Affen. Dazu braucht man die Augen eines erfahrenen Fährtensuchers. Es war ein Eromakadi.«

Gomo schnitt eine Grimasse. »Ein solches Tier kenne ich nicht.«

»Das ist kein Tier. Es gehört zu den Wesen, die auf den Plätzen leben, die die Lücken der echten Welt ausfüllen. Ein Lichtfresser. Sie fressen allerdings nicht das Licht, das die Sonne ausstrahlt oder ein Feuer wie dieses hier.« Ehomba zeigte wieder auf den lodernden Baum. »Der Eromakadi gedeiht im Licht der Freude einer Mutter über ihr neugeborenes Kind, oder aus dem Entzücken eines Künstlers, der eine neue Sichtweise der Welt gefunden hat. Wenn sie einmal eine Beute ins Auge gefasst haben, sind sie unnachgiebig. Sie sind verantwortlich für das meiste Elend auf der Welt. Wir im Süden sehen sie nicht oft, dort ist das Leben hart und es gibt nur wenig Freude, auf die sie Jagd machen könnten. Die Alten aus meinem Dorf kennen sie jedoch und von Kindheit an lernen alle Naumkib, wie man diese Wesen erkennt und mit ihnen umgeht.«

»Ich verstehe.« Gomo dachte nach. »Nach dem, was du mir erzählt hast, bin ich, glaube ich, froh, dass ich sie nicht sehen kann.«

»Sie sind überall, sehr gerissen und unberechenbar. Manchmal werden sie von den Eromakasi den Dunkelheitsfressern, gejagt, doch das kommt nicht oft vor. Im Gegensatz zu den Eromakadi, scheuen die Eromakasi die unmittelbare Auseinandersetzung.« Etjole drehte sich zum Fluss. »Doch das spielt jetzt keine Rolle. Ich dachte schon, wir müssten gegen den hier auch noch kämpfen, glücklicherweise war es nur ein kleiner seiner Art, der nicht lange blieb. Wahrscheinlich hat er eine noch hellere Freude oder größeres Glück irgendwo anders gewittert und sucht nun danach.«

»Das hoffe ich«, erwiderte Gomo erleichtert. »Mir gefällt die Vorstellung nicht, gegen jemanden zu kämpfen, den ich nicht sehen kann.«

»Es ist nicht einfach, weder für Menschen noch für Affen. Das nächste Mal, wenn du sehr niedergeschlagen bist oder sehr traurig, kannst du davon ausgehen, dass ein Eromakasi in der Nähe ist und an deiner Gemütsverfassung nagt.«

Obwohl die Nacht warm war und die Hitze des brennenden Baumes auf seinem Fell prickelte, lief Gomo ein Schauder über den Rücken. Trotz der entwaffnenden Einfalt, die der große Mensch an den Tag legte, schien es, als besäße er ein Wissen, das dem Baumvolk nicht zugänglich war.

Der tote Baum brannte noch gut eine Stunde weiter und die Glut, sein Vermächtnis, glühte die ganze Nacht hindurch; wie Ehomba schon vermutet hatte, war der Dschungel um ihn herum zu grün und zu feucht und er schwelte daher nur ungefährlich vor sich hin. Die wenigen Baumstämme in der Nähe, die schon bald Feuer gefangen hatten, waren bereits ausgebrannt; die immer wieder auflodernden Flammen wurden von der Feuchtigkeit, den Pflanzensäften und dem tropfenden Tau erstickt.

Später suchte Gomo seinen Freund Etjole noch einmal auf, diesmal um ihm zu gratulieren. »Bis auf das Eromakadi-Wesen, das nur du sehen konntest, ist alles so gekommen, wie du es vorhergesagt hast, Ehomba.«

»Nein«, erwiderte der Hirte nachdenklich, »nicht genauso wie ich es gesagt habe. Ich dachte ursprünglich, die Slelvs würden erblinden. Ich hatte nicht damit gerechnet, dass sie sogar ins Feuer hineingezogen würden.«

»Aber du hast vorhergesagt, dass sie dadurch sterben würden, und genau das ist geschehen.« Eine lange Hand versetzte Ehomba einen leichten Stoß in die Seite. »Das Baumvolk steht für alle Ewigkeit in deiner Schuld!«

Der Hirte lächelte freundlich zum Anführer der Affen hinunter. »Sagen wir, bis ich in Kora Keri bin, das soll reichen.«

»Auf diese Möglichkeit wären wir selbst niemals gekommen. Als wir uns dazu entschlossen, in den Bäumen weiterzuleben, während Menschen und Gorillas sich für den Erdboden entschieden, schworen wir dem Feuer ab.« Gomo schüttelte den Kopf und schob die Unterlippe vor. »Feuer und Bäume geben kein gutes Paar ab. Und Feuer in den Bäumen ist noch schlimmer.« Mit der Spitze des Speers tippte er seinem Freund auf die Schulter. »Ihr Menschen habt einen Tausch gemacht, als ihr von den Bäumen gestiegen seid: die Freiheit gegen das Feuer.«

»Vielleicht. Ich war damals nicht dabei, als diese Entscheidung getroffen wurde, ich stand nicht vor dieser Wahl.«

»Oh, ho, ho! Nicht nur ein Meister der Strategie, sondern auch ein Spaßmacher. Ich werde dich vermissen, Freund Ehomba.«

»Du vielleicht, aber deine Herde nicht.« Er zeigte hinauf in die Bäume, wo die Männchen, die sich schon dem Tod geweiht geglaubt hatten, mit Weibchen und Nachkommen Wiedersehen feierten. Diese Wiedervereinigung, das Umarmen und Schulterklopfen, Gekreische und Geschnatter, unterschied sich wesentlich von der, die Ehomba bei seiner Rückkehr im Dorf zu erwarten hatte, dennoch ließ das zärtliche Schauspiel ein Gefühl des Heimwehs in ihm aufkommen. »Sie werden froh sein, wenn ich weg bin.«

Gomo drehte sich zur Seite, um dem Blick des Viehhirten zu folgen und schniefte. »Ja, das ist wahr. Menschen bereiten ihnen Unbehagen. Besonders große, kämpfende Menschen wie du.« Er blickte wieder auf zu seinem neuen Freund. »Wo willst du nun hin?«

»Mein Ziel? Um die Wahrheit zu sagen, ich kenne den genauen Ort nicht. Ich gehe einfach nach Norden und hoffe, dass ich jemanden finde, der mich über den Semordria-Ozean bringt in ein Land, von dem ich noch niemals zuvor gehört habe – an einen Ort namens Ehl-Larimar.«

Der Anführer runzelte die Stirn. »Von einem solchen Ort habe ich auch noch nichts gehört.«

»Ein sterbender Fremder trug mir auf, ich solle eine schöne Frau aus den Fängen eines Mannes retten, den sie nicht liebt und auch nicht will.«

Gomo dachte über die Worte des Menschen nach und rieb sich das Kinn mit einem Zeigefinger, der länger war als der des größten Menschen. »Habe ich das richtig verstanden? Du hast dein Land und deine Familie zurückgelassen, um einen Ort zu suchen, von dem du nicht weißt, wo er liegt, für einen Mann, denn du nur einmal sahst, um gegen einen Feind zu kämpfen, den du nicht kennst, und das alles für eine Frau, die du noch niemals zuvor getroffen hast.«

»Das ist eine gute Zusammenfassung, Gomo.«

Der Anführer der Affen grunzte leise. »Und da behaupten die Menschen, wir Affen seien dumm.« Er schüttelte langsam den Kopf. »Warum tust du das? Wenn der Mann tot ist, kann er dir doch keinen Ärger mehr bereiten.«

»Ich tue es, weil ich muss. Ich kann nicht aus meiner Haut«, erklärte Ehomba freimütig.

»Du könntest jederzeit umkehren.« Wie eine Libelle flatterten Gomos Finger Richtung Süden. »Sag jedem, der dich fragt, warum du zurückgekehrt bist, dass du es versucht hast, aber nicht durchgekommen bist. Die

Trockenheit des Landes hätte dich abgehalten, ein Fluss oder ein gefährliches Krokodil. Keiner muss den wahren Grund erfahren.«

»Doch, ich.«

»Unsinn. Diese Antwort wäre eines Helden würdig – oder eines Narren.« Haarige Augenbrauen beschrieben einen hohen Bogen, als der Anführer der Affen sich nach vorne beugte, um tief in die Augen seines Freundes zu blicken. »Ich frage mich, welche von diesen beiden Möglichkeiten wohl auf dich zutrifft, Etjole Ehomba.«

»Ich weiß es nicht. Wahrscheinlich beides. Nur eines weiß ich gewiss: Es liegt in meiner Natur, viele Fragen zu stellen. Wenn ich mit dieser Sache fertig bin, werde ich eine Antwort auf meine Frage haben.«

Gomo nickte. »Ich hoffe wirklich, dass du kein Narr bist. Narren sterben früh und schnell und keiner trauert um sie. Nach all dem, was du heute Nacht für uns getan hast, würde es mich traurig stimmen, dich tot zu sehen.« Er richtete sich wieder auf und lächelte. »Am Ende werden wir alle sterben. Heute Nacht jedoch leben wir.« Er zeigte auf die anderen Herdenmitglieder, die gerade Früchte, Nüsse, essbare Triebe und Insekten zu einem köstlichen Haufen zusammentrugen. »Es wird ein Fest geben. Siehst du? Die Vorbereitungen haben bereits begonnen. Wenn ihr Menschen glaubt, ihr verstündet zu feiern, dann habt ihr noch nie mit dem Baumvolk gefeiert! Komm, Etjole Ehomba. Komm, ruh dich aus und vergiss deine Bürde für eine Nacht! Es reicht, wenn du die Reise flussaufwärts nach Kora Keri morgen in der Früh fortsetzt. Heute Nacht können wir dir vielleicht helfen zu vergessen, wer du bist.«

Ehomba stand auf und starrte auf den Fluss und die vielen verbrannten Slelvs. Was hatten die zerbrechlichen, fliegenden Wesen auf der anderen Seite des Flusses wohl zurückgelassen, als sie sich aufmachten, das

Baumvolk anzugreifen? Weibchen und Junge, die nun zusammengekauert auf die Rückkehr ihrer Kämpfer warteten? Er strengte sich an, doch er hörte kein Wimmern oder Jammern und kein Echo der Wehklage in der Ferne. Zum Glück. Zu viel Tod konnte an einem Menschen haften wie ein schlechter Geruch, den keine Seife der Welt abwusch. Ehomba drehte sich um und folgte Gomo, da fiel sein Blick auf eine geschwärzte Leiche, deren Flügel versengt waren. Zu seinem Erstaunen musste er feststellen, dass er sich soeben gefragt hatte, wie dieser Slelv wohl schmeckte.

Gomo hatte nicht übertrieben. Die Feier übertraf alle Erwartungen. Was Gomo jedoch nicht erwähnt hatte, war die Gabe der Affen, vergärten Honig und Fruchtsäfte zu mischen, wie es den Menschen niemals einfallen würde.

Ehomba erwachte am folgenden Morgen mit einem Kopf, in dem es pochte, als hätte er die Nacht inmitten einer trampelnden Rinderherde zugebracht, wobei ein Ochse seinen Schädel als Fußball missbraucht haben musste. Sein jämmerlicher Zustand regte die Affen zu manch lustigen Späßen an. Die spöttischen Bemerkungen und scherzhaften Seitenhiebe nahm Etjole jedoch gelassen hin.

Die gesamte Herde begleitete ihn nach Norden. Als Gomo die Lage der Stadt Kora Keri erwähnt hatte, hatte Ehomba geglaubt, er könnte sie ganz einfach selbst finden, indem er dem Fluss nach Norden folgte. Doch wie er bald feststellte, war es nicht ganz so einfach. Zahlreiche, mit dichtem Dschungel bewachsene Inseln teilten den Fluss in Dutzende von Kanälen, die nicht alle nach Norden führten. Eine falsche Entscheidung – und der Wanderer ging in die völlig falsche Richtung, oder noch schlimmer, dorthin zurück, wo er gerade hergekommen war.

Die Affen indessen wussten genau, welchen Weg sie nehmen mussten. Sie folgten einer Straße durch die Baumwipfel, die für Etjole unsichtbar war, für seine Gefährten jedoch breit und deutlich zu sehen. Zielsicher wählten sie an trügerischen Gabelungen und täuschenden Nebenflüssen den richtigen Weg, sie kämpften sich auf einer nahezu geraden Linie vorwärts, was sich angesichts der Übermacht des dichten Bewuchses und der tiefen Sümpfe nicht ganz einfach gestaltete. Ohne die lebhaften, wendigen Führer, so wusste Ehomba, hätte er sich hoffnungslos verirrt.

Natürlich hätte er auch so weitermarschieren können, wie er es ursprünglich geplant hatte: so weit nach Westen, bis er wieder an die Küste gelangte, um dieser dann nach Norden zu folgen. So hätte er stets die richtige Richtung gefunden, doch die Stadt Kora Keri mitsamt ihrer Annehmlichkeiten wäre ihm entgangen.

Flussschlangen kräuselten die glatte Oberfläche der tiefen Kanäle. Sie stellten für die Baumbewohner jedoch keine Gefahr dar. Etwas mehr Sorgen mussten sie sich dagegen wegen der Drachlinge machen, die dicht über den Fluss hinwegflogen. Wann immer eines dieser Tiere zu nahe kam, wichen die Affen in die Bäume zurück, die dem Flieger mit den langen Lederflügeln versperrt blieben, und warteten dort, bis er vorbeigeglitten war. Gelbe Augen starrten hasserfüllt auf die unerreichbare Beute, die spottend in ihrem Versteck aus verschlungenen Ästen saß.

Nach wenigen Tagen erreichten sie eine Mündung, an der sich die vielen kleinen Kanäle zu einem breiten, langsam fließenden, unverzweigten Fluss zusammenschlossen. Gomo kletterte aus den Bäumen herab, stellte sich stolz ans grasbewachsene Flussufer und tauchte einen Finger ins dunkle Wasser. Er richtete sich wieder auf und drehte sich zu Ehomba. Schließlich deutete er nach Westen.

»Hier kommen Aurisbub und Kohoboth zusammen. Von hier aus fließt das Wasser immer weiter nach Westen bis zum Semordria-Ozean.« Der Affe wirbelte um die eigene Achse und zeigte dann in die entgegengesetzte Richtung. »Auf der anderen Seite, eine Tagesreise entfernt von hier, liegt Kora Keri. Irgendwo wirst du eine Stelle finden, an der du den Fluss überqueren kannst. Wir müssen dich hier verlassen, wo unsere Heimreise beginnt. Ein Zuhause, das nun sicher ist, in dem die Kinder unbeschwert in den Bäumen spielen und am Flussufer herumtollen können.«

Mit hoch über dem Kopf erhobenen Händen watschelte er zum Viehhirten und schlang die langen Arme um die Taille des Menschen. Die starken, schlanken Gliedmaßen umarmten Etjole kurz und fest. »Auf Wiedersehen, Etjole Ehomba. Ich werde dich als Helden in Erinnerung behalten, denn zu glauben, du seist ein Narr, würde mich zu sehr schmerzen.«

Ehomba beugte sich hinunter und drückte freundschaftlich die Schulter des Affenanführers. »Glaub mir, das zu glauben, würde auch mir nicht gut tun.«

Indem er den Speer über dem Kopf parallel zum Erdboden hielt, vergewisserte sich Ehomba, dass sein Gepäck und die Waffen sicher auf dem Rücken verstaut und befestigt waren. Dann, sehr zur Überraschung und zum Vergnügen der Affenherde – besonders der Jungen –, stürzte er sich in den Aurisbub und zeigte Gomo damit, dass es nicht notwendig war, eine seichte Stelle zu finden.

Hinter ihm stimmten die Affenweibchen ein fröhliches Gejohle an, das Etjole bis zur Mitte des Flusses verfolgte. Der blecherne Ton ihrer Stimmen verlor sich jedoch allmählich im wirbelnden Geplätscher des fließenden Wassers. Hier wo der Fluss breiter wurde, schien die Strömung nur sehr schwach zu sein. Etjole war ein guter Schwimmer und das andere Ufer kam bereits in Sichtweite.

Schließlich stellte Ehomba fest, dass er Gesellschaft bekommen hatte.

Einen so großen Frosch hatte er noch nie zuvor gesehen. Der Körper mitsamt den ausgestreckten Beinen maß mindestens eine Armeslänge. Der dunkelgrüne, schwarz gepunktete Frosch schwamm plötzlich neben ihm an der Wasseroberfläche. Während Etjole drei Schwimmstöße vollbrachte, stieß der Frosch sich nur einmal ab. Das Tier verfolgte Etjoles Fortkommen mit großen, hervorquellenden Augen. Diese waren bedeckt von einer durchsichtigen Maske, einer Schwimmbrille, an der ein nach oben gebogenes Rohr aus einem fremdartigen, tiefblauen Stoff befestigt war. Außerdem bedeckten seltsame Schwimmhäute aus dem gleichen blauen Material die Füße des Frosches und er trug eine falsche Haut aus einem glänzenden, türkisfarbenen Stoff.

»Du schwimmst gut«, bemerkte der Frosch, während er gemächlich weiterschwamm.

»Was trägst du da?« Ehombas Arme pflügten durchs Wasser und seine Beine stießen ihn gleichmäßig weiter.

»Tauchermaske, Schnorchel, Schwimmflossen, Tauchanzug. Ich bin ein großer Anhänger des Überflusses, Mensch. Meine Artgenossen müssen die Stellen des Flusses meiden, an denen sich das Wasser in flüssiges Methan verwandelt. Ich hingegen muss nicht davor umdrehen, ich kann hinein.« Hinter der Maske zwinkerte wissend ein hervorquellendes Auge. »In flüssigem Methan lässt es sich gut jagen, wenn man weiß, wo man hinsehen muss und die Kälte nicht an sich heranlässt.«

Ehomba drehte sich auf den Rücken und schwamm weiter. »So etwas habe ich noch nie gehört.«

»Es gibt viele außergewöhnliche Orte auf der Welt, die die meisten aus Angst nicht aufsuchen, Mensch.

Aber ich gehöre nicht dazu.« Der Frosch grinste Etjole an, er hatte die ganze Zeit schon gegrinst. Wie die meisten Frösche konnte auch dieser nicht anders. »Ein Freund von mir ist Adler geworden, er will kein Lurch mehr sein. Du solltest mal seinen Düsenrucksack sehen.«

»Welche Art von Magie ist das nun wieder?«, wollte Ehomba wissen. Doch er erhielt keine Antwort, denn der seltsam ausstaffierte Froschlurch hatte bereits sein biegsames Rückgrat gekrümmt und war auf Nimmerwiedersehen abgetaucht. Etjoles Gedanken verweilten nicht länger bei dieser merkwürdigen Begebenheit und den Worten des Frosches. Man erlebte wirklich viel Seltsames im Laufe seines Lebens und wenn man sich die Zeit nahm, sich darüber den Kopf zu zermartern, stellte man bald fest, dass man seine Zeit auf Erden mit müßigen Fragen über die Beständigkeit eines bestimmten Weltbildes verschwendete.

Etjoles rechter Fuß stieß an etwas Hartes und Unnachgiebiges und für einen Augenblick verkrampften sich seine Muskeln. Doch wie sich herausstellte, handelte es sich dabei lediglich um den Grund des Flusses, der heraufkam, um ihn zu begrüßen. Ehomba stand an einer seichten Stelle auf und blickte zurück zum anderen Ufer. Zwar konnte er es noch klar erkennen, doch von den Affen fehlte bereits jede Spur. Nach der Verabschiedung hatten sie sich wahrscheinlich, wie Gomo bereits angekündigt hatte, unverzüglich auf den Heimweg in den südlicher gelegenen Wald gemacht.

Das Wasser lief an Etjole hinunter, trocknete jedoch sofort, er überprüfte seine Habseligkeiten, um festzustellen, ob bei der Flussdurchquerung etwas verloren gegangen war. Mit der Gewissheit, dass noch alles da war, wandte er sich nach Osten und nahm seinen Marsch wieder auf. In der heißen, feuchten Luft am Fluss brachte ihm der Luftzug auf der durchnässten

Kleidung, den er durch seinen flotten Gang erzeugte, eine willkommene Abkühlung.

In der Nacht lagerte er allein am Ufer des Flusses. Ohne die lebhaft schnatternden Affen empfand Ehomba die Stille um ihn herum geradezu als himmlisch. Die Sterne schienen so nahe zu kommen, als wollten sie den einsamen Mann näher beäugen, der da neben dem kleinen Feuer kauerte und ganz allein in der Dunkelheit saß.

Etjole bildete sich ein, dass ihn etwas streifte. Ein Schauder, kalt wie Eiswasser, lief ihm über den Rücken und er wirbelte herum. Doch wenn irgendetwas dort in der Nacht herumschlich, war es nicht greifbarer als die Nacht selbst. Nichts war zu sehen. Der Hirte holte tief Luft, legte sich nieder und wickelte sich in die Decke. Sollte ihn etwas im Schlaf angreifen, konnte er ohnehin nichts dagegen tun. Ein Mensch musste schließlich schlafen. Er würde sich wie immer auf seine Fährtensuchersinne verlassen, die ihn aufweckten, wenn etwas zu nahe kam. Sollte der Eromakadi nur kommen; doch darüber musste er sich keine allzu großen Sorgen machen.

Schließlich haftete ihm keine außergewöhnliche Heiterkeit an und auch keine strahlende Freude, was ihn für diese übel wollende Kreatur, die da an den Rändern der Wirklichkeit herumspukte, welche von den Menschen fälschlicherweise oft als unveränderlich bezeichnet wurde, nicht besonders anziehend machte.

V

Der Morgen erneuerte Ehombas Entschluss, sich zu beeilen. Genau wie Gomo es versprochen hatte, kamen die bestellten Felder bald in Sicht, die den Stadtrand von Kora Keri wie ein grünes Halsband einkreisten.

Zu behaupten, die Stadt sei eine einzige Enttäuschung, wäre ein zu strenges Urteil gewesen, doch auf den ersten Blick stellte sie nicht das dar, was Ehomba erwartet oder erhofft hatte. Zu Gomos Verteidigung musste man sagen, dass der Affenanführer die Stadt ja eigentlich gar nicht näher beschrieben hatte. Er hatte nur gesagt, dass Ehomba dort vielleicht nützliche Auskünfte oder Hilfe bekommen könnte. Es war gut, so überlegte der Hirte, während er sich den Toren in der Verteidigungsmauer näherte, welche die Stadt umschloss, dass er nicht auf mehr gehofft hatte.

Nach dem zu urteilen, was er vor sich sah, besaß die Stadt Kora Keri nicht viel, womit sie prahlen konnte. Bis auf ihre Größe. Es gab keine hohen Tempel, keine Marmorpaläste, keine Wunderwerke aus Stein und Ziegel. Obwohl die Stadt sehr viel ärmer wirkte, als Ehomba ursprünglich erwartet hatte, so war sie doch umso dichter bevölkert. Hinter dem Stadttor herrschte bereits rege Betriebsamkeit und eine Schlange von Pferde- und Kamelwagen, Büffelkarren, schwer schleppenden Faultieren und Fußgängern drängte von außen noch dazu. Ein paar kräftige Wächter prüften Fracht und Gepäck, doch nach welcher Art von Schmugglerware sie suchten, wusste Ehomba nicht. Er stellte sich ans Ende der Schlange und wartete, bis er an die Reihe kam.

»Aha, ein Fremder von weit her.« Der Wächter kratzte sich unter dem streng gebundenen, kräftig blauen Turban und glotzte den großen Viehhirten an, der vor ihm stand.

»Kommt aus dem Süden, würde ich mal sagen.« Ein anderer Wächter rümpfte sichtlich die Nase, während er sich vor Ehomba aufbaute. »Der stinkt nach Schafen und Kühen – oder nach noch Ärgerem.« Er atmete tief ein, schmatzte laut und führte sich auf wie ein eingebildeter Weinkenner, der das Aroma eines besonders sauren Jahrgangs prüfte. »Jetzt hab ich's. Affe! Er stinkt nach Affe.«

Alle fünf Wachposten prusteten laut los und keiner ließ es sich nehmen, noch weitere ungehobelte Bemerkungen dazu zu machen. Einer kam zu Etjole und stieß ihn unsanft in die Rippen. »Sag schon, Hirte, was soll dieses besondere Parfüm bedeuten? Heißt das etwa, dass du gerne in den Bäumen herumvögelst, wenn du gerade nicht unter den Schafen weilst?«

»Pass bloß auf«, riet ihm ein anderer spöttisch. »Die Huren hier in Kora Keri wollen harte Münzen und keine Bananen.« Wieder brachen alle in grölendes Gelächter aus.

Ehomba verzog keine Miene, er stand nur schweigend da und wartete geduldig auf eine Bemerkung, auf die es sich zu antworten lohnte. Als das Gelächter langsam nachließ, wischte sich der Dienst habende Offizier schließlich die Tränen aus den Augen und wandte sich mit einer Frage an den Wanderer, die zumindest entfernt an die Wahrung der Form erinnerte. Hinter Ehomba wurde die Warteschlage, die Einlass in die Stadt begehrte, immer länger, und ungeduldiges Gemurmel erhob sich unter den Kutschern und Händlern.

»Also, Affenfreund, was willst du hier?«

»Ich bin nur auf der Durchreise.« Ehomba gelang es, geradeaus zu starren und nicht auf den Wachmann.

»Ach, auf der Durchreise?« Der Offizier zwinkerte seinen Männern zu, die sich noch immer auf Kosten des Fremden herrlich amüsierten. »Auf der Durchreise wohin?«

»Nach Norden«, erklärte Ehomba wahrheitsgetreu.

»Ach wirklich? Du solltest besser nicht zu weit nach Norden gehen. Es heißt, dass sich dort einiges zusammenbraut.« Der Offizier trat einen Schritt zurück und fingerte am Heft seines Schwertes herum. »Das Eintrittsgeld beträgt ein Goldstück.«

Ehomba runzelte die Stirn. »Ich habe nicht gesehen, dass die anderen vor mir auch ein Eintrittsgeld bezahlten.«

Die Miene des Offiziers verfinsterte sich. »Dann musst du besser hinsehen. Vielleicht stimmt etwas mit deinen Augen nicht.« Nach einer kurzen Pause fügte er böse hinzu: »Und wenn nicht, für eine kleine Blindheit könnten wir schon sorgen.« Er zog das Schwert halb aus der Scheide.

Der Viehhirte drehte sich um und sah den bedrohlichen Blick. »Ich will keinen Ärger.«

»Dann fordere ihn nicht heraus.« Der Offizier hielt die Hand auf. Seine Männer stellten sich hinter ihn.

»Ich bin nur ein einfacher Hirte. Ich besitze nur Rinder und Schafe, keine Münzen. Mein Dorf ist arm.«

Der Offizier zuckte die Achseln. »Kein Problem. Dreh um und geh dorthin zurück.«

Ehomba warf einen sehnsüchtigen Blick auf die andere Seite des Tores. Er hörte die Geräusche des geschäftigen Marktplatzes, roch Fleisch und Gemüse, das in Öl und mit exotischen Gewürzen gebraten wurde, und verstand die aufmunternden Worte der vielen unsichtbaren Straßenhändler und Marktschreier genau. »Ich habe einen langen Weg hinter mir und bin sehr müde. Ich brauche etwas zu essen und muss mich ausruhen.«

»Geh und frag deine Freunde, die Affen, ob sie dir etwas zu essen geben!«, schlug einer der Wachmänner vor. Seine Kameraden lachten wieder los, wichen jedoch nicht von der Stelle.

»Vielleicht hast du etwas, das du verkaufen kannst.« Der Offizier wollte anscheinend nicht vollends kindisch wirken und deutete auf das Bündel auf Ehombas Rücken. Sogar die tölpelhaften Südländer, so sagte man, trugen manchmal interessante Waren oder Werkzeuge bei sich.

»Ich reise mit leichtem Gepäck. Ich brauche alles, was ich habe«, protestierte der Viehhirte vorsichtig.

»Diesen Speer zum Beispiel.« Der Offizier zeigte auf die schlanke Waffe. »Schlicht hergestellt und verziert, ziemlich nutzlos im Kampf, aber auf dem Markt als Rarität vielleicht etwas wert.«

»Wie ich schon sagte, ich brauche alles, was ich bei mir trage.«

»Oh, bestimmt nicht alles.« Der Offizier zwinkerte seinen Männern ein zweites Mal zu, dann trat er einen Schritt vor. Sein Mund verzerrte sich. »Diese Spitze zum Beispiel. Welcher Stein ist das?«

»Es ist kein Stein.« Ehomba zeigte auf die dunkelbraune, gezackte, etwa zehn Zentimeter lange Speerspitze. »Es ist der versteinerte Zahn eines Wesens, das es auf der Erde nicht mehr gibt. Die weisen Männer und Frauen meines Stammes behaupten aber, dass der Geist seines Besitzers noch immer in dem Stein wohnt.«

»Aah, gut! Eine schöne Geschichte für eine Waffe. Beides zusammen sollte fast ein Goldstück wert sein.« Eine Hand streckte der Offizier aus, die andere hielt weiter das Heft des Schwertes fest. »Gib ihn mir.« Sofort verteilten sich die anderen Wachposten, um dem zögernden Wanderer den Fluchtweg abzuschneiden.

Ehomba blickte in den Kreis der bewaffneten Männer. »Also gut«, antwortete er schließlich. »Hier.« Er hielt den Speer tiefer und deutete einen Wurf in die Richtung des Offiziers an.

Sogleich wurden die Schwerter gezogen und die Wächter traten zurück. Was dann geschah, wurde für eine Weile zum wichtigsten Gesprächsthema unter den Bauern und Händlern, die vor dem Tor in der Schlange standen und auf Einlass in die Stadt warteten. Viele sahen gar nichts, andere wiederum, die in den vorderen Reihen standen, behaupteten später steif und fest, dass für einen winzigen Augenblick etwas Gewaltiges vor den Stadttoren erschienen war. So etwas wie ein Drachen, nur noch viel größer, mit einem Kopf so groß wie ein Ochsenkarren, mit Augen wie der Tod selbst und mit Zähnen so schief wie Krummsäbel. Das Ungeheuer besaß erschreckend kurze Arme, einen langen, steifen Schwanz – und im Gegensatz zu gewöhnlichen Drachen ging es auf zwei Füßen wie ein Mensch.

Es beugte sich herab zu den entsetzten Wachmännern und knurrte, wobei das Knurren dem tiefsten Rachen entsprang. Bei diesem Laut warfen die Männer ihre Waffen in hohem Bogen fort und flüchteten bis auf einen, der auf der Stelle in Ohnmacht fiel. Das Biest beäugte den mit dem Gesicht nach unten liegenden, bedauerlichen Wachmann und beugte sich hinunter, um den Menschen mit mahlenden Kiefern anzustupsen. Doch noch bevor es nach der einfachen Beute schnappen und sie mit einem einzigen Biss verschlingen konnte, zog Ehomba den Speer zurück. Ein zischendes Geräusch ertönte, als würde Luft in ein Vakuum gesogen, und das Ungeheuer (so behauptete später ein Kräuterhändler, der im vorderen Teil der Schlange gestanden und angeblich alles beobachtet hatte) löste sich auf, wurde eingesogen in die Spitze des Speeres, der von einem großen Südländer vor dem Tor geschwungen wurde.

In den hinteren Reihen beanspruchten wild gewordene Pferde und quiekende Schweine die volle Aufmerksamkeit ihrer Besitzer, sodass nicht alle Augen auf das Schauspiel gerichtet waren, welches sich am Eingang zur Stadt abspielte. Ohne ein weiteres Wort trat der Wanderer ungehindert durchs Tor und schritt zielstrebig zum Marktplatz. Die Warteschlange stürmte den nun unbewachten Eingang der Stadt, und Menschen und Waren drängelten durch das Tor, um die Gelegenheit zu nutzen, den lästigen Fragen und Untersuchungen zu entgehen, die für gewöhnlich alle über sich ergehen lassen mussten, die von draußen um Einlass baten. Was die Geschichte mit dem Biest betraf, so blieb sie nicht sehr lange Gesprächsthema, da die Menschen sich wieder ihrem Tagesgeschäft zuwenden mussten.

Ehomba fand ein einfaches, sauberes Gasthaus, dessen Besitzer aufgrund der Tatsache, dass die Geschäfte in letzter Zeit schlecht gingen, zögernd zustimmte, die bunten Naumkib-Handelsperlen anzunehmen, die der große Fremde statt Münzen bei sich trug. Ehomba ließ sich zum ersten Mal, seit er sein Dorf verlassen hatte, wieder auf einem richtigen Bett nieder. Er packte seine Sachen aus und verteilte sie großzügig auf dem Fußboden. Das faustgroße Stoffsäckchen mit den glasigen Kieselsteinchen, die vom Strand nördlich seines Dorfes stammten, legte er unter das Kissen. Es sollte ihn zum einen an Zuhause erinnern, zum anderen war das Kissen viel zu weich und zu glatt, um darauf schlafen zu können. Etjole legte den Kopf auf die Steinchen und konnte den Geruch des Meeres riechen, der noch immer an dem Säckchen haftete.

So fiel er in einen traumlosen Schlaf und wachte bei Sonnenaufgang auf, so wie er es gewohnt war. Nachdem er sich gewaschen und seine Sachen zusammengepackt hatte, begab er sich in die Gaststube. Dort fand er ein reichhaltiges Frühstück vor: Würstchen, geröstetes Brot, das mit einer bunten Vielfalt aus Samen und gehackten Nüssen angereichert war, Butter, Marmelade, Eier in allen Größen und Farben und kaltes sowie gebratenes Fleisch. Es war eine üppige Mahlzeit und vor allen Dingen hatte der Hirte sie auch nötig. Als er fertig war, konnte er guten Gewissens behaupten, einen angemessenen Gegenwert für den entrichteten Preis erhalten zu haben.

Auf dem Marktplatz tummelten sich bereits die Händler, Bauern und Handwerker und verhökerten ihre Waren. Bunte Vordächer aus gewebten Stoffen beschatteten die Stände und Tische, Schilder in verschiedenen Schriften prangten über dunklen Eingängen und lockten die Käufer an. Wohlhabendere Ladenbesitzer verkauften alles: von Rosinen bis Rambutan, von Silber bis Schlangenöl, von Fisch bis zu Filigran, einfach alles. Pfannkuchenbäcker schwitzten über zischenden Pfannen und wetteiferten untereinander mit Teigen und Sprüchen. Eine dicke Frau in Seidenbluse und engen blauen Hosen versuchte Ehomba ein langes Beinkleid zu verkaufen, weil ihr offenbar der wollene Kilt nicht gefiel. Aus einer schmalen Tür trat ein dürrer, ziemlich junger Mungo heraus und versuchte, den großen Viehhirten zum Kauf (oder zumindest zur Miete) einer der anschmiegsamen jungen Damen zu verleiten, die hinter dem Mungo im Schatten standen.

Ehomba wurde von Lärm und Stimmengewirr eingehüllt, was jedoch nicht hektisch wirkte. Wäre er aus anderem Anlass hier, würde er sich gebannt treiben lassen. Doch er musste sich beeilen und seine Pflicht erfüllen, um dann rasch nach Hause zurückkehren zu können. Satt wie er war, konnte er den überschwänglichen Anpreisungen an den Imbissbuden gut widerstehen. Was er nun brauchte, waren Auskünfte über Schiffe oder, wenn das nicht möglich war, über die beste Route nach Norden.

Er fragte sich durch bis zu einem mehrstöckigen Lehmziegelhaus, vor dem ein dunkler Zwerg stand, der ihn über ein gekacheltes Treppenhaus in den dritten Stock schickte. Als Ehomba oben ankam, bog er in einen Flur ein. Eine Seite war zur Stadt hin offen und hell, ein krasser Gegensatz zur düsteren Treppe, die er heraufgekommen war.

Am Ende des überdachten Flures gelangte er an ein Portal, das nur durch einen Perlenvorhang verhängt war. Auf seine Frage antwortete eine Stimme von drinnen und bat ihn einzutreten.

Etjole stand in einem weitläufigen Raum, in dem sich Regal an Regal reihte, ein leise plätschernder Springbrunnen aus schwarzen und grauen Steinen am gegenüberliegenden Fenster beherrschte das Zimmer. Den Stein zierten viele kleine, versteinerte Urtiere, der Speerspitze nicht unähnlich. Bei näherer Betrachtung glaubte Ehomba die Geister der Tiere spüren zu können, die natürlich nicht annähernd so stark waren wie der, der seine Waffe bewohnte. Meist waren es kleinere Tiere, die am Meeresboden entlang krochen oder flatterten.

Die Regale und Schränke quollen förmlich über vor Tierchen, Steinen und Pflanzen aus allen Bereichen der Natur und abgegriffenen alten Büchern und Schriftrollen. Bei diesem Zimmer handelte es sich offenbar um die Wohn- oder Forschungsstätte eines Gelehrten, der sehr belesen war und über ein umfassendes Wissen über die Welt weit über die Grenzen der Stadt hinaus verfügte. Ehomba wusste genau, dass er hier richtig war.

»Komme gleich!« Die Stimme kam aus einer Tür in der gegenüberliegenden Wand. Ehomba fand einen freien Stuhl und machte es sich so gut es ging bequem. Dabei passte er auf, dass die zwei Schwerter auf seinem Rücken nicht gegen das geprägte Leder des teuren Stuhles stießen.

Eine Gestalt erschien in der Tür, die in den unsichtbaren Raum dahinter führte. Ehomba hatte jedoch etwas völlig anderes erwartet. Mit ausgestreckter Hand und einem Lächeln im Gesicht bedeutete ihm eine junge Frau, Platz zu behalten.

»Guten Morgen! Ich bin Rael aus der Schule des Cephim. Wie kann ich Ihnen helfen?«

»Ich… bitte entschuldigen Sie mein schlechtes Benehmen. Ich hatte eigentlich erwartet…«

»Hier einen alten Herrn anzutreffen?« Ihre Augen funkelten. »Einen pensionierten grauhaarigen Mann mit pergamentener Haut und einem langen Bart vielleicht? Oder eine schwerfällige, dicke Frau mit Kristallkugel?« Sie lachte und ihr Lachen klang wie die Sommerwellen, die über den weißen Sandstrand plätscherten. »Das passiert mir dauernd. Tut mir Leid, wenn ich Sie enttäusche.«

Ehomba versuchte sie nicht zu unverschämt anzustarren. »Ich habe nicht gesagt, dass ich enttäuscht bin.«

»Vornehm ausgedrückt. Sie sind…?«

»Etjole Ehomba. Ein Hirte aus dem Süden.«

»Ja, das kann ich an der Art, wie Sie sich kleiden und an Ihrer… äh… Duftnote erkennen.« Rael setzte sich an den Schreibtisch, auf dem sich offene Bücher, getrocknete Insekten und Pflanzen, ausgestopfte Vögel, polierte und raue Steine und farbige Glasflaschen mit unbekannten Flüssigkeiten stapelten. »Was kann ich für Sie tun, Ehomba? Ist eines Ihrer Rinder verloren gegangen?«

»Nein.« Sie machte sich lustig über ihn, das wusste Etjole, aber er war entschlossen, ihr den Ernst seiner Absicht offen darzulegen. »Es betrifft eine Aufgabe, die mir von einem Sterbenden übertragen wurde.«

»Ah.« Sie wurde ernst und zum ersten Mal sah Ehomba hinter der äußerlichen Schönheit und dem spritzigen Geist eine viel tiefer sitzende Persönlichkeit. »Erzählen Sie mir davon.«

Während er sprach, schien sich die Luft im Zimmer leicht abzukühlen und das Licht, das durch die Fenster drang, zu verfinstern. Als Ehomba fertig war, saß sie schweigend mit geschlossenen Augen da und dachte über das nach, was sie gerade gehört hatte. Als sie schließlich die Augen wieder aufschlug und den Besucher anblickte, bemerkte er, dass die Augen die Farbe gewechselt hatten, sie hatten sich deutlich sichtbar von blau nach schwarz verfärbt.

»Hier handelt es sich um eine ernsthafte Angelegenheit, Etjole Ehomba.«

»So ist es, Rael.«

»Was Ihre Frage betrifft: Es gibt durchaus Schiffe, die regelmäßig den Hafen von Kora Keri anlaufen. Sie verkehren auf den Handelsrouten entlang des Kohoboth, fahren mit der Strömung nach Westen und mit dem Wind zurück nach Osten. Doch ich kenne kein Schiff, das sich in die unberechenbaren Fluten des Semordria-Ozeans wagen würde. Allerdings gibt es Händler am Flussdelta, die die sicheren Gefilde des Flusses tatsächlich verlassen. Sie könnten zur Mündung des Flusses wandern, vielleicht treffen Sie dort auf einen von ihnen, doch auch diese Händler betreiben nur entlang der Küste Handel. Die Vorstellung, das Meer zu überqueren, würde sie in Angst und Schrecken versetzen. Sie interessieren sich nur für Geld und nicht für uneigennützige Forschungsreisen.«

»Ich verstehe«, antwortete Ehomba enttäuscht. »Dann muss ich weiter nach Norden, bis ich einen Kapitän und eine Mannschaft finde, denen die Vorstellung von einer solchen Reise keinen Schrecken einjagt.«

Rael drohte mit dem Zeigefinger. »Im Norden gibt es aber Probleme.«

»Das hat man mir schon gesagt.« Etjole musste wieder an die Torwächter denken und fragte sich, ob sie wohl schon zum Stehen gekommen waren. Zu seinen Füßen bewegte sich der Speer langsam, als wäre er Teil eines höhlenartigen Mundes, der sich im Schlaf regte. »Davor habe ich keine Angst.«

Sie sah ihn eindringlich an und er fragte sich, was sie wohl damit bezweckte. Ehomba zwang sich, an seine Frau zu denken, was nicht ganz einfach war. »Wovor haben Sie dann Angst, Etjole Ehomba?«

Darauf antwortete er: »Unwissenheit. Vorurteile. Eromakadi.«

Die Gelehrte zog ihre vollkommenen Augenbrauen hoch. »Dann sind Sie mehr als ein einfacher Hirte.«

»Nein. Das nicht.« Schweigend wartete er.

Nach einer Weile räusperte sich Rael. »Sie spüren bestimmten Dingen nach und ich kann bestimmte Dinge vorhersagen. Ich werde Ihnen eine Anleitung geben, wie Sie die beste Route nach Norden finden können, wenn Sie immer noch weiterwandern wollen. Aber zuerst – es interessiert mich selbst und außerdem mag ich Sie – werde ich versuchen zu sehen, was die Zukunft für Sie bereithält.« Ihr Gesichtsausdruck wirkte gekonnt seherisch, doch die starke Sinnlichkeit dahinter blieb Ehomba nicht verborgen.

Aus einer Vitrine hinter dem Schreibtisch nahm sie ein Kristall heraus. Kein rundes, wie es üblich war, sondern ein quadratisches. Kleine, bunte Mineralienstücke waren darin eingebettet, strahliger Quarz, vermutete Ehomba, oder etwas noch Exotischeres. Ohne die Aufforderung abzuwarten, rückte er seinen Stuhl näher.

Sie stellte den Kristallwürfel auf den Tisch zwischen sich und ihn und vollführte mit den Händen kreisende Bewegungen, dabei streichelte sie das durchsichtige Material mit den Fingerspitzen. Nur ungern gestand sich Etjole ein, dass er den Stein beneidete. Im Innern des Würfels zuckten und hüpften die dunklen Mineralienscherben, sie ordneten sich neu an zu einem rätselhaften Muster, das ihm nichts sagte, die Bewegung jedoch entzückte ihn. Soweit Ehomba das feststellen konnte, war der Steinwürfel massiv. Doch die tief im Innern verwurzelten Kristalle bewegten sich ohne Zweifel innerhalb des Steines.

Der Quarzwürfel wurde plötzlich trüb und fing an, die Farbe zu wechseln. Erst verfärbte er sich zu einem Morion, als Nächstes zu einem Citrin, dann zu einem Amethyst – einmal quer durch die ganze Edelsteinpalette. Währenddessen saß Rael fast bewegungslos da und konzentrierte sich auf ihre Aufgabe. Ehomba sah nur zu; die rätselhaften Vorgänge im Kristall und die Frau, die das bewirkte, entzückten ihn gleichermaßen.

Schließlich sah Rael auf, sie schloss die Augen, seufzte tief und schien in sich zusammenzufallen. Der Würfel wurde wieder farblos bis auf den Rutil und die anderen Einschlüsse. Sie öffnete die Augen und zwinkerte. Da er ein Lächeln erwartet hatte, war Ehomba enttäuscht.

»Gehen Sie nach Hause, Etjole Ehomba.«

Er wunderte sich. »Was?«

»Gehen Sie nach Hause.« Sie legte eine zarte Hand auf den Würfel. »Es steht alles hier drin. Ich habe es gesehen. Ein Unglück, ganz und gar. Sie sind verdammt zu ewigem Elend, Ihre Suche ist zum Scheitern verurteilt und der Rest Ihres Lebens zu kalter Leere, wenn Sie die Reise nicht hier und jetzt beenden. Gehen Sie nach Hause, zurück in Ihr Dorf und zu Ihrer Familie. Bevor es zu spät ist… bevor Sie sterben.«

VI

Sprachlos lehnte sich Etjole Ehomba im Stuhl zurück. Draußen auf dem Marktplatz tobte unverändert der heisere Lärm, die leckeren Düfte von Gebratenem zogen unaufhörlich hinauf in die höheren Stockwerke der umliegenden Häuser. Doch im Zimmer hatte sich etwas verändert. Irgendetwas war anders.

Trotz ihrer Aufgebrachtheit war Rael schön wie zuvor. Einen Augenblick lang fragte sich Etjole, wie sich der scharfe Verstand wohl auf die körperliche Leidenschaft auswirkte. Der Moment verstrich, die Umstände zwangen ihn, sich auf andere Dinge zu konzentrieren.

»Ich verstehe nicht.« Er zeigte auf den Kristallwürfel. »Was haben Sie darin gesehen, das sie zu einer so grässlichen Warnung veranlasst?«

Während sie sprach, wechselte die Augenfarbe von Schwarz zu Grün. »Eine Frau von beinahe übernatürlicher Schönheit.«

Ehomba schürzte die Lippen. »Das ist keine Aussicht, die ich als Anfang eines Unglücks bezeichnen würde.«

»Dann wissen Sie wenig von der wirklichen Welt, Wanderer.«

Er nickte in kaum wahrnehmbarer Zustimmung mit dem Kopf. »Dagegen kann ich nichts einwenden. Ich bin nur ein armer Hirte.«

Sie beobachtete ihn eindringlich. »Sind Sie das wirklich, Etjole Ehomba? Wenn ich Sie hier sehe, weit weg von Ihren Tieren und Ihrem Dorf, dann bin ich mir dessen nicht so sicher. Ein Viehhirte sind Sie bestimmt, und arm, was die verlogenen Münzen des Handels betrifft – vielleicht. Doch es gibt noch andere Arten von Wohlstand, andere Methoden, um Reichtum und den wahren Wert eines Menschen zu messen. Deshalb frage ich mich.«

Wie immer fühlte sich Etjole unbehaglich, wenn es um seine eigene Person ging. Er zeigte noch einmal auf den Würfel. »Wenn Sie beabsichtigen, mich von meinem gewählten Weg abzubringen, dann müssen Sie sich schon eine größere Bedrohung als eine schöne Frau ausdenken.«

»Ich ›beabsichtige‹ nichts dergleichen. Ich wollte nur versuchen, Ihnen Einblick in die Zukunft zu gewähren. Den Weg haben Sie selbst gewählt und nur Sie selbst können entscheiden, ob Sie ihn betreten wollen oder nicht. Das Leben ist ein Substantiv, Etjole, und zu leben heißt nicht mehr und nicht weniger, als die Adjektive darum herum anzuordnen.« Raels zierliche Hand strich über den Würfel. »Ich bin nur hier, um Ihnen zu zeigen, welche Adjektive man hinzufügen könnte.«

»Die Frau, die Sie gesehen haben, ist die Hellseherin Themaryl«, erklärte Ehomba.

Ihre Augen weiteten sich. »Dann haben Sie selbst schon ein wenig von der Zukunft gesehen?«

»Nein, nichts dergleichen.« Er kreuzte die Arme lässig vor der Brust, lehnte sich zurück und wippte sanft mit dem Stuhl. »Es ist der Name der Frau, die gegen ihren Willen entführt wurde, und der mir von dem sterbenden Soldaten Tarin Beckwith anvertraut wurde. Das stammt aus der Vergangenheit, nicht aus der Zukunft.«

»Nun, diese Frau bestimmt auch Ihre Zukunft.« Die sinnliche Seherin beugte sich über den Würfel. »Sie wird von einem kleinen Wicht gefangen gehalten, der mit dem Bösen im Bunde steht.«

»Hymneth der Besessene.«

»Ja.« Rael runzelte die Stirn und blickte wieder in das gesprenkelte Kristall. »Er ist umgeben von einer großen Verwirrung. Ich kann nicht feststellen, ob er nun die Macht über das Böse besitzt oder davon besessen ist.«

»Ich würde sagen: beides«, meinte Ehomba.

»Das ist oft so, aber Verwirrung und Unsicherheit sind hier so stark und so anders als alles, was ich bisher gesehen habe.« Sie sah auf und ihre Augen leuchteten plötzlich blassgelb wie die einer Katze. »Ich bin eine starke Frau, Etjole. Überzeugt von meinen Fähigkeiten und meinem Wissen. Aber ich würde niemals, niemals auch nur daran denken, eine Macht wie diese herauszufordern. Denn ihr wahres Aussehen bleibt mir verborgen und ist mit meinen Künsten nicht zu durchdringen; ich kann nur die Auswirkungen erkennen. Es gibt viele Arten des Bösen, aber dies hier übersteigt mein Begriffsvermögen. Es jagt mir schon Angst ein, wenn ich es nur im Kristall sehe. Ich will es gar nicht näher untersuchen. Womöglich könnte ich am Ende verstehen, wie es arbeitet.

Wenn Sie weiterziehen und wirklich auf dieses Wesen Hymneth stoßen sollten, wird er Sie völlig vernichten. So sehr ich es auch versuche, ich komme zu keinem anderen Ergebnis.« Sie setzte sich zurück und schloss die Augen. Mit ihrem Seufzer schien sich die Luft im Zimmer zu wallen, dann entspannte sich Rael wie eine Welle, die ans Ufer rollte, nur um daraufhin ihre Kraft und Energie an den durstigen Sand zu verlieren.

»Ich hatte«, so untertrieb Ehomba meisterhaft, »auf ein paar ermutigendere Worte gehofft.«

Rael öffnete die Augen. Sie waren wieder blau. »Ich mag Sie, Etjole Ehomba. Ganz gleich, ob Sie nun ein einfacher Hirte sind oder nicht, mit Duftnote oder ohne, ich fände es schade, wenn Ihnen etwas zustieße.

Aber ich kann Sie nicht aufhalten, und selbst wenn ich es könnte, würde ich es nicht tun. Jeder von uns wählt seine eigenen Adjektive, seine eigenen Adverbien. Ich habe mich dafür entschieden, hier an diesem bequemen, sonnigen Ort zu sitzen und mein Wissen an jene weiterzugeben, die es hören und dafür bezahlen wollen. Es ist ein gutes Leben.« Zum zweiten Mal sah Ehomba das Funkeln in ihren Augen. »Ich nehme an, ich kann Sie nicht dazu überreden, eine Weile bei mir zu bleiben. Wenn Sie mir etwas Zeit ließen, könnte ich Sie vielleicht davon abhalten, sich in den sicheren Tod zu stürzen.«

Raels Körper offenbarte sich ganz unauffällig, man konnte sich den Zeichen jedoch nicht entziehen, nicht einmal, wenn sie von so bedeutsamen Dingen sprach. Ehomba hatte diese Zeichen schon wahrgenommen, als sie den Raum betreten hatte. Der Ausdruck in ihren Augen wandelte sich nun von durchdringend zu einladend, und so wie sie sich auf dem Stuhl bewegte, entstanden Geräusche, die Ehomba mit allen möglichen Sinnesorganen wahrnahm, nur nicht mit den Ohren. Sie drangen laut und kraftvoll zu ihm herüber und drohten seine eigene innere Stimme zu übertönen.

»Ich weiß nicht, was mich mehr erfreuen könnte«, gab er offen zu, »wenn ich nur nicht verpflichtet wäre, diesen Auftrag auszuführen, und wenn ich keine Frau hätte, die zuhause auf mich wartet.«

»Ihr Haus steht weit entfernt von Kora Keri, Etjole. Wer weiß, was Ihre Frau unternimmt, um die Langeweile zu vertreiben, während Sie nicht da sind?«

»Darüber zerbreche ich mir nicht den Kopf.« Er stand auf. »Ohne triftigen Grund werde ich mir darüber keine Gedanken machen.«

Sie lächelte hinterhältig und streichelte über den Kristallwürfel. Die Einschlüsse darin schienen sich ganz allmählich in Raels Richtung zu drehen. »Ich könnte versuchen, die Antwort auf diese Frage für Sie herauszufinden.«

Er wandte sich von ihr ab. »Ich möchte es gar nicht wissen.«

Die Seherin Rael schniefte, konnte jedoch ihren Hohn nicht ganz verbergen. »Dann entscheiden Sie sich also für die Glückseligkeit des Unwissenden. Das erscheint mir ein armseliger Weg, um in einem Kampf zu bestehen.«

»Wer hat hier etwas von Glückseligkeit gesagt? Und ist es überhaupt ein Kampf, den ich zu bestehen habe? Wenn dem so ist, gegen wen kämpfe ich dann? Es ist niemand hier außer Ihnen und mir und ich möchte nicht annehmen, dass ich mit Ihnen kämpfe.«

Ihre Lippen, die Ehomba zu einer anderen Zeit und an einem anderen Ort gerne mit seinen eigenen zum Schweigen gebracht hätte, verwandelten sich zu einem dünnen Strich. »Es ist zum Verrücktwerden mit Ihnen, Etjole Ehomba! Sie müssen meine Dreistigkeit entschuldigen, aber in meinem Beruf bin ich es nicht gewöhnt, mit Männern oder Frauen mit Grundsätzen zu tun zu haben. Deshalb fällt es mir schwer zu entscheiden, was Sie sind und wie ich mit Ihnen umgehen soll.«

»Ich habe es Ihnen doch gesagt«, erklärte Etjole geduldig, »ich bin ein...«

»Einfacher Hirte, ja, ja!« Plötzlich sprang Rael vom Stuhl, sie wandte sich von ihm ab und stolzierte zur hinteren Tür. »Ein einfacher Hirte, der auf alles eine Antwort hat. Und noch schlimmer, Sie haben Recht damit.« Sie wirbelte mit nun violett glühenden Augen herum und drohte ihm mit dem Zeigefinger. »Wenn Sie weiter darauf bestehen, den Weg, den Sie nun eingeschlagen haben, bis ans Ende gehen, dann werden Sie sterben, Etjole Ehomba! Hören Sie, was ich sage? Verstehen Sie meine Worte? Sie werden sterben! Was sagen Sie denn dazu?«

Ehomba antwortete so ruhig und gefasst wie immer: »Sie haben einen sehr schönen Zeigefinger.«

Enttäuscht ließ sie den Arm fallen und atmete tief ein. »Ich glaube, Sie haben wirklich Recht, und ich hatte Unrecht damit, etwas anderes anzunehmen. Sie *sind* ein Hirte, einfältig und geistlos. Sie sind zu unbedarft, als dass man Ihnen Angst einjagen könnte. Entweder das – oder Sie sind der raffinierteste Hexenmeister, der mir jemals untergekommen ist.« Nun kam sie richtig in Fahrt. »Viele Männer sind mir monatelang nachgestiegen, manche sogar Jahre, alle ohne Erfolg. Sie aber haben mich innerhalb von Sekunden verzaubert und mich nun auch noch dazu gebracht, es zuzugeben.« Sie schüttelte langsam den Kopf, während sie ihn verständnislos ansah.

»Wer sind Sie, Etjole Ehomba? Was sind Sie?«

Noch bevor er antworten konnte, dass er nur ein einfacher Hirte aus dem Süden war, hatte sie auf dem Absatz bereits kehrtgemacht und war durch das perlenverhängte Portal verschwunden. Das Treffen war beendet. Für einen Augenblick überlegte Ehomba, ob er ihr folgen sollte, um es ihr noch einmal zu erklären. Er wollte sein Bestes tun, um ihren Ärger zu besänftigen und das Unbehagen zu lindern. Doch womöglich herrschte Dunkelheit in dem Hinterzimmer, in dem sie gerade verschwunden war, und die Wände standen sicher enger zusammen, wodurch ihm die Flucht noch erschwert wurde. Auch war er sich nicht ganz sicher, ob er sehr darum kämpfen würde, entkommen zu können. Am besten brachte er sich erst gar nicht in eine Lage, aus der er sich später befreien müsste.

Die Tür lud ihn förmlich ein. Ehomba erlaubte sich nicht nachzudenken, denn das könnte sich als beunruhigend herausstellen, oder seine Gefühle zu befragen, was sich als noch erschreckender erweisen könnte; er drehte sich also um und verließ das Haus.

Erst später, als er wieder in der sicheren, drängelnden Menschenmenge des lauten Marktplatzes gelandet war, fiel ihm ein, dass Rael nichts für seinen Besuch berechnet hatte. Er grub mit der Hand tief in der Tasche des Kiltes und holte das kleine Säckchen mit den Kieselsteinen heraus. Diese Steinchen halfen ihm stets aufs Neue, sich an das Dorf zu erinnern und seine Erinnerungen an Zuhause aufzufrischen. Je länger er an die strahlend schöne Seherin Rael dachte, desto mehr brauchte er diese Stärkung. Und wenn man ihren Worten glauben durfte, so hatte er auf sie einen genauso tiefen, erschütternden Eindruck gemacht wie sie auf ihn. Eine Nacht mit ihr wäre einem Vulkanausbruch gleichgekommen.

Doch es sollte nicht sein. Ehomba drängte sich durch die Menge. Es mussten Vorbereitungen getroffen werden. Wenn er, so wie sie es gesagt hatte, in diesem Land keinen Kapitän fand, der Willens war, das Meer zu überqueren, dann müsste er zu Fuß weiter nach Norden gehen. Das bedeutete, er musste die wenigen Vorräte, die er auf seinem Rücken tragen konnte, aufstocken. Salz, Zucker, einige wenige sorgfältig ausgesuchte Gewürze, die wichtigsten Heilpuder und was er sich sonst noch leisten – und was sich als nützlich erweisen konnte auf einem ausgedehnten Überlandmarsch. Wenn er Glück hatte, würde er vielleicht von einer Karawane hören, die nach Norden zog, und sich ihr anschließen können, dann würde er den Weg leichter finden und man könnte sich gegenseitig Schutz bieten. Doch da er sich auf das nicht unbedingt verlassen konnte, musste er sich darauf vorbereiten, allein weiterzuziehen.

Von den Ländern nördlich des Kohoboth wusste er wenig, er kannte nur die Geschichten, die die Dorfältesten wie Fhastal und Meruba am abendlichen Lagerfeuer erzählt hatten. Bei der Hälfte der Geschichten handelte es sich jedoch wohl mehr um reine Erfindung als um wahre Tatsachen. Besonders Fhastal legte einen außergewöhnlichen Erfindungsreichtum an den Tag, wenn sie ihre Märchen von fremden Ländern und Völkern erzählte. Ehomba hatte diesen weitschweifigen Erzählungen nur wenig Aufmerksamkeit geschenkt, denn die Geschichten hatten lediglich dazu gedient, Erwachsene und Kinder gleichermaßen zu unterhalten.

Nun versuchte er sich verzweifelt an Einzelheiten dieses Gefasels zu erinnern und hoffte, ein paar Körnchen Wahrheit aus der Spreu vieler Vermutungen zu gewinnen. Die Gegend nördlich des Kohoboth wurde Unsichere Länder genannt. Ehomba wusste nicht, warum. Weil das Wissen über diese Länder nur sehr begrenzt war? Oder steckten unheimlichere Gründe dahinter? Er würde es eher erfahren, als es ihm lieb war, so befürchtete er. In Ermangelung eines hochseetüchtigen Schiffes würde ihm nichts anderes übrig bleiben, als dorthin zu gehen.

Doch zuerst musste er die Vorräte aufstocken; und noch etwas anderes musste er tun. Er marschierte zurück zu dem Gasthaus, das ihn mit so gutem Essen und ungestörtem Schlaf versorgt hatte. Nicht dass er hungrig gewesen wäre oder ein Zimmer für die Nacht gebraucht hätte, nein, er ging wegen der schönen Rael dorthin, wegen einer winzigen Bemerkung, die er sich zu Herzen genommen hatte. Rael würde jedoch niemals in den Genuss des Ergebnisses kommen.

Ehomba selbst fand nicht, dass er unangenehm roch, aber er wollte ihr glauben. Schließlich war sie eine Seherin und einer solchen sollte man Glauben schenken. Bis er Kora Keri hinter sich lassen konnte, würde er die Gesellschaft anderer ertragen müssen, die nichts Schlechtes über ihn denken sollten. Also würde er sich opfern und eine Dusche nehmen.

VII

Es regnete, als Ehomba früh am nächsten Morgen die Stadt verließ. Es war ein trister Nieselregen von der Farbe flüssiger Holzkohle, der Etjoles Geist, wenn nicht sogar seine Entschlossenheit, ein wenig trübte. Ein Bild tauchte ungebeten vor seinem geistigen Auge auf: Rael. Sie lag nackt unter seidenen Laken in einem warmen Zimmer, die kühle, vom Regen gesäuberte Luft hauchte durch ein offenes Fenster herein und kühlte den Raum nur so weit, dass die Laken einen freundlich einluden; der Hauch drückte die Laken sanft auf das Bett, sodass die Rundungen der schlafenden Rael sich fein darauf abzeichneten, fast so weich wie…

Etjole wischte sich Wasser von Mund und Augen und zog die Kapuze, die hinten an den Kragen genäht war, tiefer ins Gesicht. Mit dem Speer als Wanderstock verließ er den alten Teil der Stadt durchs Nordtor. Dieses Tor war wesentlich kleiner als das im Westen, durch das er in die Stadt gelangt war. Im Norden herrschte schließlich auch nicht so reger Verkehr, der in die Stadt drängte, wie im Osten, Westen oder im Süden, wo die Stadt an den Fluss grenzte. Die zwei bedauernswerten Wächter, die vor den Toren standen, beachteten ihn nicht. Sie stemmten sich zusammen gegen den Regen und waren zur Gänze mit den Reisenden beschäftigt, die Einlass in die Stadt begehrten. Ein Blick auf die beiden zeigte, dass keiner von ihnen dem Quintett angehört hatte, das Ehomba bei seiner Ankunft vor einigen Tagen belästigt hatte – was sich äußerst nachteilig auf die fünf ausgewirkt hatte.

Trotz des Regens bearbeiteten Männer und Frauen die Felder, breitkrempige Hüte und dicke Umhänge boten ihnen Schutz vor dem Wetter. Kora Keri war eine bescheidene Stadt und lebte vom Handel und vom Anbau der verschiedensten Feldfrüchte. Sehr fruchtbar schien der Boden zwar nicht zu sein, aber der Fluss versorgte das Land stets ausreichend mit Wasser. Bei Ehomba zuhause herrschten ganz andere Zustände, dort war Trinkwasser so wertvoll wie Gold und die Herden mussten ständig von einem Wasserloch zum anderen getrieben werden, von einem mageren Weideland zum Nächsten.

Während Etjole im Vorbeigehen die Bauern bei der Arbeit beobachtete, stellte er fest, dass er froh war, nicht in einem so wasserreichen Land aufgewachsen zu sein. Zu viel Bequemlichkeit ließ die Menschen verweichlichen und träge werden. Er konnte beides nicht von sich behaupten und auch von keinem seiner Freunde daheim im Dorf. Notfalls waren sie in der Lage, in der trockensten Wüste zu überleben, bewaffnet nur mit einem Stock zum Graben und bekleidet lediglich mit einem Lendenschutz. Ehomba erlaubte sich ein kleines Lächeln und fragte sich, ob Rael diese Fähigkeit wohl in ihrer Vorhersage berücksichtigt hatte. Die Naumkib hatten schon viele Katastrophen überlebt. Warum sollte er dann nicht auch noch diese eine überleben können?

Wer wusste es? Vielleicht stellte sich heraus, dass man an die Vernunft dieses Hymneth des Besessenen appellieren konnte, oder noch besser: dass er das Interesse an der verschleppten Dame bereits verloren hatte, wenn Ehomba Ehl-Larimar erreichte, wo er herrschte. Es war bekannt, dass selbst die schönsten Frauen ihre mächtigen Männer irgendwann einmal langweilen – und natürlich auch umgekehrt. Die wirkliche Herausforderung, der sich Ehomba gegenübersah, bestand vielleicht nur im Erreichen des Landes, in dem der Zauberer herrschte – wenn er denn wirklich ein Zauberer war. Trotz ihrer Fähigkeiten war sich Rael anscheinend nicht ganz sicher gewesen über den Beruf dieses Hymneths, geschweige denn über sein Wesen.

Ehomba würde es schon herausfinden. Er hoffte allerdings, dass er gegen diesen Burschen nicht kämpfen musste. Ein Kampf galt als Zeitverschwendung, wenn man in derselben Zeit auf seine Herde aufpassen und seine Kinder großziehen konnte. Vielleicht war dieser Hymneth gar nicht vom Bösen besessen, sondern nur von Traurigkeit, oder einfach cholerisch veranlagt. Ehomba fiel es für gewöhnlich leicht, Freunde zu gewinnen. Die meisten Menschen mochten ihn einfach – und mit etwas Glück auch Hymneth der Besessene.

Wasser, Schlamm und durchtränkter Pflanzenbrei quoll zwischen seinen Zehen heraus. Stiefel hätten seine Füße trocken gehalten, doch Etjole konnte sich nicht vorstellen, Schuhwerk zu tragen, das die Füße vollständig umschloss. Die Fußsohle eines Menschen musste doch atmen. Außerdem war die Luft warm und jede Flüssigkeit, die vorne in die Sandalen hineinlief, lief hinten auch wieder hinaus.

Allmählich ließ Ehomba die bestellten Felder und mühsam am Leben erhaltenen Obstgärten hinter sich. Die breite Straße, der er folgte, verengte sich zuerst zu einem zerfurchten Weg, dann zu einem Pfad und schließlich verschwand auch dieser sang- und klanglos im Gras, das Ehomba bis zu den Knien reichte. Überrascht von dem unerwarteten Besuch schreckten Vögel und kleine, fliegende Reptilien aus ihrer Deckung und flohen lautstark protestierend und fauchend in alle Richtungen. Wenn Ehomba hungrig war, ging er auf die Jagd.

Einige Tagesmärsche von Kora Keri entfernt erreichte er einen zwar breiten aber sehr seichten Fluss, dessen Namen er nicht kannte. Breite Sandbänke ragten aus dem Wasser, das klar über kiesigen Untergrund floss. Im Gegensatz zum Aurisbub konnte man diesen Wasserlauf auch ohne schwimmen zu müssen überqueren.

Etjole vergewisserte sich, dass das Gepäck hoch genug auf dem Rücken saß, bevor er sich an den Abstieg über die steile Uferböschung machte, als eine Stimme sanft aber doch bestimmt zischte: »Ich werde dich töten, Mensch.«

Zuerst konnte Ehomba den Besitzer dieser Stimme nicht ausmachen. Erst als er zu Boden blickte, sah er die Schlange zusammengerollt im Gras liegen, dort wo der Schlamm des Flussufers begann. Sie maß etwa drei Meter in der Länge und ihre Schuppen glänzten lavendelfarben in der Sonne. Weder Punkte noch Streifen zierten den Körper, was erklärte, warum Ehomba sie nicht gesehen hatte. Sie befand sich nicht weit von der Stelle entfernt, auf die er den Fuß gesetzt hatte. Er wusste, dass eine giftige Schlange von dieser Größe über eine Menge Gift verfügte, und obwohl er diese Art nicht kannte, zweifelte er weder an ihren Worten noch an ihrer Absicht.

Ehomba legte die Zunge zwischen die Zähne und antwortete in der Sprache der Beinlosen. Die Schlange hob verwundert den Kopf, als sie ihn hörte. Offensichtlich war sie es nicht gewöhnt, von einem Menschen in ihrer eigenen Sprache angesprochen zu werden.

»Du sprichsst wie eine Schlange. Welche Art von Mensch bisst du, dass du das beherrschsst?«

»Nur ein Viehhirte, langer Bruder.« Um zu zeigen, dass er nichts Böses im Schilde führte und keine Angst hatte, setzte sich Ehomba ans Ufer und ließ die Beine über die Böschung baumeln. »Ess gibt Hirten, die ssind der Meinung, man ssollte eine Schlange auf der Stelle töten, um das Vieh zu schützen. Ich sselbst finde, man ssollte niemanden töten, und wenn, dann nur auss ganz bestimmten Gründen.«

Die Schlange senkte den Kopf wieder und beäugte den Menschen, der da saß, sehr neugierig. In dieser sitzenden, entspannten Stellung wäre Ehomba eine leichte Beute für die Schlange gewesen. Das neugierige Reptil wusste, dass es den Zweifüßler ganz nach Belieben töten konnte und schlängelte sich näher heran.

»Aufgeklärt und fähig, ssich klar auszudrücken. Wass isst, wenn ich einess deiner Tiere töte? Wass würdesst du dann mit mir machen?«

Ehomba zuckte die Achseln und blickte über den Fluss, als würde ihn nichts auf dieser Welt bekümmern, auch nicht die äußerst giftige Schlange, die bis auf eine Armeslänge an sein ausgestrecktes Bein herangekommen war.

»Alle Geschöpfe dieser Erde müssen essen. Ich persönlich esse sehr gerne Fleisch. Also würde ich dich verstehen.«

»Stimmt das wirklich? Ich habe gehört, dass einige Menschen nur Obsst und Gemüsse essen.«

Der Viehhirte lächelte zur Schlange hinunter. »Langer Bruder, jeder von unss isst, wass ihm schmeckt. Wass mich betrifft, ich könnte wahrscheinlich nicht überleben, wenn ich mich nur von Nüssen und Gras ernähren müsste.«

Die Schlange zischte zustimmend. »Ich habe auch Lusst auf etwass Warmess und Blutigess, das meinen Rachen hinuntergleitet. Das ist ein köstliches Gefühl. Aber du bisst ein Mensch – du verbrennst dein Essen, bevor du ess isst.«

»Nicht immer. Zufällig mag auch ich ab und zu gerne ein Stück rohes Fleisch.«

Ohne ausdrückliche Einladung glitt der Oberkörper der Schlange auf Ehombas Schoß. Sie wog schwer und wie alle Schlangen glich sie einem biegsamen Stahlkabel. Ehomba hätte nicht mehr fliehen können, selbst wenn er es gewollt hätte – aber er wollte gar nicht. Ihm gefiel die Unterhaltung. Nicht alle Schlangen waren so redselig.

»Wass für ein bemerkenswerter Mensch du bisst. Ich glaube, ich töte dich doch nicht.«

»Das würde ich ssehr begrüßen. Ess hätte diessen schönen Tag verdorben.« Ehomba hielt die flache Hand nach unten und erlaubte der Schlange hinaufzukriechen. Er hob die Hand hoch und saß nun Auge in Auge dem sprechenden Ende eines kalten, glatten Stück Fleisches gegenüber. Verkörpert in zwei durchdringenden, ungerührten Schlitzaugen, lauerte der Tod nur wenige Zentimeter von ihm entfernt. Der Tod behandelte Ehomba jedoch ziemlich freundlich.

»Außerdem«, fügte er hinzu, »bin ich zu groß für dich, als dass du mich hinunterschlingen könntest.«

Die Zunge der Schlange schnellte heraus und erforschte vorsichtig Ehombas Lippen. »Du schmeckssst gut. Warm und feucht. Doch du hasst Recht.«

Langsam – aber ziemlich mutig – schwenkte der Hirte die Hand hin und her und trug damit auch den Kopf der Schlange von einer Seite zur anderen. Das Reptil hatte gegen dieses Spiel nichts einzuwenden. »Warum wolltesst du mich dann töten?«

»Du hasst mich erschreckt. Ich mag ess nicht, wenn man mich erschreckt, bessonders nicht, wenn ich gerade jage. Außerdem habe ich sseit vielen Tagen nichts mehr gegessen.«

»Jetzt da du es sagst, langer Bruder… ich bin auch hungrig.« Etjole senkte die Hand und ließ die Schlange zurück in den Schoß gleiten. »Möchtest du mit mir essen? Ich werde bestimmt etwas finden, das uns beiden mundet.«

Das ungläubige Reptil hob den Oberkörper einen Meter über den Boden und betrachtete den unerwarteten neuen Freund. »Das würdesst du für mich tun? Nachdem ich dich töten wollte?«

Der Hirte stand auf und klopfte sich den Schmutz vom Hinterteil des Kiltes. »Warum nicht? Gleichgültig wen ich auf der Straße treffe, ich bin immer bereit, mein Mahl mit ihm zu teilen. Das ist meine Art zu reisen.«

»Wenn das eine Falle isst, werden dich meine Brüder finden.« Die Schlange schlängelte sich vor und zurück, während sie sprach.

Ehomba lächelte. »Egal. Deine kleinen Brüder, die Würmer, werden mich ganz abgesehen davon ohnehin einmal zu fassen kriegen. Und nun komm mit mir, wir wollen sehen, was wir finden können. Ich besitze einen guten Spürsinn.«

»Du besitzt den Vorteil der Größe«, erklärte die Schlange, »ich muss mich auf Geruch und Wärme verlassen.«

Nach mehreren Stunden der Suche nahm Ehomba schließlich die Fährte eines Wasserschweins auf und spürte ihm nach bis zu einer Ausbuchtung am Fluss, wo sich eine kleine Herde der Riesennager in den warmen Untiefen tummelte. Zwei Jungtiere versorgten die beiden Jäger mit mehr als genug Nahrung. Aus Rücksichtnahme auf das Feingefühl des Gefährten aß der Hirte seinen Anteil ebenfalls roh. Die Schlange wusste dies zu schätzen.

»Beim Geruch von gekochtem Fleisch wird mir übel.« Das Reptil lag zwar eng zusammengerollt neben dem Hirten am Lagerfeuer, doch die Ausbuchtung, die die Mitte seines Körpers kennzeichnete, konnte es nicht verbergen. Das Hinunterschlucken des jungen Wasserschweins hatte seine Zeit gebraucht, und Ehomba hatte Wache gehalten, bis die Schlange damit fertig war. »Ich danke dir für deine Liebenswürdigkeit.«

»Bitte.« Ehomba kaute bedächtig auf einem Lendenstück herum. Es war ein wenig fett, wie immer bei Nagetieren, doch nicht unschmackhaft.

»Ich möchte dir etwass schenken, Mensch. Alss Dank für deine Hilfe bei der Jagd und alss Erinnerung an unssere Freundschaft. Etwass ganz Bessonderes. Ich ssehe, dass du Wasser bei dir trägst.«

Der Hirte legte eine Hand auf den ledernen Wasserbeutel, der an seinem Bündel festgeschnallt war. »Ich habe es nötiger als deine Art.«

»Bring den Beutel näher zu mir. Ich würde ja hingehen, aber ich bin zu voll.«

Gehorsam schnallte Ehomba den schwabbeligen Sack los und legte ihn vor die Schlange.

»Öffne ihn.« Etwas verwirrt befolgte der Hirte die Anweisung.

Die Schlange bewegte sich vorwärts und biss plötzlich in den Metallrand des Ledersackes. Ehomba konnte die zwei Rinnsale erkennen, die die gerillten Giftzähne hinunterliefen und ins Leder sickerten. Als sie fertig war, rollte sich die Schlange wieder ein.

»Ich habe die Dossiss genau bemessen, Mensch. Trink langssam, immer nur wenig. Wenn du den letzten Tropfen getrunken hasst, wirst du immun ssein. Nicht nur gegen mein Gift, ssondern auch noch gegen viele andere Arten.« Der geschuppte Kopf verneigte sich und blickte zu Boden. »Das isst mein Geschenk für dich.«

Behutsam klebte Ehomba die zwei winzigen Stiche mit einem Flicken aus dem Nähzeug, das er bei sich trug, wieder zu. Obwohl er ein wenig an der Behauptung der Schlange zweifelte, wollte er es doch versuchen. Er hatte keine Angst davor, das verdünnte Gift zu schlucken. Wenn die Schlange ihn töten wollte, könnte sie es zu jeder beliebigen Zeit ganz einfach tun.

»Danke für das Geschenk, langer Bruder.« Ehomba

lehnte sich zurück auf sein Bündel, das er als Kissen benutzte. Er ließ seinen Blick nach oben schweifen, hinauf zu den Sternen. »Und jetzt sollten wir wirklich schlafen.«

»Ja.« Die Schlange legte den Kopf auf den zusammengerollten Körper und schloss die Augen. »Versuch erst gar nicht, mich morgen aufzuwecken, Mensch. Ich werde einige Tage lang schlafen.«

»Ich werde leise sein wie eine Maus«, versicherte Ehomba.

Die leise zischende Antwort klang undeutlich, denn die Schlange schlief schon fast ein. »Ich bin sso ssatt. Alsso sprich bitte nicht übers Essen.«

VIII

Getreu seinen Worten machte Ehomba keinen Lärm, als er am nächsten Morgen aufstand. So vergänglich wie die Atemwolken eines Säuglings an einem kalten Morgen stieg der Nebel aus den Untiefen des Flusses. In den tiefgrünen Bäumen am gegenüberliegenden Flussufer krächzte ein einzelner Sittich sein fröhliches Lied, weil ihm ein weiterer Tag des Lebens geschenkt wurde.

Ehomba packte seine Sachen zusammen und verabschiedete sich von der Schlange, indem er sie noch ein letztes Mal freundlich streichelte. Ihre Haut fühlte sich kühl und trocken an. Er hatte sich immer über die Stadtfrauen geärgert, die zwar angsterfüllt vor jeder Schlange zurückschreckten, ganz gleich wie klein und harmlos sie auch war, ohne jegliche Bedenken aber Schlangenhautsandalen oder -gürtel trugen. Diese Widersprüchlichkeit im Benehmen seiner Mitmenschen stimmte ihn immer wieder aufs Neue nachdenklich. Die schlummernde Schlange bewegte sich nicht einmal, so schwer machte ihr die langsame, anstrengende Verdauung zu schaffen.

Während Ehomba durch den gemächlich dahinplätschernden Fluss watete, der ihm an der tiefsten Stelle nicht einmal übers Knie reichte, versuchte er so wenig Lärm wie möglich zu machen, um die Schlange – und andere schläfrige, gefährliche Flussbewohner – nicht aufzuwecken. Silberne Pfeile schossen an ihm vorbei, Schwärme von kleinen, jungen Fischen glitzerten um seine Beine herum wie verlängerte Sterne. Er beobachtete sie eine Zeit lang und bemerkte, dass er mehr wollte als sie nur beobachten. Im Gegensatz zu der großen Schlange, die er dösend am Ufer zurückgelassen hatte, konnte Ehomba sehr wohl schon wieder ans Essen denken.

Er nahm probehalber einen winzigen Schluck aus dem Wasserbeutel. Das Wasser schmeckte ein wenig bitter, war aber durchaus genießbar. Plötzlich raste sein Herz und ein dumpfes Pochen in der Stirn setzte ein. Doch beide Beschwerden ebbten – sehr zu seiner Erleichterung – schnell wieder ab. Die Schlange hatte Wort gehalten.

Ohne einen weiteren Zwischenfall erreichte Ehomba das andere Ufer. Die Landschaft begann sich nun gänzlich zu verändern. Bisher hatte er Wüste, flache, bestellte Ebenen und Flusslandschaften gesehen, doch nun beherrschte ungestümer Pflanzenwuchs die Landschaft. Ein richtiger Dschungel türmte sich vor ihm auf, ein Tumult aus knisterndem Laub und lärmenden Tieren. Die Existenz solcher Orte hatte er bisher für ein Gerücht gehalten, so wie jeder andere auch, der im trockenen, unfruchtbaren Süden aufgewachsen war.

Er wandelte zwischen turmhohen Baumstämmen hindurch und staunte über die Vielfalt der Gewächse, die sich immer näher an ihn herandrängten. Wer hätte gedacht, dass die Welt so viele verschiedene Baumarten kannte, so viele Arten von Kletterpflanzen, so viele seltsam geformte Blätter. Die Fülle von Insekten, die im Wald umherflogen, krochen und hüpften, überwältigte ihn nicht weniger.

Mühelos konnte er zwischen den Bäumen hindurchspazieren. Die hohen Stämme streckten ihre obersten Äste weit von sich und verdeckten so den größten Teil des Himmels. Nur spärlich erreichte das Licht den Boden, wo Sämlinge und Schösslinge um den Leben spendenden Schein kämpften. Gomo und seine Herde hätten diesen Ort hier gemocht, überlegte Ehomba.

Es gab keinen Pfad. Kein Händler nahm diesen Weg, kein Bauer bestellte Felder so weit im Norden von Kora Keri. Etjole musste sich seinen eigenen Weg suchen. Diese Aussicht bereitete ihm jedoch keinerlei Unbehagen, denn das hatte er schon sein ganzes Leben lang getan.

Vögel in allen Farbtönen pfiffen und sangen in den Bäumen, Aaldrachen krächzten und kleine, ungebärdige Affen raschelten durch die Baumwipfel. Ehomba beobachtete sie aufmerksam, doch er behielt gleichzeitig auch den Waldboden im Auge, auf dem sich Schlangen und Insekten tummeln konnten, wobei umgefallene Bäume und Laub die Sicht auf den eigentlichen Boden erschwerten. Während er über einen verrottenden Baumstamm stieg, passte er auf, den stoppeligen Pilz nicht zu berühren, der auf der ganzen Länge spross. Einige Pilze übertrugen ihr Gift schon durch bloße Berührung, das wusste er, andere spendeten winzigen Lebewesen Schatten, mit deren launenhafter Natur er im Augenblick aber nichts zu tun haben wollte.

Ein zweiter, größerer Stamm lag vor ihm und er schickte sich gerade an, auch über diesen zu steigen – da bemerkte er, dass es sich gar nicht um einen Baumstamm handelte. Ehomba näherte sich langsam und streckte den Arm aus, um das geheimnisvolle Hindernis zu berühren. Zu seiner Linken erstreckte es sich so weit in den Wald hinein, wie er sehen konnte; in der anderen Richtung machte es eine starke Biegung Richtung Norden. Es besaß eine schmutzig graue Farbe – früher musste es einmal weiß gewesen sein – und war auf der ganzen erstaunlichen Länge völlig zerfurcht und zerschlagen.

Zuerst dachte Ehomba, dieses Bauwerk bestünde aus Stein, doch bei näherer Betrachtung fand er nicht eine Stelle, an der die einzelnen Teile zusammengemauert oder auf eine andere Weise zusammengefügt worden waren. Die Oberfläche fühlte sich zwar rau, aber nicht wie Verputz an. Das Ding maß etwa einen Meter fünfzig in der Höhe, es war oben flach und unten etwas breiter, wodurch es eine dreieckige Form erhielt.

Wer hatte ein solch gewaltiges Gebilde mitten in den Dschungel gebaut – und warum? Ehomba sah sich um und konnte keine Hinweise auf andere Bautätigkeiten finden, weder zerfallene Tempel, noch eingestürzte Hütten oder verrottende Lagerhäuser. Der Boden bestand aus Erde, Blättern, Pilzen, Insekten, Dung und anderen pflanzlichen Stoffen. Außer der Mauer gab es nichts künstlich Erschaffenes: keine Steinbrocken, nirgends zersplittertes Bauholz oder alte Ziegel. Es gab nur dieses lange, unerklärliche Hindernis.

Trotz der Schäden, die man dem Gebilde zugefügt hatte, schien es weitgehend unversehrt zu sein, was auf die technischen Fähigkeiten der Erbauer schließen ließ. Ehomba wandte sich nach rechts und folgte der Mauer, bis er an eine Stelle kam, wo ein dreißig Zentimeter langes Stück herausgeschlagen worden war. Im Innern kam zusätzlich zu dem geheimnisvollen Material feiner Kiesel zum Vorschein.

Diese Bruchstelle lud geradezu zur Überquerung ein. Etjole betrachtete den Verlauf der Mauer und erwog, nach rechts an der Kurve entlang zu gehen, bis die Mauer seinen Weg nach Norden nicht länger verstellte. Er könnte die Mauer aber auch hier überqueren und ein wenig Zeit einsparen. Eine Hand legte er rechts und die andere links neben die Bruchstelle, dann zog er sich hinauf und stellte die Füße in die kleine Lücke. So ging er hinüber.

Die Luft veränderte sich. Der Wald verschwand schlagartig und die kreischenden Lebewesen, die ihm keinerlei Beachtung schenkten, selbst während sie ihn forsch umzingelten, besaßen keine Ähnlichkeit mit irgendetwas, das Ehomba schon einmal gesehen hatte.

Ein anderer hätte es mit der Angst bekommen, wäre vielleicht mitten hineingerannt in die brüllende Herde, um sofort zu Tode getrampelt zu werden. Ehomba jedoch war gelassener als die meisten Menschen und wurde zwar von einem Schauder erfasst, doch er versuchte sich erst einmal über seine neue Umgebung klar zu werden. Er stand etwas völlig Unerwartetem gegenüber und wusste, dass dies in etwa einer Begegnung mit einem wild gewordenen Mammut gleichkam. Am besten hielt er sich zunächst einmal ganz still, bis er die Lage von allen Seiten eingeschätzt hatte, und dabei konnte er nur hoffen, dass der Wind von vorne kam.

Angesichts des Chaos, in das er geraten war, schien dieser Plan nicht leicht zu verfolgen.

Die Luft stank nach einem fürchterlichen Gift und war so braun wie die Abgase eines Ziegelbrennofens. Durch den dichten Schleier konnte Ehomba schemenhaft Gebäude erkennen, die größer waren als alles, was er je zuvor gesehen oder wovon er jemals gehört hatte. Sie türmten sich bis in den glühenden Himmel, an dem die schwache Scheibe der Sonne beinahe vergeblich zu scheinen versuchte. Dann fiel ihm auf, dass es sich bei der wütenden Herde von heulenden Wesen, die ihn von allen Seiten bedrohten, nicht um Tiere, sondern um Fahrzeuge handelte.

Was sie zog oder schob, konnte er nicht sehen. Das Brüllen und Donnern setzte sich jedoch unaufhörlich fort, was ihn nicht überraschte; zusammengepfercht wie eine Herde Gnus oder Brontotheres mussten sie sich ja schließlich irgendwie untereinander verständigen. In jedem Fahrzeug saßen zwischen einem und einem Dutzend Menschen hermetisch von der Außenwelt abgeriegelt. Sie brausten mit einer so unglaublichen Geschwindigkeit an ihm vorbei, dass er nicht erkennen konnte, ob sie in dieses bemerkenswerte Fortbewegungsmittel freiwillig eingestiegen waren, oder ob man ihnen die Art der Fortbewegung aufgezwungen hatte. Etjole Ehomba versuchte, ihre Gesichter so gut es ging zu studieren, und musste danach Letzteres annehmen. Einige unter ihnen wirkten glücklich. Die meisten trugen jedoch eine Maske aus purem Elend zur Schau.

Viele der Gesichter nahmen einen überraschten Ausdruck an, als sie an ihm vorbeisausten. Einige drehten sich sogar um, was Ehomba bei der Geschwindigkeit, mit der sie sich fortbewegten, für sehr kühn, ja sogar für tödlich hielt. Einigen gelang es, ihm etwas im Vorbeifahren zuzurufen, doch er verstand ihre Worte nicht.

Ehomba war zwar sicher, dass die Menschen in den Fahrzeugen ein Reiseziel hatten – das sie übrigens auch mit Ochsenkarren oder Eselswagen hätten erreichen können –, aber sie verhielten sich ähnlich wie eine wild gewordene Tierherde. Die eine Hälfte raste Hals über Kopf nach Westen, während die andere Hälfte in die entgegengesetzte Richtung sauste. Ehomba drückte sich fest gegen die Wand, die diese zwei Ströme von Menschen und Fahrzeugen trennte, um nicht überfahren zu werden. Die Fläche neben der Mauer schien jedoch unantastbar oder von einem magischen Zauber geschützt zu sein, denn alle rasten an Ehomba vorbei, keiner näherte sich ihm. Wahrscheinlich war es jedoch nicht immer so gewesen. Er erinnerte sich an die vielen Schäden, die er auf der ganzen Länge der Mauer gesehen hatte. Ganz zu schweigen von der Bruchstelle, durch die er gesprungen war.

Ein Fahrzeug, das sich von den anderen deutlich unterschied, kam aus Westen auf ihn zu. Es näherte sich, wurde langsamer und fuhr schließlich auf dem schmalen, ungenutzten Streifen an der Wand entlang. Auf dem Fahrzeug prangten helle, blitzende Lichter, die den Hirten an das Polarlicht erinnerten, das man gelegentlich in langen Winternächten zu Gesicht bekam, oder an die bunten Tüchlein, die ein geschickter Zauberkünstler förmlich aus dem Nichts zaubern konnte.

Das seltsame Fuhrwerk hielt etwa zehn Meter von ihm entfernt an und zwei Männer stiegen aus. Sie trugen eine seltsame, einheitliche Kleidung, die, bis auf die fehlenden Schuppen, der Haut seiner Freundin, der Schlange, sehr ähnelte. Diese Ähnlichkeit beunruhigte Ehomba und er wich langsam in Richtung Mauer zurück. Darauf reagierten die Männer mit lauten Rufen und heftigen Gesten, was ihm noch mehr Unbehagen einflößte.

Als sie anfingen zu laufen, blieb Ehomba nur der Bruchteil einer Sekunde, um zu entscheiden, welchen Weg er nehmen sollte. Ein Sprung in den endlosen Fahrzeugstrom kam einem Selbstmord gleich, also fuhr er herum und mit einem einzigen Satz übersprang er die Mauer. Wenn es auch sonst nichts nützte, so trennte die Mauer ihn doch fürs Erste von den wilden Schlangenmenschen, die er nun hinter sich schreien hörte.

Ehomba landete sicher auf dem weichen Waldboden aus verrotteten Blättern und anderen Pflanzenabfällen. Der Schrecken saß ihm noch immer in den Gliedern, als er vorsichtig über die Schulter zurückblickte. Lediglich dunkelgrüner Regenwald war zu sehen, der sich in allen Richtungen über den Horizont hinaus erstreckte. Von der aufwühlenden Erfahrung blieb nur die Mauer zurück, die wie zuvor in einer weißen Linie von Westen nach Nordosten verlief, und natürlich Ehombas Erinnerung an das Erlebnis.

Plötzlich packte ihn eine Hand grob an der Schulter, starke Finger krallten sich tief ins Fleisch. Ehomba wirbelte herum und sah, dass einer der Männer, die zuvor laut schreiend auf ihn zugerannt waren, nun über der Bruchstelle der Mauer lag. Sein Gesicht glühte rot vor Wut und Aufregung und die seltsame Kopfbedeckung hing bedenklich schief auf seinem Kopf. Er funkelte Ehomba wütend an und gab unverständliche Laute von sich, während er am Arm des Hirten zerrte. Schnell griff Ehomba nach seinen Schwertern auf dem Rücken.

Dann warf der Mann einen Blick auf den Wald hinter seinem Opfer, er sah die hohen Bäume und die rankenden Kletterpflanzen, die robusten Regenwaldpflanzen und die Schösslinge. Er vernahm den musikalischen Chor der Vögel und roch den scharfen Geruch der verfaulenden Pflanzen, er atmete die sauerstoffreiche Luft ein… und fiel schließlich ihn Ohnmacht.

Ehomba würde nie erfahren, ob der Mann auf die andere Seite der Mauer zurückgerutscht oder ob er von seinem Kameraden hinübergezogen worden war. Gleichgültig wie, der Mann kam nie zurück. Der Hirte ließ den Griff des gezähnten Schwertes los, drehte sich weg und setzte den Marsch entlang der Mauer fort. Einige Male blickte er sich noch beunruhigt um, doch von dem vormaligen Verfolger war weit und breit nichts mehr zu sehen.

Kein Wunder, Ehomba befand sich schließlich in einem Gebiet, das das Unsichere Land genannt wurde. Durch die Überquerung hatte die Mauer ihn für ein paar kurze, unerfreuliche Augenblicke in ein anderes Land befördert. Nein, verbesserte er sich selbst: in eine andere Welt. Diese andere Welt betörte zwar auf den ersten Blick, doch Ehomba verspürte keinerlei Wunsch, sie noch einmal zu besuchen.

Vorsichtig beäugte er die Wand, seine ständige Begleiterin zu seiner Linken. Wenn er nun noch einmal darüber spränge, würde er dann wieder an dem gleichen tosenden, lärmenden Ort herauskommen? Er hatte nicht die geringste Lust, dieses Rätsel zu lösen. Keiner der unglücklichen Bewohner der anderen Welt, kein Einziger von ihnen sprang mehr herüber und versuchte ihn zu packen. Vielleicht war die Mauer, oder die Stelle, die Ehomba leicht hatte überwinden können, von dieser Seite aus einfacher zu erreichen.

Als die Mauer schließlich verschwand und dem Hirten freie Wahl in der einzuschlagenden Richtung ließ, versank sie nicht im Erdboden oder erhob sich auf magische Weise in den Himmel. Sie hörte einfach auf. Ehomba runzelte die Stirn über den jähen Abbruch und untersuchte vorsichtig das Mauerende. Lange, gerippte Metallstäbe, so dick wie sein Daumen, ragten aus dem Ende heraus und verliehen dem Ganzen einen unfertigen Anschein. Vielleicht zeugte dies vom Zustand der anderen Welt – unvollendet. Ehomba, dieser Schelm, pflückte einen giftigen Pilz von einem umgestürzten Baum in der Nähe und legte den beigefarbenen Schirm des Pilzes vorsichtig zwischen zwei Metallstäbe. Das sollte den Bewohnern der anderen Welt zu denken geben, beschloss er mit einem Grinsen.

Er ließ das jähe Ende der Mauer hinter sich und setzte seinen Weg fort. Von nun an würde er, solange er das Unsichere Land nicht endgültig verlassen hatte, besonders aufpassen, welche Werkzeuge er gebrauchte, welche Türen er betrat und über welche Mauern er sprang.

Der Regenwald wurde dichter und drängte sich näher an ihn heran, die Bäume pressten sich aneinander und undurchdringliches Unterholz beherrschte die Umgebung. Wolken versammelten sich über Ehomba und färbten den schmalen sichtbaren Himmelsstreifen mit einer Farbe, die der von nassem Ruß ähnelte. Ohne die untergehende Sonne, nach der er sich richten konnte, würde es schwierig werden, die Peilung vorzunehmen.

Das Schwert aus Himmelsmetall musste seine Scheide verlassen und Ehomba ritzte damit einen großen Pfeil in die Rinde des nächstbesten Baumes. Das viel blassere Kernholz kam durch die Einkerbung in der dünnen, grünen Rinde deutlich zum Vorschein. Es glänzte gelblich weiß und würde somit schon aus weiter Ferne sichtbar sein. Ehomba behielt das Schwert in der Hand und ging weiter.

Er wollte gerade noch einen weiteren Baum kennzeichnen, als ihm ein weißer Pfeil, nicht weit von ihm entfernt, ins Auge sprang. Er trat hin und stand vor dem Pfeil, den er vor wenigen Augenblicken selbst eingeritzt hatte. Die Ränder der Kerbe waren noch frisch. Ehomba drehte sich langsam im Kreis und betrachtete dabei das satte Grün, das ihn von allen Seiten überflutete. Es schien schier unmöglich, hier ein Gewächs von einem anderen zu unterscheiden. Die verschiedenen Grüntöne gingen ineinander über, die Büsche glichen sich wie ein Ei dem anderen. Inmitten dieses Grüns stach nur die Pfeilmarkierung des Baumes deutlich heraus.

Etjole hätte einen ganzen Stier gewettet, dass er sich seinen Weg schnurgerade durch den Wald gebahnt hatte, doch der markierte Baum strafte ihn Lügen. Es gab keinen Zweifel: Irgendwie war er vom Weg abgekommen und im Kreis gegangen. Er stand wieder genau dort, wo er vor wenigen Minuten schon einmal gewesen war.

Obwohl Ehomba seit Tagen niemanden mehr gesehen hatte, fügte er doch vorsichtshalber eine gerade Linie unter dem Pfeil hinzu. Er steckte das Schwert zurück in die Scheide und ging weiter. Alle paar Sekunden blieb er stehen und sah sich so lange um, bis der markierte Baum außer Sichtweite war. Zufrieden wanderte er weiter und kennzeichnete regelmäßig seinen Weg. Wenn auch nicht auf kürzestem Weg, so ging er doch deutlich erkennbar in nördliche Richtung.

Kurze Zeit später beleuchtete ein schwacher Lichtstrahl einen Baumstamm und Ehomba traute seinen Augen kaum. In Panik geriet er jedoch noch nicht. Diesen Begriff kannte Etjole Ehomba nur aus Erzählungen. Ein derartiges Gefühl hatte er selbst noch niemals erlebt. Wenn es ihm jedoch bestimmt war, diese Erfahrung jemals zu machen, so wäre der Zeitpunkt nun günstig.

Dort stand der Baum wieder, ein eingeritzter Pfeil blitzte aus der Seite, der zweite Einschnitt leuchtete vorlaut darunter.

Erwäge alle Möglichkeiten, ermahnte er sich selbst. Geh systematisch vor und beginne mit dem Naheliegendsten. Das hatte man ihm als Kind beigebracht, wenn eine Kuh oder ein Schaf verloren gegangen war. Die Wahrscheinlichkeit, dass das Tier von einem riesengroßen Raubvogel oder einem unsichtbaren Geist verschleppt worden war, schien geringer als die Möglichkeit, dass es ausgerissen war und nun aus einer Schlucht nicht mehr herausfand, oder dass es irgendwo lag und litt, weil es Narrenkraut gefressen hatte.

Ehomba wurde für gewöhnlich nicht von unsichtbaren Geistern mit rätselhaften Absichten gequält, auch hatte er nichts zu sich genommen, was seine Sinne hätte trüben können. Deshalb musste dies derselbe Baum sein, den er an diesem Abend schon zweimal passiert hatte. Und deshalb war er – entgegen seiner ursprünglichen Überzeugung – doch im Kreis gelaufen.

Nein, verbesserte er sich. Es muss derselbe Baum sein, ganz bestimmt. Aber war er selbst wirklich im Kreis gegangen? Ehomba näherte sich dem grün umhüllten Baum abermals und setzte das Schwert an, um ein neues Mal darunter einzuritzen.

Über ihm raschelte es plötzlich heftig im Blätterwerk. »Glaubst du nicht, dass es langsam reicht? Oder bereitet es dir so großes Vergnügen, mich zu verstümmeln?«

Ehomba sprang erschrocken zurück. Seine Augen suchten den Stamm ab, doch er konnte weder Augen noch Mund noch irgendein anderes Organ entdecken. Der Baum besaß nur Äste und eine Stimme in Ehombas Kopf. Der Baum sah aus wie ein ganz gewöhnlicher Baum. Habe ich das wirklich gehört?, fragte sich Ehomba unsicher.

»Natürlich hast du das gehört. Hast du mich auch *wirklich* geschnitten?«

»Es tut mir sehr Leid.« Der Hirte breitete die Arme aus und verbeugte sich. »Ich wollte dir keine Schmerzen zufügen. Aber ich habe die Erfahrung gemacht, dass die meisten Bäume nicht so empfindsam sind wie du.«

»Ach, wirklich? Wie viele Bäume hast du denn gefragt, bevor du sie verletzt hast?«

»Um die Wahrheit zu sagen, großer Waldbewohner, nicht einen. Aber in dem Land, aus dem ich stamme, ritzt man selten in die Rinde eines Baumes. Es gibt nur sehr wenige dort und deshalb werden sie des Schattens und der Kameradschaft halber in Ehren gehalten.« Etjole zeigte auf den umliegenden Wald. »Von hier aus kann ich mehr Bäume sehen, als innerhalb vieler Wegstunden in meiner Heimat wachsen.«

»Das muss ja ein armes Land sein, wenn dort so wenige Bäume stehen.« Das Gewächs klang nun etwas besänftigt. »So mancher aus deinem Volk ist nicht so feinfühlig wie du, obwohl zugegebenermaßen nicht viele hier vorbeikommen. Die meisten verlassen die Unsicheren Länder niemals wieder. Sie verirren sich – oder noch schlimmer.«

»Deshalb habe ich ja die Zeichen eingeritzt«, brachte der Viehhirte zu seiner Verteidigung vor, zumindest wollte er seine Handlung damit erklären. »Damit ich nicht im Kreis laufe. Aber so wie es scheint, bin ich die ganze Zeit im Kreis gegangen, denn dies ist das dritte Mal, dass ich dich sehe.«

»Unsinn«, erwiderte der Baum. »Du bist beinahe schnurstracks nach Norden gelaufen, deshalb hatte ich ja auch solche Mühe dich einzuholen.«

Dann war es doch der gleiche Baum, stellte Ehomba fest, er war nur nicht am selben Ort geblieben. »Bäume können sich aber doch gar nicht fortbewegen.«

»Für einen Menschen, der zugibt, dass er aus einem baumarmen Land kommt, maßt du dir an, viel über uns zu wissen.« Darauf folgte ein gewaltiges Rascheln und Schütteln der Äste und Blätter und der Baum erhob sich tatsächlich ein paar Zentimeter über den Boden und hopste ein Stück vorwärts. Er plumpste zurück auf den Boden, ordnete sein Wurzelgeflecht neu und starrte den Menschen an.

»Ich nehme alles zurück«, stammelte Ehomba.

Äste bogen sich zu ihm hinunter. »Aufgrund deines mangelnden Wissens und der wenigen Erfahrung, die du mit Bäumen hast, vergebe ich dir deine Tat. Aber sei gewarnt: Kein unüberlegtes Einritzen mehr, um den Weg zu markieren. In dem Land, das vor dir liegt, leben Pflanzen, die nicht so milde gestimmt und versöhnlich sind wie ich.«

»Ich danke dir für die Warnung.« Ehomba starrte auf die Schnitte, die er dem Baum zugefügt hatte. Das Harz lief schon über die Ränder, was auf den ersten Heilungsschritt hinwies. »Es tut mir ehrlich Leid.«

»Ist schon gut. Denk daran, wie sehr dein Volk die Bäume in deinem Land schätzt und bringe meinen Brüdern hier denselben Respekt entgegen. Als Gegenleistung werden wir dir Schatten spenden und manchmal auch Nahrung.«

Ehomba nickte, er drehte sich um und wäre beinahe gestürzt, als er versuchte, einem kleinen Schössling auszuweichen, der gerade dabei war, sein winziges grünes Köpfchen aus dem feuchten Regenwaldboden zu stecken. Schließlich handelte es sich um einen wertvollen Nachkommen – und wenn man dem Baum Glauben schenken durfte, dann galt die Pflanzenwelt hier in der Gegend als außerordentlich empfindlich. Mit den gefährlichen Tieren hatte Ehomba schon Ärger genug, da musste er sich nicht auch noch mit dem Wald anlegen.

In der Tiefe des Dschungels herrschte völlige Windstille, die hohe Luftfeuchtigkeit machte Etjole jedoch nichts aus, er war von Natur aus an heißes Klima gewöhnt, schwitzte zwar ständig, aber nicht außergewöhnlich viel. Jeder, der aus einer milderen Klimazone stammte, wäre in der Hitze und hohen Luftfeuchtigkeit sicherlich zusammengebrochen. Ehomba trank fleißig aus seinem Wasserbeutel und wanderte weiter. Bei jedem Schluck schauderte sein Körper ein bisschen weniger.

Als der Abend in die Nacht überging, traf er auf etwas Überraschendes – auf einen Stein. Der flache Block aus grauem Granit ragte wie eine grobe Speerspitze aus der feuchten Erde. Auf einer Reise durch ein Reich aus Schmutz und verrotteten Pflanzen stellte ein nackter Fels stets etwas Ungewöhnliches dar. Die glatte, harte Oberfläche erinnerte ihn an Zuhause, wo kein Mangel an Felsen herrschte – aber eine ernsthafte Knappheit an fruchtbarer Erde.

Er ließ den Rucksack vom Rücken gleiten und stellte ihn vorsichtig auf den trockenen Stein, den Speer legte er daneben. Zum ersten Mal seit Tagen erlaubte er sich, nichts zu tun; er machte sich keine Gedanken über das, was vor ihm lag, oder darüber, wie er aus dem Dschungel hinausfinden würde, oder was auf ihn wartete, wenn er einen Weg fände. Er sorgte sich nicht um die Bitte des verstorbenen Tarin Beckwiths oder darum, wie er seine begrenzten Nahrungsvorräte aufstocken konnte, oder welche Gefahren in den Unsicheren Ländern noch auf ihn lauerten. Er ruhte sich in der Gesellschaft des Felsens aus, den die Sonne nur aufheizen müsste, dann würde er sich genauso anfühlen wie die Felsen, die er von Zuhause kannte.

Erstaunlich, so überlegte Ehomba, es sind die einfachen Dinge, die man vermisst. Wir nehmen unsere Umwelt und gesamte Umgebung so lange als selbstverständlich hin, bis wir gezwungen sind, unter völlig anderen Umständen zu leben. Er hätte niemals geahnt, dass er so etwas Einfaches und Alltägliches wie einen Felsen vermissen würde.

Wäre der Himmel grün, dann würde er das Blau vermissen. Würde Zucker bitter werden, fehlte ihm sicherlich die Süße, wenn er eines Tages einmal alt und gemein sein würde, vermisste er vielleicht sogar sein altes Ich.

Nach Beendigung des einfachen Abendmahles lehnte sich Ehomba auf der breiten Fläche des Granits zurück und streckte sich; er wünschte, er könnte die Sterne sehen. Doch bevor er den großen Regenwald der Unsicheren Länder nicht hinter sich gebracht hatte, würde er sich mit dem grünen Dach zufrieden geben müssen und mit der Feuchtigkeit, die jeden Morgen vor Sonnenaufgang niederging und wie eine Fanfare die Ankunft der Königin verkündete.

IX

Der Herr der Ameisen

Dies ist eine Geschichte, die jedem Bürger des Staates an dem Tag erzählt wird, an dem er die letzten Verpuppungsspuren abstreift und Arbeiter, Wächter oder Soldat wird. Sie handelt von einem höchst bedeutsamen Ereignis in der Geschichte des Staates, das noch nicht allzu lange zurückliegt und die Zukunft aller beeinflusst, angefangen von der Königin bis hinunter zum niedrigsten Arbeiter, der den Müll schleppt.

Niemand konnte sich erinnern, wann der Krieg mit den Roten eigentlich begonnen hatte. Sie waren eines Tages hinter dem großen Stamm im Osten hervorgekrabbelt und hatten den überraschten Vorposten angegriffen. Doch glücklicherweise hatte eine kleine Arbeiterkolonne, die gerade von der Nahrungssuche zurückkam, die heranschleichenden Feinde erspäht, und war heimgerannt, um Alarm zu schlagen. Die Roten hatten alle bis auf zwei eingeholt und getötet, doch die zwei, die durchgekommen waren, konnten den Staat noch warnen, wobei ihnen ihre aufgeregten Ameisenduftstoffe schon vorausgeeilt waren.

Diese Warnung, so kurzfristig sie auch ausgefallen war, hatte dem Staat noch ein wenig Zeit verschafft, die Truppen mobil zu machen. Schnell waren Soldaten zum Haupteingang verlegt worden, die kräftigsten Arbeiter hatten ihre Stellungen vor den Nebeneingängen eingenommen. Die Roten hatten schonungslos angegriffen. Die Einwohner des Staates hatten jedoch die Verteidigung aufrecht erhalten und dadurch die Eindringlinge vom Stürmen der Brutstätten abhalten können. Der Staat hatte zwar einige Puppen und Eier verloren, doch das war nichts im Vergleich zu der Zerstörung, die es gegeben hätte, hätten die Überlebenden der Arbeiterkolonne nicht Alarm schlagen können.

Das war der Beginn des Krieges gewesen. Die Roten richteten sich in einem Hohlraum am Fuße eines großen Baumes auf der anderen Seite des umgestürzten Stammes ein und verwüsteten regelmäßig den Schwarzen Staat. Im Gegenzug dazu verteidigten sich die Schwarzen nicht nur aufs Energischste, sondern ergriffen auch eifrig Vergeltungsmaßnahmen gegen den Staat der Roten. Puppen und Eier aus beiden Brutstätten wurden regelmäßig entführt, um dann als Sklaven des jeweils anderen Staates ohne jegliche Ergebenheit oder Achtung für ihren Geburtsort aufzuwachsen. Das war der natürliche Lauf der Dinge.

Dann geschah das bemerkenswerte Ereignis, das Gegenstand dieser Erzählung ist.

Es trug sich nicht lange nach einem heftigen morgendlichen Kampf zu: Der Besuch wurde erstmals bemerkt. Für gewöhnlich wurden solche Störungen von außen gar nicht beachtet. Ameisen schenkten derartigen Begebenheiten keine Aufmerksamkeit – und doch drehte sich die Welt weiter wie zuvor. Aber dieses Mal verhielt es sich anders.

Der Besucher marschierte nicht schnell und gleichgültig vorbei wie eine vorüberziehende Wolke, sondern blieb stehen. Er hielt nicht nur an, sondern streckte sich sogar der Länge nach auf dem Felsen aus, auf dem – im Gegensatz zur Erde rundherum – nichts wuchs und auch nichts wachsen konnte. Der Besucher blieb und aß etwas von der seltsamen Nahrung, die seine Art für gewöhnlich zu sich nahm, und ruhte sich aus.

Späher berichteten dies sofort der Königin und ihren persönlichen Wächtern und Beratern. Es handelte sich um eine Angelegenheit, die zwar von gewissem Interesse war, doch auf das tägliche Leben des Staates kaum Auswirkung hatte, bis Imit sich dafür interessierte. Ich habe Imit den Einzigartigen schon erwähnt. Eine höchst ungewöhnliche Ameise. Sein Kopf war außergewöhnlich groß, noch größer als der eines Soldaten, aber ohne die großen mahlenden Kiefer eines solchen. Und das Ungewöhnlichste überhaupt an ihm war, dass er als Männchen nach dem alljährlich stattfindenden Begattungsflug nicht gestorben war – wie alle anderen Männchen.

Ja, ich weiß, das klingt unmöglich, aber es ist die Wahrheit. Jeder im Staat kann das bezeugen. Es war ihm nicht gelungen, seine gewählte Königin zu begatten, er hatte zwar die Flügel abgeworfen, wie es sich gehörte, aber er war nicht eingegangen und gestorben. Stattdessen hatte ihn die Königin zu ihrem besonderen Berater gemacht, wie es seinem wirklich einzigartigen Stand innerhalb des Staates ziemte. Als ich neu hinzukam, wartete ich selbst in den königlichen Gemächern auf ihn.

Es wurde bekannt, dass Imit einen Plan entwickelt hatte, den er der Königin und ihren anderen Beratern darlegte. Er stieß jedoch nicht auf offene Ohren; im besten Fall erntete er Zweifel, im schlimmsten lediglich Verachtung. Doch die Königin sah nichts weiter auf dem Spiel stehen als einige wenige entbehrliche Arbeiter und Imit selbst, also bat sie ihn fortzufahren und hoffte, dass dort, wo Ungläubigkeit herrschte, ein wohlwollendes Schicksal eingreifen mochte.

So geschah es, dass Imit eine Arbeiterkolonne zusammenstellte, die – bepackt mit schwersten Vorräten aus den Lagerräumen – nach Süden zu dem ruhenden Besucher hin marschierte. Dort nun ließ sich Imit auf ein Abenteuer ein, das so kühn anmutete, so gewagt, so unameisenhaft, dass jene, die ihn begleiteten, es kaum glauben konnten. Niemand bezweifelte, dass eine solche Tat nur mithilfe von Schwarzer Magie vollbracht werden konnte. Es ging das Gerücht, dass Imit über Kräfte und Mittel verfügte, die selbst einer langjährigen Königin versagt blieben.

Obwohl keiner wusste, wie es geschah, so schworen doch alle Augenzeugen, *dass* es geschah. Irgendwie gelang es Imit, trotz des beachtlichen Größenunterschieds die Aufmerksamkeit des Besuchers zu erregen. Und nicht nur das, er war sogar in der Lage, sich auf gewisse Weise mit ihm zu verständigen, zumindest erreichten sie so etwas wie ein gegenseitiges Einvernehmen. Das ist heute und war auch damals etwas, was sich jenseits des Vorstellungsvermögens eines einfachen Arbeiters wie du und ich befand. Doch obwohl ich nicht das Glück hatte, dieser folgenschweren Begebenheit selbst beizuwohnen, so konnte ich doch zu einem späteren Zeitpunkt mit denen sprechen, die dabei gewesen waren. Und diese versicherten mir, dass es keinen Zweifel an dem Geschehenen gab.

Nachdem die erste Verbindung hergestellt war, brachte Imit dem Besucher seine Ehrerbietungen dar, in deren Verlauf die Zuckergeschenke, die die Kolonne herbeigeschleppt hatte, dem Gast angeboten wurden. Niemand war mehr überrascht als die Arbeiter, als der Besucher darauf antwortete. Er antwortete nicht nur darauf, sondern verzehrte die Geschenke sogar mit offensichtlichem Genuss. Als das Letzte der Geschenke übergeben war, trat Imit wagemutig an den Besucher heran und bewies damit, dass er entweder bemerkenswert mutig oder abgrundtief dumm war. Bis zum heutigen Tage ist niemand von denen, die bei dieser Begegnung zugegen waren, gewillt zu entscheiden, welche Beschreibung besser passte. Ich für meinen Teil neige dazu, ein wenig von beidem anzunehmen.

Die Umstehenden verstanden nichts von dem Austausch, der da stattfand. Imit erzählte ihnen hinterher alles, was geschehen war, und legte auch seine Absichten und Ziele dar. Er wollte den Besucher als Verbündeten im Krieg gegen die Roten gewinnen, wobei sich Imit nicht nur der erheblichen körperlichen Größe des Fremden bedienen wollte, die selbst tausend Ameisen übereinander nicht erreichen konnten, sondern auch der erschreckenden Wirkung seiner bloßen Gegenwart, um unseren Feinden einen Schlag zu versetzen, von dem sie sich niemals mehr erholen würden. Diese Idee erschien genauso eigenwillig wie wagemutig und überstieg das Vorstellungsvermögen jeder gewöhnlichen Ameise, es sei denn sie hieß Imit.

Nach der Ankunft zurück im Staat erstatteten die Abenteurer der Königin ausführlich Bericht über die Einzelheiten dieses unglaublichen Zusammentreffens. Die Königin verhielt sich zwar äußerst vorsichtig und eher ungläubig, doch sie und ihre Berater konnten sich den Berichten von Imit und den Arbeitern, die dieses historische Ereignis beobachtet hatten, nicht verschließen. Darüber hinaus schien die Versuchung zu groß und die Gelegenheit zu günstig, um von der Hand gewiesen zu werden. Es wurde beschlossen fortzufahren, jedoch unter größtmöglicher Vorsicht.

Imit wurde ermächtigt, mit einem noch größeren Zuckergeschenk zum Besucher zurückzukehren. Wenn dieser sich mit dem Bündnis einverstanden erklärte, so sollte er als Gegenleistung mindestens die Hälfte des gesamten Zuckervorrats des Staates erhalten. Sehr mit sich zufrieden zog Imit wieder aus, nun als Kopf einer noch größeren Arbeiterkolonne, die den feinsten Zucker, den der Staat zu bieten hatte, aus dem Bau hinaustrug. Begleitet wurde die Kolonne zu beiden Seiten von grimmig dreinblickenden Soldaten, die bereit waren, ihr Leben zu geben, um Angreifer abzuwehren. Die Menge an Zucker stellte schließlich nicht nur für feindliche Ameisen eine Versuchung dar, sondern auch für viele andere Bewohner des Waldes.

Ohne Zwischenfälle erreichten sie den Felsen; den Besucher, der darauf saß, hatten sie jedoch schon lange zuvor erblickt. Imit behauptete später, dass der Besucher etwas verwirrt geschienen hatte, doch ob Imit einen solch fremdartigen Gesichtsausdruck überhaupt zu deuten vermochte, war und ist immer noch Gegenstand vieler Spottgeschichten. Ohne Rücksicht darauf näherte sich die Kolonne und wollte die Geschenke mit dem größten Trara und Getöse abliefern, das Imit nur aufbieten konnte. Als sie jedoch gerade den ersten Fußtritt auf den Felsen gesetzt hatten, blieben sie starr vor Schreck stehen.

Am anderen Ende des Felsens standen mehrere Brigaden der Roten, fein säuberlich aufgereiht salutierten sie vor den riesengroßen Füßen des Fremden. Als Imit mit seiner Truppe ankam, entledigten sich die Vertreter unserer Todfeinde gerade einer großen Ladung raffinierten Zuckers, die sie vor dem Besucher auf den wachsenden Geschenkeberg legten. Dirigiert wurden sie von einer roten Ameise, die mit eigenartig angeschwollenem Kopf und sonderbar verbogenen Fühlern das Protokoll überwachte.

Wie es schien, besaßen die Roten auch in ihren Reihen einen männlichen Sonderling, der die Geheimnisse kannte und unabhängig voneinander und zur gleichen Zeit dieselbe Idee wie Imit gehabt hatte, nämlich, sich den Gast zum Verbündeten zu machen.

Der Gast selbst erkannte offensichtlich den Unterschied zwischen Rot und Schwarz nicht und schien zufrieden und ohne Zweifel erfreut darüber, von beiden Seiten Zucker geschenkt zu bekommen. Sicherlich verzehrte er die Süßigkeiten der Roten mit genauso viel Genuss und Begeisterung wie die, die wir ihm geschenkt hatten. Offensichtlich hatte Imits karminrote

Entsprechung die gleichen Gedanken gehabt, denn man erzählte, dass dieser bei dem unerwarteten Zusammentreffen genauso überrascht gewirkt hatte wie Imit.

Über das, was folgte, waren sich alle Überlebenden ausnahmslos einig. Beim Anblick der aufdringlichen Roten gab Imit sofort das Zeichen zum Angriff. Der Befehl der Roten erfolgte zur selben Zeit – mit dem Ergebnis, dass am Fuß des Felsens nun tatkräftig Feindseligkeiten ausgetragen wurden. Der Zucker war vergessen wie auch die Absicht, mit der die Ameisen diesen Ort aufgesucht hatten; der alte Hass war wieder ausgebrochen.

Das Problem dabei war nur, dass alle in ihrem Eifer, die Feinde anzugreifen und niederzumetzeln, vergaßen, dass der Besucher nicht nur ein möglicher Verbündeter war, sondern auch ein Mensch mit eigenem Willen und Verstand. Als Schwarz und Rot gleichzeitig zu Tausenden über seine Füße und Habseligkeiten schwärmten, reagierte der Gast so ärgerlich und mit einem Zorn, den jedes Ameisenvolk gerne für sich in Anspruch genommen hätte. Doch statt in irgendeiner Form für einen Staat Partei zu ergreifen, sorgte sich der Besucher einzig und allein um seine eigenen Belange.

Er erreichte zwar nicht ganz die Höhe eines Baumes, doch legte er eine wesentlich größere Beweglichkeit an den Tag. Er hüpfte herum und stampfte mit seinen kräftigen Beinen auf jede glücklose Ameise, die ihm in die Quere kam. Mit jedem Tritt bebte die Erde und Dutzende von Roten und Schwarzen starben unter den mächtigen Füßen. So tanzte der Besucher weiter herum, die wertvollen, nun weit verstreut liegenden Zuckerstangen schienen ihm gleichgültig zu sein, er wollte nur noch seine eigene hünenhafte Gestalt und den Felsen, auf dem er gesessen hatte, von allen Eindringlingen befreien, ganz gleich welcher Farbe oder Gesinnung sie waren.

Viele hundert starben an diesem Morgen, wurden zerquetscht von riesigen Händen oder zu Tode getrampelt von Füßen, die mehr wogen als ein ganzer Ameisenstaat. Nur wenige auf beiden Seiten überlebten das Blutbad und kehrten zu ihren Völkern zurück, um zu berichten, was geschehen war. Imit befand sich unter ihnen. Ihr alle wisst, was ihm widerfahren ist.

Nachdem er alles nach bestem Wissen und Gewissen erklärt und sich dafür entschuldigt hatte, dass er seine Grenzen als Vertreter des Volkes in der Außenwelt überschritten hatte, wurde er auf Befehl der Königin und ihrer Berater einer rituellen Zerstückelung unterzogen, einem Schauspiel, dem die Soldaten stets mit außerordentlicher Begeisterung beiwohnten. Man darf annehmen, dass sein rotes Gegenstück das gleiche Schicksal ereilte, vorausgesetzt natürlich, es hatte die Wut des Besuchers überlebt.

Der Gast, so wurde berichtet, sammelte nicht lange danach seine exotischen Habseligkeiten zusammen und machte sich in Richtung Norden davon. Danach folgte der Zweite Kampf auf dem Fels, allerdings war diesmal das Ziel für alle Beteiligten klar. Vielleicht aus Gleichgültigkeit, vielleicht auch als Zeichen der Verachtung hatte der Besucher den Zucker zurückgelassen, den ihm beide Seiten zur Bestechung und als Anerkennung überlassen hatten. Niemand wusste den Grund, man würde ihn auch niemals erfahren, denn der Einzige unter den Schwarzen, der das hätte herausfinden können, war auf Befehl der Königin getötet worden.

Während noch viele andere ihr Leben lassen mussten, bargen wir mindestens die Hälfte des Zuckers, wenn nicht sogar ein wenig mehr, man durfte also mit gutem Gewissen behaupten, dass der Tag am Ende doch noch als siegreich für den Staat angesehen werden konnte – abgesehen von den Hunderten, die in den Kämpfen umgekommen waren, natürlich. Der Besucher ward seitdem nicht mehr gesehen. Auch glauben die Berater der Königin nicht, dass er jemals wieder auftauchen wird.

Ich für meinen Teil bedaure manchmal, dass ich bei der unbeholfenen Unterhaltung nicht dabei sein durfte, die zwischen dem Besucher und dem bemerkenswerten, wenn auch unvorsichtigen Ameisenmännchen Imit stattgefunden hatte. Mit einem so fremden Wesen, so unvorstellbar viel größer als wir, in Verbindung zu treten, muss schon ein wunderbares und aufregendes Erlebnis sein. Wer weiß, wie anders seine Ansichten wirklich sind, wie sehr sich sein Blick auf die Welt von unserem unterscheidet? Ich glaube, ich besäße den Mut, es zu versuchen, wenn ich nur die Fähigkeiten dazu hätte. Ich denke, ich würde es tun, aber ganz sicher bin ich auch nicht. Wer kann sich schon vorstellen, sich einfach vor einen Riesen zu stellen, um ihn in ein Gespräch zu verwickeln?

Also, welche Lehren können wir aus dieser Geschichte ziehen? Du da hinten mit dem kurzen Fühler? Nein, sie will uns nicht von der Torheit berichten, Verbündete zu verpflichten, die anders sind als wir selbst. Ich wage zu behaupten, dass jede Hilfe von außen gegen die Roten auch heute noch dankbar angenommen werden würde, selbst nach Imits glücklosem Zusammentreffen mit dem Besucher.

Nein, was wir daraus lernen ist dies: Erstens, verlasst euch niemals auf eine Gegenleistung, wenn ihr Geschenke verteilt; zweitens: Denkt immer daran, nur weil eure Gebete erhört werden, bedeutet das noch lange nicht, dass eure Feinde nicht eine ähnliche Verbindung zum Himmel haben; und drittens: Bittet die Götter um alles, was ihr wollt, aber vergesst nicht, dass die Götter vielleicht einen eigenen Plan haben – einen, der so unwichtige Wesen wie euch gar nicht vorsieht.

Das reicht für heute. Es gibt noch viel zu tun. Wir müssen bei der Nahrungssuche helfen, Eier ausbrüten, Puppen müssen gedreht und versorgt werden, vielleicht muss auch ein Angriff auf die Roten vorbereitet werden. Im Staat ist kein Platz für Ameisen, die die ihnen übertragenen Aufgaben nicht erledigen wollen. Bei uns werden die Faulen zerstückelt und aufgegessen. Es gibt die Götter dort draußen und wenn ihr ein Blatt tragen sollt, das schwerer ist als ihr selbst, oder einen Felsen vom Eingang wegbewegen müsst, dann könnt ihr sie nach Belieben um Hilfe anrufen. Glaubt aber ja nicht, nicht einmal einen Augenblick lang, dass sie auch nur das geringste Interesse daran haben, euch kleinen Wesen zu helfen.

X

Wenn Ehomba darauf gehofft hatte, dass der Dschungel bald lichter würde oder das Gelände leichter begehbar, so wurde er herb enttäuscht. Der umstehende Bewuchs wurde nicht nur dichter, sondern die verhältnismäßig flache Landschaft legte sich erst in kleine Falten und bäumte sich dann schließlich richtig auf. Bald wanderte er nicht mehr nur, sondern kletterte hinauf und stieg hinunter, er arbeitete sich einen überwucherten Hügel hinauf, nur um dann auf der anderen Seite hinunterzuschlittern und zu rutschen, wo schon der Fuß des nächsten genauso schwer zu erklimmenden Berges auf ihn wartete.

Leise murrend kämpfte sich Ehomba weiter und blickte mehr als einmal sehnsüchtig zurück auf die kleinen Bäche, die durch die engen Schluchten zwischen den Kämmen flossen. Es nutzte jedoch nichts, sie als Ausweg aus dem unwegsamen Land, in dem er sich gerade befand, in Betracht zu ziehen. Die Bäche waren zu seicht, zu felsig und zu eng, um mit einem Boot darauf zu fahren, selbst wenn Ehomba sich die Zeit genommen hätte, ein Floß zu bauen. Außerdem flossen sie alle von Ost nach West und somit auf das weit entfernte Meer zu und nicht nach Norden, wo Ehombas Ziel lag.

Zuerst dachte Etjole, es handele sich einfach um Nebel, der die Gipfel der grün verkleideten Berge umhüllte. Doch bei näherer Betrachtung entdeckte er, dass dieser Nebel dicker war, als der für gewöhnlich aufsteigende Dunst aus dem Wald – und dass er sich beim Aufsteigen anders verhielt. Er kroch nämlich die von Feuchtigkeit gesättigte Luft mit einer Zielstrebigkeit empor, die einem gewöhnlichen Nebel fremd war. Rauch aus einem Feuer konnte es nicht sein, das wusste Ehomba. Nichts, was man in dieser durchnässten Landschaft draußen liegen ließ, konnte noch brennen. Welcher Brennstoff es auch sein mochte, der da auf dem Hügel brannte, den Ehomba gerade bestieg, irgendjemand hatte ihn vorher sammeln und trocknen müssen.

Ehomba überlegte, ob er den Rauch einfach nicht beachten und auf dem eingeschlagenen Weg weitergehen sollte. Dass ein Einsiedler in einer derart einsamen und unwirtlichen Gegend leben wollte, konnte er sich kaum vorstellen. Solch ein Einzelgänger konnte im besten Fall jedoch nur ungesellig sein. Aber Ehomba war neugierig – wenn er überhaupt eine Charaktereigenschaft besaß, dann war es die Neugierde –, und nach nur kurzem Zögern wandte er sich nach links und bahnte sich einen Weg durchs Dickicht zu der dünnen Rauchsäule hin. Vorsichtig näherte er sich. Wenn sich der Urheber des Feuers aus sicherer Entfernung als feindselig herausstellen sollte, würde Ehomba einfach kehrtmachen und weitergehen.

Die wenig anziehend wirkende Hütte klebte auf einem Felsvorsprung am Kamm, von wo aus man in drei Richtungen einen jeweils erstklassigen Ausblick auf den Dschungel genoss. Die Hütte war zwar aus ungehobelten Holzbrettern, Bambusstöcken und Stroh lieblos zusammengezimmert, sie verfügte jedoch über eine beinahe hübsche und einladend wirkende Veranda, auf der man gemütlich sitzen und wunderbar den Sonnenuntergang beobachten konnte – natürlich nur wenn Nebel und Dunst es zuließen. Einige Schaukelstühle aus Bugholz und ein kleiner Tisch luden zum Sitzen ein, gepflegte Blumen blühten üppig in hölzernen Trögen, die am Gehweg und auf dem Geländer standen. Ganz gleich ob Einsiedler oder nicht, der Besitzer der Hütte war mit gartenbaulichem Geschick gesegnet. Zwei kleine, schillernd rote Singvögel trällerten liebliche Arien aus dem Gefängnis eines handgemachten Holzkäfigs. Der einsame Wohnsitz wirkte keinesfalls feindselig oder abweisend, ganz im Gegenteil, der Besitzer schien darauf bedacht zu sein, Reisende anzulocken, ganz so als würden öfter Gäste erwartet.

Ehomba näherte sich über einen schmalen Pfad, wobei er seinen Speer fest umklammerte. Weil er als Kind den Älteren viele Fragen gestellt hatte, hatte er in der Wüste früh gelernt, dass die äußere Erscheinung oft trog. Viele giftige Pflanzen und gefährliche Tiere entpuppten sich als Meister der Tarnung. Die in den schönsten Farben blühende Blume verbarg giftige Dornen unter ihren Blättern, das Gift des grellfarbenen Teichfroschs lauerte unter seiner Haut, bei einer leichten Auswölbung im Sand konnte es sich stets um eine hochgiftige Schlange handeln. Ehomba hatte gelernt, misstrauisch zu sein. Was lieblich aussah, konnte Böses bergen – und umgekehrt.

So verhielt es sich auch mit der Hütte. So sehr es ihn nach so vielen Tagen der Einsamkeit nach Gesellschaft und Unterhaltung verlangte, Etjole beabsichtigte keineswegs in das Haus eines Lebewesens zu platzen, das freiwillig in einer so unwirtlichen Umgebung lebte, trotz der einladenden bunten Blumentöpfe, der überschwänglichen Gesänge der Singvögel und der Schatten verheißenden Unterkunft.

Ehomba pirschte sich näher heran, verlangsamte den Schritt und verließ schließlich den Pfad, um im Gestrüpp weiterzugehen. Verstohlen schlich er weiter und erreichte die Hütte nicht über die Stufen, die auf die Veranda führten, sondern von hinten her. Sollte das Gespräch später auf die Wahl des Wohnsitzes kommen, so musste der Besitzer der Hütte schon etwas über die Beweggründe erzählen, warum er hier wohnte. Schließlich musste es für ein Leben in solcher Abgeschiedenheit einen Grund geben.

Stimmen. Ehomba hörte zwei verschiedene: die eine fest und hartnäckig, die andere nörglerisch und ein wenig zittrig. Letztere erhob sich von Zeit zu Zeit für etwa einen Satz; doch schon beim nächsten klang sie wieder schwächlich. Von seinem Standpunkt aus konnte Ehomba nur schwer feststellen, ob die beiden stritten oder sich einfach nur unterhielten. Beide Stimmen hörten sich zumindest menschlich an. Doch in den Unsicheren Ländern konnte man nie sicher sein. Andererseits, das Menschsein galt schließlich auch nicht als Garantie für irgendetwas. Hatte er es nicht vor gar nicht allzu langer Zeit mit einer Schlange zu tun gehabt, die sich ehrenwerter benommen hatte als so mancher Mitmensch?

Ehomba arbeitete sich leise durchs Gestrüpp vor und kroch zur Rückseite der Hütte. Mehrere Fenster gewährten Einblick, was ihn verwunderte. Sollte nicht jeder, der sich ein Haus an einem solchen Ort erbaute, so viele Dschungelbewohner wie möglich fernhalten, indem er ihnen den Zugang ins Innere so gut es ging verwehrte? Hier aber standen alle Fenster zum Wald hin offen.

Etjole hob den Kopf langsam hoch, bis er übers Fensterbrett spähen konnte. Sein Blick fiel auf einen großen, behaglich wirkenden Raum, der bis zur Veranda auf der anderen Seite reichte. Auf den Matten am Boden saßen zwei Gestalten, ein Mann, etwa in Ehombas Alter, und ein weiterer, der mit dem Rücken zum Fenster saß. Während Ehomba hineinstarrte, bemerkte der ihm zugewandte Mann seine Gegenwart und warf ihm einen Blick zu, den Ehomba weder eindeutig als hilflos noch als überrascht oder auch als warnend deuten konnte.

Aus unerfindlichen Gründen wurde das andere Wesen fast gleichzeitig auf ihn aufmerksam. Vielleicht war ihm die Richtung aufgefallen, in die der andere gestarrt hatte. Ohne sich umzudrehen verkündete es mit hoher Stimme, so glatt wie der Sirup, den die Dorffrauen aus destilliertem Honig herstellten: »Tritt ein, Wanderer. Du bist willkommen.«

Ehomba zögerte. Der andere starrte ihn noch immer an. Den Viehhirten überkam plötzlich der Drang, sich umzudrehen und wegzulaufen. Doch die einladende Stimme klang verlockend und außerdem war Ehomba wie immer neugierig.

Er lief um die Hütte herum und stieg die Stufen zur Veranda hinauf, dann trat er ein. Die Türöffnung hatte der Besitzer genauso wenig geschützt wie die Fenster. Ein Eingang ohne Tür sozusagen. Wie alles andere an der Hütte auch, so lockte dieser verführerisch.

»Komm nur, komm herein!« Die größere Gestalt, die auf der anderen Seite des Hauptraumes saß, winkte ihm aufmunternd zu. Als Ehomba eintrat, bemerkte er, dass der andere Mann ihn weiter hemmungslos anstarrte. »Nimm Platz.«

Ehomba blieb stehen. »Ich will eure Unterhaltung nicht stören.«

»Du störst überhaupt nicht, wirklich.« Die Gestalt in Schwarz lächelte, obwohl sie ein wenig traurig wirkte, dachte der Hirte. Es war der Geist eines Gesichtsausdrucks, aus dem jedes ehrliche Gefühl geflohen war; eine leere Hülse, ein Schatten, aus dem jemand jegliche Zufriedenheit ausgewrungen hatte wie das Waschwasser aus einem Lappen. Trotzdem nahm Ehomba Platz, mit untergeschlagenen Beinen setzte er sich und legte den Speer neben sich.

Als er das getan hatte, entfuhr dem anderen Mann ein lauter Seufzer. »So, das war's dann wohl! Jetzt sind wir endgültig erledigt.« Er ließ den Kopf hängen.

»Erledigt?« Welch seltsame Sprache war das? Ehomba staunte. Nun unterzog er die anderen Hausbewohner einer näheren Betrachtung.

Der Mann neben ihm war von durchschnittlicher Größe, besaß sehnige Beine und einen untersetzten, muskulösen Oberkörper. Er hatte langes, schwarzes Haar, das er im Nacken zusammengebunden trug, doch ein Gesicht wie das dieses Mannes hatte der Viehhirte noch niemals zuvor gesehen: eng zusammenstehende Augen und eine kleine Nase über einem breiten Mund. Das Gesicht wirkte im Vergleich zum athletischen Körperbau und der hohen, intelligenten Stirn unverhältnismäßig rund.

Er trug einen leichten Lederharnisch, der in der Hitze des Dschungels lästig sein musste. Darunter leuchtete ein weißes Hemd aus seidigem Stoff hervor. Der Unterkörper wurde nur spärlich bedeckt von einem Lendenschurz, der zwischen den Gesäßbacken zusammengebunden war, über denen bis zur Mitte der Oberschenkel reichende schützende Lederbänder hingen. Dieses ungewöhnliche Gewand passte zur Laune seines Besitzers, die man bestenfalls als missgestimmt bezeichnen konnte.

»Warum bist du nicht weggerannt?«, murmelte er. »Hast du meine Warnung nicht bemerkt, als du durchs Fenster hereinschautest?«

»Ich habe nicht einfach geschaut«, erklärte Ehomba mit hoch erhobenem Kopf und mit Blick auf den Hausherrn. »Ich habe ausgekundschaftet.«

»Tja, genützt hat es dir aber nichts, das ist so sicher wie der Gibra. Jetzt bist du hier drin und er hat auch dich in seiner Gewalt.« Der Sprecher nickte zum dritten Anwesenden im Raum.

Gelassen wandte sich Ehomba an den so genannten Gastgeber. »Stimmt das, was er sagt?«, fragte er ruhig. »Du hast uns in deiner Gewalt?«

»O ja, ziemlich sicher sogar«, antwortete der andere schwermütig. »Einmal gefangen, entkommt mir keiner mehr.«

»Es ist seltsam. Ich fühle mich nicht gefangen.«

»Mach dir darüber keine Sorgen. Du *bist* gefangen.«

Ehomba entdeckte, dass der Sprecher nicht wie ein richtiger Mensch aussah. Vielleicht gehörte er auch bloß einer Menschenrasse an, die der Viehhirte bisher noch nicht getroffen hatte. Einer Sache war sich Ehomba stets bewusst – seiner Unwissenheit. Deshalb stellte er auch so viele Fragen. Mit dieser Angewohnheit hatte er die Älteren im Dorf oft zur Raserei getrieben.

Die vor ihm sitzende breite und stämmige Gestalt wirkte eher wie die zusammengepresste, gedrungene Ausführung eines Riesen. Eingefallene Wangen und dunkle, tief liegende Augen zeichneten das Gesicht. Als vielleicht auffallendstes Merkmal fiel einem die lange Mähne aus roten und goldenen Haaren ins Auge, die nicht nur aus der Stirn, sondern auch aus den Wangen wuchs und als einziger wallender, haariger Wasserfall über die Schultern und bis hinunter zum Boden fiel. Die Nase wirkte krumm und der Oberkörper im Verhältnis zum Unterkörper viel zu groß, als hätte man ihn auf die Hüften und Beine einer völlig anderen Person verpflanzt. Ehomba hätte das Gesicht als affenähnlich bezeichnet, wenn diese Benennung nicht eine Verunglimpfung der Affen gewesen wäre. Dieses Gesicht wirkte einfach hässlich – dafür gab es keine andere Bezeichnung –, jedoch nicht lächerlich. Es strahlte sogar so etwas wie eine verschrobene, fremdartige Wärme aus.

Doch der Mann, der sich als Gefangener bezeichnet hatte, ließ sich davon nicht besänftigen. »Du fühlst dich also nicht gefangen, was? Dann versuch doch einmal aufzustehen.«

Ehomba wollte dieser Aufforderung nachkommen, doch musste er feststellen, dass er nicht in der Lage war, sich von der Matte zu erheben. Er blickte zu Boden und entdeckte, dass die feinen Fasern, auf denen man ihn hatte Platz nehmen lassen, alles andere als leblos waren. Sie zuckten und wackelten munter vor sich hin. Eine beträchtliche Anzahl hatte bereits Besitz von seiner Wade und den mit Sandalen bekleideten Füßen genommen, doch nicht indem sie sich darum gewickelt hätten und ihn dadurch am Boden hielten.

Nein, sie bohrten sich hinein – in Haut und Sandalen.

Ein Blick nach rechts bestätigte, dass sein Nachbar unter der gleichen Not litt. Er war inzwischen sogar so fest mit der Matte verbunden, dass man meinen konnte, er hätte dort Wurzeln geschlagen. Was übrigens das, was gerade mit Ehomba vorging, auch ziemlich genau bezeichnete.

Der Schwarzhaarige wartete so lange, bis der Neuankömmling den Ernst der Lage erkannt hatte, dann streckte er die Hand aus. »Zu dumm für dich, aber ich kann nicht leugnen, dass es mir gefällt, Gesellschaft zu haben.« Er nickte schroff zum Gastgeber. »Ich hatte genug davon, immer nur mit ihm zu sprechen.«

»Na, na«, murmelte der haarige Gastgeber, »so unerträglich ist ein Gespräch mit mir nun auch wieder nicht.«

»Doch, das ist es, aber wahrscheinlich kannst du gar nichts dafür.« Trotz der Umstände, die ihn aus verständlichen Gründen nicht gerade fröhlich stimmten, grinste der Schwarzhaarige Ehomba an. »Ich heiße Simna ibn Sind. Ich komme aus einem Land, das weit, weit im Nordosten von hier liegt. Und ich wünschte wirklich, ich wäre dort.«

»Warum bist du das nicht?«, fragte der Hirte.

Noch immer grinsend wandte Simna den Blick ab. »Der Streit scheint mich zu verfolgen so wie die Honigbiene einen Läufer. Ich bin ständig auf der Suche nach innerem und äußerem Frieden.«

»Hast du ihn jemals gefunden?«

Das Gesicht mit den feinen Zügen sah sich rasch um. Dann wurde das Grinsen noch breiter. »Bisher nicht, aber ich glaube, das ist ein Zustand, den man sich inständig wünschen sollte. Ich hoffe, dass ich eines Tages mehr als nur die Theorie kennen werde.«

»Da bin ich mir ganz sicher.«

»Verstehst du denn nicht… äh?«

»Ehomba. Etjole Ehomba. Ich bin Hirte und komme aus dem Süden.«

»Es wird Zeit, dass du aufhörst, dir etwas vorzumachen, mein Freund. Du steckst hier genauso fest wie ich und keiner von uns beiden wird mehr irgendwo hingehen. Wir werden hier sitzen, bis wir verrotten.«

»Ja, das werdet ihr.« Der Gastgeber stimmte dem erfreut zu. »Das ist es, was die Menschen in meiner Gesellschaft tun. Alles und jeder, ohne Ausnahme.« Er seufzte ernüchtert. »Ich wünschte wirklich, ihr würdet einen so lebenswichtigen und notwendigen Vorgang nicht so abschätzig beurteilen.« Der Kopf mit der wallenden Mähne bewegte sich langsam hin und her. »So wenige halten inne und überlegen, was die Erde für ein Ort wäre, gäbe es mich nicht.«

»Und was ist das?«, wollte Ehomba wissen. »Was bist du? Wer bist du?«

»Ich dachte, du hättest es vielleicht schon erraten, Wanderer.« Wieder die Andeutung eines falschen Lächelns. »Ich heiße Verderben.«

»Ich verstehe. Und wer hat dich verdorben?«

»Nein, nein; du hast wieder nicht verstanden.« Simna, ein Mann der kurzen Sätze und des hitzigen Gemüts, blickte ihn angewidert an. »Er ist nicht verdorben. Er ist *das* Verderben. Sieh dich doch einmal um. Sieh dich gründlich um.«

Ehomba kniff die Augen zusammen und stellte tatsächlich fest, dass einige Dinge im Raum, die vordem seiner Aufmerksamkeit entgangen waren, nun im starken Gegensatz standen zu dem, was er ursprünglich zu sehen geglaubt hatte.

All diese farbenfrohen Blumen, die in den Kübeln und Töpfen auf der Veranda wuchsen, zum Beispiel. Beim zweiten Hinsehen entpuppten sie sich als verwelkt und tot; die Blütenblätter erschienen faltig wie die Gesichter von uralten Männern, die Stängel zitterten vor Krankheit und Schwäche. Der Gestank des Verfalls verpestete die Luft in der Hütte. Statt auf einer gewebten Matte saß Ehomba nun auf einem übelriechenden Misthaufen, aus dem die Ranken verfaulter Pilze herausragten, die sich langsam in Füße und Beine bohrten.

Als hätten sich die Augen plötzlich scharf gestellt, sah er die Hütte nun in einem völlig neuen Licht, einem düsteren und zersetzenden Licht. Die Wände bestanden nicht länger aus Holz, sondern aus einem bröckelnden, erdigen Material, das sehr an Torf erinnerte. Statt mit Stroh war das Dach nun mit den gelben Knochen eines längst verstorbenen Tieres gedeckt – und mit noch ganz anderen Dingen. Und der Gastgeber…

Pusteln und Eiterbeulen bedeckten die vormals glatte Haut und die wallende Haarmähne war in Wirklichkeit ein Gewimmel aus Kompostwürmern, die sich langsam um und durch den sturen Schädel wanden und schlangen. Ein fürchterlicher Gestank drang aus allen Poren des Wesens, weshalb der Hirte froh war, dass er seit dem Morgen nichts mehr gegessen hatte und auch da nur sehr wenig. Trotz der schrecklichen Enthüllung zeigte sich Verderben keineswegs aufgeregt über das neue Wissen des Gastes und stieß auch kein Siegesgebrüll der Verwesung aus.

Er blieb ruhig und höflich. Ehomba empfand das nur als natürlich, denn Geduld und Langmut mussten zwangsläufig wesentliche Charaktereigenschaften des Verderbens sein.

»Was willst du von uns?«, erkundigte sich Ehomba beim Gastgeber.

Augen, die wie die überlaufende Kloake einer großen Stadt schäumten, wandten sich ihm zu, aus den rissigen Lippen quollen Maden. »Das, was dein Freund bereits gesagt hat: Ich will, dass ihr verrottet. Glaub jetzt nicht, du seist ein Einzelfall oder ich würde dich ungerecht behandeln. Das mache ich mit allen.« Um ihn herum ächzte das Holz der Hütte, sie zerfiel langsam in ihre einzelnen Bestandteile.

»Es tut mir Leid, aber dafür habe ich keine Zeit«, antwortete Ehomba. »Ich habe einer Verpflichtung nachzukommen und anderen gegenüber eine Verantwortung zu tragen.«

Gackerndes Lachen sprudelte aus einem ekeligen Rachen und die Widerlichkeit des Raumes drängte immer näher an Ehomba heran. Zu seiner Linken wandte Simna den Kopf vom Gastgeber ab und würgte. Er musste sich nur darum nicht übergeben, weil er es schon vorher getan hatte. Mehrmals.

»Ihr habt keine Wahl.« Verderben bestand weiterhin darauf. »Ihr seid bereits verdorben. Alle Menschen sind verdorben. Genauso wie der Rest der Welt. Es stimmt, dass ich nur dünn gesät bin, deshalb ist es mir ein besonderes Vergnügen, wenn ich mich einmal persönlich um jemanden kümmern kann. Ich muss sagen, dass ich deine Ruhe bewundere. Du wirst ein ausgezeichneter und unterhaltsamer Gast sein, bis deine Zunge im Mund verfault und die Lunge in deinem Körper zerfällt.«

»Das glaube ich nicht.«

Ehomba fasste sich über die Schulter und zog das

Schwert aus Himmelsmetall aus der Scheide, mit dem er die Fangarme zerschnitt, die in seine Sandalen, Füße und Beine wuchsen. Gewöhnlichem Stahl hätten diese Ranken widerstanden, aber einer Schneide, die der wahrhaftigen Reinheit des Weltraumes entstammte, hatten sie nichts entgegenzusetzen. Verderbens stumpfe Augen waren offensichtlich nicht imstande Überraschung auszudrücken, doch sie richteten sich nun eindringlicher auf den großen Mann, der sich stolz auf dem Misthaufen aufrichtete.

»He, Bruder, vergiss mich nicht!« Simna ibn Sind stemmte sich gegen die Pilzfänge. Ehomba beugte sich hinunter und befreite ihn mit einem einzigen, schnellen Schwerthieb. Der geschwätzige Reisende erhob sich dankbar und zog eines der beiden Schwerter heraus, die zusammen in einer Scheide auf seinem Rücken steckten. Verderben sah nur gelassen zu.

»So, das ist für dich, du Haufen Scheiße!« Als Schimpfwort für das Verderben verfehlte es seine Wirkung, aber der außer sich geratene Simna war zu aufgeregt und wütend, um sich einen wirklich schlimmen Fluch auszudenken. Er schwang das Schwert in hohem Bogen durch die Luft und zielte auf den Kopf des Gastgebers.

Die Klinge traf den Hals des langmähnigen Verderbens und blieb dort stecken. Simna biss die Zähne zusammen und versuchte sie herauszuziehen – vergeblich. Vor den Augen der beiden Männer blutete Rost aus Verderbens Hals und kroch die glatte, scharfe Klinge hinauf wie Wasser in einem Strohhalm und verwandelte schließlich den glänzenden Stahl bis zum Knochenheft in dumpfen rotbraunen Rost. Griff und Metall lösten sich gleichzeitig auf.

Zwar verblüfft, aber immer noch voller Kampfeslust, zog der unerschrockene Weltenbummler seine zweite Waffe und duckte sich vorsichtig. »Ganz schön schlau, aber ich warne dich, ich werde nicht friedlich verrotten.«

»Alles verfault friedlich«. Verderben legte die Spitzen der modernden Wurstfinger aneinander. »Was immer du auch tust, es kann das Unvermeidliche nur hinauszögern.«

»Das stimmt«, bemerkte Ehomba.

Simna drehte sich erschrocken zu ihm um, die Augen weit aufgerissen, die Haltung noch gespannter als zuvor. »He, was soll das? Du stimmst dieser krankhaft veranlagten Kreatur auch noch zu? Auf wessen Seite stehst du eigentlich?«

»Auf der Seite des Lebens«, versicherte Ehomba, »aber das heißt nicht, dass ich die Dinge nicht auch aus der Sicht anderer sehen könnte.« Er blickte dem fauligen Gastgeber ohne mit der Wimper zu zucken ins Gesicht. »Selbst aus der Sicht des Verderbens.«

»Du bist ein Mann von Welt.« Die gedrungene, verwurmte Gestalt schwoll vor den Augen der beiden Wanderer auf, blähte sich durch Gase und Fäulnis und drohte zu platzen. »Ich werde deine Gesellschaft vermissen.«

»Und ich deine.« Ehomba fasste in die Tasche seines Kiltes und fühlte die Strandkiesel darin. Nicht nur diese hatte er mitgebracht, um ihn an Zuhause zu erinnern. Was er suchte, befand sich in der anderen Tasche.

Er holte eine Hand voll… Erde heraus. Simna starrte ihn ungläubig an. »Was willst du denn damit? Champignons züchten? Teufel auch, das ist jetzt wohl nicht der richtige Zeitpunkt, um an Gartenarbeit zu denken!« Er umklammerte den Griff des zweiten Schwertes so fest mit beiden Händen, dass die Knöchel weiß hervortraten.

Augen, die überschäumenden Kanalgitterpfützen glichen, starrten auf die Hände. »Selbst kleine Beiträge zum Zerfall sind stets willkommen. Aber Freiheit könnt ihr damit nicht erkaufen.«

»Die Naumkib zahlen keine Bestechungsgelder.« Damit warf Ehomba die Erde auf den unerträglich stinkenden Gastgeber.

Sie landete auf dem aufgeblähten Brustkorb – jedoch ohne sichtbare Wirkung. Der noch immer am Boden kauernde Simna verbarg seine Verachtung nicht. »Na, das war aber hilfreich! Was wolltest du damit erreichen? Ihn zwingen, ein Bad zu nehmen? Es hat rein gar nichts genützt.«

Der Hirte sagte nichts, er stand nur da und sah zu, wie das Verderben immer mehr anschwoll. Er blähte sich so lange weiter auf, bis er schließlich die halbe Hütte füllte. Nun waren es Simnas Augen, die groß wurden.

»Ich glaube… ich glaube, wir sollten zusehen, dass wir hier rauskommen, und die Lage aus sicherer Entfernung noch einmal überdenken, Bruder.« Er wirbelte herum und rannte los. Obwohl die Neugierde Ehomba nicht losließ, musste er anerkennen, dass die Worte des anderen Mannes Sinn ergaben, und so drehte auch er sich um und lief weg so schnell er konnte. In der Hütte wurde der Gestank von verfaulten Eiern immer penetranter.

Die beiden Männer erreichten die Tür gerade in dem Augenblick, als das Verderben explodierte und dabei eine reiche Auswahl an Schleim und Dreck in alle Richtungen verspritzte. Der verpestete Hagel traf sie von hinten, als sie sich durch die Tür auf die Veranda warfen. Der ekelhafte Erguss hätte sie unter sich begraben, wäre nicht das Holz der Veranda vollkommen morsch gewesen. Die Bretter brachen unter dem Gewicht der Männer zusammen und die zwei purzelten den dicht bewachsenen Abhang hinunter. Kraftlose Büsche brachen unter ihnen zusammen und polsterten so den Abstieg. Gesunder Bewuchs hätte ihnen die Haut zerschnitten und zerrissen. Das Verderben, so dachte Ehomba insgeheim, als er langsam ausrollte, hatte auch sein Gutes.

Simna war nach bemerkenswert kurzer Zeit schon wieder aufgesprungen und hielt das Schwert kampfbereit in der Hand. Er starrte durch das Loch, das die beiden Körper in die morsche Veranda gerissen hatten, hinauf zur Hütte. Viel hatte die Explosion von dem Gebäude nicht übrig gelassen, der Großteil der Wände und das ganze Dach waren einfach weggeflogen. Der Rest war sorgfältig in einen Mantel aus... nun ja, eben Verderben... gehüllt. Über ihnen bewegte sich nichts mehr.

Schwer atmend fuhr Simna herum, um nach seinem großen Gefährten zu sehen. Ehomba hatte sich aufgerappelt und wischte sich angewidert den Schleim ab, der ihn über und über bedeckte. Als er Simna erblickte, der ihn langsam und gleichmäßig keuchend anstarrte, lächelte er.

Simna schnitt eine übellaunige Grimasse. »Worüber in Goraths Namen grinst du so, Wanderer?«

»Du bist ein einziger Dreckhaufen.« Ehomba konnte sich das Lachen nicht verbeißen.

Der andere blickte an sich hinunter und fand eine außergewöhnlich dicke Schmutzschicht an sich vor. Als er wieder aufsah, musste auch er grinsen. »Stimmt, das bin ich wohl. Und du... wenn du dich in einem Saustall verkriechen wolltest, würden die Schweine dich in hohem Bogen hinauswerfen und sich dabei noch die Nase zuhalten!«, kicherte Simna.

»Daran besteht kein Zweifel«, musste Ehomba zugeben.

Der Schwertkämpfer deutete mit dem Kopf nach oben. »Das war keine gewöhnliche Erde, die du da auf unseren ehemaligen, unbetrauerten Gastgeber geworfen hast, oder?« Die Neugier brannte förmlich in seinem Gesicht. »Es war so etwas wie Zaubersand oder Sklavenpulver, stimmt's? Bist du ein Magier?«

Ehomba schüttelte traurig den Kopf. »Ich bin nur ein Viehhirte aus dem Süden.«

»Ja, ja, das hast du schon gesagt. Aber was war das für ein Zeug?«

»Wie ich schon erklärt habe: ganz gewöhnliche Erde.« Ehomba betrachtete die völlig zerstörte Hütte nachdenklich. »Aber diese Erde war sauber, frei von Verderben; sie stammte aus meinem Heimatdorf. In einem Wüstenland wird die Erde, in der Nutzpflanzen angebaut werden, von allen verehrt. Sie ist sehr wertvoll und man behandelt sie äußerst sorgsam. Denn was könnte wunderbarer sein als die Fähigkeit, Nahrung aus der bloßen Erde hervorzubringen?« Er deutete den Hang hinauf. »Ich trug sie als Andenken an meine Heimat bei mir. Diese Erde stammte aus einem kleinen Beet im Garten meiner Frau, das viele Male von Oura gesegnet worden war, der Mutter von Asab, unserem Häuptling. Sie ist eine weise Frau und versteht sich auf alles, was mit Erde zu tun hat. Ich habe schon geahnt, dass dem Verderben die Reinheit nicht bekäme.«

»Ihm bekommen? Beim Girun, sie hat ihm höllische Bauchschmerzen verursacht!« Simna machte sich auf den Weg nach oben, er kämpfte sich mit neuer Energie den glitschigen Hang hinauf. »Dann wollen wir doch mal nachsehen.«

»Nachsehen?« Der Hirte runzelte die Stirn. »Was denn nachsehen?«

»Ob es einen Schatz gibt, natürlich.« Simna sah Ehomba an, als wäre er plötzlich verrückt geworden. »Jeder weiß, dass es einen Schatz gibt, dort wo sich das Verderben längere Zeit aufgehalten hat. Es gibt viele Arten des Verderbens, weißt du. Irgendwo da oben muss es Berge von Reichtümern geben, angehäuft von den Bestechlichen, von betrügerischen Richtern, korrupten Polizisten und von denen, die die Hintertürchen aufhalten.«

Ehomba wollte mit Schätzen, die vom Verderben angesammelt worden waren, nichts zu tun haben. Aber wie immer in solchen Fällen besiegte seine Neugier den gesunden Menschenverstand. »Ich dachte, du wärst unterwegs auf der Suche nach innerem Frieden?«

Simna ibn Sind zog sich an abgebrochenen Büschen und Ästen den Hang hinauf und drehte sich grinsend um. »Zuerst das Gold, mein Freund, dann der innere Frieden.«

»Mit dieser Rangfolge bin ich nicht einverstanden«, brummte Ehomba, während er hinterdrein kletterte.

Der kleinere Simna machte einen Satz nach vorne, um eine dicke Wurzel zu erreichen, die aus dem Hang ragte. Mit der Wendigkeit eines Gibbons zog er sich daran nach oben und stieg weiter. »Du hast mir das Leben gerettet, Etjole. Deshalb werde ich nicht mit dir streiten. Aber ich warne dich nur einmal, was auch immer geschehen wird, versuch niemals, dich zwischen mich und irgendwelche Schätze zu stellen.«

»Mich kümmern deine Schätze gar nicht«, entgegnete der Hirte freundlich.

»Ja, ja, das sagen sie alle.«

Während Simna weiter nach oben kletterte, war er sich seiner nicht mehr so sicher, genauso wie er dem allzu ruhigen Gefährten nicht mehr recht über den Weg traute. Ein komischer Kauz war das. Doch die Bedenken waren bald wie weggewischt. Es galt einen Schatz zu heben und Simna war fest entschlossen, diesen zu finden – selbst wenn das bedeutete, dass er sich durch unzählige Schichten von zerfetzter, aufgehäufter Fäulnis graben musste.

XI

In der Hütte fanden sie nichts, dahinter allerdings gab es eine Höhle, die hoch genug war, um einem gebückten Menschen Einlass zu gewähren. Mit einer Bemerkung darüber, dass das Verderben besonders gut brannte, bastelte Simna Fackeln für sie beide und betrat die Höhle. Ehomba folgte ihm bereitwillig. Der Geruch im Tunnel war zwar noch schlimmer als draußen, doch nicht zu vergleichen mit dem bestialischen Gestank, der nach der Explosion des Verderbens die Luft verpestet hatte.

»Wer hat dir gesagt, dass hier ein Schatz liegt?« Ehomba richtete sein Augenmerk mehr auf den glitschigen Boden als auf den eifrigen Gefährten.

»Man hört sich schließlich um.« Simna hielt die Fackel mal auf die eine, mal auf die andere Seite, um nur ja nichts zu übersehen. »Und außerdem, liegt das Geld nicht immer gleich in der allernächsten Nähe des Verderbens?«

»Das weiß ich nicht«, antwortete Ehomba wahrheitsgemäß. »In meinem Dorf gibt es so etwas nicht, nicht einmal im ganzen Stamm.«

»Stamm«, murmelte Simna. »Das passt zusammen. Du bist nicht gerade ein Gelehrter aus der großen Stadt, was, Bruder?«

»Kora Keri ist die größte Stadt, die ich jemals gesehen habe, und das war erst neulich.«

»Dann lass dir eines sagen, Etjole – ich darf dich doch bei deinem Vornamen nennen, oder?«

»Du hast es ja schon getan«, meinte Ehomba nur.

»Etjole, wenn es etwas gibt, womit ich mich auskenne, dann ist es das Verderben.« Sollte es Simna wirklich aufgefallen sein, dass er mit diesem Eingeständnis ein schlechtes Licht auf sich selbst warf, so zeigte er es mit keiner Silbe oder Geste. »Und glaub mir, Geld folgt dem Verderben so wie ein Honigdachs den Bienen.« Er bewegte die Fackel weiter hin und her und die unruhige Flamme ließ flackerndes Licht zurück. »Es muss hier irgendwo sein. Es muss!«

»Vielleicht ist es das da vorne, was du suchst.«

»Was?« Simna hatte den Blick gerade eben noch auf den Gefährten gerichtet, nun blickte er schnell nach vorne. Er hob die Fackel so hoch, wie es der Tunnel erlaubte, und entdeckte das, was er zu finden gehofft hatte, glitzernd vor seinen Augen.

Das Gold türmte sich mannshoch vor ihnen auf, sogar den langgliedrigen Viehhirten überragte es noch. Münzen, Armbänder, Fingerringe, Halsringe, Kronen, Goldbarren, Kelchgläser, Teller und noch viel mehr glänzendes Gerät lag da auf einem beeindruckenden Haufen so aufeinander, als hätte man es nach einer Wohnungsentrümpelung dort einfach abgeladen. Aus dem Goldberg leuchteten mit Juwelen besetzte Ohrringe heraus, Knöpfe, Ringe, Armbänder und auch sonst alle Arten von kunstvoll verziertem und geschliffenem Schmuck.

Mit glänzenden Augen, die jenen eines wild gewordenen Kudus glichen, schickte sich Simna ibn Sind an, mit einem Satz auf den goldenen Hügel zu springen. Doch plötzlich fühlte er, wie ihn eine Hand zurückhielt. Er versuchte sie zwar abzuschütteln, doch der kraftvolle Griff erschreckte ihn. Auch er selbst war stark und muskulös gebaut und er ärgerte sich über seine Unfähigkeit, die unerbittliche Hand abzuschütteln.

Kobaltblaue Augen funkelten Ehomba entgegen. »Was ist, Bruder? Lass mich los! Oder willst du dich wie ein griesgrämiger Priester hier hinstellen und mir sagen, dass du selbst nichts für Gold übrig hast?«

»So ist es wirklich«, antwortete Ehomba ziemlich ehrlich. »Du bist es, um den ich mir Sorgen mache.«

Erwartungsvoll leckte sich Simna die Lippen, sein Blick sprang zwischen dem sonderbaren Hirten und den Riesensummen hin und her, die den Raum beherrschten. »Um mich brauchst du dir keine Sorgen machen. Das hier wird alle Schäden an mir beheben.«

»Als ich jung war«, fuhr der Hirte fort und hielt den anderen noch immer fest, »lernte ich schnell, dass viele köstlich aussehende Früchte von hungrigen Tieren nicht angetastet wurden, obwohl sie so lecker aussahen. Der Grund dafür ist das tödliche Gift in den Pflanzen.« Ehomba zeigte mit dem Kopf zum Goldberg. »Hier liegen die Schätze des Verderbens. Denk einmal darüber nach, mein Freund, was wir gerade gesehen haben. Das Verderben verdirbt alles, mit dem es in Berührung kommt. In dem Augenblick, in dem Augen und Verstand endlich klar sahen, entdeckten wir, dass das gesamte Haus verrottet war, die Möbel darin, alles was rundherum wuchs – einfach alles. Glaubst du, mit den Schätzen verhält es sich anders? Nur weil sie glänzen?«

»Ach, hör doch auf, Etjole! Das sind Gold und Juwelen! Keine Pflanzen und Holz.«

»Es stammt aus den Händen des Verderbens.«

»Lass mich los.« Der Schwertkämpfer zappelte wie wild unter dem Griff des Gefährten. Schließlich berührte Simna mit der Hand zufällig das Messer, das er am Gürtel trug. »Lass mich los oder beim Gwetour…!«

Ehomba ließ ihn also los. Simna taumelte ein wenig, bevor er sein Gleichgewicht wiederfand. »Hol es dir, wenn du unbedingt willst«, sagte der Hirte, »aber tu mir vorher einen Gefallen. Nimm nur ein Stück, nur eine einzige Münze und untersuch sie sorgfältig, bevor du dich auf den Haufen stürzt.«

Simna betrachtete den großen Südländer argwöhnisch. »Wird dich das beruhigen?«

Ehomba nickte. »Das wird mich beruhigen.«

»Dann ist es einen Versuch wert.« Simna drehte sich um und suchte sich eine Münze aus dem unteren Teil des Berges heraus. Es war eine schöne Münze, sie glänzte hell wie der Tag, an dem sie geprägt wurde, und auf der einen Scite prangte die Silhouette eines unbekannten Herrschers, auf der anderen eine Säule mit rätselhaften Zeichen. Simna drehte die Münze zwischen den Fingern hin und her, er warf sie in die Luft und fing sie mit der Leichtigkeit eines erfahrenen Jongleurs wieder auf.

»Hier! Zufrieden?«

»Lass mich sehen.« Ehomba beugte sich vor und der andere hielt ihm die goldene Scheibe zur Begutachtung hin. »Ja, es ist eine großartige Münze und – so weit ich das mit meinem bescheidenen Wissen über diese Dinge beurteilen kann – sie besteht aus echtem Gold.«

»Ja, natürlich!« Simna versuchte gar nicht, seine Verachtung und Ungeduld zu verbergen. »Was hast du denn erwartet?«

»Ich weiß nicht. Etwas in der Art wie es gerade mit deiner Hand passiert, glaube ich.«

»Was...?« Der Schwertkämpfer blinzelte und sah hinunter auf die Münze in seiner Hand. »Was faselst du da?«

»Unter der Münze. Sieh doch!«

Simna blinzelte noch einmal und dann wurden seine Augen riesengroß. Mit einem Aufschrei, als hätte ihn eine Hornisse gestochen, warf er die Münze in hohem Bogen fort. Er hielt sich krampfhaft die Hand und starrte mit offenen Mund auf die Handfläche.

Ein Loch, genau mit dem Durchmesser der Münze, hatte sich ins Fleisch gebrannt. Die Ränder der etwa einen halben Zentimeter tiefen Wunde färbten sich bereits schwarz und eiterten. Weißer Schleim sickerte aus der Mitte und ein fürchterlicher Gestank stieg aus dem verfaulenden Fleisch. Es handelte sich dabei um einen Geruch, den die beiden Männer mittlerweile nur zu gut kannten.

»Ghontoh!«, schrie Simna. Noch immer hielt er sich die Hand. Er warf einen Blick über die Schulter und zitterte beim Anblick des glänzenden, verlockenden Goldhügels. »Wenn ich es getan hätte, wenn ich hineingesprungen wäre und mich darin vergraben hätte, wie ich es vorgehabt hatte...« Er ließ den Schluss des Gedankens unausgesprochen und versuchte gleichzeitig, die Vorstellung aus seinem Gehirn zu verbannen.

Ehomba hatte inzwischen den Rucksack am Boden abgestellt und wühlte darin herum. Als er die Suche beendet hatte, erhob er sich mit einem kleinen, verschlossenen Bambusröhrchen in der Hand.

»Hier«, forderte er Simna freundlich auf, »zeig mir noch einmal deine Hand.«

Zitternd vor Angst streckte der Schwertkämpfer die geschwürige Hand aus. Der Hirte untersuchte sie vorsichtig und öffnete das Röhrchen. Er steckte den Finger hinein und holte etwas von dem milchigen Saft heraus, den er großzügig in die verletzte Handfläche einrieb. Nach mehrmaliger Wiederholung dieser Behandlung war die Wunde schließlich gründlich mit der Salbe beschmiert, Ehomba verschloss das Röhrchen und legte es zurück zu seinen anderen Sachen.

»Gib mir den anderen Arm«, wies er Simna an. Der Schwertkämpfer gehorchte schweigend. Mit einem Ruck riss Ehomba einen langen, schmalen Streifen aus Simnas Hemdsärmel.

»He, das ist Bakhari-Seide! Weißt du überhaupt, wie viel so etwas auf dem thalussianischen Markt kostet?«

Ehomba musterte Simna finster. »Was ist dir wichtiger, Simna: dein Hemd oder die Hand?« Wortlos bandagierte er die kreisförmige Verletzung mit dem Seidenstoff. Der Schwertkämpfer enthielt sich jeder weiteren Bemerkung.

Zufrieden trat Ehomba zurück und betrachtete sein Werk. »Der Verband muss alle drei Tage gewechselt werden. Wenn du die Wunde sauber hältst, sollte sie in ungefähr einer Woche wieder verheilt sein.«

»Ein Loch wie das? Bist du verrückt? Selbst wenn dieses klebrige Zeug, das du draufgeschmiert hast, etwas taugt, wird es mindestens einen Monat dauern, bis die Haut nachgewachsen ist.«

»Oura ist eine Meisterin, was die Herstellung von Heilsalben betrifft. Ich habe selbst gesehen, wie der Saft, den sie aus den Blättern des Köcherbaumes gewonnen hatte, ein Kind rettete, das von einer Mamba gebissen worden war.« Ehomba lächelte den anderen kaum merklich an. »Wenn du es natürlich besser kannst, dann bin ich gerne bereit, von dir zu lernen. Vielleicht solltest du die Hand in reines Gold tauchen, das ist doch sicher mehr nach deinem Geschmack.«

»Ein Viehhirte, der auch noch Sinn für Humor hat«, murrte Simna grimmig. Seine Stimmung besserte sich jedoch rasch. »Das ist das zweite Mal, dass du mein Leben gerettet hast. Wie kann ich dir jemals dafür danken?«

Mit einem Schulterzucken drehte sich Ehomba um. Er hatte nur einen Wunsch, den Tunnel so schnell wie möglich zu verlassen. Er hätte ihn am liebsten nicht einmal betreten. »Ich bin sicher, wenn die Lage umgekehrt gewesen wäre, hättest du das Gleiche auch für mich getan.«

»O ja... klar... äh... sicher.« Der Schwertkämpfer nickte etwas zu heftig. »Ohne auch nur eine Sekunde darüber nachzudenken, Bruder!« Mit der Fackel in der gesunden Hand folgte er Ehomba hinaus aus der stinkenden Höhle. »Ich glaube, du bist nicht ganz so unbedarft, wie du aussiehst. Ich vermute sogar, dass du über manche Art des Verderbens mehr weißt als ich – über natürliches Verderben allemal. Ich für meinen Teil kenne mich besser mit der gesellschaftlichen Variante aus, wobei ich aber nicht geglaubt hätte, dass der Unterschied zwischen den beiden so groß ist. Das großstädtische Verderben hätte kein Loch in meine Hand faulen lassen.«

Ehomba sah den Kameraden an, dessen Gesicht nun zur Hälfte von der Dunkelheit verhüllt wurde. »Das vielleicht nicht, aber in diesem Fall hätte ich Angst um meine Seele.«

Simna lief eine Weile schweigend hinter Ehomba her, bevor er es wagte, seine Zweifel vorzubringen. »Bist du sicher, dass du nur ein Hirte bist?«

»Ja, Rinder und Schafe, manchmal auch Moas«, versicherte Ehomba. »Sie fehlen mir, jetzt da wir gerade von ihnen sprechen.«

»Tja, besser du als ich, Bruder. Ich persönlich ziehe die Gesellschaft schlankerer, sanfterer und besser riechender Wesen vor, am Tag und vor allem in der Nacht. Pass auf«, fügte er rasch hinzu, »denk an den großen Felsen, der in der Nähe des Eingangs aus dem Boden ragt.«

Sie traten ins Sonnenlicht, das trotz des leichten Nebels und der Düsternis heller als alles andere erschien, das die zwei Männer jemals erlebt hatten. Ohne ein Wort zu verlieren, wandte sich Ehomba nach rechts und marschierte entlang der Bergflanke nach Norden, wobei er die Lücken im Regenwald nutzte.

»He, warte doch!« Überrascht vom plötzlichen Aufbruch des anderen eilte Simna ibn Sind hinterher. »Wo gehst du hin?«

Ohne das Tempo zu verlangsamen oder sich zum Schwertkämpfer umzudrehen, der ihm weiter folgte, antwortete Ehomba knapp: »Nach Norden.«

»Nach Norden?«, kam das Echo von hinten. »Einfach so? Einfach nur nach ›Norden‹? Wohin im Norden? Warum nach Norden?« Irgendwo in der Nähe trällerte ein Schwarm sehr großer und stimmgewaltiger Vögel im Chor, was sich anhörte wie ein Glockenspiel.

»Einfach nach Norden.« Der Hirte sprang über eine Wurzel, die den Erdboden umarmte wie eine versteinerte Schlange. »Du würdest mir ohnehin nicht glauben, auch wenn ich dir von meinem Vorhaben erzählte.«

Simna leckte sich die Lippen und heftete sich an Etjoles Fersen. »Na schön, also… ich werde dir jetzt erzählen, was ich wirklich hier suche, und dann verrätst du mir dein Vorhaben, ja? Wir werden uns gegenseitig die Wahrheit sagen.« Gespannt blickte er den großen Hirten an. Als keine Antwort auf das Angebot folgte, fuhr er eifrig fort: »Ich fange an.«

»Du sagst, du gehst nach Norden? Tja, ich war auf dem Weg nach Süden. Weit nach Süden. Weiter nach Süden, als es einem vernünftigen Mann lieb sein sollte.« Er holte tief Luft, um die Spannung vor der unmittelbar bevorstehenden Enthüllung noch zu steigern. »Ich bin auf der Suche nach Damura-sese.«

Im dichten Dschungel hielt Ehomba an und blickte dem Schwertkämpfer ins Gesicht. »Zu dumm. Ich komme zufällig aus dem Süden und als echter Südländer kann ich dir sagen, dass es einen Ort namens Damura-sese nicht gibt. Allein der Name geht um. Ich habe von Kindheit an immer wieder davon gehört und ich kann dir versichern, dass auf dieser Welt kein solcher Ort existiert.«

Simnas Gesichtsausdruck hellte sich auf. »Ja, ja, das sagen alle. Ich glaube fast, alle, die etwas über diesen Ort wissen, behalten dieses Wissen für sich, bis sie selbst eine Forschungsreise anstellen können, um den Ort zu finden.« Er schlug sich mit der Faust auf die

Brust. »Hier ist die Forschungsreise! Ich werde den Ort finden und all die Reichtümer, die es dort den alten Legenden nach gibt, und mir davon ein Khanat oder ein Königreich kaufen. Und wenn mich dann die Barbaren finden, die nach meinem Schatz trachten, werde ich ihnen ein Bataillon meiner Kavallerie hinterherjagen und sie in den nächstbesten Fluss werfen lassen.«

Ehomba hatte sich alles schweigend angehört. »Besser wäre, du suchtest dir eine ehrliche und sichere Arbeit bei einem Edelmann oder lerntest ein ehrbares Handwerk. Du könntest sogar Bauer werden.« Seine Augen schienen einen Punkt in der nebligen Ferne zu fixieren. »Es gibt viele Gründe dafür, eine so enge Zusammenarbeit mit der Erde zu suchen.«

»Du arbeitest wohl immer noch eng mit ihr zusammen, was?« Simna deutete mit dem Daumen in die Richtung, aus der sie gekommen waren. »Bist du dort hinten noch nicht nahe genug gewesen?«

»Das war keine Erde, das war Abschaum.« Wieder sah Ehomba seinen Gefährten an. »Ich sage dir, es gibt kein Damura-sese, Simna ibn Sind. Es gibt nur die Geschichten, die die Mütter ihren Kindern vor dem Schlafengehen erzählen. Dabei handelt es sich zwar auch um eine bestimmte Art von Magie, aber nicht um die, die du suchst. Wenn du denkst, du kannst mit Damura-sese ein Vermögen machen, dann verkauf deine Träume lieber gleich.«

»Versuch nicht, es mir auszureden, denn das kannst du nicht.« Der Schwertkämpfer bahnte sich einen Weg durch eine Reihe von vielblättrigen Ästen, wobei er stets nach stechenden Insekten Ausschau hielt. »Also gut, ich habe meinen Teil des Abkommens erfüllt und dir von meinem Vorhaben erzählt. Jetzt bist du dran. Und da ich ziemlich ausführlich erzählt habe, glaube ich, schuldest du mir mehr Einzelheiten als nur ›Ich gehe nach Norden‹.«

Ehomba seufzte tief. Er galt zwar als gutmütig, aber dieser Schwertkämpfer ging ihm nun langsam auf die Nerven. Mit Sicherheit würde er die Sache nicht auf sich beruhen lassen, bis er etwas vernommen hatte, das ihn einigermaßen zufrieden stellte. Also erklärte der Hirte sein Vorhaben und das Ziel im Norden, und dass er – einmal dort angekommen – ein Schiff in den unbekannten Westen nähme.

Simna hörte schweigend zu und nickte nur gelegentlich zustimmend, während Ehomba berichtete. Als der Hirte den Bericht abgeschlossen hatte, grinste der Schwertkämpfer schelmisch und sagte: »Das ist mir ja eine Geschichte.« Er schlich sich näher heran und senkte die Stimme, als könnte ihnen außer den Insekten und Vögeln noch jemand zuhören. »Aber nun mal ehrlich… was hast du wirklich vor? Du bist doch hinter einem Schatz her, oder? Jeder ist auf der Suche nach einem Schatz. Oder hat man dir einen geheimen Auftrag übertragen, etwa ein hoch stehender Magier, oder noch besser, ein Bankdirektor? Da steckt bestimmt eine Menge Gold dahinter. Da kannst du mir nichts vormachen. Muss ja schließlich, sonst wärst du nicht so weit gewandert und hättest das nicht mitgemacht, was bereits hinter dir liegt.« Er versetzte dem großen Mann einen freundschaftlichen Stoß zwischen die Rippen. »Komm schon, Etjole. Dem alten Simna kannst du doch erzählen, was du vorhast, wirklich.«

Ehomba sah den anderen nicht an und ging unbeirrt weiter. Vor ihnen ragte ein weiterer steiler Hang auf, auch dieser war in einen regenwaldgrünen Mantel gekleidet. »Ich habe dir die Wahrheit gesagt. Die volle Wahrheit. Das ist alles.«

Der Schwertkämpfer lachte laut heraus. »Du bist gut. Das muss man dir lassen. Einer der besten Lügner, die ich in meinem Leben bisher getroffen habe. Aber nicht der Beste, noch lange nicht. Schau mal, Etjole, ich bin weit herumgekommen in der Welt. Ich weiß, wann mich jemand auf den Arm nimmt und wann man mir die Wahrheit sagt. Ich muss nur beobachten, wie die Wangen zucken und die Lippen sich bewegen. Ich sehe meinem Gegenüber nur in die Augen und weiß Bescheid. Du bist gut, aber du hältst mich nicht zum Narren.«

Ruhig und entschlossen schritt Ehomba weiter. »Du hast Recht«, erwiderte er unerschütterlich. »Ich kann dich nicht zum Narren halten. Du bist zu scharfsinnig für mich.«

Simna strahlte, in dieser Rolle gefiel er sich sehr gut. »Siehst du? Ich wusste es doch. Also... was hast du wirklich vor? Ein versunkenes Handelsschiff, beladen mit seltenen, kostbaren Waren? Eine Gewürzhändlerkarawane aus dem fernen Narinchu? Eine verlassene Piratenhöhle – oder Juwelen, die vom Geist einer toten Königin bewacht werden?«

»So etwas Ähnliches«, antwortete Ehomba zurückhaltend. Der vor ihnen liegende Gipfel schien weniger hoch zu sein als die letzten, die sie überquert hatten. Vielleicht würden sie das Gebirge bald hinter sich lassen. Es wäre schön, endlich wieder einmal auf flacher Ebene zu wandern. Ehomba wurde es langsam müde, immerzu zu klettern.

Simna schmollte. »Na schön! Dann eben nicht. Behalte die Wahrheit für dich. Ich bin sicher, du wirst es mir erzählen, wenn die Zeit gekommen ist.«

Stirnrunzelnd blickte Ehomba zu Simna hinüber. »Wenn die Zeit gekommen ist? Willst du etwa mit mir kommen? Ich dachte, du wolltest Damura-sese finden?«

»Eine Forschungsreise nach der anderen«, erwiderte der Schwertkämpfer. »Um die Wahrheit zu sagen, Bruder, der Begriff ›Süden‹ ist ein wenig allgemein und immer im Verhältnis zu sehen. Du hingegen scheinst ein ganz bestimmtes Ziel zu haben.«

»Nicht so bestimmt, wie du wahrscheinlich glaubst.«

Ehomba stieß einen heruntergefallenen Ast beiseite, den kleine blaue Lederblümchen zierten.

»Bestimmter als meine Richtung jedenfalls. Wo immer es auch liegen mag, Damura-sese wird mir nicht weglaufen. Und da hab ich mir gedacht, ich könnte ein wenig mit dir durch die Welt ziehen.« Er zeigte auf das Messer an seinem Gürtel und das verbliebene Langschwert auf dem Rücken. »Wenn es darauf ankommt, nehme ich es allein mit einem halben Dutzend Männern auf, halte einen Drachen in Schach, befriedige drei Frauen auf einmal, trinke den größten Affen unter den Tisch, reite Tag und Nacht ununterbrochen und schlafe im Sattel. Ich bin ein lustiger Kumpan und kenne mehr Geschichten als zwei berufsmäßige Fremdenführer zusammen, schönere Lieder als eine ganze Horde Straßensänger – und ich werde niemals einen Menschen in Not im Stich lassen. Du wirst noch einmal froh sein, dass du mich mitgenommen hast.«

Ehomba konnte das Lachen nicht unterdrücken. »Wenn du mit dem Schwert genauso gut umgehen kannst wie mit der Zunge, dann wird jeder froh sein, dich im Falle eines Kampfes an seiner Seite zu haben. Aber ich brauche niemanden und ich will auch niemanden mitnehmen.«

»Oh.« Simna wirkte ein wenig niedergeschlagen. Aber seine unverwüstliche gute Laune kehrte rasch zurück. »Aha, du willst also all die Schätze für dich allein haben.«

Der Viehhirte rollte die Augen. »Ja, genau. Ich will all die Schätze ganz für mich allein haben.«

»Mach dir da mal keine Sorgen. Ich verlange nur meinen verdienten Anteil. Dann hast du also nichts dagegen, wenn ich dir eine Weile Gesellschaft leiste?«

»Es könnte länger als eine Weile dauern«, klärte ihn Ehomba mit finsterer Miene auf. »Dass du mit mir durch die Welt ziehen willst, kann ich nicht verhindern, so sehr ich es auch möchte. Du bist wie die Malaria: Man kann sie für eine Weile loswerden, aber sie kommt immer wieder zurück und macht den Menschen krank und unruhig.«

Simna beschleunigte seinen ohnehin schon flotten Gang noch ein wenig. »Deine Schmeicheleien werden dir nichts nützen, Kuhhirte. Also dieses Vermögen, hinter dem du her bist, wie groß ist es? Sind wir auf der Suche nach Gold, nach Kunstwerken, was ist es?«

Am Abend war Ehomba schließlich so weit, dass er am liebsten den Speer auf den unermüdlich schwatzenden neuen Gefährten geschleudert hätte. Doch selbst dazu war er zu erschöpft. Simna ibn Sind quasselte mehr als alle Frauen zusammen, die sich einmal im Jahr zur Reifezeremonie im Dorf versammelten. Der Hirte konnte ihn am Ende nur noch mit einem einsamen Ochsen vergleichen, der auf der Weide den starken Mann markierte. Ehomba gelang es jedoch – allerdings nur mithilfe einer fast übermenschlichen Willensanstrengung –, das ständige Gerede des Schwertkämpfers einfach nicht mehr zu hören.

Ehomba hatte auch kurz in Erwägung gezogen, ihn einfach nachts schlafend zurückzulassen. Diese Vorstellung gefiel ihm zwar gut, doch so richtig konnte er sich nicht dazu durchringen. Da er den Burschen also auf nette Art nicht loswurde, musste er einen Weg finden, ihn irgendwie zu ertragen. Doch selbst diese Aussicht brachte ihn nicht wirklich aus der Ruhe.

Wenn sie einmal einige hundert Wegstunden in Richtung Norden zurückgelegt hatten, ohne auch nur auf den geringsten Schatz gestoßen zu sein, würde Simna ibn Sind die kleine Zweckgesellschaft zweifellos bald von sich aus auflösen.

XII

Ehomba sollte Recht behalten. Nicht was Simna ibn Sind betraf, sondern die Landschaft, die die beiden erwartete. Sie mussten zwar noch einige mit Dschungel bewachsene Gipfel erklimmen, doch die Berge wurden immer kleiner und waren leichter zu überwinden, gleichzeitig lichtete sich auch der Regenwald auf den Bergflanken, sodass die messerscharfen Kämme kein Problem mehr darstellten.

Dann, ohne jegliche Vorwarnung, gab es plötzlich keine baumbewachsenen Gipfel mehr zu erstürmen.

Ehomba und Simna ibn Sind standen auf dem letzten Bergkamm und blickten hinunter auf ein Meer aus Gras, das sich ununterbrochen bis zum nördlichen Horizont erstreckte. Kein einziger felsiger Hügel erhob sich mehr aus der völlig gleichmäßigen, flachen, grünbraunen Ebene. Nicht ein einziger Baum reckte seinen Stamm aus dem Rasen oder breitete seine Äste über die endlose smaragdgrüne Weite aus. Kein Sonnenstrahl spiegelte sich auf verstreut liegenden Seen oder Weihern, oder blitzte aus der spiegelglatten Oberfläche eines gemächlich dahinfließenden Baches. Es gab nichts, nichts außer Gras.

»Sieht aus, als könnten wir das Land da unten ohne große Schwierigkeiten durchqueren. Das Jagen wird allerdings nicht ganz so einfach werden.« Simna rieb sich nachdenklich das Kinn und betrachtete die vor ihm liegende Landschaft.

»Vielleicht entpuppt sich die Durchquerung ebenfalls als nicht ganz so einfach«, überlegte Ehomba. Seine Augen glänzten. »Was für ein wunderbares Land!«

Sein Gefährte glotzte ihn verständnislos an. »Wunderbar?« Er streckte den Arm aus, um die endlosen überwucherten Weiden zu umfassen. »Das nennst du wunderbar? Da ist doch nichts außer dem vom Gopuy verdammten Gras!«

Ehomba sah Simna von der Seite an. »Ich bin ein Hirte aus einem trockenen Land, mein Freund. Für jemanden, der für das Wohl von Rindern und Schafen verantwortlich ist und sie ständig von Ort zu Ort treiben muss, damit sie nicht verhungern, bedeutet dies hier ein irdisches Paradies. Nicht alle Menschen entdecken den Reichtum nur im Gold.«

Nachsichtig blickte der Schwertkämpfer den großen Südländer an. »Du bist wirklich ein einfacher Bursche mit wenigen Bedürfnissen, was?« Ehomba nickte und der andere antwortete mit einem wissenden, verschlagenen Lächeln. »Das muss man dir lassen, Etjole. Ich hatte in meinem Leben schon mit einigen verschrobenen und verschlossenen Zeitgenossen zu tun, aber du gehörst eindeutig zu den Seltsamsten! Wie lange willst du mich eigentlich noch mit dieser ›Hirten-Geschichte‹ an der Nase herumführen? Erzähl mir doch nichts! Wir wissen beide, wohinter du her bist, und so einfach wirst du mich nicht los! Da musst du dir schon etwas Besseres einfallen lassen, als nur billige, faule Ausreden der Unwissenheit, um Simna ibn Sind hinters Licht zu führen!« Er stellte sich neben Ehomba.

»Nun komm schon, Etjole – jetzt kannst du's mir doch sagen. Was ist es, hinter dem du her bist? Eine versunkene Stadt wie Damura-sese, nur noch reicher? Das verlassene Versteck eines Banditen? Geheimnisvolles Händlergold?«

Ehomba seufzte geduldig. »Es ist eine Schande, Simna. Jemand mit einem so beschränkten Horizont wie du verpasst doch das Wichtigste, was auf der Welt geschieht. Du bist wie ein Pferd mit Scheuklappen.«

Verärgert wandte sich der Schwertkämpfer ab. »Ist ja gut. Dann lässt du's eben bleiben. Wahrscheinlich hast du deine Gründe und erklärst mir alles, wenn es so weit ist.«

»Ja«, versicherte Ehomba aufrichtig, »alles wird dir klar werden, wenn es so weit ist.« Dann lief er den Hang hinunter – den letzten Abhang, wofür er dankbar war. Das Klettern über die dicht bewachsenen Berge war genauso ermüdend wie gefährlich gewesen. Um das Thema zu wechseln, sagte er: »Ich dachte, du kennst dieses Land. Stammst du nicht von hier?«

Simna schüttelte den Kopf. Wendig wie er war, schlüpfte er mit beneidenswerter Leichtigkeit zwischen den letzten Bäumen hindurch. Wo Ehomba vorsichtig einen Schritt vor den anderen setzte, sprang der kleine, kräftige Schwertkämpfer einfach auf die nächste Lichtung.

Je weiter sie hinunterstiegen, desto näher kam das Gras – und desto höher wurde es. Dichter und höher, bis beiden Männern schließlich klar wurde, dass es sich bei dem vor ihnen liegenden Land um kein gewöhnliches Buschland handelte, das Gras schien übermächtiger als alle seine Artverwandten auf der Welt. Die wahren Ausmaße erkannten sie jedoch erst, als sie am Fuße des Hügels angekommen waren.

»Drei Meter hoch.« Der zerknirschte Simna stand vor einer durch und durch grünen Wand. »Vielleicht auch dreieinhalb. Wie um Geroojas Willen sollen wir *da* durchkommen?«

Gelassen wie immer betrachtete Ehomba das scheinbar undurchdringliche Hindernis. »Wir haben unsere Schwerter. Wir werden uns einen Weg hindurch bahnen. Einen Pfad.« Er deutete mit dem Kopf nach oben. »Ich kann mich an den Sternen orientieren. Ein Hirte allein draußen auf dem Weideland lernt früh, wie man das tut.«

»Das ist ja gut und schön«, schnaubte Simna, »aber hast du denn den Ausblick vom Hügel oben schon vergessen?« Er zeigte zurück auf den Hang, den sie gerade heruntergekommen waren. »Das Gras dehnt sich weiter aus, als ein Mensch sehen kann.« Er machte einige Schritte nach vorne und betastete die ersten Grashalme. Sie fühlten sich weich und sehnig an und waren mindestens eine Hand breit. »Weißt du, wie lange wir brauchen werden, um eine einzige Wegmeile in diesem Feld zurückzulegen? Wenn die Ebene bis hinter den Horizont reicht, brauchen wir Monate, um uns nur durch die Hälfte zu arbeiten. Und was werden wir währenddessen essen? Ich bin kein Grasfresser.«

»Es gibt bestimmt Wild hier«, meinte Ehomba. »Dieser Reichtum an Futter bleibt mit Sicherheit nicht ungenutzt.«

Ein ungläubiger Simna starrte auf die Wand. »Jagen… da drin? Wie kann man etwas jagen, das sich vielleicht schon unbemerkt von hinten angeschlichen hat? Außerdem muss jedes Wesen, das da drin lebt, zwangsläufig schneller sein als ein Mensch.«

»Was sollen wir deiner Meinung nach tun?« Mit dem Speer zeigte Ehomba auf die Hügelspitze. Dorthin zurück, wo sie hergekommen waren. »Unsere Spuren zurückverfolgen? Über jeden Kamm und jede Schlucht? Oder deinen Weg zurückgehen, nach Osten?«

»Das habe ich nicht gesagt.« Der niedergeschlagene Simna ließ sich auf einen moosbedeckten Felsen in der Nähe fallen und legte den Kopf in die Hände. »Natürlich nicht. Ein ibn Sind kehrt niemals um. Aber das, was vor uns liegt, finde ich auch nicht gerade verlockend.«

»Wir könnten hier unser Lager aufschlagen, bis einer von uns eine Idee hat.«

Der Schwertkämpfer brachte ein schwaches Grinsen zustande. »Du meinst, bis sie uns wie ein Stein auf den

Kopf trifft? Wenn sich daraus etwas ergäbe, würde ich diesen Schlag gerne einstecken.« Er beäugte den ungebrochenen, drei Meter hohen grünen Wall. »Ich könnte mich schon damit abfinden, dass ich mich mit dem Schwert durcharbeiten muss. Das Problem dabei ist nur die Nahrungssuche.«

»Das wird schon möglich sein.« Ehomba fasste sich über die Schulter und zog das Schwert aus Himmelsmetall aus der Scheide. Die entblößte Klinge schimmerte gräulich im gedämpften Sonnenlicht, nur die scharfen Schneiden, die in das Metall gearbeitet waren, glitzerten hell. Dann streckte Ehomba den Arm aus und wollte gerade mit der mühsamen Arbeit beginnen, einen Weg durch das wuchernde Buschland zu bahnen.

»Einen Augenblick, bitte.«

Mit hoch erhobenem Schwert fuhr der Hirte herum und suchte die Stimme. Simna tat es ihm gleich, er hatte sich bereits darauf gefasst gemacht, Ehomba zur Hand gehen zu müssen.

Rechts von ihnen stand plötzlich ein kleines Männchen vor dem turmhohen Rasen. Zwischen meterhohen Halmen war er herausgetreten und baute sich nun mit funkelnden Augen und ohne Angst – trotz seiner unbeeindruckenden Statur – vor ihnen auf. Er erreichte eine Größe von höchstens einem Meter und war so dürr, dass es fast an Auszehrung grenzte; seine Ohren zeigten spitz nach oben und die kleinen, runden Knopfaugen leuchteten gefährlich; er hatte eine Stupsnase und einen kegelförmigen Kopf, der aussah, als hätte man kurze Grashalme mit Haarpomade beschmiert – wie es die Schönlinge in der Stadt taten – und sie dann spitz zulaufend zusammengeklebt. Er trug nichts als einen grünen, aus Grasstreifen geflochtenen Lendenschurz am Leib und ging barfuß. Mit einer einzigen Schlinge hatte er ein angemessen großes

Schneidegerät aus spitzen Knochen an seinem Lendenschurz befestigt.

Wie seine Bekleidung und die gesamte Umgebung leuchtete auch er vom spitzen Kopf bis zu den winzigen Zehen in einem satten Grün. Kein Wunder, dass Ehomba und Simna ihn erst bemerkt hatten, als er sein Versteck verlassen hatte. Ehomba schätzte den Wicht auf mindestens hundert Jahre oder auch zweihundert, aber sicher nicht jünger als fünfzig. Natürlich konnte er ihn nur an menschlichen Maßstäben messen, andere kannte er nicht. Bei diesem kleinen grünen Knirps handelte es sich jedoch mit Sicherheit um etwas anderes.

Das bestätigte der winzige, unerwartete Besucher auch gleich mit seiner Antwort auf Simnas äußerst diplomatische Frage: »Wer zum Teufel bist denn *du*?«

Die Zwergengestalt plusterte sich in seiner vollen, wenngleich auch nicht sehr eindrucksvollen Größe vor ihnen auf. »Ich bin Boruba-Ban-Beylok, Sangoma der Tlach, dem Grasvolk.« Er funkelte Ehomba wütend an. »Das Gras spendet Leben, das Gras gibt uns Schutz, das Gras ist der Teppich, auf dem die Welt wandelt. Wir werden keinesfalls gleichgültig zusehen, wie es mutwillig zerstört wird.«

Mit der Hand am Griff seines Schwertes suchte der aufgeregte Simna die undurchdringliche Wand aus hohem Gras ab und fragte sich, ob seine Klinge vielleicht auch etwas Beweglicheres und Regsameres als Gras zerstückeln könnte. Da drinnen konnten sich hundert winzige grüne Krieger verstecken, tausend sogar, und er würde es nicht bemerken. Seine Sinnesorgane waren völlig unbeschädigt, aber weder sah er noch hörte er etwas. So weit er feststellen konnte, raschelte als einziger Störenfried nur der Wind im Gras. Simna befand sich zwar in höchster Alarmbereitschaft, aber er vertraute seinem bescheidenen Gefährten, der die Lage entschärfen sollte. Simna wusste, wann er den

Mund halten musste, und auch, dass seine ungezügelte Zunge die Auseinandersetzung nur verschlimmern konnte, statt sie zu beenden.

Ehomba nahm das Schwert herunter, legte es jedoch nicht aus der Hand. »Wir wollten das Gras nicht mutwillig zerstören.« Mit der anderen Hand zeigte er auf den dichten grünen Busch. »Wir müssen nach Norden. Das Gras ist uns im Weg. Wenn wir fliegen könnten, würden wir diese Art des Reisens wählen. Aber wir sind nur Menschen, also müssen wir zu Fuß gehen. Und um zu Fuß gehen zu können, müssen wir uns einen Weg bahnen.«

Boruba-Ban-Beylok schüttelte missbilligend den Kopf. »Ihr Menschen müsst immer mitten hindurch. Niemals um etwas herum.«

»Das stimmt.« Dem konnte Ehomba nur beipflichten. »Wir werden das Gras nicht abschneiden.« Simna starrte seinen Freund zwar an, doch er behielt seine Meinungen und Vorschläge weiterhin tapfer für sich.

Der Viehhirte trat an den Rasen heran und drückte einen Grashalm zur Seite. Der Nächste stand unmittelbar dahinter. »Zeig uns, wie.«

»Du machst dich über mich lustig«, brummte der kleine grüne Sangoma. Er versuchte wenigstens zu brummen, doch seine Stimme war nicht tief genug dazu.

»Nein, überhaupt nicht«, protestierte Ehomba. »Ich weiß nur nicht, wie wir um das Gras herumkommen sollen. Wenn du willst, dass wir das tun, musst du uns zeigen, wie. Dann werden wir uns deinen Wünschen gerne beugen.« Er schwang das Schwert in einem kleinen Bogen durch die Luft. »Gras mähen, ganz gleich wie hoch, bedeutet harte Arbeit. Liebend gerne würde ich das vermeiden.«

»So soll es sein«, verkündete der Sangoma, »wenn du die folgenden drei Rätsel lösen kannst.«

Mit einem tiefen Seufzer nahm Simna wieder auf dem Felsen Platz. »Ich wusste, dass daran ein Haken ist. Wenn man es mit Sangoma, Schamanen, Medizinmännern und Wunderheilerinnen zu tun hat, gibt es immer einen Haken.« Er schien jede Hoffnung aufzugeben. »Meistens muss man irgendwelche Taten vollbringen, ein magisches Kristall wiederfinden oder eine heilige Ikone zu seinem Altar zurückbringen. Es kann auch eine Brücke sein, die zu überqueren ist, oder ein Brunnen, der gegraben, oder eine Klippe, die erklettert werden muss – irgendwas ist immer faul.«

»Was geschieht, wenn wir deine Rätsel nicht lösen können?«, fragte Ehomba gleichmütig.

Der Sangoma hüpfte einen Schritt nach vorne. Nun lächelte er. »Dann werdet ihr dorthin zurückkehren müssen, wo ihr hergekommen seid. Sonst wird euch ein Schicksal, ärger als ihr es euch vorstellen könnt, in den Grashalmen ereilen, die ihr zu durchqueren sucht. Es wird euch in so kleine Stücke zerreißen, dass die Käfer ein Festessen an euch haben werden; ja, sie werden euch mit Fängen, Klauen und Giftstacheln zerfetzen.«

Gewarnt durch diese Ankündigung, sprang Simna auf und wich nach hinten zurück, bis er mit dem Rücken an einem Felsen stand, der senkrecht aus dem Fuße des Hügels ragte. Er hielt das Schwert bereit und konzentrierte sich voll und ganz auf das grüne Hindernis.

Wenn sich Ehomba auch nur im Geringsten vor dieser Drohung fürchtete, so zeigte er es nicht. »Dann stell deine drei Rätsel, Tlach-Mann.«

Offenbar glücklich in seiner Rolle als Botschafter der Zwietracht, rieb sich Boruba-Ban-Beylok die kleinen Händchen. Beim Aneinanderreiben der Handflächen entstand ein Geräusch, als würde Baumrinde abgeschmirgelt. Der Himmel verdunkelte sich nicht und es ertönte auch kein Donnergrollen – bei diesem Tlach-

Sangoma handelte es sich demnach also keineswegs um einen sehr mächtigen Sangoma –, aber immerhin neigten die umstehenden Grashalme die Spitzen herunter, als wollten sie lauschen, und das Rascheln darin wurde lauter, als es die schwache Brise allein auszulösen vermochte.

»Hör gut zu, spitz die Ohren, Mensch.« Funkelnde, grüne Augen starrten Ehomba an. »Erstes Rätsel: Am Morgen kommt die Sonne, in der Nacht kommt der Mond. Aber was kommt am Mittag und gilt als Geburtshilfe für beide? Rätsel zwei: Ein Fisch ist für einen Frosch, was ein Reiher für eine Krähe ist. Ein Tlach ist…? Drittes und letztes Rätsel: Der Name eines Menschen ist nur ein Name, wenn ihn die anderen unter diesem Namen kennen. Mit welcher anderen Möglichkeit kann ein Mensch sich anderen sonst noch vorstellen?« Mit einem selbstgefälligen Grinsen stemmte der Sangoma die Hände in die mageren, grünen Hüften und wartete auf die Antwort des groß gewachsenen Südländers.

Simna hatte Hauptschauplatz und Nebenhandlung die ganze Zeit über genau beobachtet und sich bereits damit abgefunden, einen Weg zurück durch die Berge finden zu müssen. So leid er es auch war, ständig hinauf- und wieder hinunterklettern zu müssen, felsige Dschungelbäche zu durchwaten und Insekten und Dornen abzuwehren, er würde sich wieder daran gewöhnen müssen. Denn über eines war er sich völlig im Klaren: sein einfacher, netter Freund, der etwas seltsame aber trotzdem angenehme Zeitgenosse, schien nicht mit übermäßiger Intelligenz gesegnet zu sein. Simna hingegen verfügte über ein großes Wissen, was Rätsel und Scherzfragen betraf. Doch obwohl ihn auf diesem Gebiet für gewöhnlich niemand schlagen konnte, lag die Lösung der drei Tlach-Rätsel wider Erwarten jenseits seines Horizonts.

Besorgt musterte er die wuchtige Graswand vor sich. Wenn es Ehomba nicht gelang – und es sah ganz danach aus –, die Rätsel zu lösen, und sie trotzdem versuchten, das hohe Buschland zu durchqueren, dann drohten laut Boruba-Ban-Beylok unerfreuliche Ereignisse. Simna studierte den grünen Busch eingehend und suchte nach Anzeichen der Ungeheuerlichkeiten, von denen der Sangoma behauptet hatte, sie würden dort lauern und nur auf den richtigen Augenblick warten, um sich auf arme Wanderer zu stürzen. Nur weil er keinerlei Anzeichen erkennen konnte, hieß das noch lange nicht, dass dort nichts war. Wenn es sich um ein grünes Ungeheuer handelte, so grün wie der Sangoma, konnte es unmittelbar vor ihnen stehen und vollkommen unsichtbar sein.

Ehomba stand ruhig da und dachte über die Fragen des Tlachs nach. Dann hob er langsam das Himmelsmetall-Schwert hoch und zielte damit auf die Brust des Sangoma. In Simna spannte sich alles an und Boruba-Ban-Beylok starrte den viel größeren Ehomba zwar aufmerksam an, aber er ergriff nicht die Flucht.

»Du kannst dir nicht vorstellen, welches Schicksal euch ereilen wird, wenn mir etwas zustößt«, drohte der Tlach finster.

»Ich will dir nichts tun, sondern nur deine Rätsel beantworten.« Der Viehhirte führte die Spitze des Schwertes noch ein wenig näher an den Hals des Sangoma heran. »Diese Klinge wurde aus einem Metall geschmiedet, das aus dem Himmel gefallen ist. Siehst du, wie sonderbar sich das Sonnenlicht darauf spiegelt? Das macht das Schwert zur Hebamme der Sonne und des Mondes zugleich. Nun zu deinem zweiten Rätsel: Ein Tlach ist des Todes, wenn er solch einer Klinge zu nahe kommt. Und damit ist auch deine letzte Frage beantwortet, denn mit diesem Schwert kann ich mich vorstellen, ohne meinen Namen nennen zu müssen.« Mit chirurgischer Genauigkeit berührte die scharfe Spitze der Waffe den Hals des Sangoma und drückte auf das grüne Fleisch über dem hervorstehenden Adamsapfel.

»Boruba-Ban-Beylok, Sangoma der Tlach, darf ich dich mit dem Metall bekannt machen, das aus den Sternen stammt.«

Der Sangoma schluckte – jedoch nicht zu heftig, weil sonst sein Adamsapfel in Gefahr gewesen wäre. Hinter den beiden stand Simna bereit zum Kampf und versuchte, die zwei Gestalten und gleichzeitig die bewegungslose Graswand zu beobachten. Jeden Augenblick, so erwartete er, konnte etwas Riesengroßes und Entsetzliches zwischen den Halmen hervorspringen. Doch der hohe Rasen verhielt sich völlig ruhig.

»Erwartest du von mir, dass ich jetzt freundlich grüße?« Mit zusammengekniffenen Augen starrte der Sangoma drohend auf den dreisten Eindringling. »Ich habe euch gewarnt. Jetzt müsst ihr die Folgen tragen.«

»Ich bin bereit«, versicherte Ehomba. »Deshalb stehe ich ja noch hier und richte die Waffe auf deinen Hals, statt wegzulaufen. Ich bin noch niemals in meinem Leben vor einem drohenden Kampf weggelaufen und ich habe auch nicht vor, jetzt damit anzufangen.« Er nickte zur Graswand hin. »Ich habe gelobt, so weit nach Norden zu gehen, bis ich ein Schiff finde, das mich nach Westen über den Semordria-Ozean bringt – und nach Norden *werde* ich gehen, allen Verderbtheiten, bösen Geistern und niederträchtigen Sangoma zum Trotz.«

Simna streckte sich, um über das Gras hinwegzusehen. »Etjole, da kommt etwas! Ich höre es.« Er atmete tief ein. »Und rieche es.«

»Was ist es, Simna?« Das Schwert des Hirten bewegte sich nicht von der Stelle. Boruba-Ban-Beylok lächelte.

»Weiß nicht. Irgendein Tier. Nein... Tiere. Mehr als eins, weniger als ein Dutzend. Große Tiere.« Simna zog das Schwert. »Wenn wir erfolgreich Widerstand leisten wollen, sollten wir eine Höhle finden, vor der wir kämpfen können – oder zumindest eine erhöhte Stelle.«

»Nein.« Ehomba ließ nicht von dem kleinen, grünen Männchen ab, das vor ihm stand. »Ich bleibe hier. Kletter in Sicherheit, wenn du willst.«

Simna stand mit dem Rücken zu einem hervorstehenden Felsen, hin und her gerissen zwischen Vernunft, persönlichen Wünschen und Bewunderung für den dummen, aber mutigen Hirten. Dieser innere Kampf versetzte ihn in einen Zustand quälender Unentschiedenheit.

»Du weißt, dass ich das nicht kann! Du hast mich zweimal vor dem Verderben gerettet. Ich kann dich nicht allein zurücklassen!«

Ehomba nickte, davon angetan. »Gut für mich. Dann bleib und mach dich bereit.« Sein fester Blick traf den des Sangoma. Erschrocken über die unerwartete Entschlossenheit des Hirten schwankte der Tlach, gewann jedoch sofort sein Gleichgewicht wieder.

»Du behauptest, du seist ein Hirte? Bist du sicher?«

Ehomba erwiderte felsenfest überzeugt: »Auf den Weideländern muss ein Mann in der Lage sein, Raubtiere niederzustarren, die seine Herden bedrohen. Wenn einem das einmal gelungen ist, kann einen der starre Blick eines menschlichen Wesens nicht mehr einschüchtern.«

Etwas Großes und Schweres suchte sich mit stampfenden Schritten den Weg durchs Gras. Unwillkürlich musste Ehomba in die Richtung sehen, aus der das Geräusch stammte. Boruba-Ban-Beylok schniefte erwartungsvoll.

»Nun wirst du erfahren, warum es dumm ist, einen Sangoma der Tlach herauszufordern! Dein Tod ist nah. Mach dich bereit, Hirte! Und sag ja nicht, ich hätte dich nicht gewarnt.«

»Sie kommen!« Der aufgewühlte, aber dennoch entschlossene Simna sprang vom Felsen herunter und stellte sich hinter den Hirten. Er war auf alles gefasst, das Schwert fest mit beiden Händen umklammert, war er gewillt, sich der grünen Wand zu stellen. »Was es auch sein mag, es kommt!«

Der Grasvorhang teilte sich und ein finsteres Gesicht starrte auf die drei Zweibeiner hinunter. Ein zweites, weiß gesprenkeltes Gesicht tauchte daneben auf. Zwei flache, scharfe Schneidezähne ragten aus dem Oberkiefer, beide länger als Simna ibn Sinds Körper. Schwarze, hervortretende Augen durchbohrten die drei förmlich, die Ohren waren so lang wie ein Stier groß. Das Fell, mit dem beide Tiere bekleidet waren, wirkte dick und seidig, die runden, gedrungenen Körper bewegten sich auf riesigen, kraftvollen Füßen fort.

Ehomba starrte unverblümt zurück, aus der Kehle des entsetzten Simna hingegen drang nur ein gurgelndes Geräusch. Es handelte sich hier um Hasen, so erkannte der Viehhirte sofort.

Hasen – so groß wie Elefanten.

XIII

Keiner der Männer lachte. Obwohl sie etwas Zahnreicheres erwartet hatten, so ließen sie doch die Schwerter um keinen Zentimeter sinken. Ein kleiner Hase konnte einem den Finger abbeißen, die etwas größeren, die es im Land der Naumkib gab, waren in der Lage, einen Menschen mit einem einzigen Schlag niederzustrecken oder ihm ernsthaften Schaden zuzufügen, wenn sie eine besonders verletzliche Stelle trafen. Hasen von der unglaublichen Größe wie jene, die ihnen nun gegenüberstanden, mussten imstande sein, ein Pferd in der Mitte durchzubeißen oder eine Festungsmauer niederzureißen. Die schlimmsten Befürchtungen der zwei Männer hatten sich zwar nicht bewahrheitet, doch auch diese Tiere hier schienen keineswegs ungefährlich zu sein.

Ehomba wunderte sich, dass er im ersten Augenblick so überrascht gewesen war. Was konnte in einem Land mit baumhohem Gras natürlicher sein, als auf Grasfresser von entsprechender Größe zu treffen?

Er sah den triumphierenden Sangoma eindringlich an. Das kleine grüne Männchen hatte bisher weder obskure Zeichen in die Luft gemalt noch geheimnisvolle Formeln gemurmelt. Es hatte seine Stimme noch nicht warnend erhoben und auch kein Fläschchen oder Röhrchen mit Moschuskonzentrat hervorgeholt. Deshalb war der Auftritt der Riesenhasen vermutlich einfach darauf zurückzuführen, dass die Tiere sich gerade zufällig in der Gegend aufgehalten hatten und nur wissen wollten, welchen Ursprungs die menschlichen Stimmen waren. Der prahlerische Sangoma mochte vielleicht die Wege der Hasen kennen, er hatte aber noch nichts unternommen, was darauf hinwies, dass er irgendeine Gewalt über sie besaß.

Dies vermochte jedoch den Ernst der Lage, in der sich die zwei Männer gegenwärtig befanden, nicht zu entschärfen. Mit bewundernswerter Willenskraft gelang es Simna, in seiner Stellung auszuharren, obwohl seine innere Stimme ihm befahl, sich schleunigst zwischen den Felsen zu verstecken. Das war es, so vermutete Ehomba, womit Boruba-Ban-Beylok gerechnet hatte in dem Augenblick, in dem die Hasen aus dem Rasen gesprungen kamen. Mit seiner geringen Körpergröße und dem zweifellos gründlichen Wissen über die Tiere hatte er sicherlich darauf gehofft, sich lange vor den Wanderern in Sicherheit bringen zu können und es den Hasen zu überlassen, die Ungläubigen zu erledigen.

Ehomba hielt das Schwert in die Luft. Den Speer gebrauchte er als Gehstock und so marschierte er schnurstracks auf den nächststehenden Riesenhasen zu. An seine eigene, hoch erhobene Waffe geklammert, versuchte Simna seinen großen Freund zurückzuhalten – es misslang ihm jedoch. Er folgte ihm nicht.

»Etjole, bist du verrückt? Sie werden dir die Arme abbeißen – oder den Kopf! Sie werden dich in die Erde stampfen! *Etjole!*«

Ehomba beachtete jedoch die gut gemeinten Worte des Schwertkämpfers nicht und näherte sich dem ersten Hasen bis auf Pfotenlänge. Finster dreinblickend beugte sich dieser mit ausgestreckten Vorderpfoten zu ihm hinunter. Mit Leichtigkeit hätte der Hase den Hirten zu Boden drücken oder ihm mit einem Bissen den Kopf abreißen können.

Es hieß, dass Hasen nicht miteinander reden und dass sie derlei Fähigkeiten erst im Todeskampf entwickeln; jeder wusste, dass der Schrei eines sterbenden

Hasen so durchdringend und Mark erschütternd klang wie kein anderes Geräusch in der Natur. Die meisten Menschen kannten sie nur als Schädlinge im Garten oder als schmackhaftes Mittagessen. Doch nicht so Etjole Ehomba, und das war keineswegs zufällig so.

Die großen Ohren neigten sich nach vorne, um den Worten des flüsternden Viehhirten zu lauschen. Mit einem einzigen Satz, der ihn endgültig aus dem Schutz des Grases entließ, kam der zweite, weißgesichtige Hase näher. Beide Riesenhasen verhielten sich völlig ruhig, während Ehomba mit ihnen sprach. Nur die Schnurrhaare und übergroßen Nasen bewegten sich, zitterten ohne Unterlass.

Boruba-Ban-Beylok stand nun eindeutig neben seinem winzigen, vor Wut grünen Selbst. »Worauf wartet ihr noch? Tötet sie! Tötet sie beide! Es sind Eindringlinge, Störenfriede, Gotteslästerer! Reißt sie in Stücke, zerquetscht sie unter euren großen Füßen! Werft sie hoch und schleudert sie…«

Er brach unvermittelt ab, als die Spitze von Simna ibn Sinds Schwert den Platz von Etjoles Waffe auf der grünhäutigen Kehle des Sangoma einnahm. Der stämmige Schwertkämpfer grinste gemein. »Also Bruder, du hast jetzt genug Lärm gemacht, meinst du nicht?« Er warf einen vielsagenden Blick auf die Hasen; der Viehhirte redete noch immer eindringlich auf die zwei ein. »Wir wollen doch den freundlichen Plausch zwischen Mensch und Tier nicht stören, oder?«

Mit dem Schwert an der Kehle starrte der kulleräugige Boruba-Ban-Beylok ungläubig auf das merkwürdige Trio; die zwei riesigen Hasenköpfe beugten sich weit zu dem großen Hirten hinunter, um kein einziges Wort des freundlichen Vortrages zu versäumen.

»Nein, das ist unmöglich! Kein Mensch kann mit den großen Grasfressern sprechen! Das kann nicht sein!«

Die Zeit verstrich und die eindrucksvollen Pflanzenfresser machten keine Anstalten, einen Angriff zu starten; Simna entspannte sich sichtlich. »Du hast doch Augen, oder, du vorwitziges Männchen? Winzige, hässliche Knopfaugen zwar, aber immerhin Augen. Glaub es ruhig: Es geschieht wirklich.« Er deutete mit dem Kopf in die Richtung der verblüffenden Runde. »Mein Freund vom Lande mag vielleicht nach Rinderpisse und Schafmist stinken, aber er steckt dennoch voller Überraschungen.«

»Das kann nicht sein.« Jammernd fiel der Sangoma, der nun völlig außer sich zu sein schien, auf die Knie.

Wenige Augenblicke später unterbrach Ehomba das Gespräch und kam zu Simna und dem Tlach-Männchen zurück. Hinter ihm warteten die großen Hasen und folgten seinen Bewegungen mit großen, unergründlichen Augen, mit zuckenden Nasen und zitternden Schnurrhaaren, die so lang waren wie das Bein eines mittelgroßen Mannes. Das weißgesichtige Tier wandte sich ab und knabberte den nächstbesten Grashalm an. Das Grün verschwand in dem riesigen, mechanisch mahlenden Mund wie ein Baumstamm im Schlund einer Sägemühle.

Boruba-Ban-Beylok war sich darüber vollkommen im Klaren, dass sein Leben auf dem Spiel stand, und sah den Hirten vorsichtig an, der nun ein feierliches Gesicht zur Schau trug. »Töte mich nicht, du Hexer aus einem unbekannten Land! Bitte nicht! Mein Volk braucht mich. Sie verlassen sich auf mein Wissen und meine Fähigkeiten, nur so können sie im Gras überleben. Ohne mich geraten sie in Panik und kommen um.«

»Das bezweifle ich«, antwortete Ehomba. »Du bist sicher eine wichtige Persönlichkeit in deinem Stamm und besitzt auch einige unwichtige Fähigkeiten. Aber ich glaube, sie würden einen anderen finden, der deinen Platz einnehmen könnte.«

»Da kann ich dir nur Recht geben, Bruder.« Simna nickte zustimmend, lächelte dabei niederträchtig und hielt die Spitze des Schwertes noch näher an den Hals des grünen Männchens.

»Wie dem auch sei«, fuhr Ehomba fort und legte die freie Hand auf den Arm des Schwertkämpfers, »ich töte einen anderen nur, um mich zu verteidigen, und das ist hier nicht länger nötig.«

»Aaaah.« Offensichtlich enttäuscht steckte Simna das Schwert ein. Boruba-Ban-Beylok atmete erleichtert aus. Dann richtete er sich auf und zeigte auf die Hasen, die nun beide zufrieden das Riesengras kauten und nicht im Geringsten an dem kleinen Drama interessiert zu sein schienen, das sich unweit von ihnen abspielte.

»Wie?«, fragte er. »Von so etwas habe ich noch niemals gehört, Zauberer.«

»Als ich sah, welche Wesen uns bedrohen sollten, hatte ich keine Angst mehr. Und nenn mich nicht Zauberer.« Ein Anflug von Ärger war in der Stimme des Südländers zu hören. »Ich bin ein Viehhirte, nicht mehr und nicht weniger.«

»Wie du meinst, Zau… Viehhirte. Du hattest keine Angst? Du bist der erste Eindringling, der angesichts dieser riesenhaften Pflanzenfresser nicht vor Angst erstarrt.«

»Das kommt daher, weil ich sie kenne«, erklärte Ehomba. »Oder besser, ich kenne ihre Artgenossen. Weißt du, ich komme aus einem trockenen Land, und in einem solchen Land gibt es ständig Kämpfe um die Weiden. Sich allein überlassen, kämpfen die Rinder gegen die Schafe. Und die wilden Tiere sind auch noch da: Antilopen und Nashörner, Mäuse und Meerkatzen, Springböcke und Brontotherium, Wüstenspringmäuse und Gormäuler.«

Simna zog die Brauen hoch. »Was ist ein Gormaul?«

»Sag ich dir später.« An den Sangoma gerichtet, fügte der Hirte hinzu: »Angesichts dieses endlosen Wettkampfes um Futter hat ein Hirte nur zwei Möglichkeiten: Entweder vergiftet und tötet er die Tiere, die seiner Herde das Futter streitig machen, oder er findet eine Lösung, mit der beide Seiten einverstanden und zufrieden sind.«

»Und du«, stellte der Sangoma fest, »bist der Vermittler.«

Ehomba nickte. »Die Naumkib sind kein gewalttätiger Stamm. Unsere Herden teilen die Weiden mit Oryx-Antilopen und Rotwild. Die Wildtiere verstehen das genauso wie unsere Haustiere. Um dieses friedvolle Abkommen beizubehalten, ist es von Zeit zu Zeit notwendig, dass die beteiligten Parteien neu verhandeln, besprechen und erörtern. Die Verhandlungen werden jenen von uns übertragen, die über die notwendigen Fähigkeiten für solche Gespräche verfügen.«

»Und du«, platzte Simna heraus, »sprichst mit den Hasen.«

»Ja.« Der Hirte nickte. »Ich spreche tatsächlich mit den Hasen.« Er warf einen Blick zurück über die Schulter auf die ruhig äsenden braunen Riesentiere. »Unter den Naumkib gibt es für jede Tierart ein Sprichwort, für alle weidenden Tierarten zumindest, mit denen wir umzugehen gelernt haben. Für die Hasen gilt: Sprich leise und nimm immer eine große Möhre mit. Unglücklicherweise kann ich diesen Hasen keine Möhren anbieten, doch das würde hier ohnehin kaum eine Rolle spielen. Um auf diese hier Eindruck zu machen, müsste man schon eine Möhre von der Größe einer Sagopalme anschleppen.

Aber sie spüren den versöhnlichen Geist, und da ihnen Gewalt von Natur aus fremd ist, sprachen sie schnell auf meine Annäherungsversuche an.« Er sah hinunter zu dem kleinen grünen Männchen, das zwar noch immer angespannt wirkte, aber nun aufgehört hatte zu zittern. »Ich weiß nicht, ob es üblich ist in deinem Stamm, Boruba-Ban-Beylok, aber zumindest du solltest die Grundregeln der Gastfreundschaft erlernen.«

Auf der Stelle fiel der Sangoma auf die Knie und drückte Stirn und Handflächen in den Boden. »Befiehl mir! Sag mir, was du von mir wünschst.«

»Na, das ist doch schon viel besser, Bruder.« Auf und ab stolzierend, mit der Spitze des Schwertes in den Zähnen herumstochernd, prüfte Simna dieses Angebot. »Als Erstes wollen wir…«

»Wir wollen nichts von ihm«, unterbrach ihn Ehomba. »Ich nehme nichts an von jemandem, der sein Angebot unter Zwang unterbreitet.«

»Zwang? Welcher Zwang?«, wollte Simna wissen. »Ich habe doch mein Schwert weggenommen, oder etwa nicht? Außerdem, was soll daran falsch sein, etwas von jemandem zu verlangen, der unter Zwang steht? Glaubst du nicht, dass er es genauso machen täte, böte sich ihm die Gelegenheit?«

»Das weiß ich nicht«, antwortete der Hirte sanft. »Ich weiß nur, dass ich nicht er bin.«

»Ich bin auch nicht er«, protestierte Simna, »aber ich weiß ganz genau, dass es beim Gimil verdammt schwierig werden wird, einen Weg durch dieses Bollwerk von Bastardgras zu finden, und dass er uns wahrscheinlich diesen Weg zeigen kann!«

Mit eifrig blitzenden Augen sprang der Sangoma auf die Füße. »Ja! Unsere Jungen könnten euch führen! Sonst werdet ihr euch bald hoffnungslos verirren und so lange umherwandern, bis ihr umkommt.« Er deutete mit dem Arm auf das grüne Hindernis. »Im Gras gibt es keine Wegweiser, keine Möglichkeit, die Richtung zu bestimmen. Sogar in der Nacht wird das Gras euch einsperren und den Blick auf die Sterne nicht freigeben. Auch könnt ihr nicht hinaufklettern, um euren

Standpunkt zu bestimmen. Die oberen Kanten der Halme sind zu scharf, sie können einen Menschen in Stücke schneiden.« Er klopfte sich auf die Brust.

»Nur die Tlach kennen den Weg und sind klein genug, um mühelos zwischen den Halmen hindurchzuschlüpfen.«

»Danke für die Belehrungen«, ließ ihn Ehomba wissen, »aber wir müssen rasch vorankommen. Deshalb ist dein Angebot abgelehnt.«

Mit herabhängenden Armen starrte Simna seinen Freund an. »Abgelehnt? Glaubst du etwa, wir werden ohne Führer schneller durch dieses Durcheinander kommen?«

»Ja.« Ehomba lächelte seinen etwas verwirrten Gefährten beruhigend an und drehte sich um zu den äsenden Hasen. »Wir werden nicht durch das Gras gehen – sondern darüber.«

»Darüber... O nein, ich nicht! Ich nicht, Etjole!« Simna trat den Rückzug an – zurück zu den vertrauten, schützenden, unbeweglichen Felsen. »Wenn du jetzt denkst, was ich denke, dann denkst du...«

Ehomba stand bereits neben der Pfote eines Hasen und wandte sich an Simna. »Komm jetzt, Simna ibn Sind. Ich habe noch einen langen Weg vor mir und deshalb keine Zeit zu verlieren. Das ist doch fast das Gleiche wie ein Ausritt auf einem Pferd.«

»Ich weiß nicht.« Simna fühlte sich zwar unsicher und unentschlossen, aber auf keinen Fall wollte er allein zurückbleiben, also trat er wieder einen Schritt vor. »Zu Pferden hatte ich immer ein ganz passables Verhältnis. Aber Hasen kenne ich nur vom Esstisch her.«

»Das würde ich aber in ihrer Gegenwart nicht zu laut sagen.« Ehomba stellte den linken Fuß auf die rechte Pfote des Hasen und stieg auf. Mit dem langen Fell als praktischen Handgriff zog er sich nach oben, bis er auf den kastanienbraunen Schultern unmittelbar hinter dem großen Kopf saß. Die monströsen Ohren versperrten zwar die Sicht, aber es gab ohnehin nichts zu sehen außer dem endlosen, eintönigen Grasfeld.

»Warum eigentlich nicht?« Zwar etwas zögernder, aber doch geschickter als der Viehhirte kletterte Simna auf den Hals des zweiten elefantengroßen Hasen und machte es sich auf dem Fell so gut es ging bequem. »Du willst mir doch damit nicht sagen, dass sie uns verstehen können?«

»Nicht unsere Worte, nein«, räumte Ehomba ein, »aber sie verstehen sich sehr wohl darauf, bestimmte Dinge zu spüren. Gefühle, Empfindungen, wie ein Raubtier wohl springen wird. So hilflos wie die meisten von ihnen sind, müssen sie das können.« Ehomba beugte sich nach vorne und sprach in das große Ohr. Er musste nicht flüstern. Ausgestattet mit einem Gehörgang so tief wie eine Schlucht, hätte der Hase ihn auch noch von der Spitze des letzten mit dichtem Dschungel bewachsenen Höhenkammes deutlich gehört.

Mit einer Drehung und einem riesigen Satz nach vorn ging es los. Ehomba klammerte sich an das dicke Halsfell und schwieg nachdenklich, während Simna bei jedem Sprung aufheulte. Mit jedem mächtigen Satz legten sie eine Strecke zurück, die einen Menschen zu Fuß viele mühevolle, schweißtreibende Minuten gekostet hätte, und mit jeder erschütternden Landung schien Simna ibn Sind neue Verwünschungen zu erfinden, mit der er diese außerordentlich ungewöhnliche Fortbewegungsart verfluchte.

Sie befanden sich nicht allein im Grasfeld, es gab außer den Goliath-Hasen noch andere übergroße Wesen zu sehen. Diese vom Wind gepeitschte smaragdgrüne Futterquelle bot einer Fülle von ähnlich bemerkenswerten Wesen Unterschlupf. Auf dem höchsten Punkt eines jeden gewaltigen Sprunges konnten Simna und Etjole das weite Grasland überblicken. Baumhohe

Halme schwankten dort, wo nilpferdgroße Mäuse an den abgefallenen Samen knabberten. Raupen so lang wie Einbäume fällten die Stängel wie unheimliche Baumfäller in einem unreifen Wald. Schutzwälle aus Erde, die jedem Belagerer zur Ehre gereicht hätten, waren nicht das Werk von angreifenden oder verteidigenden Heeren, sondern von stiergroßen Maulwürfen und Zieseln, die sich mühelos durch den fruchtbaren Boden wühlten.

Einmal wurden sie von Krähen, groß wie Kondore, angegriffen. Ständig auf der Suche nach einfacher Beute hatten sich die schwarz gefiederten Räuber kühn von allen Seiten auf sie gestürzt – nicht auf die Hasen, die viel zu groß waren, um den Krähen als Opfer zu dienen, aber auf die viel kleineren Reiter, die sich an ihnen festklammerten. Simna zog sofort sein Schwert, als er den ersten Vogel erspähte, doch die Gelegenheit, es zu benutzen, bekam er nicht.

Heiseres, bellendes Krächzen ertönte plötzlich zu seiner Rechten. Die Beine um den Hals des Hasen geschlungen, saß Ehomba aufrecht und hatte die Handflächen in höchst ungewöhnlicher Weise um den Mund gelegt, so antwortete er den gierigen Krähen in ihrer eigenen Sprache. Dieses kehlige, heisere Geschrei aus seinem Mund bot eine Unterhaltung, der jeder Prinz unter Aufbietung sämtlicher finanzieller Mittel hätte beiwohnen wollen. Simna durfte umsonst teilnehmen. In Anbetracht der ernst zu nehmenden Umstände hätte seine Äußerung, die die Flucht der Krähen betraf, vielleicht etwas weniger höhnisch ausfallen sollen.

»Warte, sag nichts!« Der Schwertkämpfer blickte Ehomba stirnrunzelnd an, so als würde er das gerade Vorgefallene wirklich in seiner ganzen Bandbreite überdenken. »Ich weiß, ich weiß… du kannst auch mit Krähen sprechen, stimmt's?«

Ehomba mochte ein ungebildeter Viehhirte sein, aber wenn es um reinen Spott ging, war auch er um eine passende Antwort nicht verlegen. »Du hast wirklich gut aufgepasst.« Fest an das Halsfell seines Hasen geklammert, wartete Simna mit seiner Erwiderung, bis er und sein Fortbewegungsmittel wieder frei durch die Lüfte über dem Gras segelten. »Du hast mich überzeugt. Du bist *kein* Zauberer. Du bist nur der beste Redner der Welt. Mit wem kannst du noch reden, Etjole? Schildkröten? Nachtigallen? Zwergfeldmäusen?«

»In meinem Land gibt es viele Krähen«, antwortete der Viehhirte nun ernsthaft. »Das Leben dort ist genauso hart für sie wie für die Hasen, Rinder, Menschen und Eidechsen. Es ist…«

»Ein Wüstenland, ein trockenes Land, kahl und öde – ich weiß, ich weiß.« Simna richtete den Blick wieder auf die Grünfläche, die sich noch immer ungehindert in alle Richtungen ausbreiten konnte. »Nicht, dass ich mich beschweren will, das würde mir niemals einfallen. Ich bin zwar der verschiedensten menschlichen Sprachen mächtig, doch ich habe mir niemals die Mühe gemacht, die der Tiere zu lernen. Vielleicht, weil ich nicht einmal wusste, dass sie überhaupt eine Sprache sprechen. Vielleicht auch, weil ich bisher überhaupt nicht wusste, dass sie ihre eigenen Sprachen sprechen.«

»Das klingt ja gerade so«, rief sein Gefährte herüber, »als hättest du dein ganzes Leben unter Menschen verbracht, die nur sprechen und nicht zuhören können.«

»Ha! Manchmal reden sie nicht einmal. Sie schwingen nur irgendwelche Dinge in der Luft herum, groß und schwer oder schlank und scharf. Ich schlage dir ein Geschäft vor, Bruder. Du kümmerst dich um die Gespräche mit den dummen Tieren, die wir treffen, und ich werde mich der dummen Menschen annehmen.«

»Das ist ein gutes Geschäft«, stimmte Ehomba zu, »doch da ist noch etwas, bei dem du mir helfen musst.«

Simna blickte hinüber zu seinem Freund. »Und das wäre?«

»Wie kann man sie unterscheiden?«

Sie rasten immer weiter über die grünen Felder, die Hasen schienen unermüdlich. So legten sie mit jedem Satz große Entfernungen zurück, bis es schließlich so aussah, als würden die Tiere doch müde werden. Aber das traf nicht zu. Es war die Landschaft, die sich veränderte, nicht die Kraft der Hasen.

Simna erkannte als Erster, dass etwas nicht stimmte, denn sie legten nun mit jedem Sprung immer kürzere Entfernungen zurück. Diese Tatsache wurde sogleich auch von Ehomba bestätigt, der jedoch feststellte, dass die Hasen noch immer genauso oft und genauso kraftvoll wie zuvor weitersprangen. Sie legten nicht mit jedem Sprung kürzere Strecken zurück, sondern im Verhältnis zur Landschaft bewegten sie sich immer weniger schnell vorwärts. Mit jedem Satz wurden die Hasen nun kleiner und kleiner.

Die Tiere schrumpften erst auf die Größe eines Nashorns, dann auf die eines Pferdes, dann waren sie nur noch so groß wie Kälber und konnten auch ihre menschlichen Reiter nicht mehr tragen. Nach einem sehr schmerzlichen Augenblick, in dem er geglaubt hatte, er selbst schrumpfe auch, stellte Simna fest, dass er und sein Gefährte weder kleiner noch größer wurden. Nur die Welt um sie herum veränderte sich.

Sie folgten den Hasen weiter auf dem Fuß, bis die flinken Wesen schließlich die Größe erreicht hatten, die Simna von den Reisen durch seine Heimat und durch andere Länder kannte: kleine, braune Geschöpfe mit Fell, die einem mittelgroßen Mann kaum bis ans Schienbein reichten. Ihre Nasen zuckten noch immer und die Schurrhaare zitterten weiter, auch sonst hatte sich nichts an ihnen verändert, selbst die weißen Flecken auf dem Gesicht des Reittiers waren noch vorhanden. Die Reise hatte sie lediglich auf die Größe schrumpfen lassen, die Simna aus der wirklichen Welt kannte. Der echten Welt, so verbesserte er sich... denn in Gesellschaft eines Menschen wie Etjole Ehomba wusste keiner mehr so genau, was Wirklichkeit war und was nicht.

Zusammen mit den Hasen hatte sich auch die Höhe des Grases verringert, die höchsten Halme reichten kaum mehr bis zu Simnas Hüfte, nur vereinzelt spähten einige wenige, starke Exemplare über seine Schulter. Der größere Ehomba konnte jedoch auch über diese mühelos hinwegsehen.

Vornüber gebeugt zischte der Viehhirte unverständliche Laute in die Ohren der zwei kleinen Hasen, die aufmerksam lauschten. Ehomba tätschelte beide am Kopf, dann drehten sie sich um und hoppelten zurück in das Gras, durch das sie gekommen waren.

Simna sah ihnen hinterher. »Was wird nun geschehen? Werden sie, wenn sie zurück nach Süden hüpfen, wieder so groß wie vorher?«

»Ich glaube schon.« Ehomba versuchte, die Hasen noch weiter zu verfolgen, doch seine Bemühungen wurden von dem dichten Bewuchs, der sich hinter ihnen schloss, zunichte gemacht. In der gewöhnlichen Welt mussten kleine Hasen sehr gut Acht geben. Zurück im Land der Großen, so überlegte Ehomba, würden sie sicher sein. Dann legte er den Kopf in den Nacken und betrachtete den Himmel. Es sei denn, in den Wolken über dem Land, dem sie gerade entflohen waren, kreisten Falken und Adler von ähnlicher Größe. Solch ein geflügeltes Ungetüm würde alle Märchen von Rocks und Feuer speienden Drachen in den Schatten stellen. Welch ein Ereignis wäre es, so ein Wesen zu Gesicht zu bekommen! Ein Adler mit einer Flügelspanne von der Breite eines Edelmanns Hauses!

Ehomba aber verspürte eine gewisse Erleichterung, dass ihnen dieses besondere Ereignis erspart geblieben war, denn es hätte bedeutet, dass die Riesenvögel sie gesehen hätten.

Simna und Ehomba wanderten weiter und es dauerte nicht lange, da kamen sie an einen Inselberg, eine felsige Erhebung, die aus der Steppe ragte. Am Fuße des Berges befand sich ein kleines Becken, nicht zu seicht, damit das Wasser nicht zu warm wurde, nicht stehend, sodass es nicht ungenießbar wurde. Einvernehmlich beschlossen die beiden Männer, dort das Lager für die Nacht aufzuschlagen.

Als Ehomba sich bereit erklärte, Feuer zu machen, wartete Simna gespannt und sah neugierig zu. Er wartete darauf, dass der Viehhirte mit den Fingerspitzen Funken erzeugte oder Flammen aus den Nasenlöchern blies oder sie aus der dünnen, trockenen Luft mit geschlossenen Augen und abgehacktem Singsang hervorzauberte. Doch er wurde herb enttäuscht. Ehomba entfachte das Feuer mit einem Feuerstein und trockenem Gras, indem er vorsichtig auf den ersten dünnen Rauch blies, der daraus entstand.

Vielleicht steckte hinter dem großen Hirten wirklich nicht mehr, als er vorgab: ein einfacher Rinder- und Schafhirte mit einer außergewöhnlichen Begabung für die Sprachen sämtlicher Lebewesen, die er bestimmt auch unter Qualen und Todesdrohungen anwenden konnte. Was wohl auch nötig war, so glaubte Simna.

Sonst könnten andere herausfinden, hinter welchen Schätzen er herjagte.

Simna lächelte in sich hinein, denn er wusste, dass er die Wahrheit kannte, ganz gleich was der entwaffnend freundliche Südländer auch behauptete, und bereitete sich auf die Nacht vor. Lass den ›Viehhirten‹ nur denken, dass sein Reisegefährte die Geschichte glaubte. Simna wusste es besser – und das genügte ihm für den Augenblick. Wenn der richtige Zeitpunkt kam, würde er seinem wortkargen Freund schon entschiedener gegenübertreten.

So entschieden wie nötig, um sich seinen gerechten Anteil an dem zu sichern, hinter dem sie herjagten. Was immer das auch sein mochte.

XIV

Mit der Schwärze, die dem Tag folgte, wurden die zwei Männer wie mit einem gesprenkelten Seidenschleier bedeckt, und sie kauerten sich frierend ums Feuer. Abwechselnd versuchten sie, die Geräusche der Nacht zu erkennen. Manchmal stritten sie darüber. Meistens jedoch stimmten sie überein. Ehomba war beeindruckt vom breit gefächerten Wissen seines weitgereisten Gefährten, Simna hingegen bewunderte das gute Gehör des großen Freundes.

Es bestand jedoch keinesfalls ständig die Notwendigkeit, alle Laute, die die Nachttiere von sich gaben, zu erkennen. Vielfältiger konnten die Geräusche kaum sein: ein einziges Kreischen, Heulen, Brüllen, Bellen, Zischen und Pfeifen umgab die beiden. Nur einige wenige Laute konnten sie zuordnen, der Großteil der Geräuschverursacher blieb jedoch unerkannt. Vielleicht stammten sie ja von der dunklen Seite des Mondes.

Einmal hallte das schreckliche Kampfgeschrei zweier unsichtbarer Gegner durch die stille, klare Luft. Der Lärm hörte ohne einen letzten Schrei auf, was darauf schließen ließ, dass die Kampfhähne den nächtlichen Streit auf friedliche Weise beigelegt hatten. Nicht lange danach erklang eine hohe, flotte Melodie im Gras, die wie fließendes Wasser dahinplätscherte und alle im Umkreis betörte, Mensch und Tier gleichermaßen. Und gerade als Ehomba und Simna sich hinlegen wollten, schlängelte sich eine kleine blaue Schlange, deren Rücken mit einem Muster aus rosa Rauten verziert war, lautlos durch das einsame Lager und glitt ohne Umschweife und offensichtlich auch völlig gleichgültig unter Ehombas Fußknöchel hindurch, bevor sie im Gras verschwand.

Simna schreckte auf, als er sie zu Gesicht bekam, und wollte sofort nach dem Schwert greifen. Doch als er sah, dass sein Freund nicht nur keine Angst vor dem geschuppten Eindringling zeigte, sondern auch völlig unbeeindruckt zu sein schien, ließ er sich langsam wieder auf sein Lager am Boden nieder.

»Sprichst du auch mit Schlangen, Bruder?«

»Manchmal.« Der Viehhirte nippte an seinem Lederwasserbeutel. »Sie haben viel zu sagen.«

»Wirklich? Ich habe die Erfahrung gemacht, dass sie nur zubeißen, töten und dann weiter ihrer Wege gehen.«

»Wir sollten ihnen die gelegentlichen Temperamentsausbrüche vergeben. Würde es dir gefallen, ohne Arme und Beine durchs Leben zu gehen? Wenn man bedenkt, wie übel ihnen das Schicksal mitgespielt hat, was die Gliedmaßen betrifft, dann muss ich sagen, finde ich sie erstaunlich zurückhaltend.« Nach dem letzten Schluck Wasser verschloss er den Beutel und legte ihn beiseite. »Ich würde unter diesen Umständen wahrscheinlich alles, was mir vor die Zähne käme, töten.«

»Weißt du, was deine besondere Begabung ist, Etjole? Falls du es noch nicht weißt, habe ich es gerade für dich herausgefunden.« Simna legte sich umständlich nieder. »Du hast für jeden Verständnis. Und weißt du, was dein Problem ist?«

»Nein. Sag es mir, Simna ibn Sind. Was ist mein Problem?«

Der reisende Schwertkämpfer breitete die dünne Decke über Beinen und Oberkörper aus. Ein trauerndes Mädchen hatte seine Gefühle für ihn auf eindeutige und anschauliche Weise darin eingestickt.

»Du hast für jeden Verständnis.« Damit rollte er sich auf den Rücken und starrte in den dunklen Himmel. Jeder wusste, dass die Sandkörnchen, die einem in die Augen fielen und den Schlaf herbeiführten, eigentlich aus Sternenstaub bestanden. Lag man unter freiem Himmel, schwebten diese Körnchen allmählich herab und füllten die Augen, um damit dem Menschen eine ruhige und erholsame Nachtruhe zu bescheren. Simna wusste das zu schätzen und hatte nie verstanden, wie die Menschen in Häusern schlafen konnten. Kein Wunder, dass sich so viele von ihnen unruhig und schlaflos in den Betten wälzten.

Das Feuer brannte herunter. Ein einziger, aber durchdringender Brüller, der von einem besonders großen Tier stammen musste, ließ Simna auffahren; doch er war zu müde, als dass ihn irgendetwas lange hätte stören können. Sie hatten das vordem unüberwindlich erscheinende Gras ohne Verletzungen und ohne größere Probleme durchquert und sich damit einen mühseligen, wochenlangen Marsch durch gefährliches Land erspart. Simna reiste in der Gesellschaft eines geheimnisvollen, aber freundlichen und unbedrohlichen Fremden, der ihn zu einer Schatzhöhle mit unermesslichem Reichtum führen würde. Es stimmte schon, dieser Einzelgänger besaß Fähigkeiten, die er nicht zugeben wollte, solange die Zeit nicht gekommen war, aber Simna hatte schon früher Fakiren und Magiern bei der Arbeit zugesehen und sie hatten ihn mit ihren Listen nicht einschüchtern können. Nicht einmal jemand, der mit Tieren sprach, konnte das. Simna machte sich jedenfalls auf alle Überraschungen gefasst, ganz gleich auf was sich sein Reisegefährte auch als Nächstes stürzte.

Doch das gelang ihm nicht ganz.

Das Licht weckte ihn auf. Es stahl sich mithilfe beharrlicher Photonen unter seine Augenlider und hob diese an, was wiederum seine Aufmerksamkeit weckte.

Dafür gab es eine einfache und natürliche Erklärung: Der Himmel wurde vom aufgehenden Vollmond hell erleuchtet. Simna leckte sich die trockenen Lippen und drehte sich weg vom Licht. Während er dies tat, öffnete er ein Auge, um den Standort des Nachtlichtes herauszufinden. Zur selben Zeit fiel ihm ein, dass in der vorangegangenen Nacht nur eine schmale Mondsichel zu sehen gewesen war und dass der Mond für gewöhnlich langsam und regelmäßig seine Bahn zog und nicht von einer schmalen Sichel zur vollen Rundung sprang.

Simna hatte mit seiner Vermutung falsch gelegen. Das Licht stammte nicht vom Mond. Er setzte sich auf und die dünne, aber warme Decke rutschte hinunter bis zu den Oberschenkeln, die Augen waren nun vollständig geöffnet und wach.

Das Lagerfeuer bestand nur noch aus einem kleinen Haufen Kohle, aus dem dünne Rauchsäulchen aufstiegen, die sich in die Nacht verflüchtigten und damit aus der Gesellschaft der Menschen entkamen. Ehomba saß mit untergeschlagenen Beinen auf der anderen Seite. Er blickte aber weder in den Himmel noch auf seinen Gefährten, sondern auf den grellen Schein, der wie ein Irrlicht vor ihm schwebte. Es handelte sich nicht um einen vom Zufall geformten Klumpen Licht, nein, das Licht besaß Form und Gestalt.

Und welch eine Form, dachte der völlig verzauberte Simna, welch eine Figur!

Es schwebte unmittelbar vor dem Viehhirten in der Luft und trug ein Gewand aus wallender Seide, die in allen erdenklichen Blautönen schimmerte und mit Silbersternen, Perlen und Aquamarinen besetzt war. Obwohl mit langen Ärmeln und züchtigem Rock ausgestattet, war das königliche Gewand doch so drapiert, dass Simna die Kurven darunter deutlich erkennen konnte. Das Kleid wirkte äußerst sittsam und gleichzeitig auch ungemein erregend.

Die junge Frau, die in einen glitzernden Kokon gehüllt war – wie ein atemberaubend schöner Schmetterling kurz vor der Geburt –, besaß eine Haut von der Farbe der Liebe, so glatt wie frisch geschöpfter Rahm. Ihre Augen leuchteten blauer als die Seide, die sie trug, und glitzerten noch heller als die Diamanten, die an ihrer Robe prangten. Im krassen Gegensatz zur Farbe der Haut wirkte ihr Haar unfassbar schwarz, gewellte Fäden eines geschliffenen Onyx, die sich über Rücken und Schultern ergossen, als hätte die Nacht selbst bei der Färbung mitgewirkt.

Sie richtete den Blick nicht auf den unbeweglichen, aufmerksamen Ehomba, sondern auf einen unbestimmten Punkt in der Ferne. Ihr Gesicht drückte Ernüchterung, Entschlossenheit und gleichzeitig Wehmut aus. Wohin sie starrte, wusste Simna nicht. Er wusste nur, dass er ohne Zögern sein Leben geben würde, nur um derjenige zu sein, auf den sie starrte.

Irgendetwas verursachte ein Runzeln auf ihrer Stirn, dabei gerann das Licht, das sie einhüllte, wie saure Milch. Eine zweite Gestalt trat in das trübe schimmernde Licht. Sie erschien riesig, gewaltig und anmaßend.

Man konnte die Augen nicht erkennen, sie lagen verborgen in der Tiefe eines gehörnten Helmes. Dornen und Klingen ragten aus dem rauen schwarzen Metall. Unter dem Helm kam der Körper eines Ringers zum Vorschein, eines enorm kraftvollen Riesen, die Muskeln waren an manchen Stellen unter der fließenden violetten, goldfarbenen und karminroten Kleidung zu sehen. Den Umhang, den die Gestalt – die nach Simnas Einschätzung fast zweieinhalb Meter groß sein musste – hinter sich herzog, verunzierten die schrecklichsten Bilder der Hölle: Körper, denen die Gliedmaßen abgetrennt wurden von Dämonen und Teufeln, die ihre furchtbaren Taten unter der Aufsicht und auf

Befehl der gleichen, alles überragenden, behelmten Gestalt ausführten.

Unter dem Blick der beiden Männer, dort in der Nacht mitten in der Steppe, legte der Riese eine schwere, gepanzerte Hand auf die makellose, nackte Schulter der Frau. Sofort fuhr sie herum und aus ihren vormals abwesend blickenden Augen sprühte nun ohnmächtiger Hass und Ekel. Ihre Reaktion schien den Riesen nicht weiter zu stören. Sie versuchte zwar mit aller Kraft – zuerst durch Schütteln und danach mit Schlägen – die Besitz ergreifende Hand zu vertreiben, doch sie vermochte den gepanzerten Griff nicht zu lösen, auch nicht mit beiden Händen und unter Einsatz ihres gesamten Gewichts.

Bis dahin hatte Simna regungslos und gebannt auf das Drama gestarrt, das sich vor ihm abspielte. Plötzlich wandte der Riese den Blick von der Frau ab, die er brutal und erbarmungslos festhielt. Er blickte über den Raum hinaus, in dem er und seine Trophäe standen, ja sogar über das Gebäude, in dem die Gefangene seine unwillkommene Gesellschaft ertragen musste.

Er sah Etjole Ehomba geradewegs ins Gesicht, einem Viehhirten aus den trockenen, verdorrten Ländern des Südens.

Mit grobem Gebrüll, das alles in den Schatten stellte, was die Steppe jemals hervorgebracht hatte, reckte die schreckliche Gestalt die freie Hand nach oben. Etwas, das aus der unheilvollen Vereinigung von Feuer und Blitz entstanden sein musste, sprang aus der gepanzerten Hand und stürzte sich auf den sitzenden Südländer. Ehomba konnte sich gerade noch ducken und die Sprengladung an leuchtender Teufelei flog über seine linke Schulter hinweg, bis sie schließlich in der Mitte des verlöschenden Lagerfeuers landete.

Die letzten Flammen darin flohen entsetzt vor einem

großen Feuer, das sie nicht kennen konnten. Die Luft kreischte, jedes einzelne Molekül darin wurde bis zum Bersten gedehnt und gezerrt. Das Bild des Riesen und der gefangenen Schönen fiel in sich zusammen, verzerrte sich und knitterte wie ein Blatt Papier in den bebenden Händen eines wütenden Kriegsherrn. Dann war plötzlich alles vorbei: der Riese, die engelsgleiche Gefangene und das Licht, das beide eingerahmt hatte. Zurück blieb nur die Steppe und die gestörte Nachtruhe.

Nicht ein Laut drang aus dem umliegenden Gras. Die Welt schien wie betäubt von dieser Erscheinung. Dann, plötzlich, setzte eine Grille ihr Zirpen fort. Ein Frosch quakte in einer der seltenen und wertvollen Pfützen. Nachtvögel und Insekten stimmten wieder ein in ihre endlosen Lieder.

Da Simna ibn Sind eine Zeit lang das Atmen völlig vernachlässigt hatte, holte er nun tief Luft. Seine schweißnassen Kleider trockneten bereits wieder und kühlten den Körper, sodass er leicht zitterte. Er schob die Decke beiseite und kroch hinüber zu seinem Gefährten. Es dauerte ein Weile, denn er musste den tiefen, rauchenden Graben mit versengter Erde umgehen, der nun die Stelle des Lagerfeuers eingenommen hatte und zwischen ihn lag. Es stank nach verkohlter Bosheit und unmenschlicher Verkommenheit.

»Bruder, ich bitte dich inständig, mir zu erklären, was das gerade war. Und gleichzeitig verlange ich, dass du ein weiteres Mal leugnest, ein Zauberer zu sein.«

Ehomba sah ihn an und lächelte müde. »Ich habe dir gesagt, Freund Simna, dass ich nur ein einfacher Hirte bin. Glaub mir, ich würde lieber neben meiner Frau liegen als neben dir, würde lieber meinen Kindern zuhören als dem Knurren und Klagen wilder Tiere – und ich schliefe lieber in meinem eigenen Bett als hier in diesem fremden Land. Aber ich wurde in etwas verwickelt, das größer ist als ich und das ich mir keineswegs ausgesucht habe.« Er wandte sich ab und starrte auf die Stelle in der Dunkelheit, an der das Trugbild erschienen war und sich anschließend selbst verbrannt hatte.

»Ich habe nicht heraufbeschwört, was wir gerade gesehen haben. Ich habe es nicht gerufen, es nicht hierher befördert und auch nicht darum gebeten, dass es vor mir auftaucht. Ich habe keine Litanei heruntergebetet, keine Zaubersprüche gemurmelt und kein Brandopfer dargebracht. Ich konnte nicht einschlafen und wollte einfach noch ein wenig dasitzen und über die Erhabenheit des Himmels nachdenken.« Er zuckte die Achseln so lustlos, dass Simna ihm fast glaubte.

»Das ist also einfach so *passiert*?« Der Schwertkämpfer zeigte auf die Stelle in der Nacht, wo die Gestalten erschienen waren. Die Luft flimmerte dort noch immer wie eine Teerstraße in der Ferne an einem brütend heißen Nachmittag. »Du hast nichts dazu beigetragen?«

»Nichts.« Mit einem tiefen Seufzer legte sich Ehomba nieder auf die tröstende Erde. »Ich saß einfach nur da und plötzlich erschien das Bildnis vor mir. Die Prophezeiung eines toten Mannes, Simna. Die Bürde des Tarin Beckwith aus Nord-Laconda.« Er zeigte auf die unruhige Stelle in der Luft.

»Ich bin überzeugt, dass die Frau, die wir gesehen haben, Themaryl die Hellseherin gewesen ist, und die fürchterliche Gestalt hinter ihr muss zwangsläufig der Entführer gewesen sein: Hymneth der Besessene. Auf die Frau passt die Beschreibung der Wohlgestalt, die mir der sterbende Beckwith enthüllt hat, und auf den Mann die der geballten Feindseligkeit. Wie oder warum sie nun vor mir erschienen sind an diesem einsamen und kahlen Ort, ich kann es dir nicht sagen.«

Simna nickte und schwieg für einige Augenblicke. Dann sagte er: »Du weißt gar nicht genau, was dir noch bevorsteht, stimmt's, Etjole?«

»Darüber mache ich mir keine Gedanken. Wir alle sind lose Blätter, die auf dem Fluss des Lebens dahintreiben, und wir gehen dorthin, wo der Strom uns hinführt.« Der Viehhirte sah seinem Freund ins Gesicht. »Machst du dir Gedanken?«

Der Schwertkämpfer ließ den Blick über die Steppe schweifen. »Ich versuche es. Ich möchte eine Vorstellung von dem bekommen, was mich erwartet.« Er wandte sich von der Steppe ab und von dem, was auch immer sich dort draußen befinden mochte, und sah den Hirten an. »Das muss schon ein großer Schatz sein, den er da bewacht.«

Enttäuscht rollte sich Ehomba zur Seite. »Wenn das, was du gerade gesehen und erfahren hast, nicht ausreicht, um dich davon zu überzeugen, dass ich das alles hier nicht für Gold und Silber tue, dann gibt es nichts, was dich je davon überzeugen könnte.«

»Oh, versteh mich nicht falsch«, verteidigte sich Simna. »Die Frau ist es sicher wert, gerettet zu werden.« Er stieß einen anerkennenden Pfiff aus. »Es gibt die verschiedensten Schätze, manche kommen sogar in Seide gekleidet daher. Da wir gerade davon sprechen, hast du zufällig gesehen, dass …«

»Du bist einfach unmöglich, Simna ibn Sind.«

»Ich würde ›unverbesserlich‹ vorziehen. Also gut, meine Motive sind niedrig, meine Ziele aber sind dafür edel. Ich werde dir helfen, die Hellseherin Themaryl zu retten, wenn du verpflichtet und entschlossen bist, sie zu ihrer Familie zurückzubringen, so wie du es angeblich geschworen hast. Aber als Belohnung dafür, oder Bezahlung, oder wie auch immer du es nennen willst, beanspruche ich das Gold und die Juwelen, die wir auf dem Weg dorthin plündern können.«

In der Dunkelheit musste Ehomba unwillkürlich lachen. »Du würdest dich mit der Gestalt, die wir gesehen haben, mit Hymneth dem Besessenen anlegen, nur des schnöden Geldes wegen?«

»Glaub mir, Etjole, das ist nicht nur ›schnödes Geld‹. Na schön, er ist groß und hässlich und versprüht Himmelsfeuer aus den Fingerspitzen. Na und? Ich wette, er blutet genauso wie ein Mensch.«

»Darauf würde ich mich nicht verlassen. Aber ich bewundere deinen Mut.«

»Ich habe herausgefunden, dass die Gier einem in gefährlichen Situationen den nötigen Antrieb verleiht, Etjole. Du hast Glück, dagegen immun zu sein.«

»Ich habe nicht gesagt, dass ich immun dagegen bin. Es ist nur so, dass wir zwei verschiedene Dinge begehren, du und ich.«

»Glück für mich also.« Der Schwertkämpfer stand auf und schlurfte zurück zu seiner Lagerstatt, wo er abermals die bestickte Decke über sich ausbreitete.

Sein Gefährte jedoch wollte noch nicht schlafen. »Simna, hast du jemals über Grashalme nachgedacht?«

Schon im Halbschlaf murmelte der erschöpfte Schwertkämpfer seine gleichgültige Antwort: »Schau, Etjole, mir wäre es lieber, ich würde in Gesellschaft eines Zauberers reisen als mit einem Philosophen. Du willst doch jetzt nicht philosophieren, oder? Es ist spät und der Tag war anstrengend und außerdem müssen wir morgen früh aufstehen, um so weit wie möglich zu kommen, bevor die Sonne zu hoch am Himmel steht.«

»Du solltest dich darauf freuen, in der Mittagssonne zu wandern. Da bleiben nämlich die Schlangen in ihren Höhlen. Am kühlen Morgen und Abend kommen sie viel lieber heraus.«

»Bist du da ganz sicher?« Etwas strich über den ausgestreckten linken Arm des Schwertkämpfers und er fuhr hoch. Doch zu seiner Erleichterung war es nur ein Grashalm gewesen, der sich im Wind wog.

»Das haben sie mir selbst gesagt.«

»Hasen kann ich noch hinnehmen, aber Schlangen? Nicht einmal Magier können mit Schlangen reden. Schlangen besitzen kein Gehirn.«

Simna spürte förmlich, wie sich Ehombas Gesicht in der Dunkelheit verfinsterte. »Ich bin mir sicher, dass es hier viele Schlangen gibt, und hoffe nur, keine von ihnen hat das eben gehört.«

»Ist gut«, schnaubte Simna leise.

»Da gibt es auf der einen Seite das Universum, in dem wir leben«, der Viehhirte erzählte weiter, als hätte es die Auseinandersetzung um die buchstäblich unbeschwerte Heiterkeit der Schlangen nie gegeben, »und auf der anderen den Grashalm.« In den dunkler werdenden Schatten beobachtete Simna, wie sein Freund einen jungen Trieb vom Boden pflückte und ihn über das ruhende Haupt hielt, ein kleines Stück Schwärze im Sternenhimmel.

»Ein weiser Mann aus unserem Dorf, Maumuno Kaudom, erzählte mir einst, dass es in allem, was wir sehen, eine eigene, vollständige Welt gibt, auch in jedem Grashalm. Wenn wir uns nur klein genug machen, können wir darin umherspazieren, so wie wir in dieser Welt umherspazieren.«

Simna rollte die Augen und drehte sich auf die Seite, sodass er seinem plötzlich so redseligen Freund ins Gesicht sehen konnte. »Nehmen wir nur für eine Minute an, dass dein weiser Mann wusste, wovon er sprach, und dass er nicht unter dem Einfluss von zu viel selbst gebrautem Bier oder im Hausgarten gewachsenem Cannabis stand, und dass man wirklich in der ›Welt‹ eines Grashalmes ›umherspazieren‹ kann. Aber warum sollte das irgendjemand tun? Alles, was es in einem Grashalm zu entdecken gibt, kann man auch so sehen.«

Simna streckte die Hand unter der Decke hervor, riss eine Hand voll Stängel aus dem Boden und warf die Grashalme hinüber zu seinem liegenden Gefährten.

»Fang, Bruder! Schau nur... ich schleudere eine ganze Hand voll Welten auf dich!«

Ein paar der entwurzelten Halme landeten auf Ehombas Gesicht. Langsam, immer auf den Stängel bedacht, den er gerade in der Hand hielt, schnipste der Hirte die anderen Triebe vom Gesicht. »Man kann immer nur über eine Welt nachdenken, Simna.«

Der Schwertkämpfer rollte sich wieder zurück. Er war erschöpft und außerdem der Meinung, dass er für diesen Abend genug gelernt hatte. »Gut! Zumindest stimmen wir darin überein. Konzentrier dich auf diese hier und vergiss das Gras, nur die Steppe, auf der wir morgen weiterwandern müssen, ist wichtig.«

»Aber denk doch mal nach, Simna.«

Simna stöhnte. »Muss ich? Da tut mir mein Kopf immer so weh.«

Der Viehhirte ließ sich nicht abbringen. »Wenn Maumuno Kaudom Recht hat, dann ist diese Welt, in der wir leben, für eine größere Existenz nichts anderes als nur ein Grashalm, einer unter Millionen, den man entweder hochhalten und bestaunen oder wegwerfen kann, je nach Laune, aus Langeweile oder aus Gleichgültigkeit.«

»Das sollten sie besser bleiben lassen«, brummte der Schwertkämpfer. »Niemand wirft einen Simna ibn Sind einfach so weg!«

Erfreulicherweise war dies das Letzte gewesen, was Ehomba zu sagen gehabt hatte. Die Stille der Nacht gesellte sich stumm zu ihnen und drückte auf die zischende Glut des verlöschenden Lagerfeuers, bis auch diese verstummte. Mit vorrückender Stunde drängte sich die Ungeheuerlichkeit dessen, was Ehomba gesagt hatte, ungebeten in Simnas Gedanken.

Was wäre, wenn der alte Dorffakir, von dem sein Freund gesprochen hatte, Recht behielte? Es stimmte natürlich alles nicht, aber nur mal angenommen: Was wäre dann? Das würde bedeuten, jede Mühe wäre umsonst, Anstrengung und Begeisterung wäre von solcher Unwichtigkeit, dass sie von der übrigen Schöpfung nicht einmal wahrgenommen würde.

Simna berührte einen Grashalm, der sich gleich neben seiner Decke aus dem Boden kämpfte. Er berührte ihn, riss ihn aber nicht heraus. Es wäre ganz einfach gewesen, nicht die geringste Anstrengung hätte ihn das gekostet. Einen Finger um den unbedeutenden Stängel gelegt und heraus damit. Mehr müsste er nicht tun und der Halm würde sterben. Was würde das schon am Lauf der Welt ändern? Sie waren umgeben von unzähligen Billionen von völlig gleichartigen Halmen, viele davon schon ausgewachsen. Wenn er den einen ausriss, würden zwei neue nachsprießen und dankbar für einen Platz an der Sonne sein.

Aber was, wenn der Halm wirklich eine eigene Welt enthielt? Bedeutungslos für die Zwecke der Schöpfung, ja, winzig klein im Vergleich mit der großen Steppe, aber vielleicht nicht ganz so unbedeutend für irgendein unvorstellbar winziges Leben, das von ihm abhing und nur durch ihn bestehen und wachsen konnte.

»Absurd!«, sagte Simna ganz leise. Lächerlich und grotesk. Seine Finger umschlossen den Halm, während seine Lippen sich aufeinander pressten. Er hatte es in der Hand – die scharfe Kante des Halmes an der Haut seines Zeigefingers.

Langsam zog er die Hand zurück. Der Halm blieb in der Erde verwurzelt. Nicht mehr und nicht weniger: ein einziger fingerlanger Grashalm. Kein Pferd und kein Hase hätte solche Gnade walten lassen, weder ein hungriger Kudu noch eine Maus hätte auch nur eine

Sekunde vor dem kleinen, nahrhaften Grün gezögert. Aber Simna ibn Sind tat es.

Er wusste nicht genau, warum. Er war sich nur über eines im Klaren. Das nächste Mal, wenn er und sein so gelassener Reisegefährte sich an einem einsamen Ort unter freiem Himmel zum Schlafen niederließen, würde er sich sein Laken, die Decke und wenn nötig auch Erdklumpen in die Ohren stopfen, damit er nicht mit anhören musste, was der Viehhirte zu sagen hatte. Es war eine teuflische Sache, mit dem Verstand eines Menschen zu spielen, selbst wenn Ehomba es in diesem Fall, so schien es wenigstens, nicht absichtlich getan hatte.

Eine eigene Welt auf einem Grashalm! Und unsere Welt wäre nichts anderes! Welch ein Wahnsinn, was für eine Torheit! Gut, dass er, Simna ibn Sind, gegen solchen Unsinn gefeit war. Er drehte sich auf den Bauch, legte die Unterarme als Kopfkissen darunter und versuchte es sich bequem zu machen. Als ihm dies schließlich gelungen war, fand er sich plötzlich vor die Frage gestellt, wie viele Grashalme er wohl gerade unter seinem Brustkorb zerdrückte. Er kniff die geschlossenen Augen zusammen und stieß einen verzweifelt stummen Schrei aus.

Morgen würde er sich etwas einfallen lassen, was Ehomba doppelt so viel Kopfzerbrechen bereiten mochte wie das philosophische Gequatsche, das Simna heute ertragen musste. Dieses Versprechen verschaffte Simna neuen Zündstoff, über den er nachdenken und auf den er sich konzentrieren konnte. Mit brodelnden Rachegedanken im Kopf gelang es ihm schließlich, in einen fieberhaften, unruhigen Schlaf zu fallen.

Als er am folgenden Morgen aufwachte, war seine gute Laune zurückgekehrt, und zwar in solchem Maße, dass alle Vergeltungsgedanken wie verflogen waren. Er setzte sich auf die Decke, streckte sich und ließ die

Sonne sein Gesicht wärmen. Ehomba war schon auf und stand auf der anderen Seite des Lagerfeuers, von wo aus er, locker auf den langen Speer gestützt, in die Ferne starrte. Er blickte nach Norden, seinem Ziel entgegen.

Ein einfacher Mann, grübelte der überhebliche Simna. Manche würden ihn als zielstrebig bezeichnen, doch genauso gut konnte man auch von Engstirnigkeit sprechen. Während Simna sich anschickte, von seinem Schlafplatz aufzustehen, fiel der Blick des Schwertkämpfers zufällig auf seinen linken Unterarm. Er traute seinen Augen nicht.

Eine saubere Linie aus roten Punkten verlief vom Handgelenk bis zum Ellbogen. Einige Punkte waren größer, andere kleiner. Immer zwei nebeneinander. Ein erkennbares Muster. Welche Stechmücke würde solche Zeichen hinterlassen? Er rieb mit der Hand über die blassen Punkte, die schon wieder im Verschwinden begriffen waren. Sie juckten nicht, und was immer es auch gewesen sein mochte, es hatte die Haut kaum verletzt.

Dieses Doppelmuster erinnerte ihn an etwas, doch ihm fiel einfach nicht ein, was es war. Dann traf es ihn wie ein Donnerschlag: Es schienen Male zu sein, wie sie die Giftzähne einer Schlange hinterlassen.

Mit einem Satz stand Simna aufrecht auf der Decke (als könnte ihm diese Schutz oder Zuflucht bieten!) und warf wilde Blicke um sich. Er beugte sich tief hinunter und bildete sich ein, Spuren im Gras und in der Erde zu sehen. Viele Spuren und Muster glaubte er am Boden zu erkennen, als hätten ihn während der Nacht ganze Heerscharen von Schlangen heimgesucht. Schlangen, die eine Warnung hinterlassen hatten in Form von Giftzahnabdrücken – als Antwort auf seine gestrigen Worte.

Er richtete sich wieder auf und durchsuchte das umliegende Gras, doch nichts bewegte sich. Nur die Spitzen der Grashalme wogen sich in der Morgenbrise und unschlüssige, geschäftige Insekten zuckten dazwischen umher.

»Also gut«, rief er hinaus in die offene Steppe, »ich entschuldige mich! Schlangen besitzen sehr wohl Gehirne! Und jetzt lasst ihr mich in Ruhe, ja?«

Damit drehte er sich um und blickte dem verblüfften Ehomba geradewegs ins Gesicht.

»Und«, nörgelte er, während er seine Decke packte und Schmutz, Gras, Unrat und andere stechende, staubkörnchengroße Reisegefährten herausschüttelte, »worüber lachst du!«

»Ich habe gar nicht gelacht«, beteuerte Ehomba.

»Ha!« Ungestüm rollte der Schwertkämpfer die Decke zu einem festen, reisetauglichen Bündel zusammen. »Nach außen hin nicht, aber innerlich, ich habe es genau gehört! Du bist hier nicht der Einzige, der etwas hören kann, musst du wissen.«

»Ich habe wirklich nicht gelacht«, versicherte Ehomba noch einmal im gleichen, ruhigen Tonfall. Er drehte sich um und deutete mit dem Speer nach Norden. »Wir müssen dort lang, glaube ich. Weiter ins Landesinnere, als mir lieb ist, aber ich vermute, dass es dort Wasser gibt. Ich sehe hohe Felsen.«

Simna unterbrach das Zusammenpacken und kniff die Augen zusammen. Obwohl er seine scharfen Augen aufs Höchste anstrengte, blieb der Horizont so flach wie die Brüste des Mädchens, das er bei seinem letzten Tavernenbesuch kennen gelernt hatte. Doch fühlte er sich nicht in der Stimmung, mit seinem Begleiter darüber zu streiten. Es war noch zu früh und außerdem hatte sich gezeigt, dass Ehomba öfter Recht hatte als Unrecht, wenn es um außergewöhnliche Dinge ging. Wenn ein Mann über Trugbilder von höchster Schönheit und Gewaltherrschaft genauso gut Bescheid wusste wie über Schlangen, dann hatte es wenig Sinn, mit ihm über die mögliche Existenz weit entfernter Felsen zu zanken.

Mit geschulterten Rucksäcken machten sich die beiden Männer auf den Weg nach Norden, wobei sie sich leicht nach Osten hielten. Simna marschierte frohgemut dahin, doch ertappte er sich dabei, wie er sich wiederholt bei den jungen Grashalmen entschuldigte, auf die er unvermeidlicherweise treten musste, und jeder Entschuldigung folgte ein stummer Fluch in die Richtung des Freundes. Die roten Flecken auf dem Arm waren schon beinahe verschwunden, aber das hielt ihn nicht davon ab, jeden freien Flecken im Gras sorgfältig zu untersuchen, bevor er ihn betrat.

XV

»Schreie.«

»Was?« Simna beobachtete gerade einen kleinen Schwarm leuchtend bunter Papageien, die hoch oben in einem Baum wild kreischten und krächzten. Der unscheinbare Baum selbst verdiente die gleiche Aufmerksamkeit wie seine lauten, lustig streitenden Bewohner. In der endlosen Steppe lohnte es sich, jeden Punkt zu würdigen, der höher war als das Gras. Er konnte als Wegmarkierung dienen – und als möglicher Lagerplatz.

»Ich höre ein Brüllen.«

Gut möglich, dass seine Sehkraft nicht die des Viehhirten erreichte, doch mit Simna ibn Sinds Gehör war noch alles in Ordnung. Er hatte es in ungezählten Nächten geschärft, in denen er auf jedes Knarren einer Tür gehört hatte, auf Fenster, die verstohlen geöffnet wurden, oder Unheil verheißende Schritte eines nahenden Ehemannes. In dem Augenblick, in dem der große Begleiter die Aufmerksamkeit des Schwertkämpfers vom Baum gelenkt hatte, hörten beide das ansteigende Gejammer.

Simna zog die Augenbrauen hoch. »Es scheint aus Osten zu kommen, aber ich weiß nicht, von wem es stammen könnte. Es muss sich schon um ein ziemlich großes Wildtier handeln, wenn es über so weite Strecken hörbar ist.«

Ehomba nickte feierlich. »Ich kann mir vorstellen, um was es sich handeln könnte, aber dieses Land ist sonderbar und neu für mich, also werden wir warten und hoffen, dass es nahe genug kommt, damit wir es erkennen können.«

Sein Freund fuhr herum, um ihm ins Gesicht zu sehen. »Nahe genug! Wir wollen doch gar nicht, dass es näher kommt, ganz gleich was es ist. Wir wollen, dass es weggeht, weit weg, damit wir es nicht mehr hören und schon gar nicht sehen müssen.«

Der Hirte blickte hinunter auf den anderen Mann. »Bist du denn nicht neugierig darauf zu sehen, welches Biest da so lange ein so wildes Geräusch macht?«

»Nein, bin ich nicht.« Simna stieß mit dem Fuß in den Grasboden. »Ich bin vollkommen glücklich damit, die Gesellschaft eines jeden zu vermeiden, der so wilde Laute von sich gibt. Und selbst wenn es mir für den Rest meines Lebens versagt bleiben sollte, etwas zu sehen, das so laut brüllen kann, dann bin ich damit auch zufrieden.«

»Du überraschst mich, Simna.« Wieder richtete Ehomba seine Aufmerksamkeit nach Osten. »Ich stelle ständig alles infrage, will immer noch mehr lernen und muss alles wissen. Ich fürchte, deshalb war ich die reine Pest für meine Mutter und ein einziges Rätsel für meinen Vater. Die anderen Kinder verspotteten mich immer, wenn ich den Namen von irgendetwas wissen wollte, oder die Bedeutung – oder für welchen Zweck man es braucht. ›Sei nicht so neugierig‹, pflegten sie zu sagen. Und da stehe ich nun und bin immer noch am Leben und… immer noch grenzenlos ungebildet, fürchte ich.«

»Dem kann ich nicht widersprechen«, murmelte Simna leise. Das Gebrüll aus östlicher Richtung wurde unterdessen zunehmend lauter. Das Problem bestand nun nicht mehr darin, es zu hören, sondern diesem Geräusch zu entgehen. Simnas Blick fiel auf den Inselberg. »Wenn es sich um mehr als ein harmloses aber stimmgewaltiges Wesen handelt, das da auf uns zukommt, sollten wir uns darauf vorbereiten. Ausnahmsweise haben wir hier einmal die Möglichkeit, uns zu verstecken.« Er zeigte auf den hervorspringenden Felshaufen. »Ich schlage vor, wir bedienen uns der Felsen.«

»Ja.« Ehomba lächelte ihn an. »In einem Versteck kann eine Frage genauso gut beantwortet werden wie auf der ungeschützten Steppe. Dein gesunder Menschenverstand ist unschlagbar, Simna.«

»Auch du besitzt etwas, das unschlagbar ist, Bruder Etjole.« Simna legte eine Hand auf den Rücken des größeren Mannes und drängte ihn freundlich zum Granitversteck. »Aber ich mag dich trotzdem immer mehr. Über Geschmack lässt sich, glaube ich, nicht streiten.«

»Auch wenn ich dich nicht zu großen Reichtümern führe?« Der Viehhirte grinste den anderen an, während sie zusammen in großen Sätzen auf die Felsen zusprangen.

»Spar dir deine Schwindeleien für später auf, Bruder.« Obwohl seine Schritte wesentlich kleiner ausfielen als die von Ehomba, konnte Simna doch mühelos mit seinem Gefährten mithalten.

Einige kleine Nagetiere mit gelbem Fell huschten in ihre Felslöcher, als die zwei Männer sich näherten. Auf der anderen Seite stieg ein großer Vogel unter einer wahren Explosion von schillernden grünen und blauen Federn in den Himmel, zwei Federn ragten aus seinem Kopf und weit über die Körperlänge hinaus. Obwohl er wie ein Singvogel aussah, klang sein Ruf so rau und abgehackt wie der einer Elster.

Es gab keine Höhlen in den Felsen, aber sie fanden einen Spalt zwischen zwei zerklüfteten, weißlich grauen Steinen, der groß genug war, um beiden nebeneinander Schutz zu bieten. Die Vertiefung konnte die beiden zwar nicht vollständig verstecken, bot aber wesentlich mehr Schutz als die offene Ebene.

»Schau!« Diesmal war es Simna, der zuerst reagierte. Er sprang aus der Deckung und deutete nach Osten.

»Es kommt. Irgendetwas kommt auf uns zu.« Er legte die Hand über die Augen, um diese vor der grellen Sonne zu schützen und blickte in die Ferne.

»Ja, das stimmt.« Ehomba umklammerte den Speer fester. »Und es ist kein Tier.«

Das Gebrüll hatte nun eine Lautstärke erreicht, bei der die Männer ihre Stimmen erheben mussten, um sich noch verständigen zu können.

»Was meinst du damit, dass es kein Tier ist? Was soll es sonst sein?«

»Wind«, erklärte Ehomba.

Simna runzelte die Stirn, spitzte die Ohren und schüttelte schließlich den Kopf. »Das ist kein Wind. Ich weiß nicht genau, was es ist, aber es lebt. Man kann Wut und Ärger in der Stimme hören.«

Ehomba kauerte sich neben ihn, stützte sich auf den glatten Fels und lehnte sich mit dem Rücken gegen den unnachgiebigen Stein. »Wie kommst du darauf, mein Freund, dass der Wind nicht leben und keine Wut fühlen sollte?« Er deutete in die Luft. »Dieser Wind hört sich nicht nur wütend an, er sieht auch wütend aus.«

Das Brüllen wurde immer lauter und stieg noch weiter an, je näher es kam. Dann zeigte sich die Quelle des Geschreis und versuchte nicht einmal, sich zu verstecken. So etwas hatte Simna ibn Sind noch niemals gesehen, auf keiner seiner zahlreichen Reisen. Furcht erregend und gefährlich war es anzusehen, ein wahrer Wutdonner schien über die Steppe zu fegen. Man konnte jedes Jota Wut und Ärger sehen, das der Schwertkämpfer in der Stimme zuvor schon gehört hatte, und damit wurden all seine Befürchtungen bestätigt. Doch zu seiner Verwunderung und zugleich zu seinem Verdruss stellte sich Ehombas Erklärung ebenfalls als zutreffend heraus.

Bei dem Satan, der da auf sie zuraste, heulend, als

wollte er das stärkste Gewitter übertönen, handelte es sich tatsächlich um Wind. Doch einen solchen Wind hatte Simna noch nie zuvor zu Gesicht bekommen.

Diese Tatsache an sich war schon außergewöhnlich, denn der Wind zeigte sich nur höchst selten in irgendeiner Gestalt. Für gewöhnlich konnte man ihn bloß fühlen oder hören. Doch diesen Wind hier konnte man klar erkennen, denn er hatte eine Gestalt angenommen, die genauso erschreckend wie großartig wirkte. Er tobte über die Steppe und stürmte in Ehombas und Simnas Richtung, während er sich ständig um sich selbst drehte und wand. Der Wind kam auch nicht alleine. Wieder kniff Simna die Augen zusammen und spähte angestrengt nach Osten. Nein, es gab keinen Zweifel. Im Gegensatz zum Wind bewegte sich dieses Wesen zielstrebig und ohne Umschweife vorwärts.

Der Wind jagte etwas.

»Da flüchtet etwas vor dem Wind«, rief Simna und zog das Schwert. Was konnte wohl der Stahl gegen die übermächtigen Kräfte der Natur ausrichten?

»Ich sehe es«, antwortete Ehomba. »Sieht aus wie eine Katze.«

»Hab ich mir auch schon gedacht.« Simna nickte zustimmend. »Aber sie scheint keiner Katzenart anzugehören, die ich bisher kennen gelernt habe.«

»Da geht es dir wie mir. Sie sieht ganz anders aus. Sie rennt vor dem Wind davon und er scheint sie nicht nur von hinten in seiner Gewalt zu haben. Sieh nur, wie sie nach rechts schwenkt – und der teuflische Wind folgt ihr.« Ehomba drehte sich zur Seite, als ein Windstoß Staub und trockenes Gras in sein Gesicht schleuderte.

»Nicht schon wieder!« Simna zeigte über die Felsen hinweg. »Was für eine dämonische Jagd ist das? Hat man so etwas schon gesehen? Der Wind jagt hinter einer Katze her – oder was auch immer es sein mag.«

Eigentlich hatte er erwartet, dass der Hirte, der stets für eine Überraschung gut war, sagen würde: ›Ich habe schon einmal gesehen…‹ oder: ›Im Süden gab es einmal…‹ Doch stattdessen nickte der große Speerträger nur. »Ich bestimmt nicht, Simna.«

»Du meinst wirklich, du hast noch nicht alles erlebt und du weißt auch nicht alles, was es zu wissen gibt?«, fragte der Schwertkämpfer scharfzüngig.

Ehomba sah ihn an, dabei musste er die Augen zusammenkneifen, um sich vor dem herumfliegenden Unrat zu schützen. Der Wind fegte ganz in ihrer Nähe vorbei und blies deshalb stärker. »Ich habe dir bei verschiedenen Gelegenheiten schon zu vermitteln versucht, Simna, dass ich der unwissendste Mensch überhaupt bin, und dass alles, was ich weiß in das untere Drittel eines Spinnenfingerhuts passen würde.«

»Ich wusste gar nicht, dass Spinnen Fingerhüte benutzen.«

»Nur bestimmte«, erklärte Ehomba ohne jede Arglist: »Sie haben sehr spitze Beine und nur mit Fingerhut können sie ihre Netze weben, ohne sich selbst zu pieksen.« Er hielt sich weiter gebückt und lugte wieder über den Felsen. »Die Katze ist erschöpft. Du kannst es ihrem Gesicht ablesen. Wenn wir nichts unternehmen, wird der Wind sie bald einholen.«

»Ja, man kann richtig sehen, wie ihre Sprünge kür… Was meinst du mit ›Wenn wir nichts unternehmen‹?« Warnsignale tauchten vor seinem inneren Auge auf und Simna beäugte den Freund argwöhnisch.

Seine ärgsten Befürchtungen wurden wieder einmal bestätigt, als der Viehhirte die geduckte Haltung aufgab und sich anschickte, das verhältnismäßig sichere Versteck in der Felsennische zu verlassen. »Eine Sekunde noch, Bruder! Was hast du vor?«

Ehomba stand bereits auf dem nackten Granit und blickte zurück zu seinem Gefährten, in dieses bereits vertraute, fragende, trübselige, lange Gesicht. »Irgendetwas stimmt hier nicht, mein Freund. Und das hat zu einem höchst ungerechten Wettkampf geführt. Ich bin von Natur aus sehr friedlich, aber es gibt ein paar Dinge, die mich aufbringen können. Dazu gehört auch ein ungerechter Kampf.« Er hob den Speer und richtete ihn auf den rasenden Wind und seine hilflose Beute. »Und einen solchen haben wir hier vor uns.«

Simna stand auf, machte jedoch keine Anstalten, dem Hirten zu folgen. »Was wir hier sehen, Bruder, ist ein Kampf zwischen übernatürlichen Kräften und unvernünftiger Natur, in den wir uns lieber nicht einmischen sollten. Lass die Sache auf sich beruhen und komm wieder in Deckung. Oder beabsichtigst du, mit einem Unwetter zu streiten?«

»Nur wenn es ein vernünftiges Unwetter ist«, erwiderte der Hirte kaum überrascht.

»Dies ist kein vernünftiger Wind. Sieh ihn dir doch nur an! Was willst du tun… ihn mit schroffen Worten bedrohen?«

»Mehr als das, so hoffe ich.« Ehomba glitt geschmeidig wie ein langes, großes Gespenst über die Felsen und stieg den sanften Hang des Inselberges hinunter und den aufbrausenden Luftwirbeln entgegen. Hinter ihm legte Simna die Hände an die Lippen, um sich neben dem immer lauter werdenden Geheul Gehör zu verschaffen.

»Also gut! Wenn es Selbstmord ist, wonach du dich sehnst, werde ich mich tunlichst nicht einmischen!« Ehomba sprang vom letzten Felsen ins Gras, die Stimme des Schwertkämpfers wurde noch lauter. »Aber bevor du stirbst, sag mir, wo sich der Schatz befindet!«

Vielleicht hatte der Hirte diese letzten Worte nicht gehört. Vielleicht hatte er sie gehört und einfach nicht beachtet. Er drehte sich um, hob den Speer zum Gruß über den Kopf und wandte sich ab, um über das Gras zu laufen, geradewegs in ein verheerendes Unglück hinein.

Wenn die erschöpfte Katze ihn bemerkt hatte, so zeigte sie es nicht. Sie reagierte auch nicht darauf, indem sie die Richtung änderte oder auf ihn zulief. Warum sollte sie auch? Was konnte ein Mensch schon ausrichten gegen eine der schrecklichsten Naturgewalten? Mit langen Schritten beeilte sich Ehomba, dem vermeintlichen Opfer des Sturmes zu Hilfe zu eilen.

Mit Sicherheit handelte es sich bei der Katze um das seltsamste und zugleich prächtigste Tier, das der Viehhirte jemals gesehen hatte. Sie war zwar schwarz und besaß gelbe Augen, die wie Kerzen hinter alten, vergrößernden Gläsern einer zerbeulten Zinnlaterne leuchteten, doch sie glich am ehesten einem großen männlichen Löwen, sogar die pechschwarze Mähne fehlte nicht. Aber der schwere, muskulöse Körperbau wirkte im Verhältnis zu lang und stand auf absurd langen Beinen, die ohne Zweifel einem anderen Tier gehörten. Eine unnatürliche Verbindung von Geschwindigkeit und Stärke, die Abstammung war dem neugierigen Ehomba jedoch ein Rätsel. Ehomba kannte Natur und Haltung vieler Katzen nur zu gut; lange genug hatte er seine Herden gegen sie verteidigt, doch so etwas wie diese große schwarze Katzenart, die nun auf ihn zustolperte, war ihm noch nicht begegnet.

Die Herkunft mochte im Dunkeln bleiben, aber das Ziel war klar ersichtlich. Die Katze versuchte, die Zuflucht des Inselberges zu erreichen. So schwach wie sie bereits war, würde ihr das jedoch nicht gelingen, dachte Ehomba.

Er spurtete los, um sich zwischen die geschwächte Katze und den rasenden Sturm zu werfen. Einen kurzen Augenblick lang glaubte er, Simnas angsterfüllte Warnschreie durch den heulenden Wind zu hören, doch ganz sicher war er sich nicht. Als Ehomba näher kam, stolperte die große Katze und wäre fast zu Fall gekommen. Sie war noch nicht bereit, sich ihrem apokalyptischen Verfolger zu stellen, doch im Gesichtsausdruck und in den Flanken des Tieres konnte Ehomba ablesen, dass in diesen außerordentlich langen Beinen nur noch sehr wenig Kraft steckte.

Die Katze hatte den herannahenden Menschen trotz der Erschöpfung bemerkt und verfolgte ihn nun mit den Augen, die seltsam durchbohrend und hochintelligent wirkten. Ehomba kam zwischen Katze und Sturm zum Stehen und machte sich so groß es nur ging: Er setzte die Füße in den Sandalen fest auf die Erde und stellte sich dem Sturm in den Weg, indem er beide Arme in die Luft warf.

Der Sturm blieb nicht vollends stehen, doch er legte eine kurze Pause ein. Er schien weder eingeschüchtert noch erschreckt zu sein, aber neugierig. Neugierig darauf, was ein einzelner, winziger Mensch bezweckte, der sich dem unaufhaltsamen Sturm einfach in den Weg stellte.

Er bäumte sich vor Ehomba auf und reichte dabei bis hinauf in die Wolken, aus denen er seine Stärke bezog, eine spiralförmige schwarze Luftmasse, angereichert mit fliegendem Gras, entwurzelten Baumteilen, toten Tieren, Erde, Fischen und sonstigen merkwürdigen Dingen, die Ehomba nicht kannte. Es war der Wind, der wütend über die Landschaft fegte und dabei alles einsammelte, was unglücklicherweise seinen Weg kreuzte. In dieser Form ähnelte er sehr seinen kleineren Wind-Brüdern, die der Hirte schon durch die Wüste hatte tanzen sehen. Aber jene waren nicht gefährlicher gewesen als ein kurzer Sandsturm, der die Haut der Menschen streifte und sie durchrüttelte. Dieser Sturm hier verhielt sich zu jenen lästigen kleinen Wirbelstürmchen wie eine Anakonda zu einem Wurm.

Es kam nicht überraschend, dass sich seine Stimme wie ein Luftstrom aus ungezügeltem Donner anhörte.

»Was ist das? Bist du begierig darauf, dein Leben zu beenden, Mensch, dass du dich erdreistest, mir entgegenzutreten? Bevor ich dich aufsauge und dich wie einen Zweig verschlucke, würde ich gerne erfahren, warum.« Der Wind blieb stehen, bewegte sich nicht vor und nicht zurück, wirbelte auf der Stelle und starrte aus einer Höhe von dreißig Metern hinunter auf Ehomba.

»Ich weiß nicht, in welch seltsamen Wettbewerb mit diesem armen Tier du getreten bist.« Ehomba zeigte zurück auf die große Katze, die stehen geblieben war, um wieder zu Kräften zu kommen und eine Wunde an der linken Flanke zu lecken. »Offenbar ist es ein sehr ungerechter, denn dir steht der ganze Himmel zur Verfügung, aus dem du deine Kraft schöpfen kannst, während das Tier nur Beine und Muskeln besitzt.«

Ein Windstoß fuhr dem Hirten ins Gesicht, ein winziger Luftzug, nur ein Hauch, mehr nicht... aber genug, um ihn ins Wanken zu bringen. Beinahe wäre er gestolpert.

»Man hat mir von der Prahlerei dieses Lebewesens erzählt«, antwortete der Tornado, »es hatte behauptet, schneller als der Wind laufen zu können. Also hat dieses Wesen mich herausgefordert und nicht umgekehrt.«

Ehomba drehte sich, um die Katze fragend ansehen zu können. Unbeeindruckt, weder vom Starren des Viehhirten noch von der rasenden Luftsäule, die dahinter schwebte, antwortete das Tier mit einer weniger barbarisch klingenden Katzenzunge, als der Südländer erwartet hatte. Wie und wo sie gelernt hatte, die Sprache der Menschen zu sprechen, hätte Stoff für weitere lange Auseinandersetzungen geboten, wären die klimatischen Umstände etwas weniger ungünstig gewesen.

»Der Winddämon spricht die Wahrheit. Das habe ich gesagt.« Gelbe Augen starrten an Ehomba vorbei und fixierten die Luftsäule. »Weil es stimmt. Ich bin schneller als der Wind.«

»Da! Siehst du!« Donnernd bohrte sich der Sturm wie ein Korkenzieher in die Erde. »Unter allen Wettern gehöre ich zu den ungeduldigsten. Wie könnte ich eine solch unverschämte Behauptung unangefochten oder gar ungestraft lassen?«

Die Ruhe vor dem Sturm in Person, befragte Ehomba die Katze. »Ich möchte dich ja nicht beleidigen oder mich respektlos zeigen, aber du musst entschuldigen, wenn ich behaupte, dass es bei näherer Betrachtung deiner gegenwärtigen Lage nicht so scheint, als seist du schneller als der Wind.«

»Doch das bin ich!« Das Gesicht dem Viehhirten und dem Sturm zugewandt, machte die Katze einen zwar erschöpften aber nicht ungebrochenen Eindruck. »Aber ich bestehe nur aus Fleisch und Blut und Katzengedärmen.« Sie warf der turmhohen, wachsamen Säule einen zornigen Blick zu. »Ich kann und bin ihm auch davongelaufen, einen Tag und eine Nacht lang. Er hat es versucht, konnte mich aber nicht einholen. Doch ich muss im Gegensatz zu ihm gelegentlich stehen bleiben, um zu fressen und zu trinken, während er seine Kraft unmittelbar aus den Wolken erhält. Sein Futter folgt ihm, während meines umherwandert und sein Bestes versucht, um mir aus dem Weg zu gehen.«

»Vernünftiges Futter«, murmelte Ehomba.

Die Katze machte einen zögernden aber stolzen Schritt in seine Richtung. »Dieses verdrehte Ding weigert sich, das Ergebnis dieses Tages anzuerkennen. Nun verfolgt es mich mit Mordgedanken.«

»Die Natur liebt es nicht, in Verlegenheit gebracht zu werden«, erklärte Ehomba ruhig. Er wandte sich wieder dem wartenden Sturm zu. »Stimmt es, was die Katze sagt?«

»Ein Tag, zwei Tage, ein Monat – was macht das schon? Niemand kann dem Wind davonlaufen!«

»Nicht einmal einen Tag und eine Nacht lang?« Der Hirte legte den Kopf zur Seite und musterte den sich windenden Tornado.

»Da gibt es nichts zu deuten!« Der Wind, der aus dem herumwirbelnden Pfeiler aus verstopfter Atmosphäre blies, drohte Ehombas Trommelfelle platzen zu lassen. »Ich bin der Schnellste, ich bin der Flinkste, ich werde bis in alle Ewigkeit über alle triumphieren! Und nun wirst du, Mensch, auch sterben. Nicht, weil du mich verärgert hast, nicht, weil du dich auf die Seite des Lästerers geschlagen hast, nein, sondern einfach weil du hier bist und mir zufällig im Weg stehst. Ich werde dir die Gliedmaßen aus dem Rumpf reißen und sie in meinem Körper verteilen wie Sommerblumen, die die Ufer von fernen Flüssen schmücken – und ich werde nichts davon spüren.«

»Weißt du«, erwiderte Ehomba, während er hinter sich nach dem Schwert griff, »du bist nicht nur nicht der schnellste, du bist noch nicht einmal der größte der Winde. Gegen die großen Orkane bist du nichts als ein Windhauch, ein sommerlicher Luftzug, weniger als ein Kinderniesen.«

»Du bist mutig«, ließ ihn der Sturm wissen, »oder wahnsinnig. Doch das ist nun einerlei. Der Tod eines Verrückten ist noch immer ein Tod. Auf dieser Erde gibt es niemanden, der es mit mir aufnehmen könnte. Ich bahne mir meinen eigenen Weg durch Taifune, und überrage Stürme, die brüllen vor Donner, oder ganz leise sind vor Schnee. Tropische Regengüsse teilen sich bei meiner Ankunft und Wirbelstürme stehlen sich eilig davon, wenn sie mich sehen.« Der Wind bewegte sich wieder vorwärts und wühlte die Erde vor sich auf.

Unfähig weiterzulaufen, die Hinterbeine gelähmt vor Krämpfen, konnte die Katze nur noch dastehen und Ehomba zusehen, der fest auf der Erde stand und den Speer mit der Spitze nach unten in den Staub rammte, anschließend hielt er mit beiden Händen das matt glänzende, graue Schwert hoch. Der Sturm hat Recht, schoss es der müden Katze durch den Kopf. Der Mensch ist wirklich verrückt.

Der Tornado war des Lachens nicht mächtig, doch selbst wenn er es gekonnt hätte, würde man den Unterschied zwischen einem Lachen und dem markerschütternden Heulen nicht erkannt haben. Aber es gelang ihm, so etwas wie Belustigung zum Ausdruck zu bringen.

»Was willst du tun, Mensch? Mich schneiden? Ein Stück Luft aus mir heraustrennen?«

»So ist es, Sturm«, brüllte der Viehhirte zurück. »Nichts kann gegen dich etwas ausrichten – auf dieser Erde. Aber jeder, der schon einmal in den Himmel geblickt hat, weiß, dass dies nicht der einzige Planet ist, dass es noch viele andere gibt dort draußen im weiten Raum zwischen den Lichtpunkten. Wahrscheinlich hunderte. Ich habe viele Nächte damit zugebracht, zu ihnen hinaufzusehen und darüber nachzudenken, wie sie wohl aussehen mögen, und oft habe ich mit den weisen Männern und Frauen der Naumkib darüber gesprochen.«

Plötzlich glühte das Schwert auf seltsame Weise. Ein solches Glühen hatte die Katze noch nie zuvor gesehen. Weder gelb noch weiß noch rot, es handelte sich um einen eigentümlichen Grauton, ein kaltes, metallisches Strahlen, das langsam von der Spitze der Waffe zum Heft wanderte. Schweigend stand die Katze nun auf ihren schwankenden Beinen und starrte auf das Schwert. Schmerz und Erschöpfung waren mit einem Mal völlig vergessen. Vor ihren Augen fand gerade ein

Wunder statt und sie wollte auf keinen Fall etwas davon verpassen.

»Die Weisen sagen, dass die Große Leere, die sich über unseren Köpfen ausbreitet – sogar über deinem – gar nicht so leer ist, wie sie in der Nacht erscheint. Sie ist voller geheimnisvoller und gleichzeitig wunderbarer Dinge: Teile von vergessenen Welten, Erinnerungen an lange verstorbene Menschen, Energien, größer als ein Buschfeuer, Existenzen, gewaltiger und weiser als eine hundertjährige Frau. All das und noch viel, viel mehr.«

»Ich lasse mich von dem irren Gerede eines Verrückten weder beeindrucken noch blenden.« Der Tornado bewegte sich drohend vorwärts und spielte mit dem einsamen Menschen, der vor ihm stand.

Die ganze Zeit über hatte das graue Glühen das Schwert, welches wie ein lebendiges Wesen in der starken Hand des Viehhirten zitterte, von oben bis unten eingehüllt. Ehomba hielt es hoch über den Kopf und bot der wallenden Säule aus verzerrter Luft die flache Seite dar.

»Dann lass dich hiervon beeindrucken, Sturm. Darf ich dir deine Verwandten vorstellen, deine entfernten Vettern, Brüder und Schwestern – die Winde, die zwischen den Sternen wehen!«

XVI

Wäre er dazu in der Lage gewesen, hätte der sprachlose Simna die Augen vor dem Windstoß verschlossen, der aus dem Schwert des Viehhirten fuhr. Aber er kam nicht dazu. Die Winde eines überirdischen Zyklons bliesen seine Augenlider derart nach oben, dass sie an der Stirn festklebten. Dieser Zyklon brachte das Gras im Umkreis von Wegstunden dazu, sich vor ihm zu verbeugen und warf die muskulöse, schwarze Katze auf den Boden, als wäre sie ein kleines Hauskätzchen. So fest sie auch in der Erde verankert waren, aus der sie entsprangen, die Felsen bebten trotzdem und drohten aus dem Inselberg herauszuspringen. Am Himmel zeigte sich im Umkreis von hundert Meilen kein einziger Vogel mehr und nicht eine Wolke.

Eingeschlossen in der felsigen Nische wie eine Biene in ihrem Stock, fand sich Simna plötzlich mit weit ausgebreiteten Armen flach auf einen Felsen niedergedrückt wieder. Er wusste, dass er nur die schwächsten Nebenwirkungen des Windes erfuhr, den sein Freund heraufbeschwört hatte. Denn die Stärke des Windes, seine volle Kraft und Energie, strömte unmittelbar aus dem Schwert und richtete sich gegen den feindseligen Sturm.

Es handelte sich um einen übernatürlichen Wind, und das nicht nur wegen seiner Stärke. Er führte eine durchdringende, beißende Kälte mit sich, die Simnas Haut wie einen seichten Fluss in der Taiga einzufrieren drohte, und einen Geruch – einen Geruch von außerirdischen Entfernungen, der in Simnas Nase gerann und seinen Geruchssinn für immer abstumpfen wollte.

In dem Wind aus den Sternen knisterte es geradezu vor fremdartigen und unerklärlichen Energien. Er traf den Tornado mitten im Zentrum seiner kochenden Säule – und riss ihn auseinander. Überwältigt von unvorstellbaren Kräften aus dem unendlichen Weltall, übermittelt durch ein Schwert, das aus einem Metall geschmiedet worden war, das selbst den Launen der intergalaktischen Winde ausgesetzt schien, konnte die Luftsäule nicht mehr widerstehen.

Mit einem letzten grauenvollen Heulen brach der Windpfeiler entzwei, zerfiel in kleine Stücke und löste sich schließlich auf. Die große Säule aus aufeinander prallenden Energien hörte auf zu wehen und schleuderte die Sammlung von toten Fischen, zerbrochenen Ästen, Flusssand sowie die Gliedmaßen der bedauernswerten tödlich getroffenen Opfer des Sturms in alle Richtungen. Als das Strahlen aus dem Schwert allmählich schwächer wurde und der außerirdische Wind, den es gerufen hatte, sich legte, wurde Simna aus der Gefangenschaft befreit und konnte auf die Knie sinken. Irgendetwas klatschte auf den Stein, auf dem sein Kopf Sekunden zuvor noch gelegen hatte und Simna drehte sich um. Auf dem Felsen lag die vordere Hälfte eines Karpfen, die gerade dort gelandet war.

Die kochenden Wolken, aus denen der Tornado seine Stärke bezogen hatte, verzogen sich lautlos, ihre Bestandteile zerstreuten sich in dem nun blauen Himmel. Schon nach kürzester Zeit war alles wieder ruhig und friedlich – so wie vor der Ankunft des Sturmes. Eidechsen lugten aus ihren Löchern, kleine Drachen breiteten ihre Flügel aus und stimmten zusammen mit den Vögeln wieder ihre fröhlichen Lieder an. Und schließlich tauchten auch die Geier wie aus dem Nichts auf, um sich an dem reichlich verstreut liegenden Inhalt des Tornadobauches zu laben.

Ehomba atmete die nun wieder klare Luft ein und ließ das Himmelsmetall-Schwert zurück in die Scheide gleiten, die an seinem Rücken befestigt war. Er drehte sich um und musterte die Ursache für all die Aufregung. Die riesige schwarze Katze saß auf den Hinterfüßen im Gras, das sich erst jetzt – nach den Auswirkungen des verrückten Windes – wieder aufstellte. Sie leckte sich die Pfoten mit der Zunge, die dicker war als der Fuß des Viehhirten; schweigend putzte sie sich von der Nase bis zur Mähne.

Sie ließ sich durch Ehomba keineswegs von dieser Beschäftigung abhalten. »Du hast mich gerettet.«

»Du sprichst die Sprache gut, die unter deinesgleichen nicht sehr weit verbreitet ist.«

»Die Menschen glauben irrtümlich, dass sie alles über Katzen wüssten.« Eine Pfote, die den Viehhirten ohne weiteres mit nur einem einzigen, schnellen Schlag enthauptet hätte, streichelte wie ein Kamm durch die schwarze Halskrause, die die flaumige Mähne bildete. Krallen, lang wie Dolche, trennten die einzelnen Haare voneinander.

»Das stimmt sicherlich. Ich bin Etjole Ehomba vom Stamm der Naumkib.« Bevor sich allzu langes Schweigen breit machen konnte, fügte er auf seinen Speer gestützt hinzu: »Und wie darf ich dich nennen?«

»Verschwunden, sobald ich mich fertig geputzt habe.« Die kämmende Pfote hielt inne und ein durchdringender gelber Blick bohrte sich in den Hirten. »Ich bin ein Löward.«

»Ein Löward«, wiederholte Ehomba. »Ein niedlicher Name für ein so großes Tier.«

»Es ist kein Name.« Die Katze schien ein wenig verärgert. »Das ist es, was ich bin. Mein Vater war ein Löwe, meine Mutter ein Gepard.«

»Aaah. Das erklärt deinen Körperbau und die Beine.«

Schwarze Brauen, so dick wie Kabeltaue, wurden nach oben gezogen. »Stimmt irgendetwas nicht mit meinen Beinen?«

»Nein, nein, alles in Ordnung«, erklärte Ehomba hastig. »Es ist nur, weil der Anblick ungewöhnlich ist, diese Mischung aus Geschwindigkeit und Stärke, vereint in einem Tier.«

»Es hat mir viel geholfen.« Murrend und knurrend machte sich der Löward nun daran, sein Hinterteil einer Säuberung zu unterziehen.

»Was hast du erwartet?« Aus den Augenwinkeln sah Ehomba, dass sich Simna ibn Sind langsam und vorsichtig näherte. »Dass sich der Wind dir gegenüber gerecht verhält?«

Der Löward drehte sich um und gleichzeitig leckte er sich mit der Zunge die Schnauze. »Tiere und Menschen erwarten immer zu viel von der Natur. Ich habe zwar die Wahrheit gesagt, mich aber taktlos verhalten. Ich gebe zu, dass ich niemals geahnt hätte, dass sich der Wind das so zu Herzen nähme; vorausgesetzt natürlich, er besitzt ein Herz.« Leuchtende Augen richteten den Blick himmelwärts und suchten das Firmament über Ehomba ab. »Du bist ein Zauberer.«

»Siehst du? Siehst du?«, stimmte Simna, der nun angelaufen kam, der Behauptung der Katze zu. »Ich bin also nicht der Einzige, der das glaubt.«

Ehomba seufzte müde. »Ich bin kein Zauberer«, erklärte er dem Löward. »Ich bin nur ein Viehhirte aus dem Süden und gebunden an das Versprechen, das ein sterbender Fremder mir abgerungen hat. Ich muss erst nach Norden reisen und dann nach Westen, um dort hoffentlich einer Frau helfen zu können, die ich gar nicht kenne.«

Der Löward knurrte. »Dann hast du Recht. Du bist

kein Zauberer. Jeder Magier, ganz gleich ob Mensch oder Tier, würde sich eines Besseren besinnen.«

Simna baute sich stolz neben dem Freund auf. »Er will es nicht zugeben, aber in Wirklichkeit ist er hinter einem Schatz her. Einem großen Schatz, der irgendwo in den Ländern auf der anderen Seite des westlichen Meeres vergraben liegt.« Daneben schüttelte Ehomba traurig den Kopf.

»Ich habe keine Verwendung für Schätze«, brummte der Löward gleichgültig. »Ich brauche Wasser, Sex und einen Platz zum Schlafen. Und Fleisch.« Bei diesem letzten Wort warf er einen nachdenklichen Blick zu Simna.

»Warte! Warte eine Sekunde, wie auch immer dein Name sein mag.« Eine Hand auf das Heft des Schwertes gelegt, trat Simna einen Schritt zurück. Somit hatte er nicht nur die Entfernung zwischen sich und der Katze vergrößert, sondern stand nun auch zufällig hinter dem Hirten. »Mein Freund hier hat dir gerade das Leben gerettet.«

»Ja, zum Teufel noch einmal.« Müßig begutachtete die Katze die Krallen an ihrer rechten Pfote, sie hielt sich den Fuß vors Gesicht, während sie die Zwischenräume nach Dornen und Steinchen absuchte. »Weil die Menschen immer für alles einen Namen haben müssen, und da ihr mich bereits als einen Löward kennen gelernt habt, könnt ihr mich auch gleich Einlöward nennen.«

»Sehr schön... Einlöward.« Ehomba musterte die große, schwarze Katze unsicher. »Aber warum, ›zum Teufel‹? Die meisten Wesen fühlen Dankbarkeit und keinen Ärger, wenn ihnen jemand das Leben gerettet hat.«

Die schwere Pfote ging zu Boden und das Vieh rollte sich auf den Rücken, es wälzte sich in Gras und Erde, während die Beine durch die Luft kraulten. Simna hatte noch immer Bedenken und betrachtete das kindliche Schauspiel aus sicherer Entfernung.

»Ich nehme an, es liegt nicht in meiner Natur. Deshalb bin ich nicht sonderlich dankbar. Ich stehe jedoch – leider – in deiner Schuld. Meine Abstammung verlangt es so, bedauerlicherweise kann ich nicht anders.« Nach Beendigung des Kratzvorgangs sprang die Katze mit erstaunlicher Schnelligkeit wieder auf die Beine und trottete auf Ehomba zu. Der Hirte bewegte sich nicht von der Stelle, genau wie Simna – hinter ihm.

»Vorsicht«, flüsterte der Schwertkämpfer. »Seine Vorstellung von Dankbarkeit könnte sich von unserer erheblich unterscheiden.«

»Das glaube ich nicht.« Der Hirte wartete mit der Hand am Speer, dessen Spitze unbedrohlich in der Erde steckte.

Die große Katze hielt erst an, als ihr Gesicht nur noch wenige Zentimeter von dem Ehombas entfernt war. Die Kiefer teilten sich und gaben den Blick auf mächtige Eckzähne frei, die mindestens fünfzehn Zentimeter in der Länge maßen. Dazwischen lauerte eine riesige rosafarbene Zunge, die nun das Gesicht des Hirten reichlich feucht ableckte und es vom Kinn bis zum Haaransatz einsabberte. Der große Südländer biss die Zähne zusammen und ertrug es einfach. Es fühlte sich an, als schrubbte man sein Gesicht mit Sand ab.

Schließlich trat Einlöward einen Schritt zurück und machte einen tiefen Knicks, wobei er die mächtige Mähne vor Ehomba verneigte. »Weil du mir das Leben gerettet hast – auch wenn ich dich nicht darum bat, dich einzumischen –, schwöre ich dir Treue und Gefolgschaft, Etjole Ehomba, bis du deine Reise erfolgreich beendet hast oder einer von uns – oder wir beide – sterben. Dies gelobe ich bei der Ehre meines Vaters und der meiner Mutter.«

»Oh, aber das ist doch nicht nötig«, antwortete der

Hirte. Simna versetzte ihm darauf von hinten einen Stoß zwischen die Rippen.

»Bist du verrückt?« Der Schwertkämpfer musste sich auf die Zehenspitzen stellen, um mit den Lippen nahe genug ans Ohr des Gefährten zu gelangen, um ihm zuflüstern zu können: »Er bietet seine Hilfe an, Etjole! Freiwillig! Auf der Schatzsuche kann man niemals genug Verbündete haben.«

»Nicht freiwillig, Simna. Er fühlt sich dazu verpflichtet.«

»Das stimmt«, pflichtete die Katze, die jedes geflüsterte Wort mitgehört hatte, ihm bei.

Simna trat noch einen Schritt zurück. »Und was soll daran falsch sein? Mir scheint, ich kenne da noch jemanden, der etwas gegen seinen Willen tut, um einer nicht gewollten Verpflichtung nachzukommen.«

Ehomba zog die Augenbrauen hoch, während er seinen Freund musterte. »Im Gegensatz zu dem, was viele Menschen glauben, kann zu viel gesunder Menschenverstand einem Mann sehr schaden.«

»So?« Simna grinste herausfordernd. »Mir – oder dir?«

Der Hirte wandte sich wieder der vierbeinigen Schwärze zu. »Mir gefällt die Vorstellung nicht, dass ich mich in gefährlichen Augenblicken auf jemanden verlassen muss, der mich nicht freiwillig begleitet.«

Leuchtend gelbe Augen flammten auf und riesige Zähne zeigten sich ein zweites Mal, während die Katze ärgerlich knurrte. »Zweifelst du etwa an der Ernsthaftigkeit meines Gelöbnisses?«

»O nein, nein, das würden wir niemals tun!« Simna zog den Freund ängstlich am Ärmel. »Würden wir niemals, oder, Etjole?«

»Was? Oh, Entschuldigung… ich habe gerade nachgedacht. Nein, ich denke, wir sollten dich beim Wort nehmen.«

Die Zähne verschwanden wieder hinter dicken Lippenwülsten. »Wie großzügig von dir«, war die spitze Antwort darauf.

»Aber das ist gar nicht notwendig. Ich habe dir nicht geholfen, um dich an mich zu binden. Vielleicht ist es am besten, wenn du einfach zurück nach Hause gehst.«

Der Löward schlich nun nervös auf und ab und wirkte dabei fast wie eine gewöhnliche, jedoch ziemlich groß gewachsene Hauskatze. »Erst zweifelst du an meinen Worten und dann verschmähst du auch noch meine Hilfe.«

Ehomba versuchte sein Bestes, um die Katze zu beruhigen, ohne herablassend zu wirken. »Aus meinen Worten sprechen weder Zweifel noch Verachtung. Ich will dir nur klar machen, dass deine Unterstützung nicht erforderlich ist.«

»Aber sie ist doch erforderlich, wirklich!« Einlöward warf den Kopf zurück und stieß ein langes, trauriges Geheul aus, eine Mischung aus Schwermut und Gebrüll. Es klang eindrucksvoll, erschreckend und gleichzeitig Mitleid erregend. Als er damit fertig war, richtete er wie ein Tenor am Ende einer besonders ergreifenden Arie den Blick wieder auf seine Zuschauer.

»Verstehst du denn nicht? Solange ich dir nicht genauso geholfen habe wie du mir – ohne dass ich dich übrigens darum gebeten habe –, kann ich mein bisheriges Leben nicht fortführen. Ich kann mit dieser Bürde nicht leben, die schwer auf meinem Herzen und meinen Gedanken lastet. Wie lange es auch dauern mag und welche Schwierigkeiten auch auf mich zukommen mögen, ich muss dieses Gelöbnis erfüllen. Erst dann kann ich wieder zur Ruhe kommen.«

»Um Gudrus Willen, Etjole«, flüsterte Simna drängend, »streite dich nicht mit ihm. Nimm das Angebot an.«

»Dein lästiger Freund hat Recht.« Einlöward setzte sich aufs Hinterteil und kratzte sich heftig mit dem Hinterfuß am Bauch. »Wenn du mich abweist, bringst du nicht nur Schande über mich, sondern du verletzt auch meine Seele. Du sagst mir damit, dass mein Angebot, alles zu geben, was ich geben kann, nichts wert ist.« Das Kratzen war beendet, und nun streifte die große Katze vor dem Hirten wieder auf und ab. »Du stellst mich auf eine Stufe mit den Schakalen, oder noch schlimmer, mit den Hyänen.«

»Na schön!« Ehomba hatte es satt und winkte dem Löward zögernd zu, während er sich gleichzeitig umdrehte. »Du kannst mitkommen.«

Die Katze verbeugte den Kopf und die lange Mähne fiel wie der Umhang eines Edelmannes nach vorne. »Ich verneige mich vor deinem unendlichen Großmut, o Meister der Kunst der herablassenden Haltung.«

»Wenn du etwas für mich tun willst«, erwiderte der Viehhirte, »dann leg bitte zuerst deinen katzenhaften Sarkasmus ab.«

»Entschuldigung. Der Sarkasmus liegt in der Natur der Katzen.«

»Ich weiß, aber bei dir scheint er im Verhältnis zur Körpergröße mitgewachsen zu sein. Mit der Zeit könnte das ziemlich anstrengend für uns werden.«

Die Zähne blitzten aus dem grinsenden Maul. »Ich werde versuchen, die mir von der Natur gegebenen Eigenschaften im Zaum zu halten. In Anbetracht meiner neuen Gesellschaft könnte sich das jedoch als schwierig erweisen.«

»Versuch dein Bestes«, wies Ehomba den neuen Gefährten knapp an. Er blickte zurück auf den Inselberg. »Das war ein anstrengender Tag.«

Simna lachte schallend. »Das sieht ihm ähnlich – er ist ein wahrer Meister der Untertreibung.«

»Vielleicht sollten wir bis morgen hier bleiben.«

»Einverstanden.« Der Löward drehte sich um und trottete von dannen.

Simna rief ihm nach: »He, wo gehst du hin? Ich dachte, du bleibst bei uns?«

Die Katze warf einen Blick über die bemähnte Schulter. »Ich suche mir etwas zu fressen, wenn es euch recht ist. Ihr Menschen könnt vielleicht von Erwartungen und schönen Worten leben, ich aber nicht.«

»Sei nicht so gereizt, Kätzchen«, erwiderte Simna. »Ich bin genauso hungrig wie du.«

»Und ich auch«, fügte Ehomba hinzu. »Wenn du uns wirklich unterstützen willst, dann bring genug Essen für alle mit. Wir werden inzwischen ein Feuer machen.«

»Ich freu mich schon auf die Wärme«, knurrte Einlöward. »Wir Katzen mögen Feuer. Wir sind nur nicht sehr geschickt darin, es zu erzeugen.« Er schniefte spöttisch. »Aber ihr wollt damit natürlich nur wieder das leckere Fleisch verbrennen.« Er wandte sich um und warf einen Blick über die Steppe. »Es wird spät werden, aber ich komme zurück.«

»Warum das?«, ein Grinsen machte sich in Simnas Gesicht breit. »Gehörst du zu den Löwen, die ihren Löwinnen die ganze Jagd überlassen?«

Der Löward schlich lautlos durchs Gras und ließ sich nicht mehr dazu herab zurückzublicken. »Narr. Männliche Löwen jagen oft und gut – nur in der Nacht. Am Tag verrät uns die dunkle Mähne im gelben und grünen Gras. Deshalb kümmern sich am Tag die Löwinnen um die Jagd. Aus diesem Grund bin ich auch ein besserer Nachtjäger als jeder andere Löwe und kann größere Beute erlegen als jeder Gepard.«

Ehomba stellte sich hinter seinen Freund. »Spotte nicht über ihn. Er ist unglücklich darüber, dass er uns begleiten muss. Wenn ein Mensch einen schlechten Tag hat und nach dir schlägt, kommst du vielleicht mit einer Schramme im Gesicht davon.« Er nickte hinaus in die Steppe. »Wenn *der da* einen schlechten Tag hat, kann er dir mit einem Hieb leicht den Kopf abreißen.«

»Ach, er ist schon in Ordnung«, beharrte Simna. »Er ist dir verpflichtet und ich bin dein Freund, also wird er auch mir nichts tun.«

»Solange ich am Leben bin, wahrscheinlich nicht. Es müsste also ganz in deinem Sinne sein, dafür zu sorgen, dass ich gesund bleibe.«

»He, das war schon immer in meinem Sinn.« Simna grinste, während sie zusammen auf den Inselberg zuschlenderten. »Wenn dir etwas zustößt, werde ich den Schatz niemals finden. Aber natürlich«, fügte er hastig hinzu, »will ich auch nicht, dass dir etwas zustößt, selbst wenn es keinen Schatz gibt.«

»Es gibt keinen Schatz«, antwortete Ehomba unmissverständlich.

Der Schwertkämpfer klopfte dem großen Viehhirten kräftig auf die Schulter. »Was für ein Schelm du doch bist! Ich wette, unter deinen Dorfgenossen giltst du als richtiger Komödiant.«

»Ich glaube eher, dass sie mich für langweilig und düster halten.« Er lächelte zögernd. »Natürlich sehe ich das anders – und meine Kinder und meine Frau ebenfalls.« Er zuckte ein wenig zurück. »Zumindest glaube ich, dass sie das tun.«

XVII

Es lag genug trockenes Holz herum, um auf dem Inselberg ein Feuer zu machen, ein kleines wenigstens. Hoch über der Steppenlandschaft auf den Felsen war das Licht weithin sichtbar. Aber trotzdem begann besonders Simna an den Worten des Löwards zu zweifeln, als der Abend langsam in die Nacht überging und noch immer kein Zeichen des neuen Verbündeten zu sehen war.

»Vielleicht hat er seine Meinung geändert und findet jetzt gar nicht mehr so sehr, dass er in deiner Schuld steht.« Mit einem langen Stock rührte der Schwertkämpfer in der lebhaften Glut, die am Grund des Feuers blinkte. »Vielleicht ist er auf ein Rudel gestoßen oder auf eine einsame, hitzige Löwin und hat beschlossen, dass es Wichtigeres gibt, als mit uns durch die Welt zu ziehen.«

»Ich glaube nicht, dass er einfach so gehen würde. Er hat so hartnäckig darauf bestanden, mit uns zu kommen.« Als jedoch die Nacht weiter fortschritt und der Mond aufging, um den Sternenhimmel zu beleuchten, wurden Ehombas Zweifel immer stärker.

»Er ist eine Katze. Eine erstaunlich gesprächige Katze zwar, das stimmt, aber doch eine Katze. Katzen haben ihre eigenen Vorstellungen und – ganz gleich ob groß oder klein – Zugeständnisse an die Bedürfnisse der Menschen sind darin nur selten enthalten.«

»Horch!« Ehomba erstarrte plötzlich, sein Gesicht wurde vom glühenden Lagerfeuer hell erleuchtet.

Simna war sofort hellwach. »Was ist das? Kein Wind, hoffe ich.« Bilder von wütenden, wilden Verwandten des zerstörten Tornados, die mitten in der Nacht erschienen, um Vergeltung an den Mördern ihres Bruders zu üben, tauchten vor seinen Augen auf.

»Nein, kein Wind. Da schleicht etwas durchs Gras.«

Einlöward stand schon fast unmittelbar vor ihnen, da warf das flackernde Lagerfeuer erst genug Licht auf ihn, um die Umrisse seiner mächtigen Gestalt aufzudecken. In seinem Maul trug er den schlaffen, verdrehten Körper einer Wandala, einer mittelgroßen Antilope, deren Hörner sich im Laufe der Zeit verbreitert und verdünnt hatten, bis sie zu einem großen, hauchdünnen Segel geworden waren, das am Schädel befestigt war. So konnte das Tier seine kurzen, dünnen Beinchen an den Körper drücken und an windigen Tagen über das Gras der Steppe hinwegfliegen. Wenn es dabei den Körper auch noch ganz flachdrückte, erzielte es eine noch bessere Aerodynamik.

Der erfolgreiche Jäger ließ seine Beute völlig unfeierlich auf die Felsen neben dem Feuer fallen. »Hier ist Fleisch. Ihr könnt die Keulen haben. Ich weiß, dass die Menschen sehr wählerisch sind, wenn es um die Wahl des Fleischstückes geht, das auf den Teller soll.«

»He, ich nicht.« Simna zog eifrig das Messer heraus und machte sich über den Kadaver her. »Wenn ich hungrig bin, esse ich fast alles.«

»Ja, das sehe ich. Deshalb wird man dich auch nie aus Versehen zu den Wählerischen zählen.« Einlöward ließ sich auf der anderen Seite des Tieres nieder und bohrte die Zähne ins Fleisch, dabei riss er kleine Stücke aus dem Hinterteil der toten Wandala.

»Du kommst spät«, meinte Ehomba vorwurfsvoll. »Wir haben uns schon gewundert, wo du bleibst.«

Blut befleckte Einlöwards Schnauze, als er vom Essen aufblickte. »Ich musste warten, bis die Nacht dunkel genug war, um mich zu verstecken. Wenn ich stehe oder gehe, bin ich größer als jede andere Wildkatze.

Besser eine sichere Jagd, die Zeit braucht, als eine rasche, die fehlschlägt.« Er senkte den Kopf abermals und stieß die Zähne in den weichen Bauch der Wandala. Das unheimliche Geräusch von brechenden Knochen drang hinaus in die Steppe.

»Unsere Lage ist ziemlich kniffelig, wenn man es sich recht überlegt«, sagte der Löward später, als Katze und Mensch mit dem Essen fertig waren. »Hier sitzen wir als Gefährten nebeneinander, sind aber nicht gerade Freunde. Ich habe für euch getötet. Befänden wir uns jedoch in eurem Heimatland im Süden, würde ich eure Herden und Tiere jagen, und ihr würdet versuchen, mich davon abzuhalten. Und wenn nötig auch versuchen, mich zu töten.«

»Das stimmt.« Ehomba beobachtete Simna dabei, wie er Fleischstücke aus der Flanke der toten Antilope schnitt, kleine handliche Stücke, die man einpacken und mitnehmen konnte. »Oftmals kann man es sich nicht selbst aussuchen, mit wem man befreundet und verfeindet sein will, sondern die Umstände schreiben es einem vor.« Diesmal war es Ehomba, der den Blick der Wildkatze auf sich zog, und er starrte tief in die Augen des Löward. »Ich vertraue deinen Worten, denn sonst müsste ich Angst haben, dass du mich im Schlaf auffrisst.«

»Und ich deinen«, antwortete Einlöward, »denn sonst müsste ich Angst haben, dass du dich wie jeder andere Mensch verhältst: allzeit bereit zu töten, um mir das kostbare Fell abzuziehen. Zum Glück haben wir solches Vertrauen zueinander.«

»Ja. Wir können von Glück sagen.«

Nur weil Ehomba recht gut mit wenig Nahrung auskam, hieß das noch lange nicht, dass er nicht gern ein sättigendes Mahl zu sich nahm. Wohlwissend, dass sie das Fleisch nicht sehr lange aufheben konnten und auch nicht die Zeit hatten, es zu trocknen, aßen sie sich an der köstlichen Wandala satt. Nichts blieb übrig, nicht einmal das Knochenmark, denn Einlöward besaß einen Appetit, der seiner Körpergröße durchaus entsprach. Als das ungleiche Trio schließlich mehr als satt einschlief, taten sie dies mit einem behaglichen Gefühl in Körper und Geist, das schon seit Tagen keiner mehr von ihnen verspürt hatte.

Außer Simna. Beunruhigende Gedanken weckten ihn schon Stunden vor der Morgendämmerung. Mit dem Rücken zu ihm lag Ehomba unter der Decke. Auf der anderen Seite des gelöschten Lagerfeuers schnarchte Einlöward friedlich vor sich hin, sein dunkler Umriss wirkte wie eine Regenwolke, die sich leise und unbemerkt auf der Erde niedergelassen hatte, um sich einen Augenblick der Rast zu gestatten.

Simna hatte gesehen, wie Ehomba die Macht des Schwertes benutzt hatte, das aus geschmolzenem Himmelsmetall geschmiedet war. Doch bis zum Kampf mit dem Wirbelwind hatte er sich keine Vorstellung vom Ausmaß dieser Macht gemacht. Was konnte ein Mensch, der solch eine Waffe besaß, nicht alles erreichen? Der Hirte hatte erklärt, dass die Macht des Schwertes nicht von dieser Welt stamme, denn auch das Material, aus dem es geschmiedet war, stammte nicht von dieser Welt. Ganz gleich, wer es in Händen hielt, er konnte mehr als Wolken und Verderben besiegen.

Simna setzte sich auf und warf einen Blick über die Steppenlandschaft. Weit entferntes Stöhnen und gelegentliches wildes Gebell durchbrachen die Stille der Nacht, doch sonst wurde das Trio auf der steinig aufragenden Insel nicht gestört. Ehomba hatte von seinem Pfad nach Norden schon abweichen müssen. Er, Simna war von Osten gekommen. Was wäre, wenn er diesen Weg zurückginge? Würde der Hirte versuchen, ihn zu verfolgen, oder würde er hinnehmen, was geschehen war, den Verlust verschmerzen und seinen Weg fortsetzen? Welchen Wert hatte das Schwert für Ehomba, wie wichtig war es für seine Reise? Es handelte sich bei diesem Schwert um eine wundersame Waffe, in der Tat, und doch war es lediglich ein Schwert. Simna würde Ehomba nicht waffenlos zurücklassen. Ehomba besaß noch immer den Speer und das andere Schwert, ganz zu schweigen von der schützenden, einschüchternden Wirkung des Löwards.

Bilder der Eroberung tanzten durch die quälenden Gedanken des Schwertkämpfers. Er war kein Mann, den man als gierig bezeichnen konnte. Habsüchtig, ja, aber nicht räuberisch. Die Oberherrschaft über eine kleine Stadt würde ihm schon genügen, um seine Wünsche zu befriedigen. Mit dem Himmelsmetall-Schwert in Simnas Hand würde es kein unbedeutender Edelmann und kein Prinzchen wagen, sich ihm zu widersetzen. Wieder warf Simna einen Blick auf die schlaksige Gestalt des schlafenden Gefährten. Ehomba war eine großzügige Seele. Sicherlich würde er es einem guten Freund nicht abschlagen, diesem die so heiß ersehnte Waffe zu leihen.

Beim Giopra, das war's! Kein Diebstahl, sondern ein Darlehen, eine Ausleihe! Die vorübergehende Verwaltung eines Waffenlagers, das er nach der Erlangung der lebenswichtigen Ziele sofort zurückgeben würde. Während Simna lautlos unter der Decke hervorkroch, versuchte er noch einmal, die Sache vernünftig zu betrachten. Der Hirte würde ihn verstehen. So einfach und ungebildet er auch sein mochte, er besaß doch Mitgefühl. Er mochte selbst nicht das Verlangen verspüren, die Macht über eine Stadt oder eine Handelsstraße zu besitzen, aber er würde sich doch hineinversetzen können in ein derartiges Anliegen eines anderen.

Auf Händen und Knien bewegte sich Simna so leise vorwärts wie ein Käfer auf sechs Beinen; so kroch er hinüber zu seinem schlafenden Freund. Mit dem Rücken zu den Menschen liegend, schlief Einlöward völlig ruhig. Das Schwert aus Himmelsmetall lag neben der gezähnten Waffe und dem Speer mit der sonderbaren Spitze, alle drei für den Notfall in Reichweite des Besitzers.

So vorsichtig, als handelte es sich um den neugeborenen Sohn und Erben eines Königs, führte Simna die rechte Hand zur fellbedeckten, mit Perlen besetzten Schwertscheide. Sie wog schwer, doch Simna konnte sie tragen. Er rechnete jede Sekunde damit, dass der Hirte sich umdrehte oder aufstand und unschuldig nachfragte, was der Schwertkämpfer denn mit seinem Eigentum wolle. Aber Ehomba schlief wie tot. Er musste völlig erschöpft sein, ausgelaugt vom Kampf gegen die Elemente. Armer Bursche, das Beste für ihn wäre, all den Unsinn zu vergessen und nach Hause zu Familie und Vieh zurückzukehren, zu den Herden und Freunden. Er mochte die Stärke für eine derartige Reise besitzen, aber mit Sicherheit fehlte ihm der nötige Eifer dazu.

Wenn er ihn damit zur Umkehr bewegen konnte, so erkannte Simna selbstzufrieden, dann würde er seinem Freund ja eigentlich einen Gefallen erweisen, wenn er sich das Himmelsschwert ausborgte. Wahrscheinlich rettet das dem Hirten sogar das Leben, ja gewiss. Bestimmt würde ihm die Familie des Viehhirten ewig dankbar dafür sein.

Simna kehrte zurück zu seiner Decke, das Schwert fest in der Hand. Dann packte er seine Sachen zusammen. Der Mond würde ihn nach Osten führen – und wenn Ehomba aufwachte, würde Simna längst über alle Berge und auf dem Weg nach Hause sein. Er konnte rasch vorankommen, wenn es die Lage erforderte.

Doch bevor er sich aufmachte, wollte er sicherstellen, dass er mit der Waffe auch umgehen konnte. Obwohl Ehomba weiterhin darauf bestand, kein Magier zu sein, würde Simna als vollkommener Narr dastehen, wenn er sich mit einem Schwert, das er nicht einmal aus der Scheide ziehen konnte, auf einen Zweikampf einließe. Wenn ihm das jedoch gelang, konnte er davon ausgehen, dass der Besitzer es nicht mit einem Bann belegt hatte.

Fest umgriff er das Heft und versuchte, das Schwert herauszuziehen. Das polierte Metall lag gut in der Hand und die seltsame Klinge glitt mühelos aus der Scheide. Das glatte, graue Metall mit den seltsam rechteckigen Zeichen darauf schimmerte stumpf im Mondlicht. Kein Problem, stellte Simna erfreut fest.

Eine Reihe von Schraffierungen fiel ihm besonders ins Auge. Sie schienen tiefer eingeritzt zu sein als die anderen, aber natürlich auf keinen Fall tief genug, um die Unversehrtheit der Klinge gefährden zu können. Die Zeichen zogen Simnas Aufmerksamkeit auf immer noch kleinere Muster und noch kleinere, bis er glaubte, auf die kleinsten Teilchen des Metalls gestoßen zu sein.

Plötzlich schien die parallele Schraffierung auseinander zu fallen. Ihm war, als starrte er auf ein ausschließlich in Grautönen gemaltes Gemälde, das ihn hineinzog, einsaugte und in eine graue, metallische Grube warf. Nun zerbrach der Rahmen des Gemäldes auch noch und Simna flog hilflos um sich schlagend in eine aschgraue Leere, schwebte in ein bleiernes Vakuum.

Glühende, strahlende Energiekugeln rasten an ihm vorbei und versengten Haut und Kleider. Um diese mächtigen Kugeln aus funkelndem Höllenfeuer spannten sich ganze Welten, auf denen es nur so vor Lebensformen wimmelte. Alles zusammen wirkte erdenferner als die kühnsten Wortspinnereien der besten Geschichtenerzähler. Riesengroße aufgebauschte Wolken aus leuchtendem Dampf füllten die Räume zwischen den Feuerkugeln und den damit verbundenen Welten, zusammen mit langschwänzigen Dämonen und gewaltigen Felsen, die aus der Schleuder des allmächtigen Gottes selbst abgefeuert worden zu sein schienen.

Und mittendrin befand sich Simna, im freien Fall schlug er wild um sich und schrie aus vollem Hals, obwohl ihn bestimmt niemand hier hören konnte. Doch das war ohnehin gleichgültig, denn trotz der energischsten Bemühungen drang kein einziger Laut aus seiner Kehle. Vielleicht hatte er keine Luft mehr in den Lungen, mit der er einen Laut hätte ausstoßen können. Als er dieser schrecklichen Neuigkeit gewahr wurde, begann Simna zu würgen und nach Luft zu schnappen, die nicht vorhanden war. Seine Hände legten sich um den Hals, als könnten sie durch Zusammendrücken die nicht vorhandene Luft irgendwie in den verkrampften Brustkorb pressen, der sich stoßartig hob und senkte.

Irgendetwas stieß ihn im Fall zur Seite, rüttelte an ihm. Unsichtbare Hände – oder Klauen, oder Fangarme – legten sich um seinen Körper, drohten ihn aus dem endlosen, ewigen Fall an einen Ort zu lenken, wo sich unendlich Entsetzliches auf seine hilflose Person stürzen würde. Schreiend und brüllend wehrte sich Simna gegen die unsichtbare Macht und prügelte mit den Fäusten auf sie ein. Obwohl er nichts sehen konnte, stieß er mit Händen und Füßen gegen einen festen Gegenstand.

Etwas traf ihn im Gesicht, der Schlag brannte auf der Haut, war jedoch nicht hart genug gewesen, um sie bluten zu lassen. Schwach, aus weiter Entfernung, glaubte er eine Stimme zu hören, die seinen Namen rief. Gojura, der Gott der Unbekannten Orte – oder eine andere Gottheit? Er fühlte sich nicht einmal in der Verfassung, die Tochter seiner Schwester zu empfangen, geschweige denn einen Gott oder zwei. Doch er hatte keine Wahl. Er warf alle Vorsicht und Angst über Bord und öffnete die Augen.

Ehomba hatte sich über ihn gebeugt und blickte hinunter in das verzerrte Gesicht des Freundes. Dem Hirten standen Mitleid und Sorge ins Gesicht geschrieben, doch die Hand hielt er zum Schlag bereit – hoch erhoben.

Eine raue, unmenschlich tiefe Stimme irgendwo zu seiner Linken brummte: »Da ist er ja wieder. Du musst nicht noch einmal zuschlagen. Es sei denn, du hast gerade Lust dazu.« Die Stimme klang schläfrig und gelangweilt.

Ehomba nahm die Hand herunter und setzte sich. Der Schwertkämpfer versuchte zuerst, seinen Körper zu fühlen, um sicher zu gehen, dass alles unversehrt war, dann setzte er sich auf. Dunkelheit umgab ihn, nächtliche Geräusche, der Geruch der Steppe und schwermütiges Mondlicht. Die tröstende Festigkeit der nackten Felsen kühlte seinen Rücken.

Erleichtert ließ der Viehhirte von seinem Freund ab. »Du hattest einen schlechten Traum, Simna, und hast uns damit aufgeweckt. Du hast um dich geschlagen und im Schlaf geschrien, als wäre irgendetwas hinter dir her. Was war es?«

»Ich...« Der Schwertkämpfer legte eine Hand auf die schweißüberströmte Stirn. »Ich bin nicht sicher, ob ich mich genau erinnere. Ich bin gefallen. Nicht irgendwo hinein, sondern durch etwas hindurch.«

»Klingt spannend.« Gähnend schlüpfte Ehomba zurück unter die Decke. »Wo bist du durchgefallen? Durch den Himmel oder vielleicht durchs Meer?«

»Nein, keins von beiden.« Plötzlich warf Simna den Kopf zurück und machte den Hals lang, während er mit offenem Mund in den Nachthimmel starrte. »Ich bin durch alles gefallen. Ich... ich habe alles gesehen. Nun ja, vielleicht nicht alles, aber sehr viel.« Er ließ den Kopf nach vorne fallen. »Mehr als ich, glaube ich, jemals sehen wollte.«

Auf dem Bauch liegend, stopfte Ehomba die Enden der Decke unter seinen Rücken und nickte schläfrig. »Das kann ich verstehen. Alles zu sehen, wäre für jeden zu viel. Es ist schon schwierig genug, das zu erkennen und zu verstehen, was uns unmittelbar umgibt. Ich persönlich bin völlig damit zufrieden, nur einen Teil zu sehen. Ich wünsche mir gar nicht, ganz und gar alles zu sehen.«

Simna nickte nur schweigend und machte es sich erneut auf der Schlafstatt bequem. Sein Blick kehrte immer wieder zum Nachthimmel zurück und zu den winzigen Lichtpunkten, die dort in der Dunkelheit funkelten. Er wusste nun, worum es sich dabei handelte – und ein Schauder durchlief ihn. Nur wenige Menschen waren in der Lage, mit der Welt um sich herum zurecht zu kommen, überlegte er, wie konnte dann von irgendjemandem erwartet werden, mit der Unermesslichkeit des gesamten Universums fertig zu werden? Das war zu viel für ihn.

Er hatte einen schrecklichen Traum durchlebt, aber auch einen lehrreichen. Von nun an würde er fremde Waffen in Ruhe lassen, ganz gleich wie sehr sie ihn auch verlockten. Auch wenn sie jemandem gehörten, der nur ein vom Glück verwöhnter Hirte und kein Hexer war. Simna fühlte sich erleichtert, weil er nur davon geträumt hatte, das Schwert aus Himmelsmetall zu stehlen – oder besser gesagt, auszuleihen. Hätte er wirklich versucht, es in seine Gewalt zu bringen, wären die quälenden Scheinbilder, die er im Schlaf erlebt hatte, vielleicht Wirklichkeit geworden.

Er wandte sich vom Himmel ab, der nicht länger friedlich auf ihn wirkte, und legte sich auf die Seite, den Blick auf Ehomba gerichtet. Morgen würden sie ihre abenteuerliche Reise nach Norden fortsetzen. Mit etwas Glück gelangten sie an einen Fluss, der sie ans Meer brachte. Dort fanden sie sicherlich eine Stadt, die von hochseetüchtigen Schiffen angelaufen wurde. Sie würden sich eine Schiffspassage nach Westen in die sagenumwobenen Länder von Ehl-Larimar beschaffen, wo Hymneth der Besessene lebte und der Schatz zu finden war, der, so wusste Simna in seiner tiefsten Seele, das Ziel der Suche des armen Hirten sein musste.

Während er still dalag, mit dem Kopf auf der rechten Hand ruhend, bemerkte er, dass sich Ehombas Waffen nicht mehr ordentlich nebeneinander auf dem glatten Felsen am Kopfende seines Lagers befanden, sondern wild durcheinander lagen. Vielleicht hatte der Hirte selbst die Unordnung geschaffen, als er den Freund schnell aufwecken und ihn von der Pein seines Albtraumes erlösen wollte.

Simna blickte an dem mit Federn geschmückten Speer und dem gezähnten Schwert vorbei; sein Blick wurde von der Klinge aus wundersamem Himmelsmetall magisch angezogen. Sie schien ein Stück weit herausgezogen worden zu sein, gerade weit genug, dass ein oder zwei Zentimeter vom Metall herauslugten. Die Widmannstättenschen Figuren, die in die Klinge geätzt worden waren, spiegelten das Mondlicht wider und verzerrten es so, dass es wie eine schlampig gebundene Schleife aussah. Ein kurzer Schmerz zuckte durch Simnas Stirn, das linke Auge musste sich zu sehr anstrengen, um etwas zu erkennen.

Der Schwertkämpfer drehte sich rasch auf die andere Seite und schloss die Augen, bevor die Dämmerung den Tag erneuerte – und damit auch sein Vertrauen in die Echtheit des Lebens. Einige Träume gerieten zu nahe an die Wirklichkeit und einige Wirklichkeiten zu nahe an Träume. In Gesellschaft der Mensch gewordenen Neugier namens Etjole Ehomba war es wichtig, sich mit unerschütterlicher Entschlossenheit auf den eigenen Weg zwischen Traum und Wirklichkeit zu konzentrieren, es sei denn, die eigene Welt glitt einem plötzlich aus dem Blickfeld.

Als Simna die Augen nur einen winzigen Spalt breit öffnete, traf ihn das Licht wie ein Blitz. Für einen kurzen, schrecklichen Augenblick befürchtete er, es wäre eine dieser höllischen Feuerkugeln, die er während seines Fluges durch die Leere kennen gelernt hatte. Doch so rasch er sich aufgeregt hatte, so rasch entspannte er sich auch wieder. Es hatte sich nur das glitzernde Mondlicht im Quarz gespiegelt, der nahe an seinem Gesicht im Felsen eingeschlossen war.

Simna schloss die Augen erneut und öffnete sie erst wieder, als die Sonne ihre ersten Strahlen über den östlichen Horizont schickte.

XVIII

Der Morgen traf nicht mit der Leichtigkeit des Erwachens ein, die Ehomba kannte und liebte, sondern mit einer donnernden Erklärung an das Leben, die ihn und Simna ibn Sind aus dem Schlaf fahren ließ. Der Schrecken ebbte erst allmählich ab, als die Männer erkannten, dass es nur Einlöward war, der die Sonne mit so leidenschaftlichem Gebrüll begrüßte, dass die Felsen unter ihnen bebten und der durchdringende Lärm über die weite Steppe hallte.

»Musst du unbedingt den König der Hähne spielen?« Simna blies langsam die Luft aus den Lungen und legte sich zurück auf den glatten, kühlen Granit.

Der Löward stand mit den Vorderfüßen auf dem höchsten Punkt des Inselberges und drehte den großen, schwarz bemähnten Kopf herum, um Simna anzufunkeln. »Ich bin schließlich der König dieses Landes und muss meine Untertanen jeden Morgen daran erinnern.«

»Aber wir sind nicht deine Untertanen«, schnauzte Simna zurück, »und wir würden es sehr begrüßen, wenn du während der Dauer unserer gemeinsamen Unternehmung deinen Untertanen vielleicht nur ab und zu ein wenig zuwinktest.«

»Ja.« Ehomba schnürte bereits sein Gepäck zusammen, um bald aufbrechen zu können. »Ich bin sicher, dass die Bewohner der Steppe deine Oberherrschaft auch so anerkennen, und dass es nicht notwendig ist, sie jeden Morgen so laut daran zu erinnern.«

»Oh, ich bitte vielmals um Entschuldigung. Von jetzt

an wird es etwa so klingen.« Einlöward drehte ihnen den Rücken zu und warf den Kopf zurück, die mächtigen Kiefer teilten sich und heraus schallte ein so ohrenbetäubend lautes Miauen, wie es Ehomba noch niemals gehört hatte.

»Viel besser«, schnaubte Simna.

»Ich bin so froh, dass du damit einverstanden bist.« Am nächsten Morgen, so verkündete die Katze, würde sie so laut wie eh und je brüllen – und es schien ihr wichtig zu sein, die Lippen dabei so dicht wie möglich ans Ohr des Schwertkämpfers zu legen.

Doch der Löward wollte sich jetzt nicht streiten, da sie doch gerade dabei waren, einen selbst für ihn neuen Abschnitt der Steppe zu erkunden. Es war ihm zwar ein wenig peinlich, den Menschen folgen zu müssen, aber ein Teil von ihm war richtiggehend gespannt auf die vor ihnen liegende Erforschung des neuen Geländes. Er freute sich darauf, die Bewohner dieses Landes kennen zu lernen und auch darauf, einige von ihnen zu fressen.

Als sie den Inselberg hinunterstiegen, der sich als angenehme Zuflucht inmitten der öden Steppe erwiesen hatte, bezweifelte Ehomba erneut die Eignung seiner Gefährten. Vor eine Wahl gestellt, hätte er sich bestimmt anders entschieden. Einer der beiden war kein Mensch, aber mächtig und stark und so unwillig, dass es fast an Gleichgültigkeit grenzte. Ehomba fragte sich, ob er sich im Ernstfall auf jemanden verlassen konnte, der ihm nur gezwungenermaßen folgte.

Der andere Genosse zeigte keine Angst, er war gerissen, erfahren und zäh, hatte jedoch nur eines im Kopf: die alles beherrschende Scheinwelt des falschen Reichtums. Auch Simna konnte nicht gerade mit den Vertrauen erweckendsten Beweggründen aufwarten, die ihn veranlassten, hinter jemandem zu stehen, der seine Hilfe brauchte. Dennoch glaubte Ehomba, dass es besser war, diese beiden an seiner Seite zu haben als gar niemanden; dass es vernünftiger war, Gesellschaft und Kameradschaft zu besitzen, als allein durch ein fremdes Land zu reisen. Wenn sie auch sonst zu nichts taugten, so würden mögliche Feinde zwei zusätzliche Ziele vorfinden, auf die sie schießen konnten. Trotz des unaufhörlichen Geschwafels über irgendwelche Schätze konnte sich Simna ibn Sind als nützlich erweisen, wenn er nur einen Pfeil abfing, der eigentlich für Ehomba bestimmt war; und auch Einlöward erfüllte seine Pflicht, wenn er nur einen einzigen hinterhältigen Angreifer abschreckte.

Ja, es war besser, in Gesellschaft eines Gefolges zu reisen, so klein und halbherzig es auch sein mochte. Im Kampf gegen diesen einschüchternden und mächtigen Hymneth würden sie ihm nicht von großer Hilfe sein. Doch wenn sie einfach nur dazu beitrugen, dass es zu dieser Begegnung mit ihm kam, dann hatte es sich schon gelohnt, sie mitzunehmen. Bis zu diesem Augenblick würde er ihre Gesellschaft ertragen, würde er mit Simnas endlosem Gerede über nicht vorhandene Schätze und Einlöwards unablässigem Gemurre schon fertig werden.

Eine weitere Tageswanderung führte sie in Sichtweite einer Baumreihe. Und dies sehr zu Simnas Freude, denn, so drückte er es aus, er hatte genug Gras und Unkraut gesehen, um damit eine Million Stück Vieh bis ans Lebensende durchfüttern zu können, und um niemals mehr einen Halm Grünzeug in den Mund zu nehmen. Einlöward hingegen zeigte sich etwas weitsichtiger.

»Hinter Bäumen kann sich leicht etwas verstecken.«

»Vielleicht in der weiten Steppe, wo Bäume rar sind und weit auseinander stehen.« Simna ging voran. »In Gegenden, in denen sie mehr die Regel als die Ausnahme darstellen, sind sie nicht gefährlicher als hohes Gras.«

Doch diese Bäume versteckten in der Tat etwas: einen Fluss – breit, dunkel und von unbestimmter Tiefe. Ehomba hatte sich schon mit dem Gedanken an eine weitere anstrengende Flussdurchquerung abgefunden.

»Immer mit der Ruhe.« Simna ibn Sind beugte sich über die Uferböschung. Sie war nicht breit, nur etwa ein halber Meter trennte ihn vom Wasser. Es gab kein flaches Ufergewässer, keinen Strand aus Sand oder Schlamm. Kurzes dickes Gras wuchs nah am Rand des Wassers. »Es sieht nicht sehr tief aus.«

»Gut«, meinte Einlöward, »dann gehst du zuerst.«

Der Schwertkämpfer sah die große Katze an. »Deine Beine sind zwar länger als meine, aber wenn du Angst vor dem Wasser hast, dann werde ich den Weg für dich bahnen.«

Simna überprüfte noch einmal, ob der Rucksack fest auf dem Rücken saß und schritt das Ufer hinunter. Das Wasser reichte ihm kaum bis zu den Knöcheln. Mit ausgebreiteten Armen drehte er sich um und lächelte.

»Siehst du? Du musst nicht schwimmen, Etjole. Der Grund fühlt sich an wie feiner Kies. Wir können hinübergehen.« Er spritzte mit dem Fuß Wasser auf seinen Freund, wodurch Einlöward gezwungen war, die Augen zusammenzukneifen und den Kopf für einen Augenblick wegzudrehen.

Mit einem sanften Schnurren stürzte sich die große, schwarze Gestalt in die maßvolle Strömung. Wasser sammelte sich vor seinen Knöcheln, bevor es weiter in Richtung Westen floss. Ein enttäuschter Ehomba folgte ihnen. Wäre der Fluss tiefer gewesen, hätte er vielleicht sogar Lust bekommen, ein Floß zu bauen, um dem Fluss nach Westen bis zum Meer zu folgen. Er vermisste das Meer so sehr. Sicher, sie befanden sich nun weit genug im Norden, um die Küste auch zu Fuß erreichen zu können. Bei einem Floß, groß und stark genug, um sie über eine längere Strecke zu tragen, bestand auch ständig die Gefahr, auf Grund zu laufen. Sie würden zu Fuß nach Norden weitergehen müssen.

Er befühlte das Säckchen mit den Kieselsteinen, das schwer in der Tasche seines Kiltes lag, und erinnerte sich an die Strände in seiner Heimat, daran, wie sich das kalte Wasser schäumend und tanzend über Sand und Felsen ergoss. Wie immer half ihm die Erinnerung an Zuhause, ausgelöst durch die bloße Berührung der rauen Steine in dem kleinen Baumwollsäckchen, seine Gedanken zu beschwichtigen und sich zu entspannen.

Einmal stieß etwas gegen seinen Fuß, es war weicher als ein Stein, aber härter als Wasser. Den Blick nach unten gerichtet, entdeckte Ehomba eine verschwommene, längliche Gestalt, die sich eiligst flussaufwärts davonmachte. Vielleicht ein Flussaal, der sich vor etwas Langem, Geradem erschreckt hatte, das sich durchs Wasser bewegte und kein dahintreibender Ast war. Manche Aale konnten einen Menschen ganz schön kneifen. Nach diesem Vorfall beobachtete Ehomba das Wasser, das um seine Knöchel wirbelte, etwas genauer.

Als sie etwa die Hälfte des Flusses durchquert hatten, passierte etwas Seltsames. Man konnte es genauso wenig erklären wie nicht beachten. Der Fluss wurde nicht tiefer, aber die Wanderer bekamen Kleckse, Säckchen und Kugeln aus Wasser zu Gesicht, die sich über der Wasseroberfläche fortbewegten. Zuerst schienen sie nicht größer als eine menschliche Faust zu sein, doch bald tauchten viel größere Kleckse auf. Die Größten erreichten den Umfang eines kleinen Teiches.

Die höchsten dieser schwebenden Flüssigkeitsbeutel näherten sich schon den Spitzen der Bäume, die nun am gegenüberliegenden Ufer zu sehen waren. Einige schimmerten an der Unterseite durchsichtig, andere waren voll gestopft mit Schlamm und Erde. Wasserlilien, Schilfrohre und kleine Büsche wuchsen aus den Luftsümpfen. Einige Pflanzen streckten ihre Wurzeln sogar durch die Luftzwischenräume, um Nahrung aus den Wasserklecksen zu saugen, die unter ihnen schwebten. Der Wind kräuselte die Oberflächen der Wassergebilde genauso wie die des Flusses darunter.

Gelegentlich flossen zwei umherschwirrende Wasserteiche langsam ineinander und vereinten sich zu einem See. Dann wieder teilte sich eine große Kugel und es entstanden zwei oder mehr einzelne wässrige Körper daraus. Hierbei handelte es sich um die außergewöhnlichste Landschaft, die jeder der drei Gefährten jemals zu Gesicht bekommen hatte.

Simna duckte sich unter einem großen dahintreibenden Floß aus Teichpflanzen, er steckte den Finger hinein und zog ihn wieder heraus. Die Oberflächenspannung der Unterseite hielt seinen Finger länger als gewöhnlich fest, das Wasser klebte wie Leim an seiner Haut. Dann floss der Inhalt des schwebenden Teiches durch das fingerdicke Loch langsam heraus, so als hätte der Schwertkämpfer ein Loch in einen durchsichtigen, dünnhäutigen Ballon gestoßen.

Gefesselt beobachteten die Wanderer, wie Wassergras, Kaulquappen, zappelnde kleine Fische, Schnecken mit schwarzen Häusern und andere Bewohner des fliegenden Teiches im Fluss darunter landeten. Nach einer Minute ungehemmten Ausflusses wurde das Loch von einem Erdklumpen verstopft und versiegelt, es war der Wurzelballen einer Wasserhyazinthe. Verblüfft und entzückt zugleich über dieses Wasserschauspiel nahmen sie die Flussdurchquerung wieder auf.

Der Fluss stieß jedoch niemals an ein anderes Ufer, er breitete sich vielmehr aus und entwickelte sich zu einem weiten, flachen See, dessen Ausmaße die Wanderer wahrscheinlich auch nicht hätten bestimmen können, wenn der Blick nach Norden nicht blockiert gewesen wäre von immer noch mehr frei fliegenden Luftteichen und Luftseen. Diese wurden nicht nur größer, sondern sie traten nun auch zahlreicher auf. Vermutlich nährten sie sich aus dem grenzenlosen, flachen Binnensee unter ihnen.

Sehr zur Sorge der Reisenden vermehrten sich die Stellen, an denen der Flusssee immer tiefer wurde. Es war schon schwierig genug, sich weiter vorwärts zu bewegen, wenn man ständig auf das treibende Wasser über seinem Kopf achten musste. Dabei stolperten die drei immer wieder in versteckte Hohlräume, die ihnen das Wasser bis zum Hals stehen ließen, was nicht nur schwierig zu meistern war, sondern auch Angst einflößte. In solch einer Umgebung war es fast unmöglich, den Kopf über Wasser zu halten, denn einzelne Wasserkleckse trieben ständig unter der Höhe des Haaransatzes.

Dann mussten sie unter einem kleinen Luftsee hindurchtauchen, der ihren Weg in alle Richtungen versperrte. Vornübergebeugt machte sich Ehomba mehr Sorgen um die Wassermassen, die über ihm hingen, als über die nicht einmal kniehohe Pfütze, durch die er gerade watete.

»Hier bitte keine Experimente«, warnte er Simna. »Lass die Finger von dem Wasser über uns. Sollte es auseinander brechen und alles in einem Schwall herunterkommen, werden wir ertrinken.«

»Keine Angst.« Der Schwertkämpfer ging gebückt daneben und beäugte vorsichtig die Unterseite der schimmernden Wassermassen über ihnen.

Sie ließen die Wasserwolke ohne Zwischenfälle hinter sich. Gleich im Anschluss daran waren sie jedoch gezwungen, im Gänsemarsch durch einen schmalen Gang zwischen zwei zehn Meter hohen, frei schwebenden Sümpfen hindurchzuwandern. Die dunkelgrünen Wände, die sie zu beiden Seiten einengten, waren in ständiger, wenn auch zäher, Bewegung, blähten und kräuselten sich mithilfe einer großen Menge Wassers, die nur von dünnen, durchsichtigen Wänden mit ungewöhnlich dehnbarer Oberfläche zurückgehalten wurde.

»Guela!« Simna, der gerade die Führung übernommen hatte, stieß einen überraschten Schrei aus und blieb plötzlich stehen. Hinter ihm knurrte Einlöward warnend. Der besorgte Ehomba schreckte vor dem wedelnden Schwanz der Katze zurück.

»Was ist los? Stimmt etwas nicht?«

»Schau nach links.« Die große Katze drückte sich gegen den schwebenden Sumpfbeutel auf der rechten Seite, die Augen blickten in die angegebene Richtung.

Das Krokodil, das auf Augenhöhe langsam an den Wanderern vorbeischwamm, war mindestens sechs Meter lang und musste fast zwei Tonnen wiegen. Sein langer, gezackter Schwanz bewegte sich bedächtig hin und her und steuerte das Tier lautlos durchs dunkle Wasser. Im Vorbeischwimmen heftete es den Blick auf Ehomba. Das gelbe Schlitzauge fixierte lange den Mann, der nahe am Luftteich stand. Dann verschwand das schwerfällige Reptil, tauchte zurück in die weiten Tiefen des fliegenden Sees, die es sein Zuhause nannte.

»Das verstehe ich nicht.« Simnas Tonfall verriet seine Anspannung. »Warum hat es keinen Angriff auf uns gewagt? Es hätte nur zuschnappen müssen.«

Ehomba dachte nach. »Wir gehen hier durch Luft und nicht durch Wasser. Vielleicht hat es uns nicht als Teil seiner Umgebung wahrgenommen. Wer weiß, wie sich Lebewesen, die gelernt haben, an einem so außergewöhnlichen Ort zu leben, entwickelt haben? Möglicherweise betrachten sie jeden einzelnen Wassertropfen – ob nun groß wie ein See oder so klein, um in einen Eimer zu passen – als eine eigene Welt, an deren Grenzen man sich nicht zu schaffen machen sollte.« Er wandte den Blick ab von dem dunkelgrünen Wasser, das sie von beiden Seite einengte, und legte den Kopf zurück, um das schmale Band blauen Himmels zu betrachten, das über ihnen noch zu sehen war.

»Auch unsere Welt könnte so sein. Halte einen Finger weit genug hinauf, starr genug, und du stichst vielleicht ein Loch in die Umhüllung des Himmels und alle Luft entweicht ins Nichts.«

»Das ist doch lächerlich!« Mit einem höhnischen Schnauben drehte sich Simna um und ging weiter. Doch noch eine ganze Weile danach warf er ab und zu einen verstohlenen Blick nach oben auf die Wolken und musste den inneren Drang unterdrücken, den Finger in den Himmel zu recken.

Unbeschadet ließen die Wanderer die hohen Wände aus schwebendem Wasser hinter sich und sahen sich umgeben von einer dichten Menge kleinerer aber doch nicht zu verachtender Wasserkugeln. Die einen leuchteten klar und enthielten nichts Größeres als kleine Buntbarsche und ähnliches Getier, durch andere konnte man nicht hindurchsehen, so dicht waren sie bevölkert von Wasserpflanzen, Schalentieren, Krebsen und Wasserechsen. Das Trio kam zwar noch vorwärts, doch der Fortschritt wurde gehemmt, weil sie ständig um die immer zahlreicheren fliegenden Wasserblasen herumgehen oder unter ihnen hindurchkriechen mussten.

Einmal hatten sie sogar mitten durch einen schwebenden Luftteich zu wandern, der zu groß war, um ihn zu umgehen. Sie durften dabei die höchst ungewöhnliche Erfahrung machen, von den Sohlen bis zu den Knöcheln im Wasser zu stehen, dann bis zu den Hüften trocken und von dort bis zum Hals wieder nass zu sein. Indem sie ihre Rucksäcke hinunterließen, sodass sie sie zeitweise nicht auf den Schultern, sondern auf den Hüften trugen, konnten Ehomba und Simna ihre Sachen trotz des doppelten Eintauchens trocken halten.

Den ganzen Tag wanderten sie durch die beispiellose Landschaft, sie tauchten ständig unter Wasserflecken hindurch, wanderten darum herum oder hüpften einfach darüber, bis die Sonne, eine tröstende Botin der gewöhnlichen Welt, langsam unterging. Mit Sicherheit handelte es sich hier um die denkbar ungünstigste Gegend, um ein Lager aufzuschlagen.

Die Wahl des passenden Schlafplatzes stellte die drei vor ein nahezu unüberwindbares Problem. Fünfzehn Zentimeter tief standen sie im Wasser und mit nicht einmal dem kleinsten Anzeichen von trockenem Land in irgendeiner Richtung kam ein Lagerfeuer nicht in Frage; der Gedanke an einen trockenen Schlafplatz erschien völlig absurd. Einlöward würde bei seiner Größe keine Probleme haben, den Kopf während der Nacht über Wasser zu halten, aber es schien nicht ausgeschlossen, dass Ehomba oder Simna sich im Schlaf umdrehten und ertranken. Auch war es nicht gerade gesund, eine ganze Nacht lang bis auf die Haut durchnässt zu schlafen.

»Beim Gembota, jetzt wird es aber wirklich ungemütlich.« Simna murmelte missmutig vor sich hin, während er durch die lauwarmen Untiefen watete – auf der Suche nach einem Platz, an dem er sein Bündel fallen lassen konnte. Doch er wurde nicht fündig. »Was sollen wir dann bis morgen früh machen?« Er spekulierte auf den breiten Rücken der großen Katze. Einlöward deutete den nachdenklichen Blick des Schwertkämpfers sofort richtig und hob abwehrend die mächtige Pranke und schüttelte die Mähne.

»Das kannst du dir gleich aus dem Kopf schlagen, kleiner Mensch. Keiner schläft auf mir. Neben mir, vielleicht, um sich gegenseitig zu wärmen, aber nur wenn ich gerade in geselliger Laune bin. Doch auf meinem Rücken, niemals. Das wäre zu erniedrigend.«

»Aber wir müssen etwas unternehmen.« Der mittlerweile ziemlich gereizte Simna stampfte mit dem Fuß ins allgegenwärtige Wasser. »Wir können uns hier nicht einfach hinlegen und schlafen. Ganz abgesehen davon, dass wir völlig durchnässt aufwachen und damit die Gefahr einer Erkältung heraufbeschwören würden. Stimmt's, Etjole? Etjole?«

Ehomba war mit seinen Gedanken ganz woanders. Statt am Boden einen Lagerplatz zu suchen, blickte er hinauf. Genauer gesagt auf einen kleinen, unregelmäßig geformten, schwebenden Teich, aus dessen Mitte sich eine kleine, sandige Insel mit drei jungen Kasuarina-Pinien erhob.

»Da oben?« Simna watete zu seinem großen Freund hinüber. »Aber die Insel schwebt in der Luft. Wenn wir drei da oben stehen, wird sie absinken bis auf den Grund des Sees.«

»Das glaube ich nicht.« Ehomba studierte weiter eingehend den schwebenden Luftteich. »Wenn dem so wäre, würde das Gewicht des Inselbodens jetzt schon ausreichen, um den Teich nach unten sinken zu lassen. Und außerdem stehen auch die Bäume darauf – keine Riesen, das stimmt, aber auch keine Schösslinge mehr. Ich denke, wir sollten es versuchen.

Was wäre denn das Schlimmste, das uns passieren könnte? Die Insel könnte sinken – und wir fielen in den Teich.«

»Und ertrinken«, fügte Simna hinzu. »Das geht mir ein wenig zu weit für ›das Schlimmste‹.«

»Wir werden nicht ertrinken«, versicherte Ehomba. »Selbst wenn wir bis auf den Grund sinken, müsste nur einer ein Loch in die Unterseite des Teiches schlitzen und das ganze Wasser würde herauslaufen – zusammen mit den Fischen, Fröschen, den Pflanzen und uns.«

Simna zweifelte noch immer. »Das ergibt doch keinen Sinn. Wenn ich ein Loch in die Wand eines dieser sonderbaren Wasserkörper bohren könnte, warum haben es dann die Fische, Salamander, Schnecken und Baumwurzeln nicht schon längst getan?«

»Sie haben sich an ihr Lebensumfeld angepasst, würde ich sagen.« Der Viehhirte schürzte die Lippen, während er seinen Freund anblickte. »Wir wandern durch ein Land, in dem Seen, Teiche und Pfützen in der Luft schweben, sodass du sie umgehen und unter ihnen hindurchschlüpfen kannst, und du machst dir um solche Dinge Gedanken?«

Nur zögernd ließ sich Simna überzeugen. Er hatte schließlich keine Wahl, wenn er die Nacht nicht schlaflos und völlig durchnässt verbringen wollte. Er warf einen Blick auf den geduldigen Einlöward.

»Wie steht's mit dir, Wildkatze? Wie denkst du darüber?«

Die Katze zuckte die Achseln und schüttelte die schwarze Mähne. »Warum die Entscheidung mir überlassen? Ich bin nur ein nomadischer, vierfüßiger Fleischfresser mit nicht einmal reinrassigem Stammbaum. Sind es nicht die Menschen, die angeblich die größeren Gehirne haben? Das behauptet ihr doch immer. Oder durchlebt ihr gerade eine Phase des Zweifels an euren geistigen Fähigkeiten?«

Ratlos wandte sich Simna an Ehomba. »Man stellt eine einfache Frage und bekommt einen vorwurfsvollen Vortrag. Also gut, es kann ja nicht schaden, es einmal zu versuchen. Nass werden wir auf die eine oder andere Weise wahrscheinlich ohnehin. Die Frage ist nur, für wie lange?« Er warf einen Blick nach oben. »Es wird dunkel und ich habe keine Lust, mitten in der Nacht nach einem besseren Platz zu suchen. Nicht in diesem Dreck.«

»Gut.« Im Umdrehen hatte sich der Viehhirte neben

die durchsichtige Mauer des schwebenden Teiches gestellt. »Du wirst zuerst hinaufgehen.«

»Ich? Warum ich?«, wollte Simna sich drücken.

Mit einem Blick über die Schulter sah Ehomba seinen Freund nachsichtig an. »Wenn ich zuerst gehen soll, dann musst du mich hochheben.«

»Nein, nein.« Der widerwillige Schwertkämpfer begutachtete die wässrige Wand. »Ich geh schon.«

Simna kletterte über Ehombas Beine und Rücken hinauf und stand bald wackelig auf den Schultern des Viehhirten, während dieser sich gegen die durchsichtige Wasserwand stemmte. Mit den Händen drückte der Schwertkämpfer den oberen Rand des Teiches herunter. Die biegsame Wand gab ein wenig nach und die kleinen Fische huschten verschreckt zum anderen Ende des Teiches, weil Wasser über die Vertiefung hinunterlief, die zwischen Simnas kräftigen Händen entstanden war. Dann zog sich der Schwertkämpfer über den Rand hinauf und schwamm zur Insel, während er versuchte, sein Gepäck so trocken wie möglich zu halten.

Gemeinsam sahen Mensch und Löward Simna zu, wie er sich auf die Insel stemmte und aufrichtete und sich das Wasser aus den Kleidern schüttelte wie ein Hund. Versuchsweise sprang er einige Male auf und ab.

»Und?«, brummte Einlöward ungeduldig.

»Der Boden gibt ein wenig nach, wie eine nasse Matratze, aber ich glaube nicht, dass er unter unserem Gewicht sinkt. Kommt nur herauf.« Und damit drehte sich Simna um und schleppte sein Gepäck weg vom Strand unter einen der Schatten spendenden Pinienbäume.

Ehomba wandte sich mit fragendem Blick dem verbliebenen Gefährten zu. Murrend aber willig bewegte sich die Katze vorwärts und stellte sich unter den schwebenden Teich.

»Sei vorsichtig, Etjole Ehomba. Kein Mensch, der nicht zum Mahl geworden ist, hat dies jemals getan.«

»Ich mache mich ganz leicht«, versicherte der Hirte. Und mit diesen Worten setzte er einen Fuß auf Löwards rechten Oberschenkel und stieg auf den Rücken. Von dort konnte er sich selbst hinauf und über den Rand des Teiches ins Wasser ziehen.

Zur Insel waren es nur ein paar Schwimmzüge, dort versuchte Simna sich gerade mit großen Blättern zu trocknen, die er gefunden hatte. Ehomba watete aus dem Wasser, ließ sich in der Nähe nieder und suchte etwas in seinem Bündel. Irgendetwas klatschte heftig ins Wasser und zwang ihn aufzusehen. Einlöward hatte die doch beträchtliche Höhe mit einem einzigen mühelosen Sprung überwunden und kraulte nun auf sie zu, er hielt den prächtigen Kopf so hoch übers Wasser, wie er nur konnte.

»Eines ist sicher.« Simna zog den Lederharnisch und das Hemd darunter aus und hängte alles zusammen über einen Zweig der Kasuarina-Pinie zum Trocknen. »Wenn wir hier ein Feuer zustande bringen, können wir es die ganze Nacht hoch brennen lassen, ohne Angst haben zu müssen, dass es sich ausbreitet. He… pass auf!«

Simna hielt sich schützend die Hände vor den Körper und Ehomba wandte sich angewidert ab, denn Einlöward schüttelte sich energisch das Wasser aus dem Fell, dass es nur so spritzte. Eine durchnässte Katze bot schon einen komischen Anblick, dachte Ehomba, doch er würde sich hüten, dies in irgendeiner Weise kundzutun. Er wusste nicht, ob Einlöwards eigenwilliger Sinn für Humor so weit reichte, dass er auch über sich selbst lachen konnte.

Wie sich herausstellte, waren sie sehr wohl in der Lage, ein Feuer zu entfachen, wenn auch nur ein kleines. Dennoch kam ihnen die zusätzliche Wärme gerade recht, denn nicht nur sie selbst mussten wieder trocknen, sondern auch ihre Kleider.

»Viel nützt uns das nicht.« Simna röstete seine Unterwäsche über dem vergnügt flackernden Feuer. Daneben filetierte Ehomba den Fisch, den Einlöward mit einigen wenigen gemächlichen Prankenschlägen erlegt hatte. »Morgen werden wir unweigerlich wieder nass werden, wenn es Zeit ist aufzubrechen.«

»Vielleicht auch nicht.« Ehomba blickte wie so oft nicht den Schwertkämpfer an, sondern in die Ferne hinter diesem. Und wie so oft folgte Simna dem Blick des großen Hirten und sah gar nichts.

»Warum? Warum nicht?« Seine Züge erhellten sich. »Ich weiß! Du wirst endlich richtig zaubern und uns hier hinausschwemmen! Oder ein Boot hierher befördern – nein, das wäre nicht möglich in so niedrigem Wasser wie dort unten.«

»Ich habe dir doch gesagt«, antwortete ein der Verzweiflung naher Ehomba, »dass ich nicht zaubern kann.«

»Ja, ist ja gut.« Der Schwertkämpfer zwinkerte Einlöward zu, der den Kopf auf die verschränkten Vorderpfoten gelegt hatte und gelangweilt zuhörte. »Wenn nicht durch Zauberei, wie wirst du dann verhindern, dass wir wieder nass werden?« Er holte mit dem Arm weit aus. »Das Wasser aus dem Teich abfließen lassen und uns obendrein? Ich weiß nicht, ob das eine so gute Idee ist. Die wundersame Hülle, die dieses Wasser in der Luft hält, könnte zerreißen und uns wie ein Geburtstagsgeschenk einwickeln und obendrein noch ersticken.«

»Ich weiß noch nicht genau, was ich tun werde. Ich dachte an so etwas wie ein gewinnendes Gespräch.«

»Wirklich?« Der andere schwang den Arm in weitem Bogen herum, um jeden Zentimeter ihrer wässrigen Umgebung mit einer Geste einzuschließen. »Mit wem? Den Fischen?«

»So ähnlich.« Der Hirte wandte sich ab und wrang das Wasser aus seinem Kilt.

Simna stieß einen grunzenden Laut aus und sah den schläfrigen Einlöward an. »Er will mit den Fischen sprechen. Ich weiß nicht, was das nützen soll.«

»*Kann* er denn mit den Fischen sprechen?«, fragte die Katze neugierig.

Der Schwertkämpfer warf einen verstohlenen Blick in die Richtung des Gefährten. »Weiß nicht. Schon ein komischer Kauz, dieser Etjole. Nachdem wir uns zusammengetan hatten, wollte er mir weismachen, dass er eine Zeit lang mit ein paar Affen durch die Lande gezogen ist. Ich dachte anfangs, das wäre nur ein Scherz gewesen. Aber je besser ich ihn kennen lerne, desto weniger überzeugt bin ich davon.«

»Du denkst also, du kennst ihn?« Des Löwards mächtige Kiefer klafften auseinander, um eindrucksvoll zu gähnen.

Simna zuckte mit den Achseln, schien aber doch überzeugt. »Natürlich kenne ich ihn! Er ist ein Zauberer, verstehst du? Er will es nur nicht zugeben. Er jagt einem großen, verlorenen Schatz nach und ich helfe ihm, diesen Schatz zu finden. Als Gegenleistung erhalte ich einen Teil des Vermögens. Vielleicht wird er dich auch an dem Fang beteiligen.«

»Und was soll ich anfangen mit dieser verteufelten Tauschwährung der Menschen? Ein warmer Platz zum Schlafen, Wild in rauen Mengen – vorzugsweise alt und langsam oder jung und dumm – und ein Rudel williger Löwinnen, von denen immer eine brünstig ist, und ich habe alles, was ich mir wünsche. Ich habe nicht ständig das Bedürfnis – wie ihr Menschen –, irgendetwas anhäufen zu müssen. Ihr verbringt so viel Zeit damit, Reichtümer zu raffen, dass ihr vergesst zu leben.« Er gähnte erneut. »Dein Freund aber gehört zu einer Menschenrasse, die ich noch nicht kennen gelernt habe.«

»Beim Gwantha, er gehört wirklich zu einer Art, die ich selbst noch nicht kenne«, gestand der Schwertkämpfer.

»Wer weiß? Vielleicht kann er tatsächlich mit Fischen sprechen.« Ein raues Husten hallte aus dem muskulösen Hals, als die große Katze die Augen schloss, sich auf den Rücken rollte und alle vier Pfoten von sich streckte. »Ich persönlich fresse sie lieber, als mit ihnen zu reden.«

»Ich verstehe ohnehin nicht, was uns das nützen soll«, murmelte Simna unsicher. »Selbst wenn er mit ihnen vereinbaren würde, dass wir auf ihnen reiten könnten, welcher Fisch wäre groß genug, um dich zu tragen? Und jedes Mal, wenn wir das Ende von einem dieser verrückten fliegenden Wasserkleckse erreichen, müssen wir von unseren Fischen absteigen, in den See springen, auf den nächsten Klecks klettern und dort einen neuen Fisch finden, der uns weiterträgt. Da sind wir ja zu Fuß schneller – vorausgesetzt das Wasser im See unten wird nicht tiefer.« Simna beendete seinen Vortrag mit einem tiefen Seufzer: »Na ja, am besten überlassen wir das Etjole. Er hat das klügste Köpfchen hier.«

Mit fest geschlossenen Augen murmelte Löward seine Antwort. »Unter den Menschen vielleicht.«

XIX

»Sie beobachten uns schon lange. Seitdem wir angefangen haben, den Fluss zu durchqueren, glaube ich.«

»Was?« Beunruhigt ließ Simna davon ab, seine Sachen zusammenzupacken, und warf wilde Blicke um sich.

Einlöward hob den Kopf, steckte die Nase in die Luft und schnupperte. »Ich sehe nichts. Aber ich rieche etwas… etwas Ungewöhnliches.«

Ohne sich von der Stelle zu bewegen, drehte sich der misstrauische Schwertkämpfer im Kreis. Jenseits der Insel auf dem schwebenden Teich und außerhalb der durchsichtigen Grenzen trieben hunderte von anderen Wasserkörpern unabhängig voneinander durch die Luft, einige erreichten die Größe eines kleinen Sees, andere nur Kinderballgröße. Einige pressten sich aneinander, bis ihre geheimnisvollen, lichtdurchlässigen Hüllen sich zusammenschlossen, um ein großes Wassergebilde zu formen, während andere auseinander strebten, bis sie sich in zwei oder mehr einzeln schwebende Wasserkörper geteilt hatten. Simna versuchte jeden Einzelnen dieser Wasserkleckse zu ergründen, doch nirgends entdeckte er etwas Ungewöhnliches.

»Dort draußen ist doch nichts«, erklärte er schließlich. »Nichts als Fische und Frösche, Wassermolche und Wasservögel.«

»Das stimmt nicht.« Eine Hand schützend vor die Augen gehalten, die von der nebelverhangenen Sonne geblendet wurden, stand Ehomba am Rande des Wassers und starrte nach Osten. »Es gibt noch etwas anderes. Etwas Größeres.«

»Sie kommen näher.« Einlöward hatte den Kopf in den Nacken gelegt und die Nase in die Luft gestreckt, so witterte er einen Geruch, der zu fein war, um von menschlichen Nasen wahrgenommen zu werden.

»Wo, beim Gheju! Ich sehe nichts und ich rieche auch nichts! Außer euch zwei.« Ungehalten stampfte Simna auf dem winzigen Strand auf und ab und versetzte die Insekten und Schalentierchen der Gezeitenzone so in Angst und Schrecken, dass sie wild umherkrabbelten, um den schweren Fußtritten zu entkommen.

Sie tauchten unter der aufgehenden Sonne auf, winzige Punkte zuerst, die bald zu auf- und absteigenden, glänzend rosafarbenen Bögen heranreiften, als hätte der Morgen beschlossen, die Erhellung des Himmels hinauszuzögern und diese Pause mit einer Reihe von rosa getönten Kommas zu kennzeichnen. Mit der Genauigkeit von erfahrenen Artisten bewegten sie sich vorwärts, indem sie geschmeidig von einem schwebenden Wasserkörper zum Nächsten sprangen, manchmal benutzten sie dazu die untersten Gebilde und arbeiteten sich dann langsam von Teich zu Teich gen Himmel, als erklömmen sie eine Wasserleiter. Das gelang ihnen scheinbar mühelos, sie schwangen sich anmutig von schwebenden Seen zu treibenden Teichen, trotz der Gefahr, dass ein misslungener Sprung höchstwahrscheinlich zum langsamen, qualvollen Tod des Springers führte. Gerade weil sie auch außerhalb des Wassers leben konnten, waren sie dazu nicht allzu lange in der Lage.

»Delfine!«, rief Simna. »Hier?«

»Ja, hier«, murmelte Ehomba. »Sie haben scharfe Augen und können noch besser hören und verfügen außerdem über die Gabe, die Welt aus Entfernungen zu betrachten, wie es weder Augen noch Ohren vermögen.«

»Aber Delfine sind Meerestiere«, protestierte Simna, während der Schwarm näher herankam und von einem Wasserklecks zum nächsten hüpfte.

»Nicht immer«, knurrte Einlöward. »Ich habe solche Tiere schon in den Flüssen gesehen, die die Steppe durchziehen.«

»Es gibt Meeresdelfine und Flussdelfine«, klärte Ehomba den Freund auf.

»Dann wird es wohl so sein«, gab Simna nach. »Komische Farbe, die sie da haben und…« Stirnrunzelnd hielt er inne. »Einen Augenblick mal. Du hast mir doch erzählt, dass du aus einem Wüstenland stammst. Und jetzt willst du mir weismachen, dass du die verschiedenen Delfinarten kennst, sogar die, die im Süßwasser vorkommen. Wüsten sind nicht gerade bekannt für ihren Reichtum an tiefen Flüssen. Wie kommt es, dass du über diese Wasserbewohner so viel weißt?«

Der Hirte lächelte sanft zu seinem Freund hinab. »Die Meeresdelfine sind sehr gut bekannt mit ihren Verwandten im Binnenland. Dort wo sich Fluss und Meer treffen, treffen sich auch die Delfine und reden miteinander und manchmal paaren sie sich auch untereinander. Ich weiß etwas über die Flussdelfine, weil die Meeresdelfine mir von ihnen erzählt haben.«

»Aha. Dann sprichst du also nicht mit Fischen. Du sprichst mit Delfinen.«

»Nein. Kein Mensch spricht mit Delfinen. Die Delfine entscheiden darüber, ob sie zu den Menschen sprechen wollen oder nicht.«

»Und zufällig haben sie sich für dich entschieden?« Simna beäugte den großen Südländer argwöhnisch. »Warum sollte das so sein, Etjole? Weil du dir das wieder alles ausgedacht hast, um nicht zugeben zu müssen, was ich schon lange weiß? Dass du ein Zauberer bist?«

»Nein, keineswegs, Simna. Sie sprechen mit mir, weil ich gerne lange, einsame Spaziergänge entlang der Strände unternehme, und die Küsten meines Heimatlandes sind einsam und verlassen. Die Strömungen dort sind gefährlich und kalt. Es gibt Menschen, die Delfine töten und aufessen, um nicht mit ihnen um den Fang wetteifern zu müssen. So etwas würde ich niemals tun. Wie kann man sich gegenseitig aufessen, wenn man weiß, dass der andere genauso gutherzig und klug ist?«

Hinter ihnen leckte sich Einlöward die Pfoten. »Damit hatte ich noch nie Probleme.«

»Aber ich könnte so etwas nie tun. Ich glaube, dass sie den freundlichen und verwandtschaftlichen Geist spüren. Ich spreche schon seit meiner Kindheit mit Delfinen.«

»Dann hast du sie gerufen?«, fragte Simna verunsichert.

»Nein, ich habe nichts dergleichen getan.« Ehomba richtete den Blick erneut in den Himmel und beobachtete den springenden Schwarm. Sie waren schon ziemlich dicht herangekommen und verlangsamten das Tempo, da sie sich absprechen mussten, welche schwebenden Wasser sie ansteuern sollten, um den Menschen schließlich zu begegnen. »Ich bezweifle, dass sie hier schon viele menschliche Wesen getroffen haben, vielleicht vor uns überhaupt noch keine. Sie sind von Haus aus neugierig und konnten es wahrscheinlich nicht länger aushalten, uns tatenlos zuzusehen.« Er trat einen Schritt zurück. »Ihr solltet vom Wasser weggehen.«

»Warum?« Dann bemerkte auch Simna das spritzende Wasser, das die begeisterten Delfine aufwühlten, und packte hastig seine Siebensachen zusammen, um sie etwas höher zwischen den Kasuarina-Pinien in Sicherheit zu bringen.

Die Delfine sprangen teils allein und teils zu zweit

mit einem einzigen großartigen Satz in den Teich, in dem die Reisenden die Nacht verbracht hatten. Etwa ein Dutzend mochte es wohl sein, auch ein paar junge waren darunter. Sie beanspruchten fast den ganzen Platz im Wasser und drängten die einheimischen Bewohner an die durchsichtige, äußere Haut des schwebenden Teiches oder ans Ufer, während sie selbst schnatternd und freudig zwitschernd um die Insel kreisten. Mit der hellrosa Färbung wirkten sie wie Flammen, die durchs Wasser züngelten.

Wenn dies als feierliche Begrüßung gedacht war, dann handelte es sich auch um eine Schwindel erregende, denn Ehomba und seine Gefährten hatten Mühe, den stromlinienförmigen Bewegungen der Tiere rund um die kleine Insel zu folgen. Schließlich wurden die frisch angekommenen Delfine des Spiels müde und sie fingen an, Fische und andere Teichbewohner zu jagen, die sich in den Rissen und zwischen den Wurzeln der Insel zu verstecken versuchten.

Einer der Delfine beteiligte sich nicht an der Jagd. Das Tier schwamm stattdessen langsam auf die drei Wanderer zu, wozu es nur einiger weniger Stöße der breiten, flachen Schwanzflosse bedurfte. Sein Kopf unterschied sich von dem seiner meeresbewohnenden Verwandten, er war schmäler und lief hinter der langen Schnauze zu einer spitzen Stirn zu. Leicht nach links gebeugt hob das Tier den Kopf aus dem Wasser und öffnete das zahnreiche Maul.

»Ich bin Merlescu, Königin des Hauptflussschwarmes und des Mittleren Abschnitts der Fliegenden Wasser. Und wer seid ihr?« Neugierige Augen verfolgten jede Bewegung der drei Reisenden.

Simna lehnte sich zu seinem großen Freund hinüber, um ihm ins Ohr zu flüstern: »Kein Wunder, dass du mit ihnen sprechen kannst. Sie beherrschen unsere Sprache fließend.«

»Natürlich sprechen wir sie fließend!«, erklärte die Königin. »Warum sollte das nicht so sein, Mensch?«

»Oh... äh... weiß auch nicht. Vielleicht weil ich noch nie gehört habe, dass ihr etwas anderes tut als quietschen – wie übergroße Mäuse mit Flossen.«

Man konnte nicht feststellen, ob Merlescu gerade lächelte oder nicht, denn Delfine lächelten immer. Der angeborene Gesichtsausdruck ließ kein anderes Mienenspiel zu.

»In Gegenwart der Menschen sprechen wir meist unsere eigene Sprache, um sie über unsere wirklichen Fähigkeiten im Unklaren zu lassen. Es gibt allerdings«, fügte sie hinzu und wandte sich an Ehomba, »wenige Ausnahmen. Du, Mensch, hast etwas Freundliches und Mitfühlendes an dir.«

»Ach, wirklich?« Simna gab vor, das Gesicht seines Gefährten genau zu studieren. »Mir scheint er ziemlich gewöhnlich zu sein.«

»Was macht ihr im Land der Fliegenden Wasser?«

»Wir sind auf dem Weg nach Norden«, erklärte Ehomba, »um dort ein Schiff zu finden, das uns in die trockenen Gegenden des Westens bringen soll.«

»So weit weg!« Auf der Schwanzflosse stehend, schnatterte die Delfindame ihrem Schwarm etwas zu, worauf die Mitglieder mit lebhaftem Zwitschern antworteten. Mit Blick auf die Wanderer erklärte sie: »Ich kenne niemanden, der das Meer schon überquert hat. Auch niemand aus meiner Verwandtschaft – obwohl es mal eine gab, die behauptete, dass sie mit jemandem gesprochen hätte, der mit jemandem gesprochen hätte, der es getan hatte. Was treibt euch drei dazu, eine so weite und gefährliche Reise zu unternehmen?«

»Eine Verpflichtung«, sagte Ehomba.

»Ein Schatz«, fügte Simna hinzu.

»Der große Narr da musste unbedingt mein Leben retten«, gestand der aufgebrachte Einlöward.

Merlescu nickte, eine Geste, die die Delfine unter sich oft gebrauchten, besonders wenn keine Menschen in der Nähe waren, die zuschauen konnten. »Ich stelle fest, dass eure Beweggründe so verschieden sind wie euer Aussehen.« Sie drehte sich um und deutete mit einer Flosse. »Viele, viele mühevolle Wandertage liegen noch vor euch, bevor ihr das Ende der Fliegenden Wasser erreichen werdet. Dieses Land hier ist eigentlich nur für Lebewesen mit Flossen und Flügeln geeignet. Das ist nichts für Menschen mit ungeschickten Beinen, an denen sich auch noch viele Gelenke befinden. Nördlich von hier werden die Fliegenden Wasser noch dichter. Ihr werdet nur noch wenige Möglichkeiten finden, dazwischen hindurchschlüpfen zu können.«

»Das wollte ich dich gerade fragen.« Ehomba ging bis ans Ufer und setzte sich, die Beine streckte er dabei weit ins Wasser. Merlescu schwamm so nahe heran, dass sie die Spitze der Schnauze auf einen seiner nackten Knöchel legen konnte. Dahinter ertappte sich Einlöward dabei, wie er über eine reichliche und einfache Beute nachdachte, bis ihm Simna einen unsanften Stoß in die Rippen verabreichte. Der große, bemähnte Kopf fuhr herum, aber der Schwertkämpfer, nun schon vertraut damit und deshalb gelassen gegenüber den Launen der großen Wildkatze, zuckte nicht einmal.

»Ich weiß, was du denkst, Kätzchen. Tu's nicht. Siehst du denn nicht, dass Etjole seine Magie gerade für uns einsetzt?«

»Welche Magie?«, knurrte der Löward leise. »Sie sprechen doch nur.«

»Ja, aber darin besteht doch gerade die Magie unseres Freundes Ehomba. Er zaubert mit Worten. Zumindest ist das die einzige Form von Magie, bei der ich ihn bislang ertappt habe.«

»Welchen Nutzen könnte ein Schwatz mit den Wasserbewohnern für uns schon haben?«

»Ich weiß nicht«, musste Simna zugeben. »Aber eines weiß ich gewiss: Etjole würde seine Zeit nicht damit verschwenden, wenn er nicht fest davon überzeugt wäre, dass es uns am Ende etwas nützen wird. Wir sollten uns eine Weile auf unsere natürlichen Instinkte verlassen und dann sehen, was sich entwickelt. Wollen wir?« Mutig klopfte er dem Löward auf den Bauch. »Heute Morgen hast du mehr Fisch gegessen als Etjole und ich zusammen. Du kannst doch nicht schon wieder Hunger haben, oder?«

»Pass auf, wo du hinfasst, Mensch. Du maßt dir eine Vertrautheit an, die dir gar nicht zusteht.« Einlöward setzte sich auf die Hinterbeine und konzentrierte sich angestrengt auf die Unterhaltung, die zwischen Mensch und Delfin stattfand. »Ich bin nicht hungrig. Mir war nur gerade danach, etwas zu töten.«

»Heb dir diese Neigung für später auf, mein pelziger Freund.« Die Warnung der großen Katze einfach in den Wind schlagend, lehnte sich der Schwertkämpfer locker gegen die muskulöse Flanke des Tieres. »Ich habe das Gefühl, dass du noch vor dem Ende dieses kleinen Ausflugs mehr als eine Gelegenheit erhalten wirst, dieser nachzugehen.«

Merlescu zog sich etwas zurück und glitt tiefer ins Wasser. »Dieser Vorschlag ist gut für dich, Mensch, doch was haben wir davon? Du verlangst viel und bietest keine Gegenleistung.«

»Etwas so Einseitiges würde ich niemals vorschlagen.« Ehomba, der immer noch am Strand saß, beeilte sich, die Königin zu beruhigen. »Die Belohnung für eure Hilfe wird sehr reichhaltig ausfallen. Zum einen werdet ihr uns bald los sein und auch alle bestehenden Sorgen, die durch unseren Aufenthalt in eurem Revier vielleicht entstanden sind. Aber noch wichtiger: Ihr werdet die seltene Gelegenheit zu einem Spiel erhalten, an dem ihr, wie ich sicher weiß, große Freude haben werdet. Es wird große Genauigkeit und zeitliche Abstimmung von dir und allen Mitgliedern deines Schwarmes verlangt.« Er wandte den Blick ab und zuckte gleichgültig mit den Schultern.

»Wenn dein Schwarm jedoch nicht zu denen gehört, die daran Gefallen finden, können wir immer noch versuchen, einen anderen zu finden. Es kann ja sein, dass ihr einer solchen Herausforderung nichts abgewinnen könnt. Wenn dem so ist, kann ich das verstehen. Schließlich ist das Grundlegende für die, die immer darum bemüht sind, ganz einfach.«

»Was? Wie bitte?« Die zutiefst erschütterte Delfinkönigin wühlte das Wasser auf, als sie darin kleine Kreise zog. Nachdem sie dies eine Weile getan hatte, näherte sie sich erneut dem Ufer und spuckte einen Mund voll schmutzigen Teichwassers geradewegs in Ehombas Gesicht. Simnas Haltung straffte sich sofort und er spürte, wie neben ihm Einlöward die Muskeln anspannte, der Hirte hingegen schien nicht im Geringsten beunruhigt.

Gelassen wischte er sich Wasser und Pflanzenteile aus dem tropfnassen Gesicht. »Das ist keine Antwort. Könnt ihr es tun oder nicht?«

»Können wir? Können wir?« Merlescu nahm noch einen Mund voll Wasser und für einen kurzen Augenblick glaubte Simna, sie würde seinen Freund noch einmal nass spritzen – aber sie tat es nicht. Langsam tropfte das Wasser aus der Schnauze. »Es geht hier nicht darum, ob wir es können, sondern ob wir wollen.«

»Ich weigere mich, das ohne Beweis anzuerkennen. Wollt ihr?« Ehomba beugte sich hinunter und schnatterte ihr etwas ins Ohr. »Das wird ein Riesenspaß werden – wenn ihr wollt.«

»Das habe ich nicht allein zu bestimmen. Wir im Wasser handhaben die Dinge nicht so wie die Menschen. Nicht einmal Königinnen tun das.« Sie drehte sich schnatternd um und schwamm ins tiefere Wasser des Teiches, wo sie die anderen Mitglieder des Schwarmes um sich versammelte. Während sie sich lebhaft zwitschernd berieten, schlich Simna zu seinem Freund hinüber. Einlöward täuschte so lange es ging Gleichgültigkeit vor, doch auch er stand bald in Hörweite des großen Hirten.

»Um was hast du sie gebeten?« Der Schwertkämpfer wandte den Blick nicht von den geschwätzigen, lebhaften Delfinen.

»Uns zu helfen«, erklärte Ehomba wahrheitsgemäß.

»Uns zu helfen!«, schnaubte Einlöward. »Wie könnten *die* uns schon helfen? Außer unsere Bäuche zu füllen, meine ich.«

»Weißt du noch, was ich vorher über ein gewinnendes Gespräch gesagt habe?« Ehomba nickte hinüber zu den Delfinen. »Ich habe gerade ein solches geführt. Gedulde dich, bis sie mit ihrem Geschnatter fertig sind.«

Also rutschten Simna ibn Sind und Einlöward unruhig auf ihren Plätzen hin und her und warteten, was weiter mit ihrem schlaksigen Freund und den Delfinen geschah. Und sie fragten sich, was sie wohl mit einer Meute lärmender, aufsässiger Wasserbewohner anfangen konnten, die weder Fisch noch Mensch waren.

Nach einer langen, hart geführten Aussprache strömten die Delfine wieder auseinander, sie nahmen ihre vorherigen Unternehmungen erneut auf und jagten, spielten, paarten sich und verfolgten einander um die Insel herum. Merlescu schwamm langsam zum Strand. Sie lehnte sich zurück, sodass sie aufrecht im Wasser stand, und wandte sich abermals an Ehomba. Doch ihre Worte und Blicke schlossen alle drei ein.

»Wir werden Schlingpflanzen finden müssen.« Während sie sprach, sprangen drei ausgewachsene Delfine aus dem Teich, überwanden den Luftzwischenraum und landeten im nächsten schwebenden Wassergebilde. »Das kann ein wenig dauern.« Damit drehte sie sich um und glitt unter die Wasseroberfläche.

»Schlingpflanzen?« Simna warf seinem Freund einen fragenden Blick zu. »Was sollen wir mit Schlingpflanzen?«

»Ich bin nicht einmal im Entferntesten ein Vegetarier«, fügte Einlöward hinzu.

»Habt ihr euch schon einmal gefragt, wie es wäre, auf den Grund des Teiches zu schwimmen und durch den Boden zu schauen? Es muss schon verwirrend sein – für die Fische.« Ehomba zog Kilt und Hemd aus und warf die Sandalen in hohem Bogen in den Sand, nackt und nicht gerade anmutig sprang er ins Wasser. Zwei der jüngeren Delfine gesellten sich prompt schnatternd und quietschend zu ihm und spielten Fangen mit Ehomba.

»Sieh dir das an.« Simna grinste, schüttelte den Kopf und streifte schließlich ebenfalls die Kleider ab. »Ich glaube, man sollte jede Gelegenheit zum Waschen nützen.«

»Das glaube ich nicht.« Der Löward legte sich auf die Seite, ließ den Kopf auf die weiche Erde sinken und schloss die Augen. Simna warf der Riesenkatze einen missbilligenden Blick zu.

»Willst du etwa schon wieder schlafen?«

Ein gelbes Auge öffnete sich und warf Simna einen stechenden Blick zu. »Wenn ich nicht gerade jage oder mich paare, verbringe ich für gewöhnlich achtzig Prozent meiner Zeit mit Schlafen. Das ist die Hauptbeschäftigung der Großkatzen. Und wir machen es gründlich.« Das Auge schloss sich wieder und Einlöward rollte sich auf die andere Seite, sodass er dem Menschen den Rücken zuwandte. »Geh und mach dich nass, wenn du willst. Das tun sowieso nur Menschen.«

Simna wollte sich schon abwenden, doch er hielt

inne. Ein schelmisches Grinsen breitete sich auf seinem Gesicht aus. Er suchte, bis er fand, was er brauchte, und ging damit bis zum Wasser, er kniete sich hin und folgte anschließend seinen Spuren auf Zehenspitzen zurück zur Katze.

Das Gebrüll des Löwards, als der Schwertkämpfer den Inhalt des hohlen Kürbisses ins Gesicht der schlummernden Katze schüttete, ließ die gesamte durchsichtige Haut des Teiches erzittern und einige Pinienzapfen fielen vor Schreck von den Kasuarinas. Mit einem jauchzenden Freudenschrei wirbelte Simna herum und rannte so rasch er konnte ins Wasser. Er hatte gerade genug Vorsprung, um dem Verfolger mit einem Sprung ins Wasser zu entkommen.

Einlöwards Gesicht verwandelte sich in ein Sperrgebiet purer animalischer Wildheit und er lief rasend vor Wut am Strand auf und ab. »Irgendwann musst du herauskommen, kleiner Mensch. Und dann werde ich dich so klein zusammendrehen, dass du dir in deinen eigenen Hintern beißen kannst!«

»Genauso wie ich schon immer vermutet habe.« Im Wasser tretend schnitt Simna der wütenden Katze Grimassen. »Je größer die Katze, desto geringer der Sinn für Humor.«

Simnas Gesichtsausdruck veränderte sich schlagartig und seine Augen wurden riesengroß, als der Löward mit lautem Knurren zum Sprung ansetzte – und sprang. Der Schwertkämpfer duckte und beeilte sich, um mit heftigen Schwimmstößen den Grund des Teiches zu erreichen.

Mächtige Pranken wühlten sich durchs Wasser. Aber nicht lange, denn bald sprang und zuckte Einlöward nur noch herum. Zwei Delfine kitzelten seinen Bauch mit ihren Schnauzen und bliesen Wasserblasen darauf. Ehomba gesellte sich lächelnd hinzu und die Rage des großen Fleischfressers war bald vergessen, als Mensch,

Delfin und Katze die Wasser des Teiches fröhlich durchpflügten.

Der Nachmittag hatte bereits begonnen, als das Delfintrio von der Suche zurückkehrte. Lange, dicke Schlingpflanzen schleppten sie um die Bäuche gewickelt heran, einige davon grün, der Rest braun. Ausgefranste Enden wiesen darauf hin, dass die scharfen Zähne, die für gewöhnlich zum Fischfang eingesetzt wurden, die langen Pflanzen von ihren Wurzeln befreit hatten.

Während Merlescu und Ehomba unter vier Augen im Wasser miteinander sprachen, schleppten sich Simna und Einlöward erschöpft an den Strand der Insel, um sich in der Sonne zu trocknen.

»Also gut«, keuchte Simna, »du hast gewonnen.«

»Was gewonnen?« Die lang ausgestreckte Katze war noch müder als ihr menschlicher Gefährte.

Simna blickte nach links und starrte auf Sand, Kies und Gras. »Ich nehme meine Behauptung von vorhin zurück. Du hast doch Sinn für Humor.«

Der Löward setzte sich auf und putzte sich mit der Pranke, er versuchte der Sonne zu helfen, indem er so viel Wasser wie möglich aus dem schwarzen Fell wrang. »Natürlich habe ich den. Aber sei gewarnt, Mensch: Sei vorsichtig, wenn du dir mit der Würde einer Katze einen Spaß erlaubst.«

»He, ich habe in Erwägung gezogen, dass du vielleicht Sinn für Humor besitzt. Von Würde war keine Rede.«

Sie fielen in Wortgefechten übereinander her und übertrumpften sich gegenseitig an Schlagfertigkeit, bis Ehomba, an dessen schlanker, muskulöser Gestalt das Teichwasser in langen Bächen hinunterlief, wieder zu ihnen kam. »Unsere Freunde bereiten sich vor. Ich muss ihnen helfen.« Er warf den Kopf in den Nacken und studierte den Himmel. »Wir werden noch eine weitere Nacht hier verbringen müssen und dann morgen früh aufbrechen.« Sein Blick fiel auf die Kameraden. »Sie werden uns helfen.«

»Wie?« Simna stieß ein nörglerisches Schnauben aus. »Indem sie Schlingpflanzen um uns binden und uns dann von Teich zu Teich ziehen?«

»Du wirst schon sehen.« Ehomba drehte sich um und sprang mit einem großen Satz ins Wasser.

Simna hätte gerne herausgefunden, was der Hirte und die Delfine planten, doch er fühlte sich zu müde nach all den ausgelassenen Wasserspielen. Vielleicht lag der Schlüssel in Ehombas Beruf, überlegte er. Vielleicht sollten die Schlingpflanzen als Peitschen dienen, um die Delfine zu lenken und anzutreiben, während sie die drei Wanderer von See zu See trugen. Mit einem geistigen Schulterzucken schloss er die Augen.

Trotz des Argwohns, der ihn ständig begleitete, hatte er doch ein gewisses Vertrauen zu Ehomba gewonnen, wenn er auch nicht immer genau wusste, was der Hirte gerade im Schilde führte.

Geweckt wurde er von einem schrillen Gekreische, das geradezu Trommelfell zerreißende Ausmaße erreichte. Es klang, als quietschte und schnatterte jedes einzelne Mitglied des Schwarms aus vollem Halse. Simna kroch unter der Decke hervor und entdeckte, dass Einlöward am Wasser stand und Ehomba und den Delfinen bei den Vorbereitungen für die Abreise zusah.

Rasch zog er sich an und hastete zu ihnen hinüber. Es dauerte nur Sekunden, um zu erkennen, was sie vorhatten, und um schließlich auch zu erfahren, wofür die gesammelten Schlingpflanzen verwendet werden sollten.

Alle Delfine hatten ein grobes Zaumzeug um den Kopf geschlungen, die Pflanzengeflechte endeten in Zügeln, die etwa eineinhalb Meter in der Länge maßen. Simna schnürte sich den Lederharnisch um und stellte sich neben Ehomba, der alles überwachte.

»Was sollen wir damit tun? Uns daran festklammern, während sie uns von See zu See ziehen? Ich wusste gar nicht, dass sie so starke Kiefer haben. Das wird eine lustige Reise werden.«

»Ja«, stimmte Ehomba bereitwillig zu, »aber nicht so, wie du dir das vorstellst.« Er winkte dem nächstbesten Delfin mit Zaumzeug zu. »Die Zügel sind nicht zum Festhalten da, sondern um das Gleichgewicht zu halten.«

»Gleichgewicht?« Simna zog die Brauen hoch, die genauso verwirrt schienen wir alles andere an ihm.

»Ungefähr so.« Ehomba trat ins flache Wasser und begann mit seiner Vorführung.

Er gewann das Gleichgewicht, indem er je einen Fuß auf den Rücken eines Delfins stellte, die Rückenflossen benutzte er als Stützen für die Füße und in jeder Hand hielt er einen Zügel. Schwertkämpfer und Katze waren erstaunt über die Geschwindigkeit und Anmut, die die Delfine zur Schau stellten, während sie mit dem Menschen auf dem Rücken um die Insel und an den Grenzen des Teiches entlangjagten. Nach mehreren solcher temperamentvollen Umrundungen rasten sie wieder ans Ufer und stellten den Passagier neben seinen Gefährten ab. Die Delfine hatten ihre Sache so geschickt und genau gemacht, dass der Hirte kaum nass geworden war.

Ehomba übergab die Zügel dem misstrauischen Schwertkämpfer. »Hier, Simna. Versuch es.«

Der kleinere Mann hielt beide Hände hoch. »O nein. Ich doch nicht.«

»Hm!« Den ihm eigenen Hochmut wie eine Krone zur Schau tragend, trottete Einlöward vor. Noch zwei weitere Delfine kamen herangeschwommen und machten sich bereit. Die große Katze hielt die Zügel fest zwischen den Kiefern und erlaubte den Delfinen, ihn mühelos um die Insel zu tragen. Dabei ritt er so wunderbar leicht und locker auf ihren Rücken, wie es eine geschnitzte Galionsfigur am Bug eines Schiffes niemals zustande gebracht hätte.

Simna versuchte es schließlich auch noch. Trotz seiner anfänglichen Bedenken gegenüber einem solch eigenartigen Fortbewegungsmittel war er doch zu sehr erfahrener Reiter, sodass ihm ein Sturz von dem verblüffenden Doppelreittier erspart blieb. Nach diesen ersten Erfahrungen mit den glitschigen Rössern packten die Wanderer ihre Sachen zusammen und stellten sich erneut auf die Delfine.

»Seid ihr bereit?«, wollte Merlescu mit ihrer hohen aber anmutigen Stimme wissen. Ein aufgeregtes Stimmengewirr aus Geschnatter, Knurren und Rufen ertönte als Antwort. Die Delfindame warf sich ins Wasser und schlug heftig mit der Schwanzflosse aus. »Dann lasst uns aufbrechen!«

Nur Fische, Salamander, Frösche und Vögel wurden Zeugen dieser Abreise, und selbst diese mussten beim Anblick so vieler Delfine tief beeindruckt gewesen sein, die alle gleichzeitig und einheitlich von einem schwebenden Teich zum anderen sprangen – besonders da zwei Menschen und eine große schwarze Wildkatze auf ihren gewölbten Rücken ritten. Das Schauspiel musste großartig anzuschauen gewesen sein, als alle mehr oder weniger gleichzeitig in den nächsten Luftsee eintauchten. Das Wasser lief über die Ränder der durchsichtigen Außenhäute und klatschte in die kleineren Teiche und den riesigen, seichten Süßwassersee darunter.

So bewegten sich die Reisenden nun vorwärts, in den Händen hielten sie die grünen Zügel und die Füße stemmten sie fest gegen die beweglichen Flossen; mit den Beinen und Gelenken waren sie stets auf den erleichternden Absprung und auf die Wucht des Auf pralls bei jeder Wasserlandung gefasst. Sie ritten von Teich zu See, von See zu Teich, niemals in gerader Linie, sondern immer kreuz und quer auf- und abspringend und stets ungefähr in nördliche Richtung.

Mithilfe der artistisch springenden Delfine legten sie statt weniger Meter Meilen zurück, sie ruhten und lagerten auf Seen und Teichen, die über trockenes Land verfügten, und halfen ihren Delfinfreunden, genügend Fische zu finden und zu fangen. Die Menschen ergänzten ihre Nahrung mit allem Möglichen, angefangen von Beeren bis zu Brunnenkresse, und Einlöward bewies, dass er sich nicht zu gut war, sogar Schnecken und Flusskrebse zu fressen – die zwar seinen Magen füllten, was aber die Jagd anbetraf, keine sehr große Herausforderung darstellten.

Einmal stießen sie auf einen Ort, an dem sich kein Wassergebilde befand, das groß genug gewesen wäre, die Delfine samt Passagieren aufzunehmen. Simna war überzeugt, dass sie nun Zeit verschwenden und zurückreiten mussten, um dann nach Osten oder Westen weiterzusuchen. Im letzten Augenblick aber machte Ehomba etwas mit den Zügeln seiner Zugtiere. Es war kaum wahrnehmbar gewesen und der Schwertkämpfer war nicht restlos überzeugt, dass er überhaupt etwas gesehen hatte, aber er machte sich doch Gedanken darüber, während er um das Gleichgewicht auf dem Rücken der Delfine rang, die über die tiefe Kluft hinwegsprangen. Gerade noch erwischten sie den nächsten schwebenden Wasserkörper, der vorher beinahe unerreichbar erschienen war, und die Schwanzflossen der Delfine schlugen gegen den oberen Rand der dünnen, durchsichtigen Wand, während die Triumphschreie in Simnas Ohren widerhallten.

Ehomba hatte sie mit Worten angespornt, einem Vorschlag oder Befehl, den Annäherungswinkel anzupassen. Oder… irgendetwas anderes.

Es war kein Blitz zu sehen gewesen, keine Dampfwolke alchemistischer Machenschaften. Nur ein kaum wahrnehmbares Flattern langfingriger Hände. Den Händen eines Musikers, so hatte Simna schon mehr als ein Mal gedacht. Oder Hände, die einen verzaubern konnten.

Ohne Vorbereitung, ohne magisches Pulver oder Zauberstab und Kristallkugel? Alles was Ehomba besaß, trug er während des Rittes sicher festgeschnallt auf dem südländischen Rücken: einen Speer und zwei Schwerter. Simna wischte sich das Wasser aus den Augen. War sein großer, sanftmütiger Freund nun ein Zauberer oder nicht? Wie so oft fand er auch diesmal keine Antwort darauf.

Er fand auch nicht die Zeit, ausreichend lange und tiefgründig über das Rätsel Etjole Ehomba nachzudenken. Im Augenblick war er zu sehr damit beschäftigt, nicht von seinem Reittier herunterzufallen.

XX

Viele Tage vergingen, dann folgten die schwebenden Luftteiche und Luftseen gefährlich seltener aufeinander. Die Delfine mussten immer mehr Kraft aufwenden, um die immer größer werdenden Abstände zwischen den Wassergebilden zu überwinden. Nach einer Weile wurde es schließlich unmöglich, eine zumindest einigermaßen nach Norden verlaufende Route zu finden. Sie verschwendeten zu viel Energie darauf, von links nach rechts zu springen statt nach vorne, so wie ein Segelschiff gezwungen ist, im abflauenden Wind zu kreuzen.

Dann schließlich nahte der Tag und die Stunde, in der Merlescu und Ehomba vereinbarten, dass die Zeit gekommen sei, anzuhalten und der fröhlichen und nützlichen Gemeinsamkeit ein Ende zu bereiten. Keiner wollte riskieren, so lange weiterzuspringen, bis einer der fleißigen Delfine sein Ziel verfehlte und dann von den Wanderern zurück in den nächsten niedrigen Wasserkörper gehoben werden musste. Das hätte zwar Einlöward allein vollbringen können, daran zweifelte niemand, aber jeder Delfin, der einen Sprung verpatzte und auf den Boden fiel, würde die Landung als zu hart empfinden, denn die zehn Zentimeter Wasser über dem Grund boten kein ausreichendes Polster. Weder die drei Reisenden noch Merlescu wollten das zulassen.

Für den Abschied suchten sie sich einen Teich aus, der groß genug war, um als See gelten zu können. Die gekräuselte, gekrümmte Unterseite schwebte nicht mehr als dreißig Zentimeter über den endlosen, seichten Sümpfen, die den Boden bedeckten. Die Delfine drängten sich an den Rand des Wassers und beobachteten und halfen den Reisenden, die einer nach dem anderen hinunterkletterten und in den hellen, lauwarmen Untiefen landeten.

Nach einer knappen aber herzlichen Verabschiedung wendeten die Delfine und machten sich gemeinsam auf den Rückweg nach Süden, zurück ins Herz des Landes der schwebenden Seen. Die Wanderer sahen ihnen nach, bis der letzte rosarote runde Rücken am Horizont verschwunden war.

Simna zeigte auf die lange, dünne Schlingpflanze, die Ehomba tagelang als Zügel benutzt hatte. Aufgewickelt umschlang sie nun des Südländers Schulter. »Was hast du damit vor? Ein paar Frösche einfangen, auf denen wir den Rest des Weges reiten können?«

»Nein, das nicht. Aber ich habe so ein Gefühl, dass wir das Seil noch gut brauchen können.« Damit setzte sich Ehomba in Richtung Norden in Bewegung. Simna staunte über die Fähigkeit des Hirten, von einem leeren Himmel die Richtung ablesen zu können, so wie ein Taschendieb eine volle Börse erspüren konnte, die unter vielen Kleidungsschichten verborgen lag. Ohne zu murren, folgte er dem Hirten, Einlöward hingegen watete etwas angewidert durch den lauen Sumpf und hielt nach essbaren Weich- und Schalentieren Ausschau.

Am Morgen des nächsten Tages erreichten sie eine neue Landschaft, in der das weite, seichte Flussgebiet, das sich unter den schwebenden Teichen ausbreitete, nur noch aus kläglichen Rinnsalen im Sand bestand. Hinter ihnen, glitzernd und glänzend wie Perlen aufgereiht an einer unsichtbaren Schnur, erstreckten sich die fliegenden Teiche und Seen nach Süden hin bis zum Hauptfluss und den Steppen dahinter.

Vor ihnen lag eine Kiesebene, auf der nur wenig niedriges Gestrüpp wuchs und Fettpflanzen in kleinen

Grüppchen zusammenstanden. Nach einem weiteren halben Tagesmarsch standen sie schließlich vor einer Wüste. Die ersten Dünen schwangen ihre weichen, gelbbraunen Flanken hinauf zum tiefblauen Himmel.

»Das ist ja wieder eine großartige Landschaft!« Simna spuckte aus und sah zu, wie die trockenen Sandkörnchen seine Spucke innerhalb kürzester Zeit aufsogen. »Ich sehne mich nach den grünen Feldern und Wäldern meiner Heimat.« Der etwas verstimmte Schwertkämpfer sah auf zu Ehomba. »Dir gefällt es ja sicher hier.«

»Was, hier?« Der Hirte deutete auf das trockene Land, das vor ihm lag.

»Hast du mir nicht erzählt, dass du aus einem Wüstenland stammst?«

»Nein, das habe ich nicht. Trocken, ja. Wüste – nun ja, einigen mag es vielleicht so erscheinen. Aber da, wo ich herkomme, gibt es Berge, die mit Bäumen gekrönt sind, und Täler voller Gras, Klee und Blumen – und auch Quellen, die kleine Seen nähren und zu fließenden Bächen werden.« Er zeigte mit dem Kopf Richtung Norden. »Hier sehe ich nichts dergleichen. Im Augenblick ist das Einzige, was mich an meine Heimat erinnert, die Temperatur.« Dann blickte er nach rechts.

»Musst du sehr leiden, mein vierbeiniger Freund?«

»Nein, überhaupt nicht. Noch nicht, jedenfalls.« Einlöward keuchte, das fleckige, dunkle Rosa der schweren, dicken Zunge zeichnete sich erschreckend hell gegen die schwarzen Lippen ab. »Mir wird zwar heißer als meinen Verwandten, wenn die Sonne hoch am Himmel steht, was an der Farbe meines Fells liegt, aber ich habe mich schon lange daran gewöhnt.«

»Wir werden viel Wasser brauchen.« Mit grimmigem Gesicht suchte Simna das Land ab. »Wir wissen nicht, was uns da draußen erwartet.«

»Deshalb habe ich das hier aufgehoben.«

Ehomba machte kehrt und verfolgte seine Spuren

zurück, bis er vor einem sehr kleinen Teich stehen blieb. Das Wasser schwebte etwa einen Meter über dem Boden und hatte keine Insel oder sonstigen Erdboden zur Verfügung. Und weil der Teich so winzig war, flitzten nur kleine Elritzen darin herum.

Ehomba nahm die Schlingpflanzenspule von der Schulter und wandte sich an seine Kameraden. »Kommt und helft mir, den Teich hier festzubinden.«

»Festbinden?« Simna stellte sich neben den anderen Mann. »Woran denn festbinden? Und warum? Du spielst doch nicht mit dem Gedanken, ihn mitzunehmen?«

»Und warum nicht?«, hielt Ehomba entgegen, während er den Umfang des Teiches mit dem Seil abmaß. »Kannst du mir eine sicherere Wasserquelle nennen oder einen festeren Behälter?«

»Dieser Teich ist zwar klein, verglichen mit vielen anderen, die wir gesehen haben«, der Schwertkämpfer bückte sich, um Ehomba mit der Schlingpflanze zu helfen, »aber er ist viel größer und schwerer als die paar Kürbisse, die wir über den Schultern tragen können. Wie kommst du eigentlich darauf, dass wir in der Lage sind, ihn von der Stelle zu bewegen?«

»Er wird sich selbst bewegen«, versicherte Ehomba. »Wenn ich es dir sage, hebst du dieses Ende der Schnur auf und presst es fest gegen die Wasserwand.«

Es dauerte eine Weile und verlangte viel Kraft – die Schlingpflanze, die als Tau diente, rutschte immer wieder an dem glatten Äußeren des Teiches ab –, aber schließlich saß die Schnur fest. Das grüne Seil grub sich leicht in die Seiten des schwebenden Teiches, verletzte sie jedoch nicht. Schon komisch, dass Wasser eine Haut hat, grübelte Simna. Mit seinem Messer schnitten sie die Enden des Seiles auseinander. Simna nahm ein Ende davon und Ehomba das andere, zusammen legten sie sich ins Zeug und zogen daran.

Der Teich rührte sich nicht von der Stelle, bis Einlöward mit einem verächtlichen Schnauben ein Ende der Schnur zwischen die Zähne nahm und daran zerrte. Einmal in Bewegung geraten, ließ sich der Teich leicht ziehen, er glitt dahin wie auf einem unsichtbar geschmierten Polster. Als er richtig in Fahrt gekommen war, konnte ihn sogar ein Mann allein hinter sich herziehen. Er ließ sich viel leichter durch die Luft bewegen, als die drei gedacht hätten.

»Wir werden uns daran satt trinken, bis er halb leer ist«, erklärte Ehomba, »dann wird er noch leichter zu ziehen sein. Wir werden uns so satt trinken können, wie es keine Wüste unter gewöhnlichen Umständen erlauben würde.«

Simna streckte die Hand aus und drückte sie in die Teichwand. Er passte jedoch auf, der Teichhaut mit dem spitzen Zeigefinger nicht zu nahe zu kommen. Die kühle, durchsichtige Außenhaut gab dem Druck nach und sprang anschließend wieder in seine ursprüngliche Form zurück. Es dauerte einige Sekunden, bis die Haut sich wieder vollständig zurückverformt hatte. Dieser erstaunliche Wasserbehälter reagierte beinahe wie die Haut eines alten Menschen.

»Uns satt trinken? Beim Ghothua, wir werden darin baden können!«

Ehomba betrachtete seinen Freund mit Abneigung. »Du würdest in deinem Trinkwasser baden?«

Der Schwertkämpfer zwinkerte unbefangen. »Sicher, warum nicht?«

»Ja, warum nicht«, fügte Einlöward unterstützend hinzu. Das war das erste Mal, dass er mit Simna in einer Sache übereinstimmte.

Ehomba schüttelte nur den Kopf. »Es stimmt schon, was die fahrenden Händler erzählen. Zivilisation und zivilisiertes Benehmen sind reine Ansichtssache.«

»Aaach, unsere Gewohnheiten sind einfach nur verschieden, Etjole.« Simna verabreichte dem Hirten einen freundschaftlichen Klaps auf den Rücken und wunderte sich wie immer über die trockene Kleidung des Südländers. Ganz gleich welche Tageszeit und welche Temperatur gerade herrschte, er schien niemals zu schwitzen. »Wenn es dich beruhigt, dann verspreche ich dir, nicht in deinem Trinkwasser zu schwimmen.«

»Das wäre mir sehr recht.« Wie seine Gefährten freute sich auch Ehomba über das leichte Fortkommen. Das erste Mal seit vielen Tagen knirschte der Boden unter ihren Füßen statt zu quatschen.

Sie hielten sich an die trockenen, staubigen Rinnen, die sich wie felsige Bäche durch die Dünen zogen. Bald türmten sich die Sandberge neben ihnen auf, die sandigen Gipfel schwangen sich zu Höhen von dreihundert Metern und mehr auf. Doch dazwischen nährten sich an schattigen und geschützten Plätzen immer wieder Wüstenpflanzen an unterirdischen Wasserquellen.

Neben den bereits bekannten Büschen und Bäumchen, die ihre winzigen Blätter und grünen Rinden an die Trockenheit angepasst hatten, trafen die Wanderer auch auf höchst außergewöhnliche Kakteenarten und andere Wüstenpflanzen. Einige besaßen Dornen, die gekrümmt waren wie Angelhaken, andere wieder prahlten mit haarfeinen Stacheln, rostrot in der Farbe und genauso bedrohlich in der Art. Mit dem fliegenden Wasser im Schlepptau achteten die Reisenden besonders darauf, keinem von diesen Gewächsen zu nahe zu kommen. Ehomba hatte die Erfahrung gemacht, dass solche Pflanzen nicht nur stachen, sondern viele von ihnen auch Gift in den Stacheln trugen. Über ihnen flogen und kreisten kleine, zerzauste Rabendrachen wie die Fetzen eines zerrissenen Zeltdaches auf und ab. Die ausgestreckten, hauchdünnen Flügel trugen sie mühelos durch die Lüfte, während sie den Weg der drei Gefährten unter sich verfolgten. Getrieben von dem Gedanken an fette Beute, würden sie einsame Abenteurer jeder Rasse tagelang voller Hoffnung und Vorfreude überallhin verfolgen.

Ehombas Gefährten stapften tapfer weiter, manchmal gehüllt in nachdenkliches Schweigen, dann wieder eifrig plappernd – entweder mit ihm oder untereinander. Welch seltsames Trio wir doch bilden, grübelte der Hirte nicht nur einmal. Keiner von uns ist aus freien Stücken hier. Ich wäre lieber zuhause bei Frau und Kindern, Einlöward zöge sicherlich die Gesellschaft anderer Großkatzen vor und Simna vermisste zweifellos die Fleischtöpfe und anderen duftenden Verlockungen dichter besiedelter Gegenden.

Aber jetzt sind wir nun einmal hier: ich, weil ich einem Mann mein Wort gab, der nun schon lange tot ist und den ich, bevor er sterbend in meinen Armen lag, nicht einmal gekannt hatte. Simna, weil er denkt, ich sei ein Zauberer auf den Spuren eines Schatzes. Und der Löward, weil ich die Unverfrorenheit besaß, sein Leben zu retten.

Ich sollte nach Hause gehen und diese Dummheit sein lassen. Die Tragzeit ist vorbei, die Rinder haben gekalbt und die Mutterschafe ihre Lämmer geworfen, doch der Sommer dauert nicht ewig. Es gibt viel zu tun, bevor der kalte Wind wieder übers Meer bläst.

Mirhanja würde es sicher nicht an Hilfe mangeln, das wusste Ehomba. Die Naumkib kümmerten sich umeinander. Seine Freunde und Dorfmitbewohner hatten schließlich Verständnis für die Notwendigkeit seines Tuns gezeigt. Keiner von ihnen würde sich jemals darüber beklagen, dass er der Familie eines abwesenden Freundes helfen musste. Ehomba war froh, ein Naumkib zu sein – und das nicht zum ersten Mal. In anderen Stämmen würde eine so lange Abwesenheit zweifellos Ärger heraufbeschwören.

Wie er das Meer vermisste! Den schweren Duft und

den wogenden Chor der Wellen, die das Ufer streichelten, die bedingungslose Ehrlichkeit ihrer erfrischenden Umarmung. Er vermisste sogar den Geschmack des Meeres, stumpf und salzig drang es unerschütterlich bis in die abgelegensten Teile der Erde vor. Um ihn herum hatte die Trockenheit die gute Erde zu Pulver zermahlen, allerhöchstens noch nützlich, um damit vor dem Gerben noch die Haare von den Fellen zu entfernen. Ehomba öffnete die Klappe, die die rechte Tasche des Kiltes verschloss und knetete die Kieselsteine vom heimatlichen Strand zwischen den Fingern. Er rieb sie aneinander und lauschte dem nächtlichen Rauschen des Ozeans, der zwischen seinen Fingern brandete.

Tage, die noch heißer hätten sein können und es doch glücklicherweise nicht waren, wurden abgelöst von klirrend kalten Nächten, in denen wilde Tiere in weiter Entfernung den Mond anheulten. Zweimal regnete es leicht, was den Wanderern nicht nur Abkühlung verschaffte, sondern auch die schwebende Wasserblase auffüllte. Insgesamt betrachtet, erwies sich die Reise durch die Dünen zwar als ziemlich beschwerlich aber nicht unmöglich. Niemand erlag der Hitze, keiner wurde gebissen oder gestochen oder hatte sonst irgendwie unter den Kaktusdornen zu leiden.

Die Tage wären jedoch viel schneller vergangen, hätten die drei eine Ahnung gehabt, welche Strecke noch vor ihnen lag, bevor sie dieses trostlose Land verlassen konnten. Als feindlich konnte man die Gegend nicht bezeichnen, durch die sie wanderten, aber die Landschaft wurde mit jedem Tag langweiliger und fader. Sogar die Entdeckung einer noch nie zuvor gesehenen Fettpflanze rief nicht mehr als eine beifällige Bemerkung oder ein teilnahmsloses Gemurmel hervor.

»Ich habe etwas gesehen.«

Mit gesenktem Kopf und hängender Zunge knurrte Einlöward gereizt: »Wir sind doch nicht blind. Dauernd sehen wir etwas. Das ist aber doch kein Grund, sich aufzuregen.«

»Nein.« Simna blieb in der Mitte des Wadis stehen und beschattete die Augen mit der flachen Hand, während er in die Ferne spähte. »Aber es hat sich bewegt.«

Ehomba verhielt sich etwas nachsichtiger. Er hielt neben dem Schwertkämpfer an und lehnte sich auf seinen Speer. So versuchte er dem Blick des Freundes zu folgen. »Was hast du gesehen, Simna? Einen Hasen vielleicht? Gebratener Hase wäre gut.«

»Hase oder Ratte, ich wäre für alles dankbar.« Der Löward zog die Zunge ein und leckte sich die Lippen. »Ich bin hungrig.«

»Du bist doch immer hungrig.« Ehomba sprach, ohne die große Katze dabei anzusehen. Er bemühte sich zu entdecken, was Simna gesehen hatte.

»Gwyull ist mein Zeuge«, beharrte der Schwertkämpfer weiter, »es war kein Hase. Und eine Ratte war es auch nicht.«

»Was dann?«, wollte der Hirte wissen.

Simna nahm die Hand herunter und ein unschlüssiges Gesicht kam zum Vorschein. »Ich weiß es nicht. Es war nur für einen kurzen Augenblick da und dann sofort wieder weg.«

»Wie immer.« Mit einem Schnauben nahm Einlöward den Marsch wieder auf, seine großen Pfoten wirbelten bei jedem Schritt eine riesige Staubwolke auf.

Das Nachtlager erschien nicht gerade einladend, aber in Ermangelung jeglichen Unterschlupfes mussten sie sich damit behelfen. Rötliche Dünen türmten sich um die drei Wanderer auf, die sich in einer trockenen Schlucht niedergelassen hatten. Einlöward war weniger mürrisch als sonst – dank der Nagetiere, die er in einer Höhle aufgespürt und ohne viel Federlesens vertilgt hatte. Für ein mächtiges Steppentier, das gewohnt war, viel größere Beute zu erlegen, grenzte die Jagd auf Ratten und Mäuse schon beinahe an Erniedrigung, aber ein leerer Magen, der nach Fleisch verlangte, nahm dankbar alles an, was der Rachen lieferte.

Sie rollten ihre Decken auf dem harten, unnachgiebigen Boden aus und waren über den schwebenden Teich, den Ehomba klugerweise mitgenommen hatte, froh wie nie zuvor. Jetzt, da er halb leer war, konnte man ihn viel leichter ziehen. Alle drei tranken daraus, also wechselten sie sich auch mit dem Ziehen ab.

Über ihren Köpfen versprach ein zunehmender Mond gute Nachtwanderbedingungen. Man musste diese Möglichkeit in Erwägung ziehen, wenn die Hitze des Tages unerträglich wurde. Auf dem Rücken liegend lauschte Ehomba den Nachtinsekten und Nagetieren, die Einlöwards Aufmerksamkeit entgangen waren und nun vorsichtig zwischen den drei Gestalten umherhuschten. Er verschränkte die Arme unter dem Kopf und versuchte sich vorzustellen, was Mirhanja wohl gerade tat. Wahrscheinlich lag sie so wie immer im Bett: auf der linken Seite mit dem Rücken zu ihm, die Knie bis zum flachen Bauch hochgezogen, die Knöchel einer Hand genau unter dem leicht geöffneten Mund, was sie ungewohnt kindlich aussehen ließ.

Doch nun lag nichts hinter ihr im Bett als die kühle Nachtluft. Der Körper – der Mann –, der eigentlich dort ruhen sollte, weilte auf dem felsigen Grund einer trockenen Schlucht weit im Norden und träumte von ihr, so wie er hoffte, dass auch sie von ihm träumte.

Bald, so beruhigte er sich selbst, werden wir eine große Stadt mit einem Hafen erreichen und ich werde auf einem Schiff das Meer überqueren, um diesem Kerl, diesem Hymneth, im Namen jenes Mannes die Meinung zu sagen, der in meinen Armen gestorben ist. Und dann werde ich zu dir zurückkehren, wenn schon nicht ruhmbedeckt, wonach ich auch gar nicht trachte, so doch mit einer Genugtuung und inneren Zufriedenheit, die eine Krone oder ein Generalsrang niemals mit sich bringen würde. *Bald.*

Er spitzte die Lippen und warf einen stummen Kuss zum Mond, drehte sich um und schlief so wohlig und ausgeglichen ein, wie es ein König oder Soldat niemals könnte.

XXI

Es war kalt, als Simna ibn Sind erwachte. Blinzelnd gähnte er hinauf zu der glatten Nachtkuppel, die sich zwischen den Dünengipfeln am Himmel wölbte. Der fast volle Mond war zwar schon im Begriff unterzugehen, warf jedoch noch so viel Licht zur Erde, dass ein Mensch seine Umgebung klar erkennen konnte, vielleicht würde es sogar zum Lesen reichen. Simna hatte sich noch nie sonderlich für Bücher interessiert und war froh, dass er in Gesellschaft von ähnlich gesinnten Wesen reiste. Mit Sicherheit war Einlöward trotz seiner außergewöhnlichen, wenn auch manchmal mürrisch dargebrachten sprachlichen Talente kein eifriger Leser von Büchern und Schriftrollen. Bei Ehomba war sich Simna nicht ganz so sicher, aber der einfache Hirte kam ihm nicht gerade wie ein Gelehrter vor. Ein Meister der Magie – vielleicht, aber kein großer Bücherwurm. Und in der Zeit, die sie nun miteinander verbracht hatten, hatte er nie eine sonderliche Sehnsucht nach bedruckten Seiten verlauten lassen.

Simna musste grinsen bei dem Gedanken, dass Etjole womöglich auf der Weide stand, auf seine Rinder und Schafe aufpasste und dabei auf seinen Speer gestützt, von einem Bein aufs andere tretend, einen dicken Wälzer las. Der Speer passte durchaus ins Bild, das Buch allerdings nicht. Mit diesem Gedanken tröstete sich Simna. Er konnte mit Weisen und Gelehrten wenig anfangen. Sie neigten dazu, auf einen ehrlichen, fleißigen Mann hinabzublicken und hinter seinem Rücken über ihn zu tuscheln.

Plötzlich stupste etwas gegen seinen rechten Oberschenkel und Simna erstarrte. Wahrscheinlich ein harmloser Dünenbewohner, der im Schutze der Nacht die Gegend erkundete. Ein großer Wüstenkäfer vielleicht, schwarz und gedankenverloren, oder eine von Einlöwards Zwischenmahlzeiten, die unwissentlich ihr Schicksal herausforderte. Simna kannte aus den trockeneren Gegenden seines Heimatlandes jedoch auch weniger freundliche Nachtschwärmer – und in einem so unwirtlichen Land wie diesem musste es zwangsläufig auch Bewohner geben, die mit Gift, Reißzähnen und Dornen jagten.

Aus diesem Grund bewegte Simna nur Hals und Kopf, um sich zu erheben und nachzusehen, was da ständig gegen seinen Oberschenkel pochte. Er rechnete damit, dass der nächtliche Besucher schon auf die erste sachte Bewegung reagierte. Entweder drehte er sich um und lief weg oder hielt inne – oder zog sich in Richtung Füße zurück.

Jedenfalls hatte Simna nicht erwartet, dass der späte Gast seinen Blick erwiderte.

Der winzige Krieger trug Kleidung aus einem groben, braunen Stoff, der aus Sisal oder einer ähnlichen Pflanze hergestellt sein musste. Aus den ausgefransten Hosenbeinen, die knapp bis unter die Knie reichten, ragten kurze, klapperdürre Beine heraus, die ihr Ende in unverhältnismäßig großen, breiten Füßen fanden, die jegliche Bedeckung vermissen ließen. Die dazu passenden kurzen Arme wirkten drahtig und muskulös. In der rechten Hand hielt der kleine Kämpfer einen schlanken Speer oder eine Lanze. Teile von geschnitzten Knochen stachen weiß von Brustharnisch und Hemd ab und dienten wohl als Schmuck und Schutz für den Oberkörper.

Der Kopf schien flach und oval statt rund zu sein und zusammen mit dem übrigen gedrungenen Körperbau erweckte das Wesen den Eindruck, dass einmal jemand auf ihm herumgesprungen war und es zusammengedrückt und flachgetreten hatte. Der Mund war übermäßig breit, die Lippen jedoch so dünn, dass man nur von Strichen sprechen konnte, die tiefliegenden Augen verrieten Klugheit. Eine zu große Mütze aus fein gewobener Naturfaser fiel ihm in die Stirn. Während der unbewegliche Simna den Besucher mit großen, neugierigen Augen betrachtete, schob der kleine Soldat die dicke Mütze nach hinten und entblößte dabei feste, rotgoldene Locken.

Die Ohren des Wesens hatten etwas Außergewöhnliches an sich: viel zu große, vorstehende Organe waren das, die unter der Mütze anfingen und diese noch weit überragten. Auch waren sie maßlos behaart. Die Haare, die unter dem Rand der dicken Mütze hervorstachen, waren so gerade wie Nadeln, aber in der Farbe glichen sie der Kopfbehaarung.

Der kleine Krieger sagte etwas in einer Sprache, die Simna noch nie zuvor gehört hatte, und gestikulierte dabei heftig mit der Lanze herum. Zusammengenommen konnte man Tonfall und Bewegung nicht mehr missverstehen. Langsam stand Simna auf und erhob die Hände. Er bewegte sich zwar vorsichtig, war aber weit davon entfernt, sich einschüchtern zu lassen.

Schließlich handelte es sich bei dem mutigen Besucher um einen Zwerg von dreißig Zentimetern.

Sobald Simna der Anordnung Folge geleistet hatte, näherte sich das Männchen auf seinem Reittier, das eigentlich ein laufender Vogel war – wieder etwas Neues für den Schwertkämpfer. Das gesprenkelte, gefleckte braune Etwas mit weißen Tupfen besaß einen sehr langen, breiten Schwanz, einen schlanken Schnabel, einen hohen Kamm und einen hochintelligenten Blick. Wenn es sich bewegte, senkte es den Kopf nach unten, den langen Schwanz streckte es dabei nach hinten und der

Kamm auf dem Haupt wurde hin und her geworfen wie eine Wetterfahne im Wind.

Der Winzling ritt auf einem vollendet nachgeahmten Miniatursattel. Vom Zaumzeug bis zu den Steigbügeln hatte man das Vogelsattelzeug bis zum fast nicht mehr Vorhandensein verkleinert. Der erstaunte Simna stellte fest, dass dieses Sattelzeug dem Vogel keinerlei Möglichkeit zum Fliegen ließ. Offenbar handelte es sich bei dem Reittier des Kriegers um einen Vogel, der dem Fliegen das Laufen vorzog.

»Ich gebe auf.« Simna hob die Hände noch höher. »Ich ergebe mich.«

»So«, antwortete der kleine Kämpfer barsch, »*diese* Sprache sprichst du also.« Die Stimme des Kleinen klang nicht so hoch und dünn, wie Simna erwartet hatte. Dann stellte sich der Winzling in die Steigbügel und drehte sich um, er erhob die Lanze, die ihn um ein paar Zentimeter überragte, und begann laut zu johlen.

Ehomba wachte davon auf und musste feststellen, dass das Lager von etwa vierzig kleinen Giftzwergen umzingelt war. Die Eindringlinge flitzten geschwind hin und her, was auf die ursprüngliche Wendigkeit der Reitvögel schließen ließ. Sie wirkten alle recht selbstsicher und benahmen sich auch so – bis Einlöward herzhaft gähnte und sich erhob. Mit müden, zusammengekniffenen Augen erblickte die große Katze die Störenfriede, sie schniefte einmal kurz und öffnete dann die Augen, die zwei gelben Monden in der Nacht glichen.

»Ah, wie aufmerksam – ein Mitternachtsimbiss.«

»Zurück! Bleib wo du bist!« Der Krieger, der Simna aufgeweckt hatte, schrie seinen Kameraden aufgeregt etwas zu. Der Rückzug war angeordnet worden und der Schwertkämpfer ließ unauffällig die Hände sinken. Es hatte eigentlich gar keinen richtigen Grund gegeben, sie überhaupt hochzuheben, und außerdem taten ihm langsam die Schultern weh.

Ehomba schwang die Beine unter der Decke hervor und setzte sich auf; neugierig betrachtete er die Besucher. Er brachte ihnen dieselbe Achtung entgegen, die er auch einer Schwadron ausgewachsener Männer gegenüber empfunden hätte, obwohl die Ankömmlinge weder ausgewachsen noch Männer waren.

»Ich heiße Etjole Ehomba. Dies sind meine Reisegefährten: der Schwertkämpfer Simna ibn Sind und der Löward Einlöward.« Missbilligend fiel sein Blick auf die Großkatze. »Steck die Zunge zurück ins Maul. Gäste sind nicht zum Fressen da.«

»Hmpf.« Enttäuscht ließ sich der Löward wieder auf den Bauch plumpsen. »Meine mitternächtlichen Vergnügungen sind lustiger als deine.«

Die zwergenhaften Besucher entspannten sich allmählich. Der Anführer ritt auf seinem gefiederten Reittier zu dem Hirten. »Ich bin Loswee, Sohn des Patriarchen Roosagin, von den Swick – dem Sandvolk.« Er kniff die Augen zusammen und die haarigen, übergroßen Ohren neigten sich entsprechend nach vorne. »Ihr seid keine Spione des Dunawake?«

Hirte und Schwertkämpfer tauschten einen fragenden Blick aus, während Einlöward völlig gelassen, unbeweglich und gleichgültig blieb. Ehomba saß mit untergeschlagenen Beinen da und sah den Fragesteller an. Loswees Reittier pickte neugierig an der Unterseite der abgetragenen Ledersandalen des Südländers herum.

»Was ist ein Dunawake?«

»Nicht ›ein‹ Dunawake«, verbesserte ihn das Kriegerlein eifrig. »*Der* Dunawake.« Im gedämpften, silbern schimmernden Mondlicht konnte man genau sehen, wie es schauderte. »Ich wage nicht einmal daran zu denken, dass es vielleicht mehr als einen davon gibt.« Große Augen sahen zu dem um so viel größeren Hirten auf.

»Der ist ein ganz Schrecklicher. Es gibt viel Schreckliches auf dieser Welt, aber der Dunawake übertrifft alles. Man kann nichts gegen ihn machen. Alles was man tun kann, ist ihm aus dem Weg zu gehen. Und das sollte man wirklich tun, denn sonst wird man zu Brei zerquetscht; völlig vernichtet, mein Freund, sogar solche Riesen wie du einer bist, so einfach, als würde ich eine kleine Ameise zerdrücken. Deshalb flüchten wir. Es ist schmerzhaft und mühsam, aber wir haben keine Wahl. Es gibt auch noch andere, die nicht so geschickt und beweglich sind wie wir, und diese erleiden das unsägliche Schicksal, das allen Opfern des Dunawake widerfährt.« Er setzte sich etwas aufrechter in den Vogelsattel. »Bis jetzt ist es uns gelungen, ihm stets einen Schritt voraus zu sein. Wir Swick sind quick.

Wir würden gegen ihn kämpfen, wenn wir die Waffen dazu besäßen. Aber Speere und Pfeile machen dem Dunawake weniger aus als Regentropfen. Wir brauchen etwas Stärkeres.«

Simna überlegte. »Größere Speere und längere Pfeile vielleicht?«

Loswee kniff erneut die Augen zusammen, die von dicken Brauen überschattet wurden, und Ehomba musste schnell eingreifen. »Du musst meinen Freund entschuldigen. Muskeln und Entschlossenheit sind bei ihm stärker als das Vorstellungsvermögen. Was braucht ihr, um diesen Dunawake besiegen zu können?«

»Magie«, antwortete der Swick, ohne zu zögern. »Magie, wie ihr sie besitzt.«

Ehomba blinzelte. »Wir haben keine Magie. Ich hüte Rinder und Schafe und meine Freunde sind einfache Wanderer. Wir sind keine Zauberer.« Etjole wusste, dass Simna ihn in diesem Augenblick genauso gespannt beobachtete wie Loswee.

»Wenn ihr keine Zauberer seid«, setzte der Swick

entgegen und zeigte mit der Speerspitze in die Luft, »wie erklärt ihr euch dann das?«

Er hatte sich den halb vollen Teich ausgesucht, der neben dem Lager in der Luft schwebte. Einige wenige Elritzen tummelten sich noch immer im seichten Wasser.

Ehomba lächelte freundlich. »Wir haben das fliegende Gewässer weder herbeigezaubert noch können wir es erklären. Wir haben es in einem Land südlich von hier gefunden – und dazu noch viele tausend andere – und es einfach mitgenommen, um in diesem trockenen Land genug zu trinken zu haben. Ihr könntet das Gleiche tun.«

»Südlich von hier, sagst du?« Loswee überlegte. »Das hier ist der südlichste Punkt, den die Swick jemals erreicht haben. Und wir wären nicht hier, hätte der Dunawake uns nicht zu dieser weiten Reise gezwungen.« Er warf einen Blick auf den Teich, der an einem vorstehenden Felsen festgebunden war, sodass er in der Nacht nicht wegfliegen konnte. »Ich weiß nicht so recht, ob ich euch glauben soll. Ich schätze, ihr besitzt mehr Magie, als ihr zugeben wollt.«

Ehomba schüttelte den Kopf. »Ich wünschte, du hättest Recht und ich wäre unaufrichtig. Es hat schon Augenblicke gegeben, da hätte ich ein wenig Magie gut gebrauchen können.«

Loswee drehte sich im Sattel um und bellte seiner Schwadron bewaffneter Krieger etwas zu, dann wandte er sich wieder an Ehomba. »Vielleicht wirst du ja mitteilsamer, wenn wir uns noch ein Weilchen unterhalten.«

»Gegen eine Unterhaltung habe ich nichts einzuwenden«, meinte Ehomba unverbindlich.

»Gut. Ich sehe, dass ihr mit wenig Gepäck reist, dann habt ihr gegen eine ordentliche Mahlzeit sicher nichts einzuwenden.«

»Beim Giquina, da hat er Recht!«, stimmte Simna aus vollem Herzen zu.

Ehomba sah seinen Freund stirnrunzelnd an. »Sieh dir doch das Land an und die Größe dieses Volkes. Sie können nicht viel zu essen übrig haben – und für Besucher von unserer Größe schon gar nicht.«

»Ganz im Gegenteil«, widersprach Loswee stolz, »wir haben mehr zu bieten als nur große Vorräte. An Lebensmitteln mangelt es uns nicht und wir teilen gerne. Wenn ihr schon keine Magie besitzt, dann könnt ihr uns vielleicht wenigstens einen Rat geben. Ihr kommt doch aus dem Süden, dort hat man bestimmt andere Ansichten.« Mit dem Speer deutete Loswee in die Nacht. »Es ist nicht weit und ich verspreche euch, dass ihr es in der Burg wärmer haben werdet als hier draußen in der Schlucht.«

Ehomba gab Simna ein Zeichen und der Schwertkämpfer sprang sogleich zu ihm. Die zwei Männer berieten sich kurz.

»Was meinst du?«, fragte der Hirte den Freund.

Simna atmete hörbar aus. »Jede Mahlzeit, so klein sie auch ausfallen mag, ist willkommen. Besonders, wenn ich sie nicht tragen muss. Wenn Loswee vorhat, uns in eine Falle zu locken, dann ist sein Gehirn genauso klein wie seine Finger. Einer von uns beiden allein könnte die ganze Armee vernichten und Einlöward könnte sie mühelos in Grund und Boden stampfen. Aber da ich sie nicht für so dumm halte, glaube ich, dass ihr Angebot aufrichtig gemeint ist.«

Ehomba nickte. »Das denke ich auch.« Er wandte sich wieder den Vogelrittern zu und lächelte. »Wir nehmen eure Einladung an. Gebt uns einen Augenblick Zeit, um unsere Sachen zusammenzupacken und das Wasser loszubinden, dann werden wir mit euch kommen.«

»Hervorragend!« Loswees Reittier konnte sich zwar

nicht aufbäumen wie ein Pferd, aber es vermochte die Begeisterung seines Reiters zumindest durch lustige Luftsprünge wiederzugeben. »Wo immer ihr auch hingehen werdet und was euch auch immer widerfahren wird, die Gastfreundschaft der Swick werdet ihr bestimmt nie vergessen.«

Die Reiter warteten geduldig, bis die drei Wanderer ihre Habseligkeiten zusammengesucht hatten. Einige vertrieben sich die Zeit, indem sie am Fuß der Dünen nach essbaren Insekten und Pflanzen suchten. Doch sie hatten nur wenig Zeit, um Nahrung zu finden, denn Ehomba und Simna waren innerhalb weniger Minuten reisefertig. Einlöward musste nichts packen und war ohnehin jederzeit aufbruchbereit.

Die Swick-Kavalleristen ritten durch die Schlucht voran. Die drei Freunde hatten eigentlich damit gerechnet, das Tempo drosseln zu müssen, um die winzigen Gastgeber nicht zu überholen, aber genau das Gegenteil war der Fall, sie mussten sich beeilen, um mit ihnen Schritt halten zu können, so schnell waren die gefiederten, erdgebundenen Reittiere der Swick. Sie fanden kaum Zeit, sich zu orientieren, als die berittenen Krieger flink in ein viel schmäleres Wadi einbogen, in dem sich links und rechts riesige Sandberge auftürmten – und gleich darauf ins nächste.

Keuchend und etwas beunruhigt warf Simna einen Blick zurück auf den Weg, den sie gekommen waren. »Diese Dünen sehen alle gleich aus. Wenn unsere Freunde noch ein paar solcher Haken mehr schlagen, werden wir den Weg zurück zum Haupttal nie mehr finden.«

»Woher willst du wissen, ob es das Haupttal war?« Ehomba schritt trotz des Gepäcks leichtfüßig voran. »Noch ein oder zwei Tagesmärsche mehr und es wäre vielleicht genauso eng und kurvig wie dieses Tal hier geworden.« Er warf einen Blick zum Himmel. »Zumindest halten wir uns mehr oder weniger Richtung Norden.«

»Aha«, meinte der Schwertkämpfer mit einem Nicken. »Aber haben die Swick nicht behauptet, dass aus dieser Richtung der Dunawake kommt?« Er blickte unbehaglich um sich und auf die hohen Sanddünen.

»Beruhig dich, mein Freund. Ich kann mir nicht vorstellen, dass sie uns ohne jegliche Vorwarnung ins Verderben laufen lassen. Ich glaube, sie bringen uns wirklich zu ihrem Volk, so wie sie es versprochen haben.«

Der Schwertkämpfer richtete den Blick wieder nach vorn, vorbei an den galoppierenden Reitern. »Ich suche nach Zelten oder Hütten, aber ich kann nichts entdecken.«

Er sah auch noch immer nichts, als die Truppe nach einem Pfiff zum Stehen kam und Loswee sich den drei Wanderern zuwandte, um ihnen zu verkünden: »Wir sind da. Willkommen in der Burg.«

Simnas Augen wurden groß, als er den vom Mondlicht überfluteten Sand betrachtete. Einige zerzauste Büsche reckten die Äste in den Nachthimmel. Der Morgen nahte bereits und der Schwertkämpfer fühlte sich schon wieder müde. Zu müde für schlechte Witze.

»Eine Burg? Ich sehe keine Burg. Ich sehe nicht einmal eines von den Nebengebäuden.«

»Kommt um diesen Dünenkamm herum.« Ohne den Spott in der Stimme des Schwertkämpfers bemerkt zu haben, bedeutete Loswee der Gruppe, ihm zu folgen. Links von ihnen stellten sich die berittenen Swick in einer Reihe auf, Flügel an Flügel, und bildeten so eine Ehrenwache. Die drei Abenteurer banden ihre schwebende Wasserversorgung an einen gut verwurzelten Busch und marschierten auf Loswees Spuren an den kleinen Kavalleristen vorbei.

Der Eingang war viel größer als erwartet, ein schwarzes Loch in der Dünenflanke. Warum der ständig rieselnde Sand die Öffnung noch nicht wieder verschüttet hatte, konnte sich keiner der drei erklären. Obwohl man im dämmrigen Licht nur schwer etwas erkennen konnte, war klar, dass irgendetwas den Sand an seinem Platz hielt und ihn daran hinderte, herunterzustürzen und den Eingang zu blockieren. Wenn sich Einlöward wie zum Angriff zusammenkauerte, dann war die Öffnung groß genug, um sogar ihm Einlass zu gewähren.

Nicht nur die bloße Existenz des künstlichen Eingangs kam unerwartet, auch was dann folgte, übertraf alle Erwartungen.

»Ich hatte Unrecht«, erklärte Simna barsch. »Das hier könnte doch ein Nebengebäude sein.«

»Kommt herein.« Ruhig und gelassen ging Loswee vor ihnen her.

Genauso bemerkenswert wie die unversehrte, sauber geräumte Öffnung war auch die Tiefe, mit welcher der dahinter liegende Tunnel in die Düne eindrang. Tief gebeugt, um nicht ständig mit dem Kopf gegen die Decke des Tunnels zu stoßen, beschlich Ehomba und seine Gefährten das unbehagliche Gefühl, dass viele Tonnen loser Sand jede Sekunde auf sie herabstürzen konnten. Doch obschon der Tunnel mit den gleichen Sandkörnern ausgekleidet war, die draußen die beweglichen Hänge bildeten, zeigte der Bau keinerlei Anzeichen von Zerfall.

Nach einer Weile drang das Gemurmel vieler Stimmen zu den Gästen. Ein Lichtschein tauchte vor ihnen auf. Loswee richtete sich im Sattel auf – Genugtuung zeichnete sich in seinem Gesicht ab, während er seinen Soldaten etwas zurief.

»Anhalten da hinten! Stellung halten!« In einer etwas weniger kriegerischen Tonart erklärte er seinen Gästen: »Wir kommen an in Barrick und die Burg wacht auf.«

Simna raunzte: »Schön für die Burg. Ich persönlich würde jetzt lieber wieder schlafen gehen.«

Dicht hinter ihm knurrte Einlöward warnend. »Das will ich auch meinen, dass sie aufwacht. Ich laufe doch nicht so weit, nur für ein Frühstück aus Bohnen und Beeren.« Nach kurzem Nachdenken fügte er hinzu: »Einige dieser Swick sehen wirklich lecker aus.«

»Einlöward!« Ehomba starrte die große Katze über die Schulter an. »Wir sind Gäste hier. Benimm dich.«

»Richtig, langer Bruder«, meinte auch Simna. »Ich halte es zwar sonst nicht so genau mit den Anstandsregeln, aber selbst ich weiß, dass man *mit* seinen Gastgebern speist – und nicht die Gastgeber *ver*speist.«

»Aber ich habe Hunger.« Missgestimmt durch den langen frühmorgendlichen Marsch über die Dünen, versuchte die Großkatze erst gar nicht, ihre schlechte Laune zu verbergen.

Sie vergaß ihre Verdrossenheit aber wieder – genau wie die anderen –, als der Tunnel eine scharfe Biegung nach links machte und sie sich unvermittelt vor der eigentlichen Burg wiederfanden. Draußen hätten sie so etwas für einen Spuk gehalten. Hier – tief im Herzen der Düne – war es jedoch schlichtweg ein Wunder.

Die Zelte und Hütten, die Simna erwartet hatte, waren nirgends zu sehen. Stattdessen standen sie vor einer echten Burg, an der, angefangen bei den Zinnenkränzen und Ecktürmen bis zur Brustwehr und mehreren Bergfrieden, alles vorhanden war. Rechts befanden sich geräumige Ställe, in denen die schnellen Laufvögel untergebracht wurden. Statt kleinen Wägelchen parkten klug ausgedachte Sandschlitten ordentlich Seite an Seite und die Schmiede fingen gerade ihr Tagewerk mit winzigen Holzbündeln und schwarzen Eisenbändern an.

Als die Besucher eintraten und die Hauptstraße entlanggingen, die gerade breit genug war, um Einlöwards massige Gestalt hindurchzulassen, tauchten aus den unzähligen Seitengassen immer mehr schlaftrunkene Swick auf, die die Fremdlinge hemmungslos angafften. Rauch stieg aus Dutzenden von Kochfeuern auf und quoll aus hohen, gebogenen Kaminen, bevor er in die hohe Kuppel der großen, künstlichen Höhle aufstieg, die im Innern der Düne geschaffen worden war. Löcher, die man in die Decke gebohrt hatte, zogen den Rauch an und ließen ihn nach draußen entweichen.

Verschiedene Pferche hielten Schlachttiere gefangen: Mäuse und Ratten, Echsen und Schlangen. Es gab Gerbereien und Schlachthäuser, Bauernhöfe, die förmlich überquollen vor gezüchteten Champignons und anderen essbaren Pilzen, Küchen, Schulen, Werkstätten und Wohnhäuser. Ehomba staunte, Simna hatte es schlichtweg die Sprache verschlagen und sogar Einlöward war beeindruckt, obwohl er sich natürlich die größte Mühe gab, dies nicht zu zeigen. Erwartet hatten sie ein bescheidenes Lager, nun standen sie in einer richtigen unterirdischen Stadt. Vorbereitet hatten sie sich darauf, mit einigen Dutzend Swick zu frühstücken, nun sahen sie sich dem gesamten Sandvolk gegenübergestellt, das sich zu Hunderten, vielleicht sogar Tausenden, in der Burganlage tummelte.

Ehomba blickte über die Hauptburg hinweg, doch er musste feststellen, dass er das andere Ende der Höhle nicht sehen konnte, so weit dehnte sich der unterirdische Bau aus. Die Swick hatten auch Seitenstollen in den Sand getrieben, die ebenso bevölkert und bebaut waren. Und überall ragten kleine Zinnenkränze und Türmchen aus dem Sand, an denen unzählige Flaggen und Wimpel flatterten. Trotz der verminderten Größe konnte man die Zitadelle als groß angelegt bezeichnen, ungeachtet der ungewöhnlichen Lage und der Winzigkeit der Bewohner.

Etjole Ehomba bemerkte, dass er lächelte, doch er lächelte niemanden an. Im Stillen dachte er an Daki und Nelecha. Denn sie würden diesen Ort zu schätzen wissen wie kein anderer.

Wer außer den Kindern könnte die größte aller Sandburgen sonst in angemessener Weise würdigen?

XXII

Die drei Wanderer fragten sich, wie wohl alles zusammengehalten wurde, was die Düne davon abhielt, über ihnen zusammenzubrechen, bis sie den ersten von vielen ständig beschäftigten Bautrupps sahen. Von ihren Sätteln aus dirigierten Swick-Arbeiter Dutzende von gezähmten Schnecken, die an der Unterhaltung und Ergänzung der Gebäude und Mauern arbeiteten.

So schnell hatte Ehomba solche Tiere noch niemals arbeiten sehen, die anspruchslosen Schnecken hinterließen eine dicke, klebrige Spur, wo immer sie entlanggekrochen waren. Andere Swick auf großen Eidechsen mit saugnapfähnlichen Füßen folgten hinterdrein und verteilten mit langstieligen Bürsten den natürlichen Kleber, bevor er hart wurde. Bei einem Blick nach oben und zur Seite erspähte Ehomba einen Trupp, der an der Decke arbeitete, wobei die Swick in ihren Sätteln saßen und mit dem Kopf nach unten von der Decke baumelten.

Simna streckte die Hand aus und betastete die nächstgelegene Wand. Obwohl sie lediglich aus feinem, gelblich rotem Sand bestand, der im Licht der vielen Straßenlampen glänzte, fühlte sie sich fest und steif an.

Loswee beobachtete ihn. »Nur zu – versuch es.«

Simna zögerte zuerst, aber dann drückte er mit dem Finger dagegen und schließlich mit der ganzen Hand. Zu seiner Verwunderung hielt die Wand dem Druck stand.

»Du könntest dich draufstellen«, meinte Loswee mit stolzgeschwellter Brust. »Die Swick bauen dick.«

Sie erreichten einen großen Platz. Dort standen sie auf Sand, den man nach Farbe und Glanz in winzige Förmchen getrennt hatte. Eingerahmt und festgeklebt gaben diese Förmchen dem Platz den Anschein, als hätte man ihn mit verschiedenfarbigen Steinen gepflastert. Riesige Gebäude mit Türmen ragten um die Wanderer herum auf, einige erreichten Höhen, die es einem Swick erlaubten, auf Ehomba hinunterzusehen. Darüber spitzte sich die Dünenkuppel in sechs Metern Höhe zu, was den Besuchern ermöglichte, aufrecht zu stehen.

Eine Vielzahl von Straßenlampen formte eine glitzernde Halskette um den Platz, der sich nun mit neugierigen Swick füllte, die alle einen Blick auf die riesenhaften Gäste werfen wollten. Die berittenen Krieger von Barrick machten sich durch ein Tor auf der rechten Seite davon und ließen nur Loswee bei der Gruppe zurück. Dieser stellte sich neben Ehombas Füße, warf den Kopf in den Nacken und salutierte mit dem Speer.

»Ich werde den Auserwählten eure Ankunft vermelden und für einen angemessenen Empfang sorgen. Ich bin gleich zurück.« Und damit drehte er sich um und war mitsamt seinem springenden Reitvogel innerhalb von Sekunden verschwunden.

Die Wanderer setzten sich und warteten, Einlöward kreiste dreimal um die Stelle, auf der er sich schließlich niederließ. Den Blick auf die neugierigen Swick gerichtet, die sie vom Rande des Platzes aus anstarrten, flüsterte der Schwertkämpfer seinem stets gelassenen Gefährten zu: »Frage mich nur, was er mit dem ›angemessenen Empfang‹ gemeint hat.«

»Er meinte bestimmt das Essen, so wie er es versprochen hat.« Ehomba drehte den Kopf, um seinen Freund anzusehen. »Ich dachte, du wärst auch der Meinung, dass dieses Volk keine Bedrohung für uns darstellt.«

»Das war, als wir noch draußen marschierten, Bruder.« Simna betrachtete seine Umgebung, die viel geräumiger war als der Eingangstunnel, aber dennoch beschränkt. »Hier drin sitzen wir in der Falle. Ein Volk, das Schnecken zu Maurern ausbilden kann, hat bestimmt noch mehr Trümpfe in den kleinen, stinkenden Ärmeln.«

Ehomba lachte leise. »Du bist zu misstrauisch, Simna ibn Sind.«

»Das mag sein. Aber ich bin immer noch am Leben.«

»Und laut.« Hinter ihnen streckte der Löward seine bemerkenswert langen Beine aus. »Warum haltet ihr nicht für ein Weilchen einfach den Mund?«

»Langer Bruder, warum…«, wollte Simna loslegen, aber er wurde durch Loswees Rückkehr unterbrochen.

»Das hat aber nicht lange gedauert«, begrüßte Ehomba den Gastgeber. Der Swick-Offizier stieg ab und band seinen Vogel in der Nähe an. »Mit den Vorbereitungen wird bereits in diesem Augenblick begonnen. Bereitet euch auf ein richtiges Swick-Fest vor, meine Freunde! Die Happen mögen vielleicht klein sein, aber was Qualität und Zufriedenheit hinterher betrifft, werdet ihr nichts Besseres finden.«

Das Frühstück kam auf Sandschlitten herbei, die jeweils von zwei eingespannten Laufvögeln gezogen wurden. Die Reihe von Schlitten wollte kein Ende nehmen. Wo die Swick solch reichliche Mengen an Nahrung lagerten, wusste Ehomba nicht zu sagen, aber trotz eines leichten Unbehagens nahm er Loswees Versicherung für bare Münze, dass das Festessen die Gemeinde in keinster Weise arm machen oder sich nachteilig auf die Vorratshaltung auswirken würde.

Es gab köstlich geschmortes und gewürztes Fleisch, dessen Herkunft Simna lieber nicht erfragen wollte. Es wurden wilde Beeren und Nüsse aufgetragen, Koloquinten und mindestens ein Dutzend verschiedene essbare Pilze, alle abwechselnd mit Soße, gegrillt oder gebraten zubereitet. Es wurden Insekten aufgetischt, knusprig in Öl ausgebacken, und sogar kleine Brotlaibe aus wildem Getreide. Nachdem sich die drei Abenteurer tagelang von getrocknetem Antilopenfleisch und Fisch und was sie sonst noch am Wegesrand gefunden hatten ernährt hatten, warfen sie alle Höflichkeitsgrundsätze über Bord und gaben sich vollends Loswees Aufforderung hin, das Essen in vollen Zügen zu genießen.

Als dann schließlich humpengroße Fässer mit selbstgebrautem Bier aufgefahren wurden, hätte Simna am liebsten sofort darum gebeten, in das Swick-Volk aufgenommen zu werden.

»Hier gefällt es mir gar nicht schlecht, beim Gyofah.« Mit einem zufriedenen Lächeln im Gesicht betrachtete er die herrliche, wenn auch etwas geschrumpfte Umgebung. »Man könnte sich schon daran gewöhnen, wenn sie nur ein paar Fenster einbauen würden.«

»Ich glaube, das liegt daran, weil sie sich vor Gefahren schützen wollen«, bemerkte Ehomba trocken, »statt sie anzulocken.« Er dachte über die pausenlos und unermüdlich herbeigezogenen, schwer beladenen Schlitten nach, die ihm und seinen Gefährten immer noch mehr Essen und Trinken lieferten. »Ich bin so satt, dass ich meine Augen kaum mehr offen halten kann. Vielleicht sollte einer von uns Wache halten, während die anderen schlafen.«

Simna stürzte ein tassengroßes Fass Bier hinunter und zwinkerte Ehomba zu. »Wer von uns beiden ist nun der Misstrauische? Ich dachte, du vertraust den Swick.«

»Ich traue jedem bis zu einem bestimmten Grad, aber in einem unbekannten Land unter unbekannten Wesen traut man besser keinem voll und ganz. Noch nicht.«

»Dann bist du vielleicht doch schlauer als deine Schafe.« Der Schwertkämpfer grinste.

»Hört auf und ruht euch aus.« Die zwei Männer drehten sich zu Einlöward, der vollgefressen auf der Seite lag. Die Augen der großen Katze waren fest geschlossen. »Wir Katzen schlafen zwar lange, aber nicht sehr tief, damit uns eine etwaige vorbeischleichende Beute nicht entgeht. Vertraut mir. Sollten sich unsere Gastgeber als Pharisäer herausstellen, werde ich augenblicklich hellwach sein.«

»Bemerkenswert«, murmelte Simna.

Ein gelbes Auge sprang blitzschnell auf. »Dass ich so leicht schlafe?«

»Nein. Dass du Wörter wie ›Pharisäer‹ benutzt«, antwortete der Schwertkämpfer. »Was heißt das eigentlich?«

»Das ist jemand, der sich durch eine adäquate Körperöffnung artikuliert.« Das Auge fiel wieder zu. »Sei ruhig und leg dich schlafen.«

»Also gut.« Simna legte sich auf den gepflasterten Platz und starrte die gewölbte Sanddecke an. »Man sieht hier drin gar nicht, ob es Tag oder Nacht ist. Weißt du es, Etjole?«

Aber der Hirte, der selten eine Gelegenheit zum Schlafen verpasste, schlummerte bereits tief und fest.

Am Morgen brachte man sie in einen anderen Teil der unterirdischen Festung, um ihnen zu zeigen, wie die Swick ihren Lebensraum noch vergrößerten und ausbreiteten. Die Vorgehensweise dabei übertraf selbst die kühnsten Vorstellungen. Es waren viele Schaufeln zugange und Vogelgespanne, die Schlittenladungen voll Sand wegschleppten, und Schneckenaufseher, die die fertigen Wände abstützten. Doch der eigentliche Sandabbau wurde nicht durch Graben und Schaufeln bewerkstelligt, sondern durch einen kleinen Chor, um den sich die anderen Arbeiter und Tiere scharten.

»Wie ist es euch nur gelungen, all das hier auszugraben.« Ehomba deutete mit einer weit ausholenden Armbewegung um sich. »An jedem anderen Ort der Erde würde der Sand sofort wieder in die gegrabenen Löcher zurückrieseln.«

»Sieh her«, sagte Loswee. »Sie arbeiten gerade an der Erweiterung des kleinen Zubringertunnels.«

Der Chor wandte sich einem kleinen Loch in der Wand zu. Die Besucher sahen zu, wie der Chorleiter die kurzen Arme erhob und sie durch die Luft schnellen ließ. Aus Dutzenden von kleinen Swick-Mündern erklangen hohe, schneidende Töne mit einer erstaunlichen Lautstärke für die kleinen Lungen, aus denen sie stammten.

Noch während die Abenteurer ratlos zuschauten, verschwand der Sand am Ende des Loches. Nein, bemerkte Ehomba, der sich hinunterbückte, um einen näheren Blick darauf zu werfen. Er verschwand nicht. Er wich zurück, wurde vom Gesang weggedrängt, als trüge eine unsichtbare Schaufel ihn weg. Der Tunnel wurde tiefer und breiter und die Schleimspender krochen hinein, um die neuen Wände zu befestigen. In der Zwischenzeit sang der Chor weiter die langen Töne in der hohen Tonlage. Unter den Naumkib galt Ehomba als guter Sänger, doch er hätte den Ton nicht einmal halb so lange wie der schlechteste Swick-Sänger halten können. Nicht nur natürliches Talent, auch eine mühsame Stimmausbildung wurde hier verlangt.

»Wohin verschwindet der Sand?«, fragte Ehomba den Gastgeber.

Simna warf einen verächtlichen Blick auf seinen Gefährten und schüttelte den Kopf. »Wen interessiert denn das? Musst du denn ständig Fragen stellen? Musst du wirklich alles so genau wissen? Weißt du eigentlich, wie sehr du deinen Mitmenschen damit auf die Nerven gehst?«

»Ja, ich glaube schon. Ich weiß, aber ich kann nichts dagegen machen«, erwiderte der Hirte.

»Der Sand verschwindet nicht.« Loswee sah über die Zwistigkeiten zwischen Etjole und Simna einfach hinweg. »Seht genau hin. Die Anzahl der Körnchen bleibt gleich. Es sind die Luftzwischenräume, die verschwinden. Seid ihr jemals eine Düne hinuntergerutscht und habt ihrem Gebrüll zugehört?« Ehomba nickte, Simna hingegen schüttelte heftig den Kopf. Einlöward langweilte die ganze Sache nur und er wünschte sich, sie wären schon wieder draußen.

»Das Gebrüll«, fuhr Loswee fort, »wird verursacht durch die Bewegung der Luft, die zwischen den Sandkörnchen eingeschlossen ist. Unser Gesang stört die Luft und drückt sie zwischen den Körnern heraus. Der zurückbleibende Sand wird verdichtet. Das eröffnet nicht nur neuen Lebensraum für uns, sondern festigt auch den Sand. Unsere Maurer vervollständigen die Befestigung, bevor die Luft sich wieder zwischen den Körnern ansiedeln und den Sandhaufen oder die Wand erneut ausdehnen kann.«

»Klingt nach Zauberei«, meinte Simna.

»Nein, keineswegs«, erwiderte Loswee. »Das ist einfach nur vernünftig angewandte Technik, im wahrsten Sinne des Wortes.«

»Eine wunderbare Sache«, schwärmte Ehomba. »Welche anderen Wunder können die Swick noch vollbringen?«

»Kommt, ich zeige es euch.« Loswee führte sie zurück zum Platz.

Er zeigte ihnen die riesigen unterirdischen Lagerhäuser und Pilzzüchtungen, die Werkstätten, wo Swick-Handwerker prächtige Arbeiten aus Leder und Stoffen, gewebt aus Wüstengarnen, anfertigten, die nicht sehr großen, aber tief gebohrten Brunnen, die kühles Wasser aus unerwarteten Wasserbecken tief unter der Düne emporbeförderten, und die langen Ställe für die Pflege und Aufzucht von Laufvögeln und anderen kleinen

Nutztieren. Eine große dunkle Lache im Tunnel versperrte ihnen den Weg, sie stellte einen schier unerschöpflichen Vorrat an gutem schwarzem Öl bereit, das die Lampen der Gemeinde rund um die Uhr brennen ließ.

»Das Land hier ist voll von solchen Lachen«, erzählte Loswee. »Ich glaube, es gibt hier genug von der schwarzen Flüssigkeit, um alle Lampen dieser Welt damit zu füllen.«

Ehomba rümpfte bei diesem Gedanken die Nase. »Es riecht aber übel, man beschmutzt sich die Kleidung damit und Tiere können darin in die Falle geraten. Ein sauberes Holzfeuer jeden Tag ist mir lieber.«

»Das würde ich auch sagen«, stimmte Simna bereitwillig zu. »Für etwas anderes taugt dieses Zeug auch nicht. Nehmt davon, was ihr für eure Lampen braucht und lasst den Rest in der Erde.«

»Genau das tun wir auch.« Loswee drehte sich um und ging wieder Richtung Hauptplatz. »Ihr habt nun in kurzer Zeit sehr viel gesehen. Ich für meinen Teil bin schon wieder hungrig.«

Simna rieb sich die Hände. »Ich hätte nicht gedacht, dass man von solch kleinen Portionen dick werden könnte, aber eure Köche sind ebensolche Meister ihres Fachs wie eure Sänger.«

Als sie das Mittagsmahl beendet hatten, erschien Loswee erneut und brachte einige ältere Swick mit. Diesen Ältesten wuchsen lange, gelockte Barthaare aus dem Kinn, die wie Gipsblumen aus einer Höhlenwand ragten. Keiner von ihnen aber verfügte über genügend Kinnhaare, um als echter Bartträger gelten zu können. Die zwei Frauen darunter trugen eine wilde Mähne auf dem Kopf, die in Korkenzieherlocken über den Rücken fiel. Statt in kurze Hosen und einfache Oberbekleidung, dem sonst üblichen Swick-Gewand, waren diese ehrwürdigen Ältesten in stattliche Umhänge gekleidet, deren Säume am Boden entlang schleiften.

Doch trotz der beeindruckenden Erscheinung – jeder für sich und auch die gesamte Gruppe war etwas Besonderes – ließen sie Loswee allein das Wort führen. Ehomba fragte sich, ob der Swick-Krieger sich für den Posten des Vermittlers wohl freiwillig gemeldet hatte, oder ob man ihm die Aufgabe einfach übertragen hatte. Wie dem auch sei, er verhielt sich nicht so, als stünde er unter Zwang.

»Dies sind die Mitglieder des Ältestenrates«, erklärte er. Die sechs Swick-Ältesten verbeugten sich steif. »Da ich euch als Erster begegnet bin, hat man mich auserkoren, euch um Hilfe zu bitten.«

Simna lehnte sich nach rechts und flüsterte seinem Freund zu: »Aha – jetzt kommt's. Ich wusste doch, dass all das Essen und die Gastfreundschaft einen Preis hat.«

»Psst«, ermahnte Ehomba ihn leise. »Warten wir erst einmal ab, was sie zu sagen haben.« Etwas lauter antwortete er: »Welche Art von Hilfe?«

Für einen so kleinen Krieger blickte Loswee erstaunlich hart und unerbittlich in die Welt. »Ihr sollt gegen den Dunawake kämpfen.«

»Ich hab's gewusst«, murmelte Simna mürrisch, als er das Bierfass absetzte.

Ehomba sprach wie immer in ruhigem Tonfall weiter. »Du hast gesagt, es sei Magie notwendig, um dieses Wesen zu besiegen. Wir haben dir schon bevor du uns hier in die Festungsstadt gebracht hast gesagt, dass wir keine magischen Kräfte besitzen. Seit unserem ersten Gespräch hat sich daran nichts geändert.«

Loswees harte Haltung begann etwas zu bröckeln. »Als ich sagte, dass wir euch um Hilfe bitten wollen, habe ich die Wahrheit gesprochen. Der Dunawake ist schon sehr nahe und kommt jeden Tag noch näher. Ihr habt gesehen, wie viel Arbeit wir in den Aufbau unseres Zuhauses gesteckt haben. Könnt ihr euch den Kraftakt vorstellen, den ein Volk unserer Größe dafür vollbringen muss?«

Ehomba nickte langsam. »Ich glaube schon.«

»Ich habe euch draußen erzählt, dass wir den Dunawake nicht besiegen können, wir können nur versuchen, ihm immer voraus zu sein.« Loswee holte aus und deutete auf den Hauptplatz, die Türme, Gebäude und Werkstätten. »Wie oft mussten wir schon umziehen, was glaubt ihr? Wie oft, glaubt ihr, mussten wir unser Zuhause schon neu aufbauen, immer wieder bei einer neuen, unberührten Düne damit anfangen?« Als keiner der Besucher antwortete, sagte Loswee es ihnen: »Diese Burg, in der ihr nun sitzt, diese wachsende und gedeihende Gemeinde, in der wir leben, ist unsere fünfundvierzigste. Fünfundvierzig Mal schon haben wir eine Festungsstadt wie diese erbaut und Fünfundvierzig Mal schon mussten wir sie auch wieder verlassen und weiterziehen, um vor dem Dunawake zu fliehen.«

Ehomba tat sein Bestes, um sich die Anstrengungen vorzustellen, von denen Loswee sprach, den Kummer, wenn man den ganzen Hausstand vom Bett bis zum letzten Löffel wieder einpacken und umziehen musste; die Hast durch die Wüste zwischen unwirtlichen Dünen, die für ihn und seine Freunde Hügel bedeuteten, für Wesen von der Größe der Swick jedoch riesige Sandberge; ganz von vorn anzufangen mit dem ersten Ton des Chors, der das erste Loch am Fuße einer unberührten Düne schuf.

Fünfundvierzig Mal hatten sie es getan und nun standen sie kurz davor, zum sechsundvierzigsten Mal dazu gezwungen zu sein.

Er betrachtete den wundersamen Bau, erschaffen hauptsächlich aus kunstvoll bearbeitetem Sand. Er dachte über die lebendig blühende Gemeinschaft nach, die von Handwerk, Landwirtschaft und Kunst lebte. Und dann versuchte er sich vorzustellen, das alles verlassen zu müssen, in den unvermeidlichen Ruin getrieben zu werden, nur um dann mit Nichts wieder neu anzufangen.

Schließlich richtete er den Blick erneut auf den wartenden Loswee. »Es tut mir Leid, aber wir können euch nicht helfen.«

Simna blickte zuerst bestürzt drein und dann erleichtert. Anscheinend hatte er von seinem Freund eine andere Antwort erwartet. Hinter ihnen hatte sich Einlöward eingerollt und schnarchte laut.

Loswee nahm die Antwort mit ernster Miene hin. »Draußen habt ihr behauptet, dass ihr uns wenn schon keine Hilfe so doch vielleicht einen Rat geben könnt.«

Ehomba zuckte zaghaft die Schultern. »Vielleicht, habe ich gesagt. Loswee, ich weiß nicht, wie wir euch helfen könnten. Du glaubst, dass für den Sieg über den Dunawake Magie benötigt wird, und ich habe bereits gesagt, dass wir über keinerlei magische Kräfte verfügen. Leider muss ich jetzt noch hinzufügen, dass wir euch auch keinen Rat geben können. Wir wissen nicht einmal, was ein Dunawake ist. Glaub mir, es tut mir wirklich Leid. Ich weiß, wie man gegen Menschen und Tiere kämpft und auch gegen bestimmte Naturgewalten, aber gegen einen Dunawake weiß ich mir nicht zu helfen. Ich habe niemals von einem gehört oder einen gesehen und beschrieben hat ihn mir auch noch niemand.«

»Vielleicht fällt dir eine Antwort ein, wenn du ihn siehst.« Mit den schweigend zusehenden Ältesten als Publikum wollte Loswee nicht aufgeben.

»Ich wüsste nicht, warum. Und wenn er wirklich so gefährlich ist, wie du sagst, und wir stehen ihm gegenüber, ohne zu wissen, wie wir mit ihm umgehen müssen, dann kommen wir vielleicht dabei um. Ich will aber nicht sterben. Ich habe eine Verpflichtung zu erfüllen, in der die Swick leider nicht vorgesehen sind, und ich habe eine Familie, die ich sehr vermisse.«

»Und Freunde«, fügte Simna schnell hinzu.

»Ja, auch das.« Ehomba atmete lange und tief ein. »Es tut mir Leid, Loswee. Für dich und dein Volk. Aber es ist ja schließlich nicht euer erster Umzug.«

»Mit jedem Mal wird es schwerer«, erklärte der Swick-Soldat. »Aber wenn ihr nichts tun könnt, dann ist es eben so. Die Ältesten und ich werden eure Antwort dem restlichen Rat übermitteln.« Hinter ihm quälten sich die älteren Swick erneut zu einer schwerfälligen Kniebeuge. Sie hatten gesprochen und jeder das seine gesagt, dem gab es nichts hinzuzufügen. »Esst ruhig zu Ende«, riet Loswee und ging davon.

Und das taten die Besucher auch: Einlöward ruhig, Simna ohne nachzudenken und Ehomba mit vielleicht einem oder zwei Gedanken, die ihm kurz durch den Kopf jagten. Er konnte die Welt nicht aus den Angeln heben und verspürte auch nicht den geringsten Wunsch, es zu versuchen.

Wenn die Gastgeber, besonders Loswee, über die drei Wanderer verärgert waren, weil diese ihre Hilfe im Kampf gegen den alten Feind verweigerten, dann zeigten sie es nicht. Den Rest des Tages verbrachten die Abenteurer damit, weitere Teile der unterirdischen Anlage zu besichtigen und mehr über die Swick-Kultur zu lernen. Es handelte sich um eine sehr alte Kultur, die jedoch nicht sehr bekannt war, was zurückgeführt werden musste auf die sehr zurückgezogene Lebensart der Swick.

»Es gibt andere Dünen in weit entfernten Wüstengegenden, in denen unsere entfernten Verwandten leben«, erklärte Loswee, »und die menschlichen Wesen, die ganz in der Nähe dieser Dünen wohnen, haben noch niemals etwas davon bemerkt. Sie sehen zwar die Spuren im Sand, aber diese Spuren gehören zu den Vögeln und anderen Tieren, die wir uns zunutze machen.«

»Die Swick sind ein sehr einfallsreiches Volk«, erklärte Ehomba voller Respekt.

»Ja«, verkündete Loswee stolz. »Unser Lebensraum ist immer sicher gewesen vor unbefugten Besuchern, bis auf den Dunawake, aber ich fürchte, dass auch das sich eines Tages ändern wird.«

»Warum das?«, fragte Simna beiläufig.

Loswee wurde sehr ernst. »Die Menschen lieben die hellen Lampen sehr und unser Land schwimmt praktisch auf der Flüssigkeit, mit der sie ihre Lampen füllen. Ich habe Angst, dass sie eines Tages kommen und es sich nehmen werden, die Dünen niederwalzen und die Pflanzen in den Schluchten und Wadis zertrampeln.«

Ehomba sah hinauf zur Sanddecke. »Diese Dünen nicht«, beruhigte er Loswee. »Sie sind zu groß und das Land liegt zu abgelegen.«

»Ich hoffe, du hast Recht, mein Freund.« Loswee seufzte, es war ein kleiner, heller Seufzer, der in der geschlossenen Umgebung so ulkig wirkte wie das Keuchen einer kleinen Maus. »Ich bedaure sehr, dass du nicht der Zauberer bist, den wir uns erhofft haben.«

»Ich auch.« Es kostete Ehomba nichts, dem zuzustimmen. Mitgefühl war umsonst.

»Ich weiß, dass ihr bald wieder aufbrechen müsst.« Der kleine Kämpfer zwang sich zu einem Lächeln. Bei dem breiten Mund wirkte das fast so, als würde das ovale Gesicht in der Mitte gespalten. »Zumindest hattet ihr Gelegenheit, die Gastfreundschaft der Swick zu erleben. Das konnten bisher nur wenige Menschen von sich behaupten.«

»Wir danken dir dafür.« Da Ehomba ein freundlicher Mensch war, verneigte er den Kopf leicht. »Wir werden nur gute Erinnerungen von diesem Ort mitnehmen.«

»Und wenn schon nicht die Ältesten, so werde doch ich mich stets gerne an euch erinnern.« Es schien zuerst unmöglich, dass Loswee noch breiter lachen konnte, aber es gelang ihm doch irgendwie, er widersetzte sich allen Grenzen seines Gesichtes. »Morgen früh werde ich euch selbst hinausbegleiten und euch den einfachsten Weg nach Norden zeigen. Folgt meinen Richtungsangaben und die Dünen werden euch nicht in die Irre führen, auch müsst ihr euch den Weg dann nicht durch tiefen Sand bahnen.

Es gibt ein besonders breites und flaches Tal, das durch das gesamte Wüstenland verläuft. Haltet euch daran und ihr werdet bald in ein Land mit grünen Bäumen und fließenden Wassern gelangen.«

»Wie weit ist es von dort noch bis zum nächsten Fluss oder Seehafen?«, fragte Ehomba.

Loswee hielt entschuldigend die kleinen Hände hoch. »Das kann ich euch nicht sagen. Wir Swick halten uns an den Sand, wo wir in Frieden und Einsamkeit zwischen unseren Dünen leben können. Nicht alle Menschen sind so verständnisvoll und freundlich zu anderen wie ihr. Ihr könnt es mir glauben oder auch nicht, es gibt Wesen, denen gefällt es, alles zu zerstören, was kleiner ist als sie selbst, aus dem einfachen Grund, weil sie dazu in der Lage sind.«

»Die Welt ist voll von solchen Tyrannen«, stimmte Ehomba zu. »Ich verstehe euren Wunsch, weiter ungestört zu leben. Wenn Menschen sich grundlos streiten, was ja oft der Fall ist, dann bevorzuge ich die Gesellschaft meiner Tiere.«

»Bis morgen dann.« Loswee zog sich zurück. »Schlaft gut, meine Freunde und träumt von Swick-Chören, die die Sterne heruntersingen.«

XXIII

Die Wanderer erwachten erfrischt und ausgeruht, bereit, die unterbrochene Reise nach Norden wieder aufzunehmen. Nach einem letzten, reichlichen Frühstück brachte Loswee selbst sie aus der Burg hinaus, durch die Stadt und in den Haupttunnel, der in die äußere Welt führte.

Nach der langen Zeit, die sie unter Tage verbracht hatten, stach ihnen das ungefilterte Licht der Wüstensonne wieder in die Augen. Sie mussten zurück in den Tunnel und sich ganz langsam hinaustasten. Es dauerte fast eine halbe Stunde, bis sie die grelle Klarheit des blauen Himmels und der Sonne wieder ertragen konnten, die allerorten von den Dünen reflektiert wurde.

Es fand kein Händeschütteln statt, wie es in Simnas Heimat Brauch war, und auch kein Umklammern der Unterarme in der Art der Naumkib und verwandten Stämme, nicht einmal die Gesichter wurden abgeleckt, so wie es in Einlöwards Katzenrudel üblich war. Loswee hob einfach nur die Hand zum Abschied, dann nahm er den Vogel herum und ritt zurück zu dem Tunnel, der in die wundersame, unterirdische Welt der Swick führte.

Doch nicht bevor er die Wanderer um den Fuß der großen Düne herumgeführt hatte, deren unvermutetes Geheimnis die kleine umtriebige Swick-Gemeinde war. Von einer überschaubaren Salzebene führten drei wasserlose Flussläufe weg, die ihren Weg zum weit entfernten Meer suchten. Loswee zeigte auf den mittleren und erklärte den drei Freunden, dass sie diesem Lauf folgen müssten; er würde sich nicht nur zu einer wegsamen Wüstenstraße verbreitern, sondern sie schließlich in ein grüneres und dichter bevölkertes Land führen. Dort hätten sie zweifellos mehr Glück, ein Schiff zu finden, das sie übers Meer brachte.

Mit der etwas verminderten aber immer noch ausreichenden Wasserversorgung im Schlepptau bedankten sich die drei noch einmal bei dem winzigen Swick-Krieger und schlugen die angegebene Richtung ein. Getreu Loswees Worten weitete sich das kleine Wadi bald zu einer glühenden, beinahe kiesfreien Promenade, die leichten Zugang versprach, wo immer sie auch hinführen sollte.

Am späten Nachmittag hatten sich genug Wolken zusammengetan, um der unnachgiebigen Sonne Einhalt zu gebieten. Doch das reichte noch nicht, um die Stimmung des tapferen Schwertkämpfers aufzubessern, der – was eigentlich nicht sein dürfte – hungrig war.

»Bei den Swick wäre es jetzt Zeit zum Mittagessen.« Er rückte das Gepäck auf dem Rücken zurecht, sodass es etwas höher auf seinen Schultern lag, und blinzelte hinauf zum wolkenverhangenen Himmel.

Ehomba, der die kleine Reisegruppe anführte, sah seinen Gefährten über die Schulter an. »Wärst du jemals freiwillig von dort aufgebrochen? Ich hatte schon Angst, dass wir die Gastfreundschaft der Swick zu sehr ausnutzen.«

»Natürlich wäre ich aufgebrochen, Bruder. Das Essen schmeckte zwar gut, aber die Damen des Volkes waren nicht nur ein wenig zu hässlich für meinen Geschmack, sondern auch von der Größe her höchst unpassend für mich.«

Der Hirte konnte nur den Kopf schütteln. »Was für ein Nichtsnutz du doch bist, Simna ibn Sind. Du hast aus deinem Leben bisher noch nichts gemacht.«

»Ganz im Gegensatz zu dir. Du mit deinen dummen Rindern und schmutzigen Schafen. Wenn das ein Ziel ist, auf das man stolz sein kann, dann fresse ich einen Besen.«

»Unmäßig!« Ehomba erhob die Stimme. »Dein Leben ist reine Unmäßigkeit, Simna. Sinnlose, verschwenderische, oberflächliche Unmäßigkeit.«

»Und deines ein Nichts, Etjole. Ein leeres, unfruchtbares, ödes Nichts!«

»Unfruchtbar und öde? Ich besitze eine wunderschöne Frau und zwei wohlgeratene, gesunde Kinder, die für mich sorgen werden, wenn ich alt bin.«

Simna schreckte vor verbalen Auseinandersetzungen ebenso wenig zurück wie vor körperlichen. »Wenn ich meinen Anteil des Schatzes habe, werde ich mir einen Harem kaufen, der für mich sorgt, ich werde mir Wächter und die besten Ärzte zulegen. Das werde ich dann in vollen Zügen genießen, während du dich im Bett wälzt und vor dich hin faulst und alte Frauen ihr Wehklagen über deinen verwelkten, sterbenden Körper erheben.«

»Da könntest du Recht haben«, räumte Ehomba ein, »aber genau darin liegt der Unterschied zwischen uns beiden.«

»Und der wäre?«, fragte der Schwertkämpfer streitlustig.

Ehomba hielt den Kopf hoch erhoben. »Da ich meinen Schatz schon gefunden habe, verspüre ich weder das Bedürfnis noch den Wunsch, noch einen zu finden.«

»Welchen Schatz?«, Simna schnitt eine Grimasse. »Deine ›wunderschöne Frau‹? Ich habe schon Dutzende, ja Hunderte von den allerschönsten Frauen gehabt und werde noch viele andere haben. Gold, musst du wissen, Hirte, ist das stärkste Aphrodisiakum, das es gibt.«

»Aber Liebe wird es dir nicht bescheren«, entgegnete Ehomba.

»Ha! Liebe!« Der Schwertkämpfer lachte laut heraus. »Immer überbewertet und überschätzt. Behalte du deine Liebe, Bruder, und ich hole mir meinen Harem.«

»Das ist der Punkt, in dem du irrst, Simna. Wenn du nicht aufpasst, wird der Harem dich holen.« Verärgert weitete Ehomba seine Schritte aus und zwang damit den kleineren Schwertkämpfer, sich zu beeilen, um mit ihm mithalten zu können.

»Meinst du?« Simna hatte keine Ahnung, was sein Gefährte damit meinte, aber er wollte ihm auf keinen Fall das letzte Wort überlassen. »Ich kann dir aus Erfahrung sagen, dass…«

»Ich pfeife auf deine Erfahrung! Sei endlich still!« Einlöward hatte den ganzen Streit aus zynischem Abstand beobachtet und hob nun seine gewaltige Mähne in die klare heiße Luft und lauschte. Ehomba und Simna beendeten den Wortwechsel sofort, auch sie wollten herausfinden, was die große Katze aufgeschreckt hatte.

Denn aufgeschreckt war sie zweifellos, oder zumindest mit einem Mal sehr aufmerksam. Sehen konnte man das an ihrer ganzen Haltung, jeder Muskel schien angespannt, alle Sinne hellwach. Die beiden Männer sahen sich mit unbehaglichem Gefühl um, doch sie konnten nichts Ungewöhnliches entdecken. Eine Echse mit außerordentlich breiten und flachen Füßen huschte eine Dünenwand hinauf, um vor ihnen zu flüchten. Weißbrüstige Drachenebs schwebten auf leisen Flügeln hoch über ihnen und hofften darauf, dass einer von ihnen vielleicht zusammenbrach. Einsame Insekten summten um die kläglichen Pflanzen herum, die im trockenen Wadi Halt suchten oder sich an die Ränder der raumgreifenden Dünen drückten. Kein Geräusch war zu hören, nicht ein Laut, als hätten selbst die Bestandteile der Luft aufgehört, sich zu bewegen. Das Schweigen war tief wie ein Wüstenbrunnen.

Dann kam ein leichter Wind auf und erlöste die drei Freunde aus der Lähmung. Die Welt, die für einen Augenblick den Atem angehalten hatte, schien sich wieder zu bewegen. Simna wäre nicht überrascht gewesen, erneut einem Tornado gegenüberzustehen, ähnlich wie damals, als sie in der Steppe schon einmal einen solchen Wind bekämpfen mussten. Doch zu sehen bekam er lediglich zwei schillernd blaue Schmetterlinge mit weißen Punkten auf den Flügeln, die in freudiger Erwartung der Befruchtung umeinander flatterten und turtelten. Das und den dunkel getönten Sand, der hinter der Düne zu ihrer Linken hervorgeweht wurde.

Augenblick – es bewegte sich doch viel mehr Sand von Westen nach Osten, als die kaum merkliche Brise verwehen konnte.

Es war die Farbe von pulverisiertem Rost, befleckt mit einem Hauch von Verfall. Gelbe Kleckse erschienen hier und da, während sich das Sandtreiben noch vermehrte. Noch handelte es sich um einen kleinen Kamm, höchstens einen halben Meter hoch, umgeben von anderen bewegungslosen Dünenkolossen. Doch der Kamm legte sich allmählich quer über das Wadi und wurde höher. Die ersten Pioniersandkörnchen hatten fast die andere Seite erreicht und ließen einen wachsenden Haufen von rötlichem Sand zurück.

Einlöward untersuchte noch immer die Luft, es war Ehomba, der als Erster sprach: »Das ist seltsam.«

Ein etwas ungehaltener Simna suchte die Umgebung nach Gefahren ab, die seiner Meinung nach nicht vorhanden waren. »Was ist los?«

»Der wachsende Sandberg dort.« Der Hirte deutete darauf.

Simna warf einen abwesenden Blick auf die völlig unbedrohlichen rötlich braunen Körnchen, die über den Weg geweht wurden. »Ich sehe Sand, der umhergeblasen wird. Das ist doch nichts Außergewöhnliches.«

»Das ist es nicht, keineswegs.« Der Hirte packte den Speer ein wenig fester. »Aber durch die Bewegung kündigt er eine nahende Dunkelheit an. Es ist kein Eromakadi, kein Lichtfresser, der nur von einem Eromakasi vernichtet werden kann, sondern etwas Greifbareres, etwas Gewaltigeres.«

»He, was faselst du da, langer Bruder?« Was Simna nicht sehen konnte, beunruhigte ihn mehr als jeder noch so gefährliche sichtbare Gegner.

Dann kam noch hinzu, dass Ehomba einen Schritt zurücktrat, beinahe so, als würde er vor etwas zurückweichen. »Der rötliche Sand schiebt sich vorwärts – der Sand davor und dahinter bewegt sich dagegen nicht.« Er warf seinem Freund einen vielsagenden Blick zu. »Seit wann sucht sich der Wind seine Fracht mit solcher Sorgfalt aus?«

Simnas Gesicht verzerrte sich allmählich, während er über die Worte des Gefährten nachdachte – und plötzlich sah er den roten Treibsand in einem völlig neuen Licht. Es stimmte tatsächlich: Nur der rostfarbene Sand wanderte über das Wadi. Davor und dahinter bewegte sich nicht ein Körnchen. Das war sehr wohl eigentümlich.

Auch war es mehr als nur ein wenig beängstigend.

»Vielleicht sollten wir besser umkehren.« Simna trat bereits den Rückzug an. »Neben Loswees Weg muss es noch einen anderen nach Norden geben. Einen, auf dem man es nicht mit lebendigem Sand zu tun bekommt.«

Er wich noch einen Schritt zurück und stieß dabei mit dem Hinterteil des Löward zusammen. Aber die große Katze knurrte ihn nicht einmal an. Sie blieb stehen und blickte zurück auf den Weg, den sie gekommen waren.

»Tut mir Leid, dafür ist es nun zu spät, Mensch.« Eine aufkommende Brise wühlte in der pechschwarzen Mähne.

Ein zweiter Hügel aus rötlichem Sand baute sich hinter ihnen im Wadi auf und schnitt ihnen damit den einzigen Fluchtweg ab. Simna gaffte mit offenem Mund auf die Verwehung und auf den wachsenden Damm, den sie schuf.

»Um Grentorias Willen, es ist nur Sand! Ein Mann könnte ihn mit einem einzigen Hieb wegfegen!«

»Vielleicht«, räumte Ehomba ein, »wenn der Wind einfach von Westen nach Osten wehen würde.« Er drehte sich zur Seite und deutete entschlossen mit der gezahnten Spitze seines Speers. »Da lang, schnell! Die Düne hinauf!« Seinem eigenen Befehl gehorchend, arbeitete er sich den weichen, heimtückischen Hang hinauf. Einlöward folgte ihm und warf dabei abwechselnd wachsame Blicke nach links und rechts. Mit seinen breiten Fußballen hatte er es in dem schwierigen Gelände leichter als ein Mensch in Sandalen.

Simna stapfte hinterdrein. Bei jedem Schritt fluchte er über den Sand, der unter seinen Füßen wegrutschte und damit den Weg nach oben zu einer anstrengenden Tortur werden ließ. Die mysteriöse Mauer aus rotem Sand hatte nun zu beiden Seiten des Wadis eine Höhe von drei Metern erreicht und wuchs noch weiter, das trieb Simna gehörig an.

Sie hatten gerade die Hälfte des Weges auf die rettende Düne zurückgelegt, als der Himmel sich verdunkelte und eine Stimme hinter ihnen dröhnte. Es war das Klagen eines Wesens, das geringer sein musste als ein wildes Tier und mehr als eine bloße Naturerscheinung, es war das seltsam lang gezogene Stöhnen eines ungeheuren und ungewöhnlichen Satans. Die Füße knöcheltief im Sand verwurzelt, drehten sich die Abenteurer um und entdeckten schließlich, wer sie so raffiniert in einen Hinterhalt locken wollte.

Es sah aus wie eine gewöhnliche Düne.

Nur war diese größer und dunkler. Teuflisch dunkelrot. Und sie schob sich nicht wie ein lebendiges Wesen vorwärts, sondern so wie es Dünen für gewöhnlich taten: Sie bewegte die rechte Seite weiter, sodass dadurch die Mitte nachgezogen wurde. Die Mitte nahm dann die rückwärtige Seite mit, welche über die Mitte rollte, und so gab eins das andere. Die Hinterseite wurde zur Mitte, die Mitte wurde zur Vorderseite, wie ein langsames Rad, das sich um eine Achse drehte; endlos, unaufhörlich und unaufhaltsam.

Das Wesen besaß keine Arme und doch Hunderte, keinen Fuß und doch einen, der so breit war wie die laufende Düne selbst, ein großer, schwerfälliger Fuß wie der eines gewaltigen Weichtieres. Überall Sand, das ganze Wesen bestand nur aus Sand, dunkelrot, als hätte man allen Rost, der jemals die Metalle dieser Welt heimgesucht hatte, zusammengetragen, gewalzt, gebündelt und zusammengepresst zu einer einzigen, bedrohlichen Pyramide der Rache. Loswee hatte von brüllenden Dünen gesprochen – und solche gab es in Ehombas Heimat tatsächlich. Aber niemals hatte er von Dünen gehört oder welche gesehen, die heulten und stöhnten wie ein wolkenkratzender Todesgeist, den man gegen seinen Willen an die Erde gefesselt hatte.

Und inmitten dieser wandernden Sandwut im oberen Drittel des Gesichts des entgegenkommenden Berges, befanden sich zwei Augen. Glühend rot loderten sie wie Feuer aus den Tiefen des Sandes, fünfundvierzig Grad in die entgegengesetzte Richtung geneigt, starrten sie auf die drei flüchtenden Wanderer. Wie sie als Fremde in einem fremden Land solche Wut und Entschlossenheit in dem Dunawake hervorrufen konnten, vermochte keiner der drei zu sagen. Vielleicht tobte und wütete das Ungeheuer aus einem tief verwurzelten Bedürfnis heraus, alles Leben auszurotten, das es in den Dünen antrifft, ganz gleich welcher Herkunft.

Einige kleine Tierchen, die zu langsam gewesen oder durch umherfliegende Sandkörnchen erblindet waren und nicht mehr rechtzeitig entkommen konnten, hatte die Düne schon gefangen und unter ihrem walzenden Sandrock erdrückt. Das gleiche Schicksal drohte nun auch den dreien, die versuchten aus dem Gefahrenkreis zu fliehen. Ganze Ladungen von braunem Sand landeten auf ihren Rücken, während sandige Ranken nach ihren Beinen griffen. Hoch oben auf der leblosen, gleichgültigen Düne waren sie vorübergehend sicher, solange sie über und vor dem laufenden Scheusal standen.

Aber der Dunawake war größer als die Düne, die sie gerade erklommen. Wenn er sich weiter so rasch vorwärts bewegte, würde er bald den Sandberg verschlungen und die drei Abenteurer überwältigt haben. Ehomba wusste, dass die andere Seite auch keine Zuflucht bot. Nicht, wenn ihr schmirgelnder Verfolger seine Sandarme um den Fuß der Düne herum aussenden konnte, deren Gipfel sie gleich erreichten. Sie waren gefangen. Sie konnten nur noch bis zur Spitze klettern, dort mussten sie dann warten, bis der Dunawake sie auf ihrem letzten Standplatz einholte.

Simna kämpfte sich mit seinen Sandalen hinauf, die oft knöcheltief und manchmal noch tiefer in dem weichen Hang stecken blieben, er hatte das Schwert gezogen und schlug damit immer wieder auf die dünnen, roten Ranken ein, die nach seinen Beinen griffen. Er schnitt und hackte auf sie ein, wobei gehörige Sandladungen in alle Richtungen davonflogen. Was hielt die Sandkörner zusammen, was machte aus einzelnen, winzigen Teilchen eine zusammenhängende und feste Einheit? Er konnte es sich beim besten Willen nicht vorstellen. Wer hätte gedacht, dass Wut und Rage einen so guten Kleber abgäben?

Für jeden klammernden, sandigen Ableger, den er verscheuchte, kam ein neuer, der den Platz des vorigen einnahm. Simna bemerkte, welch vernichtende Wirkung seine systematischen, geschickten Schwertschläge hatten, und er glaubte, damit auch den Dunawake besiegen zu können. Bei der Geschwindigkeit, mit der sein Schwert den Sand nach links und rechts zerstreute, würden dem Ungeheuer die Körnchen, mit denen es die Greifarme formte, in nicht weniger als ein paar Millionen Jahren ausgehen! Unglücklicherweise wurden Simnas Arme jedoch jetzt schon müde.

Böse gequält von den Sandschlangen, die seine Fersen peitschten, wirbelte Einlöward wiederholt herum, um nach den langen roten Peinigern zu schnappen und sie mit seinen großen Pranken zu zerstören. Aber Beißen und Spucken brachte letzten Endes nicht mehr ein als Simnas Schwertschläge. Noch dazu musste Einlöward nach jedem Schnappen einen Mund voll heißen, roten Sand ausspucken. Ihm wäre es viel lieber gewesen, gegen einen Gegner mit etwas Geschmack zu kämpfen.

»Das Schwert!« Schwitzend und keuchend kletterte Simna weiter den steilen Hang hinauf und rief seinem großen Gefährten zu: »Nimm das Schwert aus Himmelsmetall und schlag den Dunawake damit in Stücke!«

Ehomba drehte sich um und musste sich anstrengen, um das ohrenbetäubende Kreischen des tobenden Sandes zu übertönen, der wild auf sich selbst herumtrampelte: »Das wird nicht gehen! Ich kann Wind mit Wind bekämpfen, aber Fels, Erde und Sand sind zu schwere Gegner.«

»Versuch es!« Unter größter Anstrengung – mehr des Willens als der Muskeln – mobilisierte der Schwertkämpfer seine letzten Energiereserven, um den Schritt nach oben zu beschleunigen, bis er neben dem Freund angelangt war. Der Wind, vorangepeitscht vom Dunawake, zerrte an ihren Gewändern und zerzauste ihnen das Haar. »Wenn du ihn schon nicht besiegen kannst, dann wird ihn vielleicht der Wind abschrecken, der ihm ins Gesicht bläst.«

Die Wanderer hatten den Gipfel beinahe erreicht. »Nährt man den Wind einer Düne mit neuem Wind, bläst er nur noch heftiger. Seine Stärke liegt im Zusammenhalt. Du hast gesehen, wie er durch das Schwert gespalten und gebrochen werden kann.«

»Ja!«, stimmte Simna zu, als sie gerade gemeinsam den Dünenkamm erreichten. Einlöward drehte sich um und knurrte, die Mähne flatterte im heißen, erdrückenden Wind und widersetzte sich allen natürlichen und unnatürlichen Gewalten. »Wenn Gupjolpa mir tausend Schwertkämpfer gäbe, wir würden ihn zurückschlagen, so sicher wie dieser heiße Wind meine Haut abschrubbt. Aber wir sind nur zu zweit, du und ich, und du willst ja nicht kämpfen.«

»Das habe ich nicht gesagt.« Der Hirte hatte den Rucksack herumgeschwungen, sodass dieser nun auf seiner Brust ruhte, und wühlte emsig darin herum. »Ich meinte nur, dass es vergeblich wäre, das Schwert zu nehmen.«

Simna blickte wieder hinunter. Der raue, rote Hügel des Dunawake hatte bereits drei Viertel der Höhe ihres unzulänglichen Zufluchtsortes erreicht und wurde schnell größer. »Jetzt musst du aber bald etwas finden, beim Gostoko, sonst sind wir alle drei in wenigen Minuten erledigt und begraben und nur mehr eine Erinnerung.«

»Ah.« Ehomba richtete sich auf und zog etwas aus seinem Rucksack heraus. Simnas anfänglich hoffnungsvoller Blick wurde abgelöst von ungläubig starrenden Augen und einem heruntergeklappten Unterkiefer. In der rechten Hand hielt sein guter Freund, sein einfallsreicher, sein kenntnisreicher Freund ein rundes, dickes, zugestöpseltes Tonfläschchen, das kleiner war als seine Faust. Eine dünne Schnur hielt den Gummistöpsel an einem Ring im Flaschenhals fest.

Der Schwertkämpfer hatte Mühe, die Ruhe zu bewahren. »Gift?«, fragte er hoffnungsvoll. »Du willst ihn vergiften?«

»Sei kein Narr.« Schnell schnürte Ehomba den Rucksack wieder zu, um den wirbelnden Sand auszusperren, und wandte sich dem immer größer werdenden Dunawake-Koloss zu. Geistesabwesend warf er die Tonflasche in die Luft und fing sie mit der offenen Hand wieder auf. »Man kann Sand nicht vergiften. Ich hab dir doch gesagt, dass man seine Einheit angreifen muss, um ihn zu schwächen.«

»Damit?« Simna zeigte mit der freien Hand auf die Flasche. »Also, beim Gwipta, was befindet sich in dem verfluchten Fläschchen, wenn es kein Gift ist?«

Ehomba wandte den Blick nicht von dem drohenden Dunawake und der Flut von roten Körnchen, die bald ihre Füße begraben würden. Hinter ihnen krochen auf der Rückseite der Düne noch mehr Fangarme aus rotem Sand herauf und machten jede noch so kleine Hoffnung auf eine Flucht zunichte.

»Whasser«, antwortete Ehomba.

Simna wollte von der Gefahr weiter abrücken und rutschte dabei die östliche Seite, die Rückseite ihrer Düne hinunter. »Wasser?«, murmelte er und hörte sich dabei jedoch mehr nach einem ertrinkenden als nach einem verdurstenden Menschen an.

»Nein.« Ehomba deutete auf die Reste des Teiches, die Einlöward die Düne heraufgezerrt hatte. »Das dort ist Wasser. Dies hier ist Whasser.«

Mit einem Gefühl, das nichts mehr mit nur leichter Panik zu tun hatte, sah der völlig entnervte Schwertkämpfer den Hirten an, der vorsichtig den Stöpsel aus der Tonflasche zog. Die Spitze der roten Düne schickte sich nun an, die Düne, auf der die Wanderer standen, zu überragen und zu verschlucken. Die glühenden, feurigen Augen auf dem Hang des nahenden Berges waren etwas hinaufgerutscht, sodass sie Ehomba nun unmittelbar gegenüberstanden. Simna rutschte noch weiter auf der Rückseite der Düne hinunter und stieß dabei mit dem Löward zusammen. Die große Katze knurrte ihn an, konnte jedoch ihren Standpunkt behaupten und mithilfe des größeren Gewichtes und allen vier Beinen sie beide davor bewahren, den steilen Hang hinunterzupurzeln.

Über sich sahen sie den Hirten, der seinen Speer nahm und damit fest gegen die Flasche klopfte, einmal, zweimal. Der Ton zersprang, brach jedoch nicht sofort auseinander. Dann holte Ehomba mit dem rechten Arm weit aus und warf den angeschlagenen Behälter dem aufgeblähten, heulenden Dunawake mitten ins Gesicht. Dabei barst die Flasche und der Inhalt ergoss sich zischend auf den roten Sand. Simna streckte sich, um alles genau zu sehen. Die Flasche schien nichts weiter als ein oder zwei Schluck Wasser zu enthalten. Oder Whasser, wie sein Freund so steif und fest behauptete.

Ein riesiger Sandstrahl platzte plötzlich aus der Düne, höher als der Dünengipfel selbst, er hielt kurz inne, bevor er herunterregnete, um den gefassten Hirten und dessen Gefährten unter seinem heißen, erstickenden Gewicht zu begraben. Doch dann geschah etwas Sonderbares. Was Simna aber kaum überraschte, denn er wusste bereits, dass in brenzligen Augenblicken in Etjoles Nähe oft seltsame Dinge geschahen, und dann war es ratsam, an Ehombas sicherer Seite zu stehen.

Unvorstellbar viele Tonnen Sand, die das böswillige Wesen Dunawake ausmachten, zitterten plötzlich.

XXIV

Es war ein höchst seltsamer Anblick, Sand zittern zu sehen. Zuerst bebte nur das Dünengesicht, dann das ganze rote Sandgebilde, es zitterte und schauderte, bewegte sich jedoch nicht von der Stelle. Einlöwards Unterkiefer fiel herunter und entblößte riesige Eckzähne, er sah nur noch verwundert, nicht bedrohlich aus. Simna starrte mit grimmiger Miene auf das Schauspiel und fragte sich, wie es seinem großen Freund gelungen war, eine ganze Düne mit einer einzigen winzigen Flasche Wasser einzufrieren. Nur war es kein Wasser, erinnerte er sich. Es handelte sich um Whasser, was auch immer das sein mochte.

Doch Simna hatte Unrecht. Der Dunawake erfror nicht, er verwandelte sich nicht von Sand zu Eis oder dergleichen. Er fiel auseinander, zersetzte sich selbst in seine Einzelteile. Wie etwas, das aus Milliarden winziger Körnchen bestand, auseinander brechen konnte, grenzte erneut an ein Wunder, über das der sprachlose Simna nun keine Zeit hatte nachzudenken.

Es geschah vor ihren Augen, dass der Dunawake sich in seine Bestandteile auflöste. Eine kleine Düne aus purem Quarz formte sich allmählich neben der Schwesterdüne aus Feldspat. Daneben wuchs ein glänzender Kegel aus Glimmer aus dem Wüstenboden, der wiederum in unmittelbarer Nachbarschaft von schwarzem Schiefer stand, welcher sich seinerseits langsam zu einem dunklen Hügel anhäufte. Es gab noch viele andere Farben und Kegel, Haufen und Hügel, die Simna gar nicht alle benennen konnte. Die genaue Bestimmung war für ihn auch überhaupt nicht wichtig. Wichtig war nur, dass sich nichts davon bewegte und kein Gesicht mit bösen, glühend roten Augen zu ihm heraufstarrte.

Der einst Furcht erregende Dunawake bebte und zitterte so lange weiter, bis er sich vollends auseinander gerüttelt hatte. Dort, wo er sich einst drohend erhoben hatte, standen nun etwa zehn verschiedene Dünen von angenehmer Größe und jede bestand aus einem einzigen, reinen Mineral. Die Gefährten des Hirten kletterten das kurze Stück an der Ostseite der Düne wieder hinauf, wo sie Zuflucht gesucht hatten, und gesellten sich zu ihrem Freund.

Dünn wie ein Stock, der in einem kindlichen Sandhaufen steckte, groß und aufrecht wie ein Baum, der in der Tiefe der Erde wurzelte, stand Ehomba auf dem Gipfel der gelben Düne und starrte hinunter auf die fein säuberlich getrennten Reste des Dunawake. Der Wind zerrte an seinem Hemd und dem Saum seines Kiltes. Hätte er plötzlich die Arme in den Himmel gestreckt und einen Blitz aus dem Nichts heruntergeholt, Simna wäre nicht überrascht gewesen. Aber natürlich geschah nichts dergleichen. Wenn Ehomba so dastand, dachte der Schwertkämpfer bei sich, sah er wirklich aus wie ein einfacher Hirte.

Simna kam oben auf dem Gipfel an und griff nach dem Arm des Freundes, damit sie zusammen hinunterblicken konnten. »Sag mir jetzt, dass du kein Zauberer bist, Etjole Ehomba. Sag mir ins Gesicht, dass du keine magischen Kräfte besitzt!«

»Tut mir Leid, dass ich dich wieder enttäuschen muss, Freund Simna, aber ich besitze keine derartigen Fähigkeiten.« Mit zusammengepressten Lippen blickte der wortkarge Südländer zu seinen ungläubigen Gefährten.

»Aha, ich verstehe. Und wie erklärst du dann das,

was du gerade getan hast?« Er deutete mit dem Kopf zu den vielen, kleinen Dünen hinunter, die nun aus dem Wüstenboden ragten.

»Das war nicht ich«, protestierte der andere bescheiden. »Das hat das Whasser vollbracht.«

»Vielleicht können wir dich besser verstehen«, ließ Einlöward von hinten verlauten, »wenn du uns erklärst, was dieses ›Whasser‹ ist, oder besser gesagt, *war.*«

Ehomba nickte zustimmend. »Bevor ich mich auf die Reise begab, überreichten mir die Frauen meines Dorfes einige nützliche Dinge. Die alte Fhastal, die kluge Likulu und die blitzgescheite Omura; auch meine eigene Frau, Mirhanja, steuerte etwas dazu bei. Es ist ein alter Brauch bei den Naumkib, dass sich die Frauen zusammentun und ein paar praktische Sachen sammeln, die ein Krieger, der sich auf die Wanderschaft begibt – ganz gleich wie lange –, mitnehmen soll.« Sein Blick wanderte wieder nach unten auf die Überreste des Dunawake. »Leider war das meine einzige Flasche Whasser.« Dann machte er sich an den Abstieg, wobei er leicht seitwärts zum Hang stand, um im weichen Sand leichter das Gleichgewicht halten zu können.

Simna ging neben dem Freund einfach geradeaus hinunter und stellte dabei seine bemerkenswerte Körperbeherrschung zur Schau. Der vierbeinige Einlöward hatte natürlich überhaupt keine Schwierigkeiten mit dem steilen Hang. Nicht annähernd so wendig wie seine Gefährten, stolperte Ehomba während des Abstiegs einige Male.

»Dieses Whasser«, fragte die Katze, »was bewirkt es?« Der bemähnte Kopf deutete in die Richtung der sauber aufgeteilten Dünen. »Was *bewirkte* es?«

»Es war eigentlich für die Reinigung von Wasser gedacht.« Ehomba stieg über einen Fels, der aus der unteren Düne ragte. »Die Frauen sagen, ein Tropfen Whasser macht ein ganzes Wasserbecken zu Trinkwasser. Es reinigt die Flüssigkeit, indem es allen Schmutz und Schaum herausfiltert – sowie kleine Tierchen, die wir mit bloßem Auge nicht erkennen können.«

Ein verwirrter Simna runzelte die Stirn. »Kleine Tierchen, die wir nicht sehen können?«

Hirte und Katze gingen nicht darauf ein.

»Das hast du also mit dem Dunawake gemacht«, dachte Einlöward laut nach. »Du hast ihn gereinigt.«

»Indem ich ihn in seine Einzelteile zerlegt habe.« Sie hatten den Fuß der Düne erreicht und betraten wieder das harte, unnachgiebige, glücklicherweise aber leblose Bett des Wadis, in dem die ungeheuerliche Erscheinung sie beinahe eingesperrt hätte. »In diesem Fall beträgt die Summe der Einzelteile viel weniger als das Ganze. Ein Mensch brächte auch nicht mehr zusammen«, fügte er nachdenklich hinzu, »würde man ihn auf gleiche Weise zerlegen. Knochengerüst hier, Blut da, Muskeln auf einen Haufen und die inneren Organe auf einen anderen.«

Simna verzog den Mund. »Das ist ja eine schöne Vorstellung. Da verspüre ich keine große Lust, den Inhalt der anderen Fläschchen zu probieren, die du bei dir trägst.«

»Das war das einzige mit Whasser.« Ehomba deutete auf den halb vollen, schwebenden Teich, den Einlöward noch immer hinter sich herzog. »Von nun an müssen wir darauf hoffen, dass wir immer gutes Wasser finden, denn ich habe nichts mehr, womit ich schmutziges Wasser genießbar machen könnte.«

»Du hast schon das Richtige getan, Etjole. Beim Girimza, das hast du!« Der Schwertkämpfer klopfte seinem Freund aufmunternd auf den Rücken. »Einem Toten nützt sauberes Wasser nichts mehr.«

»Still.« Einlöward hob eine Pranke und schnüffelte. »Wir sind immer noch nicht allein.«

Bestürzt griff Simna nach dem Schwert, auch wenn

es sich gegen den letzten Gegner als unwirksam erwiesen hatte. Dann entspannte er sich. Doch beruhigen konnte er sich nicht.

Ehomba stellte sich der unerwarteten Überraschung mit der üblichen Seelenruhe, er lächelte und nickte der Gestalt zu, die nun ihren Weg blockierte.

»Hallo, Loswee. Ich hatte nicht erwartet, dich wiederzusehen.«

Während das gefiederte Reittier des Swick sich den Wanderern näherte, kamen weitere zwölf winzige Kavalleristen aus ihrem Versteck hinter einer Ansammlung von sandgeschliffenen Felsen. Grell gefärbte Wimpel flatterten an den Spitzen ihrer Lanzen und alle trugen sie edle, feierliche Rüstungen.

Loswee beugte sich im Sattel vor und blickte die Wanderer lange an, bevor er sich wieder aufrecht hinsetzte und hinter sie deutete. »Für einen Nicht-Magier hast du dem Dunawake ganz schön zugesetzt.«

»Das war nicht er«, warf Simna spöttisch ein. »Es war eine Flasche Whasser, die das vollbracht hat.«

»Unsinn«, murmelte der Swick-Kämpfer. »Es wäre zwecklos, mit euch über eure wirklichen Fähigkeiten zu streiten. Für das Sandvolk ist das nicht entscheidend. Für uns ist nur wichtig, dass der Dunawake vernichtet ist und die ständige fürchterliche Bedrohung ein Ende hat. Für diese Tat werdet ihr in den Herzen der Swick ewig weiterleben. Ein letztes Mal werden wir euch unsere Ehre bezeigen.«

Er reckte die Lanze hoch in die Luft, als wollte er damit den Himmel durchbohren. Hinter ihm ahmte seine glänzende Eskorte den Gruß nach. Fünfmal wiederholten sie das Ganze und jedes Mal johlten sie dazu, dass man glaubte, der Lärm käme aus den Tiefen des Sandes selbst. Dann wandten sie sich zum Gehen.

»Die Wege des Zufalls sind manchmal seltsam, nicht wahr?« Ehomba sah den langen Schwanzfedern der

Vögel noch nach, die auf dem Weg zurück zu den Felsen, hinter denen sie hervorgekommen waren, auf und ab wippten.

»Was?« Ein etwas verwirrter Simna sah seinen Freund an. »Welcher Zufall?«

Mit einem Seufzer nahm der Hirte den Weg nach Norden wieder auf und benutzte dazu seinen Speer als großen Wanderstock. »Die kleinen Leute wollten, dass wir den Dunawake für sie bekämpfen. Wir weigerten uns und so gaben sie uns zu essen und zu trinken und wünschten uns großzügig noch eine gute Weiterreise. Sie zeigten uns sogar den einfachsten Weg, um die Länder des Nordens zu erreichen. Obwohl wir sie nicht einmal darum baten. Bald nachdem wir uns von ihnen getrennt hatten, liefen wir dem Dunawake geradewegs in die Arme.« Ehomba warf dem Schwertkämpfer einen Blick zu und tat etwas, das Simna noch nicht oft bei ihm gesehen hatte: Ehomba lachte laut heraus, nicht nur mit dem Mund, sondern auch mit den Augen.

»Finde dich damit ab, mein Freund. Man hat mit uns gespielt, wie ein Meistermusikant auf seiner Flöte spielt.«

Simnas Gesichtsausdruck verfinsterte sich. »Willst du mir damit sagen, Bruder…?«

»Dass wir die Opfer eines Swick-Tricks geworden sind, ja, Simna.« Und damit kicherte der Hirte aufs Neue los.

Diese neue Erkenntnis machte sich auf dem Gesicht des Schwertkämpfers breit wie die Neuigkeit einer ungewollten Schwangerschaft. »Diese erbärmlichen, kleinen, schwindelnden, falschzüngigen, flachgesichtigen Wichte!« Aufs Unflätigste fluchend und mit funkelnden Augen zog Simna das Schwert und rannte auf den Felshaufen zu, hinter dem die winzigen Soldaten verschwunden waren. »Na wartet! Ich bringe euch alle um! Ich schneide euch die haarigen Ohren ab und verfüttere sie an die Skorpione!«

Mit einem gleichgültigen Schniefen änderte Einlöward die Richtung, sodass er neben dem langbeinigen Ehomba einherschritt. »Er hat es nicht begriffen, was?«

Der Hirte zuckte die Achseln. »Simna ist ein guter Mensch. Er ist nur manchmal ein wenig zu aufbrausend.«

»Ein bisschen zu menschlich, meinst du.« Die Großkatze schniefte hochnäsig. Ihre durchdringenden gelben Augen stierten aus nur dreißig Zentimetern Entfernung forschend in Ehombas Gesicht. »Und du?«

Der Hirte schürzte die Lippen. »Was meinst du?«

»Was bist du, Etjole Ehomba? Bist du wirklich ein richtiger Mensch? Oder ist das nur eine Maske, die du dir ausgesucht hast, um uns zum Narren zu halten? Ich glaube, dass die Swick nicht die Einzigen sind, die andere gut an der Nase herumführen können.«

Der langgliederige Südländer lächelte zufrieden, während er mit dem flachen Ende des langen Speers im harten Untergrund bohrte wie mit einem Staken im Wasser. »Ich bin nur ein Mensch, Einlöward. Ich bin nur das, was du hier neben dir gehen siehst.«

»Das akzeptiere ich – einstweilen.« Und damit entfernte sich der Löward, der schwebende Teich hüpfte auf und ab, während der Vierbeiner weiter seines Weges ging. Der Hirte sah ihm grübelnd nach. Für jemanden, der so lange und so oft schlief wie der Löward, entging der großen Katze erstaunlich wenig.

Simna wütete und fuhrwerkte zwischen den Felsen herum, bis er sich endlich damit abfand, dass seine kleinen Feinde geflüchtet waren. Eigentlich mehr als geflüchtet: Sie waren verschwunden, wie vom Erdboden verschluckt. Sogar die Fußspuren ihrer Reittiere hatten sich wie Nebel in der Wüstenluft aufgelöst.

Murrend steckte er das Schwert zurück in die Scheide und schloss sich seinen Gefährten wieder an.

»Die kleinen Schwindler sind schon immer schnell gewesen, aber ich hätte nicht gedacht, dass sie *so* schnell sein können.« Er drohte den Dünen und dem Wadi hinter sich mit der Faust. »Was würde ich geben für so einen kleinen, dreckigen Hals zwischen meinen Fingern!«

»Ja, sie sind schnell.« Einlöwards schwarze Lippen verzogen sich zu einem Lächeln. »Das ergibt dann wohl einen quicken Swick-Trick, nicht wahr?«

»Ach, halt den Mund, du kannst doch nicht mehr, als überall deine stinkenden Körperflüssigkeiten zu verteilen!«

Die Katze grinste nur verschmitzt und antwortete nichts darauf.

»Sie haben das getan, was sie für ihr Überleben als notwendig betrachten.« Ehomba versuchte den Gefährten zu besänftigen.

»Ihr Überleben?« Der Schwertkämpfer hielt sich den Daumen an die Brust. »Es hat sie einen Dreck gekümmert, ob *wir* überleben!«

»Den großartigen Empfang, den sie uns bereitet haben, uns vorbeiziehenden Fremden, die Führungen und Touren, der Gesang und die Feste, umsonst und mehr als reichlich haben sie uns zu essen und zu trinken gegeben. Glaubst du, das haben sie alles nur aus Freundschaft getan?«

Simnas Ärger verflog langsam, während er über die Worte des Hirten nachdachte. Schließlich nickte er zustimmend. »Ja, du hast Recht, Etjole. Ich hätte es besser wissen müssen. Ich glaube, ihre Größe hat mich irritiert. Wer hätte ahnen können, dass ihr Hang zum Verrat genauso groß ist wie ihre Fähigkeit, solche Gebäude aus Sand zu errichten?« Mit diesem Eingeständnis verflüchtigte sich auch die letzte Wut so schnell wie sie über ihn gekommen war und Simna war – wieder der Alte.

»Schlaue, kleine Wichte, was? Das nächste Mal weiß ich es besser. Von nun an werde ich, Simna ibn Sind, nicht einmal mehr die Einladung einer Maus annehmen, ohne vorher nach ihren Beweggründen gefragt zu haben.«

»Ich verstehe schon, warum sie so gehandelt haben.«

Der Schwertkämpfer sah seinen Freund von der Seite an. »Du stellst dich auf ihre Seite? Was sie getan haben, hätte uns beinahe umgebracht!«

»Ich weiß. Aber wenn mein Dorf auf dem Spiel gestanden hätte, meine Familie, alle meine Freunde, alle, die ich kenne, würde ich auch alles tun, um sie zu retten. In solchen Fällen und unter derartigen Umständen steht der Eigennutz stets über der Ehre.«

Simna baute sich in voller Größe vor Ehomba auf. »Für einen wahren Helden steht nichts über der Ehre!«

»Dann darfst du der Held sein, Simna. Ich möchte nur meine Verpflichtung loswerden und so schnell wie möglich zu meiner Familie und meinem Dorf zurückkehren. Das ist das Einzige, was mir wichtig ist. Darauf habe ich mein Leben aufgebaut. Und nicht auf theoretische Vorstellungen von dem, was sein könnte und was nicht, ich kann auch nicht immer das Verhalten von Menschen berücksichtigen, die ich nicht kenne und die mir auch nicht wichtig sind.« Er deutete mit dem Kopf zurück auf den Weg, den sie gekommen waren, zurück auf die schweigenden Dünen und ihre unsichtbaren, im Sand eingesperrten Geheimnisse. »So denken auch die Swick. Ich kann sie nicht verurteilen für ein Verhalten, das auch ich an den Tag gelegt hätte, wäre ich an ihrer Stelle gewesen.«

Der Schwertkämpfer schnaubte verächtlich. »Dann wirst du niemals ein Held werden, Etjole. Du wirst niemals triumphierend durch die Straßen einer großen

Stadt reiten, im lauten Beifall der Menge baden und die Blicke von hübschen Frauen auf dich ziehen. Du wirst niemals ein Edelmann in deinem Land werden und noch weniger ein König oder ein Herrscher.«

Der schlaksige Südländer fühlte sich jedoch nicht im Mindesten angegriffen durch die vernichtende Prophezeiung seines Gefährten. »Ich will überhaupt kein Herrscher sein, nicht einmal über meine Kinder, Freund Simna. Und was die Blicke der schönen Frauen betrifft, so habe ich noch niemals zu den Männern gehört, die so etwas tun, ich wüsste nicht einmal, was ich anstellen müsste, wenn mich so eine Frau ansähe. Außerdem sind mir die Blicke der Frau sicher, die mir alles bedeutet. Ich will auch gar nicht durch die Straßen einer großen Stadt reiten, ich gehe viel lieber zu Fuß, und ich bin auch zufrieden mit einem gelegentlichen ›Guten Morgen‹ und ›Wie geht es dir?‹, ich brauche keinen Jubel. Das reicht mir völlig.«

»Du hast eben keinen Ehrgeiz, Bruder«, meinte der Schwertkämpfer verächtlich.

»Ganz im Gegenteil, mein Freund, ich strebe nach sehr Vielem. Ich möchte gerne mit meiner Frau ein langes und gesundes Leben führen, meine Kinder gesund und fröhlich aufwachsen sehen, immer oder zumindest meistens genug zu essen haben, weiterhin meine Tiere hüten, mich der Gesellschaft meiner Freunde und Verwandten erfreuen und am Meer entlangspazieren, dem Gesang der Wellen lauschen und ihren Duft einatmen.« Seine Augen glänzten. »Das, so denke ich, sollte reichen für einen Mann.« Er steckte die freie Hand in die Tasche, tastete nach den Kieselsteinen darin und fragte sich, ob die schimmernden Felsstückchen wohl noch nach Meer rochen.

Schweigend gingen sie eine Weile weiter, dann plötzlich grinste der Schwertkämpfer übers ganze

Gesicht und die Mürrischkeit war wie weggefegt. »Ach so, jetzt verstehe ich.« Er schüttelte den Kopf und lachte schallend. »Du bist mir ja einer, Etjole Ehomba! Da hast du mich aber ganz schön lange an der Nase herumgeführt. Ein schlauer Magier bist du, aber mich kannst du nicht hinters Licht führen! Nicht Simna ibn Sind. Man hat mich auf den Marktplätzen des gerissenen Volkes von Harquarnastan geprüft und ich stand Aug in Aug mit den verschlagenen Marktschreiern der Yirt-u-Yir-Hochebene. Aber eins muss ich dir lassen: Du bist der Scharfsinnigste und Raffinierteste von allen!« Simna drehte eine ausgelassene Pirouette und tanzte aus purer Freude über seine neue Entdeckung. Einlöward schaute nur angewidert zu.

»›Genug zu essen haben.‹ – ›Am Meer entlanggehen.‹ Ja, sicher, Zauberer, sicher! Als Tarnung ist das brillant, als Maske unübertroffen. Keiner käme auf die Idee, du wärst mehr als ein einfacher Ochsen- und Schafhirte. Welche Maskerade! Besser als sich als Händler, Geschichtenerzähler oder unschuldiger Pilger auszugeben.« Simna ging rückwärts vor Ehomba her und verbeugte sich einige Male übertrieben tief, er führte einen regelrechten Tanz auf und hob und senkte dabei heftig den Kopf und die ausgestreckten Arme.

»Ich verleihe dir hiermit den Titel Zauberer Inkognito, oh, Meister deines Fachs! Hirte der Ziegen und Herrscher über die Kinder; das soll deine Bestimmung sein, bis der Schatz uns gehört.« Simna ging wieder vorwärts und schritt neben seinem Freund einher, während Einlöward vor ihnen trottete. »Du hättest mich *beinahe* drangekriegt, Etjole.«

»Ja«, antwortete der Hirte mit einem tiefen Seufzer. »Ich sehe schon, dass man dich nicht so leicht täuschen kann.« Sein Blick fiel auf eine Eidechse, die gerade in ihren Bau flüchtete. Den blauen Körper schmückten hellrosa Streifen – und gelbe Punkte den Kopf.

»Solange du es noch bemerkst«, erwiderte Simna wichtig. »Ach, bin ich froh, wenn wir diese Wüste hinter uns haben!«

»Die Wüste, die Reinheit der Dünen, das ist wundervoll.«

»Das glaubst auch nur du, du glühender Anhänger des trockenen Niemandslandes.«

»Ja.«

Da hob der Löward den Kopf und stieß einen langen, angeödeten Seufzer aus. Dieser hallte zwischen den Dünenhängen hin und her und verließ die sandige Umgebung viel schneller, als die drei Wanderer es konnten. Als das Echo schließlich verklungen war, blickte die große Katze ihre menschlichen Gefährten an. »Ausnahmsweise stimme ich da mit dem Schwertkämpfer überein. Ich liebe hohes Gras und schattiges Dickicht, fließendes Wasser und vor allem die fetten, langsamen Tiere.«

»Und warum treiben wir uns dann noch hier herum?« Ein fröhlicher und gelassener Simna blickte die große, schwarze Katze an. »Solange dieser langgesichtige, dunkle Schluck Wasser das Tempo bestimmt? Wenn wir ihn so weitermachen lassen, werden wir bis in alle Ewigkeit hier in diesem verfluchten Land herumtrödeln.« Damit rannte Simna los und lief den anderen leichtfüßig und mühelos davon.

Trotz der Last, die der schwebende Teich darstellte, den Einlöward noch immer hinter sich herzog, streckte auch er die bemerkenswert langen Gepardenbeine und hielt mühelos mit dem Schwertkämpfer mit. Ehomba sah ihnen eine Weile zu, bevor auch er den Schritt beschleunigte. Es wäre zwecklos, ihnen zu sagen, dass er schon die ganze Zeit über hatte schneller gehen wollen, sich aber nur zurückhielt, weil er sich um ihr

Wohlergehen gesorgt hatte. Es war besser, weiter zu schweigen, das wusste er. Besser auch für Simna, der nun die Entscheidung getroffen hatte.

Ehomba war wegen der Art und Weise, wie sich die Lage entwickelt hatte, nicht nach Lachen zumute. Er konnte keine besondere Genugtuung dabei verspüren, immer schon vorher zu wissen, was geschehen wird.

XXV

Die Geschichte vom verlorenen Baum

Der Baum erinnerte sich nicht mehr an vieles von dem, was passiert war, nicht einmal, wann genau es geschehen war. Es lag alles schon so lange zurück. Er war noch ein junger Baum gewesen, ein dürrer Holzsplitter, nicht höher als einen Meter, und hatte noch nicht die Kraft besessen, um gegen die Naturgewalten bestehen zu können, keine dicke, feste Rinde, um sich gegen rücksichtslos äsende Tiere zu schützen.

Und dennoch hatte er sich prächtig entwickelt. Die Erde, in der er als Samen Wurzeln geschlagen hatte, war tief und nahrhaft gewesen, und der Standort sehr wetterfreundlich mit reichlich Regen und nicht zu viel Schnee. Die Erde war im Winter nicht gefroren und im Sommer nicht ausgetrocknet gewesen. Er hatte zwar Blätter an hungrige Insekten verloren, aber das gehörte schließlich zum ganz gewöhnlichen, natürlichen Reifeprozess eines Baumes. Er hatte den Verlust wieder ausgeglichen, indem er mehr Blätter als alle anderen Schösslinge in seiner unmittelbaren Umgebung hervorgebracht hatte. In der Folge einer Insektenplage waren einige von den anderen gestorben, noch bevor sie zu richtigen Schösslingen heranwachsen konnen.

Der Baum hatte jedoch überlebt. Zusammen mit vielen seiner Nachbarn. Obwohl fast alle zur selben Zeit Wurzeln geschlagen hatten, waren zwei von ihnen etwas größer. Andere wiederum kleiner.

Das Wachstum war ein niemals endender Kampf,

alle strebten danach, an Höhe und Durchmesser zu gewinnen. Der Wettbewerb war stets gegenwärtig und hörte niemals auf, fand jedoch in aller Stille statt, so wie es eben in der Natur der Bäume lag. In seinem vierten Jahr war während eines besonders langen und kalten Winters einer der Nachbarn dem hungrigen Rotwild zum Opfer gefallen. Die Tiere hatten dem jungen Gewächs die Rinde vom Stamm gezogen und es nackt und schutzlos zurückgelassen; im nächsten Frühling hatten die bohrenden Käfer leichte Beute gehabt. Ein anderer war den nicht böse gemeinten, am Ende aber doch tödlichen Aufmerksamkeiten eines Bären erlegen, der offenbar an heftigem Juckreiz gelitten hatte. Das Tier hatte sich an dem jungen Baumstamm gekratzt, ihn dabei entzwei gebrochen und dann sterbend liegen gelassen, das Kernholz den gefühllosen, gleichgültigen Elementen ausgesetzt.

Aber unser Baum hatte Glück gehabt. Die großen Tiere hatten ihn kaum beachtet, Insekten hatten in der unmittelbaren Umgebung etwas gefunden, das mehr nach ihrem Geschmack gewesen war, und die Vögel hatten davon abgesehen, seine jungen Zweige zum Nestbauen zu verwenden. Mit jedem neuen Frühling hatte er sich angestrengt, neue Knospen und Blätter auszutreiben, und eifrig Photosynthese betrieben, um Zucker zu binden, bevor andere ihn verbrauchten. Den Winter über hatte er still vor sich hin geschlummert und gehofft, dass die durchziehenden Herden ihn in Ruhe ließen.

Dann, gerade als ein Überleben und langes Leben sicher schien, brach das Unglück über ihn herein.

Es geschah im Spätherbst und kam nicht in der Gestalt eines Wesens aus Fleisch und Blut daher, sondern als ein gewaltiger und mächtiger Sturm. Das schreckliche Unwetter fegte über die Küste des Landes hinweg, in dem der Baum wuchs, und zerstörte alles, was ihm in den Weg kam und keinen Widerstand leisten konnte. Selbst einige der großen, alten Bäume, die zuhauf in dem Wald standen, in dem auch der kleine Baum lebte, waren nicht gefeit vor einem solchen Sturm. Winde von einer nie zuvor erlebten Stärke donnerten die Hänge der westlichen Berge hinunter, sie brausten hinab wie unsichtbare Lawinen und wurden im Fallen noch schneller und gewaltiger.

Bäume, die dort seit Tausenden von Jahren gestanden hatten, wurden umgeblasen und reckten die nackten Wurzeln in die oberirdische Welt. Andere verloren Hunderte von kleinen Zweigen und viele, viele große. Der Waldboden schien wie leer gefegt, denn Blätter, Äste, Pilze, Insekten und Spinnen, ja sogar kleine Tierchen wurden aufgesogen und fortgeweht.

Der kleine Baum klammerte sich am Boden fest, solange er konnte, aber seine kurzen, jungen Wurzeln waren der beispiellosen Gewalt des Sturmes nicht gewachsen. Er wurde ausgerissen und hoch in den Himmel gewirbelt, wo er sich in der Gesellschaft Tausender Tonnen von Trümmern befand. Da sich der Sturm im Herbst ereignete, war der Baum schon in Erwartung des kommenden Winters eingeschlummert. Der Saft hatte sich bereits ins Kernholz zurückgezogen, wo er auf die Wärme des Frühlings wartete, um dann von neuem durch Stamm und Äste des jungen Gewächses zu strömen.

Nun war der kleine Baum auf Gedeih und Verderb den wilden Elementen ausgeliefert, die ihn herumwarfen und -schleuderten, als gelte sein Gewicht überhaupt nichts. Wie lange er auf diese Weise über Wasser und Felder, Berge und Ebenen getragen wurde, wusste der Schössling nicht. Es konnte ein Augenblick, doch auch ein Monat gewesen sein. Das Zeitgefühl eines Baumes unterscheidet sich sehr von dem der meisten anderen Lebewesen.

Dann spürte er, wie er nach unten fiel, Krone über Wurzel Richtung Boden hinunterpurzelte. Die Natur ist voll von Beispielen für außergewöhnlich schlimme Unfälle, aber der Sturz des Baumes bildete eine Ausnahme. Er landete nicht auf der Seite, so wie man es vielleicht erwartet hätte, und auch nicht auf der Krone. Er schlug mit dem schlanken Stamm auf dem Boden auf und zwar im rechten Winkel zur Erde. Nackte Wurzeln drangen in die lockere, oberste Erdschicht ein und gewährten dem Baum sofortige, wenn auch ein wenig unsichere Unterstützung.

Einmal ausgespuckt aus dem rasch weiterziehenden Sturm, schauderte der Baum noch einmal vom letzten Abschiedsstoß, fiel aber nicht um. Der Orkan wütete weiter, richtete heftige Zerstörung im ganzen Osten an, den Baum jedoch hatte er einfach fallen gelassen. Das junge Gewächs fand sich wieder in einer Umgebung, die einem Trümmerhaufen glich, den das Unwetter zurückgelassen hatte. Alles schien tot zu sein. Was noch nicht tot war, starb aber bald und verrottete.

Allein der Baum überlebte. Zusammen mit dem Wind hatte das Unwetter auch große Mengen an Wasser mitgebracht, die es entlang seines Weges als heftigen Regen ausschüttete. Der Boden, auf dem der Baum glücklicherweise aufrecht gelandet war, war so durchnässt, dass die Wurzeln des kleinen Baumes noch viele Monate nach der unfreiwilligen Verpflanzung aus dieser Quelle trinken konnten.

Wider Erwarten fanden die Wurzeln Halt in dem fremden Boden. Im Heimatland des Baumes hatte der Winter unmittelbar bevorgestanden; dort, wo er gelandet war, herrschte Sommer. Der Saft begann schon zu fließen, noch bevor die biologische Uhr des Baumes dies bestimmte. Doch auch an diese Änderung passte sich der Baum an. Knospen sprossen an den Ästen, die den Zorn des Sturmes überlebt hatten. Blätter trieben aus, entfalteten sich und verschlangen das starke, ungehinderte Sonnenlicht ihrer neuen Heimat.

In diesem neuen Land gab es viel weniger Insekten als im alten – und so konnte der Baum noch schneller wachsen als zuvor. Über die Jahre hinweg wurden die Äste dicker und der Stamm gewann an Umfang. Er breitete seine Arme weit aus, um dem Boden, auf dem er stand, Schatten zu spenden. Das trug dazu bei, den Regen zu speichern, der nur zu einer bestimmten Jahreszeit und dann auch nur sehr spärlich fiel, ganz anders also als in dem Land, in dem der kleine Baum aufgewachsen war.

Unter seinen Wurzeln fand er eine stetige, unterirdische Wasserversorgung. Diese zapfte der Baum mit Wurzeln an, die tief bohrten, und sicherte sich so eine ausreichende Ernährung, ganz gleich wie spärlich der jährliche Regen auch ausfiel. Da in der näheren Nachbarschaft keine anderen Pflanzen wuchsen, gab es auch keinen Kampf um Nährstoffe. Nur die Kargheit des Landes hielt ihn davon ab, noch größer zu werden.

Obwohl anfangs nicht sonderlich ehrgeizig, gedieh und reifte der kleine Baum über die Jahre und Jahrzehnte und sogar Jahrhunderte hinweg zu einem schönen, großen Exemplar seiner Art – mit zahlreichen Ästen und einem Stamm, der den Durchmesser seiner Vorfahren bei weitem übertraf. Die Jahrhunderte vergingen und der Baum beobachtete das Kommen und Gehen vieler Geschöpfe, angefangen bei den kleinen Käfern, die versuchten, seine feste, gesunde Rinde zu durchdringen, was ihnen jedoch nicht gelang, bis zu den Zugvögeln und anderen fliegenden Wesen, die in seinen Ästen dankbar Zuflucht fanden. Gelegentlich kamen auch intelligente Wesen vorbei, sie verweilten ein wenig im Schatten, den der Baum freizügig spendete, und staunten über seine unerwartete Pracht.

Unerwartet, weil der Baum völlig allein stand. Es

war nicht nur so, dass sich keine anderen Bäume in der Nähe befanden, es gab nicht einmal welche in Sichtweite. Da auch die richtigen Insekten nicht den Weg zu ihm fanden, um seine Blüten zu bestäuben, konnten seine Samen nicht keimen und so blieb ihm sogar die Gesellschaft seiner eigenen Nachkommen versagt. Kein Busch ließ sich unter dem Baum nieder, um den schützenden Schatten zu genießen, keine Blume blühte unter den Ästen. Nicht einmal Unkraut wuchs in der Nähe. Der Baum stand ganz allein, einsam und abgeschieden auf einem kleinen Hügel. Die Willkür der Natur hatte ihn zu ewiger Einsiedelei verdammt.

Aber ein Baum stirbt für gewöhnlich nicht an Einsamkeit. Jedes Jahr brachte er neue Blätter hervor und jedes Jahr hoffte er wieder auf die Gesellschaft eines Artgenossen. Doch zu sehen bekam er nur vorbeifliegende Insekten und Vögel und gelegentlich kleine Tiere oder Wanderer auf der Durchreise.

Drei solche näherten sich nun, ein seltsames Trio war das. Obwohl der Baum keine Augen besaß, konnte er die Besucher doch wahrnehmen. Über empfindsame Wurzeln, die unmittelbar unter der Erdoberfläche wuchsen, spürte er die Erschütterungen, die von ihren Schritten verursacht wurden. Er wusste, wann sie das Tempo beschleunigten, und fühlte, wie sie langsamer wurden und unter ihm stehen blieben.

Zwei der Reisenden ließen sich sofort am Fuße des Baumes nieder und suchten mit dem Rücken Halt am festen Stamm. Der Baum gewährte ihnen gerne Unterstützung, es bereitete ihm keine Mühe und er war dankbar für die Gesellschaft. Solche Gäste hatte er selten und sie waren höchst willkommen. In letzter Zeit schätzte der Baum die Besucher immer mehr.

Denn er würde bald sterben.

Nicht an Altersschwäche, obwohl das in Anbetracht seines hohen Alters nicht unnatürlich gewesen oder unerwartet gekommen wäre. Trotz seines Greisenalters, erfreute er sich immer noch bester Gesundheit. Aber seine Wurzeln hatten den Boden in der unmittelbaren Umgebung ausgelaugt. Obgleich die Wurzeln weit und tief in die Erde reichten, konnten sie nicht länger genug Nährstoffe finden, die der Baum für seine Gesundheit so lebensnotwendig brauchte. Der Boden, in dem der Baum vor so langer Zeit Wurzeln geschlagen hatte, gab einfach nicht genug her, um noch ein oder zwei Jahrzehnte lang gesundes Leben zu spenden. Und da sich keinerlei Bewuchs mit Blättern und Zweigen in der Nähe befand, durch dessen natürlichen Zerfall neue Nährstoffe entstanden wären, wurde die Versorgungsquelle, die der Baum damals angezapft hatte, als er durch den lange zurückliegenden Sturm auf dem Hügel gepflanzt wurde, nicht mehr aufgefüllt.

So starb er also in aller Stille langsam ab und dachte dabei über die Welt um ihn herum nach. Er bereute nichts. Wäre alles mit rechten Dingen zugegangen, hätte er niemals erwachsen werden, geschweige denn ein so langes und gesundes Leben führen dürfen. Bäume bereuten ohnehin selten etwas.

Er genoss den seltenen Besuch und vergnügte sich im Stillen, dass die Fremden sich über den Schatten freuten, den er gegen die heiße Sonne bot, über den Halt, den er ihren müden, verschwitzten Körpern gab und über die Samen, die sie zu seinen Füßen fanden. Den meisten Wesen mundeten diese Samen köstlich und diese Besucher bildeten da keine Ausnahme, nur einer von ihnen weigerte sich standhaft, an diesem kostenlosen Festessen teilzunehmen. Offenbar waren Pflanzen, trotz der darin enthaltenen Proteine, nicht gerade seine Lieblingsspeise.

Dessen ungeachtet schlemmten seine Genossen nach Herzenslust. Was sie nicht gleich verzehrten, packten sie für zukünftige Mahlzeiten ein. All das konnte der

Baum mithilfe seiner feinfühligen Wurzeln verfolgen. Er war froh über die umtriebigen Besucher, denn nur solche konnte er so einfach erspüren. Der Baum hatte ein gesundes und kräftiges Leben geführt, aber auch ein einsames.

Im Gegensatz zu vielen anderen Besuchern, die der Baum in der Vergangenheit bewirtet hatte, gehörten diese zu denen, die einer Sprache mächtig waren. Dabei handelte es sich um nichts Außergewöhnliches, denn alle Geschöpfe, die sich auf irgendeine Weise fortbewegen konnten, besaßen ein Verständigungsmittel. Die Insekten benutzten dazu Berührungen und Gerüche, die Vögel Zwitschern und Flügelschläge. Doch die gesprochene Sprache fand der Baum am unterhaltsamsten. Die Vibrationen, die die Wörter in der Luft verursachten, nahm der Baum durch die Blätter auf und fand sie stets neu und aufregend. Er verstand zwar kein einziges Wort davon, doch das hielt ihn nicht davon ab, es zu versuchen. Es lenkte ihn ab und jede Zerstreuung in seinem einsamen Leben war ihm höchst willkommen.

Alle drei Wanderer urinierten nacheinander an den Fuß des Baumstamms. Dieses Geschenk, das Wasser und Nitrate enthielt, wusste der Baum hoch zu schätzen. Doch leider hatte er keine Möglichkeit, den edlen Spendern dafür zu danken. Er versuchte einen leichten Windstoß herbeizuführen, wo überhaupt keiner war, aber es gelang ihm lediglich, ein paar der Blätter zum Zittern zu bringen. Die Reisenden bemerkten seine Anstrengungen jedoch gar nicht. Selbst wenn es ihnen aufgefallen wäre, hätten sie sich wahrscheinlich nicht darüber geäußert.

Doch mit dem Schatten schienen sie sehr zufrieden zu sein, und das freute den Baum. Er war glücklich darüber, dass er sich wenigstens ein bisschen für das Vergnügen, das ihm die drei durch ihre Gesellschaft bereiteten, erkenntlich zeigen konnte. Wenn er eine Stimme besessen hätte, hätte er wahrscheinlich vor Freude tiriliert, als die drei Wanderer beschlossen, die Nacht unter seinem dichten Geäst zu verbringen. Zusammengerollt neben dem Stamm, ruhten sie sich an einem kleinen Feuer aus, das sie aus heruntergefallenen Ästen und Zweigen des Baumes entfacht hatten. Der Baum fühlte die Hitze der Flammen, doch er hatte keine Angst. Die drei hielten das Feuer klein und im näheren Umkreis gab es nichts, was es hätte nähren können.

Mitten in der Nacht stand einer der Besucher auf. Er ließ seine Gefährten, die noch tief schliefen, zurück und entfernte sich so weit vom Lager, bis er unter der Spitze des längsten Astes stand. Dieser zeigte wie ein gekrümmter Pfeil nach Süden, wohin der Wanderer auch lange blickte. Der Mond stand hoch am Himmel und hätte dem Menschen erlaubt, die Umgebung zwar undeutlich, aber doch ausreichend zu erkennen. Der Mann dagegen schaute stur nach Süden, bewegte sich dabei nicht vom Fleck und wandte den Blick keinen Zentimeter ab.

Nach einer für ihn sehr langen Zeit, die für den Baum jedoch kaum mehr als einen Augenblick dauerte, drehte er sich langsam um und ging zurück zum Lager. Aber er legte sich nicht wieder auf den Boden. Stattdessen spazierte er langsam und nachdenklich um den Baum herum und blickte hinauf zu den unzähligen Ästen und Blättern. Mehrmals berührte der Wanderer die unebenen Rinnen, die dem Umhang aus schwerer Rinde den rauen Charakter verliehen, und streichelte sie so zärtlich, wie er vielleicht auch die Falten im Gesicht einer alten Frau gestreichelt hätte.

Dann kletterte er hinauf.

Der Baum konnte sein Glück kaum fassen. Das Gewicht des Besuchers an seinem Stamm, die Finger, die in den Ästen nach Halt suchten, die Füße, die sich um das Holz schlangen, das war etwas, das der Baum nie zuvor gespürt hatte. Während seines ganzen langen und zurückgezogenen Lebens hatte noch niemals ein Gast versucht, in seine oberen Gefilde vorzudringen. Der Baum genoss jeden neuen Körperkontakt, jedes Zittern und jede Berührung.

Schließlich konnte der Wanderer nicht mehr weiter hinauf. Hoch oben in den Ästen, die ihm gerade noch Halt boten, hielt er inne. Er richtete sich zwischen zwei einladenden Ästen ein und lehnte sich mit Rücken, Nacken und Kopf zurück. Mit baumelnden Beinen und über dem Bauch gefalteten Händen saß er da und blickte grüblerisch in den mondbeleuchteten Horizont. Die ganze Mühe und Anstrengung hatte ihm einen höher gelegenen Standort eingebracht, von dem aus er nur ein wenig weiter nach Süden blicken konnte als vorhin. Doch dem Wanderer schien das zu genügen.

So verbrachte er die ganze Nacht, eingeschmiegt in die oberen Äste des Baumes, und es wäre schwer festzustellen gewesen, wer in diesem Zustand mehr schwelgte: Wanderer oder Baum. Am Morgen wachten die beiden anderen Durchreisenden auf und fuhren von der Furcht gepackt auf. Sie fragten sich, was ihrem Freund wohl zugestoßen sein mochte. Der Kletterer ließ sie eine Zeit lang zappeln, bevor er sich zeigte. Die beiden anderen wirkten erleichtert, jedoch auch verärgert, und verbreiteten dabei ein Zittern in der Luft, das selbst für den Baum einfach durchschaubar war. Wenn er über die entsprechenden Möglichkeiten verfügt hätte, hätte er vielleicht gekichert.

Die drei versammelten sich unter dem schweren Geäst, um Nahrung zu sich zu nehmen. Dies geschah auf die gleiche Weise wie bei allen anderen beweglichen Geschöpfen: mit unglaublicher Geschwindigkeit und mit wenig Rücksicht auf das Vergnügen, das eine langsame Nahrungsverwertung bereiten konnte. Als umsichtige Reisende ließen sie nur wenig organische Abfälle zurück, die zur Ernährung des Baumes beitragen konnten. Doch das störte den Baum nicht weiter. Die Gesellschaft, die sie ihm geleistet hatten, war ihm viel mehr wert als ein paar verfaulende Pflanzen oder verwesende Überreste von Tieren.

Als sie mit dem Essen fertig waren, packten sie ihre Sachen zusammen und machten sich auf den Weg Richtung Norden. Wie bei allen anderen Besuchern auch, die der Baum jemals hatte begrüßen dürfen, tat es ihm Leid, sie wieder gehen zu sehen. Doch er konnte nichts dagegen unternehmen. Er konnte ihnen schließlich nicht nachrufen, doch noch eine Nacht zu bleiben, oder mit den Ästen winken – in der Hoffnung, sie würden dann zu ihm zurückkehren. Er konnte nur dastehen, grübeln und die Zeit vergehen lassen, was Bäume übrigens vorzüglich beherrschen.

Bevor die drei Gefährten aufgebrochen waren, hatte sich jeder von ihnen auf seine eigene Weise vom Baum verabschiedet. Eine letzte Geste, zwar nicht des Abschieds, aber doch der Anerkennung der Behaglichkeit, die der Baum ihnen bereitet hatte. Der Größte der drei hatte das Hinterbein gehoben und noch einmal Wasser gelassen, es herausgepresst, sodass der Strahl hoch auf dem Baumstamm aufgetroffen war. Wie schon zuvor war der Baum auch für diese kleine Spende dankbar, obschon sie nicht einmal annähernd ausreichte, um die Menge an lebenswichtigen Nährstoffen bereitzustellen, die der Baum benötigte, um gesund weiterzuleben. Der zweite Wanderer hatte ein Blatt von einem weit herunterhängenden Ast gepflückt und es sich zur Zierde über dem Ohr ins Haar gesteckt.

Derjenige, der die Nacht hoch oben in den Ästen verbracht hatte, war an den Baumstamm herangetreten und hatte seinen Körper dagegengepresst. Er hatte die

Arme weit ausgebreitet und sich fest an die Rinde gedrückt, als wollte er einen Abdruck seines viel weicheren Körpers im harten Holz hinterlassen. Dann hatte er von dem Baum abgelassen, sich umgedreht und wieder zu seinen Gefährten gesellt. Der Baum fühlte die Erschütterungen ihrer Schritte, die schwächer wurden, je weiter sie nach Norden gingen. Er konzentrierte seine dünnsten und empfindlichsten Wurzeln auf diese Vibrationen und sog die Bewegungen ein, bis das letzte schwache Stoßen lebendigen Gewichtes gegen die Erde verklungen war.

Wieder einmal war er allein.

Aber er fühlte sich nun anders als zuvor. Denn als der eine Wanderer sich fest an den Stamm gepresst hatte, war es dem Baum gewesen, als wäre ein Teil des Gastes im Baum verblieben. Xylem und Phloem zitterten kaum merklich, während sich im Baum selbst eine Umwandlung ankündigte.

Der Boden unter den Wurzeln schien nachzugeben. Seit Hunderten von Jahren hatte der Baum das Gefühl des Fallens nicht mehr erlebt. Doch nun fiel er. Ob er in den Boden eindrang, oder ob der Boden sich unter dem lebenden Holz auftat, konnte der Baum nicht sagen. Er spürte nur, dass er hinunterfiel. Nicht so wie ein sterbender Baum für gewöhnlich umstürzte, was die einzig natürliche Art des Stürzens gewesen wäre, denn so war es in den Zellen des Baumes gespeichert, sondern gerade hinunter, ohne dass Äste und Blätter Schaden nahmen.

Er schien ins Unendliche zu fallen. Stürzte erst durch die Erde, die ihn so lange gehalten hatte, dann durch harten Fels und schließlich durch Gestein, das so heiß war, dass es flüssig wie Wasser zu sein schien. Der Baum wusste, dass er eigentlich verkohlen oder zu Asche verbrennen müsste. Doch wie durch ein Wunder war dem nicht so. Er fiel weiter durch die Schicht aus geschmolzenem Stein, so leicht wie damals, als er als junger Baum durch die wilde, übermütige Luft geflogen war.

Er sank noch tiefer und erreichte schließlich eine Schicht, die nur noch heiß und flüssig war und in der der Umgebungsdruck ihn eigentlich hätte zerschmettern und zermahlen müssen. Doch nichts dergleichen geschah. Stattdessen begann der Baum sich zu drehen, ganz langsam wirbelte er herum, bis seine Krone genau in die entgegengesetzte Richtung zeigte. Die ganze Zeit über befand er sich in Bewegung. Er sank tiefer und tiefer. Oder stieg er mittlerweile wieder auf? Möglicherweise war er schon die ganze Zeit aufgestiegen – oder hinabgesunken. Der Baum wusste es nicht. Er war verwirrt und völlig ratlos, und obwohl er nicht über die Möglichkeiten verfügte, diese Gefühle auszudrücken, waren seine Empfindungen, wenn schon nicht für den Rest der Welt, so doch für ihn selbst sehr echt.

Hinauf ging es – oder auch hinunter. Genau konnte er das nicht feststellen, nur die Bewegung an sich konnte er fühlen. Es ging weiter durch geschmolzenes Gestein und dann durch festen Fels, bis er wieder kühle, feuchte, nahrhafte Erde um sich herum verspürte. Doch diese Erde glich nicht jener, in der er alt geworden war. Hier handelte es sich um fetten, lehmigen Boden, der vor Nährstoffen aller Art nur so strotzte. Ein wahres Festessen von Erde.

Und dann – Luft. Kühl schmiegte sie sich um die Blätter, nicht mehr heiß und brennend. Tröstlich und feucht umhüllte sie jedes Blatt und jeden Ast mit einer durchscheinenden Decke aus unsichtbarer Feuchtigkeit. Noch immer ging es aufwärts, so lange bis auch der unterste Ast wieder draußen war und zu guter Letzt auch der Stamm.

Endlich hatte der Aufstieg ein Ende und der Baum

stand frei in einer völlig neuen Umgebung. Um sich herum fühlte er andere Bäume, viele Bäume, Hunderte von ihnen, kleine Gewächse, Blumen und Gräser in ihrer gesamten Vielfalt. Vögel, die er nicht kannte, setzten sich auf seine ausladenden Äste und völlig unbekannte Tiere begannen den Stamm zu erkunden. Der Baum freute sich sogar über die bedrohliche Neugier von lebhaften, wahrscheinlich aber gefährlichen Insekten, über alles, das neu und frisch war. Hätte ein Baum überwältigt sein können von einer solchen Fülle neuer Empfindungen, dann hätte er das zu jener Zeit und an jenem Ort empfunden.

Doch diese Umgebung kam ihm nicht völlig neu vor. Die Luft nicht, die Vögel nicht und die Käfer auch nicht. Und die Erde schon gar nicht. Nicht neu, im Gegenteil – sehr alt und beinahe in Vergessenheit geraten. Aber noch nicht ganz. Bäume besitzen kein Gedächtnis. Sie selbst sind das Gedächtnis, und zwar in der Gestalt von hartem Holz und angenehmer Gegenwart. Dieser Baum machte da keine Ausnahme. Er erinnerte sich.

Diesen Ort hier, den Wald, der beinahe zerstört worden wäre von einem Sturm, wie er nur einmal in tausend Jahren vorkam, kannte er. Der Wald war erneuert worden, verjüngt durch die Zeit und die Geduld der Natur. Der Baum war zurückgekehrt.

Er war wieder zuhause.

Wie und wodurch, das konnte er nicht sagen, denn er vermochte sich ja nicht auszudrücken. Er wusste es einfach, so wie er auch die Luft wiedererkannte, den Boden und das pulsierende Leben der vielen verschiedenen Geschöpfe, die in seiner unmittelbaren Nachbarschaft wohnten. Der Wind hatte den jungen Baum damals auf verschlungenen Wegen über den halben Erdball getragen. Auf der Rückreise hatte der Baum auf einer ebenso unerklärlichen Route wohl den Mittelpunkt der Erde durchquert.

Wurzeln, die lange gedarbt hatten, saugten nun hungrig den fetten, fruchtbaren Boden aus und begannen mit der langwierigen Arbeit, die Zellen, die lange auf neue Nährstoffe verzichten mussten, wieder aufzufüllen. In dieser üppigen Umgebung würde der Baum sicher keine Schwierigkeiten haben, seine Kräfte neu zu beleben. Er würde nicht sterben müssen, sondern weiterleben, vielleicht für weitere hundert Jahre, möglicherweise auch länger. Wem er das zu verdanken hatte, wusste er allerdings nicht. Er wusste nur, dass er nun überleben würde.

Nicht nur zusammen mit anderen Bäumen, sondern sogar mit den Bäumen seiner eigenen Familie. Um ihn herum schoben Harthölzer der gleichen Gattung ihre robusten Stämme in luftige Höhen und reckten lange Äste in alle vier Himmelsrichtungen. Vögel bauten ihre Nester im Geäst und kleine Säugetiere und Schlangen huschten zwischen den Stämmen umher. In diesem Wald lebten Bienen und Wespen, Fledermäuse und Vögel zuhauf, mehr als genug, um allen Gewächsen, die sich fortzupflanzen wünschten, die Bestäubung zu gewähren. Der Baum würde schließlich doch nicht sterben müssen, ohne einen Teil seiner selbst weitergegeben zu haben.

Der so erneuerte Baum bedauerte nur eines – soweit ein Baum überhaupt etwas bedauern konnte. Irgendwo tief im Kernholz, tief in seinem Innersten, wusste er, dass alles, was geschehen war, so absurd und unmöglich es auch erscheinen mochte, etwas zu tun hatte mit der Abschiedsumarmung des großen Wanderers, bevor dieser mit seinen Gefährten aufgebrochen war. Wie eine bloße Berührung eine solche Reihe von schier unglaublichen Ereignissen hatte auslösen können, woraufhin der Baum letztlich ja nach Hause geführt worden war, das wusste der Baum nicht. Doch nur das konnte die Erklärung dafür sein.

Oder vielleicht auch nicht. Erfrischt und wieder belebt fand er nun genügend Zeit, über dieses Rätsel nachzudenken, zu stehen und zu grübeln. Das beherrschten Bäume schließlich am allerbesten – und da bildete dieser Baum keine Ausnahme. Fände er eine Antwort, wäre das eine gute Sache. Wenn er jedoch nichts weiter als dastehen, wachsen und neue Blätter und Samen hervorbringen würde, wäre das auch in Ordnung.

Er bedauerte nur, dass er den Wanderer niemals wiedersehen würde und deshalb auch niemals die Umarmung erwidern könnte.

XXVI

Ehomba warf einen Blick zurück über die Schulter, aber er und seine zwei Gefährten waren schon einige Zeit gewandert und hinter sich sah er nichts, was er nicht auch vor sich sähe: Sand und Fels, Steine und Kiesel.

»Ich komme einfach nicht über diesen Baum hinweg.« Der Hirte sprang über eine kleine Rinne im Boden. »Er steht da ganz allein und nichts, aber auch gar nichts, wächst um ihn herum, nicht ein einziger Grashalm. Außerdem habe ich niemals zuvor einen solchen Baum gesehen.«

»Ich schon.« Simna stieß mit dem Fuß einen kleinen, roten Stein fort, der daraufhin quer über den Ortsteinboden des Wadis hüpfte, durch das sie wanderten. »Nördlich meines Heimatlandes, da gibt es viele von denen. Hübsche Bäume – und wie du selbst bemerkt hast: Ihre Nüsse schmecken sehr lecker.«

»Da hast du Recht«, stimmte der Hirte bereitwillig zu.

Neben ihnen zog Einlöward noch immer die Überreste des schwebenden Teiches hinter sich her, er schnaubte verächtlich. »Allesfresser! Ihr würdet wirklich alles essen.«

»Nicht alles«, erwiderte Simna schlagfertig. »Katzenfleisch zum Beispiel finde ich zäh wie Leder.«

»Aber warum steht er da?«, dachte Ehomba laut nach. »Offensichtlich Tausende von Meilen entfernt von dem Ort, wo seinesgleichen für gewöhnlich wachsen, und noch dazu auf dieser kleinen Düne? Da steckt sicherlich eine tiefere Bedeutung dahinter.«

»Das bedeutet nur, dass auch noch andere durch dieses vom Gholos verlassene Land gewandert sind und ein oder zwei Samen fallen gelassen haben. So unwahrscheinlich es auch klingen mag, aber einer davon hat Wurzeln geschlagen auf dem kleinen Hügel.« Der Schwertkämpfer maß dem, was seinen großen Gefährten gerade bewegte, keine sehr große Bedeutung bei. »Du stellst zu viele Fragen, Etjole.«

»Doch nur, weil ich gerne Antworten höre.«

»Es gibt nicht auf jede Frage eine Antwort, Bruder.« Simna stieg über die Überreste des Skelettes eines toten Drachenazes. Teile der Flügelhaut spannten sich über die langen Fingerknochen wie vertrocknetes Pergament.

Ehomba schaute seinen Freund überrascht an. »Doch, natürlich gibt es die. Eine Frage ohne Antwort ist keine Frage.«

Der Schwertkämpfer öffnete den Mund und wollte gerade etwas erwidern, doch er überlegte es sich anders. Er schloss den Mund wieder, setzte einen grimmigen Gesichtsausdruck auf und ging weiter. Es war noch früh, die Sonne stand noch nicht hoch am Himmel und die steigende Hitze ermunterte ihn nicht sonderlich, die Angelegenheit weiter zu verfolgen. Simna hatte keine Lust, seine festen Ansichten von den wirren Äußerungen des Hirten durcheinander bringen zu lassen. Er entfernte das Problem einfach aus seinen Gedanken, ein Verfahren, das er nun dank jahrelanger Übung beinahe mustergültig beherrschte.

Die Tage vergingen ohne besondere Vorkommnisse. Schließlich trafen sie wieder öfter auf Wild. Nicht in Hülle und Fülle, aber ausreichend, um Einlöwards Appetit und auch den seiner nicht ganz so unersättlichen Gefährten zu stillen. Am Rande der Wüste standen vereinzelt Dattel-, Kokosnuss- und Steinnusspalmen, die wie Wachtürme wirkten. Andere niedrigere

Pflanzen fanden am Fuße dieser großen Gewächse Schutz.

Als die drei Wanderer immer öfter auf Flussbetten trafen, die, obwohl sonst ausgetrocknet, nun mit kleinen Wasserbecken aufwarteten, und auch immer öfter auf Oasen, befreite sich Einlöward schließlich von den Fesseln, mithilfe derer er immer noch den Rest des schwebenden Teiches hinter sich hergezogen hatte. Der Teich war beinahe ausgetrunken und der Löward von der Anstrengung in den Schultern müde. Obschon nun überall frei stehende Gewässer zu finden waren, trat der stets vorausschauend handelnde Ehomba dafür ein, den Teich noch so lange zu behalten, wie er Wasser enthielt. Ausnahmsweise gelang es Simna einmal, sich herauszuhalten und seinen Gefährten das Feld zu überlassen.

Am Schluss setzte sich Einlöward durch, nicht unbedingt, weil er logisch dachte, sondern weil er einfach genug hatte von dem Teich. Simna verfolgte das Zwiegespräch sehr aufmerksam. Er wollte auf keinen Fall verpassen, wenn der Hirte seine bisher verborgen gehaltenen magischen Kräfte einsetzte, um die Großkatze zum Einlenken zu bewegen, doch er wurde enttäuscht. Ehomba zuckte nur mit den Schultern und stimmte dem zu, worauf die Katze so beharrte. Sofern er überhaupt in der Lage war, den Löward zu etwas zu zwingen, so zeigte er keine Bereitschaft dazu. Simna wusste nicht genau, ob er nun enttäuscht sein sollte oder nicht.

Sie zogen weiter. Einmal, als für einige Tage das Wasser knapp wurde, murrte Ehomba etwas von *unvorsichtigem Handeln in fremden Ländern*. Einlöward knurrte jedoch nur und mied die Nähe des Hirten. Etjoles Schimpfen endete am nächsten Morgen, als sie ein neues Wasserloch fanden. Umgeben von Schilfrohr und kleinen Palmen, bot es Schatten und Wasser, nachdem die Wanderer die kleinen Wasservögel und Biberratten vertrieben hatten.

Danach verlor Ehomba nie wieder ein Wort über Wasser und die Notwendigkeit, sparsam damit umzugehen. Dies stürzte Simna in einen tiefen inneren Konflikt. Wenn der Hirte wirklich ein so mächtiger Magier war, der inkognito reiste, warum sollte er dann bei einem Streit verlieren, den er gegen eine gewöhnliche Katze sicherlich hätte gewinnen können? Und wenn er kein Zauberer war, wie sollte man dann das Schwert aus Himmelsmetall und das Fläschchen mit dem Wunderwhasser deuten? Musste er sich wirklich auf die Fachkenntnis des Dorfschmiedes und die Wässerchen einer Altweiberrunde verlassen? War er, was die Hexerei betraf, doch nicht mehr als ein Mittler und Bindeglied für die Machenschaften von Dritten?

Oder war Etjole so raffiniert, dass selbst ein so scharfsinniger und welterfahrener Mensch wie Simna ibn Sind nicht durch die psychologischen Schleier und Masken sehen konnte, mit denen der große Südländer sich bedeckte? Verwirrt von all diesen Gedanken trottete der Schwertkämpfer weiter und weigerte sich, die Möglichkeit in Erwägung zu ziehen, dass er sich vielleicht doch nur mit einem Viehhirten aus dem zurückgebliebenen Süden zusammengetan hatte, der nicht einmal richtig lesen und schreiben konnte.

Ehombas Reaktion auf den Palast, der plötzlich in der Ferne auftauchte, war alles andere als beruhigend.

Simna entdeckte den Prunkbau zuerst. »Das ist eine Fata Morgana.« Nach einem beiläufigen Blick auf die Naturerscheinung richtete er seine Aufmerksamkeit wieder auf den Weg, der sie nach Norden führen sollte.

»Aber eine eindrucksvolle.« Ehomba blieb stehen und stützte sich auf seinen Speer. So starrte er auf die zauberhafte Sinnestäuschung, die am östlichen Horizont schimmerte. »Wir sollten hingehen und sie uns ansehen.«

Simna fragte sich, was das nun wieder bedeuten sollte. Etwas, das es gar nicht gab, konnte man sich doch nicht ansehen. »Und wie willst du das anstellen, Bruder? Ich glaube fast, du bist schon zu lange unterwegs und in der Sonne gewesen.«

Ehomba blickte den Freund an und lächelte unschuldig. »Wir gehen einfach hin, wie sonst? Komm.« Er hob den Speer hoch und bog im rechten Winkel von der eingeschlagenen Route ab.

»Ich habe doch nur Spaß gemacht, beim Geveran, Etjole!« Aufgebracht und in Sorge, dass sein großer Freund vielleicht wirklich an den Auswirkungen von zu viel Sonneneinstrahlung litt, wandte sich der Schwertkämpfer dem Dritten im Bunde zu. »Katze, du siehst doch, was da gerade passiert. Warum gehst du nicht hin zu ihm und packst ihn am Genick, um ihn zurückzuholen, so wie du es mit einem kleinen, eigenwilligen Kätzchen auch tun würdest?«

»Weil sein Genick völlig nackt ist und ich ihm den dürren Hals durchbeißen würde. Außerdem habe ich selbst große Lust, einen Blick auf die Fata Morgana zu werfen.« Worauf Einlöward nach rechts abdrehte und dem von dannen ziehenden Hirten folgte.

Bestürzt rief Simna ihnen nach. »Habt ihr jetzt alle beide auch noch den letzten Funken Verstand verloren?« Er gestikulierte wild in Richtung Norden. »Jeder Tag bringt uns der Zivilisation näher. Man kann sie praktisch schon riechen! Und ihr wollt nun einem Trugbild nachjagen! Beim Gwiquota, *hört ihr mir überhaupt zu*?«

Der Schwertkämpfer murmelte noch eine Weile die wildesten Flüche in seinen nicht vorhandenen Bart, doch schon bald zog er den Kopf ein und eilte seinen Gefährten hinterher. Er beruhigte sich selbst, indem er sich einredete, dass dieser Ausflug zwar Zeitverschwendung war, es aber sicher nicht lange dauern würde.

Doch damit sollte er nicht Recht behalten.

»Wirklich sehenswert«, bemerkte Ehomba, als sie sich dem Ziel ihres Umwegs näherten. »Eine echte Fata Morgana. Ich habe zwar davon gehört, hätte aber niemals gedacht, dass ich selbst einmal so etwas zu Gesicht bekäme.«

Simna hatte die anderen nun eingeholt. »Was meinst du mit einer ›echten Fata Morgana‹? Ist dies das Gegenteil einer unechten Fata Morgana? Bist du nun vollkommen verrückt geworden?«

»Nein, sieh genau hin, mein Freund.« Der Hirte hob den Speer hoch, den er beim Gehen meist waagerecht zum Boden hielt, und benützte die Spitze als Zeigestab. »Eine gewöhnliche Luftspiegelung würde jetzt verschwinden oder sich weiter zurückziehen. Diese hier verflüchtigt sich weder, noch treibt sie ab in die Ferne.«

»Das ist verrückt! Jeder weiß, dass...« Simna hielt inne, seine Augenbrauen zogen sich zu steilen Bögen zusammen. »Bei den Nachkommen des Gupzu, du hast Recht. Aber wie...?«

»Ich hab's dir doch gesagt.« Ehomba führte das Trio weiter an. »Es ist eine *echte* Fata Morgana.«

Kurz vor den Palasttoren blieben sie stehen und legten den Kopf in den Nacken, um zu den durchscheinenden Türmen und flaumigen Mauern hinaufzuschauen. Dort oben wehten die Flaggen vieler Länder und Geschlechter, obwohl kein Lufthauch den Sand am Boden unter ihren Füßen bewegte.

Draußen vor den großen Toren, die aus hellgelbem und pinkfarbenem Holz gefertigt und mit blassblauem Eisen eingefasst waren, blieben sie stehen und überlegten, wie sie wohl am besten hineingelangten. Simna weigerte sich weiter standhaft, seinen eigenen Augen zu trauen.

XXVII

An der Feinfühligkeit mochte es ihm mangeln, aber mit seinem hervorragenden Sehvermögen war noch alles in Ordnung. Bei den Bäumen, die er aus beträchtlicher Entfernung erspäht hatte, handelte es sich nicht um eine Täuschung.

»Endlich«, murmelte Ehomba, als er den letzten, flachen Hang hinunterlief. Vor ihnen schlängelte sich ein schmaler, aber tiefer Fluss durch die Landschaft, der zu beiden Seiten von bestellten Feldern und Obstgärten gesäumt wurde. Die grünen Kronen, die Simna entdeckt hatte, entpuppten sich als Obstbäume mit stark riechenden Blüten, jedes grüne Gewächs stellte eine eigene kleine Welt aus förmlich explodierenden gelben und weißen Blumen dar.

Der Schwertkämpfer warf seinem Freund einen Blick zu. »Was meinst du mit ›endlich‹? Warum bist du plötzlich so begeistert von so viel Grün? Ich dachte, du wärst eher ein Wüstenmensch.«

»Es stimmt schon, dass ich das Land liebe, das ich meine Heimat nenne.« Matsch quoll unter den Sandalen des Hirten hervor. »Aber das heißt nicht, dass ich dieses hier nicht mehr lieben könnte. Jeder kann einen fernen Ort mehr lieben als sein Heimatland, ohne Letzteres aufzugeben.«

»Warum ziehst du dann nicht um?«, fragte Simna geradeheraus. »Warum bringst du deine Familie und dein ganzes Dorf nicht hierher, wo es für alle genug Wasser gibt und guten Boden, um Getreide anzubauen?«

»So lieblich dieser Ort auch ist, es ist nicht unsere Heimat.« Der Südländer sagte das so, als wäre damit die Angelegenheit für ihn erledigt. »Es gehört viel mehr dazu als nur reichlich Wasser und fruchtbares Land, das allein macht noch keine Heimat.«

»Was dann?«

»Vorfahren. Traditionen. Ein warmer Ort, den man nicht wie eine Zwiebel verpflanzen kann. Bestimmte Gerüche und Ausblicke. Die Luft.« Er griff nach dem Säckchen mit den Strandkieselsteinen in seiner Kilttasche. »Das Gefühl von einem ganz bestimmten Boden unter den Füßen. Die Tier- und Pflanzenwelt.« Er warf dem Löward, der schweigend neben ihnen hertrottete, einen verstohlenen Blick zu. »Die Tiere, die man jagt. An einem anderen Ort ist all das völlig anders, fremd und unbekannt. Die Menschen kann man einfach nehmen und sie woanders abstellen. Alles andere… lässt sich nicht so leicht verpflanzen.«

Simna schüttelte traurig den Kopf. »Du tust mir Leid, Bruder. Meine Heimat ist dort, wo ich mich niederlasse. Vorzugsweise ist das ein Ort, an dem gut gekocht wird, es ein weiches Bett gibt und eine freundliche Frau. Oder besser: eine weiche Frau und ein freundliches Bett.«

Ehomba sah Simna von der Seite an. »Soll nun ich dir Leid tun – oder du mir?«

»Wir alle drei sind bemitleidenswert.« Einlöward blickte nicht auf. »Ihr zwei, weil ihr ungeschickte, schwafelnde, zweibeinige, haarlose Affen seid – und ich, weil ich euch ertragen muss.« Er wandte sich ab und schnaubte – er hatte es satt. »Das nächste Mal rette doch bitte das Leben einer anderen Katze, Ehomba.«

»Ich werde es versuchen«, antwortete der Hirte gleichmütig.

Sie folgten nun einem markierten Weg. Höchstens einen halben Meter breit wand er sich wie eine platt gewalzte Schlange durch ein Feld, auf dem Wasserbrotwurzeln und Süßkartoffeln mit großen Blättern wuchsen. Yuccabüsche spendeten den empfindlichen jungen Pflanzen Schatten.

»Seltsam.« Ehomba legte schützend die Hand über die Augen und blickte über die zahlreichen eingezäunten Beete und sauber beschnittenen Obstbäume, die nun den Weg säumten. »An sich hätte man uns längst bemerken müssen. Diese Felder sind so gut bestellt. Bestimmt gibt es hier wilde Tiere, die sich an den gesunden Früchten satt äßen, würden die Bauern sie nicht ständig vertreiben. Die Ankunft von drei Fremden in einem so reichen Land muss doch irgendwelche Reaktionen hervorrufen. Wir könnten doch Diebe sein, die es auf die Feldfrüchte abgesehen haben.«

»Ja.« Neugierig und vorsichtig betrachtete Simna die üppige Anbaufläche, durch die sie wanderten. »Wenn das meine Felder und Obstgärten wären, stünde ich mit gespanntem Bogen draußen, sobald sich jemand auch nur auf dem Hang da hinten zeigte.«

»Haus«, warf Einlöward kurz ein. Er hob die Pranke und deutete darauf.

Dort standen drei Häuser, drei einzelne Gebäude, die sich einen niedrigen Zaun aus Dornbüschen teilten. Das Tor stand weit offen und nichts sprach gegen ein Eintreten.

»Hallo!« Simna hatte die Hände an den Mund gelegt und gerufen. »Kommandant der Gemüselegionen, komm her und begrüß deine Gäste!« Keine Antwort. Mit einem Schulterzucken ging der Schwertkämpfer durch den Eingang.

Das erste Haus besaß zwar Fenster, doch das Glas war von so schlechter Qualität, dass sie nicht hineinsehen konnten. Ehomba, der kein gutes Gefühl hatte, blieb zurück.

»Ich möchte nicht einfach so in das Haus eines anderen eindringen.«

»Woher willst du wissen, ob hier überhaupt jemand ist? Man kann die Privatsphäre eines Menschen nicht verletzen, wenn niemand da ist, der sie für sich beansprucht.« Simna öffnete die Tür.

Einlöward blieb bei Ehomba, nicht weil er etwas so wenig Greifbares wie das Privatleben eines anderen respektieren wollte, sondern weil ihn die Behausungen der Menschen einfach nicht interessierten. Ein einziges Mal war er gezwungen gewesen, eine solche zu betreten, und er hatte nur einen übel riechenden, beengenden Bau vorgefunden. Die Bewohner allerdings hatten sich geschmackvoller als ihre Wohnung erwiesen.

Kurz darauf erschien der Schwertkämpfer wieder in der Tür, er schien vor einem Rätsel zu stehen. »Leer. Mehr als das, ausgestorben. Die Speisekammer ist voll mit Nahrungsmitteln und in den Schränken stapeln sich Geschirr und saubere Wäsche. Die Betten sind gemacht, aber seit Wochen hat niemand mehr darin geschlafen.« Argwöhnisch untersuchte er die umstehenden Bäume. »Die Menschen, die hier lebten, haben das Haus vor nicht allzu langer Zeit verlassen, jedoch ohne die Absicht, bald zurückzukehren. Meiner Erfahrung nach tun sie das nicht ohne einen zwingenden Grund und meist handelt es sich dabei um einen sehr unangenehmen Anlass.«

»Lasst uns in den anderen Häusern nachsehen«, schlug Ehomba vor.

Gesagt, getan. Doch auch dort fanden sie nur noch mehr Beweise für einen wohl vorbereiteten Aufbruch.

»Es muss irgendwo in der Nähe eine Stadt geben«, mutmaßte der Hirte, als sie die kurze Suche beendet hatten. »Vielleicht sind sie alle dorthin abgewandert.«

»Ja, genau.« Simna versuchte der schaurigen Umgebung etwas Angenehmes abzugewinnen. »Vielleicht findet dort gerade ein Fest statt.« Seine Miene hellte sich auf. »Gegen einen altmodischen Volkstanz hätte ich nichts einzuwenden.«

»Auf der anderen Seite des Flusses, vielleicht.« Ehomba deutete mit der Spitze des Speers dorthin. »Dort sind noch mehr Felder und Obstbäume und dahinter glaube ich einige Hügel zu erkennen. Wenn die Stadt befestigt ist, dann liegt sie wahrscheinlich an einem Ort, der den größten natürlichen Schutz gewährt.«

»Also los.« Mit einem Knurren machte sich Einlöward auf den Weg zum Fluss. »Wenn wir schwimmen müssen, will ich es noch hinter mich bringen, solange die Sonne hoch genug steht, um hinterher meinen Pelz zu trocknen.«

Doch das blieb ihnen erspart. Eine völlig ausreichende, gut erhaltene Holzbrücke, breit genug für einen Ochsenkarren, spannte sich ein wenig flussabwärts über die schnell fließende Wasserstraße, die von hohen Ufern gesäumt wurde. Auf der anderen Seite des Flusses stießen sie auf weitere ordentliche, aber verlassene Häuser, einige aus Stein und Holz erbaut und mehrere Stockwerke hoch. Ein jedes zeigte ähnliche Spuren: Die Bewohner hatten ihre Häuser mit höchster Sorgfalt verlassen.

»Das muss ein ziemlich großes Fest sein.« Simna mochte gar nicht daran denken, dass den Bewohnern der sorgfältig gepflegten Anwesen und Heimstätten womöglich ein Unheil zugestoßen war.

»Ich hoffe nicht.« Der Löward trottete zäh und widerstrebend wie schwarzes Öl auf der gestampften Erde neben Simna und Ehomba her. »Ich mag keinen Lärm – es sei denn, ich mache ihn selbst.«

»Vielleicht Karneval oder ein Jubiläum.« Simna wurde immer schneller, je mehr sie sich den ersten

Ausläufern der Hügel näherten. »Ich hätte auch nichts dagegen, selbst ein bisschen Lärm zu machen.«

Als sie die flachen, bewaldeten Hügel erreichten, verbreiterte sich der Weg, dem sie die ganze Zeit gefolgt waren, zu einer kleinen, aber zweckdienlichen Straße. Die Spuren darauf bewiesen, dass hier erst kürzlich viele Wagenräder und beschuhte Füße vorbeigekommen waren. Es dauerte nicht lange, da erreichten sie zahlreiche, scheinbar kurzfristig aus dem Boden gestampfte Lager, in denen es vor Menschen aller Altersstufen und Herkunft nur so wimmelte. Männer wie Frauen liefen mit Gesichtern umher, deren Ausdruck von Erschöpfung und Verdrossenheit geprägt war. Sogar die Kinder liefen mit finsteren Mienen herum und wirkten sehr zurückhaltend; tief liegende Augen, kalt und groß vom still erduldeten Schmerz, blickten die vorbeiziehenden Wanderer an.

Alte Männer saßen bewegungslos vor ihren Zelten, gesenkte Häupter auf faltige Hände gestützt. Hunde jagten kleine Kängurus zwischen Wägen und Karren, auf denen sich ganze Haushalte stapelten; Katzen posierten gebieterisch auf Leinen- und Stofftürmen. Nymphensittiche und Rosakakadus, Papageien und Aras krächzten in ihren Käfigen aus Draht und Weide, aber selbst ihr sonst so wildes Geschrei schien von der trübseligen Stimmung gedämpft.

Frauen kochten über offenen Feuern, die sie aus dem Holz der umliegenden Wälder entfacht hatten. Ehomba konnte keine Anzeichen von Hunger unter den Scharen von offenbar Vertriebenen erkennen – oder überhaupt ein Zeichen von körperlicher Entbehrung jedweder Art. Sie wirkten zwar alle sehr niedergeschlagen, schienen jedoch in guter gesundheitlicher Verfassung zu sein.

Einige blickten sogar so mürrisch und zornig drein, dass sie wohl insgeheim überlegten, die Wanderer tätlich anzugreifen. Doch diese Absichten unterlagen einem schnellen Wandel – und zwar genau in dem Augenblick, da die Möchtegernangreifer des grübelnden Löwards ansichtig wurden. Die Katze ihrerseits blickte durch die immer dichter stehenden Menschentrauben einfach hindurch und ließ sich lediglich dazu herab, mit jenen anderen Katzen Blicke auszutauschen, die von den Menschen als Haustiere gehalten wurden. Die Hauskatzen erwiderten den Blick und bekräftigten damit, dass jede Einzelne von ihnen ihren Platz in der Katzenhierarchie kannte, ohne ein Wort oder ein Fauchen darüber verlieren zu müssen.

»Was ist hier los?« Ein nahezu fassungsloser Simna warf argwöhnische Blicke nach rechts und links, während die drei Abenteurer nordwärts stapften, vorbei an immer größeren Ansammlungen von missmutig und niedergeschlagen wirkenden Menschen. »Wo kommen all diese Leute her?« Er zeigte zurück auf die Straße, die sie gekommen waren. »Doch nicht aus den Bauernhöfen entlang des Flusses. Diese Häuser waren doch alle vollständig eingerichtet gewesen, hier hingegen sieht es so aus, als hätten die Leute ihr ganzes Hab und Gut mitgebracht.« Er blickte in die Gesichter, während sie an den Menschen vorbeigingen, und versuchte aus ihren verzagten Mienen zu ergründen, in welche Art von Elend sie gestürzt waren.

»Sieh sie dir an – erschöpft, benommen, als wüssten sie nicht mehr wohin und schon gar nicht, wie sie dorthin kommen sollen. Ich habe solche Leute bereits gesehen. Menschen am Ende ihres Weges. Meistens werden sie durch Naturkatastrophen aus ihren Häusern vertrieben oder von einer plündernden Horde. Aber die hier – dieses Volk scheint mir gesund und wohl genährt zu sein. Beim Geesthema, das ist doch nicht möglich. Sogar die Kinder sehen aus, als hätten sie in den letzten Wochen die Hoffnungslosigkeit und Verzweiflung mit Löffeln gegessen.«

Ehomba pflichtete ihm bei. »Und es erklärt auch nicht, was mit den Bauersleuten geschehen ist, die ihre Häuser und Felder am Fluss verlassen haben.« Er hob den Blick zur kurvigen Straße, die in den Hügeln vor ihnen verschwand. »Irgendetwas Eigenartiges ist hier im Gange, Simna, mein Freund, und ich befürchte, es hat nichts mit einem Jahrmarkt oder einem Fest zu tun.«

»He, Bruder, man muss kein besonderer Menschenkenner sein, um das zu bemerken. Aber, was ist dann geschehen?«

»Vielleicht liegt die Antwort hinter dem nächsten Hügel. Oder dem übernächsten.«

Sie marschierten weiter, das stumpfe Ende von Ehombas Speer traf bei jedem Schritt des Hirten rhythmisch auf dem Boden auf und vermerkte ihr Fortkommen wie das Pendel einer großen, schlanken Uhr. Die Hügel waren nicht sonderlich hoch, doch die Hügellandschaft zog sich endlos hin. Sie brauchten fast eine Woche, um die gesamte Länge der gewundenen Straße hinter sich zu bringen.

Je weiter sie nach Norden kamen, desto mehr Familien und Lager fanden sie vor, bis schließlich die Hügel Ameisenhaufen glichen, auf denen es vor vertriebenen Bauern und Stadtmenschen gleichermaßen wimmelte. Jedes Mal, wenn die Wanderer versuchten, jemanden nach dem Grund der unerklärlichen Völkerwanderung zu fragen, nahm der Gefragte Reißaus, sobald er Einlöward entdeckte. Da sie die ohnehin schon verschreckten Heimatlosen nicht noch mehr in Angst und Panik versetzen wollten und sie es nicht für sehr klug hielten, den stets hungrigen Löward dauernd von ihnen fern zu halten, gingen sie weiter. Früher oder später würde sich schon jemand finden, der ihnen Rede und Antwort stand.

Die Erklärung sahen sie vor sich, als sie den Gipfel des letzten Hügels überquerten. Der Ausblick, der sich ihnen bot, war jedoch nicht das, was sie sich erhofft hatten.

So weit das Auge reichte, erstreckte sich eine ausgedehnte, fruchtbare Ebene bis zum nördlichen Horizont. Wolken mit riesigen Ausmaßen zogen am Himmel entlang wie weiße fliegende Festungen – und zahlreiche kleine Flüsse und Bäche durchzogen die Erde mit einem feinen Geflecht aus Silberdraht. Sauber abgeteilte, bepflanzte Streifen kennzeichneten die Grenzen zwischen Feldern und Wäldern und auch einige Städte wurden mehr oder weniger deutlich sichtbar, je nachdem, wie weit entfernt sie sich von dem Hügel befanden.

Aber keiner bestellte die großen Flickwerke aus Ackerflächen, niemand arbeitete in den Städten oder befuhr die Flüsse mit Booten, die mit Netzen und Leinen ausgestattet waren. Kein einziger Pflücker arbeitete in den vielen Obstgärten, nicht ein Tier weidete auf den sauber eingezäunten Weideflächen. Rauch war schon zu sehen, aber er stieg nicht aus Kaminen, sondern aus den ausgebrannten Ruinen von verlassenen Häusern und Mühlen, Werkstätten und Kornspeichern. Die Zerstörung war offenbar gezielt erfolgt und keineswegs vollständig, als wäre man bei der Verwüstung nach einem genauen, wohl überlegten Plan vorgegangen.

Mitten durch diese gesunden, fetten Weiden und lieblichen Städte zog sich eine Mauer. Mindestens dreißig Meter hoch und aus einem gelblichen Stein erbaut. Mit einer Dicke von sechs Metern hätte obenauf ohne weiteres ein Ochsenkarren fahren können, oder ein Streitwagen, dachte Simna, oder die Kavallerie. Bewaffnete Figuren schwirrten zu Hunderten und Tausenden herum und nahmen ihre Stellungen an der Mauer entlang ein. Das Bauwerk erstreckte sich so weit nach Osten und Westen wie die drei Wanderer sehen konnten.

Auch war die Mauer nicht gerade. Hier wellte sie sich nach innen und wand sich am Lauf des Flusses entlang, der ihr zu Füßen lag, dort bog sie scharf auf die andere Seite, um eine Pfeilspitze zu formen. Jede Viertelmeile ragte ein Turm noch fünfzehn oder sechzehn Meter über den oberen Rand der Mauer hinaus.

Unmittelbar hinter der Wand entdeckten die Abenteurer farbenfrohe Zelte und flatternde Wimpel, offenbar handelte es sich um ein Heerlager, die Entfernung machte es ihnen jedoch unmöglich, Näheres zu bestimmen. Das Sonnenlicht, das sich auf Brustpanzern widerspiegelte, war jedoch Beweis genug. Einlöward konnte auch größere Geschöpfe erkennen, die Panzerrüstungen trugen und in behelfsmäßigen Pferchen gehalten wurden.

»Mastodons, glaube ich.« Die große Katze musste die Augen zusammenkneifen, da die Entfernung sogar für ihre außergewöhnliche Sehkraft eine Herausforderung darstellte. »Und Glyptodone. Andere Elefanten und Baluchitherien auch.«

Simna nickte. »Ist ja wohl nicht zu übersehen, gegen wen sie kämpfen.« Er deutete zum Fuß des Hügels.

Tausende von Soldaten schwärmten über die Felder, die bis an die ersten Hügel heranreichten, sie trampelten die Feldfrüchte nieder und rissen die ordentlichen Holzzäune und Hecken ein. Und dann waren da die Leute. Ohne Zweifel waren einige aus dem Schlaf gerissen und zu den Waffen gerufen worden, um ihr Land gegen die ungebetenen Gäste zu verteidigen.

Es liefen auch Zwerge herum, die wie üblich in Leder und grobe Baumwolle gekleidet waren, und die großen, schlanken, baumrindenbraunen Arrets aus dem Westen. In der Menge glaubte Ehomba auch einen oder zwei Riesen mit mächtigen Brauen und breiten Kiefern zu erkennen. Unverkennbar in ihrer leichten Rüstung waren auch die Schimpansen und

Gorillas gekommen, die kleineren Paviane hatten sich ebenfalls in großer Anzahl versammelt.

Offenbar hatten sie alle von der Fruchtbarkeit des Landes profitiert und nun versammelten sie sich, um es zu verteidigen. Aber das Schlachtfeld wirkte sehr ungeordnet, selbst für einen Hirten, der von Kriegsführung keine Ahnung hatte. Auf dieser Seite der Mauer hatten sich die unterschiedlichsten Bewohner des fruchtbaren Landes zur Verteidigung eingefunden und schwärmten nun nach links und rechts, als suchten sie nach einer schwachen Stelle in der Mauer, die vom Feind gehalten wurde, oder auch einfach nach Zielstrebigkeit. Doch sie waren zu eng zusammengepfercht, hineingepackt zwischen Mauer und Hügel.

»Ich weiß.« Simna untersuchte das Schlachtfeld etwas genauer. »Aber irgendetwas stimmt hier nicht. Vielleicht haben die Angreifer gerade die Mauer erobert. Vielleicht wurde sie von diesen Leuten hier gebaut, um sie gegen die Bedrohung aus dem Süden zu schützen, und nun hat man sie über ihre eigene Verteidigungslinie zurückgestoßen.«

»Daran habe ich auch schon gedacht«, antwortete der Hirte. »Aber wenn sich diese Menschen hier gegen einen Angriff aus dem Süden verteidigen wollen, warum sollten sie dann so viel von ihrem eigenen Land ausschließen? Warum haben sie dann die Mauer nicht in die Sandhügel gebaut, von wo aus wir die ersten Obstbäume gesehen haben, um auch das fruchtbare Land dort zu schützen. Sie hätten die Mauer auch auf dieser Seite des Flusses bauen und ihn als Graben benutzen können.«

»Das ergibt alles keinen rechten Sinn.« Der Schwertkämpfer deutete mit einer weit ausholenden Geste auf das Schlachtfeld. »Diese riesengroße Mauer steht mitten in den Feldern und Gärten. Sie befindet sich ganz klar in der Hand des Feindes. Oder sind die Leute, die wir in den vergangenen Tagen getroffen haben, vielleicht die Eindringlinge und diejenigen auf der Mauer die Verteidiger?«

Ehomba schüttelte den Kopf. »So sehe ich das nicht, Simna. Wären sie die Verteidiger, hätten sie doch die Bauernhöfe und Wohnhäuser auf ihrer Seite der Mauer nicht angesteckt. Die bebauten Länder im Norden tragen den Stempel der Eroberung und Plünderung und nicht die auf dieser Seite der Wand. Die Leute hier sind diejenigen, die den leeren Blick der Vertriebenen im Gesicht tragen.«

»Da gebe ich dir Recht. Also, was geht hier vor?«

Ehomba drehte sich langsam den Hügeln zu und studierte die zahlreichen Flüchtlingslager. Da unten versuchten die versammelten Streitkräfte aller zweibeinigen Stämme verzweifelt, sich auf den bevorstehenden Kampf vorzubereiten. Selbst von ihrem erhöhten Standpunkt auf dem Hügel konnten die Wanderer erkennen, dass das herrschende Chaos mehr Zusammenhalt unter den unorganisierten Mannschaften dort unten bewirkte, als Ordnung es getan hätte. Aus diesem Grund würden die drei wohl auch woanders nach einer Erklärung suchen müssen, und zwar unter den unbewaffneten und weniger feindlich gesinnten Landesbewohnern, ganz gleich ob sich nun der Auserkorene, für den sie sich entscheiden würden, als fügsam erwies oder nicht.

»Wir müssen wissen, was hier vorgeht«, murmelte Ehomba. »Einlöward, geh und hol eine geeignete Person her.«

Buschige Augenbrauen wölbten sich fragend nach oben. »Warum ich?«

»Weil ich keine Zeit mit langen Diskussionen verschwenden will, mit dir wird sich keiner auf einen Streit einlassen.«

Die große Katze knurrte laut, bevor sie herumfuhr

und zum nächsten Lager davonstürzte. Daraufhin folgten einige ruhige Augenblicke, während derer Ehomba und Simna sich damit beschäftigten, einen Sinn in den unverständlichen Vorgängen zu suchen. Bald kehrte Einlöward mit einem Mann mittleren Alters im Schlepptau zurück – nun ja, genau genommen hatte er ihn mit den großen Katzenkiefern am Kragen des kunstvoll bestickten Hemdes gepackt. Der Bursche hatte zwar Übergewicht, schien jedoch sonst gesund zu sein und machte sogar einen wohlhabenden Eindruck. Vielleicht hatte er sich aus dem Krieg dort unten freikaufen können.

Wie von Ehomba vorhergesagt, hatte der Mann es klugerweise vorgezogen, nicht mit dem Löward zu debattieren.

Voller Verachtung öffnete die Katze das Maul und ließ den Gefangenen fallen. Der Mann warf sich sofort vor den zwei Abenteurern auf die Knie. »O bitte, Krieger von unbekannter Herkunft! Ich flehe euch an, verschont ein unehrenhaftes Leben!« Das Gesicht auf den Boden gepresst, die Arme weit ausgebreitet, so lag der Mann auf der Erde und zitterte so erbärmlich, dass Ehomba schon befürchtete, das Gehirn des Armen könnte Schaden nehmen. »Ich leide unter Magenbeschwerden, deshalb kann ich nicht an dem wichtigen Kampf teilnehmen. Ich schwöre beim gesamten Samen in meinen Lenden, dass dem so ist!« Ängstlich hob er den Kopf und warf einen verstohlenen Blick zu Simna und dann zu Ehomba. Er griff in seine Westentasche und zog fieberhaft ein zusammengerolltes Stück Papier heraus; dieses zeigte er dem Hirten.

»Seht! Der Befund des Arztes, darin wird mein kläglicher Zustand bescheinigt. Ich wünschte, es wäre anders und ich könnte unseren tapferen Bürgern und den Verbündeten in diesem unerbittlichen Krieg beistehen.«

Simna schnaubte leise. »Magenbeschwerden hat er also, unser Freund. Ich würde eher sagen, er leidet an Fettleibigkeit.«

»Steh auf.« Ehomba fühlte sich sehr unbehaglich. »Bitte, steh auf und schau uns an. Wir sind nicht hier, um dich zu bestrafen, und keinen von uns kümmern die Beschwerden, die du hast – oder auch nicht hast. Wir müssen dir nur einige Fragen stellen.«

Unsicher und wackelig auf den Beinen rappelte sich der Mann vorsichtig auf. Er warf einen nervösen Blick zu Einlöward. Als er bemerkte, dass die große Katze seinen dicken Wanst mit großem Verlangen beäugte, wandte der unglückliche Auserwählte schnell den Blick ab.

»Fragen? Ich bin nur ein kleiner, bescheidener Kaufmann und weiß wenig mehr als das, was mein Geschäft und meine Familie betrifft, die im Übrigen meine erzwungene Abwesenheit schmerzlich beklagt, während wir hier sprechen.«

»Du kannst sofort wieder zu den Deinen zurück«, versicherte Ehomba ungeduldig. »Die Fragen, die wir dir stellen wollen, sind nicht schwierig.« Er spähte an dem Gefangenen vorbei und zeigte mit dem Speer auf die gewaltige Mauer und auf die sich in Aufruhr gegenüberstehenden Heere am Fuße des Hügels.

»Ihr führt Krieg. Einen großen Krieg. Seit Tagen schon ziehen meine Freunde und ich durch Hügel und kleine Täler, in denen es nur so von Flüchtlingen wimmelt. Wir haben stattliche Häuser und Bauernhöfe gesehen, die alle verlassen wurden. Die Besitzer mussten wohl in den Krieg ziehen und ihre Familien an einen sicheren Ort flüchten.«

»Es gibt keinen Ort, an dem man vor den Chlengguu sicher wäre«, jammerte der Kaufmann. Die aufkommende Neugierde ließ seine Furcht abklingen, während er von Ehomba zum kleineren Schwertkämpfer blickte, der neben ihm stand. Dem gierigen Blick des großen, Angst einflößenden Löward versuchte er vollends auszuweichen.

»Wer seid ihr? Woher kommt ihr, dass ihr nichts über den Krieg mit den Chlengguu wisst?«

Ehomba deutete mit dem Speer gen Süden. »Wir kommen aus fernen südlichen Ländern, Freund. Ihr kämpft also gegen die Chlengguu. Nie von ihnen gehört. Ist es ein neuer Krieg oder währt er schon lange?«

»Die Chlengguu quälen das Volk der Queppa unaufhörlich, aber wir halten zusammen und haben sie bisher immer wieder verjagen können. Seit Jahrhunderten schon sind sie mit ihren Überfällen und Plündereien eine Plage. Immer wieder kamen sie angeritten und griffen an, wir konnten sie stets abwimmeln, eine Tracht Prügel reichte bisher immer aus, um wieder für einige Jahre Frieden herrschen zu lassen, bis sie sich für einen neuen Angriff stark genug fühlten. Sie brachten stets neue Strategien und Waffen mit und jedes Mal konnte das Volk der Queppa dagegenhalten und sie verjagen.« Er ließ den Kopf sinken und seine Stimme wurde leiser. »Bis die Mauer kam.«

Ehomba richtete den Blick auf den Schauplatz des Gefechts. »Es ist eine beeindruckende Mauer. Ich bin zwar kein Soldat, doch sie scheint mir an einer ungewöhnlichen Stelle zu stehen. Wir dachten, dass es vielleicht eure Mauer war und eure Feinde sie erobert hätten.«

»Unsere Mauer?« Der Händler lachte bitter. »Ich wünschte, es wäre so! Denn wenn das der Fall wäre, würden wir die blutrünstigen Chlengguu damit ins Meer schubsen.«

Ehomba blickte ihn fragend und zugleich hoffend an. »Das Meer? Sind wir in der Nähe des Ozeans?« So sehr er sich auch bemühte, über den westlichen Horizont hinaus zu sehen, er konnte keinen Semordria-Ozean erkennen. Überrascht stellte Ehomba fest, wie sehr sein Herz schmerzte, sobald nur das Wort erwähnt wurde. Lange schon lag es zurück, dass er die tanzenden Wellen und die grünen Tiefen gesehen hatte.

»Du meinst den Semordria-Ozean?«, fragte der Kaufmann. Als Ehomba eifrig nickte, schüttelte der andere Mann nur den Kopf. »Du bist wirklich weit weg von deiner Heimat, habe ich Recht?« Er hob die mit Ringen behängte Hand und deutete nach Westen. »Der Semordria-Ozean liegt in großer Entfernung in der Richtung der untergehenden Sonne. Selbst ich, ein Mann mit bescheidenen Mitteln und breit gefächerten Interessen, bin noch nie dort gewesen.« Mit einer schwungvollen Armbewegung zeigte er anschließend nach Norden.

»In dieser Richtung liegt die Aboqua-See, ein Meer von beträchtlichen Ausmaßen, aber ein Nichts verglichen mit dem grenzenlosen Semordria-Ozean. Diese See wird von Schiffen aus aller Herren Länder auf zahlreichen Handelsrouten befahren. Angeblich grenzt die Aboqua-See an einigen Stellen an den Semordria-Ozean und vermischt sich dort mit ihm, aber ich selbst kann das nicht bestätigen, ich war noch nicht dort. Ich hörte nur, wie andere Händler davon sprachen. Ich weiß jedoch, dass es kein Schiff, keinen Kapitän und keine Mannschaft gibt, die es wagen würden, die unendlichen Weiten des Semordria-Ozeans zu befahren.«

Ehomba stand die Enttäuschung ins Gesicht geschrieben. »Ich habe ein Versprechen einzulösen und dazu muss ich den Semordria-Ozean überqueren.«

Die Augenbrauen des beleibten Kaufmanns wölbten sich nach oben. »Den Semordria-Ozean überqueren? Du bist ein mutiger Mann, das muss man sagen.«

»Aber wenn kein Schiff dazu in der Lage ist«, warf Simna ein, »wie sollen wir dann hinüberkommen? Ich bin ein guter Schwimmer, aber kein Fisch.«

»Es gibt Geschichten, die handeln von Ungeheuern und anderen Schrecken, die in den Tiefen des Ozeans ihr Unwesen treiben sollen. Eine solche Reise würde wahrscheinlich selbst ein Fisch nur ungern unternehmen.« Der Mann rieb sich den Kinnbart. »Ich habe allerdings auch gehört, dass es in den reichen Ländern auf der anderen Seite der Aboqua-See Häfen geben soll, von denen Schiffe auslaufen, die größer sind als alle, die die kleinere Aboqua-See befahren. Wer weiß? Vielleicht findet ihr dort einen Kapitän und Seeleute, die so dumm sind, eine solche Überfahrt zu wagen. Sagt mir, was hofft ihr dort auf der anderen Seite des Semordria-Ozeans überhaupt zu finden?«

»Ein Ende«, antwortete Ehomba. »Aber nun zu dieser Mauer. Es ist eine sehr große Mauer. Dahinter sehe ich Felder und Häuser, einige davon sind verbrannt. Wenn die Mauer nicht deinem Volk gehört, dann muss es ein Bauwerk der Chlengguu sein. Aber warum haben sie die Mauer gerade hier gebaut – und wie ist es ihnen gelungen, euch alle auf diese Seite zu drängen statt auf die andere, wo eure Häuser und Dörfer liegen?«

Der Kaufmann blickte zurück über seine Schulter. »Meine arme Familie macht wahrscheinlich gerade die schlimmsten Qualen durch, weil ich verschleppt wurde.«

Simna legte die Hand auf das Heft seines Schwertes. »Dann müssen sie eben noch ein wenig länger leiden. Beantworte die Fragen.«

»Ihr wisst es anscheinend wirklich nicht.« Der Mann seufzte tief. »Die Mauer wurde nicht hier gebaut.« Er drehte sich um und zeigte nach Nordwesten. »Als sie zuerst am Stadtrand von Mertin auftauchte, glaubte niemand, dass die Chlengguu in der Lage wären, ein solch unglaubliches Bauwerk in so kurzer Zeit zu errichten. Die wahre Natur der Wand konnte das Volk der Queppa nicht sofort erkennen. Doch sie offenbarte sich noch früh genug.

Wir konnten nichts dagegen unternehmen. Unsere jungen Männer und Frauen kämpften tapfer, aber die Mauer ist so hoch und undurchdringlich, dass sie nicht zerstört werden kann. Die Chlengguu konnten wir niederkämpfen, aber die Mauer ist nicht aufzuhalten.«

Simna blinzelte den Mann an, warf einen Blick hinunter auf das Schlachtfeld und anschließend wieder zum Kaufmann. »Willst du damit sagen, dass die Chlengguu die Mauer vorwärts bewegen können?« Er starrte auf das gänzlich unbeschädigte Bauwerk, das sich im Westen und Osten jeweils bis zum Horizont erstreckte. »Die ganze Mauer? Das ist unmöglich!«

»Ich wünschte, du hättest Recht, Wanderer«, stimmte der andere Mann zu, »aber die Chlengguu bewegen die Mauer nicht. Mit jedem Schritt drängt sie uns näher an die Wüste. Deshalb habt ihr so viele Flüchtlinge getroffen. Wir können sonst nirgends hin. Wir sind eingesperrt zwischen Mauer und Wüste.« Er warf einen sorgenvollen Blick hinunter auf die Mauer. »Die Relibaria-Hügel sind unsere letzte Zuflucht, unsere letzte Hoffnung. Wir beten, dass die Mauer sie nicht überwinden kann. Wenn doch …« Er brach den Satz ab und schluckte. »Wenn doch, müssen wir in die Wüste, wo die meisten von uns sicher sterben werden, und das fruchtbare Land der Queppa wird für immer den Chlengguu gehören.«

»Ich verstehe nicht«, warf Ehomba ein. »Wenn die Chlengguu die Mauer nicht bewegen, wer dann …?«

»Da, seht nur!« Mit zitternder Hand zeigte der Kaufmann hinunter. »Seht euch das Gräuel an, dann werdet ihr verstehen!«

Unten im Tal hatte sich der Aufruhr zur blanken Raserei ausgewachsen. Sturmleitern wurden herangeschleppt, das wild entschlossene Bürgerheer der vereinten Queppa-Völker startete einen neuen Angriff auf die Mauer. Pfeilsalven flogen wie Kolibri-Schwärme durch die Luft, doch aufgrund der Höhe der Mauer taten sie sich schwer, unter den gut gerüsteten Mauerverteidigern große Verwüstung anzurichten. Steinschleudern und anderes Belagerungsgerät warfen in hohem Bogen Steine und mit Öl getränkte, brennende Strohballen auf den Kamm des gelbbraunen Hindernisses. Ihr Tun blieb nicht völlig wirkungslos. Ehomba sah, wie einzelne Gestalten von den Türmen fielen, kopfüber mitten in das Gewirr aus rasenden Queppa-Kriegern.

Oben von der Brüstung feuerten die Chlengguu nun ihrerseits Speere, Steine und Pfeile auf die Angreifer. Mehr Leitern wurden aufgefahren und bewegliche Belagerungstürme, so hoch wie die Mauer, rollten an die Front. Einige Queppa – sie kämpften wirklich verbissen – erreichten sogar das obere Ende der Mauer und warfen etliche Gegner auf der anderen Seite hinunter. Ehomba gewann fast den Eindruck, als könnten sie an ein oder zwei Stellen der Kampflinie die Mauerverteidiger überwältigen und sie zurückdrängen.

Er und seine Gefährten sahen weiter zu und plötzlich begann die Mauer leicht zu zittern. Aus dieser Entfernung konnte man schlecht beurteilen, ob es sich vielleicht nur um eine Täuschung handelte. Ehomba rieb sich die Augen, Simna kniff sie ungläubig zusammen – und selbst der zumeist gleichgültige Einlöward schien aus seiner katzenhaften Teilnahmslosigkeit zu erwachen.

Da, schon wieder.

»Was war das?«, murmelte Simna fassungslos. »Was ist da gerade geschehen?« Er packte den Kaufmann hart an der Schulter und drückte seine Finger tief in die weiche Haut, so tief, dass es schmerzte. Aber der andere Mann achtete nicht darauf, er starrte nur aufs Schlachtfeld, sein leerer Blick spiegelte allenfalls verlorene Hoffnung wider.

»Da!« Ehomba deutete hinunter. »Seht nur.« Neben Ehomba stand Einlöward nun auf den Beinen, ein leises Knurren drang aus dem tiefen Rachen.

Unter ihnen zogen sich die Queppa mitsamt ihrem Belagerungsgerät und allen versammelten Streitkräften zurück. Oben auf der Mauer eroberten nun die zuvor bedrängten Chlengguu all die Abschnitte zurück, die sie verloren hatten. Sie stellten sich entlang der Zinnen auf und sprangen wild auf und ab, mit glänzenden Brustpanzern, schreiend und spottend verfolgten sie die fliehenden, geschlagenen Gegner. Die Queppa-Kämpfer, die Teile der Mauer eingenommen hatten, wurden umzingelt und niedergemetzelt und ihre Körper wie Unrat über die Brüstung geworfen, hinunter auf die türmenden Kameraden.

Dann erhob sich die Mauer in ihrer gesamten Höhe von dreißig Metern und auf der ganzen, schier unendlichen Länge und machte einen Riesenschritt vorwärts.

XXVIII

Simna versuchte zu glauben, was er da gerade sah, und schüttelte mehrmals den Kopf, als würde dadurch der schreckliche Anblick verschwinden. Die Haare auf Einlöwards Rücken sträubten und die Lippen spitzten sich, während er laut knurrte. Ehomba stand zwischen den beiden, er klammerte sich fest an seinen Speer und starrte auf das unfassbare, schier unglaubliche Schauspiel. Neben ihnen rang der verzweifelte Kaufmann die Hände und weinte bitterlich.

Nach einem einzigen Schritt ließ sich die Mauer wieder nieder. Staub wirbelte an ihren Fundamenten auf und ein lang gezogenes *Buuummm* hallte durch die Hügel. Auf den Zinnen johlten und hüpften die siegreichen Chlengguu noch eine Weile herum, dann räumten sie die Mauerbrüstung, nur die wenigen, die Wache halten mussten, blieben oben. Die anderen stiegen der Reihe nach die Treppen auf der anderen Seite hinunter und schwärmten in die zahlreichen Zeltlager, die den Soldatenhorden als Häuser dienten. Schon bald stieg Rauch aus vielen Lagerfeuern auf und lud die nahende Nacht ein. Die vielen Rauchsäulen, die sich in den Himmel schlängelten, konnten einen glauben machen, dass dies das Land der tausend Schlangen wäre.

Ehomba spielte im Geiste noch einmal durch, was er gerade gesehen hatte. Die Mauer war auf der ganzen Länge aufgestanden und hatte Hufe bekommen, dunkelgraue, borstige Hufe wie ein Paarhufer mit riesengroßen Zehen und funkelnden, ungeschnittenen Nägeln daran. Hufe, deren dazugehörige Fußknöchel an der Unterseite der Mauer verschwanden. Alle hatten sich gleichzeitig erhoben und – soweit ihnen das möglich war – einen Schritt nach vorne gemacht. Der Kaufmann hatte tatsächlich die Wahrheit gesagt. Die Chlengguu mussten die Mauer nicht fortbewegen, das besorgte die Mauer schon selbst.

Der dicke Kaufmann hatte Ehomba die ganze Zeit beobachtet. »Nun weißt du, was sich hier zuträgt. Schon beim ersten Anblick der Mauer waren wir dem Untergang geweiht. Das Volk der Queppa stirbt einen langsamen Tod. Die Mauer ist erbarmungslos und unbesiegbar. Wir greifen an und manchmal können wir die Chlengguu ein wenig zurückdrängen. Aber dann steht die Mauer wieder auf und zerstört unser gesamtes Kriegsgerät, wirft die Sturmleitern um und zerschmettert sie. Immer weiter drängt sie uns zurück, so lange bis wir zwischen Mauer und Wüste gefangen sind.« Hilflos breitete er die Arme aus.

»Was sollen wir tun? Wir können nicht gegen eine Mauer ankämpfen, die laufen kann. Wenn unsere Soldaten sie über die Flügel angreifen wollen, wird sie noch länger und baut immer noch ein Stück an, bis die Männer so weit entfernt sind, dass wir sie nicht mehr mit Nachschub versorgen können. Dann strömen die Chlengguu von ihrer Mauer herunter und metzeln unsere Krieger nieder. Diese Hügel sind unsere letzte Hoffnung.« Noch einmal warf er einen Blick hinunter. »Die Mauer kann zwar gehen, aber wir beten nun darum, dass sie nicht auch klettern kann.«

Ehomba nickte, dann lächelte er so freundlich er nur konnte. »Geh zurück zu deiner Familie, Freund. Danke.«

Erleichtert verneigte der Kaufmann den Kopf und wandte sich zum Gehen. Dann hielt er noch einmal inne und warf einen fragenden Blick zurück. »Was werdet ihr nun tun?«

Der Hirte hatte sich bereits abgewandt und starrte

auf das Gelände unter sich. »Für die Passage über den Semordria-Ozean muss ich ein Schiff finden, das in der Lage ist hinüberzufahren. Wenn es stimmt, was du gesagt hast, muss ich dazu die Aboqua-See überqueren, um die Länder im Norden zu erreichen. Wir werden also weiter nach Norden gehen.«

»Aber das ist doch nicht möglich!« Der Kaufmann leckte sich aufgeregt die Lippen und fühlte sich hin und her gerissen zwischen dem nahen Lager und den sonderbaren Wanderern. »Ihr werdet niemals über die Mauer kommen oder darum herum. Ihr befindet euch nun in der gleichen misslichen Lage wie wir. Ihr könnt nur zurück.« Er presste die Kiefer zusammen. »Zumindest liegt eure Heimat in sicherer Entfernung im Süden und ihr wisst, wie man in der Wüste überlebt. Das Volk der Queppa weiß das nicht.«

»Trotzdem werden wir weiter nach Norden gehen.« Ehomba fuhr herum, um den Kaufmann anzusehen. »Geh zurück zu deiner Familie, Freund, und mach dir um uns keine Sorgen. Du kannst dir in deiner jetzigen Lage nicht auch noch um Fremde Gedanken machen.«

»Das stimmt wohl.« Der Händler zögerte noch, dann hob er die Hand zum Gruß und Abschied. »Viel Glück, ihr Todesmutigen. Ich wünsche euch für die Dummheit, die ihr vorhabt, viel Glück.« Damit drehte er sich um und eilte so schnell davon, wie ihn seine dicken, schweren Beine trugen.

Simna schlich zu seinem Gefährten. »Ich bin wirklich der Letzte, der den Weg, den wir gekommen sind, zurückgehen will, aber ganz Unrecht hat er nicht. Wie sollen wir über die Mauer kommen?« Der Schwertkämpfer nickte zu dem gewaltigen Hindernis hinüber. »Ich habe alle zehn Meter zwei Wächter gezählt und alle zwölf Meter Fackeln und Lampen. Wir müssen es nachts versuchen. Bei Tag werden wir kein Glück haben.« Dann deutete er zum dritten Mitglied der Gruppe.

»Und was wird aus unserer großen, schwarzen, stinkenden gnädigen Herrschaft hier? Katzen können zwar gut klettern, aber eine glatte, senkrechte Mauer ist wohl doch etwas zu viel für sie. Du und ich, wir sind imstande, an einem Seil hochzuklettern – wenn wir dem völlig verzweifelten kleinen Volk eines abschwatzen können – aber was wird aus ihm?«

Der dunkelmähnige Kopf drehte sich langsam herum, um den Schwertkämpfer anzusehen. »Ich werde hinauf- und hinüberkommen. Irgendwie wird es mir schon gelingen.«

»So sehr wirst du dich gar nicht zu bemühen brauchen.« Ehomba blickte keinen von beiden an, er starrte nur noch auf die Mauer.

Simna kniff die Augen zusammen. »Was?« Dann hellte sich seine Miene auf. »Aber ja! Du wirst eines deiner alchemistischen Mitbringsel herausholen. Beim Gyuwin, das hatte ich schon wieder vergessen.«

»Man kann nicht etwas vergessen, was es überhaupt nicht zu wissen gab«, verbesserte Ehomba ihn. »Ich habe dir schon so oft gesagt, dass das keine alchemistischen Mitbringsel sind.« Er ließ den Speer sinken und zeigte mit der Spitze hinunter zum Fuß des Hügels. »Wir werden uns unter die Queppa-Kämpfer mischen und eine Stelle suchen, die als Kampfplatz nicht taugt. Wenn sich die Mauer das nächste Mal erhebt, werden wir unten durch zur anderen Seite laufen. Sie braucht ein paar Sekunden für diesen Schritt – mehr als genug Zeit für uns, um hinüberzurennen.« Er hob den Speer wieder hoch und lächelte Simna zufrieden an.

»Es wird ganz einfach sein. Wir müssen nur aufpassen, dass keiner stolpert und fällt. Die anderen werden keine Zeit haben, ihm aufzuhelfen.«

»Unten durch?« Simna blickte die Mauer mit ganz anderen Augen an und schluckte, gerade stellte er sich vor, wie Hunderte von Tonnen gelben Mauerwerks über seinem Haupt schweben. Die Worte seines Gefährten schwirrten ihm im Kopf herum. Wer während des Übergangs stolperte und stürzte, hatte vielleicht nicht mehr genügend Zeit, aufzustehen und sich in Sicherheit zu bringen. Die Mauer würde sich wieder hinsetzen und ihn unter sich begraben, platt drücken wie einen Eierkuchen.

Ehomba legte eine Hand auf Simnas Schulter und holte ihn aus den schlimmen Träumen zurück. »Mach dir keine Sorgen, mein Freund. Wir werden genügend Zeit haben. Denk daran – während wir nach Norden rennen, macht die Mauer einen Riesenschritt nach Süden.«

»Ja, das stimmt.« Simna nickte zustimmend. »Ja, so wird es gelingen.«

»Eher so, als wenn wir hinüberkletterten«, erklärte der Löward. »Zumindest werden wir unter der Mauer keine Wächter antreffen.«

»Also gut.« Simnas Stimmung hatte sich beinahe bis zur Fröhlichkeit gebessert. »Ein schneller kampfloser Spurt – und wir sind drüben. Und die Chlengguu werden auf eine so tollkühne Tat nicht gefasst sein.« Doch ein plötzlich aufkeimender Gedanke ließ ihn zögern. »He, wenn das doch so einfach und nahe liegend ist, warum hat es dann das Queppa-Volk noch nicht versucht? Beim Ghalastan, die wären doch in ihrer jetzigen Lage zu allem bereit.«

»Eine Gruppe von Soldaten, die groß genug wäre, um etwas gegen die Chlengguu auszurichten, würde mit Sicherheit von den Spähern entdeckt werden«, vermutete Ehomba. »Da die Chlengguu die Mauer kontrollieren, könnten sie ihr einfach befehlen, sich niederzulassen, um damit den Gegenstoß unter ihrem Gewicht zu begraben. Es könnte ja sein, dass die Queppa diesen Versuch schon einmal unternommen haben und ihnen das schon widerfahren ist.«

»Ja.« Simna, der zu jähen Stimmungsschwankungen neigte, war nun wieder tief betrübt. »Die armen Teufel. Jeden Tag müssen sie kämpfen und ständig ihre Frauen und Kinder in Sicherheit bringen.« Grimmig blickte er den Hügel hinunter. »Wenn die Mauer die Hügel erklimmen kann, dann sind sie alle verloren. Und nachdem ich die Größe und Anzahl der Füße gesehen habe, glaube ich nicht, dass diese Hänge für die Mauer ein großes Hindernis darstellen.«

Ehombas Augen funkelten. »Irgendwie werde ich das Gefühl nicht los, Simna ibn Sind, dass du bereit wärst, sofort aufzustehen, um für diese Leute zu kämpfen. Kann das sein?«

Der Schwertkämpfer lachte höhnisch. »Es gibt bestimmte Krankheiten, vor denen ich mich fürchte, Etjole. Dazu gehören Erkältung, Malaria, Würmer im Körper, Darmverschluss, Tripper, Fleckfieber, Lepra und Selbstlosigkeit. Letzteres halte ich übrigens für die tödlichste Krankheit überhaupt.« Er warf einen Blick zu seinem Gefährten. »Es wundert mich ja, dass du diesen bemitleidenswerten Leuten bis jetzt noch nicht helfen wolltest.«

»Wir haben nicht so viel Zeit.« Mit einem Seitenblick zur Mauer dachte der Hirte über das Hindernis nach, das sie herausfordern wollten. »Ich habe selbst Familie und Freunde. Ein Mann allein kann die Welt nicht retten, nicht einmal Teile davon.«

»Oho, das sind Gedanken, die uns zusammenschweißen, Bruder.« Der Schwertkämpfer blickte das dritte Mitglied der Gruppe an. »Ich nehme an, du hast nichts zu dieser Angelegenheit beizutragen.«

»Äääh... was?« Blinzelnd schreckte Einlöward auf. »Ich habe gerade ein Nickerchen gemacht.«

»Das dachte ich mir schon. Schlaf ruhig weiter, Meister des Zähnefletschens. Du wirst deine Kraft noch zum Laufen brauchen.«

Daraufhin ließ der Löward seelenruhig das Haupt wieder auf die Vorderpfoten sinken. »Ich könnte zehnmal hin und zurück laufen, noch bevor du einen Schritt auf die andere Seite gesetzt hast. Sieh dir erst einmal deine eigenen Beine an, Mensch, und mach dir nicht so viele Gedanken um mich.« Die gelben Augen schlossen sich wieder.

»Steh auf«, schalt Ehomba den Löward. »Wir müssen aufbrechen.« Er nahm den Speer als Wanderstock und machte sich auf den Weg nach unten, gefolgt von Simna und dem noch zögernden, gähnenden Einlöward.

All die niedergeschlagenen Queppa, denen das ungewöhnliche Trio begegnete, unternahmen nicht mehr, als ihnen nachzusehen. Da fast ihr gesamtes Land von den Chlengguu belagert wurde, trafen sie oft auf Verbündete aus den verschiedensten Städten und Regionen. Menschen kämpften neben Affen, die sie nie zuvor gesehen hatten, Paviane fochten im Schatten von gepanzerten Schimpansen. Unter diesen Bedingungen und Umständen erachtete man den Anblick einer so großen langbeinigen Katze nicht als etwas Außergewöhnliches.

Die Wanderer stiegen den Hügel hinunter, bis sie nahe genug an der Mauer standen, um die einzelnen Wachposten auszumachen, die auf der Brüstung patrouillierten. Sie hielten sich Richtung Osten und erreichten schließlich eine zerklüftete, felsige Gegend. Keine Queppa-Soldaten hielten sich in der Nähe auf. Ein so zerfurchter, unebener Boden ließ jedes Belagerungsgerät und alle Sturmleitern zu nutzlosem Gerümpel werden. Die drei hatten den Platz für sich und so setzten sie sich zu einem Abendessen nieder, das sie aus ihren begrenzten Vorräten bestritten.

Keine dreißig Meter von ihnen entfernt ragte drohend die Mauer auf. Es hatte den Anschein, als wäre sie aus abgeschrubbtem Kalkstein erbaut oder mit einer dicken, gelben Paste stuckiert. Beim Anblick des Gemäuers würde niemand vermuten, dass es an der Unterseite über Hunderte von elefantengroßen Hufen verfügte.

Simna biss einen Happen getrockneten Fisch von dem weißlichen Klumpen ab, den er in der Hand hielt, und kaute langsam, während er auf das eindrucksvolle Hindernis starrte. »Wir müssen höllisch aufpassen. Die Felsen werden uns das Laufen nicht gerade erleichtern.«

»Aber nur bis zur Mauer.« Ehomba saß neben Simna auf dem Boden, die Arme hatte er um die eckigen Knie geschlungen. Seine Kiefer bewegten sich kaum, während sie das Abendmahl kauten. »Unter der Mauer werden die Felsen zermalmt sein. Wenn wir Glück haben, laufen wir wie auf einer Kiesstraße.«

»Wenn wir Glück haben«, murmelte ein etwas skeptischer Simna. »Aber wenn wir dann auf der anderen Seite angelangt sind, haben wir es geschafft. Vielleicht treffen wir auf die eine oder andere plündernde Chlenggu-Horde, doch die sollten uns keine großen Schwierigkeiten bereiten. Wir werden sie einfach großräumig umgehen.«

Neben ihnen seufzte Einlöward schläfrig. »Dort drüben müsste das Vieh doch eigentlich frei herumlaufen. Leichte Beute, frisches Fleisch.« Ein erwartungsvolles Knurren entwich seiner Kehle.

»Bleib wach«, riet ihm der Hirte. »Wir müssen beim ersten Anzeichen des nächsten Schrittes sofort bereit sein.«

»Macht euch um mich keine Sorgen«, beruhigte die große Katze die Begleiter. »Kümmert euch lieber um euch selbst, ihr dürren, unzulänglichen Gestalten.«

Es war beinahe schon dunkel, als sie die ersten Anzeichen einer Bewegung hörten – nicht sahen. Es war ein tiefes, malmendes Geräusch, ein Rumpeln, das aus den Tiefen der Mauer stammte und sich als Vibration in den Felsen fortsetzte.

Obwohl Einlöward den Anschein erweckt hatte, tief zu schlafen, war er doch als Erster auf den Beinen, um auf die Mauer zu starren. Er spitzte die Ohren, der Schwanz wedelte aufgeregt hin und her. Ehomba und Simna standen ihm jedoch in der Geschwindigkeit des Auffahrens um nicht viel nach.

Links und rechts hörten sie die Rufe und Schreie der Queppa-Kämpfer und hinter sich – oben in den Hügeln – das Jammern der Familien und Flüchtlinge. Wieder einmal stiegen Scharen von Pfeilen auf, die die zahllosen Landesverteidiger abschossen, lodernde Büsche und brennendes Öl wurden gegen die Mauer geschleudert. Es war alles vergeblich, aber vermutlich konnten die Soldaten nicht anders, sie mussten etwas tun, es wenigstens versuchen. Die flammenden Geschosse fügten der Mauer nicht mehr Schaden zu, als sie jedem anderen Steinbauwerk zugefügt hätten, und oben auf der zitternden, bebenden Mauer befanden sich die Chlengguu völlig außer Reichweite.

»Sie bewegt sich«, zischte Simna und sprang auf. »Macht euch bereit!«

Aus nächster Nähe wirkte das Aufstehen der Mauer noch viel gewaltiger als oben vom Hügel. Erde, Unkraut und Büsche wurden vor der unteren Kante hergeschoben, langsam hievte sich die unvorstellbar große Masse in die Höhe. Lebender Stein ächzte und stöhnte, während er sich auf unzählige Hufe stellte und damit riesige Nägel und Ballen freilegte.

Die drei Wanderer rannten los, noch bevor die Mauer sich vollständig erhoben hatte, und bahnten sich den Weg durch die Felsen. Ehomba hüpfte geschmeidig von einem spitzen Basaltbrocken zum nächsten, während Simna von den Steinen abprallte wie ein Gummiball, dem man die Gestalt eines Menschen verliehen hatte. Der Löward sprang behände zwischen den vorstehenden Felsen umher und überwand dabei mit einem einzigen Satz Entfernungen, für die ein Mensch beschwerliche Fußmärsche zurücklegen müsste.

Sie rannten unter das Furcht einflößende, gewaltige Mauerwerk und wurden von der Dunkelheit verschluckt. Ehomba fühlte das Gewicht von Millionen Tonnen Stein über sich, das zwar von säulendicken, aber doch nicht vollkommenen Füßen getragen wurde. Im Schatten kaum sichtbar verliefen einige helle Linien durch die Unterseite des Hindernisses – ob es sich dabei jedoch um Risse im Mauerwerk oder um pulsierende Adern handelte, konnte er nicht sagen.

Sie spurteten an einem der ungeheuren Hufe vorbei, als dieser sich erhob und zum Schritt ansetzte, was jeder zweite Huf auf der gesamten Länge der Mauer übrigens auch tat. Als sich die Hufe alle gemeinsam dem Boden näherten, gefiel dies auch der Mauer und sie verschluckte dabei alle Füße und dazu noch alles und jeden, der zu langsam war, um ihr aus dem Weg zu gehen. Als Hunderte von Hufen sich anschickten, wieder auf dem Boden aufzusetzen, waren Ehomba und seine Gefährten schon längst auf der anderen Seite angelangt.

Nach Atem ringend standen sie da und sahen zu, wie die Wand ihren schwerfälligen Schritt mit einem einzigen, langen, erschöpften *Buuuuummmmm* vollendete. Staub wirbelte auf, verteilte sich und setzte sich langsam wieder. Es war vollbracht. Sie waren hindurch und auf der anderen Seite.

»War doch gar nichts dabei«, meinte Simna lässig. Auf seiner Stirn stand jedoch mehr Schweiß, als es der kurze Lauf und der laue Abend erfordert hätten.

»Einen Fehler darf man aber nicht machen.« Der Hirte warf den Kopf zurück und starrte hinauf zur Mauerbrüstung. Keine Menschenseele war dort oben zu sehen. Die Chlengguu standen alle auf der anderen Seite und betrachteten das Unheil, das sie unter den

Queppa angerichtet hatten. Einen Anlass, die uneinnehmbare Rückseite zu bewachen, sahen sie anscheinend nicht. »Lasst uns gehen.«

Sie drehten sich um und nahmen gemächlich den Weg in Richtung Norden wieder auf. Niemand trat an sie heran und hinterfragte ihre Gegenwart oder stellte sich ihnen in den Weg.

Sie fanden ein verlassenes Bauernhaus, und ohne sich auch nur im Geringsten schuldig zu fühlen, machten sie es sich in der gemütlichen Stube bequem, die dem rechtmäßigen Eigentümer gegenwärtig vorenthalten wurde. Einlöward hatte einen unversehrten und der Plünderung entgangenen Stall mit gezähmten Wildschweinen entdeckt und konnte so schnell und mühelos ein Festessen bereiten – und das nicht nur für sich selbst, sondern auch für seine Gefährten. Da ohnehin noch viele Gebäude im ganzen Queppa-Land in Brand standen, erlaubte Ehomba seinem Freund Simna, Feuer zu machen, denn dieser weigerte sich standhaft, sein Schweinefleisch roh zu essen.

Es gab schöne, weiche Betten im Haus und Bettzeug dazu. Während der entzückte Schwertkämpfer sich hemmungslos mit Letzterem bediente, musste Ehomba feststellen, dass er auf etwas so Weichem nicht schlafen konnte. Er wickelte sich lieber in eine Decke und schlief auf dem Holzfußboden, wobei er versuchte, nicht an das Schicksal der vielen Tausend zu denken, die zwischen der Mauer und dem ewigen Sand des Südens zerquetscht worden waren. Tausende, denen die Freuden einer ruhigen Nachtruhe nun für immer versagt waren.

XXIX

Der Morgen gab sich neblig, als wäre die Sonne im Bade überrascht worden und zu schnell aufgestanden, wodurch die Welt mit milchigem Sonnenlicht überschwemmt wurde.

Dies verleitete die drei Wanderer, länger in ihren gemütlichen Betten zu verweilen, ein Umstand, mit dem der stets schläfrige Einlöward äußerst einverstanden war. Als Ehomba schließlich erwachte und den tatsächlichen Stand des nebelverschleierten Tagesgestirns am Himmel erkannte, überkam ihn eine große Unruhe.

»Was ist los, Sorgenmagier?« Der ausgeruhte Simna ibn Sind setzte sich in dem stilvoll geschnitzten Bett auf, streckte sich und kratzte sich ungeniert in der Lendengegend. »Wir sind auf der anderen Seite und alles ist gut gegangen. Warum versuchst du zur Abwechslung nicht mal, dich zu entspannen? Wer weiß? Vielleicht findest du das Gefühl sogar angenehm.«

Gehetzt blickte der Hirte aus dem Fenster, das aus vielen kleinen Scheiben zusammengesetzt war, auf die vom Nebel verhüllte Landschaft. »Ich werde mich ausruhen, wenn wir dieses vom Unglück verfolgte Land verlassen haben und sicher an Bord eines Schiffes sind, das auf die andere Seite der Aboqua-See fährt. Vorher nicht.« Er blickte zurück. »Steh auf und zieh dich an. Wir müssen aufbrechen.«

»Schon gut, schon gut.« Murrend hievte der Schwertkämpfer die Beine unter der schweren Bettdecke hervor und nestelte an seinem Gewand herum. »Aber nicht vor dem Frühstück. Wer weiß, wann wir wieder Gelegenheit haben, so zu schlemmen. Und das auch noch umsonst.«

»Also schön.« Ehomba war zwar nicht unbedingt einverstanden, doch er zeigte Verständnis für seinen Freund. »Nach dem Frühstück.«

Die meisten der Milchprodukte – die die Chlengguu auf dem verlassenen Bauernhof übrig gelassen hatten – waren verdorben, doch die Wanderer fanden eine beträchtliche Menge an getrocknetem und geräuchertem Fleisch vor. Eine andere Abteilung der begehbaren Speisekammer stand von oben bis unten voll mit eingemachtem Obst und Gemüse. Simna stöberte durch die Regale und fand sogar zwei Brotlaibe, die nur von wenigen, scheinbar besonders voreiligen Schimmelstellen befallen waren.

»Wir sollten unsere Vorräte auffüllen.« Begeistert biss er gleichzeitig in Brot und Fleisch.

»Das Essen gehört uns nicht.« Ehomba fühlte sich zwar nicht wohl dabei, die Speisekammer eines anderen zu durchwühlen, aber er tröstete sich mit dem Gedanken, dass das Brot und die Lebensmittel entweder an die Chlengguu fielen oder verdürben, wenn sie sie nicht aßen.

»Ach? Sollen wir das alles etwa den Plünderern überlassen? Unangebrachte gute Absichten haben schon so manchem den Tod beschert, Bruder. Aber mit mir nicht!« Er nahm in Kauf, dass der Hirte an seinem Benehmen Anstoß nahm, und stopfte getrocknete Fleischstreifen und kleine Gläser mit Oliven und saurem Gemüse in seinen Rucksack. Ehomba wandte sich nur ab und schwieg.

Als schließlich alles verstaut war, traten sie hinaus in den Nebel. Dieser war eher noch dichter geworden, statt sich aufzulösen. Es würde schwierig werden, die Himmelsrichtungen zu bestimmen. Doch Ehomba wollte die Zeit nicht damit vertrödeln, so lange in dem

Bauernhaus zu verweilen, bis sich der Nebel verzogen hatte. Wenn sie eine Chlengguu-Patrouille klar sehen konnten, dann würden die Chlengguu auch sie sehen. Sie sollten ihr Glück im Schutze der tief liegenden Wolkendecke versuchen, dachte Ehomba.

Nur wenige Schritte vom Haus entfernt, schlug der Hirte die Richtung ein, in der er Norden vermutete, als plötzlich ein donnerndes Brüllen die Stille zerstörte. Er fuhr herum und sah nur noch ein Zucken, als das schwere Netz auf Einlöward landete. Die Katze brüllte und tobte fürchterlich, die Klauen versuchten die Seile zu zerreißen, kräftige Kiefer schnappten zu, doch es half alles nichts. Wer sich diesen Hinterhalt auch ausgedacht hatte, er hatte sich gut darauf vorbereitet: Die Schlingen waren aus Metall gearbeitet, dünne Drähte, die man zu fingerdicken Stricken gedreht hatte. Einlöward konnte zwar ein Loch hineinbeißen, das Netz aber nicht zerreißen.

Aus allen Ecken strömten Chlengguu herbei, hinter dem Bauernhaus kamen sie hervorgelaufen, aus den umstehenden Büschen, über den Zaun kamen sie gesprungen, von überall her – nur nicht aus der Erde. Dutzende sprangen vom Dach und zerrten wie wild an den Seilen des Netzes. Der Löward war zwar nicht in der Lage, es zu zerstören, doch seine heftigen Zuckungen beförderten zahlreiche aufgeregte Chlengguu in hohem Bogen durch die Lüfte. Es waren am Ende vierzig Chlengguu nötig, um das Netz zu Boden zu drücken und die wutentbrannte Katze darin festzuhalten.

Ehomba und Simna blieben von Netzen verschont. Stattdessen wurden sie von weiteren mindestens fünfzig energischen Mauerkämpfern überwältigt. Der Hirte konnte kaum den Speer richtig packen und Simna das Schwert herausziehen, als grobe Hände über sie herfielen und ihnen die Waffen aus den Händen rissen.

Fußfesseln wurden von irgendwoher gereicht und man band ihnen die Hände auf den Rücken. So geknebelt stieß man sie vorwärts und die Chlengguu bellten ihnen in ihrer fremdartigen Chlengguu-Sprache unverständliche Befehle zu.

»Ich hoffe, das Frühstück hat dir geschmeckt«, murmelte Ehomba, während sie weg vom Haus hinein in den Nebel getrieben wurden.

»Das hat es, Bruder.« Der Schwertkämpfer legte eine ungewöhnliche Gelassenheit an den Tag, während er die Chlengguu studierte. »Sie sind nicht sonderlich groß, die kleinen Kröten, aber sie sind schnell.« Er lächelte den Chlengguu-Krieger, der neben ihm ging, liebenswürdig an. »Und potthässlich.« Der Soldat verstand kein Wort und marschierte stur weiter, er sah dabei weder nach links noch nach rechts und am wenigsten zu dem Grimassen schneidenden Gefangenen hin.

Hinter dem Hirten trugen Dutzende von Kriegern den fauchenden, spuckenden Einlöward auf den Schultern. Der arme Löward war so fest in das Stahlnetz gewickelt und gerollt, dass er nicht einmal seine Gliedmaßen bewegen konnte. Wenn die Jäger auch nur einen Funken Verstand besaßen, erlaubten sie ihm nicht einmal die kleinste Bewegungsfreiheit. Wenn Einlöward auch nur eine Klaue befreien konnte, würde er damit, das wusste Ehomba genau, dem nächstbesten Entführer die Kehle zudrücken. Die vorsichtigen Chlengguu ließen es bei dem größten und stärksten Gefangenen nicht darauf ankommen.

Sie waren alle auffallend dünn, stellte der Hirte fest. So dünn, dass er neben ihnen beinahe massig wirkte und Simna regelrecht fett. Sie hatten sehr schräg stehende, fast senkrechte Schlitzaugen, lange Hakennasen und kleine Münder. Die zwei vorstehenden Zähne reichten bis zur Unterlippe. Ihre Ohren waren klein und spitz und die winzigen Köpfe schienen unter den engen, geprägten Helmen völlig unbehaart zu sein. Einige dieser Helme schmückten lange Federn und Stachel, die zweifellos gewaltsam von verschiedenen exotischen Tieren beschlagnahmt worden waren.

Die schmalen Schädel und Gesichter und die von Haus aus nach unten gezogenen Mundwinkel verliehen den Chlengguu einen griesgrämigen Gesichtsausdruck. Die Farbe ihrer Haut reichte von dunkelbeige bis umbrabraun und spielte stets ins Gelbliche, als litten sie alle zusammen an Gelbsucht. Die Fingernägel wuchsen lang und dünn aus den Fingerspitzen und waren silbern angemalt. Auf den edel gearbeiteten Lederjacken, engen Hosen und Stiefeln hatten geschickte Handwerker verschiedene Bilder von unerfreulichen Massenkämpfen geprägt. Fast alle trugen silberfarbene Lederkleidung, doch Ehomba sah auch Gold, Bronze und Knallrot aus dem silbernen Meer herausblitzen.

Die meisten hatten zwei oder drei gehärtete Stahllanzen bei sich, die nicht dicker waren als Ehombas Daumen. An jedem Gürtel hing eine fein geschliffene Sichel – im Nahkampf eine besonders abscheuliche Waffe. Einige Soldaten – die besonders feinfühligen unter ihnen – zogen schmale, mit Stacheln versehene Keulen den zierlichen Lanzen vor.

»Ich frage mich, was sie wohl mit uns vorhaben?«

»Bei Gnospeths Zähnen, sie werden uns bestimmt nicht zum Essen einladen, soviel wage ich zu behaupten.« Simna hörte nicht auf, dem Wächter Grimassen zu schneiden – der vermied es jedoch, ihn anzusehen. »Wenn es hier nun ein paar tanzende Schönheiten gäbe, würde ich sie den Chlengguu gerne vorstellen. Wo sind denn die seelenverschluckenden Eupupa? Wenn man sie braucht, sind sie nicht da.«

Sie mussten noch länger als eine Stunde weiter marschieren, bevor sich der Nebel langsam lichtete. Um sie herum wuchsen Zelte aus dem Erdboden. Von Zeit zu Zeit blickten Chlengguu-Soldaten auf, die sich gerade geschäftig an ihren Behausungen zu schaffen machten, um die Gefangenen näher zu betrachten. Diejenigen, die sich die Mühe machten, schenkten den beiden Menschen keinerlei Beachtung, dafür aber dem gefesselten schwarzen Löward.

Wahrscheinlich denken sie, wir wären gewöhnliche Queppa-Gefangene, grübelte Ehomba. Simna und ich sehen den armen Leuten, denen sie gerade das Land stehlen, durchaus ähnlich.

Der bereits vertraute Anblick, der sich dem Hirten bot, entmutigte ihn vollends. Die Mauer. Die Meter, die sie in der vorigen Nacht auf der Flucht zurückgelegt hatten, waren nun wieder verloren.

Sie wurden an mehreren großen und aufwändig geschmückten Zelten vorbeigeführt, bis schließlich der Dienst habende Offizier vor einem stehen blieb, das an eine Villa aus Stoff und Leinwand erinnerte. Viele verschiedene rote und goldene Banner wehten an den Masten. Voller Grauen entdeckte Ehomba, dass an den Fahnenstangen nicht nur seidene Wimpel wehten, sondern auch die abgezogenen Häute von menschlichen Körpern. Diese grässlichen Trophäen flatterten lautstark im Wind.

Außen hatten die Chlengguu die kunstvolle Unterkunft mit Edelmetallfäden verziert. Zwei ungewöhnlich große Chlengguu-Soldaten flankierten die zwei Stützpfeiler des breiten Vordaches. Silbervorhänge bewahrten die Ungestörtheit im Inneren des Zeltes. Die Pfeiler, so stellte der Hirte entsetzt fest, was er sich jedoch nicht anmerken ließ, waren in ausgebleichten Affenschädeln verankert.

Einer der wenigen Chlengguu, die nicht in Silberleder gekleidet waren, blieb stehen, um mit den Wächtern zu sprechen. Die Unterhaltung fiel knapp aus, woraufhin eine knochige Hand Ehomba in den Rücken stieß und ihn vorwärts stolpern ließ. Er hörte Simna hinter sich fluchen, sein Gefährte wurde offenbar einer ähnlich unfeinen Behandlung unterzogen. Einlöward blieb seit einiger Zeit ruhig. Er wartete offenbar auf einen günstigen Zeitpunkt.

Die Außenseite des Zeltes hatte der Erbauer schon so gestaltet, dass sie beeindruckte, das Innere jedoch war schier überwältigend. Bahnen von edlen Stoffen kleideten das Innere aus. Eingenäht in den Stoff ahmten feine Juwelen die Sternenstellung des Nachthimmels nach. Die kunstvoll geschnitzten Möbel passten zu den schlanken Gestalten der Besitzer; Tische, Stühle, Sessel gab es, bequem aber nicht luxuriös. Das Zelt stand mitten auf dem Kriegsschauplatz. Die Möbel wirkten teuer, jedoch keinesfalls unpraktisch.

Ein Quartett von älteren Chlengguu saß an einem ovalen Tisch und blickte neugierig auf, als die Gefangenen hereingebracht wurden. Die Chlengguu waren zwar alle von schlanker Gestalt, diese hier schienen aber regelrechte Knochengerüste zu sein. Ihre durchdringenden, neugierigen Blicke straften die äußere Erscheinung jedoch Lügen. Sie murmelten etwas untereinander und gestikulierten geheimnisvoll in die Richtung der Gefangenen.

Einlöwards Gefolge blieb so lange, bis die große Katze sicher am Boden abgesetzt war. Da das starke, schwarze Schreckgespenst ohnehin keine Möglichkeit hatte, um sich zu schlagen, lag es ruhig da. Nur ein stetiges wütendes Heben und Senken des Brustkorbes zeugte davon, dass der Löward noch lebte und körperlich – nicht jedoch in seiner Würde – unversehrt war.

Drei Chlengguu standen von einem anderen Tisch auf, der unter dem Gewicht von Essen, Trinken, Landkarten und verschiedenen anderen, völlig fremdartigen Gegenständen ächzte, von deren Zweck der nicht sehr welterfahrene Ehomba keine Ahnung hatte. Eine der Chlengguu wirkte weiblich, es gestaltete sich jedoch außerordentlich schwierig, das Geschlecht dieser Wesen auf den ersten Blick zu bestimmen, so dürr wie sie alle waren. Spindeldürre Finger ruhten auf kaum vorhandenen Hüften, einer aus dem Trio legte den Kopf zur Seite und blickte hinauf in Ehombas Gesicht. Die schrägen Augen strahlten etwas nicht gerade Beruhigendes aus. Ehomba hatte schon senkrecht und waagerecht stehende Augen gesehen, runde und ovale, noch nie aber hatte er in Augen geblickt, die in einem so seltsamen Winkel standen wie die der Chlengguu.

»Sirash coza mehroosh?«

Ehomba versuchte, völlig unbeeindruckt zu wirken. »Ich verstehe nicht.«

Der Chlengguu-Edelmann versuchte es mit dem gleichen Satz bei dem schweigenden Simna, der sehr zu seinen Gunsten gegenwärtig genug war, seinen umfassenden Vorrat an schlagfertigen Antworten in eine Ecke seines Gehirnes zu sperren, wo diese – hoffentlich für die Dauer der allernächsten Zukunft – keinen gröberen Schaden anrichten konnten.

Der Edelmann trat wieder vor den viel größeren Hirten und fragte ihn mit menschlicher Zunge: »Wer bist du und woher kommst du?« Seine Stimme klang so weich und unangenehm wie heißes Fett. Er zeigte auf Simna und meinte: »Dieser hier könnte ein Queppa sein, aber du – du bist anders. Die siehst aus, als kämst du von irgendwo anders her.«

»Wir stammen beide aus dem Süden«, antwortete Ehomba. »So wie auch unser Begleiter.« Hinter sich glaubte er eine Bewegung des Löward gehört zu haben, aber er drehte sich nicht um. Aus dem Auftreten des Edelmannes schloss Ehomba, dass ein Wegdrehen während der Befragung als eine unverzeihliche Beleidigung aufgefasst werden könnte. Der edlen Ausstaffierung und der Haltung des Verhandlungsführers nach zu urteilen, mussten er und seine Freunde vorsichtig sein und durften nicht den kleinsten Anstoß erregen.

»Aus dem Süden.« Geziert tippte der Edelmann mit dem lackierten Fingernagel gegen einen besonders langen Zahn. »Warum sollte ich dir glauben?«

»Warum sollten wir lügen?« Kaum wahrnehmbar verlagerte Ehomba das Gewicht von einem Fuß auf den anderen – die natürliche Handlung eines Hirten. »Die Queppa hassen den Süden. Wer von ihnen würde also behaupten, von dort zu kommen, wohin ihr sie vertreiben wollt?«

Die Winkel des winzigen Mundes des Adligen zuckten leicht nach oben. »Wenn ihr keine Queppa seid, wie wollt ihr wissen, was sie hassen oder wohin wir sie vertreiben?«

»Sie haben es uns gesagt.« Ehomba riskierte eine Kopfbewegung in die Richtung seines Heimatlandes. »Da wir aus Süden kamen, mussten wir ihr Land durchqueren, um hierher zu gelangen.«

»Ihr musstet noch mehr als das dumme Queppa-Land durchqueren, um hierher zu gelangen.« Die Frau spie die Anschuldigung geradezu heraus. »Der einzige Weg von Süden nach Norden führt über die Mauer. Das ist unmöglich.«

»Wir sind nicht über die Mauer gegangen«, stimmte Ehomba ihr zu. »Wir sind unten durch gelaufen.«

Diese Behauptung veranlasste die vier Ältesten zu einer heftigen Diskussion über den Tisch hinweg und das dritte Mitglied des Vernehmungstrios zu der Äußerung: »Kein noch so großer Schwachkopf würde versuchen, sich unter der Mauer durchzugraben.«

»Wer hat etwas von Graben gesagt?« Simna grinste selbstgefällig und mit stolzgeschwellter Brust. »Wir warteten einfach, bis die Wand wieder zu einem Schritt ansetzte, und als sie aufstand, rannten wir unten durch.«

Der erste Befrager nahm den Finger von den Lippen. »So etwas wäre möglich, natürlich.« Er nickte einmal kurz. »Sehr gut sogar. Ich, Siegelbewahrer Agrath, erkenne deine Erklärung an. Ihr seid mutige Schwachköpfe.«

»Es ist nicht unser Kampf«, sagte Ehomba düster. »Ich persönlich lebe nicht im Streit mit den Chlengguu und hege auch keine besondere Zuneigung für die Queppa. Dieser Streit ist nicht unserer. Also lasst uns gehen.«

Agrath drehte sich zur Seite und wählte ein langes, schmales Messer, vielmehr ein übergroßes Stilett, aus dem reichhaltigen Angebot an Essbesteck aus, das auf dem Tisch hinter ihm lag. »Warum sollten wir?«

»Ich habe im Westen etwas zu erledigen.«

»Im Westen?« Agrath grinste seine Genossen an. »Ich dachte, du hättest uns erzählt, euer Ziel liege im Norden.«

»Ich muss nach Norden«, erklärte Ehomba mit einer Geduld, als erklärte er dies einem Kind, »um ein Schiff zu finden, das mich nach Westen bringt.«

»Über den Semordria-Ozean?« Das Lachen des Chlengguu klang eher wie ein Zischen. »Du willst mich wohl zum Narren halten.«

»Es stimmt.« Simna warf den Kopf ruckartig in die Richtung seines Freundes. »Er ist nur etwas seltsam.«

»Und doch folgst du ihm?«

Der Schwertkämpfer senkte den Blick und die Stimme. »Was soll ich sagen? Ich habe einen sehr eigenwilligen Geschmack. Wer kann das schon erklären?«

»Ja, wer kann das schon. Wenn wir hier fertig sind, werdet ihr in Haft genommen, wo ein Fachmann sich eurer annehmen wird, der für seine Arbeit bei den

Chlengguu sehr berühmt ist. Vielleicht kann er die wirkliche Erklärung aus euch herausholen.«

»He, wartet mal, ihr...«

Die Keule, die herunterfuhr, streifte den Kopf des Schwertkämpfers glücklicherweise nur; hätte sie härter getroffen, wäre er mit Sicherheit auf der Stelle tot gewesen. Er brach auf dem Teppich zusammen, wo er bewegungslos und blutend liegen blieb. Wortlos starrte Ehomba auf den regungslosen Körper seines Freundes, dann wandte er sich wieder den drei chlengguunischen Adligen zu. Sie blickten ihn erwartungsvoll an.

»Du bist nicht zornig über die Behandlung, die deinem Freund zuteil wurde?«

Ehomba sprach mit unveränderter Stimme weiter. »Was hätte das für einen Nutzen? Ihr wollt uns auf die Probe stellen. Ihr hättet genauso gut mich schlagen können, um ihn herauszufordern. Das macht keinen Unterschied.«

»Nicht den geringsten«, stimmte Agrath zu, »nur, dass du noch stehst und er bewusstlos ist.« Der Edelmann zuckte mit den Schultern. »Wie du sagst, es hätte auch genau anders herum sein können. Aber du erweckst meine Neugierde mehr als er. Widerspenstigkeit ist eine willkommene Abwechslung zur Eintönigkeit unseres unerbittlichen Vormarsches.«

»Man hat uns gesagt, dass dem nicht immer so war.«

»Nein.« Die Stimme des anderen Mannes klang mit einem Mal tiefer. »Vor der Mauer war es völlig anders. Und nun« – er grinste höhnisch – »nach der Mauer wird es wieder anders sein.«

»Mir ist es wirklich gleich, ob unsere Fachmänner Hand an euch legen oder nicht.« Agrath fuhr mit der Schneide des Stiletts über die längliche Handfläche und schnitt sich dabei so tief ins Fleisch, dass es blutete. Sein Gesichtsausdruck veränderte sich nicht. »Aber ich finde Gefallen an ungewöhnlichen Besuchern.« Er hob die

Klinge hoch und schnippte damit durch die Luft, wobei er hinter Ehomba deutete.

Wenige Augenblicke später kamen zwei Soldaten. Sie trugen die Waffen herein, die man den Wanderern zuvor abgenommen hatte, und legten sie auf den ohnehin schon völlig überfüllten Tisch. Nach zwei Kniebeugen vor den Adligen zogen sie sich zurück und stellten sich wieder zu ihren Kameraden.

Während die spindeldürren Ältesten weiter im Hintergrund zankten und stritten, traten die Adligen an den Tisch heran, um die äußerlich unauffälligen Waffen zu begutachten. Die Frau hob Ehombas Speer hoch, rümpfte verächtlich die Nase und warf ihn zurück auf den Tisch. Agrath nahm das gezähnte Knochenschwert, wobei er beide Hände benutzen musste, um das Gewicht zu halten, und schwang es einige Male durch die Luft. Ein Schwung führte nur knapp am Gesicht des Hirten vorbei, aber Ehomba zuckte nicht einmal. Wenn die Chlengguu beeindruckt waren von seiner Gelassenheit, dann ließen sie sich nichts anmerken.

»Knochen und Zähne.« Agrath war ganz und gar nicht beeindruckt. »Ein angemessenes Gerät für den Angehörigen eines primitiven Stammes.«

Agrath schob die helle, weiße Waffe zurück in die Ziegenlederscheide und zog dann die Himmelsmetallklinge aus der schützenden Hülle. Seine Schlitzaugen konnten nicht größer werden, dafür nickte er anerkennend. Wie schon beim anderen gewichtigen Schwert, so bedurfte es auch bei diesem einer gehörigen Anstrengung der Armmuskeln, um die Waffe parallel zum Boden zu halten. Agrath packte es fest und schwang es langsam hin und her. Diffuses Sonnenlicht, das durch das fein gewebte Material der Zeltleinwand drang, spiegelte sich auf dem so außergewöhnlich geschmiedeten Eisen wider.

»Dieses hier gefällt mir schon eher.« Er hielt sich die

Klinge vors Gesicht und beäugte die seltsamen Linien, die in das Metall geätzt waren. »Wer dieses Muster in die Klinge eingearbeitet hat, muss ein wahrlich meisterlicher Waffenschmied sein.«

»Dieses Muster hat niemand eingearbeitet«, erklärte Ehomba. »Die Linien stecken in dem Metall und werden durch das Tauchen der fertigen Klinge in ein Säurebad hervorgerufen.«

Der Adlige kniff die Augen wie eine Schlange zusammen, die bei der Verfolgung ihrer Beute in ein zu kleines Loch kriechen will. »Unsinn. Es gibt kein Metall, das von Natur aus solche Linien besitzt.« Mit beiden Händen hielt er das Schwert hoch und bewunderte das Lichtspiel auf den Kristallstrukturen des Metalls. »Vielleicht werde ich, wenn wir den Süden erobert haben, diesen fabelhaften Waffenschmied in meine Dienste stellen.« Er ließ die Spitze des Schwertes plötzlich sinken und schwang sie herum, um sie dem wieder erwachten Simna an die Brust zu setzen. Der Schwertkämpfer fuhr zusammen, wich jedoch nicht von der Stelle.

»Sag mir, Südländer. Wie scharf ist die Schneide? Welche Legierung wurde verwendet? Was kann man mit einer solchen Klinge vollbringen?«

Ehomba versuchte angestrengt, seinem Gefährten nicht ins Gesicht zu blicken, damit der angsterfüllte Blick des Freundes ihn nicht zu einer überhasteten Antwort verleitete. »Es kann jeden Knochen durchschneiden, selbst den eines Elefanten oder Mastodons. Die Spitze dringt in fast jeden Panzer ein, ganz gleich ob aus Metall oder Leder. Reibt man einen Feuerstein daran, kann man damit schnell ein Feuer entfachen. Und«, fuhr er fort, »wenn man es lange genug und hoch genug hält, so haben mir die alten Frauen der Naumkib gesagt, holt es den Mond herunter.«

XXX

Das leicht verkrampfte, stoßweise Ausatmen, das bei den Chlengguu offenbar als Lachen galt, erfüllte das Zelt. »Hält er uns für Narren?«, fragte der zweite Mann streng. »Oder glaubt er, er könnte uns ablenken, um so seinem unausweichlichen Schicksal zu entgehen?«

»Wenn er sagt, dass dem so ist, dann solltet ihr euch lieber in Acht nehmen.« Simna zerrte an seinen Fesseln. »Er ist ein mächtiger Zauberer.«

Sichtlich amüsiert wandte sich Agrath wieder dem gelassenen Hirten zu. »Nun gut, Südländer. Sagt dein Freund die Wahrheit? Bist du ein ›mächtiger Zauberer‹?«

»Sieh dir doch seine Kleider an«, bemerkte die Frau verächtlich. »Er sieht nicht einmal aus wie ein mächtiger Rattenzüchter.«

Ehomba stets im Blickwinkel erhob Agrath das Schwert erneut, und zwar so hoch er nur konnte, und richtete die Spitze zur Decke. Obwohl er ohnehin schon schwer zu kämpfen hatte, nahm er auch noch eine Hand vom Heft und behielt die Kraft raubende Stellung bei, um die Waffe mit einer Hand zu balancieren. Einige der Wächter fanden anerkennende Worte dafür.

»Da!« Der gemeine Schlitz eines Mundes öffnete sich und enthüllte weiße Zähne. »Was sagst du nun, Südländer?« Mit hoch erhobenem Schwert wandte sich Agrath dem Eingang des Kommandozeltes zu. »Es ist früh genug und der Himmel noch so klar, dass ich ein Stück vom Mond sehen kann. Obwohl es während des Tages schwieriger festzustellen ist, so scheint er sich doch nicht verändert und auch nicht bewegt zu haben.

Behgron! Sei doch so gut und sieh nach, wo der Mond steht.«

Einer der Offiziere der Kompanie, die die Gefangenen gebracht hatte, salutierte mit einer zackigen halben Verbeugung, fuhr herum und stürzte hinaus. Gleich darauf drang seine Stimme klar und deutlich herein.

»Sieht immer noch gleich aus, Eure Oberherrschaft. Dieselbe Farbe – und bewegt hat er sich auch nicht.«

»Und jetzt?« Noch immer hielt Agrath das Schwert in die Luft, er schien sehr zufrieden mit sich zu sein und sah den größten Gefangenen kalt an. »Was hast du dazu zu sagen, ›Zauberer‹?«

»*Ich* selbst habe nicht behauptet, dass es den Mond herunterholen kann«, antwortete Ehomba sanft. »Ich habe nur wiederholt, was die alten Frauen aus dem Dorf mir gesagt haben.«

Der chlengguunische Adlige nickte kurz. »Dann scheint es nun erwiesen, dass die alten Frauen aus deinem Dorf nur schwafelnde, dumme Huren sind.« Er wartete darauf, dass der Hirte etwas dazu zu sagen hätte, aber Ehomba schwieg.

»Verzeiht, Eure Oberherrschaft.« Es war die Stimme des Offiziers, der sich vor den Eingang des Zeltes begeben hatte.

»Ja, was ist?«, fuhr Agrath den Offizier ungeduldig an, der sein Vergnügen unterbrach.

»Der Mond ist zwar unverändert, edler Agrath – aber da ist noch etwas.«

»Noch etwas?« Das Gesicht des Chlenggs verzerrte sich bis zur Unkenntlichkeit. »Was noch? Kannst du das etwas genauer erklären, Soldat?«

»Nein, Eure Oberherrschaft. Vielleicht solltet Ihr selbst hinausgehen und es Euch ansehen.«

»Das werden wir tun, aber wenn es keinen guten Grund für diese Unterbrechung gibt…« Er ließ das unerfreuliche Versprechen unvollendet in der Luft hängen.

Begleitet von Ehomba und dem stöhnenden und noch etwas benommenen Simna wandelten die drei chlengguunischen Adligen zum Eingang des Zeltes. Der ranghohe Offizier Behgron deutete auf eine Stelle am Himmel. Der gereizte Agrath folgte der Richtung, die der dünne Arm des Offiziers vorgab.

»Was ist dir? Ich sehe nichts.«

»Dort, Oberherrschaft.« Der Offizier deutete erneut. »Links an der Unterseite des Mondes.«

»Ich sehe einen hellen Stern.« Agraths Ärger schwoll an. »Du hast uns deswegen hier herausgerufen? Wenn die Sonne höher steigt, wird er bald verschwunden sein.«

»Betrachtet den Stern genauer, edler Agrath. Er verschwindet nicht mit der steigenden Sonne. Er wird sogar noch größer.«

»Sei kein *Noukin*! Sterne werden nicht einfach…«

Die Adlige trat vor und warf den Kopf in den Nacken, den schmalen, schrägen Blick nach oben gerichtet. »Behgron hat Recht. Seht euch das an!«

Der glühende Punkt am Himmel wurde nicht nur ständig größer, während alle darauf starrten, es tauchte auch noch ein kleiner Lichtschweif dahinter auf, der aussah wie der fedrige Schwanz eines blendend weißen Ara.

»Das Schwert!« Der andere Mann des Trios trat einen Schritt von Agrath zurück und zeigte mit zitternden Fingern auf die Waffe. Von natürlichen, körperlichen Einschränkungen einmal abgesehen: Es könnte sein, dass er gerade ein wenig größere Augen bekommen hatte. *»Seht euch das Schwert an.«*

Die Waffe badete nun in einem himmlischen, blauschwarzen Licht, das sie mit einem überirdischen Schein umgab. Dabei wurde keine Hitze frei. Im Gegenteil, der entsetzte Agrath empfand das Schwert mit einem Mal als eiskalt. Er ließ es so schnell fallen, als hätte er gerade bemerkt, dass er eine Kobra in der Hand hielt, und sprang zurück, wobei er gegen eine Gruppe nervöser, ungläubig blickender Wachen stieß.

Als die Klinge den Boden berührte, sprang sie zurück. Alle Anwesenden beobachteten voller Ehrfurcht und Verwunderung das Schauspiel, als die Waffe nun langsam nach oben flog, bis sie etwa auf Brusthöhe über dem Boden schwebte. Noch immer eingepackt in den erdenfernen, stahlblauen Lichtstrahl, veränderte das Schwert geringfügig die Stellung, bis das spitze Ende unmittelbar auf das große Gestirn am Firmament hinaufzeigte.

Die bedrohliche, gespenstische Kugel war mittlerweile so angeschwollen, dass sie den Himmel beherrschte, sie übertraf sogar die Sonne an Größe. Der Schweif, den sie hinter sich herzog, hob sich als strahlendes Leuchten vom Kobaltblau des Himmels ab. Unter den versammelten Chlengguu, Truppen und Edelleuten machten sich die ersten Anzeichen von Panik bemerkbar.

»Was ist das, Südländer?« Braune Schweißtropfen bildeten sich auf der Stirn des Adligen Agrath. »Ein Stück vom Mond kann ich immer noch sehen, also ist *das* nicht der Mond. Was geht hier vor?«

Ehomba blinzelte in den Himmel und betrachtete nachdenklich den herabstürzenden Stern. »Ich weiß es nicht«, gab er dem Fragenden gegenüber aufrichtig zu. »Ich bin nur ein einfacher Hirte.« Ehrerbietig senkte er den Blick und sah hinunter zu dem aufgewühlten Chlengg. »Um die Antwort zu erfahren, müsste man die schwafelnden, dummen Huren der Naumkib befragen.«

Die Luft erzitterte unter einem dumpfen Donner. Anders als gewöhnlicher Gewitterdonner hatte sich dieser hier nicht angekündigt und sich auch nicht mit einer Reihe von allmählich verklingenden Echos durch die Wolken davongestohlen. Obwohl sich die Offiziere bemühten, die Truppen zur Ordnung zu rufen, waren einige Wachsoldaten aus dem Glied getreten und rannten nun ziellos umher. Nicht wenige der Vorgesetzten machten den Eindruck, als würden sie ihnen am liebsten folgen.

Über ihren Köpfen hatte sich der Donner zu einem Brüllen ausgewachsen, ein durchdringendes Kreischen, das klang, als würde der Himmel jeden Augenblick zerreißen. Das Schwert aus Himmelsmetall schwebte noch immer in der Luft und strahlte in einem geisterhaften Schein, einem tiefblauen Licht, das fast an Schwarz grenzte. Während Ehomba die Erscheinung gespannt beobachtete, sah er sich vor die Frage gestellt, wie denn etwas schwarz leuchten konnte.

Unter den Chlengguu herrschte nun wahrhaftiger Aufruhr. Nicht nur die Wachen waren in Panik geraten angesichts des zusammenbrechenden Firmaments, auch der Rest des Heeres schien kopflos umherzuirren. Zerstoben in der wilden Hast der Flucht, griffen die Lagerfeuer auf die Zelte über. Bald loderten die Flammen aus zahlreichen Feuerherden bis zum Himmel, als wollten sie so ihren fallenden Bruder begrüßen. Soldaten klammerten sich Hilfe suchend aneinander und ihre Schreie übertönten beinahe den Lärm des herabstürzenden Kolosses.

Ehomba beobachtete, wie sich das tadellos organisierte Lager der Chlengguu in Chaos auflöste, und fragte sich, wie wohl die Queppa auf dieses Himmelsereignis reagierten. Ohnmächtig gegenüber dem, was Agrath ausgelöst hatte, konnte er nur hoffen, dass die Flüchtlinge das Durcheinander besser in den Griff bekamen als die Angreifer.

»Tu etwas!« Der zitternde Agrath hatte sich nun auf

eine Stufe mit seinen eingeschüchterten Truppen begeben. »Wende es von uns ab, mach, dass es weggeht!«, rief er verzweifelt.

»Lass mich frei«, befahl Ehomba.

»Ja, ja, sofort!« Mit seiner goldenen Damaszener Klinge durchschnitt der Adlige die Fesseln des Hirten. Als er zurücktrat, wandte er sein entsetztes, schmales Gesicht dem völlig außer Kontrolle geratenen Himmel zu. »Jetzt unternimm etwas!«

»Also gut.« Während das Chaos um ihn herum langsam seinen Höhepunkt erreichte, ging Ehomba völlig ruhig zu seinem Schwert und streckte die Hand durch das dunkle Polarlicht, um die strahlende Waffe zu ergreifen. Das Heft fühlte sich kalt an, kälter als jemals zuvor, doch es schien sich unter seinem Griff etwas zu erwärmen. Vielleicht war es auch die Luft selbst, die tatsächlich erheblich wärmer wurde, während der herabstürzende Monolith sich immer mehr der Erde näherte.

Das Schwert fest in der Hand, wirbelte Ehomba herum, um den vor Angst zitternden Agrath anzusehen. Die zwei anderen Edelleute hatten sich ins Zelt geflüchtet. Sie glaubten wohl, dass die Herrlichkeit der edlen Einrichtung die glühende, herabstoßende Ungeheuerlichkeit abschrecken und sie vor der Vernichtung bewahren könnte. Ehomba legte die linke Hand unter die rechte und schwang die Klinge mit einem einzigen schnellen Hieb durch die Luft.

Der Ausdruck auf Agraths Gesicht veränderte sich auch dann nicht, als sein Kopf mit einem sauberen Schnitt vom Hals getrennt wurde und in hohem Bogen vor den Zelteingang flog. Das Haupt prallte noch einige Male vom Boden ab, bevor es im Schmutz zum Liegen kam. Zu ihrer Ehre muss man sagen, dass zwei der Wachen gegenwärtig genug waren, um die Panik für einige Augenblicke zu vergessen und sich mit gezogenen Waffen auf Ehomba zu stürzen. Behände, als wäre er der Vortänzer einer traditionellen Naumkib-Tanzgruppe, wirbelte der Hirte herum und zeigte ihnen das Schwert. Das allein reichte aus. Die zwei gesellten sich unverzüglich wieder zu ihren flüchtenden Kameraden.

Simna hüpfte rückwärts zu seinem Freund. »Binde mich los, Bruder! Wir müssen hier weg.« Ehomba erlöste Simna mit einem schnellen Schnitt von seinen Fesseln. »Bei den Geschlechtsdrüsen des Golontai, das ist ja eiskalt!« Simna rieb sich die nun wieder freien Handgelenke. »Wie kannst du das festhalten?«

Während Ehomba zurück zum Zelt lief, erklärte er seinem Gefährten: »Im Winter können die Nächte in meinem Heimatland sehr kalt werden. Aber ein Hirte muss trotzdem über seine Herde wachen.«

»Aha, Kälte. Diesen griesgrämigen Gestalten hast du es eiskalt gezeigt, was!« Mit einem anzüglichen Grinsen im Gesicht folgte Simna seinem Freund ins Zelt.

Wenn sich auf ihren Gesichtern nicht das blanke Entsetzen abgezeichnet hätte, wäre der Anblick der zwei Adligen, die bebend vor Angst unter dem kostbaren Tisch kauerten, beinahe spaßig gewesen. Auf der anderen Seite des Zeltes saßen die vier alten Chlengguu mit geschlossenen Augen, nur die Lippen bewegten sich, sie murmelten wahrscheinlich irgendwelche Gebete, die sie auf den bevorstehenden Tod vorbereiten sollten. Daneben kämpfte Einlöward vergeblich mit dem Stahlnetz.

»Beweg dich jetzt nicht!«, bellte Ehomba und holte mit dem Schwert aus. Simna sah voller Hochachtung zu, als die Klinge Stück für Stück des starken Metallnetzes durchschnitt.

Als seine Vorderpfoten befreit waren, konnte das große, schwarze Raubtier selbst mithelfen, die Knoten und Seile zu zerbeißen. Ehomba arbeitete sich bis zu den Hinterpfoten der Katze vor und schon bald sprang Einlöward in die Freiheit. Er streckte sich ausgiebig, um die verkrampften Muskeln zu lockern.

»Dafür haben wir jetzt keine Zeit!«, rief Simna, während er ihre restlichen Waffen vom Tisch barg. Die Chlengguu, die darunter kauerten, versuchten ihn nicht einmal davon abzuhalten. »Wir müssen weg von hier. Der Himmel fällt gleich auf die Erde!«

»Von was spricht der haarlose Affe?« Einlöward folgte dem Hirten hinaus aus dem Zelt.

»Das wirst du gleich sehen«, versicherte Ehomba dem Löward. Sobald sie draußen standen, sah er es mit eigenen Augen.

Das Stück Himmel war nun so nahe gekommen, dass die Wanderer ohne Mühe den Kern des Gestirns erkennen konnten, denn nur dieser bestand aus fester Masse. Der Rest der Kugel setzte sich aus Gasen und Dämpfen zusammen, die um die Oberfläche waberten und hinter dem Stern einen riesigen nebulösen Schweif formten. Aus der Nähe betrachtet, erschien der Festkörper der Kugel überhaupt nicht groß. Sie verfügten nicht über die notwendige Zeit, um die genaue Größe des Kometen zu ermitteln, denn er war nun schon sehr nahe und raste mit hoher Geschwindigkeit noch näher.

Er flog mit ohrenbetäubendem Lärm nur knapp über die Köpfe der Wanderer hinweg und schlug mit einem Getöse ein, als würden eine Million Gespenster alle auf einmal aufheulen.

»In Deckung!«, rief Ehomba und sprang noch im gleichen Augenblick, in dem er seinen Freunden die Warnung zubrüllte, selbst in einen schmalen Bewässerungsgraben. Simna und auch Einlöward sprangen, ohne lange zu fragen, kopfüber hinterher. Etjole fühlte den heißen Körper der Großkatze auf sich landen.

Dann explodierte der Himmel. Heulende Winde zerrten an Körper und Kleidung, tosten jedoch schnell über die drei Freunde hinweg. Aus den Augenwinkeln beobachtete Etjole Zelte und Chlengguu, die von der Explosion erfasst und wie Spielzeug in alle Himmelsrichtungen geschleudert wurden. Viele der Soldaten schrien, doch den Lärm des Einschlags konnten sie nicht übertönen.

So schnell er gekommen war, so schnell zog der starke Wind vorüber. Vorsichtig erhob sich Ehomba aus dem sicheren, aber schmutzigen Unterschlupf und blickte um sich. Um ihn herum gab es nur Verwüstung. Das chlengguunische Lager, ein Großteil des Heeres, die mörderische Ausrüstung und die prachtvollen Zelte, Bäume und sonstiger Bewuchs, alles war fortgeblasen oder in vielen Fällen bis zur Unkenntlichkeit zerstört worden.

Die drei Abenteurer stiegen aus dem Graben und sammelten sich erst einmal. Dann blickten sie südwärts. Ein haushohes Loch klaffte in der Mauer, dort wo das herabstürzende Stück Himmel eingeschlagen hatte. Tausende von jammernden, winselnden Chlengguu klammerten sich noch immer an die unversehrten Mauerteile, die sich nach Osten und Westen erstreckten. Das Hindernis zitterte und bebte aufgrund der einwirkenden Kräfte und der beträchtlichen Wunde, die man ihm zugefügt hatte.

Dann, unter der Begleitung von Hunderten von hoffnungslosen Schreien aus genauso vielen heiseren, erregten Kehlen, kippte die tödlich verletzte Mauer langsam nach vorne und fiel, sie verendete mit einem noch lange nachhallenden dumpfen Knall und einer schier endlosen Wolke aus Staub, Schmutz und Tod. Tausende und Abertausende von mächtigen, glänzenden Hufen ragten aus dem nun nach oben gewandten Mauerfundament, starr und unbeweglich. Unter der Staubwolke, die durch den Zusammenbruch aufgewirbelt wurde, befand sich noch eine Wolke. Keine dunkle

Wolke, sondern eine Wolke der Dunkelheit. Sie erhob sich schnell gen Himmel, der Wind verscheuchte sie Richtung Norden. Ehomba verfolgte die Wolke mit zusammengepressten Lippen und verdutztem Blick, bis er sie aus den Augen verlor.

Als das letzte Echo des Mauersturzes verklungen war, ertönte ein neues Geräusch: die Schlachtrufe von Tausenden vertriebener Queppa, die sich sammelten, um sich auf die übrig gebliebenen, benommenen und entmutigten Chlengguu zu stürzen. Aus dem Kampf wurde schnell ein Gemetzel. Ehomba wandte sich ab; wie die Schlacht ausging, wollte er gar nicht wissen. Er hatte den Vertretern beider Seiten schon zu erklären versucht, dass ihr Kampf nicht der seine war. Doch niemand hatte ihm zugehört.

Er holte tief Luft, stieg über zwei tote Chlengguu, die kaum noch als solche zu erkennen waren, nahm den Speer und das Knochenschwert von Simna entgegen und setzte die Reise nach Norden fort.

Der Schwertkämpfer hielt mühelos Schritt. Einlöward hingegen blieb etwas zurück, er musste wiederholt stehen bleiben, um sein zerzaustes und struppig gewordenes Fell zu pflegen.

»Bitte, Bruder«, bat Simna ehrfürchtig, »versichere mir noch einmal, dass du kein Zauberer bist.«

Der Hirte blickte hinunter zu seinem ungläubigen Gefährten. »Nichts hat sich geändert, mein Freund. Ich bin noch immer derselbe Mann, noch immer weiß ich nicht mehr als das, was ich über Rinder und Schafe, über Wüste und Meer wissen muss.« Er griff über die Schulter und berührte das Heft des Schwertes aus Himmelsmetall, das nun wieder in der Scheide ruhte. »Die Klinge hat all das vollbracht, nicht ich. Ein anderer schmiedete die Klinge und wieder andere gaben ihr den Schliff. Wenn du unbedingt eine Erklärung haben willst, sprich mit Otjihanja, dem

Schmied, oder mit den alten Naumkib-Frauen. Nicht mit mir.«

»Aber du weißt, was das Schwert zu tun vermag.« Simna blieb hartnäckig. »Du bist in Deckung gelaufen, so schnell du nur konntest.«

Ehomba nickte. »Ich wusste davon, weil kluge Menschen mir davon erzählt hatten. Und nicht, weil ich einen großen Schatz an Geisterbeschwörerwissen mit mir herumtrage. Wir hatten einfach Glück.«

»Glück.« Der Schwertkämpfer suchte im Gesicht seines Freundes nach einer Spur von Heimlichkeit oder Verlogenheit, aber er fand nichts dergleichen. Könnte es vielleicht doch so sein, wie der Hirte behauptete?

»Nun ja, was auch immer die Erklärung dafür sein mag, wir sind am Leben und das ist das Wichtigste.« Simna ging beschwingten Schrittes weiter. »Alles andere können wir später immer noch klären.« Er legte die Hand schützend über die Augen und blinzelte auf den Trümmerhaufen, dem sie sich näherten. Aus der Ferne schien es die Ruine eines größeren Gebäudes zu sein, vielleicht eine Festung der Queppa. Zerfetzte Chlengguu-Fahnen hingen schlaff von den zerstörten Zinnen. Beschützt von den äußeren Mauern, schien die innere Festung noch verhältnismäßig unversehrt zu sein. Nichts bewegte sich auf der zerstörten Brüstung und dem vom Wind leer gefegten Boden davor.

»Lass uns hineingehen«, drängte Simna den großen Gefährten.

»Warum?« Ehomba kniff die Augen zusammen. »Wir müssen die Aboqua-See erreichen und eine Schiffspassage nach Norden auftun.«

Simna hatte nur noch Augen für die Festung und murmelte: »Die Chlengguu mussten doch ein Hauptquartier in sicherer Entfernung zum Schlachtfeld gehabt haben, auch wenn sie über die Mauer als Schutz verfügten… das sagt einem einfach der gesunde militärische Menschenverstand.« Er nickte zu den Ruinen. »Der Anzahl der Fahnen nach zu urteilen, die dort oben hängen, könnte das hier das Hauptquartier gewesen sein.«

»So?«, bemerkte Ehomba nur gleichgültig.

Simna lächelte zu ihm hinauf. »Gib mir nur ein paar Minuten, bitte, mein wortkarger Meister der kleinen Lämmer. Ich möchte mich nur ganz kurz umsehen.«

Der Hirte seufzte nachgiebig. »Also schön. Wenn ich es dir nicht erlaube, muss ich es mir wieder tagelang anhören.«

»Das stimmt allerdings. Komm jetzt.« Simna konnte sich nicht mehr halten und stürmte hinein.

Einlöward sah, wie der Schwertkämpfer loslief. »Was ist mit dem Affen?«

»Ich weiß nicht.« Ehomba beschleunigte den Schritt. Es wäre nicht gut, Simna jetzt aus den Augen zu lassen. Der übereifrige Schwertkämpfer könnte in ein Nest von übrig gebliebenen, wütenden Chlengguu stolpern, denen der erste Nicht-Chlengg gerade recht käme, um ihren Ärger an ihm auszulassen. »Aber ich kann es mir denken.«

XXXI

Im menschenleeren Innenhof der Festung konnten sie den Schwertkämpfer nicht finden. Auch nicht in den verlassenen Ställen oder der einfachen, hohen Eingangshalle. Sie fanden lediglich die Anzeichen eines hastigen Aufbruchs der Chlengguu vor, die hier stationiert gewesen sein mussten. Mit jeder ungehindert hereinwehenden Brise wurden herumliegende Schriftrollen und vergilbte Blätter wie flüsterndes, bleiches Ungeziefer über den Boden gefegt. Kelche und Tassen mit unbestimmtem Inhalt standen verloren auf Tischen und in Nischen und warteten auf Gäste, die niemals kommen würden. Verschüttete Getränke bildeten Lachen am Fußboden. Lücken an den Dachsparren ließen auf fehlende Banner schließen, die vermutlich von den Balken gerissen und von den flüchtenden Soldaten mitgenommen worden waren.

Sie fanden Simna in einer Kammer, wo er auf einem Bett aus Gold lag. Der Raum war klein und schien schon einmal geplündert worden zu sein, doch es stapelten sich noch genug Reichtümer darin, um selbst die habgierigste Seele zu befriedigen. Etwas Silber lag da, einige Vorlegeplatten aus Platin und mehrere Truhen mit juwelenbesetzten Nadeln und Medaillen. Der Schwertkämpfer lag oben auf dem Goldberg, die Arme weit ausgebreitet, um so viel wie nur möglich von dem Schatz an sich zu raffen. Die Augen hielt er geschlossen und es ruhte die Glückseligkeit wie ein parfümiertes, angewärmtes Handtuch auf seinem Gesicht.

Einlöward warf einen Blick auf die Berge von ungenießbarem Metall, rümpfte die Nase und stapfte davon, um nach etwas wirklich Wertvollem zu suchen. Ehomba trat durch die offene Tür und bemerkte das aufgebrochene Schloss und Siegel. Er kniete nieder, um die Münzen zu untersuchen, die alle sechseckig und mit verschiedenen Köpfen und Verzierungen versehen waren. Ausnahmslos alle der deutlich geprägten Münzen zeigten chlengguunische Gesichter.

»Was hast du mir die ganze Zeit von nicht vorhandenen Schätzen zu erzählen versucht?« Simna rutschte das flachsfarbene Gefälle hinunter und schaufelte sich dabei nicht wenig Gold in die Unterwäsche. Das Gefühl dabei empfand er nicht einmal als unangenehm.

Ehomba richtete sich wieder auf und betrachtete die Anhäufung. »All die Münzen und edlen Güter stammen aus chlengguunischer Hand. Der Raum wurde als Schatzkammer benutzt und die Truppen hat man wahrscheinlich unmittelbar aus diesen Schätzen bezahlt.«

»Und nun gibt es kein Heer mehr.« Simna lächelte selig. »Also gehört das alles uns.« Er hob eine Hand voll Münzen hoch, ließ die Goldstücke durch die Finger rieseln und auf seinem Bauch landen.

»Dir.« Der Hirte wandte sich ab und schickte sich an, den Löward zu suchen.

»He, Bruder! Warte!« Als Simna aufstand, purzelte alles Gold von Armen und Brustkorb. Münzen prallten mit wohl klingenden Tönen vom harten Fußboden ab und rollten fort, um sich im Schatten am Fuß der dicken Steinwände zu verstecken. »Was meinst du damit, dass das alles mir gehört? Wir teilen doch brüderlich, so wahr Gloriskan mir helfe!«

Ehomba blieb stehen und drehte sich noch einmal zu seinem Freund um. »Ich will nichts davon haben, Simna. Es gehört alles dir. Ich habe genug damit zu tun,

Holz, Wasser, Waffen und andere nützliche Gegenstände zu tragen. Selbst ein kleines Stück Gold wiegt schwer, wenn man einen langen Weg vor sich hat.«

»Für mich nicht.« Der Schwertkämpfer stieß die gefüllte Faust erneut in die Höhe und warf das Gold in die Luft, nur um zu sehen, wie das Licht darauf glitzerte. »Für mich wiegt es fast gar nichts. Je mehr ich davon tragen muss, desto leichter wird mein Gang.«

»Wenn es dich so glücklich macht, dann genieß es.« Ehomba lächelte gutmütig. »Es gibt so wenig Glück auf dieser Welt. Sicher wirst du einige Queppa finden, die sich gerne mit dir um dein neu gewonnenes Vermögen kümmern.« Nachdenklich beäugte er den Haufen. »Ich weiß nicht viel über Gold und Geld, aber ich glaube, das hier reicht, um den Rest deines Lebens in Wohlstand zu verbringen. Nicht genug, um ein Königreich zu kaufen, aber fast.« Er ging zur Tür.

»He, warum bist du so in Eile?«

Der Hirte lächelte. »Ich befinde mich auf einer Reise, die an ein Ziel führt, wie du dich vielleicht erinnerst, Simna. Ich hoffe, die Ufer der Aboqua-See in wenigen Tagen zu erreichen. Leb wohl, mein guter Freund, ich wünsche dir ein langes und glückliches Leben.« Damit drehte er sich um und schritt hinaus in den Flur, zurück zur Eingangshalle – in der Hoffnung, dort den Löward zu finden.

Simna ibn Sind blieb zurück und dachte an das viele Gold. Niemals hätte er auch nur zu hoffen gewagt, an einem einzigen Ort solch große Mengen davon zu finden. Er hob den Deckel einer kleinen, eisenbeschlagenen Holztruhe, die wie eine Galeone in den Münzen trieb, und betrachtete lange den Inhalt: militärische Auszeichnungen, ganz im halbbarbarischen, überladenen Stil der Chlengguu gehalten. Er fand feine, glänzende Reversnadeln mit eingelegten Smaragden und Saphiren, Tsavoriten und Perlen; Medaillen mit Elfenbein und Bernsteinkameen von unbekannten Edelmännern; Seidenbänder mit seltenen Kristallen, in die ein Meistergraveur komplizierte Abbildungen geätzt hatte. Jedes Stück war ein kleines Vermögen wert – und nun gehörte das alles ihm. Der Reichtum seines Lebens.

Plötzlich sprang er auf. Mit zusammengepressten Lippen warf er die Truhe zur Seite und nahm in Kauf, dass sich der Inhalt aus funkelnder Vergänglichkeit dabei über den Goldhang ergoss. Er fand die im Aufbruch begriffenen Gefährten am Eingang zur Haupthalle.

»O nein, das wirst du nicht tun!«, rief er Ehomba zu. Der Hirte war gerade damit beschäftigt, die Riemen seines Rucksacks festzuzurren und blickte neugierig auf.

Der Schwertkämpfer stampfte hin zu dem großen Südländer und schaute ihm ins Gesicht. »Du glaubst wohl, du bist besonders schlau, was?«

Ohne jeden Argwohn blickte Ehomba seinen Freund an. »Simna, ich weiß nicht, was du meinst.«

»O nein, natürlich nicht!« Er deutete wütend dorthin, woher er gekommen war. »Du hast wohl gedacht, du könntest mich mit so einem Hungerlohn abspeisen!«

»Hungerlohn? Mein Freund, ich weiß nicht viel über Gold, aber das hier sollte für jeden genug sein, oder nicht?«

»Lass ihn doch zählen«, knurrte Einlöward ungeduldig. »Wir sollten noch vor Einbruch der Nacht einige Meilen zurückgelegt haben.«

Simna warf der großen Katze einen feurigen Blick zu. »Du hältst dich da raus, du vergreifst dich doch sowieso nur an kleinen, schwachen Säugetieren.« Der Löward dachte nicht einmal daran, sich zu einer Antwort herabzulassen und seufzte, dann ließ er sich nieder und wartete, bis der Streit beendet war. Wenn Menschen sich zankten, dann konnte man nichts weiter tun, als auszuharren. »Es wäre dir wohl am liebsten, wenn ich das glaube, was?«, meinte der Schwertkämpfer vorwurfsvoll zu Ehomba. »Aber das ist nicht genug. Zuerst wolltest du mir weismachen, dass du nicht hinter einem Schatz her bist, und nun versuchst du mit allen Mitteln, mich mit diesem Kleinkram abzuspeisen. Aber mit mir nicht, mein Freund.«

Ehomba lächelte und schüttelte langsam den Kopf. »Simna, nichts dergleichen ist…«

Simna ließ ihn nicht ausreden. Er hob den Zeigefinger und fuchtelte damit vor dem Gesicht des Hirten herum. »Nein, versuch nicht, es zu leugnen!« Mit einem breiten Grinsen auf dem Gesicht begab er sich zum Ausgang. »Das kannst du vergessen, Etjole. So leicht wirst du mich nicht los. Ich klebe an dir wie ein Vater an seiner Tochter im Marinehafen, bis wir den *echten* Schatz gefunden haben!« Mit diesen Worten marschierte er gebieterisch durch das Portal und zwang sich, nicht zur Schatzkammer und den glitzernden Reichtümern zurückzublicken.

Einlöward hob die Mähne und gähnte demonstrativ. »Können wir jetzt gehen?«

Ehomba, der sich das völlige Unverständnis für seinen Freund nicht anmerken ließ, schüttelte abermals den Kopf und folgte dem Schwertkämpfer. »Manchmal, mein Katzenfreund, glaube ich, dass ich Schafe besser verstehe als Menschen.«

Die große, ebenholzfarbene Katze erhob sich anmutig vom Boden und trottete neben Ehomba her. »Das kommt daher, weil Schafe vernünftiger sind als Menschen. Wenn du dich aber einmal wirklich vernünftig und geistreich unterhalten willst, musst du mit einer Katze sprechen.«

Sie kamen in den Hof. Da die Sonne nun nicht mehr mit einem glühenden, zornigen Besucher aus dem All wetteifern musste, schien sie friedlich auf das schwer gezeichnete Queppa-Land hernieder.

»Dann sag mir«, wollte der Hirte wissen, als sie mit der Aufholjagd zum kühn dahinschreitenden Simna begannen, »wie ist das, wenn man neunzehn oder zwanzig Stunden des Tages verschläft?«

Das Raubtier wandte den Blick erstaunt zum Hirten. »Was du alles wissen willst, Etjole Ehomba!«

Der Hirte lächelte zufrieden. »Das liegt in meiner Natur.«

Der Weg zur Aboqua-See war weiter, als Ehomba gehofft, aber wiederum auch nicht so weit, wie er schon befürchtet hatte. Sie folgten einer großen, von Norden nach Süden verlaufenden Handelsstraße, die durch die nicht sehr tiefe Schlucht eines Küstengebirgszuges führte, und bald schon bekamen sie Gesellschaft von einem Volk, das sich Maliin nannte. Die Maliin lebten in schönen Häusern und hielten wohl nicht viel von Ackerbau und Viehzucht, im Gegenteil, sie wohnten lieber in den zahlreichen geschäftigen Städten und Dörfern. Berichte über den Einmarsch der Chlengguu im Queppa-Land hatten sie in Besorgnis und Schrecken versetzt, weshalb sie die Nachricht, dass die kaltblütigen, grausamen Chlengguu besiegt worden waren, mit Erleichterung vernahmen.

Da sie die Überbringer dieser frohen Kunde waren, wurden Ehomba und seine Freunde äußerst freundlich empfangen, wo immer sie auch Halt machten. Begierig auf die Neuigkeiten aus dem Landesinneren und erleichtert, dass diese zumeist gut ausfielen, bereitete es den begeisterten Städtern große Freude, sich um das Wohl des seltsamen Pilgertrios zu kümmern. Vom dankbaren Volk zum Heilsboten ernannt, musste Einlöward die Spiele der vergnügt kichernden Kinder ertragen. Sie zogen ihn am Schwanz und vergruben die Gesichter in der Mähne. Ehomba war froh, dass die große Katze es mit Würde und Nachsicht hinnahm, auch wenn sie so manches Mal – verzweifelt über diese besondere Aufmerksamkeit – mit den Zähnen knirschte.

»Ich weiß, dass du sie lieber fressen würdest«, flüsterte Etjole dem Löward in einem ungestörten Augenblick zu, »aber ein Gast, der den Nachwuchs seiner Gastgeber verzehrt, wird nicht länger mit Wohlwollen betrachtet. Beherrsch dich noch eine Weile, bis wir ein Schiff finden.«

Dem Löward hing die Zunge aus dem Maul, während er unverwandt auf zwei besonders appetitliche Sechsjährige starrte. Speichel tropfte aus dem offenen Maul. Dies verübelten ihm jedoch die Gastgeber nicht, sie dachten, die Katze würde sich lediglich etwas Kühlung verschaffen.

»Finde eines, Mensch, aber schnell, und sag unseren Freunden, sie sollen das Fleisch weghalten, sonst könnte es sein, dass ich mich vergesse, und zwar so sicher, wie das Blut rot in den Adern rinnt.«

Mitunter auch aus diesem Grund war Ehomba erleichtert, als er mithilfe von Simnas Chlengguu-Gold schließlich eine Schiffspassage an Bord eines einmastigen, voll getakelten Handelsschiffes kaufen konnte, das sofort auslief und Kurs auf die nördliche Küste der Aboqua-See nahm. Der Großteil der Mannschaft stand der mächtigen, wilden Katze misstrauisch gegenüber, die frei an Deck herumlief. Doch schienen sie erleichtert, als die ›Besitzer‹ vorführten, wie sie das Tier unter Kontrolle hatten.

»Muss das wirklich sein?«, fragte der leicht genervte Einlöward, der an Deck lag, die Vorderpfoten verschränkt und das Maul weit aufgerissen, während Ehomba den Kopf tief in den höhlenartigen Rachen der Katze steckte. Hinter ihnen pfiffen und johlten die Matrosen vor Begeisterung. Der Hirte zog den Kopf heraus und die Katze schloss das Maul wieder.

»Das sollte reichen, um sie von deiner Zahmheit zu überzeugen«, flüsterte Ehomba.

Die Augen des Löward wurden groß. »Zahm soll ich sein? Sie sollten besser zusehen, dass sie genügend Vorräte auf dem Schiff mitführen, sonst werde ich ihnen zeigen, wie ›zahm‹ ich wirklich bin.« Mit einem Blick nach rechts atmete er tief ein. »Ich habe schon viel vom Meer gehört, aber niemals hätte ich gedacht, dass ich es einmal wirklich sehen werde. Es riecht wie so mancher seichte See im Spätsommer. Salzig und unruhig.«

»Die Reise wird nicht lange dauern, es wird dir bestimmt gefallen.« Ehomba fuhr der großen Katze durch die Mähne. »Der Kapitän hat mir versichert, dass es während der gesamten Dauer der Überfahrt ständig frischen Fisch gibt.«

Löward schloss daraufhin die Augen und legte den Kopf auf die verschränkten Vorderpfoten. »Dann bin ich zufrieden. Ich mag Fisch.« Nach wenigen Sekunden schon schnarchte er sanft.

»Segel setzen!«, rief der erste Maat von seinem Posten längsseits des Steuermannes. »Brassen los! An die Takel und zieht! Laufplanke einholen!«

Simna gesellte sich zu dem Südländer vorne am Bug, wo der gekürzte Bugspriet kühn übers Wasser ragte. Um sie herum bereiteten die Männer geschäftig das Auslaufen aus dem gepflegten kleinen Hafen vor, der mit seinen sauber gefegten Straßen und zahlreichen Blumenkästen angenehm aufgefallen war.

»Ist schon eine Weile her, dass ich über etwas Größeres als einen Binnensee gesegelt bin.« Er nickte nach Norden. »Vorwärts zu Ruhm und Reichtum, ja!«

»Zur Erfüllung meiner Pflichten«, meinte Ehomba dazu nur gleichmütig.

»Na gut, wie auch immer.« Mit einem breiten Grinsen klopfte der Schwertkämpfer dem Freund auf den schmalen Rücken. Das erste Mal seit vielen Wochen waren sie die Last des Gepäcks und der Waffen losgeworden, die sie in der Kabine unter Deck verstaut hatten.

»Gut, dass die Leute aus der Stadt einen Kapitän für die Überfahrt empfehlen konnten.« Die See hier gebärdete sich ruhiger, wärmer und weniger rau als die, die die Strände unter seinem Dorf bespülte, dachte der Hirte.

»Ich habe nie zuvor so viele erleichterte Gesichter gesehen wie in den letzten Tagen, als wir den Städtern die Nachricht vom Sturz der Chlengguu überbrachten. Ich glaube, sie hätten uns sogar ein Schiff gekauft, hätten wir sie darum gebeten.«

»So ist es besser.« Mit vor der Brust verschränkten Armen beugte sich Ehomba nach vorne und lehnte sich an die hölzerne Reling. »Ich bin kein Seemann.«

»Natürlich nicht.« Simna rückte näher heran, senkte die Stimme zu einem Flüstern und versetzte dem langgliedrigen Kameraden einen freundschaftlichen Stoß in die Rippen. »Aber du mit deinen Fähigkeiten hättest dem Schiff befehlen können, selbst zu segeln, richtig?«

Ehomba seufzte, er war es leid. »Wann wird es endlich in deinen Kopf hineingehen, Simna, dass ich nicht mehr bin als ein einfacher Hirte?«

»Das weiß ich nicht.« Der Schwertkämpfer blickte nun ebenfalls hinaus auf die offene See, die vor ihnen lag. »Vielleicht, wenn ich irgendwann einmal mit eigenen Augen sehe, dass das Verderben durch deine Gegenwart nicht ins Wanken gerät, mächtige Winde nicht durch deine Hand verstummen und dein Schwert keine Himmelsscherben herunterruft, um unsere Feinde zu vertreiben und zu verwirren.«

»All das wurde durch das Wissen und die Arbeit von anderen bewirkt. Ich war nur der Bote. Wir hatten unglaubliches Glück.«

»Genau. Und ich bin ein Mönch, der sich gern verkleidet.« Simna lachte herzhaft. »Eins muss man dir aber lassen, Etjole Ehomba. Du bist einer der besten Lügner, die ich je getroffen habe. Nicht der Allerbeste, ganz bestimmt nicht, aber der hartnäckigste.«

»Also gut«, meinte der Hirte kurz angebunden, »glaub, was du willst.«

»Das ist die richtige Einstellung!« Simna blickte Ehomba voller Bewunderung an. »Man muss immer bei seiner Geschichte bleiben, ganz gleich was auch geschieht.« Er deutete zum Meer hinaus. »Vielleicht hilft uns das auf der anderen Seite weiter.«

»Du bist noch nie in den nördlichen Ländern gewesen?«

»Noch mehr Fragen.« Nun war der Schwertkämpfer an der Reihe, müde den Kopf zu schütteln. »Nein, nicht in diesen.« Er deutete mit dem Daumen zurück in den freundlichen Hafen, dessen Bewohner so zuvorkommend gewesen waren. »Die Maliin, die die Überfahrt schon gemacht haben, sagen, dass die nördlichen Länder so ganz anders sind als die hiesigen oder die, aus denen wir kommen. Sie sagen auch, dass die Bewohner dort so zivilisiert und aufgeklärt sind, dass sie – die Maliin – sich fast genieren, dorthin zu fahren. Da frage ich mich, was die nördlichen Herrschaften wohl von uns denken werden. Nun ja, ich bin schon weit herumgekommen, aber ich weiß nicht, wie du damit fertig werden wirst, die Katze wird den Bewohnern dort vermutlich nichts Besonderes bedeuten.«

»Ich werde es schon überstehen.« Ehomba wünschte, er würde sich sicherer fühlen. Dörfer und Weiler kannte er und dort fühlte er sich auch wohl, aber eine richtige Stadt war etwas völlig anderes. Doch das zählte nicht. Er hatte keine Wahl. Sie mussten weiter nach Norden, um ein Schiff zu finden, das groß genug war, um den Semordria-Ozean zu überwinden.

Der Aboqua-See gefiel es, sich freundlich zu geben, als sie ausliefen. Sie schlug zwar Wellen, doch die schienen eher von neugieriger als bedrohlicher Natur zu sein. Das Schiff bewegte sich zwar, doch das wirkte beruhigend auf den Geist, statt die Verdauung durcheinander zu bringen. Fliegende Fische sprangen vor dem voranstürmenden Bug aus dem Wasser und schossen wie Silberpfeile nach Backbord und Steuerbord, bevor sie wieder eintauchten und hinabsanken in die einladenden Wellen. Möwen belästigten das Heck und ließen sich auf Spieren und Reling nieder. Sie ließen dem Koch so lange keine Ruhe, bis er die Küchenabfälle herausgab.

Als zahlende Passagiere wurden die drei Reisenden größtenteils sich selbst überlassen. Nur wenn Einlöward an Deck kam, um sich ein Nickerchen in der Sonne zu genehmigen, machten sich die Mutigen unter den Besatzungsmitgliedern einen Spaß daraus, auf Zehenspitzen so nahe wie möglich heranzuschleichen, um die Katze näher zu betrachten. Es rief großes Gelächter unter den Matrosen hervor, zu sehen, wer sich am nächsten herantraute. Wetten wurden abgeschlossen und beträchtliche Geldsummen wechselten die Besitzer, bis Einlöward – der es satt hatte, dass sein Nachmittagsschlaf ständig vom Gejohle der Seeleute unterbrochen wurde – sich schließlich einen mutigen Matrosen aussuchte, den er ordentlich ins Bein zwickte. Dies setzte den Übergriffen ein jähes Ende und der betreffende Seemann trug den Biss für den Rest der Reise wie eine Ehrenmedaille zur Schau.

Das Schiff befand sich schon mehrere Tage auf See, als der Himmel sich langsam verdunkelte.

XXXII

Anfangs hielt der Kapitän den plötzlichen Wetterwechsel für nichts Ungewöhnliches. Obwohl die Aboqua-See gemeinhin als ein verhältnismäßig ruhiges Wasser galt, so waren ihr doch auch die jähen Stürme nicht fremd, die jedes Meer einmal heimsuchten.

Die üblichen Vorsichtsmaßnahmen wurden getroffen. Das Großsegel wurde gerefft, die Luken verschalkt, die Pumpen vorbereitet und alle nahmen ihre Plätze ein. Die Passagiere wurden über die Lage und die möglichen Gefahren in Kenntnis gesetzt und anschließend wieder sich selbst überlassen. Ehomba und seine Gefährten konnten unter Deck bleiben, trocken und warm, oder auch oben umherwandern, um die noch unentschlossenen Wechselfälle des Wetters zu erleben. Man bat sie nur darum, den arbeiteten Matrosen nicht im Weg zu stehen.

Je näher der Sturm kam, desto seltsamer gebärdete er sich. Weder Blitz noch Donner kündigten seine bevorstehende Ankunft an. Noch erstaunlicher war, dass nicht einmal ein Wind wehte. Obwohl sie schwarz waren wie die Nacht, rumorte es in den Wolken nicht. Sie kamen nur immer näher, zuerst verdeckten sie den Horizont und dann den gesamten Himmel, als würde eine riesige schwerfällige, schwarze Decke ausgerollt.

Alle Mann standen auf ihren Posten. Das Schiff verfügte über eine erfahrene Mannschaft, die schon viele Stürme sicher durchfahren hatte, bei einigen davon hatte es sich nur um Gewitterböen gehandelt, andere wiederum hatten bedrohliche Ausmaße angenommen. Aber keiner der Seeleute an Bord konnte sich an ein Unwetter erinnern, das so anfing wie das, welches nun vor ihnen lag.

Die schwarzen Wolken fegten über das Schiff hinweg und hüllten es in eine schwere, feuchte Dunkelheit. Immer noch war kein Windhauch zu hören und zu fühlen. Es war, als bestünde der Sturm nur aus dem Auge des Orkans, die Wildheit des Unwetters schien irgendwo abhanden gekommen zu sein.

Mit einem gewissen Unbehagen beäugten die bis dahin selbstsicheren und zuversichtlichen Seemänner nervös den verhängnisvollen schwarzen Nebel, der sie verschlungen hatte. Wo waren der peitschende Regen, die kurzzeitig aufleuchtenden Blitze, die tobende See, kurzum, die Vorboten eines jeden anständigen Unwetters? Das Schiff glitt auf der ruhigen See dahin, die Stagen knirschten kaum, das Ruder sprach selbst auf die leichteste Berührung an.

Zuerst bemerkten sie den Geruch, ein beißender Gestank, der auf nichts Gutes hinwies. Es war nicht der unverwechselbare Geruch von verfaultem Fisch oder Seetang. Ein Maat sah sich dadurch an die uralten Abwasserkanäle der verlassenen Stadt Vra-Thet erinnert. Die Bewohner waren zwar schon seit Tausenden von Jahren tot, aber der altersschwache Duft ihrer Ausdünstungen hing noch immer in der Luft der mannigfaltig verzweigten Katakomben. Ein anderer glaubte zu wissen, dass der Wind die Fäulnis einer großen, weit entfernten Schlacht, in der Zehntausende umgekommen waren, hergetragen hatte.

Einlöward, dessen Geruchssinn um ein Vielfaches empfindlicher war als der eines jeden Menschen an Bord, rümpfte die Nase so stark, dass er aufpassen musste, dass sie sich nicht vollständig aufrollte und hinter seiner Oberlippe verschwand.

»Was ist das, Katze?« Simna beäugte misstrauisch die Dunkelheit, die das Schiff umschlungen hielt.

»Weiß nicht. Fäule, Zersetzung, Verwesung. Doch was hier verfault, sich zersetzt und verwest kann ich nicht sagen.«

Der Schwertkämpfer wandte sich dem großen Südländer zu, der über den Bug hinwegstarrte und sich mit einer Hand an dem zitternden Stag festhielt, das aus feinen Seilen gedreht war.

»Wie ist es, Etjole? Als Viehhirte solltest du mit solchem Gestank eng vertraut sein. Irgendwelche Vorschläge?« Der andere erwiderte den Blick nicht. »Etjole?« Simna trat näher an seinen Freund heran und packte ihn am Arm.

»Was?« Blinzelnd schaute Ehomba den Gefährten an. »Es tut mir Leid, Simna. Ja, ich weiß, was es ist.«

»Dann sag es uns«, drängte Einlöward. »Ich bin in den Gerüchen des Meeres nicht sehr bewandert, aber ich kenne Unwetter, und das hier riecht nicht so wie die Unwetter, die ich schon erlebt habe.«

Der Mund des Hirten glich einer dünnen Linie. »Das kommt daher, weil dies kein Unwetter ist.«

Katze und Schwertkämpfer tauschten Blicke aus. »Das sind Wolken, Etjole«, erklärte Simna ganz ruhig. »Rasende schwarze Wolken kündigen für gewöhnlich einen aufkommenden Sturm an.«

»Das sind auch keine Wolken. Das ist nur der Stoff, der das Schiff verschlungen hat.«

Simna ibn Sind hörte das nicht gern, und besonders nicht Ehombas Aussprache des Wortes ›verschlungen‹. »Wenn es kein Sturm ist, was dann?«

Der Hirte warf den Kopf zurück und blickte hinauf, er suchte den Himmel von links nach rechts ab wie jemand, der tief unten in einem Brunnen steht und nach einem Lichtstrahl sucht. Einige Seeleute hatten zufällig mitgehört. Sie verließen ihre Posten und schlichen in der Nähe der Passagiere herum, wobei sie den langen Fremden besonders genau beobachteten.

»Er verfolgt mich schon sehr langer Zeit und hat all die Wochen und Monate Kräfte gesammelt. Ich sah ihn zum ersten Mal, als ich dem Baumvolk half, die Slelvs zu besiegen.«

Simnas Gesichtsausdruck verzerrte sich bis zur Unkenntlichkeit. »Die was?«

»Das war, bevor wir uns getroffen haben. Du hast ihn vielleicht auch gesehen, Freund Simna, als wir gegen das Verderben kämpften. Er wirbelte auch durch den Wind, der half, den Dunawake fortzubewegen, und sein Geruch verpestete das zerstörte Land der Queppa. Die Mauer roch besonders stark.« Er schwieg eine Weile und dachte über den finsteren Himmel nach. »Seit damals, als ich beim Baumvolk war, verfolgt er mich und wartet nur auf den richtigen Augenblick.«

»Den richtigen Augenblick?« Simna starrte angestrengt zum Himmel und versuchte in den kohlrabenschwarzen Wolken etwas anderes zu erspähen als die dunkle Kuppel, außer der sich dem bloßen Auge jedoch nichts entblößte. »Den richtigen Augenblick für was?«

Ehomba wirkte ernst und finster, so kannte ihn der Schwertkämpfer. »Um endgültig zu schlucken.«

Das beschwor ein noch hoffnungsloseres Bild herauf als das, welches der Hirte mit dem Gebrauch des Wortes ›verschlingen‹ hervorgerufen hatte. »Du meinst, dieses… was auch immer wird versuchen uns zu fressen?«

»Das hat es schon.« Mit unerschütterlicher Ruhe studierte Ehomba die Unheil verkündende Dunkelheit. »Wir sind schon in ihm. Aber er hat uns noch nicht vollständig verschluckt. Wir müssen ihn aufhalten, bevor er es tut.«

»Ja, richtig, da stimme ich vollkommen mit dir überein, Bruder.« Mit großen Augen, doch nicht eingeschüchtert, betrachtete der Schwertkämpfer seine Umgebung aufs Neue. Hatte sich irgendetwas verändert, seit die schwarzen Wolken sie eingehüllt hatten? Ja, alles war noch dunkler geworden, schwarz wie das Innere eines Kohlebrockens. Der Dunst legte sich schwer auf das Schiff, zäh wie Öl, ein süßlicher, öliger Brei, der mehr an Gewicht und Masse zulegte, als es für eine ehrliche Wolke angebracht gewesen wäre.

Ein Matrose schlug ein Stück Dunkelheit heraus, als diese drohte, seinen Arm hinaufzukriechen. Durch den Schlag brach die Düsterkeit auseinander, aber die Stücke blieben in der Luft hängen, ebenholzfarbene Wolkenfetzen, die in schattiger Finsternis schwebten. Auf das Schiff ließ sich eine endlose Nacht hernieder und drohte jeden an Bord zu überwältigen und zu ersticken. Die Seeleute klopften an sich herum und fluchten verzweifelt, aber ihre Anstrengungen erwiesen sich als vergeblich. Es war, als versuchten sie gegen eine Wolke zu kämpfen, einen Schatten, und dieser Schatten wurde mit jeder Minute stärker. Stärker und gieriger.

Simna schlug in der immer noch schwärzer werdenden Düsternis wild um sich, als fielen ihn riesige, schwarze Eintagsfliegen an. Es war Vormittag, aber nicht ein einziger Sonnenstrahl durchdrang die Dunkelheit, die alles bedeckte. Einlöward schnappte nach den trägen Spiralen aus tiefer Schwärze, die sich um seine muskulöse Gestalt wanden wie Indigo-Schlangen. Sie brachen auseinander, formten sich erneut und saugten Kraft und Nahrung aus den Schatten um sich herum.

»Was ist das?« Genauso wie die nun völlig in Panik versetzte Mannschaft klopfte und schlug Simna wild auf die entsetzliche Schwärze ein. »Bei Gindans Eckzähnen, was ist das?«

»Ein Eromakadi.« Ohne der erstickenden Schwärze Beachtung zu schenken, die um ihn herum schwirrte und in seine Ohren einzufallen drohte, in die Augen und den Mund, hielt sich Ehomba an der Takelage fest. »Ein Lichtfresser. Er vernichtet das Licht um uns herum und genauso das Licht des Lebens, das von uns ausstrahlt.«

»Von uns?« Neben dem Schwertkämpfer wurde der Löward langsam müde, gegen etwas zu kämpfen, das völlig körperlos war. Seine Kiefer waren noch immer mächtig, seine Zähne noch immer scharf, aber es ist schwer, etwas aus dem Nichts herauszubeißen.

»Von unseren Gedanken, unseren Seelen, der Art, wie wir die Strahlen unseres lebendigen Seins in die Welt senden. Leben ist Licht, Simna, und die Eromakadi können Licht nicht ausstehen. Manchmal sind sie schwach und kraftlos, manchmal stark und mächtig. Weil es die Eromakadi gibt, geschehen guten Menschen schlimme Dinge. Krieg und Seuchen sind ihre Verbündeten, genauso wie Borniertheit und Unwissenheit. Ein kleiner Eromakadi drängt sich zu einem verächtlichen Grinsen, ein etwas größerer zu einer Prügelei und ein ganz großer und mächtiger Eromakadi steht hinter einer Politikerlüge. Dieser hier hat sich sehr stark spezialisiert.«

Das meiste von dem, was sein Freund verkündete, ergab für Simna keinen Sinn. In seinen Augen war es Geschwätz und Geschwafel, und zwar von der unverständlichsten philosophischen Art. Aber ganz gleich, um was es sich hier auch handelte, die Dunkelheit, die sich dicht um sie schloss, war echt und wirklich. Er hatte zuvor noch niemals Angst gehabt, denn seine Ängste setzten eine körperliche Gestalt und Form voraus. Mit allem, was auf irgendeine Weise auf einen Schwerthieb reagierte, konnte man umgehen. Aber das hier – es war, als versuchte man, gegen Luft anzukämpfen.

Während er herumwirbelte und wie verrückt auf die aufdringliche, alles beherrschende Dunkelheit einschlug, sah er, wie Ehomba hinaus auf den Bugspriet kletterte und sich der schweigend wallenden Schwärze allein stellte. Der Schwertkämpfer beobachtete, wie sich der schlanke Freund langsam seiner Kleidung entledigte und sie auf das Deck hinter sich fallen ließ. Nackt wirkte er wie eine hagere, magere Vogelscheuche von Mann. Bar der einfachen Gewänder stützte sich Ehomba auf ein paar Taue und breitete die Arme weit aus, als wollte er den Himmel anrufen.

Die nun völlig außer sich geratene Mannschaft bemerkte ihn nicht. Und diejenigen, die sahen, was geschah, dachten, er wäre verrückt geworden. Einige von den Männern rechneten sogar damit, jeden Augenblick in seinen Wahnsinn mit einzustimmen, denn die unheilvolle Schwärze umschloss sie nun fest, erstickte Sicht, Geräusche und Gedanken und schließlich auch das Heben und Senken der kämpfenden Lungen. Konnte ein Mensch ersticken, während er noch atmete?

Etjole Ehomba stand einsam auf dem Bugspriet, völlig losgelöst von jeglicher Menschlichkeit. Er stand dort ganz allein und atmete tief ein.

Der Brustkorb des Hirten wölbte sich. Simna konnte es hören, obwohl die rasende Mannschaft schrie und jammerte. Es hörte sich wie der Atem eines gewöhnlichen Menschen an, doch was dann geschah, war alles andere als gewöhnlich.

Winzige schwarze Fetzen begannen sich zu bewegen, und das nicht aus eigenem Willen. Sie verschwanden in Ehombas weit aufgesperrtem Mund, wurden eingesaugt, versanken darin. Größere Stücke Dunkelheit folgten, sie kämpften noch darum, dem Sog zu widerstehen, doch Widerstand schien zwecklos. Auch sie verendeten in den Eingeweiden des Hirten. Und während der ganzen Zeit atmete Ehomba weiter, er hörte nicht auf Luft einzusaugen, sein Brustkorb hob und senkte sich gleichmäßig.

Zum ersten Mal seit die Dunkelheit das Schiff geentert hatte, erfassten Winde die Masten, die Taue und das Deck. Heftige Windstöße wehten vom Bug her, aber auch von querab und vom Heck. Sie heulten aus dem Himmel hernieder und aus den tragenden Wassern heraus.

Ehomba hörte nicht auf, wankte nicht in seiner Entschlossenheit. Er atmete ein und atmete ein und sog so die allumfassende Düsternis und die Schatten ein, als handelte es sich dabei um die Düfte von Zimt und Myrrhe, er nahm alles in sich auf, irgendwo in seinem Inneren, wo, wagte sich Simna jedoch nicht einmal vorzustellen. Immer noch hörte der Hirte nicht auf zu atmen. Simna klammerte sich erschöpft an die Reling und bestaunte die Ausdauer des Südländers. Wie lange konnte er dieses Einsaugen noch durchhalten, wie lange noch mit dieser Geschwindigkeit? Würde das, was er einatmete, ihn füllen, bis er platzte, oder war es schließlich doch nicht mehr als schlechte Luft, eine bösartige Lufthülle, die am Ende zu nicht mehr führte als zu einem einzigen, armseligen Aufstoßen.

Licht erschien über dem Schiff – gesundes, ermutigendes, natürliches Sonnenlicht. Die Mannschaft bemerkte es, fühlte es und brach in frenetischen Jubel aus. Ehomba hörte nicht auf mit dem widernatürlichen Aufsaugen, bis auch die letzte Schwärze tief in seinem Inneren verschwunden war. Erst dann schloss er den Mund, schauderte, sank in sich zusammen und fiel schlaff wie eine Stoffpuppe rücklings auf das harte Deck.

Sofort kniete Simna an seiner Seite und auch Einlöward wachte fürsorglich neben dem gestürzten Hirten. Einige besorgte Mannschaftsmitglieder scharten sich um die drei, sie wollten helfen, bis der wütende

Simna ihnen befahl, zurückzutreten und dem Hirten Luft zum Atmen zu lassen.

Simna legte eine Hand unter den Kopf des Freundes und hob ihn vorsichtig hoch. »Komm schon, Etjole – atme! Mach den Mund auf und atme. Trink die frische Meeresluft und säubere deine Lungen von diesem mörderischen Fluch.« Er rüttelte den Kopf leicht. »Atme jetzt, verflucht noch mal.«

Die Augenlider des Hirten flatterten wie kleine Motten an einem kalten Morgen. Dann schnellte der Kopf während eines langen, schweren Hustenanfalls mehrere Male nach oben. Eine kleine Wolke schwarzen Dunstes entfleuchte aus Ehombas Mund. Nicht größer als ein Wattebällchen flog sie aufwärts, bis sie sich schließlich im klaren Blau des Himmels auflöste. Simna verfolgte die schwarze Kugel, bis er sicher gehen konnte, dass sie endgültig verschwunden war.

Ehomba atmete heftig ein und langsam und vorsichtig wieder aus, dann öffnete er die Augen. Als er Simna und Einlöward erblickte, lächelte er. »Meine Freunde.« Er sah sich um und runzelte die Stirn. »Warum liege ich hier? Helft mir auf.«

Unzählige eifrige Hände wurden dem Hirten entgegengestreckt, um ihm wieder auf die Beine zu helfen. Als er aufgestanden war, musterte er seine Umgebung, dann ging er dorthin, wo er seine Kleider fallen gelassen hatte und zog sich an. Als das vollbracht war, verschränkte er die Arme vor der Brust und lehnte sich gegen die Reling, womit er wieder genau die Stellung einnahm, die er auch vor dem Unwetter innegehabt hatte.

Unter lebhaftem Wortwechsel über das gerade Geschehene machte sich die Mannschaft wieder an die Arbeit. Der Kapitän hatte viele Fragen, doch er zügelte höflich seine Neugierde. Ohne Zweifel brauchte der erstaunliche Südländer nun etwas Ruhe. Fragen über das, was passiert war, so sehr sie ihm auch auf der Zunge brannten, konnten bis später warten.

Simna erlegte sich solche Beschränkungen nicht auf. Er stand an Ehombas Seite, sobald der Hirte mit dem Anziehen fertig war. »Zum letzten Mal, mein Freund – sag mir, dass du kein Zauberer bist.«

Der Hirte sah ihn von der Seite an und lächelte. »Das wird nicht das letzte Mal sein, Simna, aber ich werde es trotzdem sagen. Ich bin kein Zauberer.«

»Gut. Wunderbar. Das erkenne ich an.« Der Schwertkämpfer ließ die Arme über die Reling baumeln. Delfine tummelten sich vor dem Bug des Schiffes, sie schwammen in der Druckwelle, die das Schiff vor sich herschob und genossen es sichtlich. »Du musst nicht mehr tun, als mir zu erklären, was du gerade getan hast. Ich erinnere mich, dass du dieses Ding, diesen Eromakadi, schon einmal erwähntest. Es war kurz bevor wir es mit dem Dunawake zu tun bekamen.« Simna versuchte sich zu erinnern. »Du sagtest, dass niemand außer einem Eromakasi ihn vernichten könnte.«

Ehomba hörte ihm kaum zu. Er dachte an seine warme, trockene, saubere Heimat, die nun so fern im Süden lag. An ein kleines, nicht sehr ansehnliches, doch ungemein gemütliches Haus, an die melodischen Kinderstimmen beim Spiel und an die Frau, die seine Ehefrau war. Die Erinnerung wärmte ihn von innen und er fühlte sich sofort besser bei dem Gedanken, sein Leben weiterleben zu müssen. Sie gab ihm das Gefühl, dass es einen wichtigeren Grund und süßeren Zweck des Seins gab.

»Ich habe dir die Wahrheit gesagt, mein Freund. Die Eromakadi sind Lichtfresser. Sie können nicht getötet werden – außer von einem Eromakasi, einem Dunkelheitsfresser.« Er drehte den Kopf zur Seite und blickte tief und eindringlich in die Augen des Schwertkämpfers.

»Ich bin ein einfacher Rinder- und Schafhirte, Simna ibn Sind – und auch ein Eromakasi. Ein Mensch kann beides sein.« Er wandte den Blick wieder zur See hinaus und zu dem Ufer, das man zwar noch nicht sehen konnte, von dem er jedoch wusste, dass es da war. »Das macht aber keinen Geisterbeschwörer aus mir.«

Simna schwieg an seiner Seite eine Zeit lang, bis die Schiffsglocke schließlich durch dreimaliges Läuten das Mittagsmahl ankündigte. »Das vielleicht nicht, Etjole, aber du kannst nicht leugnen, dass es mehr als einen gewöhnlichen Menschen aus dir macht.«

Ehomba nahm den Arm von der Reling und richtete sich auf. »Nein, nicht mehr, Freund Simna. Das nicht.«

»Nun, dann, Bruder – etwas anderes. Nein, versuch nicht, es mir zu erklären. Nicht jetzt.« Der Schwertkämpfer grinste übers ganze Gesicht. »Manchmal sprichst du wie ein dummer, hinterwäldlerischer Bauerntölpel und ein andermal wieder bin ich nicht imstande, aus deinen Worten schlau zu werden, geschweige denn, dich zu verstehen. Bist du ein Genie oder ein Schwachkopf? Ein dummer Einfaltspinsel oder ein hoher Zauberer? Ich meinerseits, kann das nicht entscheiden.«

Sein großer Freund lächelte freundlich. »Vielleicht bin ich ein schwachköpfiges Genie. Oder ein Meister der Einfaltspinselei?«

Simna ibn Sind schüttelte den Kopf und legte die Hand kameradschaftlich auf die Schulter des Gefährten, wozu er sich allerdings ordentlich strecken musste. »Wir haben noch genug Zeit, um die Wahrheit zu ergründen. Ganz gleich, wie, solange nur ein Schatz dahinter steckt. Jetzt komm, lass uns etwas essen. Ich wette, du könntest etwas zu trinken vertragen.«

Ehomba streckte das Kinn vor und rieb sich nachdenklich den Hals. »Um dir die Wahrheit zu sagen, Simna, mein Hals ist wirklich ein wenig trocken.«

Und so kam es, dass Ehomba der Neugierige und seine ungleichen Gefährten sicher in die große Hafenstadt Lybondai gelangten, die an der Silberküste des Königreiches von Premmois lag, unterhalb der mit ewigem Schnee bedeckten Berge von Nerimab-meleh. Dort stellten sie alsbald fest, dass in einer so weltoffenen und Völker umfassenden Gemeinde nicht einmal ein Löward Aufsehen erregte, und ihre Anwesenheit unter Tausenden von anderen Reisenden aus aller Herren Länder blieb weitgehend unbemerkt.

All dies tröstete Etjole Ehomba ein wenig, der sich sehr, sehr müde fühlte. Aber da er stets auf alles Neue neugierig war und alles, was ihn nun umgab, als neu bezeichnet werden konnte, machte er von der Möglichkeit Gebrauch, seine Stimmung zu heben, indem er Fragen stellte. Eine Angewohnheit, die so tief in ihm verwurzelt und so sehr Teil seines Selbst war, dass er auch in unvertrauter Umgebung nicht davon lassen konnte.

Durch die ständigen Fragen über jedes fremde Wesen, das ihnen irgendwo begegnete, der Verzweiflung nahe, platzte Simna schließlich der Kragen: »Etjole, musst du denn alles wissen?«

»Ja«, antwortete sein Freund ohne zu zögern und völlig ruhig.

»Muss es denn auf alles eine Antwort geben?«

Der Hirte sah ihn so arglos und offen an, wie es einer einzigen Person nur möglich sein konnte. »Natürlich muss es das, Simna. Auf alles. Warum wäre ich sonst hier? Oder du, oder Einlöward, oder alle anderen? Würde ich sonst nach der Hellseherin Themaryl suchen? Oder den Zorn von Hymneth dem Besessenen riskieren? Warum sollte …«

»Es tut mir Leid, dass ich gefragt habe.« Ohne das geschäftige Treiben in der Schänke zu beachten, in der sie gegenwärtig verweilten, vergrub der Schwertkämpfer die Nase in dem derben Keramikkelch vor sich. »Sei still und trink aus.« Unter dem Tisch zu ihren Füßen lag Einlöward fest zusammengerollt. Er war aufgewacht und streckte riesige Pranken weit von sich, gähnte ausgiebig und schlummerte anschließend selig weiter.

Von

ALAN DEAN FOSTER

erschien in der Reihe

HEYNE SCIENCE FICTION & FANTASY:

DIE EISSEGLER-TRILOGIE:

Die Eissegler von Tran-ky-ky · 06/3591
Die Moulukin-Mission · 06/3777
Die Fahrt der Slanderscree · 06/4618
– als Sonderausgabe in einem Band:
Eissegler · 06/5420

Das Tar-Aiym Krang · 06/3640
Die denkenden Wälder · 06/3660; auch als 06/4729
Alien · 06/3722
Der Waisenstern · 06/3723
Der Kollapsar · 06/3736
Kampf der Titanen · 06/3813
Outland · 06/3841
Cachalot · 06/4002
Meine galaktischen Freunde · 06/4049
Auch keine Tränen aus Kristall · 06/4160
Flinx · 06/4219
Homanx Eins · 06/4220
3 Romane in Kassette
  Das Tar-Aiym Krang
  Der Waisenstern
  Der Kollapsar

Flinx' Abenteuer · 06/4948
– Sonderausgabe in einem Band der 4 Romane
  Flinx
  Das Tar-Aiym Krang
  Der Waisenstern
  Der Kollapsar

Colligatarch · 06/4338
Die Reise zur Stadt der Toten · 06/4308
El Magico · 06/4355
Shadowkeep – Das dunkle Land · 06/4407
Pfade des Ruhms · 06/4533
Afrikas dunkles Herz · 06/4559
Prisma · 06/4626
Long Tunnel · 06/4657
Der Cyberweg · 0605/22
Der Highway ins Nichts · 06/5319
Schlangenaugen · 06/5670
Katzenspiel · 06/5933

DER BANNSÄNGER-ZYKLUS:

Bannsänger · 06/4276
Die Stunde des Tors · 06/4277
Der Tag der Dissonanz · 06/4278
Der Augenblick des Magiers · 06/4279
Die Pfade des Wanderers · 06/4508
Die Zeit der Heimkehr · 06/4509
Der Sohn des Bannsängers · 06/5365
Die Entführung der Musik · 06/5366

DIE KATECHISTEN-TRILOGIE:

Der Geist des Speers · 06/9162
Die gefangene Zeit · 06/9163
Die Kälte des Schwerts · 06/9164

In der ALLGEMEINEN REIHE:

Das Ding aus einer anderen Welt · 01/6107
Krull · 01/6286
Starman · 01/6369
Pale Rider. Der namenlose Reiter · 01/6596
Aliens – Die Rückkehr · 01/6839
Spacecop L.A. · 01/7727
Aliens 3 · 01/8490
– alle 3 Alien-Romane als
Sonderausgabe in einem Band:
Alien – Das unheimliche Wesen
aus einer fremden Welt · 01/8764

Die fünf verabschiedeten sich von den anderen und führten ihre Pferde durch die Seiteneingänge in die Kälte hinaus. Ihr Atem bildete Wolken vor ihrem Mund.

Tipperton zog seine Handschuhe an und stieg wie die anderen in den Sattel.

Dann sah er sich um und musterte die schneebedeckten Gipfel, die in den grauen Himmel ragten. Ihr Eis funkelte wie Diamanten in der kalten Wintersonne. Es war der fünfzehnte Tag des Dezembers, und eine glitzernde Decke aus Raureif überzog alles.

Tipperton nahm die Zügel seines Ponys auf. »Kommt, Freunde, reiten wir. Wir haben eine Münze abzuliefern.«

Sie spornten ihre Pferde an und ritten den Hügel hinab.

Wisst Ihr,
alles ist irgendwie miteinander verwoben.

Lesen Sie weiter in:

Dennis L. McKiernan: Magierkrieg